葛飾北齋畫

大望

대망9 도쿠가와 이에야스

야마오카 소하치/박재희 옮김

도쿠가와 이에야스
대망9/차례

조용함

이에야스는 8월 4일에 오야마를 떠나 에도로 들어가 얼마 동안 성안에 머물렀다.

"그대도 히데야스 옆에 있어줘야겠어."

오야마를 떠날 때 도리이 신타로에게 가볍게 한 마디 남겼으므로, 사람들은 가모 히데유키와 오가사와라 히데마사만으로는 미덥지 못해서라고 생각했다. 그런데 에도에 도착한 다음다음 날인 8월 7일 저녁때가 되어서야 무엇 때문이었는지 비로소 확실히 깨닫게 되었다.

그때 이에야스는 조리실에서 학을 끓이면서 혼다 마사노부, 이타사카 보쿠사이, 젠아미(全阿彌) 등의 측근을 상대로 한담을 나누고 있었다. 거기에 8월 1일에 후시미성이 함락되었으며 도리이 모토타다는 장렬하게 전사했다는 소식이 알려졌다. 자세하게 씌어진 그 편지는 자야 시로지로와 혼아미 고에쓰 두 사람한테서 온 것이었다. 이에야스는 손수 봉합을 뜯고 읽더니 몇 번이고 조그맣게 고개를 끄덕였다.

"신타로는 죽지 않을 거다. 안심해 다오."

"뭐라고 하셨습니까?"

편지내용을 모르는 마사노부가 되묻자 황급히 자리에서 일어나며 불쑥 말했다.

"지난 1일에 후시미가 함락됐다."

눈언저리가 벌게져 금방이라도 쏟아질 듯 눈물이 부풀어올라 있었다. 사람들은 얼굴을 마주보며 고개를 끄덕였다. 모토타다가 전사했을 게 분명하다. 그래서 그 아들 신타로는 죽이지 않겠다고……

보쿠사이가 말했다.

"그럼, 대감님은 아이즈 방면에 큰 싸움이 없으리라고 보시는 것일까요."

"그런지도 모르지. 신타로는 죽이지 않겠다고 분명 말씀하셨으니까."

마사노부도 역시 침통한 얼굴로 중얼거렸다.

"고마우신 마음. 무엇보다도 알뜰한 공양이 될 거야."

그뿐 한동안 말이 없었다. 모토타다와 이에야스의, 주인과 신하라기보다 형제나 다름없이 지내온 어릴 적부터의 관계를 마사노부도 잘 알고 있기 때문이었다.

"그렇다면 대감님도 드디어 서쪽으로 진군하시겠군요."

"아무렴, 후시미가 함락되었다는데 버려둘 수 없겠지. 중요한 둑이 터진 셈이니까."

보쿠사이와 젠아미뿐 아니라 마사노부도 그렇게 생각했다. 이에야스의 가슴속에서 슬픔이 마땅히 무서운 분노로 바뀌어갈 거라고 판단했기 때문이었다. 이미 오야마를 먼저 떠난 도요토미 가문 옛 신하들은 스루가를 지나 도토우미에서 동 미카와에 이르고 있을 무렵이리라.

'후시미가 떨어졌으니 한시도 지체하시지 않을 거야!'

적 또한 여세를 몰아 오미에서 미노로 진출해 올 것은 뻔한 일이었고 도쿠가와 문중에서도 여러 장수들에 뒤이어 혼다 헤이하치와 이이 나오마사는 벌써 서쪽으로 진군하고 있다. 이 두 사람은 양군이 부딪칠 경우 당연히 군사감독 역할을 맡게 되는 것이다.

'마침내 눈썹에 불이 붙었구나!'

측근자들의 예상은 모두 일치했다.

그런데 얼마 뒤 눈물을 거두고 조리실로 돌아온 이에야스는 서쪽 정벌에 대해 한 마디도 비치지 않았다. 아니, 그날뿐만이 아니었다. 아군의 여러 장수가 기요스의 후쿠시마 마사노리성에 도착했다는 보고가 들어와도, 기후의 오다 히데노부가 적으로 넘어갔다는 걸 알고도 도무지 움직이려 하지 않았다.

기요스성에서 서쪽 정벌을 독촉하는 사자가 몇 차례 왔다. 그러나 이에야스는 여전히 움직이지 않는다. 그렇게 되자 측근에서는 여러모로 이에야스의 속셈을 억측하는 사람이 나오기 시작했다. 무언가 깊은 생각이 있어서겠지……라고 믿으면서도 적에게 일부러 시간 여유를 주는 불리함이 차츰 모두를 초조하게 만들었기 때문이었다.

"대감님은 역시 미쓰나리보다 우에스기의 무력을 중시하고 계시는 거야."

"그런지도 몰라. 실은 오야마까지 가셨을 때 지휘채를 잊으셔서 어느 대나무밭 옆을 지나시다가 가느다란 대나무 하나를 베어오라고 해서 지휘채를 만드셨지."

"그것과 이번 일이 관계있나."

"아니, 다음 이야기를 들어보게. 그리고 오야마에 계시는 동안 그 가는 대나무로 만든 지휘채를 갖고 계셨는데 돌아오는 길에 그 대나무밭 옆을 지나시다가 생각나신 듯 버리셨네. 미쓰나리를 상대하는 데 지휘채 따위는 필요 없다고 하시면서."

"허, 지휘채 따위는 필요 없다고. 그럼, 역시 우에스기를 무겁게 보고 그 반응을 보아두시려는 거야."

"나는 그렇게 생각하지 않네. 우에스기 군은 히데야스 님에게 눌려 움직일 기척이 없잖은가. 히데야스 님은 그 성품으로 우에스기 가게카쓰 님에게 자못 당당하게 편지를 내셨다더군. 그대도 겐신 이래 가문을 자랑하는 무장이지만 나 역시 이에야스의 아들로서 다이코에게 양육받아 얼마쯤 긍지를 지니고 있다. 언제든 사양 말고 싸움을 걸어오라. 젊지만 히데야스는 언제든 상대해 주리라고……그랬더니 가게카쓰 님에게서도 회답이 있었다고 들었네. 귀하의 아버님이 안 계신 틈을 노려 싸움 거는 비겁한 사람은 아니라고…… 그러므로 우에스기를 경계하고 있는 게 아니라 이건 북쪽 나라에서 규슈 끝까지 모든 사람들의 움직임을 헤아려본 다음 쳐야 될 놈은 단숨에 치실 생각이신 거야."

"아니, 그것도 하나의 견해이지만 전부는 아니지. 대감님은 여느 사람으로선 헤아릴 수 없는 원대한 지모를 지니신 분이야. 후시미를 잃고 여느 사람이라면 반드시 화내지. 화내고 나가면 오히려 적의 결속만 굳혀주게 돼. 미쓰나리는 오합지졸이므로 화낼 때 화내지 않으면 맥이 빠져 도리어 의심에 사로잡힐걸. 즉 적의 단결이 약해지기를 기다리고 계시는 거야."

"하지만 그 때문에 기요스성의 우리 편 장수들 긴장이 풀리면 어떻게 하나. 모두들 군비에 쪼들려 성질 급한 마사노리 님 같은 분은 왜 진군하지 않느냐고 성내고 있다더군. 이런 때는 역시 나서야 돼. 일에는 때라는 게 있거든."

구구한 의견들은 이에야스를 믿으면서도 마음으로는 서쪽 정벌을 서두르고 있는 것을 부인할 수 없었다.

어느덧 8월도 중순에 접어들었다. 그러나 이에야스는 여전히 움직일 기색이 없었고, 오히려 감기 기운이 있어 당분간 서쪽으로 진군하지 못할 것 같다는 말을 꺼냈다. 물론 아무 생각 없이 말한 것은 아니다.

처음에는 이에야스도 에도에서 하루 이틀 지내고 곧 나설 생각이었다. 이미 동쪽에의 대책과 근거지 방비에는 결함이 없다. 그런데 오야마에서 돌아오는 길에 문득 한 가지 반성에 부딪쳐 자신을 다시 한번 엄숙히 돌이켜볼 생각이 들었던 것이다……

'서두를 일이 아니다!'

측근들의 화제에 올라 있는, 오야마에서 돌아오는 길에 손수 만든 지휘채를 버렸을 때의 일이었다. 장소는 틀림없이 구리바시 언저리의 길가 대나무숲이었다. 오야마로 갈 때 지휘채를 잊고 온 걸 깨닫고 지휘채도 없다면 사기에 영향이 있다……고 여겨 머리에 문득 떠오른 대로 그 대나무밭에서 대나무를 베게 하여 손수 종이를 좁게 오려 지휘채를 만들었다. 그 형식적인 지휘채가 돌아올 때도 자기 손에 쥐어져 있는 걸 보고 이에야스는 섬칫해져 자신을 돌아보고 싶어졌다.

'이래서 괜찮은 것일까?'

지휘채가 불안스럽게 여겨져서가 아니다. 이번 소동에 대한 자신의 태도가 사사로운 감정이나 분노로 더럽혀진 야심적 지휘가 아닌가 반성한 것이었다. 사사로운 감정이나 야심에 의한 지휘였다면 그것은 많은 '무리한 일'을 내포한다. 무리한 일은 일시적 소강상태를 거치더라도 언젠가 무너지고 만다.

패업의 도중에 쓰러진 노부나가.

대륙 원정을 꾀하여 죽음을 재촉하는 결과가 되었던 히데요시……

지금 이에야스에게 그들과 같은 무리함을 저지르는 일은 없는 것일까? 그렇게 생각한 순간 이에야스는 손수 만든 지휘채를 본디의 대나무밭으로 내던져버렸다. 그런데 누군가가 어째서 버리느냐고 미심쩍어했으므로 대답했던 것이다.

"미쓰나리를 상대하는 데 지휘채 따위는 필요 없다."

바꾸어 말하면 싸움터 지휘만으로 천하의 평화는 이루어질 수 없다. 실제로 사람들을 심복시킬 만한 '덕'과 자연의 뜻에 맞는 진리가 뒷받침되어야 한다는 의미였다. 이리하여 지휘채를 버린 때부터 이에야스의 마음은 더욱 열리게 되었다.

오야마에 있을 때도 모든 정보를 여러 장수들에게 감추지 않았다. 히데요리의 이름을 내세운 싸움이므로 의리를 생각하는 사람들은 미쓰나리 편이 되라고 허심탄회하게 알렸다. 그러나 여러 장수들은 아직 그 실력과 과거의 전력(戰歷)으로 이에야스를 두려워했다. 따라서 이에야스가 그들에 이어 서쪽으로 진군해 나아가 만약 진두에 나서서 지휘채를 휘두른다면 그들은 싸움에 말려드는 결과가 된다. 어쩔 수 없이 싸움에 말려든 다음 무엇이 남느냐는 것은 두 번째 조선 출병으로 이에야스가 똑똑히 알게 된 사실이었다.

이번 소동도 실은 두 번째 출병의 '무리한 일'이 원인 되어 일어난 거라고 할 수 있다. 싸우는 한편끼리 불화가 생기고, 다시 문치파와 무장파 사이의 증오가 이제 구원받을 수 없는 일이 되었다. 게다가 전공의 보고와 논공행상에 대한 불만이 얼크러져 다이코 일생의 공로를 단숨에 추악한 파벌싸움의 진구렁 속으로 떨어뜨리고 만 것이다…….

'지휘채는 갖지 않는 게 좋다…….'

아니, 이 경우 '지휘채의 주인'은 이에야스 개인이 아니라 어디까지나 평화를 이루려는 만인의 뜻이어야 하며 역사의 흐름을 따르는 방향이 아니면 안 된다고 반성한 것이다. 이에야스가 만일 여기서 뜻하지 않은 병으로 쓰러지더라도 그대로 시대의 '힘'이 될 수 있는……그것이 실은 눈에 보이지 않는 지휘채를 끊임없이 휘두르는 게 된다고 깨달았던 것이다.

이에야스가 그 반성에 따라 굳이 출병을 서두르지 않고 기요스로 사자를 보낸 것은 8월 15일, 사자로는 무라코시 시게스케(村越茂助)가 뽑혔다.

"기요스에서 재촉이 심하니 무라코시를 사자로 보내야겠다. 불러 다오."

그 말을 듣고 마사노부와 그 아들 마사즈미는 얼굴을 마주보았다. 재촉이 심하다기보다 후쿠시마 마사노리 같은 사람은 벌써 화내고 있다는 은밀한 보고가 들어와 있다.

"내대신은 이제 와서 겁내고 있는가. 한심스러운 분이군."

그럴 것이었다. 기요스를 중심으로 집결한 장수는 후쿠시마 마사노리와 이케다 데루마사를 선봉으로 구로다 나가마사, 호소카와 다다오키, 나카무라 가즈사카, 아사노 요시나가, 호리오 다다우지, 교고쿠 다카토모(京極高知), 가토 요시아키, 다나카 요시마사, 쓰쓰이 사다쓰구(筒井定次), 도도 다카토라, 야마노우치 가즈토요, 가나모리 나가치카(金森長近), 히토야나기 나오모리, 도쿠야마 도시마사(德山壽昌), 구키 모리타카, 아리마 노리요리, 아리마 도요우지, 미즈노 가쓰나리, 이코마 가즈나리, 데라사와 히로타카, 니시오 미쓰노리 외에 도쿠가와 문중의 혼다 헤이하치와 이이 나오마사가 군사감독으로 참가하여 이에야스가 도착하기를 이제나저제나 고대하고 있었으니……

'그러한 상황 속에 사자로서 다른 사람도 많은데 하필이면 무라코시 시게스케라니……'

그것도 혼다 부자는 놀라웠다.

마사노부는 이에야스가 출발을 늦추고 있는 까닭을 나름대로 해석하고 있었다. 신중한 이에야스는 여기서 차분히 마에다 도시나가와 모리 일족인 깃카와 히로이에, 히고의 가토 기요마사 등의 동향을 살피고 있는 거라고 생각했다. 사실 에도에 오고부터 이에야스는 그 사람들에게 저마다 편지를 보내고 연락을 취하기도 하고 있었다……

그러나 기요스에 보낼 사자로 무라코시가 정해지다니 마사노부의 판단력으로는 갈피를 잡을 수 없는 엉뚱한 인선이었다. 무라코시는 무식하다기보다도 다른 사람 앞에 나가서 하는 외교 따위에는 거의 알맞지 못한 고집 세고 우직한 사람으로, 굳이 좋은 점을 말한다면 고지식함이라고나 할까. 물고 늘어지라고 명령한다면 정말로 물고 늘어져 죽어도 떨어지지 않을 사나이……아니, 다른 사람을 잘못 물었다 하더라도 한번 물게 되면 어쩔 수 없으리라 여겨지는 그러한 사나이였다.

따라서 이때 기요스로 사자를 보낸다면 자기나 또는 아들 마사즈미. 나가이 나오카쓰로서도 짐이 좀 무거우리라고 여기던 터라 되물어보지 않을 수 없었다.

"저, 무라코시 시게스케를 기요스로 보낸다고 하셨습니까……?"

"그렇지. 이번 사자로는 그가 어울려. 불러 주게."

그러고는 이타사카 보쿠사이를 손짓해 불러 우선 편지를 쓰게 했다. 아버지가 무라코시를 부르러 간 동안 마사즈미는 마음 놓으며 판단했다.

'그래, 모든 걸 편지에 쓰게 해서 말은 하지 않아도 되도록 하실 작정이시군…….'

말을 시키지 않을 작정이라면 말주변 없는 무라코시가 적임자임에 틀림없다. 재치가 넘쳐 쓸데없는 소리를 하려고 해도 할 수 없는 사나이인 것이다. 그런데 보쿠사이가 붓과 벼루를 갖추자, 이에야스의 구술은 겨우 다섯 줄로 끝났다.

"그쪽 상황을 알고자 무라코시 시게스케를 사자로 보냅니다. 잘 의논하시어 회답 보내 주시기 바랍니다. 출병문제는 방심하고 있는 게 아니니 안심하시기 바라며, 자세한 것은 구두로 전할 것입니다."

마사즈미는 저도 모르게 눈이 둥그레져 이에야스를 향해 앉았다.

"이것으로 끝입니까!"

"자세한 것은 구두로 전할 것임. 편지는 그거면 되겠지."

이에야스는 대답하고 수신인은 선봉인 후쿠시마 마사노리와 이케다 데루마사의 진중으로 하여 서명해 봉하도록 보쿠사이에게 건네주고 있는데, 마사노부가 무라코시를 데리고 돌아왔다.

"무라코시냐."

"예……예……옛."

무라코시는 긴장되어 더듬거렸다. 어쩌면 마사노부로부터 너무 어려운 사자인 듯싶으면 거절하라는 말을 듣고 왔는지도 모른다.

"수고스럽지만 기요스까지 다녀와 주게. 그대가 아니면 안 될 사자야."

"제, 제가 아니면……."

"그렇지. 그대는 쓸데없는 말은 않는 사나이니."

"옛."

"그러나 하라고 지시한 말을 잊어선 안 돼."

무라코시는 흘끔 마사노부 쪽을 쳐다보며 터무니없이 큰소리로 대답했다.

"옛."

이에야스는 싱긋 웃으며 고개를 끄덕였으나 마사노부도, 마사즈미도, 보쿠사이도 긴장하며 숨죽이고 있다.

"알겠나, 잊지 않도록 마음에 새겨둬라. 그대가 이 편지를 가지고 가면 이이 나오마사와 혼다 헤이하치가 걱정하며 틀림없이 구두로 전할 말을 먼저 들려달라느니 편지내용을 모르느냐느니 물어볼 거야. 그럴 때는 정직하게 일러줘라."

"옛."

"편지 내용은 그대도 모른다. 모르니 모른다고 하면 돼. 구두로 전할 말은 이제부터 일러줄 터이지만, 이건 마사노리와 데루마사 두 장수 앞이 아니면 말할 수 없다고 해라. 다른 사람에게 말해선 결코 안 돼."

"알겠습니다."

"좋아. 그럼, 구두로 전할 말이니 잊지 마라. 여러분, 며칠 동안 진중에서 정말 수고 많으십니다."

"옛, 여러분 며칠 동안 진중에서……."

"내대신님이 이곳으로 출진하시는 일이 얼마쯤 지연되었습니다만, 감기가 심해져서는 아닙니다."

"그럼, 대감님께서는 정말로 감기가 드신 겁니까?"

이에야스는 엄숙한 표정으로 고개를 끄덕였다.

"그렇지만 여러분께서는 대군을 거느리고 이곳에 와 있으면서 어찌하여 팔짱만 끼고 계십니까. 참으로 이상하기 짝이 없습니다."

무라코시는 암기하면서 과연 그렇다고 생각했다. 조선에서는 누구의 지시도 안 받는다면서 한껏 싸워온 사람들이 이번에는 이에야스가 가지 않으면 싸움을 시작할 수 없다는 건 도리가 아니다. 첫째 지시해도 그들은 미쓰나리의 말 따위는 전혀 듣지 않았던 사람들이 아닌가.

"그곳에 언제까지 한가롭게 계실 작정인지요. 뒷받침은 반드시 해드릴 것이니 서둘러 기소강을 건너 진군하십시오. 여러분께서 출전하시면 대감님도 가시지 않을 수 없을 것, 이 점, 전갈 말씀을 단단히 전합니다."

이에야스는 무라코시를 물끄러미 쳐다보았다.

무라코시는 알겠습니다, 라고 해야 될 터인데 감탄과 공감이 섞인 목소리로 이렇게 대꾸했다.

"과연 그렇습니다!"

"알았나."

"예, 과연 그것이 도리입니다."

마사노부는 크게 한숨지었다. 기요스로 사자를 보내는 것은 당연히 이에야스의 출진이 늦어진 걸 변명하기 위한 위문사절이라고 마사노부 부자는 생각하고 있었다. 그런데 이제 듣고 보니 전혀 반대였다. 위문은커녕 무슨 까닭으로 기소강을 건너 기후의 오다 히데노부를 빨리 치지 않느냐고 힐책하는 사자가 아닌가…….

이 말을 듣는다면 성급한 후쿠시마 마사노리는 펄펄 뛰며 화내리라. 그러나 잘 생각해 보면 무라코시 말대로 과연 그것이 '도리'였다. 싸움은 이에야스 한 사람을 위해서 하는 것이 아니다. 아니, 이에야스 자신은 이제 새삼스레 싸움 따위 하지 않고 끝난다면 그편이 훨씬 더 유리한 입장이다.

누구와 싸우지 않아도 이에야스의 실력은 이미 일본 제일……마사노부는 이에야스와 무라코시를 번갈아보면서 마음속으로 새삼 머리가 숙여지는 느낌이 들었다.

'또 한 가지 배웠구나!'

정말로 명분을 세우려 한다면 이에야스가 앞장서 싸울 까닭이 없다. 이에야스는 공평하게 한 단계 높은 자리에서 미쓰나리 일파와 무장파 사이의 알력을 굽어보고 있다. 따라서 그들의 소동이 무력 격돌로 바뀌었을 때 먼저 그 옳고 그름의 판단에 따라 쳐야 될 자를 치고, 혼내야 될 자의 버릇을 가르치는 게 히데요시로부터 뒷일을 부탁받은 지도자로서 당연한 식견이 아니면 안 될 것이었다. 더욱이 이 명분을 세우기 위해서는 구태여 재치나 농간을 부리는 지혜로운 장수를 사자로 보낼 필요가 없었다. 무라코시는 그 의미로 전혀 나무랄 데 없는 곧이곧대로의 고지식한 인물……아마 그는 누가 뭐라든 주군의 명령을 그대로 전할 게 틀림없다.

"알았나, 무라코시. 알았으면 곧 준비하고 출발하라."

"예, 분부대로 하겠습니다."

그런 다음 무라코시는 다시 한번 입속으로 되뇌었다.

"정말입니다. 적을 앞에 두고 팔짱만 끼고 있는 건 말이 안 되지요."

이에야스는 웃지도 않고 그를 전송한 다음 무라코시가 복도에서 사라지자 무슨 생각을 하는지 연방 손가락을 꼽기 시작했다.

무라코시가 에도를 떠난 다음 날인 8월 15일에 서군 또한 우키타 히데이에가 군사 1만을 이끌고 오사카를 떠났으며, 이어서 17일에는 고바야카와 히데아키가 오사카를 떠나 오미의 이시베에 진을 쳤다.

무라코시가 미카와의 지리유에서 야규 무네노리와 마주친 것은 19일 이른 아침이었다. 무네노리는 기요스에서 헤이하치와 나오마사의 밀명을 받고 말을 달려 무라코시가 주막을 나서려는데 들이닥쳤다.

"잠시 기다리시오, 이야기할 게 있으니."

무네노리는 무라코시의 검술스승이기도 하다. 그러므로 무네노리를 흘끗 보자 무라코시는 바짓자락을 털며 싱긋 웃었다.

"이거, 까다로운 분을 만났는걸."

"뭐라고 하셨소? 급한 일이니 잠시 출발을 늦춰주시오."

"알았습니다. 그러나 사자의 전갈이라면 잊었습니다."

두 사람은 무라코시가 묵었던 방으로 다시 되돌아가 마주앉았다.

"귀하는 기요스의 분위기를 모를 거요. 나오마사 님도 헤이하치 님도 걱정이 태산 같아 나를 일부러 이곳에 보낸 거요."

무네노리는 이에야스의 밀명을 받고 이가, 고가 언저리로 오야마에서 먼저 출발해 와 있었던 것이다. 만일 양군이 맞부딪는 경우 아버지 무네요시를 움직여 오늘날의 '게릴라'전을 펼쳐 서군의 배후를 위협하는 게 그의 역할이었다.

그는 물론 그 준비를 이미 마치고 기요스에 와 있었는데……이때 무네노리는 29살, 아버지 무네요시는 72살. 부자가 함께 이에야스에게 심복했으며, 여러 장수들 또한 그들을 몹시 신뢰하고 있었다.

무네노리가 그 정력적인 눈을 좁히고 기요스의 분위기를 말하기 시작하자 무라코시는 진지한 얼굴로 고개를 돌렸다. 만일 그 이야기가 자기 가슴을 울려 무언가 누설하게 되면 어쩌나 하는 경계심에서였다.

"알겠소, 무라코시 님. 여러 장수들은 대감님이 당장 서쪽으로 나오셔서 싸움이 시작될 것으로 생각하고 있었지. 그런데 벌써 오늘이 19일이오. 그대가 사자로 서쪽에 오고 대감님은 아직 꼼짝도 않으시니 대체 뭘 생각하고 계시는 건지……? 마사노리 님 같은 분은 우리들을 패(覇)로 삼으실 작정이냐고 화내고 있소."

패란 바둑에서 서로 한 수씩 걸러가면서 잡고자 하는 한 집을 말하며, 저버릴 작정이냐는 뜻이었다.

"그 같은 일은 없다고 데루마사 님이 만류하려다가, 그렇지, 14일의 일로, 조금만 더하면 칼부림까지도 날 뻔했었지요. 그것을 나오마사 님과 헤이하치 님 두 분이 어쨌든 달래서 가라앉혔지만, 닷새가 지난 오늘 만일 사자인 귀하가 전하는 말에 따라 무슨 일이 일어날지 모르오. 그러므로 두 분이 나에게 어떤 전갈인지 살며시 먼저 물어보라고 해서 온 것이오. 어떻소, 이 사람의 체면을 봐서 좀 들려주지 않겠소."

무라코시는 허공을 노려본 채 한 마디도 입을 떼지 않는다.

"물론 사자가 전할 말을 들려달라는 건 무리한 일……이라는 걸 잘 알지만 부탁드리오. 모든 게 충성을 위한 일이라고 생각해서 말이오."

"무네노리 님."

"들려주시겠소."

"말해 드리고 싶은 생각은 간절하지만 곰곰이 생각해 보니 전할 말씀이 없습니다."

"뭐, 없다고!"

"그러나 여기에 편지가 있습니다. 이것뿐이지요."

"음."

무네노리는 낮게 신음했다. 그럴지도 모른다는 생각이 들었기 때문이었다. 말솜씨가 서툴고 사자로 가는 일을 지금까지 한 번도 해본 적 없는 무라코시였다. 그런 만큼 모든 걸 편지에 쓰고 전하는 말은 필요 없도록 했는지도 모른다……고 여긴 것이다.

"다름 아닌 귀하의 말씀이니 편지의 봉함을 뜯어서 보여드리고 싶습니다만, 봉함을 뜯으면 배를 갈라야 됩니다. 그래도 되겠습니까?"

"음, 그래선 곤란하지. 그렇다면 사자인 그대가 기요스로 가지 못하게 돼."

"유감스럽습니다. 그럼, 봉함은 뜯지 말고 이대로 이 몸과 함께 기요스로 데리고 가주시오."

지독하게 없는 말주변이 때로는 웅변 이상의 박력을 갖는다. 어지간한 무네노리도 이로써 구두로 전할 말은 없는 줄 알고 그 길로 함께 나란히 기요스로 향했다.

무라코시가 기요스에 이르렀을 때는 여러 장수들이 모두 성안의 큰방에 모여

기다리고 있었다. 무네노리는 큰방의 심상치 않은 공기를 경계하여 우선 무라코시를 나오마사며 헤이하치와 별실에서 만나게 하고 말했다.

"틀림없이 편지뿐이며 구두 전갈은 없는 것 같습니다."

세 사람은 무라코시를 모두들 앞으로 안내했다. 수신인은 선봉인 마사노리와 데루마사 두 장수로 되어 있다. 하지만 두 장수 뒤에는 호소카와 다다오키, 구로다 나가마사, 아사노 요시나가 등의 여러 장수들이 눈을 번뜩이며 앉아 있다. 무라코시는 깜짝 놀란 듯 나오마사와 헤이하치 두 사람 사이에서 모든 사람들 얼굴을 자세히 보았다.

마사노리가 무라코시의 발언을 기다리다 못해 조그맣게 두 무릎 나앉으며 흰 부채를 고쳐잡았다.

"사자는 수고 많으시오. 그런데 내대신님은 언제 에도를 출발하셨소?"

"이제……."

무라코시는 대답하며 가슴을 쫙 폈다. 주눅 들면 안 된다고 잔뜩 긴장된 소년 같은 동작으로 천천히 품 안의 편지를 꺼내 부채 위에 올려놓았다.

"이것이 서한입니다. 잘 읽어보십시오."

"흠, 우리 두 사람 앞으로 보내셨군. 실례!"

데루마사에게 목례하고 마사노리는 좀 미심쩍은 듯 고개를 갸웃했다. 편지가 너무 가볍기 때문이었으리라. 나오마사도 헤이하치도 그제야 흠칫했다. 아니, 두 사람보다도 말석에 대기하고 있는 무네노리의 얼굴빛이 핼쑥하게 긴장되었다.

"흠."

마사노리가 겉봉을 뜯은 편지는 누구 눈에나 몇 줄의 짧은 글로 비쳤다. 그것을 마사노리는 곧 데루마사에게 건네고 다시 한번 낮게 신음했다.

"그쪽 상황을 알고자 무라코시 시게스케를 사자로 보냅니다. 잘 의논하시어 회답보내 주시기 바랍니다. 출병문제는 방심하고 있는 게 아니니 안심하시기 바라며, 자세한 것은 구두로 전할 것입니다."

데루마사는 소리 내어 읽은 다음 그것을 뒤에 있는 호소카와 다다오키에게 건넸다. 구두 전갈이 없기는커녕 자세한 것은 구두로……라고 끝줄을 맺고 있다.

헤이하치가 당황해 무라코시의 무릎을 찔렀다.

"무라코시! 구두로 전할 말은 감기가 심하다는 거지?"

무라코시는 헤이하치를 흘끔 쳐다보고 그대로 홱 정면으로 돌아앉았다.

"그렇겠지. 감기가 몹시 위중하시다……그러니 낫는 대로 급히 출전하신다……는 말씀이셨겠지."

그때는 벌써 마사노리의 눈도, 데루마사와 다다오키의 눈도 물어뜯을 듯이 무라코시에게 쏠려 있었다. 무라코시는 천천히 고개를 저었다.

"감기는 아니십니다!"

모두들 깜짝 놀랄 만큼 큰 소리로 대답하는 것과 동시에 큰 충격을 받은 듯 마사노리의 몸이 앞으로 내밀어졌다.

"감기는 아니시다. 그런데도 아직 출전하지 않으시다니 참으로 괴이하기 이를 데 없는 일, 내대신님은 우리들을 저버리실 작정인가. 빨리 구두 전갈이나 들어봅시다."

"지……지……지금부터 말씀드리리다."

무라코시는 심하게 더듬거리며 다시 가슴을 활짝 펴 자세를 바로잡았다. 무네노리는 풀 죽어 여러 사람들 뒤에서 어깨를 떨어뜨리고 있다. 무라코시로서는 아마 그의 인생에서 가장 큰 긴장과 담력을 필요로 한 장면이었을 게 분명하다. 이 고비를 무사히 넘기느냐 못 넘기느냐에 따라 그의 기량뿐 아니라 평생의 자신감마저 결정되는 것이다.

"그럼, 구두 전갈을……."

그는 다시 큰 목소리로 말하고, 한 번 바로잡았던 무릎의 흰 부채를 앞으로 당겨 고쳐놓았다.

"여러분, 며칠 동안 진중에서 정말 수고 많으십니다."

순간 마사노리는 넋이 빠진 듯 멍해졌다. 고함소리에 가까운 목소리에서 느닷없이 꼭두각시 인형을 연상케 하는 고지식한 인사의 자세로 바뀌었기 때문이었다.

무라코시는 그러한 반응 따위는 눈여겨보려고도 하지 않았다. 그는 몇십 번이고 머릿속에서 되풀이해 둔 구두 전갈을 순서 틀리지 않게 전하는 것만도 힘에 겨웠다.

"내대신님이 이곳으로 출진하시는 일이 얼마쯤 지연되었습니다만, 감기가 심해져서는 아닙니다."

나오마사는 당황해 외면하며 한숨지었다. 여러 장수들을 달래는 핑계로 그들은 거듭 이에야스의 감기를 내세워왔던 것이다…….

"심하지는 않지만 감기 기운이 전혀 없으신 것도 아닙니다."

무라코시도 너무 명백하게 부정하면 안 되리라고 좀 생각을 고친 다음 목소리를 높였다.

"그러므로 잠시 출전하시기 어렵습니다."

"뭐, 뭐라고 했소? 감기는 심하지 않지만 출전은 어렵다고 한 것 같은데."

"그대로입니다."

이번에는 무라코시가 물어뜯는 듯한 시선을 마사노리에게로 보냈다.

"그렇지만 여러분께서는 대군을 거느리고 이곳에 와 있으면서 어찌하여 팔짱만 끼고 계십니까. 참으로 이상하기 짝이 없습니다."

"뭐……뭐라고!"

마사노리는 깜짝 놀라 데루마사를 쳐다보았다. 데루마사는 아직 말뜻을 알아듣지 못해 놀라기 전의 표정이었다.

"여러분들이 가신이라면 대감님께서 일일이 지시 내리시겠지만, 여러분은 가신이 아닙니다. 같은 편일 따름입니다. 그 한편이신 여러분들이 어찌하여 이곳에서 팔짱만 끼고 계시는 것인지, 빨리 기소강을 건너 진군하십시오. 그러면 대감님도 출전에 대해 방심하지 않고 있으니 안심하시라고 편지에 밝히신 대로입니다. 대감님이 출전을 보류하고 계신 건 대감님의 감기나 형편 때문만은 아닙니다. 오직 여러분의 마음가짐에 달렸습니다."

분발한 표정으로 거기까지 말하자 무라코시는 다시 부채를 집어 무릎에 세웠다. 이마에도 목 언저리에도 구슬 같은 땀이 맺히고 어깨는 가늘게 물결치고 있다. 무라코시는 마침내 이에야스의 의지 이상 가는 매서움으로 그들 결심의 애매함을 꾸짖은 것이다.

순간 모두들 조용해졌다. 나오마사도 헤이하치도 그들의 상식 테두리 밖으로 내던져져 선뜻 뭐라고 할 말을 몰랐다. 그러자 별안간 마사노리가 흰 부채를 펼쳐 눈앞의 무라코시를 부쳐주기 시작했다.

"훌륭하신 분부! 우러러보았소! 아니, 그대 말씀대로요. 과연 그렇소!"

부채질을 받으면서 이번에는 무라코시가 멍해졌다.

무라코시는 여러 장수들에게 목이 베일 것이라고는 생각지 않았다.

'그만한 용기는 없겠지…….'

그는 나름대로 이에야스의 정당함과 강대한 힘을 믿고 있었다. 그러나 후쿠시마 마사노리가 노여워하지 않고 자기를 칭찬하리라고는 상상도 하지 못했었다. 그런 만큼 마사노리가 흰 부채를 쳐들었을 때 저도 모르게 체념의 눈을 감으려 했다.

'얻어맞겠구나!'

성급한 마사노리이므로 홧김에 때리는 일은 있더라도 결국 이에야스의 조리 있는 말을 따를 수밖에 없으리라. 그렇게 되면 어쨌든 자기를 사자로 뽑아준 이에야스에 대한 면목은 선다고 여겼는데, 마사노리는 미카와 무사 이상으로 단순하게 무라코시의 용기에 탄복해준 것이다.

마사노리는 다시 한번 진심으로 감탄했다.

"정말 지당한 분부이시다. 좋소! 곧 진격을 개시하여 머지않아 전황을 전해 드리리다. 아니, 귀하도 2, 3일 머물며 이누야마성과 기후성을 함락시키는 우리 솜씨를 구경하시오."

무라코시는 그제야 비로소 제정신이 돌아와 꿇어엎드렸다.

"고마우신 말씀이오나 저는 심부름 온 사자입니다. 성 공격을 지켜보는 건 제 소임이 아니므로 사양하겠습니다."

그 말하는 태도도 이런 일에 익숙지 못한 소년의 모습같이 매우 딱딱한 동작이었으나, 이번에는 한결 이 자리에 어울리는 범접하기 어려운 여운을 풍기는 게 이상했다. 가토 요시아키가 손뼉을 치며 놀라고 있는 마사노리의 어색함을 거들어주었다.

"과연 마사노리 님 말씀처럼 이건 면목 없는 일이었소. 우리들은 가신이 아니므로 내대신님이 출전하시기까지 우리 판단으로 행동하는 게 당연했었소. 그런데 이게 뭐요, 이곳에서 시일을 허비하다니……."

"옳은 말씀이오."

"어쨌든 무라코시 님이 용기 있게 말씀해 주셨소."

"이제 분명해졌어. 우리가 출전하면 내대신님도 출전하신다. 내대신님 한 사람의 싸움에 원군으로 온 것은 아니었어. 하하……."

일단 알고 나자 구로다 나가마사는 물론 아사노 요시나가며 호리오 다다우지도 활짝 밝은 얼굴이 되었다. 단지 호소카와 다다오키만은 미소 지을 뿐 맞장구치지 않았다. 그는 생각 깊은 인물이므로 어쩌면 이에야스 생각을 했는지도 모른다.

'교활한 분!'

만일 그렇다면 이에야스는 확실히 이곳에 모인 사람들의 단순함으로는 아직 헤아릴 수 없는 깊은 지모를 가지고 움직이는 게 틀림없었다.

무라코시는 느닷없이 모든 사람들 앞에 다시 손을 짚었다. 이번에는 여러 장수에게뿐 아니라 나오마사와 헤이하치에게 사과드릴 셈인 것 같다.

"실은 저도 갈팡질팡했습니다. 여러분께서 기다리시는 것을 알므로……그러나 여러분께서 편지를 보시는 동안 결심했습니다. 지혜와 재치가 필요한 사자라면 대감님이 어찌 이 무라코시를 뽑으셨겠는가. 여기서는 서면과 대감님의 진심을 전해 드려야만 한다……아니, 그렇게 하라고 저를 사자로 뽑아주신 게 틀림없다고 생각하여…… 실례를 용서해 주십시오."

그 고백은 더욱 모든 사람들 마음에 충분한 맑은 바람을 불어넣었다…….

무라코시의 도착으로 기요스성 안 공기는 확 바뀌었다. 그때까지 이에야스의 서쪽 출진이 늦어지는 데 초조함을 느끼는 집합체였던 여러 장수들이 갑자기 활기를 되찾아 서군에 덤벼들려는 참다운 의미의 선봉이 될 분위기였다. 군사감독으로 먼저 파견되어 틈바구니에 끼어 난처하던 나오마사와 헤이하치에게도 다시 없는 구원이었다.

큰방을 물러나와 무라코시를 별실에서 쉬게 하고 나오마사는 감탄하며 말했다.

"사람은 과연 저마다 쓸모가 있는 거야. 무라코시가 우리들 말을 따라 대감님은 감기……라고만 했다면 지금쯤 어떤 소동이 벌어졌을까."

그러자 헤이하치는 혼자 웃기 시작했다.

아마도 장수들은 그때부터 성주 마사노리의 거실에 모여 언제 공격을 개시할 것인지 협의하기 시작한 모양이었다.

"뭘 웃으시오, 혼다 님은."

"아니오, 다이코와 대감님의 수단을 비교해 본 거요. 다이코는 성미가 급했지.

그 혼노사 사건 때도 순식간에 모리와 강화 맺고 되돌아와 야마자키에서 미쓰히데 군을 쳐부쉈지. 그런데 대감님은 그와 정반대야. 성미가 느긋하기로 천하에 비길 사람이 없어."

나오마사는 헤이하치의 말이 우스웠다.

'느리고 급한 성질의 비교가 아니다……'

무라코시의 말을 듣고 비로소 깨달았지만 이에야스로서는 여기서 앞장서 싸움을 서두를 이유가 전혀 없었던 것이다.

미쓰나리 편에서는 이에야스를 가리켜 적이라고 떠들어대고 있다. 하지만 이에야스는 그것을 아이들 소동으로 차분히 지켜보며 상대가 떠들다 지쳤을 때 기회를 잡아 해결해 버리면 그뿐이었다. 성질이 느긋한 게 아니다. 아이들끼리의 흥분은 식어갈수록 단결이 흩어진다고 냉정하게 꿰뚫어보고 있다. 그리고 이해득실의 계산을 할 수 있도록 상대에게 시간여유를 주면 반드시 옳은 길로 나아가는 사람을 편들게 되리라고 판단한 게 분명하다.

"어떻소, 나오마사 님, 그들 가운데 누가 선봉에 나서리라 보시오."

싸움을 즐기는 노인답게 헤이하치가 다시 말을 걸었으나 나오마사는 미소 지을 뿐 대답하지 않았다. 아마 이번에는 누가 맨 먼저 기소강을 건너갈지로 다투는 일이 여러 장수들 화제의 중심이 되리라. 오직 한 군데 급소를 찌르는 데 따라 분위기가 그토록 달라져버린 것이다.

'그러나 우리들로선 알지 못한 그 급소를 대감님이 찌르셨다……'

나오마사는 말했다.

"조용한 분이야. 다케다 신겐의 풍림화산(風林火山)이라는 깃발처럼 참으로 조용하기가 숲 같은 분이야."

헤이하치는 다시 같은 말을 되풀이했다.

"아니, 천성적으로 느긋하신 거지. 그런데 대감님은 언제쯤 에도를 떠나실 것 같은가."

나오마사는 희미하게 고개 저으며 대답했다.

"유감스러우나 아직 대감님 마음속은 알 수 없지. 우리들이 헤아릴 수 없는 산전수전 다 겪으신 분이니까."

그때 마사노리의 시동이 두 사람을 부르러 왔다.

전쟁, 시작되다

　미쓰나리가 계획대로 거성인 사와산성에서 군사 6700명을 이끌고 오가키성으로 진출한 것은 8월 10일이었다. 여기서 시마즈 요시히로, 시마즈 도요히사, 고니시 유키나가 등을 불러 협의한 다음 총대장 모리 데루모토를 오사카에서 끌어내어 기후성으로 진군하려는 것이다. 그로서는 모든 것을 다 바친 이번 거사가 마침내 그 결실을 맺느냐 어떠냐는 갈림길에 접어들었다.

　그가 느낀 가장 큰 불안은 오사카 출발 시기를 이에야스가 에도를 출발하는 시기와 맞추는 일이었다. 내부에서 조용히 살펴보니 여러 서군의 이에야스에 대한 공포는 그가 상상했던 것보다 훨씬 컸다. 이세 방면으로 진출해 있던 아노쓰(阿濃津) 성주 도미타 노부타카(富田信高)와 우에노(上野) 성주 와케베 미쓰요시(分部光嘉) 등은 에도 방면에서 철수해 온 배그림자를 보고 '이에야스가 쳐들어왔다!'고 착각하여 스즈카 고개(鈴鹿峠)로 도망치고 가메야마(龜山)로도 피신하는 추태를 부렸다. 그러므로 만일 데루모토가 오사카를 떠나기 전에 이에야스가 진을 친다면 자기 편에 어떠한 동요가 일어날지 몰랐다.

　'과연 에케이가 데루모토를 설복하여 이세 쪽으로 떠났는지 어떤지……'

　그런 의미에서, 기요스에 집결한 동군의 여러 장수들이 이에야스의 도착을 고대하는 심리와는 정반대였다. 동군 장수들이 이에야스의 도착을 기다리는 마음은, 미쓰나리의 불안을 꿰뚫어보고 있었다는 빈정거림과도 통한다. 바꾸어 말해 이에야스의 실력은 이미 동서 여러 군사들 위에 같은 비중으로 덮쳐누르고 있었던 것이다.

미쓰나리도 물론 팔짱만 끼고 있지는 않았다. 그는 그 불안을 숨기고 이에야스의 에도 출발을 늦춰보려고 여러 곳에 새로이 자기 편 군사의 우세함을 선전하고 독려했다.

사타케 요시노리에게는 이렇게 전해 보냈다.

"사나다 부자, 호리 히데하루, 마에다 도시나가도 우리 편이며 온 일본 무사의 처자들을 모조리 오사카에 억류해 감시하고 있다. 게다가 오슈의 다테, 모가미, 소마(相馬) 등도 모두 우리와 마음을 통하고 있으니 안심하고 에도를 찌르도록……"

서군 총병력은 이세, 미노, 호쿠리쿠, 여기에 세다 다리(勢田橋) 동쪽 수비군과 오사카 수비 병력을 합치면 18만4970명…… 고작해야 4, 5만밖에 동원할 수 없는 이에야스가 이 대군을 어찌 당해 내겠는가? 지금쯤 벌써 떨고 있을 것이며 만일 정신없이 서부로 진격해 오더라도 오와리와 미카와 접경에서 쳐부수도록 손써 두었다……고 덧붙여 썼다.

그것은 말할 나위도 없이 미쓰나리 마음속의 불안을 감춘 거짓과 진실이 섞인 선전으로 군사수까지 어마어마하게 불려놓았다. 한 가지 예를 들면 1500명 정도의 시마즈 군사를 5000명이나 되는 것처럼 선전하고 있다.

사나다 부자에게도 이와 같은 내용의 편지를 보냈다. 신슈는 물론 고슈까지 사나다 가문 영토로 해주겠으며, 그것은 이미 데루모토도 분명 승낙한 일이라고 썼다. 그리고 또 이에야스가 반드시 서부로 진격해 올 거라는 소문이 도는데, 부디 올라와주기를 고대하고 있다는 둥 마치 문제 삼지도 않는다는 식으로 사기가 하늘을 찌르는 듯 꾸몄다.

인간 또한 짖어대는 개와 공통되는 약점을 갖고 있다. 궁지에 몰릴수록 그 선전이 과대해지고 위협성을 띠며 허세와 헛웃음을 치기 마련이다. 다이코도 조선 전투에서 고초를 겪게 되자 필요 이상 호사스럽게 성을 단장하고 다이고에서 꽃놀이를 하기도 했다.

약점을 보이지 않으려고 짖어대면 그 효과로 충분히 겁먹는 자가 나오기 때문이었지만 그 짖는 소리 뒤에 얽힌 슬픈 조락(凋落)의 기운은 반드시 역사 속에 스며 남는다……

미쓰나리는 오가키성으로 들어가면서부터 점점 불안이 커졌다.

'데루모토는 나서지 않는 게 아닐까? 그리고 반대로 데루모토가 오지 않는 것을 확실히 알고 난 다음 이에야스는 유유히 에도를 출발할 작정이 아닐까……?'

그것은 그가 전선에 나와서 비로소 느낀 공포감이었다. 그는 일찍이 히데요시의 군사감독이 되어 참모로서 히데요시의 명령을 실전부대에 사정없이 지시해 왔었다. 그때의 반감이 지금 기요스성에 집결되어 그의 앞길을 가로막고 있다.

그런데 지금 그는 히데요시의 군사감독이 아니다. 참다운 주모자가 아니고 지휘자일지라도 한낱 부장(部將)에 지나지 않는다. 그런 야릇한 입장으로 전선에 나서 보니 그에게도 차츰 이에야스가 움직일 수 없는 거대한 바위로 보이기 시작한 것이다.

'싸움터의 계략은 세상의 여느 재능과 다른 것일까?'

그 불안이 여기저기로 한층 더 해대는 선전과 독려로 모습을 바꾸고 있었지만, 데루모토에 관한 그의 불안은 들어맞고 있었다.

미쓰나리의 심한 독촉에도 불구하고 데루모토는 차츰 오사카에서 출진할 생각을 잃어가고 있었다. 에케이에게는 잘 알았다고 대답했지만, 그 전후 이세 방면으로 간 양자 히데모토로부터 매서운 반대 의견을 듣고 있었던 것이다.

"미쓰나리에게 편들어 꼭 출전하시려면 히데요리 님을 데리고 가십시오. 그러시면 이 히데모토도 선봉으로 나서서 내대신이 나오지 않을 경우 간토까지라도 가겠습니다. 히데요리 님이 나서면 미쓰나리에게 반감을 가진 장수들도 결코 대항하지 않으리라 생각되니 어쩌면 내대신과 대등한 싸움이 될 수 있을지도 모르겠습니다. 그러지 않고는 승산 없습니다."

데루모토로서는 참으로 따끔한 반대였다. 아직 8살밖에 안 된 히데요리를 어찌 싸움터로 데려갈 수 있겠는가. 그렇게 하지 않으면 미쓰나리에 대한 장수들의 원한이 모두 모리 가문으로 돌아갈 거라고 하니 도저히 움직일 수 없었다.

"그럼, 아무튼 너는 이세 방면으로 가거라."

그리고 에케이가 무슨 말을 물어오면 적당히 대답해 둔다는 묵계 아래 히데모토가 이세 방면으로 떠나간 것이므로 데루모토가 쉽사리 나설 리 없었다…….

미쓰나리는 그것을 아직 정확히 모르고 있었다. 그러므로 불안이 걷잡을 수 없는 형태로 그를 꽉꽉 죄어댔다.

그러한 미쓰나리에게 8월 21일 한낮에 오다 히데노부로부터 급보가 전해져 왔다⋯⋯.

"동군이 마침내 기소강을 건너 기후성으로 쳐들어오고 있습니다. 급히 원군을."

그즈음 기후성에는 히데노부의 군사 약 6500명이 있었고, 60리쯤 떨어진 이누야마성을 미쓰나리의 사위 이시카와 사다키요(石川貞淸)가 지키고 있었다. 이누야마성에는 사다키요 외에 하치만 성주 이나바 사다미치, 다라(多良) 성주 세키 가즈마사(關一政), 구로노(黑野) 성주 가토 사다야스, 이와테 성주 다케나카 시게카도(竹中重門) 등의 원군 약 1700명이 모였고, 기후에서 40리 떨어진 다케가바나성(竹鼻城)에는 스기우라 모리카네(杉浦盛兼)가 있었으며 모리 가몬(毛利掃部)이 그를 도왔다. 따라서 모두 합쳐도 9000명이 될까 말까 한 병력이었다.

그에 비해 기요스의 동군 병력은 3만을 넘었다. 그들이 무라코시가 올 때까지 출격을 생각하고 있지 않았던 것은 확실히 이상한 일 가운데 하나였다. 말하자면 미쓰나리가 선전한 서군 총군사 18만4970명이라는 과장된 숫자의 주문에 걸려 있었다고도 할 수 있다.

그런데 무라코시가 그 주문을 풀어주었다. 그들이 진격을 개시한다면 이에야스가 결코 가만히 있을 리 없지 않느냐고⋯⋯.

여러 장수들이 진격개시를 결정한 것은 무라코시가 그들에게 이에야스의 말을 전한 다음 날인 8월 20일이었다. 출격이 결정되자 놀라울 정도로 사기가 높아 후쿠시마 마사노리와 이케다 데루마사는 선봉을 다투는 심한 논쟁까지 되풀이했다.

"이누야마와 다케가바나는 격파되더라도 기후 본성은 함락되지 않겠지. 그러니 재빨리 기후를 치자."

마사노리가 그 말을 꺼냈을 때 모두들 입을 모아 찬성했다.

기후는 노부나가 손으로 이루어진 이름난 성이다. 긴카산(金華山) 큰 봉우리를 본성으로 서남쪽에 즈이류지산(瑞龍寺山), 북쪽으로는 나가라강 낭떠러지가 있고, 동남쪽은 골짜기에 깊은 수렁을 낀 난공불락의 형세를 갖춘 곳이었다. 올라가는 길목은 둘이었다. 앞길은 나나마가리(七曲), 뒷길은 모모마가리(百曲)라 불리며 수로문(水路門)이라 부르는 험준한 좁은 길로 이어져 있다.

"역시 군사를 둘로 나누어 기소강을 건너야겠지."

"당연한 일. 그러니 나는 상류의 가와다(河田)로부터 밀고 건너가 성 앞길로 곧장 진격해 나가겠소."

후쿠시마 마사노리가 말하자 이케다 데루마사는 얼굴빛이 달라져 대들었다.

"참으로 알 수 없는 소리를 하는군. 나도 마사노리 님과 함께 이번에 선봉을 맡은 자요…… 그러니 내가 길을 돌아 하류의 오고세(尾越)를 건너 성 뒤쪽으로 가야 될 법은 없을 테지."

그러나 고집스럽기로 이름난 마사노리는 얼굴색을 바꾸며 양보하려 하지 않았다.

"무슨 소리요. 나는 본디 기요스 성주, 이 오와리를 영토로 가진 마사노리가 어찌 뒷문 쪽으로 갈 수 있겠소. 여기서는 데루마사 님이 나에게 양보해야 되오."

"점점 괴상한 소리를 하는군. 귀하는 영토가 잇닿아 있으니 지리에 밝아 진격하기 쉬울 텐데 익숙지 못한 나더러 돌아가라니 무사로서 있을 수 없는……."

"닥치시오! 그것은 예사로 들어넘길 수 없는 말."

서로 완강하게 양보할 기색이 없으므로 참다못해 헤이하치가 끼어들었다.

"두 분 다 잠깐."

헤이하치는 과연 싸움에 노련했다.

"참으로 용맹스러운 말이라 나도 오랜만에 피가 끓어오르는 것 같소. 그러나 이제까지 허송세월하며 대감님을 기다렸던 터에 막상 진격하게 되어 그렇듯 싸울 것까지는 없잖소. 어떻소, 나에게 맡겨줄 수 없겠소."

"아니, 선봉장에게 앞장서는 것을 양보하라면 승낙할 수 없는 일 아니겠소."

데루마사가 정색하며 몸을 내밀자 헤이하치는 손을 들어 제지했다.

"아무렴, 귀하에게 선봉을 양보하라는 것은 아니오. 어떻소. 마사노리 님은 영토에 가까운 곳이라 배며 뗏목의 준비가 쉬울 것이니 여기서는 도쿠가와 가문 사위이신 데루마사 님에게 상류 쪽의 가와다 방면을 양보해 드리지 않겠소."

"허, 무슨 소리요. 그럼, 그대는 이 마사노리를 누르고 데루마사 님을 편들 작정이오."

"그런 게 아니오. 다퉈봐야 소용없는 일이니 귀하는 하류의 오고세를 건너 성 뒤쪽으로 진격하시고 귀하가 다 건넜을 때 신호로 봉화를 올리면 동시에 양쪽에서 함께 호응해 쳐들어가자는 것이오."

"흠, 과연."

"그러면 어느 쪽이 앞장선 것도 아니고 단숨에 기후를 함락시킬 수 있다고 생각되는데."

인간이란 일단 주문이 풀리면 이제까지의 자기와는 전혀 다른 사람처럼 기운이 나는 모양이다. 선봉 다툼은 헤이하치의 중재로 하류를 건넌 부대가 봉화를 올리기까지 기다리는 것으로 타협되었다.

하류의 오고세를 건넌 것은 후쿠시마 마사노리를 선봉으로 호소카와 다다오키, 가토 요시아키, 다나카 요시마사, 도도 다카토라, 나카무라 가즈사카, 하치스카 도요카쓰, 교고쿠 다카토모, 이코마 가즈나리 등……거기에 나오마사, 헤이하치의 군사를 합친 1만6000명.

상류의 가와다 쪽에서 앞길로 나선 군사는 데루마사를 선봉으로 한 아사노 요시나가, 야마노우치 가즈토요, 아리마 도요우지, 히토야나기 나오모리, 도가와 사토야스(戸川達安) 등 약 1만8000명.

그리하여 8월 21일 이른 새벽부터 행동을 개시하여 기소강 왼쪽 기슭으로 진격해 갔다. 다만 다나카 요시마사와 나카무라 가즈사카는 하구로(羽黑) 언저리로 나가 이누야마성의 서군 이시카와 사다키요에 대비했다.

이러한 동군의 움직임이 미쓰나리에게 전해진 것은 여러 군세가 기소강을 건너고 있던 무렵이었는데……이에 대해 기후성 안에서는 가신 다쿠미 가이마사가 농성을 하자고 주장했다.

"유감스러운 일이지만 적의 병력이 너무 많습니다. 지금은 농성하여 미쓰나리님을 비롯한 미노 쪽 본대가 도착할 때까지 기다려야 될 것입니다."

그러나 히데노부는 듣지 않았다. 그는 노부나가의 손자로 태어났으면서도 전략과 전술에 있어 세상에서 흔히 말하는 못난 3대손에 지나지 않았다.

"농성한다면 세상 사람들이 어떻게 말하겠나. 나가서 싸우는 것이 조부님 이래 우리 집안 가풍이야."

그리고 스스로 본진을 염마당(閻魔堂) 앞의 가와테 마을(川手村)에 설치하고 사토 마사히데(佐藤方秀), 다쿠미 가이마사, 모모 쓰나이에 등에게 미쓰나리의 원병 가와세 사마노스케 등을 딸려 그의 총병력 반수인 3200명 정도를 니카노(新加納)와 요네노(米野) 사이에 배치하고 밤을 맞았다.

날이 새면 8월 22일—

어느덧 가을바람이 일기 시작한 기소강 상류 나루터, 가와다 언저리에는 양군을 가로막는 한 조각의 안개도 없었으며 먼동이 트기 전부터 강을 끼고 줄지어 늘어선 동군과 서군의 깃발이 선명하게 보였다.

먼저 총격을 시작한 것은 서군인 오다 군이었다. 공격당하는 편과 공격하는 편은 심리적 부담의 차이가 크다. 이때 동군 선봉인 데루마사 군은 아직 싸움을 시작할 생각이 없었다. 그들은 하류의 오고세 방면으로 간 마사노리 군 쪽에서 도강(渡江) 준비를 마쳤다는 봉화가 오르기를 기다려 일제히 강을 건널 작정이었던 것이다. 그런데 앞쪽의 오다 군이 이른 새벽부터 총격을 개시했을 뿐 아니라 응전하지 않으면 곧 강을 건너올 것 같은 기세였다.

"이거 참, 생각했던 것보다 적의 사기가 대단하군요. 이대로 기다리다가는 아군이 불리해지겠습니다."

가신 이키 다다마사(伊木忠正)가 데루마사에게 달려와 응전 허락을 요청했을 때 데루마사는 처음에 들어주지 않았다.

"아니야, 먼저 건너가면 마사노리 님이 귀찮다. 좀더 기다리도록."

그러나 적에게 발포당하자 아군 장병들은 차츰 전마(戰魔)에 휩쓸려갔다. 싸움 역시 군중심리의 지배를 벗어날 수 없었다.

아직은 결코 몸에 위협이 닥쳐올 위치는 아니다. 서군과의 사이에 기소강이 가로놓여 유탄은 허공에서 헛되이 작렬했지만 그 아래에 포복하여 적을 노리고 있는 군사들의 이성은 폭발점에 이르렀다.

"이렇게 되면 명령을 거역하고 건너가는 군사가 나타날 것입니다. 상대가 강을 건너기 시작하면 가만히 있지 않을 겁니다."

이키에게 다시 재촉받고 데루마사도 마침내 승낙할 마음이 되었다.

"좋아, 적에게 도전당하여 뒤로 물러설 수 없었다고 곧 사자를 보내라."

그렇게 명해 놓고 곧바로 응전을 개시했다.

일단 명령이 내려지자 무엇엔가 홀린 듯한 사람들의 경기와도 흡사했다. 이키의 군사들이 맨 먼저 말을 타고 상류에 뛰어들었고, 잇달아 히토야나기 나오모리가 건너편의 고묘사(光明寺)를 바라보며 비스듬히 강을 건너기 시작했다. 호리오 다다우지가 그 뒤를 따랐을 무렵에는 건너편의 사격도 필사적이 되어갔다.

처음에는 총탄을 피하려 말을 타지 않고 말 머리에 몸을 바싹 붙이고 건넜으나 어느새 사나운 질타와 노호가 섞인 말 탄 도강이 되었다. 데루마사도 지휘채를 휘두르며 물속으로 뛰어들었고, 아사노 요시나가도 눈에 핏발을 세우고 뒤따라 강을 건넜다. 강기슭 가까이에서 총탄과 인마의 노기가 뒤얽히기 시작하자 쓰러지고 상처 입는 자의 수가 차츰 늘어났다.

히토야나기의 노신 오쓰카(大塚)가 물가에 쓰러지고, 오다 편의 다케치(武內), 이누마(飯沼) 등도 도강을 막으려다 죽어갔다.

이렇게 되자 이미 마사노리와의 약속 같은 건 아무도 생각지 못하게 되었다. 아리마, 야마노우치, 마쓰시타, 도가와 등의 군사는 앞다투어 강을 건너 창을 모아 오다 군 측면에 덤벼들었다. 평화를 쌓는 데는 피나는 노력의 축적이 필요하지만 일단 싸움이 벌어지면 눈 깜짝할 새 허무한 수라장으로 확 바뀐다.

서쪽의 오다 군이 도강을 막지 못하고 격파당하여 후퇴하기 시작한 것은 아직 오정 때도 못 되어서였다.

하류로 진격하던 마사노리 이하 군사는 22일 해 질 녘까지 서군의 스기우라 고자에몬, 모리 가몬 등이 지키고 있던 다케가바나성을 떨어뜨리고 가사마쓰(笠松)의 서북쪽 다로(太郎) 둑으로 나아가 야영준비를 하고 있었다.

그들은 아직 상류 쪽으로 간 데루마사 군 이하 여러 군사들이 가와다를 건넌 것을 모르고 있었다.

다케가바나성에서는 마사노리의 옛 친구 모리 가몬과 가지카와 산주로(梶川三十郎)를 불러 항복받았으며 오직 혼자 완강하게 저항하는 스기우라 고자에몬과 오전 10시부터 오후 4시까지 싸워서 끝내 이를 전멸시키고 다로 둑으로 진격하여 의기양양해 있었다.

"오늘은 여기서 밤새우고 내일 새벽에 기후로 진격하자. 나오마사, 헤이하치 두 분은 다케가바나성의 승리를 곧 에도의 내대신께 알리시도록."

마사노리는 지시하고 다시 그 언저리 마을을 불 지르도록 명했다.

"우리들 위치를 상류 부대에게 알려줘야 돼. 내일은 드디어 기후를 공격해야 하니까."

그리고 아무것도 모르는 민가에 봉화 대신 불을 질러 어둑어둑한 하늘에 불길한 불꽃이 뻗어올랐을 무렵이었다.

"방금 데루마사 님에게서 사자가 왔습니다."

화톳불 속을 누비며 달려온 근위무사의 말에 고개를 기울이며 마사노리는 만일 실수하여 그들이 강 지점까지 나아가지 못했다면 곧 원군을 보내야 한다고 자문자답하면서 성급하게 걸상에서 일어섰다.

"뭐라고, 데루마사 님에게서 이 시간에 무슨 일일까. 곧 오라고 해."

그런데 상류부대들이 오늘 아침에 벌써 강을 건너 요네노에서 싸우고, 기후로 진격했으니 오해하지 말라는 사자가 아닌가.

"뭐, 나와의 약속을 어기고 건너갔다고!"

"아닙니다, 적의 도전을 받아 어쩔 수 없이 그렇게 된 것입니다."

"데루마사! 배반했어."

난세 무장의 분노는 때로 투견처럼 단순했다. 물론 성격 나름인 것은 말할 나위도 없지만 선봉을 명령받고 다른 사람에게 뒤처진다면 그 무명(武名)에 상처 입는다. 무명은 그대로 녹봉에 관계되며, 세상에 대해서만이 아니라 부하와 백성들에 대한 위신에도 관련되므로 무리도 아니었다.

"좋아, 그렇다면 나에게도 각오가 있다. 곧 장수들을 불러모아 지체 없이 행동을 개시해야겠다. 그렇지! 사자는 바로 돌아가 데루마사 님에게 일러라. 내일 새벽에 둘이서 결투하자고."

"결투라니요?"

"후쿠시마 마사노리의 위신이 서지 않는다. 목을 씻고 기다리라고 단단히 일러라."

사자는 어이없어하며 그대로 돌아갔으나 마사노리의 분노는 사라지지 않았다.

"히데요리 님을 위해 일부러 자진해 나선 선봉인데 뒤진대서야 후배 장수들에게 위신이 서지 않는다. 무력으로 내대신에게 멸시당할 정도라면 마사노리는 차라리 죽어버리겠다."

그때 전갈을 받고 하류 쪽으로 가던 장수들이 모여들었다. 싸움터에서는 모두들 이성(理性)이 얼마쯤 이상해진다. 데루마사가 약속을 어기고 서둘러 강을 건넜다고 해서 그 때문에 하류로 가던 군대에 지장이 생기는 것도 아니었다. 아니, 반대로 싸움 형세는 오히려 동군에게 아주 유리하게 전개되고 있었…… 그러나 마사노리의 야진(野陣)에 들이닥친 장수들은 모두 한결같이 얼굴에 노기를 띠고 있었다. 무공(武功)이라는 이름의 폭력이 아직 그토록 대단하게 사람 마음을 지배하고 있던 시대인 것이다.

"걸어온 싸움에는 맞서줘야 돼. 장수들에게 폐 끼치지는 않겠소. 이 마사노리가 데루마사와 결투하겠으니 용서하오."

역시 얼굴이 시뻘게진 가토 요시아키가 맨 먼저 주먹을 휘두르며 입을 열었다.

"아니, 잠시 기다려 주시오. 상류의 장수들이 우리를 속이고 먼저 기후성으로 쳐들어간다면 우리는 한 걸음 더 앞서 곧 오가키성으로 가는 게 어떻겠소."

싸움터에서 공을 다투는 장수들의 사나운 성질은 바로 이러했다. 이 맹수들을 실수 없이 지휘하려면 얼마만 한 위압이 필요한지 상상할 수 있을 것이다.

이렇듯 맹수로 변해 버린 싸움터 장수들을 미쓰나리가 과연 지휘할 수 있을지 어떨지……?

여기서 가토 요시아키의 발언에 모두 찬성했다면 과연 예정대로 기후성을 함락시킬 수 있었을까. 조선에서의 싸움에서도 이런 폐단이 쌓이고 쌓여 전군의 목적을 언제나 위태롭게 끌어갔었는데…….

"과연 그 방법도 있겠군."

이미 결투를 각오한 마사노리는 곧 이 말에 찬성할 듯한 기색이었다. 모인 사람들이 저마다 찬성할 것 같은 태도를 보이자 호소카와 다다오키가 말을 막았다.

"잠깐, 가토 님의 말은 그럴듯하지만, 그렇게 되면 공연히 고전의 길을 걷게 될지도 모르오. 나에게 다른 생각이 있소."

"허, 어떤 생각이오. 말해 보시오."

"여기서는 전체의 결속이 흐트러져 보이면 안 되오."

"그렇듯 두려워할 만큼 기후는 대단한 적이 못 될 거요."

"아니, 다다오키는 기후를 문제 삼고 있지 않소. 내대신을 염두에 두는 거요. 내대신의 진군이 늦어지는 것은 우리들의 결속이 어떤지 은밀히 걱정해서인지도 모르오. 그렇다면 여기서는 데루마사 님의 말을 일단 믿고 우리들도 기후로 급히 쳐들어가는 게 좋을 거요."

이 한 마디는 곧 모두들의 입을 다물게 만들었다.

'이에야스가 그들의 결속을 우려하여 출진을 늦추고 있다…….'

그 말은 충분히 모두의 가슴에 울려왔다.

"그럼, 밤을 새워서라도 기후로 진격하자는 말인가요."

"그렇게 해서 기후를 선뜻 함락시켜야만 이번 서전(緒戰)의 의의가 뚜렷해지는 게 아니겠소."

다다오키는 과연 생각이 깊었다.

"좋소, 그렇게 정했소! 데루마사에 대한 인사는 그 뒤에 하기로 하지."

마사노리의 찬성으로 다시 각 부대는 전열을 가다듬었다.

하류의 마사노리 이하 여러 군세가 기후를 목표로 철야 행군을 시작한 무렵, 일단 기후성 안으로 철수한 오다 히데노부는 자기 편의 패전을 알고 다쿠미며 모모 등의 노신과 함께 몹시 흥분된 표정으로 대책을 짜고 있었다. 이에야스가 진군해 올 때까지는 결코 기소강을 건너 쳐들어오지 않을 것이며, 그동안 오가키성의 미쓰나리가 모리 데루모토를 맞아 이곳까지 진출해 올 테고, 그렇게 되면 기후성은 서군 본거지가 되어 대군을 거느린 오와리 진격의 근거지가 된다……고 믿고 있던 기요스성 안 장수들은 별안간 동군이 강을 건너왔으므로 굉장히 낭패스러웠다.

"다케가바나성을 적의 손에 넘겨주다니 이 무슨 수치인가……내일은 그 오명을 씻고 조부님 이래 무명을 더럽히지 않도록."

내일 새벽을 기해 적은 성 앞길과 뒷길의 두 갈래로 쳐들어올 게 분명하다. 그러니 어떤 일이 있어도 물리치지 않으면 안 된다는 게 히데노부의 의견이었다.

다쿠미 가이마사는 잠자코 그 말을 다 듣고 나서 침울한 표정으로 입을 열었다.

"황송하오나 저는 성문을 나가 싸우는 데 찬성할 수 없습니다."

"그럼, 농성하여 적을 기다리자는 말인가."

"그렇습니다……우리 문중의 군사뿐 아니라 즈이류지산에 있는 미쓰나리의 원병까지 성안으로 모아 합쳐서 쳐들어오는 적을 얼마 동안 상대하지 않으면……두가지 이점이 생길 것입니다."

"말해 보라. 겁쟁이처럼 엎드리고 있는 게 어째서 이로운가."

"예, 첫째는 기후성이 함락되지 않는 한 내대신은 에도를 떠나지 않으리라고 생각합니다."

"모르겠다! 왜 이 성이 함락되지 않으면 이에야스가 진군하지 않는다는 건가."

일단 말문을 열자 다쿠미는 벌써 주저하지 않았다. 그는 마음속으로 주인이 서군 편을 든 것을 가문의 존망에 관계되는 중대사라고 뉘우치고 있다. 그 안목으로 볼 때 이에야스가 오늘까지 에도를 떠나지 않고 있는 속셈을 그 나름으로 알 수 있을 것 같았다.

"황송하오나 내대신은 서둘러 나섰다가 여러 장수들과 함께 이 기후성에서 교착상태에 빠질 것을 가장 경계하고 있지 않나 생각합니다. 그래서 장수들이 기후를 지나 오가키로 나가기를 기다렸다가 도카이, 도오산(東山) 두 길을 따라 진격해 올 게 분명합니다. 그러므로 우리 가문이 굳건하게 버티고 있으면 에도를 떠나지 않을 겁니다. 내대신이 진격해 오지 않는 한 동군은 그리 두려울 게 없다고 생각합니다."

"흠, 둘째 이점은?"

"내대신이 에도를 떠나지 않는다면 미쓰나리 님에 의해 모리, 우키타 세력들이 여유 있게 이곳으로 원군을 보내줄 수 있으니……지금은 농성하여 적을 골려주는 게 최상의 계책이 아닌가……."

거기까지 말하자 히데노부의 노기가 폭발했다.

"듣기 싫다! 그대는 겁에 질려 두 가지 이점을 들었지만 가장 큰 것을 못 보고 있어. 그렇게 되면 오다 가문의 무명(武名)은 어떻게 되는가. 모리, 우키타의 도움 없이는 아무 일도 할 수 없다는 결과가 되어 미노, 오와리 두 지방의 영토권을 주장할 수 없는 파국이 되고 말 게 아닌가."

히데노부는 아직 서군의 승리에 확신을 갖고, 다쿠미는 동군의 우세를 믿고 있다. 결국 두 사람의 의견은 합치될 수 없었다.

"이런 큰일을 당했으니 내가 직접 지휘하겠다. 모두들 성 밖으로 나가 외곽을 지키고 적을 무찌르는 거야!"

다쿠미와 모모는 히데노부의 지나친 흥분에 부딪쳐 결국 따를 수밖에 없게 되었다.

다음 날인 23일 이른 새벽, 지난밤 아카나이 거리(商町) 밖 뽕나무밭까지 와서 한숨 돌리고 있던 마사노리 군은 그대로 성 아랫거리로 쏟아져 들어갔다.

남쪽을 바라보니 데루마사 군도 패기에 넘쳐 뒷길로 공격하려고 행동을 개시하고 있다.

마사노리는 재빨리 사자를 보내 어제 약속 어긴 일을 힐책했으나, 그런 일이 있을 것을 이미 예측한 데루마사는 보기 좋게 마사노리의 분노를 피했다.

"마사노리 님과 결투하다니 당치도 않은 말이오. 나는 적에게 도전받아 어쩔 수 없이 강을 건너게 된 거요……그럼, 이렇게 합시다. 오늘은 마사노리 님이 앞길로 진격하시도록. 나는 뒷길로 쳐들어갈 테니."

이렇게 되자 두 사람의 다툼은 오히려 전군을 분발케 하여 처음으로 되돌아간 결과가 되었다.

한쪽은 위신을 걸고 고집을 다하여 공을 다투는 침입자, 한쪽은 농성을 생각하며 방어하려는 것이니 그 둘의 균형은 사기에서도 벌써 싸움이 벌어질 때부터 엄청난 차이가 있었다.

새로운 협정에 따라 마사노리, 요시아키, 다다오키의 군사는 우쓰보야 거리(靭屋町)에서 나나마가리 쪽으로 돌진하고 요시나가는 미쓰나리 편의 원군 가시와라 히코에몬(栢原彦右衛門), 가시와라 나이젠(栢原內膳), 가와세 사마노스케(河瀨左馬助), 마쓰다 시게다유(松田重太夫) 등 약 2000명이 지키는 즈이류지산 성채를 공격했다.

아이즈 가까이까지 진출했다가 아무 성과 없이 되돌아온 동군 장수들이다. 어떤 의미에서는 오랫동안 울분을 참아온 불만과 분노의 분출구가 쏟아져나갈 골짜기를 발견한 오늘의 맹공격이라고 할 수 있었다.

즈이류지산 성채가 맨 먼저 함락되고 이어서 이나바 성채도 떨어졌다.

그리고 첫 번째 초소가 호소카와 군의 공격으로 격파된 무렵 오다 쪽의 다쿠미 가이마사는 후쿠시마 군 마쓰다 시모우사(松田不總)의 저격을 받아 부상 입었으며, 후쿠시마와 호소카와 두 군대가 담을 넘어 아랫성으로 쳐들어가 성안에서 문을 열자 군사들이 모두 뛰어든 것은 오정 때를 조금 지나서였다. 그리하여 마사노리, 다다오키, 요시아키의 순서로 본성에 밀고 들어간 것은 한 시각 남짓 뒤……

그 옛날 사이토 도산이 지세의 이점을 살려 선택하고, 노부나가가 천하포무(天下布武) 깃발을 날리며 지었던 이 이름난 성도 오늘은 떼 지어 닥쳐온 사냥개들에게 물어뜯기는 한 마리의 꿩에 지나지 않았다.

마사노리, 다다오키, 요시아키의 순서로 본성에 들이닥쳤을 때 뒷길로 진격해 온 데루마사는 느닷없이 성문에 불을 지르고 본성 안으로 기를 던져넣어 승전의 함성을 울리게 했다.

"첫 공격은 데루마사 군이다!"

성문이 무너졌다. 군사들이 물밀듯 침입한다. 항복하는 자, 전사하는 자, 자결하는 자, 도망치는 자……그것은 어떤 시대의 어떤 싸움에나 공통되는 지옥도(地獄圖)였다.

"오다 히데노부 님은 어디 있느냐?!"

"기후 주나곤(中納言)은 어디에……."

"보기 흉하게 숨는 거냐. 나와라."

질러놓은 불길 위로 어느덧 비가 내리기 시작하더니 차츰 줄기차게 쏟아졌다. 그 빗속을 성에서 성곽으로, 성곽에서 궁전으로 뛰어다니는 것은 시퍼런 칼을 쳐든 침입군이고 오다 군 모습은 거의 볼 수 없게 되었다.

그때 안뜰의 마취목(馬醉木) 그늘에서 한 갑옷 차림 무사가 삿갓을 쳐들고 달려나왔다. 궁지에 몰린 오다 히데노부가 항복하는 모습이었다.

어떤 의미에서 싸움의 승패란 전략과 전술 이외에 인간생활의 모든 면을 가감해 얻어지는 더할 나위 없이 미묘한 계산 뒤에 나타나는 답이라고 할 수 있었다.

그런 뜻에서 이에야스의 계산과 히데노부의 계산은 차원이 다른 큰 차이가 있었다. 히데노부에게는 눈앞에 닥쳐오는 적은 보이지만 그 적이 무엇에 의지되고 무엇에 선동되어 나왔는지 꿰뚫어볼 능력이 전혀 없었다. 한쪽은 여기서 이기지 못하면 이에야스가 나오지 않으리라는 정신적인 배수진을 쳤는데, 한쪽은 전공을 서두르면서도 언제나 배후에 있는 미쓰나리의 무력한 지원을 기다리는 나약한 태세였다.

히데노부가 좀더 정밀한 계산을 할 수 있는 인물이었다면 그는 여기서 양편 사이의 차이점을 알아차리고 중신들 의견을 받아들여 형식을 버리고 실속을 차려 농성으로 들어갔을 게 분명하다. 그런데 21살의 히데노부는 젊은 혈기를 믿고 헛된 명예만 바랐다. 그 결과 노부나가 이래의 이름난 성에서 하루도 버티지 못하고 빗속에 삿갓을 벗어들고 적 앞에 무릎 꿇게 되었다.

"기후 주나곤 히데노부, 본성을 비워주겠소."

그 모습이 조부 노부나가를 너무도 닮았으므로 선두의 데루마사도, 마사노리도 뛰어들려는 자기 편 군사들을 누르고 숨을 삼켰다.

"본성은 우리가 분명 인수하겠소. 그러나 주나곤께서는 이제 어떻게 할 생각이시오."

데루마사는 노부나가를 알므로 목소리가 떨려나왔다.

마사노리는 데루마사보다 격렬하여 아직 감정을 억누르지 못해 부들부들 입술을 떨고 있을 뿐 말도 건네지 못했다.

"내대신의 처분대로……라고 하고 싶지만……."

"하고 싶지만, 어떻다는 겁니까?"

"처분대로 해주십사고 말하고 싶으나……무사의 마음으로……."

뒷말은 쉰 목소리가 되어 잘 알아들을 수 없었다.

"자결하시겠다는 겁니까."

"그렇소."

그 무렵 여기저기서 부상 입은 자들이 히데노부 주위에 모여들어 땅바닥에 꿇어앉았다. 그 수는 모두 30명이 채 못 되었다. 아마도 이것이 본성에서 살아남은 모든 군사인 것 같다.

마사노리는 비로소 큰소리로 외쳤다.

"싸움을 멈춰라. 싸움이 끝났다고 모두에게 빨리 알려라."

그리고 성큼성큼 앞으로 나서서 아버지가 자식을 꾸짖는 투로 말했다.

"자결이라니, 성급한 생각이오. 이번 싸움은 모두 미쓰나리와 오타니의 야심에서 나온 모략, 주나곤님은 젊으므로 보기 좋게 속아넘어간 거요. 그걸 아신다면 자결까지 하실 것 없습니다."

"그렇지만 이런 치욕을 당하고서……."

마사노리는 그 말에는 대답하지 않고 지시했다.

"비가 너무 오는군. 처마 아래로 걸상을."

그리고 데루마사를 재촉하여 비를 피했다.

혼다 헤이하치와 이이 나오마사가 그곳으로 뛰어왔다. 모두들 이 젊은 성주의 모습에서 노부나가를 연상한 것이리라. 조금 전까지 미친 듯 날뛰었던 살인자로부터 연민과 무상감에 눈뜬 감회 어린 인간의 표정으로 되돌아갔다. 그런 의미에서 인간은 또한 신에 가까운 탈바꿈의 묘술을 몸에 지닌 동물이었다.

데루마사가 작은 소리로 말했다.

"주나곤에게도 걸상을."

걸상에 앉은 다음에도 히데노부는 부들부들 떨고 있었다. 모습은 조부를 닮았으나 담력의 크기며 단련의 차이는 숨길 수 없었다. 아마 이번에도 지금 당하는 굴욕감을 못 이기고 있을 뿐, 오다 가문의 존속이라는 원대한 장래의 일 같은 건 생각할 여유가 없는 게 분명했다.

마침내 마사노리가 기묘한 말을 꺼냈다.

"승패는 병가의 상사입니다."

보다 못해 입을 연 그다운 탈선이었다.

"자결은 단념하시고 우리에게 성을 내준 다음 얼마 동안 근신하십시오."

히데노부는 이미 자결할 용기마저 잃고 있다. 그런 사람에 대한 설교이니 생각해 보면 우스꽝스러운 말이었지만 아무도 웃는 자 없었다.

"그렇소, 조부님과 내대신은 기치보시와 다케치요라고 불리던 옛날부터 형제보다 더한 사이. 그 맏손자 되시는 주나곤의 일이니 이 마사노리가 맹세코 내대신에게 구명을 간청하겠소."

"……."

"알겠지요. 성급하게 집안의 명예를 그르치는 일이 없으시도록."

거기까지 말하고 마사노리는 다시 호의에 넘친 탈선을 하고 말았다.

"그렇군요. 그것도 괴로우시다면 여기서 우선 고야산으로 난을 피하도록 하십시오. 그러면 내대신은 더 이상 추궁하시지 않으실 겁니다. 그리고 소동이 끝난 다음 내가 주선해 드리지요……그렇지, 그게 좋겠소."

마사노리로서는 자식 같은 또래의 히데노부가 생각할 기력조차 없이 넋 잃고 있는 모습이 보기에 딱해서였을 것이다.

고야산—이라는 말을 듣고 비로소 히데노부는 얼굴을 쳐들어 데루마사, 나오마사, 헤이하치를 차례로 보았다. 그리고 누구의 표정에도 마사노리 이상의 증오가 없다는 것을 알자 말없이 단도에 손을 댔다.

"자결은 안 되오……."

"알고 있소."

중얼거리듯 머리를 끄덕이고 단도를 뽑아 스스로 상투를 잘라버렸다.

"고야로 가지. 뒷일을 부탁하오."

마사노리는 한시름 놓고 내미는 머리칼을 받아 그것을 모두에게 보였다.

"그게 좋을 것입니다…… 혼다 님, 이이 님, 이 소식을 곧 에도에 알리도록."

"알겠소."

그런 다음 데루마사와 마사노리 둘 가운데 누가 먼저 이 성에 쳐들어왔느냐는 일로 한바탕 말썽이 있었으나 그것은 헤이하치의 발언으로 타협이 성립되었다.

"앞뒤로 동시에 들어와 함락시켰다고 해둡시다."

그리고 두 가문에서 기를 두 개씩 군사에게 들려 내놓도록 하고, 오다 군 대신 여기를 수비하기로 결정되었다. 이리하여 동서 양군 사이에 벌어진 첫 싸움은 보기 좋게 동군의 승리로 끝맺고 계속 내리는 가랑비 속에서 의기충천한 동쪽 군사들은 오가키성 쪽을 점점 더 무섭게 노려보며 밤을 맞았다.

에도에 있는 이에야스가 보이지 않는 곳에서 휘두르는 지휘채는 무라코시가 기요스에 도착한 지 사흘 만에 적의 가장 주요한 전선 거점인 기후성을 보기 좋게 손에 넣게 한 것이다.

보이지 않는 지휘채

기후성 함락은 오가키에 있던 미쓰나리를 몹시 놀라게 했다. 그가 뽑아보낸 사람들도 즈이류지산 성채를 지키고 있었으므로 어떤 불리한 조건이 겹친다 해도 사흘이나 닷새는 끄떡없으리라 생각하고 있었다. 그런데 적이 기소강 동쪽까지 움직이기 시작했다, 건넜다, 떨어졌다, 라는 세 가지 소식이 한 가닥의 실처럼 잇따라 들어왔다.

물론 미쓰나리는 그 놀라움 때문에 멍해지고 손발이 무거울 만큼 투지 없는 사나이는 아니었다. 아니, 반대로 이 첫 싸움의 어긋남이 오히려 미쓰나리를 미쓰나리다운 자세로 돌아가게 했다고 해도 좋았다.

'너무 얕보았구나!'

생각함과 동시에 이제는 누구의 도움이 없더라도 자기 본디의 뜻을 관철하지 않으면 안 될 입장에 놓였다고 새삼 자각했다. 모리 데루모토는 여전히 나올 기척이 없고, 서군 여러 장수들의 기회주의적인 움직임도 때때로 드러나고 있다. 그렇게 되면 미쓰나리는, 이제 자기를 둘러싼 너그러운 척하는 책략과 손 끊고 싶어도 정면으로 뛰쳐나가야만 되었다.

'나에 대한 반감 따위가 다 뭐냐!'

처음부터 이것은 이에야스 대 미쓰나리의 막상막하인 결투였다……고 새삼스럽게 생각을 돌이킬 기회가 되었다.

그는 이제 온갖 머뭇거림을 털어버리고 다루이에 있는 시마즈 요시히로를 불러 명령했다.

"귀하는 스노마타(墨俣 ; ^{오가키에}_{서 15리})로 나가 곧 미노로 가는 길목의 동서를 장악하시오."

요시히로는 미쓰나리보다 나이도 훨씬 위였고 조선에서 용맹을 떨친 맹장이므로 싸움이라면 자기 편이 경험자……라는 표정으로 되물었다.

"귀하는 어느 곳으로 나가실 거요?"

미쓰나리는 강압적으로 덧붙였다.

"이 사람은 고니시 님과 함께 오가키성을 나가 사와타리(澤渡)에 진 치고 부하를 고도(合渡)로 보내 나카센도(中山道)를 막겠소. 그러므로 귀하는 물샐틈없이 강 동쪽을 감시하시도록."

요시히로도 이미 마음속으로 미쓰나리에게 좋지 않은 감정을 품고 있다. 그것이 명령자 위치에 서고 보니 더욱 뚜렷하게 느껴졌다.

"하지만 귀하와 우리들과 고니시 님만으로는 도카이도와 나카센도의 적을 막을 수 없다고 생각하는 데 어떻소."

"염려 마시오. 이세 방면의 우키타 군 1만이 벌써 오가키에 도착할 시각이 되었소."

그 말을 듣고 요시히로는 짧게 흥 하며 고개를 끄덕인 다음 스노마타로 갔다.

그러나 그 무렵에는 벌써 강줄기를 향해 동군의 구로다 나가마사, 도도 다카토라, 다나카 요시마사 등의 군세가 은밀히 행동을 일으키고 있었다. 왜냐하면 22일에 후쿠시마 군과 더불어 밤새 기후로 향한 구로다, 도도, 다나카의 여러 군사들이 새벽녘 기후에 이르러 보니 선봉인 후쿠시마, 이케다 양군의 짐바리며 졸개들로 북적대 거의 군사를 진격시키기 어려운 상황이었다. 그렇게 되자 그들 또한 팔짱을 끼고 남들의 먼지나 뒤집어쓰고 있을 사람들이 아니었다.

"좋아, 우리들은 강변에 진을 펴고 오가키에서 오는 원군을 무찌르자."

그 길로 기후를 오른쪽으로 바라보며 고도 언저리에 진출해 뜻하지 않게 미쓰나리 군과 나가라강의 동서에서 얼굴을 마주치고 말았다……

고도강(나가라강) 맞은편에는 미쓰나리의 부하장수 마이 효고(無兵庫), 모리 구베에(森九兵衛), 스기에 간베에(杉江勘兵衛) 등이 급파되어 와 있었다. 그러나 그 군세는 겨우 1000명 남짓이었고 장병들은 이미 기후의 전황이 불리한 것을 알고 있었다.

그와 반대로 구로다, 도도, 다나카 군세는 기후 공격의 공을 이케다, 후쿠시마, 호소카와 부대에 빼앗겨 분발하고 있었다. 그들 뒤에서는 이에야스의 눈이 번뜩이고 있다. 여기서 기후 공격에 나섰던 장수들보다 뒤진다면 면목이 서지 않는다.

"좋아, 이 강을 건너 미쓰나리 군을 무찔러버리자."

맨 먼저 말에 채찍질한 것은 가장 상류 쪽으로 간 다나카 요시마사였다. 요시마사의 뒤를 따르는 인원은 겨우 18명이었다. 강물에는 안개가 짙게 끼어 아군 인원을 건너편에서 헤아려볼 염려가 없는 대신 적의 진 배치도 알 수 없고 강물의 깊이도 측량할 수 없었다.

강기슭에 발을 들여놓은 요시마사의 말 재갈을 붙들며 미야가와 도사(宮川土佐)가 간언했다.

"무모한 일입니다. 우선 멈추십시오. 보십시오, 아직 18명밖에 따라와 있지 않습니다. 이 적은 인원으로는 강을 건너도 싸움이 되지 않습니다. 우선 병력을 기다리십시오."

"말리지 마랏! 인원은 적에게 보이지 않아. 이 경우는 기습이 으뜸이다."

"아니, 위험합니다! 만약 주군께서 깊은 물로 들어갔다가 떠내려가시면 어쩌시렵니까?"

요시마사는 이를 갈며 말고삐를 잡은 하인 사부로에몬(三郎右衛門)에게 턱짓했다.

"사부로, 네가 강에 들어가 살펴봐라. 네가 찾아낸 얕은 곳을 나도 따라서 건너갈 테니."

하인이 천천히 고개를 저었다.

"작은 시냇물이라면 걸어서 건널 수 있습니다만, 이렇듯 큰 강은……."

"뭐, 너까지 머뭇거리느냐. 얕은 곳을 찾아내는 소임은 하인이 마땅히 해야 할 일이다. 빨리 건너랏."

요시마사는 이미 완전히 싸움터 심리가 되어 있다. 이번에는 사부로에몬도 대담한 미소를 띠고 고개를 끄덕였다.

"소인이 잘 모르는 이 강에 덤벙덤벙 뛰어들어 만일 건너지 못한다면 남들 보는 눈도 부끄럽고 또한 중대한 싸움을 앞두어 아군의 사기를 상하게 하지 않을까 염려되어 사양했습니다만, 거듭 말씀하시니 들어가겠습니다."

말하는 것과 동시에 강물 속으로 들어갔다.

"좋다, 하인이지만 사려 깊은 놈, 요시마사도 뒤따르리라."

그곳에 중신 사카모토 이즈미(坂本和泉)가 6명 남짓 거느리고 당도했다.

"미야가와 님, 기다리오. 주군의 칼끝을 꺾어선 안 되오. 서두르지 않으면 구로 다 군에게 선수를 빼앗기고 말 거요."

미야가와를 제지하고 요시마사 옆에 달려오더니 20명 남짓한 병력으로 강안개 속으로 뛰어들어갔다.

"자, 들어가십시오."

그것을 알고 구로다 나가마사 또한 뒤질세라 적진에 가까운 미나토(湊) 마을 왼쪽으로 말을 몰았다.

이에야스는 아직 에도에서 움직이지 않는다. 하지만 그 지휘채는 이상한 힘으 로 전선의 장병을 움직이고 있다.

강 건너에 있던 미쓰나리 군인 마이 효고의 진중이 별안간 소란해진 것은 이 무렵부터였고, 상류 쪽 산과 산 사이의 하늘이 안개 사이로 또렷하게 푸른 띠를 엿보이며 아침을 부르고 있었다……

"이 강의 선봉 구로다 나가마사!"

여울진 강 한가운데서 젊은 나가마사가 큰 소리로 외쳐대자, 다시 좀더 상류 쪽을 건너고 있던 갑옷 차림 장수가 도전하듯 목소리를 높였다.

"오늘의 선두는 구로다 가문 가신 고토 마타베에(後藤又兵衛)다."

싸움에도 확실히 음지와 양지의 두 면이 있다. 일단 공격받는 쪽이 되면 자기 도 모르는 새 수동적이 되어 음울한 기운이 전군을 뒤덮지만, 공격하는 쪽이 되 면 많은 양기(陽氣)가 양기를 불러 말단 졸개에까지 활기가 미친다.

이 무렵 요시마사 등은 벌써 강을 건너 구미노키(茱木) 벌판에 이르고 있었다.

"보라, 맨 먼저 강을 건넜다. 좋아, 사부로, 강을 건너는 데 길 안내를 잘했다! 너에게 칼을 찰 수 있는 자격과 성(姓)을 내려주겠다. 오늘부터 고도 사부로에몬 이라고 부르도록 해라."

"옛, 황송하신 분부."

사부로에몬이 춤추다시피 다시 요시마사의 말고삐에 매달려 하류 쪽으로 말

머리를 돌려세웠을 때, 구로다 군도 그리고 더 하류에서 건넌 도도 다카토라 군도 벌써 적진을 바라보며 쏜살같이 말을 달리고 있었다.

이렇게 되자 기선을 제압당한 미쓰나리 군은 저마다 용맹함을 자랑하던 장수들이건만 수세의 불리함을 피할 수 없었다. 효고는 말할 것도 없고, 본디 이나바 잇테쓰의 가신으로 아네강 싸움에서 명성을 떨친 간베에도, 구베에도 이름난 싸움의 명수이건만 누가 누구에게로 대항할 겨를조차 없었다.

그곳으로 동군의 세 부대는 창칼을 가지런히 하고 찔러들어갔다.

미쓰나리 군은 겨우 1000명……잇달아 강을 건너오는 동군은 그 수를 헤아릴 수 없었다. 기후의 전황 여하에 따라서는 또 얼마만큼의 후속부대가 나타날 것인지……? 그 불안은 공격하는 쪽의 활기에 반비례해 덮쳐온다.

미쓰나리는 군은 차츰 밀리기 시작했다. 미는 자와 밀리는 자의 심리 차이…… 게다가 싸움터 분위기에 가장 큰 영향을 주는 총소리가 동군 쪽에는 자꾸 늘어가는데 서군 편에서는 드문드문해졌다.

그때 세 장수 가운데 가장 용맹한 간베에의 전사가 알려졌다. 간베에의 9자 붉은 자루 창은 그것이 우뚝 솟아 있는 것만으로도 한편의 사기에 바위 같은 무게를 보여주었는데, 그 창자루까지 시뻘겋게 물들 무렵이 되어 간베에는 다나카 군의 니시무라 고에몬(西村五右衛門)에게 도전받았던 것이다.

"이름난 분으로 보입니다. 몸을 돌이켜 창을 겨눕시다."

싸움터에서 지친 데 대한 배려는 없었다. 불러세우는데 그냥 물러가는 것은 난세의 무장으로서 용납되지 않는 수치이다.

"그렇소, 나는 스기에 간베에, 그대는?"

"다나카 요시마사의 가신 니시무라 고에몬."

"좋앗, 나간다."

이제 정식으로 겨룬다면 창끝이 늘어질 정도로 지쳐 있었다. 그것을 알므로 간베에는 느닷없이 자랑삼는 긴 창을 니시무라에게 내던졌다.

"—오……"

나간다, 하는 상대의 말에 니시무라는 고개를 크게 끄덕였는데 그것이 생사의 갈림길이 되었다. 윙 소리 내며 날라온 창은, 나간다는 말을 듣고 목례한 니시무라의 투구 차양을 뚫고 머리에 상처 낸 다음 뒤로 날아갔다. 동시에 니시무라의 창이 깊숙이 간베에의 옆구리를 찔러 꿰뚫고 있었다……

개개인의 행운과 불운의 그물은 싸움터에도 둘러져 있었다. 간베에의 일생을 건 투창을 정면으로 받았다면 니시무라는 외마디 소리도 못 내고 말에서 떨어져 죽었을 게 틀림없다. 그런데 고개를 좀 크게 움직여 끄덕인 탓으로 생사의 운명이 뒤바뀐 것이다. 창을 던지고 나서 맨손이 된 간베에는 덤벼들며 대항하려고 내지른 니시무라의 창끝에 자기 몸을 스스로 던지듯 찔리고 말았다.

"스기에 간베에가 전사했다."

"간베에 같은 용맹한 사람이."

그것은 자칫 무너지려던 미쓰나리 군의 패배를 결정적인 것으로 만들었다. 그리고 다나카 군과 구로다 군의 앞다툰 진격을 유발시켰으며, 또 고도강의 하류를 건넌 도도 다카토라를 단숨에 아카사카(赤坂)까지 진격시키는 결과가 되었다.

아카사카와 오가키는 아주 가까운 거리였다. 동군에게 여기까지 진격당한다면 일단 오가키성을 나와 스노마타에 진 치고 있던 요시히로도, 사와타리에 나와 있던 미쓰나리의 본대도 급히 오가키성까지 철수하지 않으면 안 된다. 멍하니 있다가는 퇴로를 끊긴다는 불안이 짙어졌으며, 다카토라는 물론 그것을 노렸다.

"고도에서는 요시마사와 나가마사에게 뒤떨어졌다. 아카사카는 우리 손으로……"

당황하기 시작한 미쓰나리 군의 퇴로를 비스듬히 질러 도도 군이 아카사카를 향해 나아가기 시작한 무렵, 사와타리의 미쓰나리도 스노마타의 요시히로도 이미 이곳에서의 결전이 이롭지 못한 걸 알고 후퇴하기 시작했다.

그 퇴각 소식은 동군의 진격 속도를 더욱 빠르게 하는 결과가 되었다. 전기(戰機)의 움직임은 한 사람 한 사람의 행운과 불운을 섞어 짜나가면서 태풍이나 홍수와 똑같은 성질의 '힘'을 띠어온다. 물러가는 사람도 나아가는 사람도, 어째서 그렇게 되는지 생각할 겨를도 없었다. 앗차 하는 순간 위치를 바꾸어 다음에 멈출 장소를 맞고 있다.

"도도 군이 아카사카로 진격했다."

"뒤지지 마라. 오늘 야영지는 아카사카야."

다나카, 구로다 양군이 로히사강(呂久川 ; 아비(揖) 斐강)에 육박하여 아카사카로 진로를 돌렸을 때 그들 앞의 미쓰나리 군은 벌써 숱한 부상자와 더불어 사라져 없어지고 있었다. 그렇게 되자 기후성을 떨어뜨린 후쿠시마, 아사노, 이케다, 호소카와 여러 부대 또한 여유만만하게 그 뒤를 따라 진격해 나갔다.

이리하여 24일에 오가키를 왼쪽으로 보며 아카사카에 동군이 집결하여 그 승리를 당당히 에도에 알렸다.

생각해 보면 참으로 괴상한 싸움이었다. 일단 움직이기 시작하자 이만한 실력을 가진 도요토미 가문의 은혜를 입은 여러 장수들이 바로 닷새 전까지만 해도 이에야스가 서쪽으로 진격해 오지 않으면 싸우지 못할 것 같은 착각에 빠져 초조하게 말다툼을 되풀이하고 있었으니까…….

그런데 눈에 보이지 않는 지휘채에 움직여져 그들은 행동을 일으켰다. 그리하여 여기까지 오자 벌써 저마다 불퇴전(不退轉)의 자신감을 갖기 시작했다.

'이건 우리들 힘만으로도 거뜬히 이길 싸움이 아닌가…….'

이 지휘채의 불가사의함은 대체 어디에 숨어 있는 것일까……? 이 지휘를 이에야스의 타산이라고 본다면 그 능란한 교활함은 참으로 귀신 같다고 할 수 있었다. 마침내 도쿠가와 가문은 병사 하나 잃지 않고 도요토미 가문의 옛 신하들만 교묘하게 부려 오가키성 앞까지 자기 편을 진출시킨 것이다. 이것으로 오와리는 싸움터 밖이 되고, 미노도 대부분 손아귀에 넣었다.

미쓰나리 군은 이미 '이세 방면 싸움'이라는 한가로운 소리를 할 수 없는 입장이 되었다. 미쓰나리 한 사람에게 증오를 불태우고 있는 도요토미 가문 무장파가 으르렁대며 모두들 눈앞에 모여들고 만 것이다.

미쓰나리는 싫어도 서군의 모든 세력을 오가키에 집결시키지 않으면 안 되게 되었다. 물론 거기에는 시일이 필요하다.

어떻게 하면 오사카에 있는 모리 데루모토를 불러낼 수 있을까?

에치젠에 있는 오타니 요시쓰구의 군세는 언제쯤 도착할까?

아니, 그보다도 모리 히데모토를 총대장으로 하는 깃카와 히로이에, 에케이, 나쓰카 마사이에, 조소카베 모리치카 등 3만의 군세가 이세 방면에서 돌아온다면 그 군량은? 음료수는……?

아카사카에 있는 동군과 대치한 채 그 전열을 가다듬지 않는다면 섣불리 결전도 벌일 수 없으리라…….

이렇게 계산해 보니 양군의 운명이 결정되는 때는 9월 중순이라는 답이 나온다.

이에야스는 그것을 세밀히 계산하고 있었던 듯, 9월 1일에 에도를 출발한다고 알려왔다. 이것도 이에야스의 교활함이라고 보면 참으로 그러했다.

단지 에도 출발 시일에 대한 계산만이 아니다. 드디어 출발하는 진용을 보니, 도쿠가와 가문의 소중한 가신들은 모두 히데타다에게 딸려 나카센도로 나아가게 하고 자신은 되도록 조촐하게 거느리고 도카이도로 온다. 이를테면 도요토미 가문의 옛 신하들만으로 미쓰나리를 처치해 버리려는 속셈인 것 같았다.

아니, 사실 이에야스는 그렇게 생각하고 있었다. 나카센도는 도카이도와 비교도 안 될 험로였으며 그 진격에 날짜가 걸릴 것은 뻔한 일이었다. 따라서 이에야스가 싸움터에 닿는다 해도 나카센도로 오고 있는 히데타다 군……이라기보다 진정한 도쿠가와 군은 과연 때맞추어 올 것인지 어떤지. 그것을 충분히 알면서 우선 도요토미 가문의 옛 가신들을 싸우게 하여 이들에게 자신감을 갖도록 한 다음 나타나며, 그뿐인가 자기 군세는 고스란히 남겨두고 도요토미 가문 옛 신하들만의 희생으로 천하를 잡으려 한다……교활하다면 이처럼 교활한 전략은 또 없으리라.

그러나 이에야스의 행동과 심리 사이에 그러한 양심의 가책은 전혀 없었다. 적어도 도쿠가와 가문 군세는 이에야스 자신의 '천하를 맡는다……'라는 사상으로 단련 육성시켜 온 소중한 군대였다. 따라서 이것이 도착하기 전에 자웅을 결판지을 수 있다면 당연히 그렇게 해야 할 것이며, 결판내기 어려운 사태가 초래될 때는 히데타다의 도착을 기다려 다시 강력한 일전을 벌이는 게 평화 달성의 비원(悲願)을 가진 책임 있는 자의 준비였다.

'상대는 사람이 아니다. 하늘인 것이다. 신불인 것이다.'

그러한 자부심에 뒷받침되어 오는 이에야스를 위해 아카사카 남쪽으로 5정 떨어진 가쓰산(勝山) 꼭대기에 지휘소를 짓기 시작한 것은 9월 초순.

동군의 사기는 날로 드높아졌다…….

이에야스가 9월 1일에 에도성을 출발한다는 말을 듣고 이시카와 이에나리는 책력을 살펴보고 이에야스 앞으로 황급히 나왔다.

"오늘의 출발을 중지하십시오."

"허, 무슨 까닭이냐."

"예, 오늘 방위(方位)를 보니 서쪽이 막혀 있습니다. 서쪽을 치는 싸움의 첫출발에 서쪽이 막혀 있으면 어떨까 싶어서."

이에야스는 웃으며 대답했다.

"그건 재수가 좋군. 그 막혀 있는 서쪽을 열어주러 가야지."

한 달 동안 에도성에 있으면서 써야 할 대책은 물론 남김없이 강구해 놓았다. 다테 마사무네에게 경거망동하지 않도록 타이르고, 모리 일족과의 교섭은 구로다 나가마사를 통해 은밀히 계속 시켰다. 규슈의 가토 기요마사에게도 연락해 두었고, 가가의 마에다 도시나가는 벌써 행동을 일으켜 다이쇼지성(大聖寺城)을 점령했다. 게다가 간토의 여러 영주들에게는 아직 에도에 있는 줄 여기게 하며, 만일 가게카쓰가 나온다면 자신이 나서서 단숨에 쳐없애겠다고 알려놓았다.

그 빈틈없는 준비는 에도에 인질로 와 있는 마에다 도시이에의 미망인 호슌인에게도 미치고 있었다. 이에야스는 손수 붓을 들어 다음과 같은 편지를 호슌인의 측근 무라이 분고에게 써보냈다.

이번에 도시나가 님께서 다이쇼지성을 치셔서 손에 넣으신 공로에 대한 소식이 알려져 와 대단한 충성으로 생각되어 흐뭇하게 여깁니다. 그 밖의 북쪽 나라도 정벌하여 점령하면 모두 차지하시기 바랍니다. 이 뜻은 호슌인 님도 잘 알고 계시며 여러 차례 말씀이 계셨습니다. 아무튼 수고하셨습니다. 그러면 머지않아 교토, 오사카 방면을 평정한 다음 호슌인 님을 맞이하러 오시기 바랍니다. 총총

8월 26일 이에야스

무라이 분고 님

덧붙여 말씀드리건대, 오랫동안 붓을 들지 않았으나 너무도 흐뭇하여 자필로 써보냅니다.

이 또한 호슌인을 안심시키고 도시나가를 이용하기 위한 일이라고 생각한다면 참으로 사람을 바보 취급하는 공치사라고 할 수 있으리라. 그러나 노부나가 시절부터의 도시이에 부인……몇 세대를 함께 살아온 사람에게 주는 우정이라고 본다면, 매우 자연스러운 인정의 발로라고 할 수 있다.

기후성을 떨어뜨리고 오가키성 가까이 진출하여 그 진퇴를 문의해 온 이케다 데루마사에게는 다음과 같은 편지를 띄웠다.

기후성을 친 공훈에 대해서는 편지로 다 말씀드리기 어려운 줄 아오. 주나곤(히데타다)에게는 우선 나카센도로 밀고 올라가도록 명령했소. 우리들은 이 길(도카이도)로 나아갈 작정이오. 실수 없이 싸우는 게 으뜸인 줄 압니다. 우리들을 기다려주시기 바라오.

8월 27일 이에야스
이케다 데루마사 님

이리하여 9월 1일에 에도를 출발하면서 이에야스는 도도, 구로다, 다나카, 히토야나기 네 사람에게 출발을 알림과 동시에 자기가 도착할 때까지 싸움을 삼가도록 써보냈다. 이전에는 빨리 쳐들어가라고 말해 놓고 드디어 결전이 되자 자기를 기다리라고 한다. 이 또한 자신의 편리만 도모하는 교활함이라고 할 수 있지만 그만큼 신중한 것이기도 했다. 어쨌든 이에야스는 그들만으로는 서군의 총병력과 싸울 힘이 없다고 보고 있었다……
이에야스가 거느리고 출발한 병력은 3만2700명쯤 되었다.

그리하여 1일 밤은 가나가와(神奈川)에서 쉬며 여기서 그 편지들을 도도, 구로다, 다나카, 히토야나기 등 여러 장수들에게 보냈다.

2일은 후지사와(藤澤)에서 숙박.

3일은 오다와라에서 묵었는데, 고바야카와 히데아키의 사자가 나가이 나오카쓰를 찾아왔다.

히데아키가 벌써부터 이에야스에게 마음을 보내오고 있는 건 이에야스도 알고 있었다. 물론 그 자신의 사자라기보다 백모 고다이인(네네)의 가르침에 의한 게 분명했다.

그러나 이에야스는 히데아키의 사자를 상대하지 않았다.

"그의 말은 믿을 수 없다. 내버려둬."

얼핏 보기에는 매우 냉담해 보인다. 하지만 지금 상대하면 그것이 서군 편에 누설될 염려가 있고, 아군이 그에게 의지할 불리함이 있다. 그런 재빠른 계산은 역시 오랜 세월의 경험에 의한 것이었다.

다음에는 가토 요시아키의 사자가 왔다. 이번에는 이에야스가 직접 만났다. 요시아키는 이누야마성을 수비하고 있었다. 이대로 수비할 것인지, 아니면 진출할 것인지에 대한 문의였다.

"우리의 도착을 기다려 움직이시오."

이렇게 말해 사자를 돌려보냈다.

4일 미시마에 도착하자 이에야스는 아쓰타로 먼저 마표를 보내 거기서 기다리도록 명령했다. 따로 마표 감독관을 딸려 보내지 않고 졸개가 그대로 마표를 가지고 아쓰타로 향했다.

5일은 기요미사(清見寺)에서 숙박.

6일은 시마다(島田)에서 숙박.

7일은 나카이즈미(中泉)에서 숙박.

8일은 시라스카(白順賀)에서 숙박. 이곳에는 선봉인 도도 다카토라가 일부러 찾아와 밤중까지 이에야스와 밀담했으며 새벽을 기다리지 않고 돌아갔다. 같은 날 히데아키로부터 또 사자가 왔다. 그러나 이때도 이에야스는 나오카쓰를 시켜 적당히 말해 돌려보내게 하고 만나지 않았다.

9일은 오카자키에서 숙박.

10일은 아쓰타에서 숙박. 이날 서쪽 해변에 너덧 군데 불빛이 보였다. 서군 쪽에 가담한 수군 구키 요시다카가 불을 질렀기 때문이라는 알림이었다. 그리고 보니 아쓰타의 해변에서 5, 6정 떨어진 바다에 자주색 바탕에 희게 오동나무를 물들인 장막을 친 큰 배가 한 척 보인다. 요시다카는 이에야스가 오기를 기다려 뜻을 바꾸려 하고 있었던 것이다. 이에야스는 마표를 갖고 먼저 와 있던 졸개와 이곳에서 만나며 그 큰 배를 옆눈으로 보고 있었으나, 아무 말도 하지 않았다.

10일은 기요스에 도착.

12일에도 여전히 그곳에 머물렀다.

다카토라가 전선에서 또 말을 달려온 것은 이날 해 질 무렵이었다.

다카토라와 이에야스의 첫 만남은 이에야스가 히데요시의 청을 받아들여 가까스로 상경했던 때였다. 그때 다카토라는 히데요시의 명으로 우치노의 주라쿠 저택 안에 이에야스의 숙소를 짓고 있었던 것이다.

그때부터 그들의 관계는 대를 이은 주종관계 못지않은 친밀함을 거듭해 오고 있다. 아마도 도요토미 가문 여러 장수들의 움직임은 군사감독인 혼다 헤이하치나 이이 나오마사보다 다카토라가 훨씬 잘 알고 있을 것이었다.

이날도 다카토라는 한밤중이 되어서야 돌아갔고, 헤이하치와 나오마사는 비로소 이에야스 앞으로 호출되었다. 나오마사와 헤이하치는 이에야스와 다카토라의 밀담이 너무 길므로 둘 다 좀 불안스러운 얼굴이었다.

'우리들보다 다카토라를 더 믿으시는 건가.'

두 사람이 이에야스 앞으로 불려갔을 때는, 이미 성곽마저 잠든 듯한 정적이 감돌고 있었다.

"밤이 깊어진 것 같군."

헤이하치는 사양하지 않고 이에야스 앞에 책상다리를 하고 앉아 따끔하게 한마디 할 생각으로 비꼬았다.

"예, 줄곧 달려왔으므로 졸음을 참느라 혼났습니다. 다카토라는 서군 장수들의 배신을 지나치게 믿는 것 같더군요."

이에야스는 쓴웃음 지으며 함께 자리한 나오카쓰에게 일렀다.

"아무도 접근시키지 마라."

그리고 자기 옆의 촛대에서 손수 심지를 잘랐다.

"온 일본을 우리 편으로 돌아서게 하는 것이 내 바람이었는데, 아직 덕이 모자라는지 그렇게 안 되는군."

헤이하치는 그것을 이에야스의 반격으로 여긴 듯 말했다.

"대감님! 주나곤(히데타다)님은 언제쯤 도착되겠습니까."

"글쎄, 아직 상당히 걸릴 거야."

이에야스는 고개를 갸웃한 채 무뚝뚝하게 나오마사에게 말했다.

"나오마사는 어떤가. 역시 히데타다의 도착을 기다려 싸울 작정인가."

나오마사보다 먼저 헤이하치가 말했다.

"그럼, 대감님은 나카센도로 오는 주나곤님이 도착하기 전에 적을 치실 생각이십니까."

어림도 없다는 말투였다.

"주나곤님이 도착하면 그 대군을 보고 적은 거의 싸울 뜻을 잃게 되겠지요. 그

전에 치는 건 훨훨 타오르는 불에 일부러 부채질하는 격이 되지 않을까 생각됩니다만, 어떨지요?"

"좀 기다려, 헤이하치, 나오마사에게 묻고 있는 거야. 나오마사도 나카센도로 오는 아군을 기다릴 작정이냐고"

헤이하치의 의견을 알았으므로 나오마사는 좀 긴장하며 몸을 내밀었다.

"말씀드리지요. 저는 헤이하치 님과 의견이 다릅니다. 기다리던 대감님이 도착하셨는데……그런데도 곧 공격하지 않는다……면 대감님 생각에 의심을 품고 아군의 보조가 흐트러질 겁니다. 곧 행동을 일으키는 게 마땅할 줄 압니다."

헤이하치가 또 참견했다.

"그러나 그러면 힘차게 타오르는 불에……."

"줄기차게 타오른 건 적이 아니라 우리 편이라고 이 나오마사는 보고 있습니다. 그러므로 대감님이 도착하셨다는 소리에 멈칫하고 있을 때 재빠르게 치는 게 좋다고."

이에야스는 말없이 고개를 끄덕였다. 어느 쪽이나 아직 이에야스의 생각을 속속들이 꿰뚫어보지 못하고 있다. 도쿠가와 가문의 힘으로 이기는 승리는, 힘으로 세상을 억누를 수는 있어도 평화의 길로 나아가게 하는 이치로 장래를 내다보는 길은 못되었다. 참다운 도리와 권도(權道)는 어떤 경우에나 있는 것이다.

이에야스는 말했다.

"좋아, 재빨리 쳐들어가기로 하자."

히데타다의 도움이 없더라도 이길 싸움이면 그대로 쳐들어가도 이길 것이다. 이에야스는 이미 신불한테 천하를 부탁받고 출전한 것이다.

"대감님 결정이라면 할 수 없지요. 그러나 다카토라의 진언에 의한 일이라면 다시 한번 생각하십시오."

아직도 헤이하치는 마음에 걸렸다. 도도 다카토라는 구로다 나가마사와 함께 은밀히 서군 내부와 연락을 취하고 있다. 만일 그들의 연락 결과로 적을 얕보게 된다면 큰일이라고 헤이하치는 염려하는 것 같았다.

이에야스도 그것을 잘 알고 있었다.

"염려 마라, 헤이하치. 나는 적의 동향 같은 건 계산에 넣고 있지 않다."

"히데타다 님 도착을 기다려 모든 준비를 갖추고 치는 게 유리……."

거기까지 듣게 되자 이에야스는 전략에 대한 그들 안목의 수준까지 자신을 낮춰 설명할 수밖에 없었다. 헤이하치나 나오마사조차 납득할 수 없는 일이라면 무쇠 같은 단결은 이룰 수 없다고 생각했기 때문이었다.

"헤이하치, 그대는 나와 히데타다의 어느 쪽이 중하다고 생각하나."

"무슨 말씀입니까, 대감님이 계시고서야 도쿠가와 가문이 있는 것, 그런 질문은 너무하십니다."

"그렇지 않아. 나는 이미 60살이 되려고 한다. 히데타다는 이제부터야. 내가 전사하더라도 히데타다는 살려두어 다음의 평화를 쌓게 해야만 하지. 내가 먼저 싸우는 건 천명을 받드는 일임을 모르겠나."

"그러나 그 같은……."

"좀 기다려. 알겠나……나 혼자 싸워서 불리해지더라도 전멸당할 어리석은 짓은 하지 않는다."

"그야 대감님이시라면……."

"일단 불리해지면 진퇴에 익숙한 솜씨를 지녔지. 그리고 나만 싸운다면 도쿠가와 군의 주력은 고스란히 남을 게 아닌가. 이 이익을 그대는 생각한 적 있나."

"……."

"세상에서는 나를 교활하다고 할 테지. 도쿠가와 군은 고스란히 남기고 도요토미 가문에 은혜 입은 여러 장수들만 싸우게 했다고……그것도 물론 각오한 뒤의 생각이야."

이에야스는 나오마사에게로 시선을 옮겼다.

"이것이 그대와 이에야스의 생각이 얼마쯤 다른 점인데……이번은 이기는 것만으로는 끝나지 않는 싸움이야."

"이기는 것만으로는……?"

이에야스는 크게 고개를 끄덕였다.

"그렇지. 이긴 다음 천하의 난폭자들을 꿈쩍 못하게 할 힘이 남느냐……그만한 힘을 남겨 이에야스든 히데타다든 단단히 움켜쥐지 않는다면, 이 싸움 뒤처리는 조선에서의 싸움 뒤처리보다 더 나쁜 결과를 가져올 거야."

"과연!"

헤이하치는 비로소 감탄했다.

"알겠나, 헤이하치. 큰 싸움 뒤에는 다이코가 키워낸 무장들조차 사분오열(四分五裂)하지 않더냐……그러나 다행히 내가 있었다. 그런데도 천하는 이 같은 싸움을 벌이지 않고는 다스릴 수 없는 꼴이 되었어……알겠나, 이번에는 그 나까지도 한편의 총대장이다. 여기서 섣부른 싸움을 하여 온 일본이 도토리 키재기처럼 모두 비슷한 세력으로 전락해 버린다면 어떻게 되겠느냐. 오다 노부나가 님의 고생도, 다이코의 고생, 내 평생의 비원도 모두 물거품……이에야스가 진정 평화를 원하는 자라면 히데타다에게 여력을 남겨주고 늙은 몸을 채찍질하여 진두에 서는 각오가 없으면 안 되지. 아니, 그렇게 하지 않으면 신불이 용서하지 않을 거야. 요컨대 뒷날의 천하평화를 위해서다."

이미 헤이하치도 나오마사도 할 말이 없었다.

과연 이 싸움은 예사로운 게 아니었다. 조선 싸움에서는 아직 국내에 이에야스라는 여력이 남았었지만 이번에는 국내의 대세력이 둘로 나뉘어져 싸우고 있다. 용과 범이 모두 상처 입고 저마다 영지로 돌아가 군웅할거(群雄割據)하게 되면 분명 노부나가가 나오기 이전의 난세로 되돌아가게 된다. 그 같은 중요한 시기이므로 자기보다 앞날이 있는 히데타다를 남기고 이에야스 스스로 진두에 선다는 것이었다…….

이렇게 듣고 보니 무용만 아는 헤이하치에게도, 아직 무르익으려면 먼 나오마사에게도 단숨에 이해되었다.

"이것 참, 죄송합니다. 그렇게 들으니 헤이하치 따위는 앞장서 대감님 앞에 시체를 내던질 각오를 해야겠습니다. 그럼, 곧 진군하시겠습니까."

헤이하치의 말에 이어 나오마사는 벌써 일어섰다.

"아무튼 모두에게 이 뜻을 전해 놓겠습니다."

"그게 좋아. 다카토라에게도 그렇게 말했어. 오늘 하루는 감기가 낫지 않아 본의 아니게 인마를 쉬게 했으나 내일 13일은 기후에 들어가 14일에 전선에 도착한다고 알려두도록."

이리하여 이에야스의 결전은 결정되고, 그들은 예정대로 이튿날 기요스를 출발하여 기후에 도착했다.

이에야스는 기후에서 항복한 오다 가문 중신 모모 쓰나이에의 저택에 묵었다. 그리고 이곳에서 호쿠리쿠의 니와 나가시게와 히지카타 가쓰히사에게 편지를 주어 나가시게와 아오키 가즈노리(靑木一矩)는 마에다 도시나가와 화해하도록 일렀다. 히지카타는 앞서 히타치의 오타로 유배되었었는데 이에야스가 은밀히 용서하여 북쪽나라에 사자로 보내두었던 것이다.

이튿날은 길을 좀 돌아 오가키에 가까운 도강 지점을 피해 나가라 나루터를 건너 아카사카 남쪽 오카야마에 도착했다. 오가키는 여기서 남쪽을 굽어보며 50여 정 거리 눈 아래 있었다.

"지금 저 성안에는 우키타 히데이에, 고니시 유키나가, 이시다 미쓰나리, 그 밖에 후쿠하라 우마노스케(福原右馬助)가 들어가 있습니다."

나오마사의 보고에 굳어진 표정으로 고개를 끄덕이며 이에야스는 오가키성 쪽으로 마표인 금부채, 접시꽃을 그린 큰 기치 7개, 접는 걸상 20개를 늘어세우게 했다.

밤중에 출발해 이미 도착한 소총대와 전령대 등은 이에야스보다 한 걸음 앞서 진지 앞뒤를 엄중히 경비하고 있다.

이에야스의 도착은 서군에게 대체 어떤 영향을 주었을까……? 오가키성에서도 당연히 이 오카야마의 진지가 보일 터였다. 그들은 이에야스가 도착하기 전부터 주변 일대에 크게 날개를 펴보인 동군의 사기를 자세히 탐지하고 있었을 게 틀림없다. 도카이도 쪽인 북쪽 산기슭에는 가토 요시아키, 가나모리 나가치카, 구로다 나가마사, 도도 다카토라, 쓰쓰이 사다쓰구가 진 치고, 히루이(晝井) 마을에는 호소카와 다다오키가 진을 폈으며 마을 동쪽 오하카(大墓)에는 후쿠시마 마사노리. 가쓰산 북쪽에는 사카키바라 고헤이타, 이이 나오마사, 혼다 헤이하치, 교코쿠 다카모토. 니시마키(西牧) 쪽에는 호리오 다다우지, 야마노우치 가즈토요, 아사노 요시나가. 아라오(荒尾) 마을에는 이케다 데루마사, 이케다 나가요시. 나가마쓰(長松) 마을에는 히토야나기 나오모리. 동부 마키노(東牧野)에는 나카무라 가즈타다, 나카무라 가즈사카, 아리마 노리요리. 이소베미야(磯部宮)에는 다나카 요시마사……그 밖에도 보이는 끝까지 나래를 펴고 있는 동군의 포진 속에 마침내 지휘자의 모습이 나타났으니 그 동요가 적을 리 없었다.

미쓰나리는 오사카를 떠날 때 큰소리치고 있었다.

"비록 이에야스가 10명 오더라도 조금도 겁날 것 없다."

물론 자기 편을 격려하는 뜻도 있었지만, 결코 말뿐인 것만은 아니었다. 마음으로는 늘 이에야스가 언제 눈앞에 나타날까 경계하면서도 한편으로는 반대로 그런 일이 없도록 하려 고심하고 있었다. 우에스기 가게카쓰, 사타케 요시노리, 사나다 마사유키 등이 동쪽에서 도전하고 있는 이상 이에야스는 서쪽으로 오지 못하리라, 그동안에 모리 데루모토를 끌어내 동군을 혼란에 빠뜨린다고⋯⋯.

이것이 그의 희망이고 작전의 기본이었다. 따라서 그는 동군이 별안간 행동하여 기후를 공격하고 아카사카에 육박했을 때 당황하면서도, 아직 그것이 보이지 않는 곳에서 휘두르는 이에야스의 지휘라고는 생각지 않았다.

그 미쓰나리의 생각을 뒷받침해 주려는 듯 아카사카와 그 언저리에 진출해 온 동군은 거기서 진격을 중지했다. 8월 24일부터 오늘—곧 9월 14일까지 20일 동안의 정지 기간은 미쓰나리의 희망적 관측을 점점 굳혀주었다.

"이에야스는 오지 않는다!"

'동군 장수들은 우에스기, 사타케, 사나다 등이 전투를 개시해 이에야스가 에도를 떠날 수 없는 걸 알고 그 약점을 눈치채이지 않으려고 여기까지 진출해 온 게 분명하다.'

이에야스가 흔드는 '보이지 않는 지휘채'는 보기 좋게 미쓰나리가 그렇게 믿도록 만들고 있었다. 그런데 오늘 에도에 있을 터인 이에야스의 마표가 느닷없이 가쓰산에 세워져 오가키성 안의 의견은 당연히 둘로 갈라졌다.

"저건 진짜 기치가 틀림없어."

"그러고 보니 흰 바탕의 기치가 이에야스 것과 닮았는데."

"어쨌든 척후를 내보내야지."

그리하여 그것이 진짜 이에야스인 줄 알았을 때 성안의 공기는 단숨에 가을서리처럼 매서워졌다. 생각해 보면 얼마나 정보 수집에 서툴렀던 것인가. 이에야스가 에도를 떠난 것은 9월 초하루—그런데 14일 눈앞에 마표가 세워질 때까지 전혀 모르고 있었다니⋯⋯.

아카사카까지 진출했으면서 동군이 왜 이곳에서 전투를 멈추고 있었던가?

원인은 싸움에 능숙하지 못한 탓만이 아니었다. 서군의 단결이 아직 완전하지 못하다⋯⋯는 불안이 미쓰나리 정도의 예민한 감각마저 흐리게 하고 있었던 데 지나지 않는다.

"이에야스가 틀림없습니다."

척후가 그 보고를 알려왔을 때 미쓰나리 앞으로 얼굴빛이 달라진 사람들이 잇따라 들이닥쳤다. 이제 어떻든 결전의 시간이 눈앞에 닥쳐온 것이다.

농성이냐? 야습이냐? 아니면 나가서 야전(野戰)으로 승패를 판가름할 것이냐?

오가키 성주 이토 모리마사는 말할 것도 없고 우키타 히데이에, 고니시 유키나가 두 장수에 이어 시마즈 요시히로도 입을 한일자로 굳게 다물고 들어 왔다.

그러나—

여기서 작전회의 상황을 쓰기 전에, 작자는 서군의 배치와 그 내부 사정 묘사로 일단 붓을 돌리지 않으면 안 되리라.

동군이 아카사카 언저리에 집결한 8월 24일부터 오늘 9월 14일까지 서군 내부에는 대체 어떤 움직임과 변화가 있었던 것일까……?

마쓰오산의 눈길

　마쓰오산(松尾山)은 세키가하라(關原) 서남쪽 마쓰오 마을에서 남쪽으로 언덕
길을 1킬로미터 남짓 올라간 곳에 자리한 높이 290미터쯤 되는 산이다.

　그 위에 오다 노부나가가 아사이 나가마사와 싸울 때 후와 미쓰하루(不破光
治)에게 시켜 쌓게 한 성채가 남아 있다. 꼭대기의 평지는 동서 10칸, 남북 12칸인
좁은 곳이지만 그 산 중턱에도 몇 군데 평탄한 자리가 몇 단 있다. 여기에 올라
사방을 바라보면 세키가하라와 그 언저리가 아주 잘 내려다보인다. 동쪽에는 모
모쿠바리산(桃配山 ; 다음의 이 에야스 진지), 북쪽에는 덴만산(天滿山 ; 고니시 유키 나가의 진지)이 보이며 다루이에서
세키가하라를 지나 서쪽으로 가는 가도와 그 양쪽에 펼쳐진 평지를 내려다보기
에 아주 좋은 장소였다.

　그 마쓰오산으로 9월 14일, 당연히 오가키성에서 미쓰나리 등과 함께 작전회
의를 거쳐 배치받아야 될 고바야카와 히데아키가 8000명 군사와 함께 냉큼 진지
를 정하여 올라갔다.

　히데아키는 고다이인에게 사랑받으며 자란 그녀의 조카로, 후시미성 공격 때
형 기노시타 도시카쓰가 성안에 있으므로 도리이 모토타다에게 농성을 제의했
다가 거절당한 일이 있었다. 이제 24살로, 모리 데루모토가 오지 않으면 서군 총
지휘관인 우키타 히데이에와 같은 주나곤이면서도 5살 아래였다. 그러므로 5살
차이로 우키타 히데이에한테 지시받는다는 것은 그의 자존심과 젊음이 용납하
지 않았다.

게다가 그는 미쓰나리를 증오하고 있었다. 조선에서 용감하게 싸웠으나 너무 용맹스럽다고 미쓰나리가 일러바쳐 영토를 빼앗기게 되었을 뿐 아니라 '대장 그 릇이 못 돼!'라고 히데요시에게 호되게 꾸중 들은 굴욕감은, 20대 초반의 일이므 로 뼈에 사무쳐 잊을 수 없었다. 그것이 잘 무마된 건 히데요시의 죽음과 이에야 스의 중재 때문이었다.

따라서 그는 오늘까지 몇 차례나 이에야스에게 밀사를 보내 자기가 미쓰나리 보다 이에야스에게 훨씬 호의를 갖고 있다고 알렸다. 그러나 이에야스한테서는 후시미의 경우와 마찬가지로 직접적인 확실한 반응이 없었다.

"나를 경계하고 있다, 내대신은……."

외곬으로 치닫는 젊은이에게 있어 그 일은 말할 수 없이 허전하고 불만스러 웠다.

고다이인은 이에야스를 편들지 않으면 천하의 평화도, 도요토미 가문의 무사 한 존속도 있을 수 없으며, 그렇게 되면 다이코의 진정한 기대에 어긋나는 일이 되니 이에야스와 연락을 끊지 않도록……만날 때마다 일렀지만 젊은 히데아키에 게는 그 진정한 의미까지 이해되지 못했다.

"고다이인 님은 나에게 어머니 같은 분……."

그 고다이인에게 가장 큰 굴욕을 준 것은 요도 마님……그리고 미쓰나리는 그 요도 마님 쪽 인물이라고 생각하면 미쓰나리에의 증오가 겹겹이 쌓이고 이에야 스에게 신뢰받지 못하는 불만과 고독도 갑절로 더해졌다.

그러므로 그는 이세 방면으로 출진하라는 히데이에의 권유에 따르지 않고 8 월 17일 오미로 들어가 이시베(石部)에 머물렀다. 그의 허무감은 차츰 더해져 될 수 있으면 어느 쪽도 편들지 않고 짓궂게 비웃으며 이 싸움을 구경하고 싶어졌다.

그러던 8월 28일 이에야스 편에 선 친구 아사노 요시나가와 구로다 나가마사 의 편지가 날아들었다. 그 편지가 그의 행동 목표를 정해 주었다…….

아사노와 구로다가 함께 보낸 그 편지에는 히데아키가 이에야스 편에 선 것을 기정사실로 보고 다음과 같이 씌어 있었다.

(전략) 지난번 편지로 전한 바 있습니다만, 센도 아미(山道阿彌)로부터 우리 두 사람이 이 편지를 보내도록 하라는 요청을 거듭 받았습니다. 귀하께서는

어디에 계시든 이 기회에 충절을 보이는 게 긴요합니다. 2, 3일 안으로 내대신 님이 진지에 도착하게 되니 그 전에 생각을 정하시는 게 좋을 줄 압니다. 만도 코로님(고다이인)에게 우리가 급히 알려드려야 하니 속히 회답주시기 바랍니다. 자세한 것은 구두로 말씀 전해 주시도록 삼가 글을 올립니다……

이 편지는 아사노와 구로다 두 사람의 아카사카 진지로부터 와서 이시베와 스즈카(鈴鹿)를 거쳐 오미, 에치가와(愛知川)의 다카미야(高宮)에 머물다가 히데이에가 병을 요양한다는 핑계로 사냥을 나왔을 때 전달되었다.

그 글귀 속의 내용은 아사노와 구로다 두 사람 역시 히데아키를 자기 편으로 믿고 있다는 점 외에 '만도코로님에게 우리가 급히 알려드려야 하니……'라는 것을 알리고 있다. 이것이 가장 세차게 히데아키의 마음을 뒤흔들었다. 이 편지 글귀가 지닌 의미는 이러했다.

"고다이인 님 마음을 편하게 해드리려는 우리 두 사람이므로 말씀드리는데, 이에야스 님 진지 도착이 머지않으니 그 전에 거취를 분명히 해두도록."

그것은 이에야스는 고다이인의 뜻을 받들어 미쓰나리를 정벌하는 거라는 해석을 전제로 하고 있다. 고다이인과 이에야스의 생각이 같다는 것은 조금도 의심할 바 없다. 그러므로 우리 두 사람도 충성을 다하고 있으니 귀하도 여기서 고다이인에게 충절을 다하라는 것이었다.

그 말을 듣게 되자 기묘하게도 히데아키는 이에야스가 이제까지 상대해 주지 않던 불만이 안개 걷히듯 사라졌다. 히데아키가 이에야스를 편드는 게 아니라 이에야스가 고다이인과 히데아키를 편들어 싸우고 있는 것이다. 그러므로 고바야카와 히데아키여! 좀더 꿋꿋해 달라고 격려하는 의미로 해석된다…… 이 뒤바뀜은 젊은 히데아키가 품고 있는 회의의 구름을 말끔히 씻어버렸다.

그러나 물론 이제까지 이시다 미쓰나리며 우키타 히데이에 편으로 행동해 온 관계상 곧 깃발을 선명히 하여 동군 쪽으로 내달을 수는 없다. 만약 그것을 안다면 서군은 온 힘을 다하여 고바야카와 군을 칠 것이다.

그 같은 앞뒤 사정을 생각하여 양군의 결전이 가까워졌다고 보았을 때 히데아키가 차지해야 될 진지는 마쓰오산밖에 없었다. 여기에 진을 치고 기회 보아 아사노와 구로다를 중개로 하여 동군에 합류한다.

"만일 동군이 불리해질 때는 그대로 산을 내려가지 않고 방관하고 있으면 되는 것이다."

그가 마쓰오산에 진을 친 사실을 알고, 서군 내부에 걷잡을 수 없는 유언비어가 떠돌았다.

"고바야카와 님은 역시 싸울 뜻이 없는 모양이야."

"아니, 벌써 이에야스와 내통하고 있는지도 몰라."

오가키성에서는 히데아키에게로 곧 사자를 보냈다. 모두들 기다리고 있으니 곧 성안으로 오셔서 회의에 참석해 달라고. 그러나 히데아키는 응하지 않았다.

"이제 병이 나아서 여기까지 왔지만, 어떻든 세상의 뜬소문도 있고 여러 가지 혐의를 받고 있는 몸이므로 우선 동군과 한바탕 싸워 여러분들 의혹은 푼 다음가 뵙겠다."

우선 동군과 한바탕 싸운 다음 오가키성의 작전회의에 참가하겠다는 말은 이에야스의 진지 도착을 알고 농성이냐 야전이냐 의논하고 있던 사람들을 더욱 크게 동요시켰다.

고바야카와 군 8000명은 결코 적은 병력이 아니다. 이것이 싸움터에 도착되지 않아 내일 싸움에 나서지 못한다면 차라리 문제는 간단했다. 그러나 이미 도착해 있다. 그런데 무슨 생각을 하고 무엇을 바라는지 잘 알 수 없다면 이보다 더 무시무시한 일은 없다.

싸울 생각이 있느냐 없느냐는 정도의 불안이 아니다. 만일 한창 싸울 때 적으로 돌아선다면 어떻게 되겠는가? 목덜미에 칼날이 들이대어진 것 같은 불안으로 바뀌었다.

걱정되어 내버려둘 수 없다며 오타니 요시쓰구가 직접 히데아키의 진영으로 일부러 찾아간 것은 이미 14일 밤이 되어서였다. 과묵한 요시쓰구는 미쓰나리 앞에서 많은 말을 하지 않았으나 그 결심은 굳었다. 이미 완전히 시력을 잃은 몸을 채찍질해 가며 일부러 마쓰오산으로 가마에 흔들리며 올라간 것이다. 만일 히데아키에게 배반할 기색이 보이면 그 자리에서 찔러버릴 생각이었다. 다행히 병 때문에 얼굴을 붕대로 감싸 상대에게 표정을 보일 우려도 없다.

이에야스의 진지 도착이 사실이 아니라면 요시쓰구도 물론 이 같은 결심은 하지 않았을 것이다. 그러나 이에야스는 벌써 눈앞에 닥쳐왔고, 반대로 모리 데루모토는 나오지 않고 있으니 히데아키의 본심을 확인하지 않고는 이 언저리에서 함부로 싸울 수 없다는 답이 나온다.

요시쓰구는 우선 미쓰나리에게 서약서를 쓰게 하고 회의에 참석한 장수들의 서명을 받아 가지고 갔다.

그 서약서에는 다음 네 가지 조항이 적혀 있었다.

1. 이번에 충성을 다함에 있어 히데요리 공이 15살이 되실 때까지 간파쿠직을 히데아키 님에게 양도할 것임.
1. 황실의 진상용으로 반슈(播州) 한 나라를 양도할 것임. 물론 지쿠젠, 지쿠고 두 나라는 예전 그대로일 것임.
1. 고슈(江州)에 10만 석. 또한 중신 이나바 마사나리(稻葉正成), 히라오카 요리카쓰(平岡賴勝)에게 저마다 10만 석씩 히데요리 공께서 하사하실 것임.
1. 증여물로 금화 300냥을 곧 이나바, 히라오카에게 하사하실 것임.

여기에 서명한 자는 우키타 히데이에, 고니시 유키나가, 나쓰카 마사이에, 이시다 미쓰나리, 에케이, 오타니 요시쓰구 6명이었다. 이것은 물론 그 실행 여부를 떠나 허무주의적인 한 분방한 인물을 이 경우만이라도 어떻게 잘 달랠까 하는 생각에서 나온 미끼였다.

요시쓰구의 마음은 안타까웠다. 그러나 이대로는 선뜻 싸울 수도 없으니 어떻게든 손쓰지 않으면 안 될 다급한 사정이었다……

요시쓰구는 새로 지은 성채 문을 무사히 지나 히데아키의 진막에 도착했다. 예기한 대로 이나바, 히라오카 두 중신만 맞으러 나왔다.

"히데아키 님을 뵙고 싶소. 그리고 직접 이 서약서를 드리려 하는데"

요시쓰구의 말에 이나바는 히라오카를 돌아보았다.

"지금 우리들을 호되게 꾸짖으시고 겨우 잠드셨습니다만"

이나바의 말에 이어 히라오카가 한 마디 덧붙였다.

"요즈음 병 때문이신지 술을 지나치게 드셔서 정말 큰일 났습니다."

요시쓰구는 이미 그들이 히데아키를 만나게 해줄 생각이 없는 것을 알았다. 그렇다고 이대로 물러나온다면 그들의 마음은 서군과 더욱 벌어질 것이다.

"감기 기운이 아직 낫지 않으셨는가."

"예, 항간에 여러 가지 풍설이 나돌고 있는 게 마음에 걸리시는지 열이 좀 내려가면 곧 말을 타고 사냥하십니다. 그러면 또 병이 덧나시는 거지요."

"그럼, 이번 싸움 지휘는 그대들이 할 작정인가."

"예, 아닙니다……그렇게 되면 사기에도 영향을 주므로 아무튼 오늘은 쉬시도록 권했습니다."

"그럼, 일부러 깨울 것까지는 없어. 작전회의 결과는 이미 알려왔을 터이지만, 그 뒤 오사카에서 마시타 님의 급보가 있어서 말이오."

"저, 마시타 님에게서……어떤?"

"마침내 모리 데루모토 님이 히데요리 공을 모시고 내일 오사카를 출발한다고 하오."

이것은 엉뚱한 거짓말이었다. 요시쓰구는 북쪽에 있어서 오사카의 자세한 사정을 알지 못했으나 모리 데루모토가 오지 않으리라는 추측은 할 수 있었다.

어떤 책사가 어떤 순서로 뿌려놓은 소문인지 모르나, 오사카성 안에는 지금 하나의 괴상한 뜬소문이 사람들 귀에서 귀로 퍼져가고 있다. 마시타 나가모리가 은밀히 이에야스에게 내통하고 있다는 소문이었다.

요시쓰구는 생각하고 있다.

'전혀 있을 수 없는 일이 아니다…….'

나가모리는 이에야스에게 미쓰나리만큼 잊을 수 없는 증오를 품고 있지 않다. 다만 미쓰나리의 강경한 태도에 끌려 저도 모르는 새 깊숙이 빠져든 게 나가모리의 입장이다. 그러므로 이에야스 쪽의 눈치를 넌지시 살펴볼 수도 있다. 그러나 오사카성 안에서 그런 쑥덕공론이 일고 있는 것은 서군에게 치명적이었다.

에케이가 권유해 서군 총지휘자로 받들어져 진퇴양난에 처해 있는 데루모토로서는 이 소문을 무시하고 오사카성을 나설 수 없다. 만약 히데요리를 데리고 오사카성을 나선 다음 나가모리가 반기를 든다면 히데요리는 어떻게 되겠는가? 오사카성에 있으면 세상 떠난 다이코의 후계자이지만, 성을 나서면 아무 힘 없는 8살짜리 어린아이에 지나지 않는다. 그러므로 오사카성이나 사와산성을 함락당하면 그야말로 머무를 성도 없는 떠돌이 고아가 되고 만다. 따라서 나가모리가 내통한다는 소문은 모리 데루모토의 발을 오사카에 못박아두는 결정적인 의미를 지녔던 것이다…….

'데루모토는 이제 오지 않을 것이다…….'

요시쓰구가 그런 사정을 알면서도 거짓말한 것은 고바야카와 가문 중신들이 과연 데루모토와 연락이 있는지 없는지 살펴보려는 속셈에서였다.

요시쓰구는 데루모토가 내일 출발한다고 말한 다음 가만히 온 신경을 모아 상대의 반응을 기다렸다.

"그렇습니까. 그럼, 모리 님도 드디어 출전하시는군요."

그것은 듣기에 따라 그럴 리 있느냐는 부정으로도 해석되고, 정말로 놀라는 것 같기도 했다.

"그래서 이 서약서를 써가지고 왔는데 뵙지도 못한다면 하는 수 없지. 두 분이 보시고 일어나시면 전해 주오."

요시쓰구는 비단보에 싸서 가져온 것을 이나바 앞에 조용히 놓았다. 서약서 가운데 이나바, 히라오카 두 사람에게도 10만 석씩 준다는 미끼가 있다. 그 미끼에 어떤 관심을 보일까……?

"그럼, 읽어보겠습니다."

"읽어보오."

이번에는 이나바도 분명히 놀란 것 같았다. 그리고 그것을 말없이 히라오카에게 건넸다.

"허, 히데요리 님이 15살 될 때까지 간파쿠직을 우리 주군에게……."

요시쓰구는 그것을 일부러 가볍게 들어넘겼다.

"어떻든 히데아키 님은 히데요리 공과 형제이시니 여기에 아무도 이의 없을 거요."

히라오카는 희미하게 웃은 것 같았다.

"승리를 거둔 뒤의 이야기지만……그러나 이것은 고마운 서약서이니 결코 주군 께서 소홀히 하지 않으시도록 하겠습니다."

요시쓰구는 가슴에 단도가 찔린 것 같은 느낌이 들었다.

"승리를 거둔 뒤의 이야기……."

고바야카와 가문 중신들은 서군의 승리를 벌써 위태롭게 여기고 있다. 은연중에 그 불안이 입을 뚫고 나온 것이다. 따라서 전국이 호전되지 않는 한 이 산꼭대기에서 기회만 보고 있을 생각이라고 봐야 했다.

"그럼, 볼일을 끝냈으니 내려가겠지만 히데아키 님은 아직 젊은 분이오. 부디 경거망동함이 없도록 중신들이 주의시켜 주시오."

"그건 이미 충분히 알고 있습니다."

"만일 여기서 중신들이 거취를 그르치게 한다면 히데요리 공까지 포로가 되어, 도요토미 집안을 망친 것은 히데아키 님이라는 좋지 않은 평을 듣게 될 거요. 내일은 군사회의 결정대로 반드시 산을 내려가 용감하게 싸워주시도록."

"예, 지금까지 소문난 치욕을 씻는 것은 이때라고, 주군도 되풀이 말씀하고 계십니다. 어떻든 내일의 싸움을 눈여겨보아 주십시오."

"그 말을 듣고 안심했소, 그럼."

요시쓰구는 손을 잡혀 일어섰으나 마음속은 그 반대였다.

'아마도 내가 죽을 때가 왔나 보다…….'

그가 걱정한 대로 미쓰나리에게는 실전(實戰)을 통제할 신망은 없었던 것이다.

요시쓰구가 가마에 올라타자 두 중신은 돌아와 소리 내어 웃었다.

"우리 주군을 간파쿠로 하면 데루모토와 미쓰나리는 무엇이 될 생각일까."

그리고 함께 히데아키 앞으로 갔다.

히데아키는 아직 술을 마시고 있었다. 그로서도 오늘은 쉽사리 자고 있을 날이 아니었다. 후시미에서 도리이 모토타다의 말에 화나 끝내 한쪽의 공격을 굳이 맡아 나오기는 했으나 마음속은 답답하고 괴로웠다.

고다이인은 걸핏하면 이에야스와 연락을 끊지 말라고 한다. 히데요시의 본심은 일본통일과 천하태평에 있었다. 그 뜻을 잇는 자는 이에야스……이에야스야말로 히데요시의 사업을 살리는 진정한 후계자라고 만날 때마다 설교했다.

처음에는 히데아키도 솔직하게 귀 기울였다. 그러나 이에야스가 히데아키를 가까이하지 않으려 하고, 반대로 미쓰나리며 히데요시 집안 쪽의 말을 많이 듣게 되는 동안 차츰 하나의 미궁 속으로 들어가 다시 깊숙한 허무감에 빠져들었다.

'대체 고다이인의 말이 모두 진리라고 생각해도 좋은 것일까……?'

아니, 그보다도 먼저 히데요시의 본심이 과연 고다이인이 말한 대로 일본통일이며 천하태평이라는 훌륭한 소망으로 일관되어 있었는지 어떤지 하는 의문이 일었다.

그렇지 않다. 자신의 출세와 영예를 위해 일했을 뿐이다. 고다이인은 자기 남편이므로 미화시켜 소중한 일같이 착각해 온 것이다.

그렇게 생각하면 이에야스도 히데요시와 큰 차이 없다. 그는 히데요시보다 겸허했다. 은인자중하고 참을성이 많지만, 대신 음흉하게 천하의 권력을 자기 쪽으로 끌어당기려 하고 있다……다만 그뿐인데 자기만 깨끗한 마음으로 이에야스를 돕는다 해도 무의미하지 않은가…….

히데아키는 한때 이에야스와 고다이인의 사이에 어떤 종류의 의심을 품었었다. 요도 마님이 은밀히 오노 하루나가와 정을 통했던 것처럼, 고다이인도 이에야스와 무슨 일이 있는 게 아닌가 하고……그러나 이제 그 일에 관해서는 자신의 상상이 잘못임을 확인할 수 있었지만 인간 불신의 의혹은 아직 사라지지 않았다.

'과연 인간은 고다이인의 말대로 아름답고 드높은 이상을 좇아 살고 있는 것인지?'

그 히데아키 앞에 히라오카와 이나바가 미쓰나리의 서약서를 가지고 나타났다.

"돌아갔나, 오타니는."

"예, 이런 것을 가지고 왔습니다."

이나바가 내놓은 서약서를 받아들고 히데아키는 창백하게 웃었다.

"이것이 인간의 정체야. 봤나, 이 엄청난 그림의 떡을."

"예, 드디어 모두들 당황하고 있는 증거라고."

히데아키는 다시 한번 흥 하고 웃고는 서약서를 그 자리에 팽개쳤다.

"미쓰나리는 이제 군비도 없어. 돈이 바닥났지. 그래서 마시타 나가모리에게도 가진 것을 모두 내놓으라고 강요하고 있다더군."

"예, 그래서 나가모리가 내대신과 내통할 것 같다는 소문입니다."

"소문만이 아닐 거야. 인간이란 자기가 벌거숭이가 되면 다른 사람도 벗기고 싶어지지. 고다이인 님의 가장 나쁜 버릇도 그것이지만."

히데아키는 잠시 허공을 바라보는 눈길이 되었다.

"그분도 거침없이 벌거숭이가 되어 오사카성을 나가셨어. 그런 다음에 말씀하시는 건 언제나 엄격한 이상(理想)뿐이야……."

히데아키가 고다이인을 비난하는 말을 하는 것은 드문 일이었다. 이나바도 히라오카도 불안스러운 듯 서로 눈을 꿈벅거렸다. 일이 이쯤 되어 만일 히데아키의 생각이 달라진다면 그야말로 수습할 수 없는 혼란이 일어나게 된다. 그들은 이미 아사노, 구로다 두 장수에게 편지의 취지를 분명히 승낙했다는 뜻의 회답을 보내둔 것이다……

"그건 그렇고, 요시쓰구가 우리 생각을 꿰뚫어보지는 못했겠지."

두 사람은 마음 놓았다.

"예, 그것은 충분히 조심했습니다."

"요시쓰구가 눈치채면 서군으로부터 언제 발포당하게 될지 몰라. 여기서는 동군보다 서군 쪽이 두려워."

이나바는 진막 안을 둘러보고 나서 말했다.

"주군! 그것은 주군의 마음속 깊이……."

"하하……말하지 말라는 거지. 좋아 좋아, 알고 있어. 그러나 세상이란 추한 거야, 그렇지."

"그럴지도 모르겠습니다만……."

"한쪽은 이같이 되지도 않고 될 수도 없는 먹이를 들이대고, 한쪽은 이긴다며 편들라고 재촉해 오고 있으니."

"주군!"

"하하하……운명은 벌써 정해졌어. 천하 따위 누가 잡든 거기에 사는 인간들이 이렇듯 추해서야 아름답게도 깨끗하게도 될 리 없어. 누가 잡아도 흙탕은 흙탕이야."

"이제 술은 그만 드시는 게."

"술 말인가. 그렇게 공연히 싫어할 건 없어. 마시면 반드시 취하게 해주는걸……."

"아닙니다, 여기서 한바탕 하시면 운은 반드시 열리게 마련이니……."

"하하……우선 한 잔 들게. 고바야카와 히데아키는 한 단 높은 데 있으니."

"이 진지 말씀입니까."

"진지만이 아니야. 흙탕과 흙탕의 싸움이기 때문에 이기는 편을 들겠다. 세상 사람들은 나를 비웃겠지만 나는 세상을 비웃어주겠다."

말하면서 먼저 이나바에게 잔을 주고 손수 술을 따랐다.

"마시고 히라오카에게 줘. 알겠나, 누가 천하의 주인이 되든 그리 변할 게 없다면 무엇이 좋다고 지는 편을 들겠나……나는 스즈카 고개에서 매사냥하면서 곰곰이 인간의 어리석음을 알게 되었다."

"예, 잘 먹었습니다."

"좋아, 히라오카에게도 한 잔 따라주마."

요시쓰구가 돌아갔다는 말을 듣자 히데아키는 갑자기 취기가 오르는 모양이다. 그리고 그 취기가 그의 본성에 싸움을 걸어온 것 같았다.

'아름답게 살고 싶다!'

생각하면서도 인생의 추한 면에 처음 눈길을 빼앗기게 된 젊은이의, 한 번은 거치지 않으면 안 되는 회의였다. 그는 지금 그 회의의 이기심을 품고 마쓰오산에 올라와 있다.

그는 이에야스도 미쓰나리도 믿지 않았다. 아니, 자신마저 조소하면서 이 싸움의 승패를 바라보고 있는 것이다. 쌍방이 서로 맞붙게 되면 '—이것이 어리석은 인간들의 춤이다'라며 하늘을 쳐다보고 큰 소리로 웃으며 산을 내려가고 싶은 심정이었다…….

"주군, 이제 그만 술잔을 거두십시오. 다음 전략회의를 알리러 오가키성에서 또 사람이 올지 모릅니다."

히라오카가 받은 잔을 엎어놓자 뜻밖에 히데아키도 순순히 고개를 끄덕였다.

"좋아, 그렇게 하지. 그렇지만 히데요리 님이 고슈에서 그대들에게 10만 석씩 떼어주신다고 했는데……갖고 싶지 않나, 핫하하."

"농담은 삼가십시오. 우리들에게 10만 석씩은커녕 미쓰나리 님 자신의 영토도 위태롭습니다."

"하하……화내지 마라. 이나바, 인간이란 이상한 계산을 한다고 말하는 거야. 오미에 그렇듯 남아돌아가는 쌀이 어디 있어. 없는 쌀까지 준다니 자신이 벌거숭이가 되는 수밖에 없겠지. 핫핫핫……그따위 계산을 하는 자가 이 히데아키를 가리켜 어리석다, 대장 그릇이 못 된다고 다이코 전하에게 일러바치다니."

히데아키는 아직도 조선에서의 싸움 때 불쾌했던 원한을 버리지 않고 있다.

그는 상 위에 잔을 엎고 취기에 다리를 휘청거리며 일어섰다.

"다시 한번 진지를 돌아보고 잠자리에 들기로 하지, 따라와."

아마도 자기 존재를 중신들에게 시위해 두려는 열등감에서 나온 행동인 것 같았다.

"순시라면 저희 두 사람이……."

"그렇지 않아. 어리석은 대장이, 영리한 대장을 웃어주려면 단단한 대비가 필요한 거야."

장막 밖으로 휘청휘청 나서자 그는 근위무사들을 질타했다.

"화톳불이 모자라. 듬뿍듬뿍 지펴라. 긴고 주나곤 히데아키의 전의(戰意)를 시위하기에 충분할 만큼……오늘 밤새도록 하늘을 불태우도록 하라."

손에 든 채찍으로 울타리문을 치면서 동쪽 봉우리로 돌아가자 가도를 따라 북쪽으로 움직여가는 한 떼의 불그림자를 쏘아보았다.

"저게 뭐야?! 움직이는 게. 저기 이동해 오는 군사가 있다. 적인지 아군인지, 곧 척후를 보내라."

그리고 다시 빈정대듯 웃었다.

"적인지 아군인지……하지만 곤란하군. 나에게는 적도 아군도 없으니 말이야, 하하……."

"쉿, 농담이 지나치십니다."

"좋아, 누구 군사인지 그것만 확인하면 돼. 그 언저리에는 그리 많은 군사를 둘 수 없을 테니까."

그 말을 듣고 이나바는 곧 척후병을 내보냈으나 그것이 산을 내려간 요시쓰구가 히데아키의 거취를 염려하여 감시하기 위해 가도를 따라 산기슭에 진 치게 한 그의 부하장수 와키자카, 구쓰기, 오가와(小川), 아카자(赤座) 등인 줄 아직 알아차리지 못했다.

아무튼 마쓰오산에 진을 친 한 회의주의자의 진퇴는 여기서 쌍날을 세운 칼이 되어 무시무시하게 동서 양군의 진영을 노려보는 태풍의 눈이 되었다.

"좋아, 이것으로 됐어. 뒷일은 내 알 바 아니야. 어느 쪽이 어떻게 싸우는지 어리석은 대장은 묵묵히 구경할 뿐이다. 하하……자, 돌아가 잠이나 자자."

그 무렵부터 구름이 걷혀 별이 보이던 하늘이 다시 어두워지며 가랑비가 내렸다. 아마도 내일은 짙은 안개 속에 날이 밝을 것 같은 세키가하라의 날씨였다…….

이시다 풀(石田草)

히데아키를 설득하러 요시쓰구가 은밀히 마쓰오산을 찾아간 무렵—

오가키성에서는 적의 반응을 살피러 갔던 전초부대가 상당한 부상을 입고 돌아와 어스름한 어둠 속에 북적대고 있었다.

이 성 주인은 이토 모리마사. 모리마사는 동군 장수들이 아카사카에 진을 쳤을 때부터 적과의 내통을 겁내어 성 아랫거리의 상인들로부터 인질을 받아 성에 두고 있었다.

이에야스의 도착을 알고 그 인질들이 무사들보다 더 당황한 건 말할 것도 없다. 개중에는 이왕 죽을 바에는 이 성에 불 지르자……고 말하는 사람까지 나올 정도였다.

"어쨌든 적의 동태를 살피면서 될 수 있으면 한번 혼내주어 우리 편 사기를 높여야 한다."

미쓰나리가 노련한 중신 시마 사콘에게 전초전을 명하지 않을 수 없을 정도의 사태였다. 사콘은 미쓰나리가 이런 때를 위해 2만 석이라는 큰 녹을 주어 고용한 쓰쓰이 가문의 떠돌이무사로, 당시 병법에서 일본 으뜸이라 일컫는 야규 무네요시와도 친교가 있었고 야전에서의 작전 명인이라고 평판이 높았다. 그 사콘이 같은 이시다 가문 중신 가모와 함께 동군의 나카무라 군에게 싸움을 걸어 전초전에서 제법 우세한 싸움을 하고 돌아왔지만, 성안의 불안은 사라지지 않았다.

"전멸시키고 오겠다고 큰소리치며 나가 저렇듯 부상자를 내고 돌아오지 않았나."

"이런 상태라면 농성이 될 거야."

"집은 불태우고 여기서 타죽게 되었는가. 사콘, 가모라면 이시다 가문의 두 날 개라고 할 만한 장수, 그들이 저 꼴이어서야……."

"이건 내대신의 모략에 교묘하게 놀아난 거야."

"그런 것 같아. 모두들 내대신은 지금 오슈에서 우에스기 군과 싸우고 있으며, 사타케와 사나다가 군사를 이끌고 쳐들어갔으니 이곳에 올 게 뭐냐고 얕잡아보고 있었으니 말이야."

"일이 엉뚱하게 되었는걸."

이러한 혼잡 속에 허둥거리며 우키타 히데이에와 고니시 유키나가 등이 눈에 핏발을 세우고 드나들므로 상인들의 불안과 당황은 그대로 하급무사들에게로 번져갔다.

"회의에서는 대체 어떻게 결정되었을까. 농성인가, 아니면 성에서 나가 싸우는 건가."

"떠들지 말아. 우리가 떠들어봐야 뭘 하겠나. 어쨌든 병력은 우리 편이 훨씬 많아."

"어쩌면 내일은 싸움이 안 될지도 모르겠는걸. 아직 히데타다의 기치는 서 있지 않으니까."

그러한 혼란 속에 어쨌든 서군의 작전회의는 '야전'으로 결정되었다.

농성은 처음부터 무리였다. 무엇보다도 마쓰오산에 올라간 히데아키가 산에서 내려와 성으로 들어올 눈치가 없었고, 나쓰카 마사이에며 에케이도 난규산(南宮山) 남쪽에 진을 치고 틀림없이 관망할 눈치인 것이다.

그 혼잡 속에 시마즈 요시히로의 대리로 그 조카 시마즈 도요히사(島津豊久)가 말을 달려 나타난 것은 벌써 완전히 밤이 된 뒤였다.

그는 화톳불 사이를 누비고 큰 현관으로 달려와 붉은 도깨비 같은 표정으로 부르짖었다.

"시마즈 도요히사, 미쓰나리 님 명령을 받으러 왔소!"

시마즈 군은 가도 북쪽에 오타니, 우키타, 고니시와 옆으로 나란히 덴만산 북쪽에 진을 할당받고 있다. 거기서 도요히사가 달려왔다는 말을 듣자 미쓰나리는 곧 큰방으로 안내시켰다.

큰방에서는 지금 막 전초전을 치르고 온 사콘, 가모 등을 참석시켜 한창 이시다 군의 이동을 의논하던 중이었다. 농성이 불가능해지면 이시다 군 또한 오늘밤 안으로 성에서 나와 야진을 쳐야만 한다. 그 장소는 세키가하라에서 북쪽 가도를 따라 고이케(小池), 고제키(小關) 방면으로 나가 있는 시마즈 군보다 북쪽이 될 것이었다.

"오, 도요히사 님. 이리 가까이."

이제 와서 무슨 의논일까 수상히 여기며 자세를 바로하자, 30살인 도요히사는 갑옷 자락을 철거덕거리며 미쓰나리 앞에 앉았다.

"내일을 기해 야전에 승부를 건다고 말씀 들었습니다만, 이미 움직일 수 없는 일입니까."

미쓰나리는 도요히사가 무엇을 말하러 왔는지 아직 짐작되지 않아 사콘을 흘끗 돌아보면서 말했다.

"그렇소. 오늘 밤 안으로 진 배치를 끝내고 내일의 운명을 기다리겠소…… 동군보다 우리가 더 지리에 밝은 이 세키가하라, 적이 오가키성에 덤벼들고 있는 동안 반드시 섬멸의 기회를 잡을 생각이오."

"그렇다면 적이 움직이지 않을 때 아군은 그대로 기다리는 겁니까."

옆에서 사콘이 끼어들었다.

"이거 참, 이상하신 말씀……싸움은 생물, 움직이지 않으면 꼬이는 수도 있고 그대로 휘저어지는 수도 있습니다. 그런데 시마즈 군에 무언가 달리 묘안이라도 있습니까."

도요히사는 노려보듯 날카롭게 사콘을 한 번 쳐다보았을 뿐 그 말에는 대답하지 않았다.

"오늘날까지의 우리 편 정보는 참으로 언어도단이었다고 생각합니다."

"언어도단이었다니?"

미쓰나리의 표정이 굳어졌다. 말은 부드러웠으나, 대답에 따라 용서하지 않을 기색이다.

"우리들은 내대신이 당연히 올 줄 알고 있었어야 될 터인데도……어제까지 우에스기며 사타케와 싸우고 있는 줄 믿었습니다. 참으로 어리석기 짝이 없는 일! 보기 좋게 내대신에게 허를 찔린 겁니다."

이번에는 미쓰나리가 대답하지 않았다. 사실 미쓰나리는 동군의 여러 장수들이 아카사카까지 와서 무언가 은밀히 기다리는 듯 느껴진 것을 모를 만큼 둔감하지 않았던 것이다. 그러나 그것은 입에 올릴 수 없었다.

"이에야스가 온다……."

그렇게 말하면 그렇잖아도 보조가 맞지 않는 서군 장수들의 속셈이 어떤 꼴로 표면화될지……겁냈던 것이다.

"싸움 계략은 적의 기선을 제압하는 데 있다고 우리는 언제나 조심해 왔습니다. 그런데 여기서는 보기 좋게 내대신에게 그 기선을 제압당했습니다. 여기서 돌이키지 못한다면 전군의 사기에 영향을 미치는 큰일이라고 생각하는데 어떻습니까?"

"그래, 그 생각한 바는?"

도요히사는 시선을 똑바로 미쓰나리의 이마로 보내며 따지듯 단언했다.

"야습입니다. 오늘 밤 야습해 내대신을 이 싸움터에서 몰아내는……것밖에 기선을 잡는 방법은 없을 겁니다."

미쓰나리는 바로 대답하지 않았다. 될 수만 있다면 미쓰나리도 야습을 감행하는 데 반대가 아니었다. 그러나 도요히사의 이 대담한 제안에 과연 서군 장수들이 찬성할 만큼 격렬한 전의를 나타낼 것인지 어떤지……?

무엇보다도 미쓰나리가 의외로 생각하는 것은 어떤 일이 있어도 모리 데루모토를 이 싸움터에 불러내겠다던 에케이가 나쓰카 마사이에와 함께 난규산에 진치고 기회주의적 태도로 나오기 시작한 일이었다. 에케이가 몸을 지키려 생각하기 시작했다면 당연히 그 이면에 깃카와 히로이에며 데루모토의 대리로 출진해 있는 모리 히데모토의 의혹이 그림자를 끌고 있다……고 생각할 수밖에 없다.

아니, 그뿐 아니라 나쓰카 마사이에가 에케이와 접근하는 것은 오사카성 마시타 나가모리의 내통에 대한 소문과도 관련 있을 듯한 느낌이 들어 견딜 수 없었다.

히데아키를 처음부터 못 믿어 제쳐놓는다면, 이제 미쓰나리와 함께 물불 가리지 않고 싸우리라 기대할 수 있는 것은 오타니 요시쓰구 말고는 우키타 히데이에와 고니시 유키나가밖에 없다고 해도 과언이 아니었다. 그런 정세 속에서 어떻게 야습을 감행할 수 있겠는가. 도요히사의 제안은 눈물겨울 만큼 기뻤으나 미쓰나리는 그것에 응할 자신이 없었다……

"어떻습니까. 내대신은 오늘 겨우 진지에 도착했을 뿐이고 다른 세력들도 전초전을 치른 뒤라 한숨 돌리고 있을 것입니다. 그러니 오늘 저녁이 기선을 잡을 절호의 기회라 생각됩니다만."

도요히사가 다시 얼굴을 찌푸리면서 말하자 시마 사콘이 한 마디 거들었다.

"그건 쓸데없는 조바심일 거요."

"뭐, 기선을 잡을 호기를 잡는 게 쓸데없는 조바심이란 말씀이오."

"그렇소. 기습이란 본디 작은 세력으로 큰 세력에 대항할 때 쓰는 수단이오. 지금 우리 편은 동군을 훨씬 능가하는 큰 세력이오. 무엇 때문에 이상한 방법을 써서 일부러 위험을 저지를 필요가 있겠소."

시마즈 도요히사는 이마에 불끈 핏대를 세웠다.

"이것 참! 우리도 싸움의 술수를 모르는 사람이 아니오. 여기까지 뛰어올 때는 적정도 충분히 정찰하고 온 것이오. 오늘 저녁때의 작은 전투 뒤 적이 한시름 놓고 모두 허리띠를 늦추고 쉬리라는 것을 알므로 하는 말이오. 이대로 곧장 야습을 감행한다면 오카야마의 내대신 본진은 삽시간에 벌집을 쑤신 듯한 소동으로 바뀔 것입니다. 다시 생각해 주시기 바랍니다."

시마즈 도요히사는 말하는 도중에서부터 다시 시마 사콘을 무시하고 물어뜯을 듯한 시선을 이시다 미쓰나리에게로 돌렸다.

미쓰나리는 부드럽게 일단 응낙한 다음 덧붙였다.

"귀하의 열성스러움은 몸에 스며들 만큼 고맙소. 그렇지만……"

말을 멈추고 저도 모르게 눈물이 나올 것 같았다. 이미 처음 결심한 대로, 아무도 편들어주지 않더라도 미쓰나리 혼자만은 단연코 사나이 의지를 관철하려 다짐했었는데 저도 모르게 절절한 인정의 바람에 흔들렸다.

'다이코가 살아계셨다면 이 몸도 규슈 총독으로 더욱 큰 위력을 가지게 되었을 텐데……'

"그렇지만 군사회의로 일단 결정짓고 저마다 배치받아 대비하고 있는 터에…… 명령이 바뀐다면, 도리어 불만을 갖는 사람들도 나오리라 생각되므로……"

말하면서 미쓰나리는 끝내 도요히사에게서 얼굴을 돌렸다.

예사롭지 못한 미쓰나리의 표정을 알아차리고 도요히사는 놀라며 다음 말을 삼켰다. 아마도 미쓰나리는 야습의 성공을 의심스러워하는 모양이다. 그렇다면 시마즈 군만으로 결행하겠으니 그래도 좋으냐고 다짐받으려다가……흠칫했던 것이다.

'미쓰나리는 지휘자로서의 자기 위력이 미치지 못하는 것을 두려워하고 있다…….'

만약 그렇다면 시마즈 군이 불덩어리가 된다 해도 그것은 오히려 우스꽝스러워지고 만다. 야습으로 적을 교란시켜 놓더라도 뒤를 잇는 자가 없다면 그 앞일은 어떻게도 될 수 없다.

"그럼, 모든 것을 내일의 야전에 맡기겠습니까."

"그렇게 결정되어 저마다 수배하고 있으니……그러나 시마즈 님 의견은 훌륭하오! 이 미쓰나리, 가슴속 깊이 느끼고 있습니다."

도요히사는 그다음 말을 듣고 있지 않았다.

"그럼, 이것으로 실례를!"

시마 사콘을 흘끔 노려보고 온몸에 불만을 나타내며 그대로 나갔다.

잠시 뒤 사콘은 나직이 웃었다.

"주군! 호기를 놓쳤다고 생각하십니까."

"그대는?"

"과연 시마즈입니다! 이만한 우리 편이 1만 명만 있다면 하고 그것이 애석합니다……."

미쓰나리는 손을 저어 사콘을 제지했다.

"그대도 야습하고 싶었겠지."

"그렇습니다."

"내일은, 내일은……날씨가 좋을까."

"좋지 않으면 안 됩니다. 좋으면 승리! 그것 말고는 아무 생각 하지 마십시오."

"아니, 나는 조금도 걱정하지 않아. 나는 내가 믿는 일에 순사(殉死)할 뿐이야."

사콘은 다시 한번 나직이 웃고 나서 등불에 기름을 부었다.

"인간이란 본디 겁쟁이인 것 같군요."

"과연 그래."

"그러면서도 대단한 욕심쟁이라……그 욕심에 고집의 테를 둘렀을 때만은 엉뚱하게 강해지지요."

"하하……그런데 그 고집의 테가 모두 헐거워지기 시작한 것 같군."

"큰 욕심보다 먼저 몸의 안전을……이것도 욕심의 하나임에 틀림없습니다만. 그렇지, 야규 세키슈사이가 재미있는 편지를 보내왔더군요."

"무네노리는 이에야스 편에서 일하고 있는 것 같던데."

"아니, 그에게는 세상에서 흔히 말하는 여느 적과 아군의 관념이 없습니다. 드디어 결전의 날이 다가왔는데 졌을 때는 잘 좀 부탁한다더군요."

"뭐, 졌을 때……?"

"예, 그 대신 이기면 자기가 맡겠다고. 그는 욕심보다 고집이 앞섭니다. 주군도 말하자면 그런 편이지요……."

"욕심보다 고집이라……."

"예, 그 고집 또한 하나의 욕심인지도 모르겠습니다만."

거기에 노신 마이 효고가 들어왔다.

"준비가 다 되었습니다. 곧 출발하시기를."

"좋아. 그럼, 사쿠베에부터 먼저 가라."

그 자리에 있던 우지이에 사쿠베에(氏家作兵衛)가 미쓰나리와 같은 차림으로 절하고 큰방 밖으로 나갔다. 말할 것도 없이 미쓰나리의 가게무샤…….

성안 여기저기에서 또 한바탕 인마 소리가 떠들썩해졌다.

오사카를 떠나 이 오가키에 오고부터 미쓰나리의 심경은 두 번 세 번 바뀌었다. 아니, 바뀌었다기보다 봄날의 새싹처럼 쭉쭉 뻗어났다……고 하는 편이 좋을지도 모른다. 처음에는 잘 꿰뚫어볼 수 없었던 사람들 마음속이 이제는 뚜렷하게 자기 마음의 거울에 비쳐왔다.

그는 처음에 우에스기 집안의 나오에 가네쓰구와 모리 집안의 에케이 두 사람만 장악하면 충분히 이에야스를 당황하게 만들 수 있다고 믿었다. 그리고 그 두 사람과 손잡기 위해 먼저 요시쓰구를 자기 편으로 끌어들이는 게 중요하다고 여겨 그 일을 해냈다.

요시쓰구만은 아직껏 그의 신뢰를 어기지 않았다. 그러나 그 밖의 인물들은 모두 그가 생각했던 바와 달랐다. 그가 그만큼 '인물'을 보는 눈이 투철하지 못했다면 그만이지만, 처음에 그는 영주들에게 호언장담했었다.

"이에야스가 10명 오더라도 그 자리에서 무찔러 보이겠다."

그런 말을 한 것은 결코 단순한 선전만이 아니었다. 인간이란 욕망 앞에서는 어린아이처럼 무력한 것……그러한 인간관에서 볼 때 이에야스의 다래끼에 있는 미끼보다 자기 미끼가 몇 갑절이나 매력적인 고급 미끼라고 생각되었다.

우에스기에게 간토 8주의 미끼를 던지고, 모리에게는 집정(執政)이라는 미끼를 던진다. 요시쓰구에게 행정관들을 감시시키고, 오다 히데노부는 미노와 오와리 두 나라로 낚는다. 고니시 유키나가에게는 가토 기요마사라는 숙적이 있고, 우키타 히데이에에게는 긴키 영토 침략의 꿈이 있다.

그 자신만 노골적인 야심을 드러내지 않는다면 충분히 모두를 조정할 수 있다고 계산하고 있었다…….

그런데 뚜껑을 열어보니 그것이 차례차례 무너져가고 있었다. 인간이 욕망 이외의 일로 움직여서가 아니라 그 욕망의 규모가 그의 상상을 배반하고 있었던 것이다. 바꾸어 말하면 인간은 그가 생각한 정도의 욕망을 위해 큰 모험을 시도하는 동물이 아니었다…… 미끼에 낚일 약점을 모두 지녔으면서도 모험 앞에서 참으로 겁쟁이였다.

그가 자신의 생각이 잘못되었음을 알아차린 것은 이번 10일 무렵이었다.

적은 이미 아카사카까지 진출했으면서도 가만히 움직임을 억제하고 있었다. 그것을 그는 반대로 해석하여, 그들이 오가키성을 치지 않고 단숨에 미쓰나리의 본거지인 사와산성으로 올 것이라 착각하고 서둘러 사와산으로 은밀히 돌아갔다. 그러나 적은 여전히 움직이려 하지 않았다. 그때 사와산에서 느낀 소름 끼치던 공포가 지금도 아직 그의 머릿속에 달라붙어 있다.

'이에야스에게 넘어갔구나!'

그들은 이에야스의 도착을 기다리고 있는 것이다! 그렇게 알아차렸을 때 솔직히 말해 정신의 털이 쭈뼛쭈뼛 일어섰다. 이에야스가 온다는 것은, 우에스기 가게카쓰가 그의 예상과 반대로 그가 던진 미끼에 달려들지 않았다는 증거였다…….

그 공포를 느낀 뒤 미쓰나리는 한 가지를 깨달았다. 그러나 그 깨달음은 그를 밝은 길로 가도록 고쳐놓는 게 아니라 도리어 그의 과오가 이 세상에서는 고칠 길 없는 인간으로서의 가장 큰 과오였다고 깨닫게 하는 절망의 깨달음이었다…….

이제 미쓰나리는 가게무샤를 먼저 보내고 다시 한번 그것을 차분히 생각해 보았다.

'우에스기 가게카쓰는 미끼에 걸려들지 않고, 모리 데루모토도 몸을 지키려고 성에 들어박혀 나오려 하지 않는다……'

왜 그랬을까? 자기가 던진 미끼의 매력이 그들에게 모험을 강요할 만한 가치가 없어진 원인은 어디에 있는 것일까? 처음에는 모두 분발해 일어섰던 그들이 아니었던가……

미쓰나리가 단순히 범속한 야심가였다면 아마도 자신과 이에야스의 차이가 이렇게 만든 거라고 간단히 풀이해 버렸을 게 틀림없다. 그러면 미쓰나리는 그저 어리석은 사람 이상의 망동자로 굴러떨어진다. 처음부터 이에야스가 지닌 전력이 뛰어난 것을 속속들이 잘 알고서 시작한 일이다…….

미쓰나리가 슬픈 깨달음을 어슴푸레 느끼게 된 것은 그 순간이었다.

'내가 인간을 너무 업신여겼던 게 아닐까.'

이것은 의문이면서 동시에 깊은 반성이기도 했다. 그는 인간이란 미끼로 움직이는 거라고 냉엄하게 계산하여 진심으로 상대를 존중한 일이 없었음을 깨달았다…….

'히데요리는?'

다이코의 유아로 사랑스럽다. 연민을 느껴 동정하고 있었지만 더없이 귀중한 존재로 여겨지지는 않았다.

'요도 마님은……?'

영리하고 기질 센 한 여성에 지나지 않는다. 아마 그녀 눈에는 자기도 오노 하루나가도 같은 사나이로밖에 보이지 않을 거라고 여겨진다.

그렇게 반성하자 우에스기 가게카쓰도, 모리 데루모토도 결코 제1급 인물로는 생각되지 않았으며, 우키타와 고니시에 이르러서는 그저 세상에 흔한 이용가치밖에 없는 인간……이라고 여겨졌다.

그 가운데 요시쓰구의 신의 깊은 성격만은 참으로 존경스러웠고, 시마즈 요시히로의 전투력에는 더없는 외경심을 느꼈다. 곰곰이 생각해 볼 때 그 몇 안 되는 존경하는 사람들만이 지금도 자기의 참다운 의지가 되고 있음을 깨달은 것이다…… 뒤집어 말하면 그가 믿었던 사람은 그를 돕고, 그가 마음속에서 업신여겼던 사람은 모두 그를 배반하는 것을 깨달았다……

'큰 과오를 범하고 있었던가 보다.'

사람에게는 저마다의 장점이 있다. 거기에 눈이 미치지 못하고 다른 사람의 단점과 자기의 장점을 비겨보는 데서 상대에게 불신과 경멸의 눈길을 보내고 있었다면 어떻게 되는가……?

그때 곧 눈에 떠오른 것은 일곱 장수에게 쫓겨 후시미성으로 도망쳤을 때의 이에야스 얼굴이었다.

'그때 이에야스는 진심으로 나를 감싸고 일곱 장수들을 꾸짖었다……'

그 꾸중당한 일곱 장수가 이제 앞장서 이에야스를 위해 일하고 있다.

미쓰나리는 깜짝 놀라 스스로를 부끄러워했다. 모리 데루모토며 우에스기 가게카쓰에게도 그는 사람을 시켜 계략을 썼을 뿐 직접 만나 진심을 털어놓지 않았다. 요시쓰구에게 한 것처럼, 왜 그들을 존중하면서 설득하려 하지 않았던가……그것이 오늘날 그들에게 미쓰나리의 실력을 의심케 하고 몸을 지키기 위해 우물쭈물하게 만든 최대의 원인이 된 게 아닌가…….

'믿음을 얻지 못한 자는 배반당한다……'

그리고 그것을 깨달았을 때 이미 주위 형세는 엄중한 결빙상태로 들어가 있었다…….

미쓰나리의 이러한 성장은, 동시에 그때까지의 그의 신념을 송두리째 뒤흔드는 바람이 되었다. 일찍이 그는 자신의 재치를 예지(叡智)라 자랑하고, 자기가 세우는 계책을 파탄 없는 현명하고 치밀한 의지의 발로로 자부하고 있었다. 그런데 그 자신 내부의 성장이 그 가치판단 기준을 크게 뒤엎어버린 것이다.

그는 인간으로서 너무 미숙했었다. 사람 저마다에게 있는 장점을 늘려 활용해야 했는데 업신여겨 억눌러버리는 불신의 길을 걸어온 것이다.

그것을 깨닫고 미쓰나리가 곧 마시타 나가모리에게 진심을 털어놓은 장황한 편지를 쓴 것은, 이에야스가 그의 앞에 나타나기 이틀 전인 9월 12일의 일이었다.

이 편지는 결국 오사카성의 마시타 나가모리에게 닿지 못하고 동군 손에 떨어지고 말았지만……그는 그 편지에서 자신을 꾸미지 않았다.

─솔직하게 오가키성 안의 혼란을 전하고, 나쓰카 마사이에와 에케이도 난규산에 진 치고 싸우기보다는 몸의 안전을 꾀하고 있다고 써보냈다. 그때까지의 우

쭐대던 태도를 내던지고 자기 편은 군량을 위해 논에 가서 벼를 베어야 할 텐데도 적을 두려워하여 일일이 오미에서 쌀을 들여오고 있다고도 썼다.

—적 쪽의 처자(인질) 53명을 처형했더라면 자기 편의 사기는 더욱 긴장되어 적에게 내통하려는 생각 따위 하는 자가 나오지 않았을 것이다. 오쓰의 교고쿠 다카쓰구 등은 동생이 동군에서 일을 꾀하고 있으니 엄벌에 처하지 않으면 군기를 유지할 수 없다고 넋두리했고, 다시 히데아키의 진퇴를 우려한 다음 나가모리도 이제 가지고 있는 금은과 공물을 모두 내놔야 될 마지막 시기라고 썼다.

—미더운 것은 우키타 히데이에, 시마즈 요시히로, 고니시 유키나가 정도이고 이대로 가면 반드시 내부에서 '내통하는' 사건이 생길 것 같다고도 썼다. 아마도 이토록 적나라하게 자신의 고뇌를 고백한 미쓰나리의 편지는 달리 없을 것이다.

'실패였다!'

그것을 뚜렷이 깨달았으면서 이제 뜻을 뒤집을 수도 화의를 꾀할 수도 없게 된 궁지에 몰린 비극 속 인간의 고뇌가, 아무것도 모르고 싸우는 사람의 두 갑절 세 갑절이 된다는 것을 구절마다 역력히 나타내고 있다.

물론 그 편지 끝에서도 모리 데루모토의 출진을 재촉했다. 그러나 데루모토가 오리라고는 생각지 않았고, 나가모리가 이 편지를 보고 미쓰나리와 생사를 함께 할 마음이 되리라고도 여기지 않았다. 다만 무엇인가 쓰지 않고는 견딜 수 없었던 것이라고 해도 좋다……

그리고 그로부터 이틀 뒤인 오늘, 그는 마침내 이에야스를 눈앞에 맞이했다…….

'마음을 비우고 결전에 임하자…….'

촛불의 불똥을 없애는 것도 잊고 미쓰나리는 꼼짝도 하지 않고 앉아 있었다. 지금에 와서는 이기든 지든 그것은 생각지 않았다. 다만 마지막 한순간까지 자신의 성장 결과를 확인하고 싶었다.

'누가 어떻게 싸우는가?'

그것에도 제삼자와 비슷한 흥미가 있었고, 이에야스는 어떻게 쳐들어오며 히데요시에게 은혜 입은 장수들이 어떻게 움직이는지도 보아두고 싶다. 누가 내통하고, 누가 망설이며, 누가 용감하게 싸우는가? 그런 것들은 벌써 어떻게 해야 이기느냐는 지난날의 집념과는 동떨어진 해탈자의 객관으로 바뀌어가고 있다.

그 가운데 오직 한 가지 부끄러워 견딜 수 없는 미쓰나리의 뉘우침이 있었다……

"이것은 인간과의 싸움이었다. 사람을 업신여긴 자기와, 사람을 활용할 줄 아는 이에야스와의……"

오가키성 안은 차츰 조용해지고 가을비가 쓸쓸하게 처마를 두드리며 내리기 시작했다.

장수들은 거의 성을 나가고 없는 것 같다. 횃불도 켜지 않고 말재갈을 물린 밤의 이동은 아마도 이 비 때문에 차츰 더 힘들어질 게 틀림없다. 세키가하라 언저리 도로는 그리 진창이 되지 않겠지만 새로 친 야진은 그대로 진흙밭으로 바뀔 우려가 있다.

'비마저 나에게 정이 떨어졌는가……'

처마에서 떨어지는 물소리에 문득 귀 기울이던 미쓰나리는 스스로 자신을 비웃었다. 어느덧 공포도 초조도 멀어져가고 스스로도 미심스러울 만큼 비장감도 사라져버렸다. 그런 탓인지 해 질 녘부터 이 성에서 결정된 내일의 작전이 남의 일처럼 또렷이 생각났다.

이에야스는 일부러 진로를 감추려 하지 않는다. 그는 미쓰나리 쪽의 저항이 어떻든 세키가하라를 지나 서쪽으로 가려고 진로를 잡고 있다.

거기에 대한 서군의 대비로서, 그 진로를 지켜 처음에는 남북에서 다음에는 동서에서 이중으로 협공하려는 미쓰나리 쪽의 포진에 아무 실수도 느껴지지 않는다.

문제는 그 실수 없는 포진이 그대로 실수 없이 실행되어 잘 싸우게 될지 어떨지에 달려 있다. 만약 제대로 행동해 준다면, 내일 밤에는 피아간의 상황이 뒤바뀌어 있을 것이다. 이에야스 쪽 선봉은 오세키(大關)와 야마나카 사이에서 섬멸된다. 남쪽에서 고바야카와 군과 오타니 요시쓰구의 부장들에게 진로를 봉쇄당하고 북쪽에서는 오타니, 구쓰기, 우키타, 고니시, 시마즈, 이시다가 잇따라 급습을 감행한다. 그렇게 되면 이에야스 군은 정상적인 진격을 단념하고 물러가는 수밖에 도리 없다. 그러나 그때 이미 퇴로는 보기 좋게 차단되어 있을 것이었다. 적을 세키가하라로 끌어내 난규산에서 다루이, 후추의 선으로 모리 히데모토를 비롯하여 깃카와, 에케이, 조소카베 등의 대군이 밀고 나가면 이에야스 군은 완전히 독 안에 든 쥐가 되는 것이다.

거기서 이번에는 동서에서의 총공격으로 옮겨간다. 병력에 부족은 없다. 사기 여하에 따라서는 내일 밤이면 이에야스는 이미 이 세상 사람이 아니게 된다……는 배치였다.

동군 총병력은 7만5000으로 추정되나 서군 총병력은 계출되어 있는 것만도 10만8000이 넘는다. 따라서 사기가 비등하다면 승리는 마땅히 미쓰나리의 것이었다.

미쓰나리는 문득 또 웃었다.

'후세 역사가는 뭐라고 할까……?'

아마 이것을 천하 갈림길의 큰 싸움이라고 볼 게 틀림없다. 병력수로 보아도 정녕 전례 없는 대규모이다.

'그러나……'

생각하며 미쓰나리는 다시 고개를 저었다. 결과는 이미 생각할 바가 아니었던 것이다.

미쓰나리는 시동을 불러 오가키성에 7500명의 병력과 함께 남기로 된 후쿠하라 나가타카(福原長堯)를 부르러 보냈다.

나가타카가 들어오자 미쓰나리는 물었다.

"비가 점점 세차지는 모양인데 장수들의 출발은 다 끝났소?"

물으면서 자기 마음이 차츰 맑아져가는 것을 알았다. 인간은 결국 죽는 순간까지 무엇인가 하나씩 배우며 성장하고, 성장하며 배우는가 보다. 다만 짓궂게도 필요한 때 꼭 성장하지만은 않는 일이었다.

지금 미쓰나리는 그가 온갖 일에서 이에야스를 적대시하고 반항하던 무렵과는 전혀 다른 사람의 경지에 서 있었다. 인원수며 술책을 그대로 '힘'이라고 믿고 행동했던 지난날의 유치함을 스스로 곰곰이 가엾이 여기는 심정이었다.

지금 그가 자기 편으로 헤아리는 10만8000명이 만약 사기에 있어 이에야스 편의 반에도 못 미친다면 그것은 단순히 전력의 반감이 될 뿐 아니라 인간이 일으키기 쉬운 소요며 불평의 싹을 10만8000이나 안고, 귀중한 양식을 10만8000명분 소모하는 5만4000명이 되어버리는 것이다……아니, 5만4000명 몫의 힘밖에 못 가진 인간이 10만8000명 모이면 그 불평이며 욕망에서 일어나는 소요는 손댈 수 없을 만큼 방대해진다.

지난날의 미쓰나리는 그 계산을 할 줄 몰랐다. 그는 질을 택하지 않고, 인간 자체를 존중하지 않고, 한낱 술책으로 사람을 모았다.

그런 의미에서는 그가 바라던 게 이루어졌다. 적의 7만5000명에 대해 10만 8000명이나……그러나 그 가운데 참으로 믿을 수 있는 숫자는 얼마나 되었던 것일까……?

그러나 이제 와서 그 계산은 죽은 아이의 나이를 헤아리는 것 이상으로 어리석은 일이었다. 미쓰나리는 나가타카의 표정에서 내일 싸움의 불안을 꿰뚫어보고 미소 지으며 말하지 않을 수 없었다.

"이 비는 아침에 그칠 거요. 이동 도중에 안됐기는 하지만……."

"예, 저도 그치리라고 봅니다. 비가 그치지 않고 적의 진군 날짜가 늦춰지면 우리 편 고생이 더해질 뿐."

"모두 성을 나섰겠지요."

"예, 맨 앞이 이시다 부대, 다음이 시마즈 부대, 세 번째는 고니시 부대, 네 번째는 우키타 부대 순서로 내보냈습니다. 아까는 이처럼 심하게 내리지 않았으므로."

"그렇다면 안심이군요. 그럼, 나도 떠나기로 하지."

"그렇지만 이 빗속에……."

나가타카는 미쓰나리가 비를 피해 새벽녘에 떠나리라 여겼던 모양으로 조그만 소리로 말했다.

"이미 침실 준비가 되어 있습니다만."

미쓰나리는 여전히 미소를 거두지 않고 말했다.

"나가타카 님, 미쓰나리는 미덥지 못한 사람이었지요, 지금까지는."

"예? 무슨 말씀이신지?"

"알지 못하면 그것으로 좋소. 그러나 오늘은 모두에게 마지막 사죄를 하며 돌아다녀야겠소."

"사죄……라고요?"

"사죄……그렇지. 달리 말하면 독전(督戰)……어떻든 장수들 진지로 찾아가서 이에야스가 세키가하라에 접근하여 봉화를 울리면 주저 말고 공격하도록 부탁하러 돌아다니는 게 나의 책임이오."

그 말의 뜻이 나카타카에게 그대로 통한 것 같지는 않았다.

미쓰나리는 이미 나쓰카와 에케이를 만나고 왔다. 따라서 이제부터 찾아갈 데는 히데아키와 요시쓰구의 진영이었다.

'새삼스레 무엇 때문에……?'

그러한 나카타카의 시선을 받으면서, 미쓰나리는 자리에서 일어나 가을비 속으로 묵묵히 말을 몰았다…….

동군 진격

　미쓰나리가 고바야카와 히데아키의 진영을 찾아가 히데아키의 중신 히라오카 요리카쓰를 만나 내일의 전략을 일러준 뒤 봉화를 신호로 동군의 앞뒤를 치도록 굳게 약속하고, 야마나카 마을에 있는 요시쓰구의 야진(野陣)으로 갈 무렵부터 겨우 빗발이 가늘어졌다.

　벌써 자정을 지났는데 오가키를 떠난 여러 부대는 아직 행군 중이었다.

　맨 먼저 오가키를 나서서 북국 가도를 지키기 위해 고세키(小關) 마을로 향한 이시다 군은 오전 1시에 세키가하라 역참을 지나 오전 3시에야 진 배치가 끝났다.

　미쓰나리 자신은 고세키 마을 북쪽 사사오(笹尾)에 진을 쳤으며 그 오른편에 오다 노부타카, 이토 모리마사, 기시다 다다우지, 그리고 히데요리 휘하의 노란 화살막이 갑옷부대가 늘어서고 시마 사콘과 가모 사토이에는 이 장수들의 전위로서 울타리 전면에 활부대며 총부대와 함께 매복했다.

　그 오른편에는 1정 반쯤 간격을 두고 시마즈 군이 자리 잡았고, 그들이 고이케(小池) 마을에서 동남쪽으로 향한 포진을 마친 것은 새벽 4시가 지나서였다.

　고니시 유키나가 부대는 시마즈 부대의 오른쪽에 잇대어 테라타니강(寺谷川)을 향해 덴만산 북쪽 언덕을 뒤로하고 시마즈 부대와 전후해 배치를 끝냈다.

　그 오른쪽의 우키타 부대와 오타니 부대는 나카센도를 지키기 위한 중대한 임무 때문에 날이 새도록 사람들과 말들의 움직임이 그치지 않았다.

　와키자카 야스하루, 구쓰키 모토쓰나, 오가와 쓰케타다(小川祐忠), 아카자 나오야스(赤座直保) 등은 히데아키의 배반에 대비하여 그 병력을 오타니 진지와 나카센도를 사이에 둔 평야에 배치한 것은 이미 말한 바 있다.

오가키에서 가장 먼 진지가 약 40리.

성을 나설 무렵부터 내리기 시작한 비는 진지에 도착할 때까지 계속 내려 적에게 눈치채이지 않게 하려는 한밤중의 진군은 많은 어려움을 겪었다.

음력 9월 15일……차가운 가을비에 온몸이 젖어 새벽의 한기가 몸속까지 스며든다. 그러나 뜻밖에 사기는 충천했다. 전군이 서둘러 오가키성을 나온 것은 배반자가 나올 듯한 분위기 때문이 아니었나 하는 억측을 하는 자도 없지 않았지만 대부분 승리를 믿고 활기에 넘쳐 있다.

밤 동안 포진을 마치고 둘러싼 그물 속으로 진격해 오는 적을 잡아 섬멸한다……는 작전을 모두들 쉽게 납득했으며, 자기편 병력이 동군보다 3만 이상 많다는 안심감이 그들의 용기를 북돋워주고 있다.

그렇지만 비는 서군에게 어디까지나 짓궂은 선물이었다. 그들이 가까스로 진지에 도착하자 비는 개었으나 그것은 동군의 진군을 그대로 돕는 결과가 되었다.

오카야마의 진막에서 이에야스는 그 비가 멎는 소리에 잠을 깼다. 아니, 오랜만에 싸움터로 나온 노장의 잠귀에 빗소리가 그치고 난 고요함이 오히려 날카롭게 울려온 것이다.

이에야스는 일어나자 곧 베갯머리에 둔 지도를 들고 귀 기울였다. 전날 밤의 작전 결정에 따라 이미 전군이 행동하기 시작하고 있다.

일어나 성큼성큼 망대로 나가보니 여기저기 횃불이 켜지고, 끌려나온 말의 울음소리가 아직 날이 새지 않은 어둠 속에서 들려오기 시작했다.

그 소리를 듣자 59살 된 이에야스의 피가 젊은이처럼 용솟음쳤다.

"이런!"

이에야스는 쓸쓸히 웃으며 다시 지도 옆으로 돌아왔다.

어려서부터 헤아릴 수 없이 싸움을 겪어온 탓으로 싸움은 저주스럽고 피해야 할 것이라고 생각하면서도 정작 싸움터에 나서면 전혀 다른 충동이 온몸에 넘쳐온다.

'이것은 대체 무엇일까……?'

솔직히 말해 기요스성에 이르렀을 때 이에야스는 건강에 매우 자신이 없었다.

그의 의학지식에 따르면, 그때까지의 여정 동안 가마에 흔들려온 탓인지 중풍기가 일어날 것 같아 견딜 수 없었다. 뚱뚱한 몸 여기저기가 모르는 사이에 마비되어 온몸이 이상하게 노곤하며 때때로 혀가 굳어질 듯한 느낌이 들었다. 그리고 기요스에 도착해 새벽녘까지 장수들과 만나고 잠자리에 들었을 때는 현기증이 났다.

'왔구나!'

그때의 오싹했던 긴장을 이에야스는 지금도 뚜렷하게 기억하고 있다. 중풍을 앓게 되면 반신 또는 전신불수가 된다. 만약 혀가 움직이지 않아 말도 못하게 된다면 글자 그대로 폐인이 된다. 10년 전의 이에야스였다면 아마도 그날 밤 당황해 목청껏 사람을 불렀을 게 틀림없다.

그러나 지금의 이에야스는 스스로도 놀랄 만큼 당황하지 않았다.

'모든 것을 신불에게 맡기자!'

인간으로서 할 일은 이미 다 했다. 이제는 그 이상의 어떤 것이 인간을 크게 지배하고 있다. 다케다 신겐은 미카타가하라에서 자기를 이긴 다음 후에후키강 기슭에서 왜 쓰러지지 않으면 안 되었던가? 그러한 일이 다른 사람에게만 일어날 리 없고, 언젠가 한 번은 내 몸에도 찾아들 것이다.

'찾아들 때는 그 나름대로 최선을 다할 것⋯⋯.'

이런 각오가 어디에선가 자리 잡고 있는 모양이다.

'왔구나!'

그 생각과 함께 움직이지 않고 안정된 상태를 유지했다.

히데타다는 다른 길로 오고 있지만 그 동생 다다요시(忠吉)는 지금 아버지와 함께 있다. 반신불수 정도라면 훌륭하게 지휘할 수 있을 것이다. 혼자서 그런 계산을 하면서 아무에게도 말하지 않고 이타사카 보쿠사이만 살그머니 불러 자기가 처방한 만병원(萬病圓)을 먹고 쉬었다. 아마 그때 당황해 소란을 피웠다면 지쳐 있는 혈관이 잠시 멈춰져 그야말로 큰일이 되었을지도 모른다.

그토록 차분한 이에야스였지만 싸움터에 나서면 완전히 다른 충동이 되살아났다.

어제저녁에도 여기서 그는 장수들과 술잔을 나누며 나카무라 부대와 시마 사콘 등의 첫 충돌을 관찰하고 있었다. 그러고 있노라니 이상하게도 병력의 움직임

뿐 아니라 거기에 용솟음치는 공기 소용돌이 속의 승패도 사기도 계략의 잘잘못까지도 손에 잡힐 듯 알 수 있었다. 나카무라 부대의 나카무라 가즈사카는 이에야스에게 와 있어 가즈우지가 지휘했는데, 시마 사콘의 유인에 넘어가 깊숙이 들어가기 시작하자 이에야스는 곧 지시했다.

"위험해……빨리 물러나게 하라. 이제까지의 싸움은 훌륭했지만 여기서 더 깊이 들어가게 해서는 안 돼……."

그는 일부러 혼다 헤이하치를 보내 가즈우지에게 부대를 후퇴시키게 했다. 사실 이에야스가 이렇듯 진막 2층에서 관찰하지 않았더라면 나카무라 부대의 희생은 세 갑절, 아니 다섯 갑절은 되었으리라. 싸움터에 나서면 이에야스의 육감은 이성을 넘어서 작용하기 시작한다.

'오늘은 우리 편에 활기가 있군…….'

이에야스는 지도를 들여다보면서 오카치와 오이에 두 시녀를 시켜 가져오게 한 식사를 하고 나자 곧 갑옷을 입고 진막을 나섰다.

진막 앞에는 정방형 검정색 천에 금빛깔 오(五)자를 새긴 기치를 등지고 전령들이 말을 나란히 하여 기다리고 있었다. 전령은 싸움터에서 중요한 의미를 갖는다. 이에야스의 명령을 받아 각기 말을 달려가 선발부대에 전달하므로 때로는 통신대이고, 때로는 참모가 되며, 때로는 이에야스의 정찰 지능까지 되지 않으면 안 된다. 그러므로 신중하게 골라뽑은 우수한 자들뿐이었다. 안도 나오쓰구, 나루세 마사나리, 조 오리베(城織部), 하지카노 덴에몬(初鹿野傳右衛門), 요네자와 세이에몬(米澤淸右衛門), 오구리 다다마사(小栗忠政), 마키노 스케에몬(牧野助右衛門), 핫토리 곤다유(服部權太夫), 아베 하치로에몬(阿部八郎右衛門), 오쓰카 히라에몬(大塚平右衛門), 오쿠보 스케자에몬(大久保助左衛門), 야마모토 신고자에몬(山本新五左衛門), 요코타 진에몬(橫田甚衛門), 오가사와라 지에몬(小笠治右衛門), 야마가미 고에몬(山上鄕右衛門), 가토 기자에몬(加藤喜左衛門), 시마다 지베에(島田治兵衛), 니시오 도베에(西尾藤兵衛), 나카자와 지카라(中澤主稅), 야스사카 긴에몬(保坂金右衛門), 사나다 오키노카미(眞田隱岐守), 마미야 사에몬(間宮左衛門), 오구리 주자에몬(小栗忠左衛門) 등 23명이 이에야스의 수족이 될 전령이었다. 모두 뒷날 도쿠가와 집안의 기둥이 되어 일할 사람들이다.

이에야스는 성큼성큼 그 앞으로 나가 안도 나오쓰구와 나루세 마사나리를 불렀다.

"적의 배치는 이 지도와 다른 것이 없나?"

세 사람은 화톳불 곁에 지도를 펴놓고 낱낱이 자세하게 검토했다.

오가키성을 나온 서군의 행방을 빗속에서 하나하나 척후대에게 확인시켜 써넣어뒀지만 혹시 다른 것이 있으면 전령이 이에야스의 명령을 받아 나섰을 때 적진도 자기 편 진지도 발견하지 못할 경우가 있게 된다.

"틀림없습니다. 이대로입니다."

"그래. 그러면 저마다 적을 추격하여 아오노 들판(靑野原)으로 떠나겠구먼."

누구의 군세를 누가 대적하느냐는 데 대해서는 이미 어젯밤 회의에서 합의되어 있었다. 따라서 이 본진 주위에 있던 야마노우치, 아리마, 도도, 교고쿠, 후쿠시마, 다나카의 순서로 앞서 나가고 그 밖의 사람들도 잇따라 움직일 것이었다.

날이 훤히 밝았을 때는 저마다 적의 앞쪽에 나아가 있어, 당장에라도 싸움을 벌일 수 있는 태세를 갖출 예정이었다.

"예, 연락도 빠짐없이."

"그래. 그럼, 말을 끌어오너라."

대화는 겨우 몇 마디였다.

진막 안에는 아직 시종의 모습도 보이지 않는다. 아마도 그들은 숙소로 돌아가 바쁘게 갑옷을 입고 있으리라.

이에야스는 뚱뚱한 몸으로 가볍게 말에 올라탔다. 그 모습을 보고 나루세도 안도도 깜짝 놀랐다. 이에야스는 평상복인 솜옷 위에 허리갑옷을 입고 있다. 허리갑옷 위에 소매 넓은 검은 하오리를 걸치고 칠을 한 삿갓을 썼을 뿐인 가벼운 차림이 아닌가.

그런 모습으로 말에 오르자 이에야스는 아무에게도 말하지 않고 서쪽으로 말을 몰기 시작했다.

당황해서 나루세 마사노리가 물었다.

"아, 대감님! 어디로 출진하시는 겁니까?"

"적 쪽이야."

그리고 이에야스는 지체 없이 말을 달렸다. 직속무장 중 누군가가 외쳤다.

"출진이다! 기치! 창! 총!"

그럴 때의 호흡은 30대의 이에야스와 똑같았다.

이에야스는 나카센도를 달려 다루이에 도착할 때까지 쉬지 않았다. 기수들이 먼저 따르고 창을 든 무사들이 그 뒤를 따라갔다. 소총대가 합쳐져서 겨우 대열을 정비한 것은 다루이에서였다.

시각은 벌써 새벽 3시가 다 되었다.

이에야스는 다시 전령을 사방으로 보냈다. 서둘러 공을 다투는 것을 금하고 정해진 위치에 닿으면 거기서 날이 새기를 기다리도록 엄명했다.

명령을 끝냈을 때 맨 오른쪽으로 전진했던 구로다 나가마사의 부대에서 게야 다케히사(毛屋武久)가 북국 가도의 오른쪽에 포진한 이시다 부대 앞까지 진군을 끝냈다고 보고해 왔다.

보고를 듣고 난 뒤 이에야스는 말 위에서 물었다.

"어때, 그대가 본 바로는 적의 병력이 얼마쯤 되어 보이던가?"

게야 다케히사는 가슴을 펴고 대답했다.

"예······2만 안팎으로 보았습니다."

"뭐, 2만 안팎······? 다른 사람들은 모두 10만에서 14, 5만이라고 말하던데."

게야 다케히사는 횃불 속에서 빙그레 웃어 보였다.

"10만이 넘더라도 산 위의 적이면 평지의 전투에 도움되지 않습니다. 불리해 보이면 산에서 내려오지 않고 농성하겠지요. 그러므로 날이 밝는 것과 동시에 움직일 적은 2만 안팎······이라고 생각합니다."

이에야스는 안장을 두들기며 웃었다.

"하하하······ 그 계산이 맞다. 2만과 7만이라면 싸움은 이겼다. 가자!"

이에야스는 물론 아직 아무에게도 말하지 않았지만 다루이 왼쪽 난규산에 진치고 있는 깃카와 히로이에와 모리 히데모토의 군세는 함부로 움직이지 않을 것으로 꿰뚫어보고 있었다.

구로다 나가마사의 아버지 조스이(如水 ; 간베에)는 자주 깃카와 히로이에에게 일러 보냈다.

"미쓰나리 편을 들면 모리 집안에 제사가 그칠 날 없을 것이오."

그러므로 히로이에와 히데모토가 이에야스에게 마음 두고 있는 것을 알기 때문이었다. 아마도 그들은 데루모토의 이번 결정이 불평스러웠던 게 틀림없다.

그러나 물론 그에 대한 대비를 게을리해도 좋은 건 아니다. 이케다 데루마사와 아사노 요시나가, 그리고 스루가, 도토우미, 미카와의 여러 세력으로 하여금 빈틈없이 감시하게 해두었다.

이케다 데루마사와 아사노 요시나가는 이미 다루이의 진에 도착했으나 거리에는 아직도 여러 부대의 군사들이 서쪽을 향해 바쁘게 줄을 잇고 있었다.

이에야스가 다시 서쪽으로 나아가 나카센도와 북국 가도의 교차점인 세키가하라에 가까운 모모쿠바리산에 도착했을 때 서서히 날이 밝아오고 있었다.

비는 이미 멎었지만, 이번에는 심한 안개가 어렸다. 이 언저리의 짙은 안개는 가랑비라 할 만큼 거칠어 이마와 볼을 닦아도 곧 다시 젖어왔다.

본진이 정해지자 이에야스는 곧 각 부대에 감찰원을 보냈다.

고바야카와 히데아키는 이미 이에야스 편을 들겠다고 오쿠다이라 사다하루(奧平貞治)를 보내왔다. 아마도 미쓰나리 쪽에서는 생각지도 못하고 있는 일이리라.

먼저 파견한 제1부대 후쿠시마 마사노리 이하의 진에는 이타미 효고(伊丹兵庫), 무라코시 나오요시(村越直吉), 가와무라 스케자에몬(河村助左衛門)을 보내고, 호소카와 등의 제2부대에는 고사카 스케로쿠(小坂助六), 아마코 주로(尼子十郎), 이나쿠마 시게자에몬(稻態重左衛門), 가네마쓰 마타시로(兼松又四郎)를 보내고, 이이 나오마사 등의 제3부대에는 사쿠마 야스마사(佐久間安政), 사쿠마 마고로쿠(佐久間孫六), 후나코시 고로에몬(丹越五郎衛門)이 배속되었다. 이 감찰원들은 전령에 의해 전해지는 이에야스의 명령이 어떻게 실행되는지 엄격하게 감시하는 것이다……

감찰원의 배속이 정해질 무렵에는 본진의 대비도 끝났다.

모모쿠바리산에는 금으로 된 7개의 살이 붙은 부채에 해를 그리고 그 밑에 은빛 톱니모양 기를 단 마표를 세우고 그 앞에 온통 흰색인 미나모토 씨의 깃발을 12개 나란히 세웠다. 그리고 이에야스의 걸상 곁에는 4폭 반이나 되는 흰 천에 '염리예토 흔구정토'라는 여덟 글자를 크게 쓴 큰 기를 휘날려 장식했다.

돌이켜보건대 이 '염리예토 흔구정토'의 깃발을 처음 내세운 것은 이에야스가 19살 때였다. 이마가와 요시모토의 선봉으로 오타카성에 있다가 요시모토가 덴가쿠 골짜기에서 쓰러진 다음, 처음으로 오카자키 땅을 밟고 다이주사로 도망쳐

들어갔을 때다.

"마음이 괴로우시겠지만 여기서 무너지면 안 됩니다. 이 세상을 정토(淨土)로 만들기 위해 용기 내어 싸우십시오."

도요 선사가 말하면서 준 깃발에 이 여덟 글자가 있었다. 이에야스는 그것을 평생 마음의 교훈으로 삼으며 싸움터에 나섰다.

'이 싸움은 과연 흔구정토의 싸움일까, 아닐까?'

그것은 이에야스가 싸움에 임할 때마다 자신에게 물어보는 말이었으며, 그가 지닌 용기의 근원이기도 했다.

19살에 처음 세웠던 그 깃발은 이제 59살이 된 이에야스에게 역시 같은 것을 물어오고 있다…… 다만 지난날 10여 명이 세웠던 이 기가 이제는 당당하게 1만 명 넘는 직속무장들의 어린진(魚鱗陣)으로 지켜지고 있지만…….

앞에는 오쿠다이라 노부마사(奧平信昌), 마키노 나리야스(牧野成康), 오쿠보 다다스케, 고리키 기요나가, 니와 우지쓰구, 나이토 노부나리의 즐비한 정예들.

다음의 세 부대는 중앙에 마쓰다이라 시게카쓰(松平重滕), 마쓰다이라 지카마사, 미즈노 다다타카, 오른쪽에 사카이 시게타다(酒井重忠), 나가이 나오카쓰, 아오야마 다다나리(靑山忠成), 왼쪽에 니시오 요시쓰구(西尾吉次), 아베 마사쓰구, 사카이 다다토시(酒井忠利)의 9명이었다.

또 후군에는 혼다 야스토시(本多康俊), 혼다 시게마사(本多重政)를 두고, 그것을 많은 유격군으로 대비하며 돕고 있다.

이에야스의 말 앞에는 사이고 이에사다(西鄕家貞)가 임시 군행정관으로 배치되고, 주장(主將)대리로는 혼다 마사노부의 아들 마사즈미가 뽑혔다.

유격군에는 사카이 이에쓰구(酒井家次), 혼다 다다마사(本多忠政), 안도 나가마쓰(安藤長松), 마쓰다이라 다다아키(松平忠明), 고리키 마사쓰구(高木正次), 가미야 다다후치, 야마모토 요리시게(山本賴重) 등이 대열을 잇고, 가나모리 나가치카(金森長近), 엔도 요시타카(遠藤慶隆) 등 몇 명 안 되는 영주는 후군인 두 혼다의 지휘 아래 배속되었다.

아마도 깃발이 말을 할 수 있었다면 몇 번이고 탄복해 마지않았을 것이리라.

"잘도 이렇게까지!"

이에야스는 거기서 다시 지도를 펼쳤다. 그리고 주장대리 혼다 마사즈미에게 진지에 도착하는 대로 그 이름 위에 붉은 동그라미 표시를 하게 했다.

세키가하라 제1부대는 후쿠시마 마사노리의 노신 후쿠시마 단바(福島丹波)가 니시오세키(西大關)에 자리 잡아 신궁 숲을 뒤로하여 서군 우키타 히데이에의 덴만진(天滿陣)에 대치했고, 다음의 가토 요시아키, 쓰쓰이 사다쓰구, 다나카 요시마사, 도도 다카토라, 교고쿠 다카토모도 나카센도의 남북으로 나누어 포진을 끝마치고 있었다.

제2부대는 호소카와 다다오키, 이나바 사다미치, 데라사와 히로타카, 히토야나기 나오모리, 도가와 미치야스, 우키타 나오모리(宇喜多直盛) 등이 나카센도 북쪽에 나란히 수비 대열을 짓고, 구로다 나가마사, 가토 사다야스(加藤貞泰), 다케나카 시게카도(竹中中重門)는 이시다 군의 사사오, 고이케와 덴만산의 적에 대치하여 역시 진지 도착을 끝냈다.

제3부대는 히데타다의 동생 마쓰다이라 다다요시를 주장으로 하는 직속부대로 혼다 헤이하치로, 이이 나오마사가 좌우에서 돕는 대형을 이루어 본진 정면에 자리 잡았다.

어디까지나 이대로 세키가하라를 돌파하여 미쓰나리의 본거지인 사와산성을 뚫고 다시 멀리 오사카를 바라보며 진군하는 진형으로서, 그 의도를 적에게 조금도 감추려고 하지 않았다.

물론 만일 돌파하지 못할 경우도 충분히 대비해 두었다. 오가키성을 누르기 위해 니시오 미쓰노리(西尾光教), 미즈노 가쓰나리, 쓰가루 다메노부(津輕爲信), 마쓰다이라 야스나가를 남겨뒀고 아카사카와 오카야마성을 비워둘 동안의 수비는 호리오 다다우지에게 맡겼다.

이에야스가 가장 고심한 것은 말할 나위도 없이 후방인 난규산을 누르게 할 장수였다. 그 부분이 약하면 깃카와, 에케이 등을 포함한 모리 군이 어떻게 생각을 바꾸어갈지 모른다.

이에야스는 다루이 서남쪽 고쇼노(御所野)에 배치한 이케다 데루마사, 그리고 역참 서쪽 이치리쓰카(一里塚)에 배치를 끝낸 아사노 요시나가를 차례로 지휘봉으로 가리키며 주장대리에게 다짐두었다.

"실수는 없겠지."

"없습니다. 아사노의 진에 이어 노카미(野上) 마을까지의 길에 자리한 나카무라 가즈사카, 고이데 요시타쓰(小出吉長), 이코마 가즈마사, 하치스카 도요카쓰, 야마노우치 가즈토요, 아리마 도요우지, 미즈노 기요타다, 스즈키 주아이(鈴木重愛) 등을 모두 다시 돌아보게 했습니다."

이에야스는 깊숙이 머리를 끄덕이며 지도를 접게 했다.

지도상으로는 동군이 일부러 나아가 적의 포위 속으로 들어가는 형상이 되어 있다. 서군은 동군을 그 그물 속으로 몰아넣으려 하고 있다. 몰아넣어지면 동군은 전멸하고, 서쪽의 정면이 돌파되면 서군은 미쓰나리의 본거지 사와산을 뚫리는 형세가 되어 수습할 수 없는 혼란에 빠진다. 그러나 그것은 어디까지나 배치도상의 양군 태세였다.

미쓰나리는 아마도 이것에 눈을 빛내며 회심의 미소를 짓고 있을지도 모른다.

"포위는 끝났다!"

이제 쌍방이 모두 다른 속셈을 가진 작전으로부터 드디어 변화무쌍하게 펼쳐질 생생한 실전으로 바뀌어가게 된다.

안개는 점점 더 짙어진다. 그것은 밤이 차츰 밝아오는 징조였으며, 빗방울을 촉촉이 머금고 짓밟힌 가을풀이 쓸쓸해진 대지 위에서 단풍으로 물들어가고 있다.

"말씀드립니다!"

이에야스 앞에 어깨까지 푹 젖은 한 무사가 한쪽 무릎을 꿇었다. 이에야스는 그 무사를 찬찬히 보았다.

"이나 즈쇼로군. 무슨 일이냐?"

"예, 우리 편 깃발 위를 백로가 조용히 적 쪽으로 날아갔습니다. 상서롭다는 백로! 오늘 싸움은 반드시 이길 것입니다."

"좋아, 본진 군사들에게 들려줘라."

싸움이란 이상한 것이라고 이에야스는 문득 생각했다. 냉정하게 생각하면 십중팔구까지 승패를 예측할 능력을 인간은 지니고 있다. 그런데 서로 이긴다는 불가사의한 계산 아래 분별을 잃고 쓸데없는 피를 흘리는 것이다. 더욱이 억센 사나이들이 백로 한 마리에 희비가 얽히는 감정에 젖어들면서도 조금도 이상하게 느끼지 않는다.

'이 수수께끼가 풀리면 인간의 정체도 알게 되는데…….'

싸움 자체가 불가사의한 게 아니라 싸우는 인간이 불가사의한 것이라고 생각하면서, 한편으로는 이 본진에서 각 부대까지의 거리를 치밀하게 계산하여 가슴속에 새겼다. 이에야스 역시 그 불가사의한 수수께끼를 몸에 지니고 싸우는 사람으로 바뀌어가고 있는 것이다······.

모모쿠바리산의 이에야스 본진에서—
이시다 미쓰나리의 사사오까지 28정.
고바야카와 히데아키의 마쓰오산까지 10리3정.
이이 나오마사의 이바라 들판(茨原)까지 15정.
혼다 헤이하치로의 쓰즈라 못(十九女池)까지 16정.
도도, 단바의 후지강(藤川)까지 29정.
그리고 뒤쪽의
이케다 데루마사의 다루이까지 32정.
모리, 깃카와의 난규산까지 10리.
호리오 다다우지의 아카사카까지 10리12정.

싸움터에서 전황을 정확하게 파악하고 시시각각으로 달라지는 변화에 적응하기 위해 지휘자는 특히 치밀하게 거리를 머릿속에 새겨두지 않으면 안 된다. 진격을, 퇴각을, 구원을 명하는 데 있어 지형과 거리를 무시하면 실행할 수 없는 명령으로 부하들을 괴롭히게 될 뿐 아니라 희생자가 늘기 때문이다. 이에야스는 백로가 날아간 것을 기뻐하는 인간의 어리석음에 쓴웃음 짓는 한편 외고 있는 거리를 머릿속에서 되풀이 되새겼다.

'역시 사냥감을 노리는 매가 되어 있군······.'

아마도 이 안개 속에서는 적도 아군도 서로 전혀 볼 수 없겠지. 사기가 충천한 부대부터 서서히 안개 속을 더듬어 행동을 일으키고 있을 무렵이었다.

시각은 벌써 오전 7시에 가까웠다. 맑은 날씨라면 깃발이 바람에 나부끼고 무기가 햇살에 번쩍여 눈부실 무렵일 텐데 주위가 아직 거의 보이지 않는다. 모리 일족이 진 치고 있는 난규산을 가까스로 돌아보자 여기에도 산 위의 깃발이 무겁게 안개를 머금은 채 움직이지 않는다.

이에야스는 걸상에서 일어섰다.

"전령 3명, 시종만으로도 좋다. 말을 끌어라."

그대로 모모쿠바리산을 내려가 16정 떨어진 혼다 헤이하치로가 있는 진막까지 나아갔다.

헤이하치로는 깜짝 놀라 이에야스를 마중 나왔다.

"헤이하치로, 난규산의 동태를 살펴보았나?"

"예, 조금도 걱정할 것 없을 듯합니다."

"그대 눈에도 그렇게 보이나?"

"난규산에서는 이상 없으나 미쓰나리의 선봉대가 움직이는 것 같습니다."

"미쓰나리가 움직여도, 난규산에서 움직이지 않으면 협공이 안 되겠지. 어때, 모리나 깃카와가 산에서 내려올 것 같나?"

혼다 헤이하치로는 너무나 잘 알고 있는 일을 여기까지 일부러 물어보러 온 이에야스가 밉살스러웠다.

'조심성 많은 분이야.'

이렇게도 생각되고, 반대로 자신을 격려하러 온 건지도 모르겠다고도 여겨졌다.

"지금 내려오지 않는다면 오전 싸움에 늦어집니다. 혹시 내려온다 하더라도, 이케다나 아사노가 기다렸다는 듯 덤벼들겠지요."

"그래. 그럼, 나는 진을 전진시키겠다."

이에야스는 전령 오구리 다다마사를 돌아보며 말했다.

"흰 깃발 12개를 우선 세키가하라 동쪽 끝까지 진격시켜라."

그런 다음 고개를 조금 기울이며 생각하고 다시 일렀다.

"그렇지. 여기까지 16정이었어…… 좋아…… 정확히 12정 전진시키도록 총지휘관에게 전해. 그리고 깃발의 전진이 끝나면 모모쿠바리산의 대열을 그대로 옮겨라. 그때부터 싸움이다."

"알겠습니다."

혼다 헤이하치로는 흐흐 웃었다.

'아직 젊다! 마침내 진두에 나섰군.'

본디 모모쿠바리산의 본진은 양군 배치의 거의 중앙이어서 동군을 지휘하면서 적의 동향을 살피기에 가장 유리한 곳이었다. 여기에 튼튼하게 진을 펴면 우선 총대장 이에야스의 신변에 위험이 없다. 더구나 여기서는 배후에 있는 난규산의 모리 부대와 오른쪽 앞인 마쓰오산의 고바야카와 부대도 충분히 감시할 수 있다.

그런데 이에야스는 그 모모쿠바리산에서 세키가하라 동쪽 끝까지 본진을 전진시키도록 명령했다. 생각하기에 따라서는 경솔하다고도, 뛰어난 젊음이라고도 여길 수 있을 것이다.

그러나 50여 회나 이에야스와 함께 싸움터를 뛰어다닌 혼다 헤이하치로의 눈에는 이것이 이에야스의 결심을 알 수 있는 실마리는 될지언정 무모하고 경솔한 행동으로는 보이지 않았다.

'과연 대감님…….'

아니, 대감님으로 불리는 신분이 되기 전 이에야스의 일면을, 뜻밖에도 여기에서 드러냈다고 해도 좋았다.

이에야스의 생애는 인내로 일관되었으며, 그의 정치는 결코 급진적인 게 아니었다. 차분히 앉아 사방을 노려보면서 참을성 있게 점진주의로 일관해 왔다.

그런데 싸움터에서 이에야스는 글자 그대로 맹장으로 바뀐다. 차분히 생각하는 것은 싸움터에 나가기 전의 준비였고, 일단 싸움터에 나서면 때로 아주 무모해 보일 만큼 자주 엉뚱한 행동을 했다.

'오늘은 끝까지 직접 진두에 설 작정임에 틀림없다.'

일단 모모쿠바리산에 진을 친 것은 적에게도 이미 잘 알려져 있다. 그것을 곧 다시 전진시켜 안개가 걷혀 싸움이 벌어지려고 할 때 적 척후대의 간담을 서늘케 해주려는 생각임을 알 수 있다.

"아, 벌써 나와 있다!"

아마도 겨우 당도한 진흙탕 속의 진지를 이 안개 속에서 전진 이동시키고 있는 것은 피아간에 오직 이에야스뿐일 것이다.

'대감님답다…….'

헤이하치로의 미소는 그 이에야스의 결단에 대한 선물이요, 결단의 이면에 숨은 노쇠를 모르는 기백에 대한 감탄이었다.

안개 속에서 걸상에 앉아 전진해 오는 본진의 이동을 기다리며 한참 무엇인가를 쳐다보고 있는 듯한 이에야스에게 헤이하치로는 또 슬쩍 한 마디 건넸다.

"대감님, 오늘 싸움에서 가장 눈부신 역할을 할 사람은 누구일까요?"

이에야스는 헤이하치로를 흘끔 돌아다보며, 흥 하고 나직한 콧소리를 냈을 뿐이다.

"적 편에서는 역시 노련한 시마즈 요시히로를 내세우리라고 저는 생각되는데요."

이에야스는 그 말에도 대답하려 하지 않았다. 다시 한번 아까와 같이 수긍하는 건지 조소하는 건지 알 수 없는 웃음 띤 얼굴로 한참 있다가 내뱉듯 말했다.

"오전 중에 승부가 나겠지. 시간이야, 오늘 승부의 열쇠를 쥐고 있는 것은! 어젯밤부터의 행동개시로 오후에는 피로해진다. 군사들이 지쳤다고 여겨지는 쪽이 지는 거야."

헤이하치로는 웃으면서 절하고 자기 진막으로 돌아갔다.

본진의 선봉대가 잇따라 안개 속을 뚫고 걸상 주위에 벌써 도착하기 시작하고 있다. 이제 12, 3분 뒤 진용을 갖추고 정비가 끝날 때 싸움이 시작된다.

이에야스는 여전히 걸상에서 하늘을 올려다보고 있다.

일촉즉발의 시기를 어디서 잡을까 하고, 보이지 않는 먹이 앞에서 태세를 갖추고 있는 맹호의 눈이요 자세였다……

혼다 마사즈미가 전진 완료를 보고해 온 것은 그 바로 뒤였다.

전장, 불붙다

싸움을 잘하고 못하는 것은 명인끼리의 시합과도 흡사하다. 누가 얼마만큼의 사이를 두고, 언제 어떻게 덤벼드느냐로 선수(先手) 후수(後手)의 차이가 생긴다.

이에야스는 본진의 대형이 갖추어진 순간, 전령 오구리 다이로쿠를 이이 나오마사의 진막으로 달려보냈다.

이이 나오마사는 혼다 헤이하치로와 나란히 서는 형태로 나카센도 오른쪽에 진출해 있었다. 그 나오마사와 말 머리를 가지런히 하고 있는 것이 그의 사위요, 이에야스의 넷째 아들인 마쓰다이라 다다요시였다.

다다요시는 부슈(武州) 오시(忍) 10만 석 성주로 오늘 싸움이 첫 출진이었다. 그래서 장인 나오마사가 보조자로서 진을 나란히 하고 있는 것이었다.

나오마사가 오자 이에야스는 용솟음치는 소리로 물었다.

"나오마사, 시각은?"

"안개가 걷히기 시작했습니다. 이제 8시가 되어갑니다."

"좋아! 시작해."

말은 그뿐이었다. 그러나 나오마사는 그것만으로 모두 알 수 있었다.

"알겠습니다, 그럼……."

나오마사가 돌아가자, 오늘도 선봉인 후쿠시마 마사노리의 진지에서 콩 볶는 듯한 총소리가 탕탕 하고 들려왔다. 오늘 피아간의 첫 총소리였다. 혼다 헤이하치로의 앞쪽 후지강 기슭까지 나와 있던 후쿠시마가 그 오른쪽 앞의 덴만산에 있는 서군 장수 우키타 히데이에의 진지를 노리고 발포한 것이었다.

이 무렵의 발포는 지난날의 싸움 때 요란스러운 소리를 내며 날아가던 화살에 해당된다.

"시작이다! 준비됐나?"

이렇게 알리는 신호였다.

그 첫 소리에 이어 두 진영에서 와 하는 함성이 솟아오르고 군사들이 쏟아져 나왔다.

그러나 아직 개었다가는 다시 앞을 가리는 안개의 흐름에 막혀 어느 쪽도 더이상 움직이려 하지 않았다. 움직이면 당연히 백병전으로 옮아간다. 그러기에는 아직 안개가 너무 많아 머뭇거리고 있는 것이다.

그런데 그·안개 속을 기껏해야 2, 30기의 한 대열이 질풍같이 내달려왔다. 이이 군과 마쓰다이라 군 사이에서 달려나와 맨 먼저 전진하고 있는 동군의 교고쿠, 도도의 진지 옆으로 질주해 맨 선두인 후쿠시마 부대 오른쪽으로 나왔다.

지금 막 제1탄을 쏜 후쿠시마 부대 가운데에서 가니 사이조(可兒才藏)가 뛰어나와 그 앞을 가로막았다.

"누구냐! 멈춰라! 오늘의 선봉은 우리 주인 후쿠시마 님으로 결정되어 있다. 아직 싸움이 시작되기도 전에 앞서 나가는 것은 결코 용서치 않겠다. 한 사람이라도 앞질러 나가는 것은 단연코 안돼."

가니는 후쿠시마 군 가운데서도 용맹하기로 이름을 떨치는 무사였다.

"오, 후쿠시마 님 가신인가? 우리들은 공을 서두르는 사람이 아니오."

"그렇게 말하는 그대는 누구냐? 깃발은 이이 집안 같은데."

"그렇소, 이이 나오마사요. 마쓰다이라 다다요시의 수행원으로 여기를 지나는 길이오."

"안 되오. 비록 어떤 분이더라도 싸움이 시작되기 전에 통과시켜 드릴 수는 없습니다. 굳이 지나가고 싶으시면 우리 집안에서 먼저 창을 던진 다음 가십시오."

선봉 다툼은 무장의 위신을 거는 경쟁이었다. 가니는 얼굴을 뒤틀면서 떠들어댐과 동시에 갑자기 큰 칼을 쑥 뽑아들고 나오마사 앞에 우뚝 서 길을 막았다.

기후 공격 때도 약속을 지키지 않고 선수 쳐 오다 군에게 공격을 가했다 해서 이케다 데루마사에게 결투를 청했을 정도의 후쿠시마 마사노리였다. 그 가신이니

만큼 가니도 몸을 내던지고 앞장서 나오마사와 다다요시를 막을 각오인 듯했다.

"참으로 고약하군. 겨우 이 정도의 인원으로 앞지를 수 있다고 그대는 생각하시오. 조정의 신하인 다다요시 님은 오늘이 첫 출진, 아직 싸움터를 모르는 젊은 분이므로 나오마사가 함께 나서서 척후하여 적진의 배치를 보여 드리려는 거요. 그 척후까지도 막아 우리 편이 불리해진다면 뭐라고 변명할 참이오. 공연히 막지 말고 우리들을 지나가게 한 다음 그대들도 공을 세우도록 하시오."

나오마사의 그 한 마디에는 상대의 항변을 억세게 누르는 힘이 있었다.

"그럼, 먼저 나아가시는 게 아니라 척후를 하는 거로군요."

"인원수를 보게. 이 적은 인원으로 귀중한 조정의 신하인 다다요시 님에게 어떻게 싸움을 권하겠나?"

"믿어보지요. 어서 지나가십시오."

"미안하오!"

말을 마치자마자 나오마사와 다다요시 등은 후쿠시마 군의 선두를 빠져나가 후지강 가까이에서 원을 그리며 크게 오른쪽으로 돌아갔다. 아마 후쿠시마 마사노리도, 그 선봉인 노신 후쿠시마 단바도, 나오마사며 다다요시의 의도를 알지 못한 게 틀림없다.

그들은 오른쪽으로 방향을 돌리자 서군의 우키타 부대와 대치해 있는 자기 편의 가토 요시아키와 쓰쓰이 사다쓰구의 야진 사이를 빠져나가, 단숨에 다시 다나카 요시마사 부대의 선두를 가로질러 오늘 싸움에서 가장 강적으로 지목된 시마즈 부대 바로 앞으로 말을 몰았다.

아니, 이 무렵에는 벌써 아군인 후쿠시마 군도 당황하여 우키타 군에게 공격해 갔다.

"선두를 빼앗겼다!"

선두의 30기가 빠져나가자 잇따라 이이 군, 마쓰다이라 군이 눈을 부릅뜨고 전진했다.

"주군을 따르자!"

"주군이 공격당하게 하지 마라!"

시마즈 부대 앞에 이르자 비로소 말고삐를 죄며 나오마사는 다다요시에게 말했다.

"다다요시 님, 대감은 전략에서 일본 으뜸가는 분이오. 다이코도 손대지 못했지요. 그 아드님인 다다요시 님과 저희들이 도요토미 가문 사람들에게 싸움에 뒤져서야 되겠습니까? 앞에 있는 적은 그 용명을 조선까지 떨친 서국(西國) 제일의 맹장 시마즈 요시히로요. 이걸 때려 부수지 못하면 이름을 내세울 수 없지요."

"알겠소. 힘껏 싸워 보이겠소."

이 진출에는 세 가지의 큰 뜻이 있었다. 그들이 이렇듯 자기 편 사이를 질주해 보이지 않으면, 개전(開戰) 시각이 쓸데없이 흘러간다는 것…… 그리고 또 한 가지는 안개가 걷히면 동군의 진형이 확 바뀌어 적에게 주는 심리적 효과가 헤아릴 수 없이 크다는 것……이에야스는 이미 모모쿠바리산에 없고, 도쿠가와 군 가운데 정예부대 또한 눈 깜짝할 새 시마즈 군 앞을 가로막고 있게 되는 신속과감한 기동효과였다…… 셋째로 이에야스의 가장 센 적으로 지목되고 있는 시마즈 군 앞에 첫 출진하는 귀여운 아들을 내세운, 보통 아닌 결의의 선포인 것이다.

이이, 마쓰다이라 양군의 이 거동에 의해 싸움터는 한꺼번에 불을 뿜는 활화산으로 바뀌었다…….

시마즈의 선봉은 요시히로의 조카인 시마즈 도요히사였다. 이때 요시히로는 이미 66살, 이에야스보다 7살 위로 보통사람 같으면 야전의 노고를 견뎌낼 수 없을 나이였다.

"이이, 마쓰다이라 군이 닥쳐왔습니다."

그렇게 보고해도 다만 한 마디 대답할 뿐.

"그런가?"

일어서려고도 하지 않았다.

시마즈의 진이 있는 테라타니강(寺谷川)과 북국 가도 사이에 자리한 좀 높은 언덕에 요시히로는 가마니 위에 담요를 겹쳐 깔고 앉아 눈을 가늘게 뜨고 좌선을 하고 있었다.

적 쪽으로 몇 정 떨어진 조카 도요히사의 진에서는 벌써 꽹과리를 울리며 군사를 출동시키고 있다. 덤벼들면 응전하지 않을 수 없기 때문이었다. 그러나 요시히로는 그것마저 귀에 들어오는지 않는지 조용한 모습으로 꼼짝 않고 그대로 앉아 있다.

요시히로는 그날 처음부터 가벼운 차림이었다. 십자무늬 있는 전투복에 2자2

치의 큰 칼을 차고 양옆에 흰 깃발을 세우게 했을 뿐, 무엇을 생각하고 있는지 시중드는 무사에게도 짐작이 안 될 만큼 조용한 태도였다.

안개는 이미 걷혀 있다. 아니, 걷히기 전에 그도 이에야스와 같은 말을 두세 마디 물어왔다.

"난규산의 깃발은 움직이고 있는가?"

그리고 움직이는 듯하지 않다는 것을 알자 말했다.

"난규산의 깃발이 움직이는 것 같지 않다면……."

그러고는 마치 법당에라도 있는 듯 좌선으로 들어가버린 것이었다. 물론 요시히로 같은 용맹한 장수가 처음부터 공연히 여기에 꼼짝 않고 앉아 있을 리 없다.

그는 조카 도요히사를 시켜 어젯밤 오가키에서 이에야스의 본진으로 야습을 권했지만 들어주지 않자, 다시 오늘 새벽 조주인 모리아쓰(長壽院盛淳)와 모리 모토후사(毛利元房)를 은밀히 미쓰나리의 진막에 보내 다음과 같은 진언을 해보았으나 이것도 받아들여지지 않았다.

그것은 마쓰오산의 고바야카와 히데아키에 대한 선수 공격이었다. 히데아키가 배반하려는 것은 이미 의심할 여지 없다고 요시히로는 꿰뚫어보고 있었다. 따라서 적과 자기 편이 서군의 포위권 속에서 난전을 벌일 때 만일 마쓰오산의 히데아키로부터 배후를 찔리게 된다면 그때까지의 싸움은 모두 보람 없게 되고 만다.

"만일 고바야카와 군을 모조리 치지 못하더라도 술책을 써서 히데아키만이라도 죽여놓고 엄중한 감시를 붙인다면 안심하고 싸울 수 있을 것이다."

그렇게 전하게 했는데 미쓰나리는 들어주지 않았다. 이제 와서 자기 편을 의심하는 것은 좋지 못하다고 말한 모양이다. 그보다는 서군의 깃발이 우세하게 펼쳐지면 고바야카와도 반드시 내려와 싸울 것이니 힘껏 분투해 주기 바란다고…….

그러나 싸움터에 익숙한 요시히로의 감각으로는 도저히 위험해서 싸울 수 없었다. 포위진형은 갖추어졌지만 동쪽 어귀를 단속해야 될 난규산의 모리 군과, 서쪽 어귀를 단속해야 될 마쓰오산의 고바야카와 군을 믿지 못해서는 바닥도 뚜껑도 없는 통에 물을 붓는 것과 같은 헛수고가 될 터였다. 아마 시마즈 요시히로는 엉뚱한 상대에게 편들어버렸다고 마음속으로 몹시 후회하고 있을지도 모른다.

거기에 이에야스 휘하의 최정예가 안개를 뚫고 갑자기 결전을 걸어온 것이다…….

요시히로는 이에야스의 속셈을 잘 알 수 있었다.

맨 처음 안개 속에 나타난 시마즈 군 앞쪽의 적은 오카자키 성주 다나카 요시마사였다.

그러나 다나카의 태세는 시마즈 군과 그 오른쪽의 서군 고니시 군을 반반씩 노려보고 있었다.

그 배후에는 가토 사다야스, 호소카와 다다오키, 이나바 사다미치, 데라사와 히로타카, 히토야나기 나오모리, 도가와 미치야스, 우키타 나오모리 등이 일렬 횡대로 깃대를 늘어놓고 있었는데, 이것은 시마즈를 향한 다나카 요시마사를 뒤따라오는 부대라기보다 그 왼쪽의 이시다 군을 향해 가는 모습이었다. 더욱이 그 동쪽, 아이가와(相川) 앞에 구로다 나가마사와 다케나카 시게카도가 진출하여 분명 이시다 군에게 결전을 거는 태세를 취하고 있다.

'그러면 이 요시히로의 진짜 상대로는 과연 누가 덤벼들 작정일까?'

아마도 불꽃이 터뜨려짐과 동시에 눈에 거슬릴 만큼 적극적인 움직임이 획책되고 있음에 틀림없다.

그 추측은 보기 좋게 들어맞았다. 아마도 이에야스 군으로서는 이이와 혼다 두 군이 가장 강할 것이다. 그 한쪽인 이이 나오마사가 맨 처음으로 시마즈 군에 덤벼든 것이다…… 더구나 그 이이 나오마사가, 이에야스의 아들로 첫 출진한 마쓰다이라 다다요시와 함께 온 것이 뜻밖이기도 하고 놀라운 일이기도 했다.

'과연 이에야스다!'

그 결의에 감탄함과 동시에 무어라 말할 수 없이 오싹해지는 느낌이었다.

첫 출진이란 언제나 두 가지 미지수를 내포한다. 싸움에 익숙하지 못한 젊은 사람이므로 두려울 것 없다……는 경우와, 첫 출진을 장식하려고 젊은 혈기에 내맡겨 무슨 짓을 할지 모르는 실력을 예측할 수 없는 사나움이라는 수수께끼였다.

물론 조카 시마즈 도요히사도 한창때인 30살 대장부로 싸움터에서 다른 사람에게 뒤지지 않는 사람이다. 따라서 꽹과리는 요란하게 울렸지만 곧 발포하지는 않고 있다. 적을 충분히 가까이 끌어들여 사정거리 안에 들어오게 한 다음 한꺼번에 쏘아댈 작정인 모양이다.

'아직 움직일 수 없다……'

조용히 눌러앉은 채 요시히로는 다음에 나타날 적의 변화를 기다리고 있었다.

"아뢰오. 마쓰다이라, 이이 양군 뒤에 호소카와, 가토, 이나바의 세 부대가 합세하여 우리 쪽으로 움직이기 시작했습니다."

"그럼, 다나카 부대는?"

"예, 우리 수비진 앞을 가로질러 그대로 이시다 군을 향해 가고 있습니다."

요시히로는 가볍게 고개를 끄덕였다.

역시 이에야스는 예사롭지 않았다. 최초의 대비를 그럴듯하게 움직이며 변화하는 듯 보이게 한 것이었다. 당연히 이시다 군에게 덤벼들 것으로 생각했던 호소카와, 가토, 이나바의 세 부대가 자기 쪽으로 방향을 바꾸었고, 자기에게 대항할 것으로 여겼던 다나카 요시마사는 재빠르게 시마즈 군 앞을 가로질러 이시다 군에게 덤벼든다……

그러면 호소카와며 가토와 나란히 있던 히토야나기나 도다, 우키타 나오모리(浮田直盛) 등이 고니시 유키나가에게 덤벼들 것임에 틀림없다.

'아직 움직일 때가 아니다……'

오늘 싸움에서 오가키성에서의 농성을 생각하고 있었던 듯한 고니시 유키나가가 어떻게 움직일 것인가도 요시히로의 큰 관심거리 가운데 하나였다. 그런데 농성도 미쓰나리에게 간단히 거부당했다. 그 불만이, 승산 없다고 눈치채면 냉큼 진지를 버리게 할 것 같은 생각이 든다. 조선출병 이래의 싸움에서 그의 전투태세를 보아왔으므로 요시히로는 잘 알 수 있었다……

싸움이 벌어진 지 한 시간, 시마즈 요시히로는 아직 꼼짝도 하지 않는다.

그 요시히로와 정반대 성격을 가진 후쿠시마 마사노리는 벌써 우키타 군을 향해 맹렬한 육탄전으로 돌입했다고 하는데……

후쿠시마 마사노리는 무슨 일이 있어도 이날 싸움의 주도권을 장악하지 않으면 안 된다고 결심하고 있다. 여기서 그가 얼마나 공을 세울 수 있는지, 그것은 그대로 도요토미 가문의 장래와 운명에 영향을 준다. 만일 그 작용력이 도쿠가와 가문의 가신인 장수들에게 뒤떨어진다면 '후쿠시마 마사노리'의 면목이나 발언권은 훨씬 줄어들고 만다.

그런 각오로, 자신이 최전선에 진출함과 동시에 소후에 호사이(祖父江法齋)를 척후 우두머리로 내세워 적 사이를 생쥐처럼 뛰어다니게 하며 정보를 수집하게 했다. 누가 어떤 방면에서 몇 시에 진지로 도착했는가? 누구 쪽에서 누구의 진영으로, 누가 사자로 갔는가? 소후에 호사이는 때로 그러한 서군 사이의 사자가 내깔긴 똥까지 일일이 손으로 주물러 그 온도에 의해 왕복 시각의 보고를 정확하게 했다고 한다.

그리하여 맨 먼저 총을 쏘아대며 싸울 기회를 살피고 있을 때, 이이 나오마사와 마쓰다이라 다다요시에게 진격당하고 만 것이다. 후쿠시마도 물론 나오마사며 다다요시의 진격이 무엇을 의미하는지 모를 만큼 바보는 아니었다. 그는 가니 사이조로부터 나오마사가 다다요시를 데리고 척후를 나갔다고 들었을 때 걸상을 걷어차고 일어섰다.

"그게 척후가 될 수 있느냣"

분노가 하늘을 찌른다는 말이 딱 들어 맞았다.

"그건……그건, 우리에 대한 도전이야. 빨리 싸움을 시작하지 않느냐는 재촉인 거야."

그의 야진은 오세키까지 나아가 관문인 신궁의 신전과 숲을 뒤에 두고 있었는데 그 호령을 하고 자리를 뛰쳐나가자 다시 돌아오지 않았다.

"말을 끌어라! 고동을 불어라. 그리고 단바의 진으로 사람을 보내라."

호령하자, 아직 갑옷도 입지 못한 단쿠로 효에(團九郎兵衛)에게 말을 끌게 하여 그대로 직접 앞쪽에 자리한 중신 후쿠시마 단바의 진영으로 달려갔다. 전령과 대장이 함께 도착하는 후쿠시마식 진두지휘였다.

큰 파문을 남기고 진출한 이이 나오마사와 마쓰다이라 다다요시가 시마즈 군 앞에 나타나 함성을 울릴 무렵 후쿠시마 군도 투구를 내려쓰고 우키타 히데이에의 덴만산 전위 가운데로 돌격을 감행하고 있었다.

후쿠시마 마사노리를 선두로 중신 후쿠시마 단바, 후쿠시마 호키, 나가오 하야토, 그리고 마사노리에게 맡겨져 종군하고 있는 요도 마님의 총신 오노 하루나가도 합세하고 있었다.

맨 먼저 마사노리의 말을 끌고 달려가느라 갑옷도 입을 틈이 없었던 단쿠로 효에가 이날 싸움에서 사실상 최초로 벤 목을 쳐들고 있었으니 그 출격의 상태는 상상하고도 남음이 있다. 잇따라 적진에 뛰어들자, 이번에는 오노 하루나가가 창을 휘둘러 우키타의 병사 가와치 시치에몬(河內七右衛門)과 한바탕 싸워 무찔렀다.

그러나 곧 궤멸시킬 수 있는 우키타 군이 아니다. 총병력 2만여 명…… 깃발과 북을 당당하게 울리며 덴만산 기슭을 온통 메우고 있는 대부대인 것이다.

성급한 후쿠시마 군의 돌격으로 처음에 얼마쯤 풀이 꺾인 우키타 군은 29살 히데이에 자신이 곧 깃발을 나아가게 한 다음 진두에 나서 선봉 다섯 부대의 지휘에 나섰다.

싸움터 심리는 상식으로 헤아릴 수 없다. 그러나 그 헤아릴 수 없는 폭발이 충분히 계산되어 있지 않으면 또한 충분한 지휘를 할 수 없다.

아무튼 이이 나오마사를 시켜서 한 이에야스의 도발은 성공했다.

이에야스는 오늘 싸움을 인간 체력의 한계라고 생각하고 있다. 어젯밤부터 거의 만족하게 잠을 이루지 못한 싸움인 것이다…… 더구나 동군과 서군 사이에 적잖은 차이가 있었다. 동군이 얼마 동안 아카사카 언저리에 멈춰 시기를 기다리는 태세였던 것과 달리, 서군은 이에야스가 나타났기 때문에 황망하게 작전을 변경하여 성을 치는 싸움을 피해 서둘러 세키가하라로 이동해 왔다. 그동안의 움직임을 검토해 볼 때 군사들 피로의 정도는 서군 쪽에 훨씬 무리가 겹쳐 있다. 이에야스는 상대가 그 피로를 회복하기 전에 결전을 벌이는 것이 유리하다고 계산하고 있었을 게 틀림없다.

그리고 그 이상으로 중요한 것은 평지 싸움의 상태가 그대로 난규산과 마쓰오산 싸움의 승패를 결정짓게 되리라는 사실이었다. 그들은 이에야스에게 내통할 것 같은 태도를 보이고 있지만, 만일 동군의 패색이 짙어 보일 경우에는 개의치 않고 산을 내려와 이에야스를 때릴 태세도 취하고 있다. 그러한 위험한 관전자(觀戰者)가 이 세키가하라의 동서 출구를 움켜쥐고 있는 것이다. 즉 패색이 짙다고 보여질 때는, 그렇게 보인 쪽이 그들 모두를 적으로 돌려 얻어맞는 비운에서 벗어날 수 없는 숙명을 걸머지고 있다…….

그러한 싸움터에서 저돌적으로 쳐들어간 후쿠시마 군은 과연 마쓰오산에 있는 관전자의 눈에 어떻게 비쳤을까?

후쿠시마 군에게 습격당한 우키타 히데이에는 부하장수 혼다 마사시게, 아카시 다케노리(明石全登), 오사후네 지헤에(長船治兵衛), 우키타 다로자에몬(宇喜多太

郎左衛門), 노부하라 도사(延原土佐) 등을 질타하여 역시 젊은 혈기껏 맹렬한 반격을 감행했다.

베는 자, 베이는 자, 물러서는 자, 나아가는 자…… 얼마 동안은 우키타의 깃발과 후쿠시마의 깃발이 얼크러져 일전일퇴를 거듭했으나 결국 우키타의 우세로 바뀌었다. 끈덕지게 쏘아대고 칼싸움하면서 덴만산 기슭에서 테라타니강 방면으로 후쿠시마 군이 밀리기 시작한 것이다.

이것을 보고 동군의 가토 요시아키와 쓰쓰이 사다쓰구가 움직이기 시작했다. 이 언저리의 배치와 진퇴는 제법 교묘했다고 할 수 있다. 만일 이것이 우키타 군 이웃에 진을 친 고니시 유키나가 군에게 덤벼들고 있었다면 후쿠시마 군은 5, 6정 정도의 후퇴로 끝나지 않았을지 모른다. 후쿠시마 마사노리는 다시 진두에 뛰쳐나와 목쉰 소리로 노호했다.

"오늘 선봉으로 나섰으면서 물러서다니 이 무슨 겁쟁이 태도냐! 돌아와라! 돌아오지 않는 비겁자는 이 마사노리가 쳐죽이겠다."

이 호령으로 일단 멈췄던 후쿠시마 군은 다시 끈덕지게 되밀고 나가기 시작했다.

때는 전투를 시작한 지 한 시간이 지난 오전 9시, 구름은 끼었으나 안개는 벌써 그들의 싸움에 지장을 주지 않았다…….

나카센도에 가장 가까운 위치에서 후쿠시마 군과 우키타 군이 일진일퇴의 싸움을 계속하고 있을 때, 가장 북쪽인 사사오에 진 치고 있는 서군의 이시다 군은 대체 어떤 싸움을 벌이고 있었을까?

사사오는 북국 가도의 북쪽에 자리하여, 구로다 나가마사 군과 다케나카 시게카도 군이 처음부터 노리고 있었다는 것은 앞서 말했다. 미쓰나리는 자기가 있는 사사오의 본진과 앞쪽의 시마 사콘, 가모 사토이에 사이에 이중으로 방책을 만들어 그들 두 장수를 그 방책 앞쪽에 내세웠다. 이 방책은 미쓰나리가 적이 습격해 오는 것에 대비한다는 뜻이며, 여기에 총을 대놓고 그 명중률을 정확하게 해보려는 준비이기도 했다.

동군은 여기서도 이웃에 진을 둔 시마즈 군과 이이 군의 중간에서 전투가 시작되자 곧 다나카 요시마사에 이어 이코마 가즈마사와 가네모리 나가치카를 시켜 이시다 군에게로 가게 했다. 따라서 맨 처음 싸움이 개시된 것은 이시다의 선봉인 시마, 가모의 두 부대와 동군의 다케나카, 다나카, 이코마, 가네모리 네 장수 사이에서였다.

구로다 나가마사는 그 무렵 아직 전열에 합세하지 않고 있었다. 미쓰나리에 대한 나가마사의 증오는 예사로운 것이 아니었다. 어렸을 때는 나가마사도 히데요시 곁에서 네네 부인과 친밀했던 측근인데, 33살인 나가마사와 41살인 미쓰나리는 나이 차도 있어 젊을 때부터 매사에 감정의 반발을 거듭해 왔다. 둘 다 어릴 때부터 다이코 손에 자랐으면서도 나가마사의 눈에는 미쓰나리가 엉큼하고 나이 많다고 유세 부리는 좀 심술사나운 사나이로 비쳤다. 그런데 조선 싸움에서 서로 미워하게 되고 돌아와서도 미워하게 되어, 여기에서 마침내 서로 적이 되어 싸움터에서 만난 것이다.

구로다 나가마사가 일부러 아이강 북쪽으로 떨어져 진을 잡은 것은 그 나름의 깊은 생각에서였다. 두 겹으로 친 이시다 군의 방책에서 쏘아대는 총을 맞바로 받게 되면 희생이 크다. 아마도 그는 마음속으로 미쓰나리의 전법을 조소하고 있었을 게 틀림없다.

'싸움이 벌어져 봐라. 너와 나는 수완과 경험에 있어 엄청난 차이가 나타날 거다.'

그는 어젯밤 강력한 특별 총포대를 15명 뽑아 길들여 엄격하게 은밀한 명령을 내렸다.

"어떤 일이 있어도 내 곁에서 떨어져서는 안 된다. 내 곁에 있으면서 내 지휘를 따르라."

그리고 그는 오늘 새벽 싸움이 시작될 때까지 조용히 이시다 진지를 계속 노려보고 있었다.

이시다 진지는 앞쪽에 이중의 방책을 둘러놓았을 뿐 아니라 오른쪽 북국 가도에 오타니 요시쓰구의 아들 오타니 다이가쿠와 히데요리의 친위대로 오사카성에서 데려온 활부대 총부대에 노란 화살막이 갑옷부대를 두고 북쪽은 아이가와산(相川山)까지 엄중히 방비하고 있었다.

히데요리의 친위대를 가까이 둔 것도 구로다 나가마사에게는 가슴 아픈 외람된 행동으로 여겨졌다.

'만일의 경우 북국 가도로 달아날 모양이다……'

달아나게 내버려둘쏘냐, 반드시 내 손으로 목을 베겠다……는 기개로 기다리고 있던 나가마사는 앞쪽에서 양군이 서로 총을 쏘아대자 아이강에서 살며시 행동을 일으켜 이시다 군 옆으로 돌아갔다…….

이시다 군의 선봉 시마 사콘과 가모 사토이에는 둘 다 오늘의 싸움을 위해 미쓰나리가 많은 녹봉을 아낌없이 주며 안아들인 맹장이라고 해도 좋았다. 시마 사콘에게 2만 석, 가모 사토이에에게 1만 석.

시마 사콘은 이에야스가 병법의 사범으로 삼고 있는 야규 무네요시와 교우가 깊은 친구이고, 가모 사토이에는 예전에 가모 우지사토에게 봉사하며 그 용명을 떨쳐 우지사토로부터 가모라는 성을 받은 강인한 인물. 싸움터의 진퇴에 있어 그들은 미쓰나리의 양팔이라기보다 오히려 스승이었다고 해야 된다.

그러므로 그들은 맨 처음 쳐들어오는 적 따위는 그리 문제 삼지도 않았다. 아마도 다나카 요시마사 부자며 이코마며 가네모리에게 가볍게 응수하며 이중 방책으로 끌어들여 거기서 총을 연달아 쏘아대 전멸시킬 작정이었음에 틀림없다.

구로다 나가마사는 그러한 그들의 의도를 충분히 헤아려 알고 있었다. 그렇기 때문에 멀리 오른쪽으로 돌아가 느닷없이 아오즈카(靑塚)에 있는 시마 사콘 군의 왼쪽 옆구리를 찌르려고 한 것이다.

"아직 쏘지 마라. 그리고 내게서 떨어지지 마라. 내 곁을 떠나서는 적장의 목을 떼온다 할지라도 공으로 인정하지 않겠다."

아이강 건너편에서 충분히 시마 군에 접근하여, 데려온 15명 가운데 총포대장인 시라이시 쇼베에(白石庄兵衛)와 간 로쿠노스케(菅六之助)를 불러 명령했다.

"총이 지금 얼마나 있나?"

"옛, 150정 있습니다."

"좋아, 그 가운데 50정을 골라 시마의 본대를 노리도록 해라. 한 방으로 반드시 한 사람을 쓰러뜨릴 작정으로 덤벼!"

이때 시마 사콘은 앞쪽의 얕은 해자에서 덤벼들었다가는 물러서고, 물러섰다가는 다시 공격해 오는 다나카 요시마사의 끈질긴 진퇴에 웃음 띠며 응수하고 있었다.

이 아오즈카 왼쪽은 아이강 상류와 거리를 두고 이부키산 줄기의 나무들이 꽉 들어찬 산이었으므로 이 방면에서 또 적이 들이닥치리라고는 생각지 않았다. 거기에서 타타탕 하고 흐린 날씨의 산기운을 가르며 총소리가 울려왔다.

"앗!"

시마 사콘은 그 순간 정신을 잃고 허공으로 뛰어오르듯 그 자리에 쓰러졌다. 물론 구로다 군의 위치에서 자세한 것은 알 수 없었지만 총포대장 간 로쿠노스케가 쏜 한 발이 그의 몸 어딘가에 명중한 것은 의심할 바 없었다.

갑자기 시마 사콘의 진지 안이 떠들썩해졌다. 오른쪽으로 왼쪽으로 사람들이 뛰어다니고 마침내 부상당한 시마 사콘을 들어올린 한 무리의 사람들이 다음 사격을 경계하면서 방책 가운데로 물러가는 게 바라보였다.

"지금이다, 돌격!"

구로다 군은 함성을 올리며 진격해 나갔다. 아니, 그보다도 이 뜻밖의 적의 혼란으로 기세를 얻은 다나카, 다케나카, 이코마, 가네모리의 부대들이 일제히 방책 앞의 얕은 호를 뛰어넘기 시작했다.

그렇게 되면 시마 부대와 나란히 있던 가모 부대는 홀로 불쑥 나온 채 그대로 멈춰 있을 수 없게 된다. 그들도 역시 서서히 방책으로 밀려 후퇴했다. 동시에 깊숙이 버티고 있던 미쓰나리의 본대와 미쓰나리의 부장 마이 효고의 부대가 시마, 가모 두 부대와 교체하기 위해 서둘러 앞쪽으로 이동하기 시작한 것은 말할 나위도 없다.

이 무렵부터 차츰 세키가하라의 풍운은 갑자기 크게 변화되어, 싸움은 서로 상대의 작전을 탐색하는 서전으로부터 마침내 실력으로 맞부닥치는 중반전으로 들어갔다…….

얄궂은 싸움

이시다 미쓰나리에게 있어 시마 사콘의 부상은 이루 말할 수 없이 큰 타격이었다. 그는 어떤 보물보다도 더 시마 사콘을 신뢰하고 때로는 사부의 예까지 베풀어왔었다. 그런데 싸움이 시작된 지 얼마 되지 않아 구로다의 총에 쓰러져버린 것이다……

시마 사콘은 이 부상을 계기로 이 싸움터에서도, 전쟁의 역사 가운데서도 홀연히 모습을 감춰버렸다. 여러 가지 설이 분분한데, 그는 그 뒤에도 미쓰나리를 도와 싸웠다고도 하고, 총을 맞을 때는 살아 있었지만 얼마 뒤 죽었다고도 하고, 끝까지 살아서 어디엔가 몸을 숨겼다는 이야기도 있다……

어쨌든 그의 유아(遺兒)는 그 뒤 옛 친구 야규 무네요시의 손자로 비슈 집안 야규의 선조가 된 도시요시(利嚴)의 아내가 되어 검술 명인 렌야사이(連也齊)와 조류사이 도시카타(如流齋利方) 형제를 낳았다. 그 자신은 홀연히 싸움터에서 사라졌어도 그의 핏줄은 이 세상에 남은 것이다.

시마 사콘의 부상으로 깜짝 놀라 아연해 있는 미쓰나리에게 잇따라 또 한 가지 불쾌한 정보가 들어왔다. 서군에 있어 하나의 큰 봉우리가 되어야 할 고니시 유키나가가 거의 싸울 뜻을 보이지 않아 그 때문에 이웃의 시마즈 요시히로, 시마즈 도요히사 두 사람도 수세를 취하며 움직이지 않는다는 보고였다.

고니시 유키나가는 그 후원군을 합치면 7000명 가까운 병력을 거느리고 나와 있다. 당연히 여기서 이시다 군, 우키타 군과 더불어 눈부신 역할이 기대되고 있는 서군의 주력인 것이다. 그런데 동군의 데라사와, 히토야나기, 도가와, 우키타 네 부대가 덤벼들자 선봉대는 열심히 방어전을 폈지만 긴요한 유키나가 본대의 움직임에 아무 전의를 느낄 수 없었다.

유키나가는 물론 이 정도의 동군에게 물러설 겁쟁이 장수는 아니었다. 조선에 서는 가토 기요마사와 함께 선봉으로 공을 다투었던, 용맹과 지략이 모두 뛰어난 인물이었다. 사태에 따라서는 오가키성에 농성하여, 모리 데루모토의 도착을 기 다리자던 주장이 미쓰나리에 의해 거부된 데 대한 불만으로 처음부터 싸울 생 각이 없는지도 모른다.

미쓰나리는 동군이 밀고 오는 전선으로 직접 말을 몰면서 전령을 사방으로 급 파했다.

"마침내 싸울 때가 되었다. 급히 공격해 나가라."

첫 번째 사자는 시마즈 도요히사, 두 번째 사자는 고니시 유키나가, 세 번째 사 자는 오타니 요시쓰구, 네 번째 사자는 고바야카와 히데아키에게로.

당연히 이 무렵에는 시바이(柴井)에 진을 친 동군의 도도와 교고쿠 군도 군사 를 전진시켜 오타니 요시쓰구, 기노시타 요리쓰구(木下賴繼) 등의 부대를 향해 발 포하기 시작했다.

그러나 도도 다카토라는 후쿠시마 마사노리처럼 곧 육박전으로 들어가지 않 고 쌍방에서 활과 총을 서로 쏘아대면서 그 사이에 차례로 마쓰오산 기슭 나카 센도 왼쪽에 있는 와키자카, 구쓰기, 오가와, 아카자 등의 진지에 은밀히 사자를 보내고 있었다. 말할 나위도 없이 동군의 유리함을 설득하여 그들의 전향을 권고 하고 있었던 것이다.

그리하여 세키가하라는 바야흐로 문제의 난규산과 마쓰오산을 남겨두고는 완전히 결전의 도가니로 바뀌었다.

그러나 각 부대에 일진일퇴의 우열은 있어도 전체적인 공기는 아직 완전히 미 지수였다. 이 싸움의 승패의 열쇠를 쥐고 있는 두 군데의 산, 마쓰오산과 난규산 의 상황은 어떤지……

히데아키가 진을 친 마쓰오산은, 그가 예기한 대로 이 결전의 관전장으로서 참으로 나무랄 데 없는 조망대였다. 아침 안개가 걷힌 순간부터 양군의 움직임이 손에 잡힐 듯 잘 보였다. 누가 어떤 기세로 진출하고, 누가 어떤 생각으로 진퇴하고 있는지 확실하게 보였다.

히데아키는 자기의 선견지명을 충분히 자랑하고 안장을 두들기며 한 차원 아래에 있는 인간들의 무지한 사투를 조소할 수 있었다. 그러나 현실은 반드시 그렇지도 않았다.

여기서 보아도 쌍방의 세력이 비등하게 보인다는 것은 중립주의자에 대한 얼마나 야릇하고 신랄한 선물이었던가? 오전 10시가 지나도 그로서는 아직 어느 편이 승리를 거둘 것인지 예측할 수 없었다. 지금 그의 얼굴은 창백해지고 이마에는 싸움터에 있는 사람 이상으로 고통을 자아낸 기름땀이 번뜩이고 있다…….

바로 눈 아래에서 지키고 있는 서군의 와키자카, 구쓰기, 오가와, 아카자 부대들은 아직 그리 움직일 것 같은 기색이 보이지 않는다. 말할 것도 없이 그들은 요시쓰구의 뜻을 받들어 산 위의 히데아키를 감시하고 있는 것이다. 이 감시는 히데아키도 처음부터 각오한 터였고, 그의 가신들도 충분히 알고 있다.

그런데 그 감시 외에 지금 그의 신변에는 그가 전혀 예기치 못했던 또 하나의 감시자가 번뜩이는 칼을 품고 있었다. 그 한 사람은 이에야스의 가신 오쿠다이라 사다하루이고, 또 한 사람은 구로다 나가마사의 가신 오쿠보 이노스케(大久保猪之助)였다.

히데아키는 구로다 나가마사의 권유에 따라, 백모 고다이인을 배반하는 일은 없을 거라고 전했다. 따라서 동군으로 고바야카와를 내통시키는 책임자는 지금 미쓰나리 군을 향해 필사적인 공격을 되풀이하고 있는 구로다 나가마사라고 할 것이다. 그 나가마사가 약속을 어기면 어쩌나 여겨 감시하는 자객을 진중에 들여보낼 줄은 교활한 중립주의자도 미처 생각지 못했던 일이다. 감시하는 자객은 구로다 나가마사가 파견해 온 오쿠보 이노스케뿐만이 아니고, 이에야스에게서도 오쿠다이라 사다하루가 연락반이라는 명목으로 와 있었다.

생각하기에 따라 이것은 야릇하기 이를 데 없는 인생의 교훈이라고도 할 수 있다. 양자의 사투를 방관하면서 입가에 조소를 띠고 승자 편에 살아남겠다고 생각한 히데아키가 여기서 완전히 세 군데의 불신을 사서 칼의 노림을 받아 궁지에 쫓기는 비참한 쥐의 신세로 몰리고 만 것이다. 아래에서는 서군의 와키자카, 구쓰기, 오타니로부터, 그리고 진막 안에서는 오쿠보 이노스케와 오쿠다이라 사다하루로부터…….

그 속에서 여유 있게 전황을 바라보고 있는 현명한 인물처럼 보이게 하지 않으면 안 되는 데 이중의 고통이 숨어 있었다.

히데아키의 중신 히라오카 요리카쓰와 이나바 마사나리는 오쿠보 이노스케, 오쿠다이라 사다하루 두 사람을 히데아키 가까이에 두지는 않았지만 장막 밖으로 물리칠 수도 없었다.

그리고 히데아키와 함께 바깥의 전황을 내려다보고 있던 두 사람 가운데 구로다 집안의 오쿠보 이노스케가 얼굴빛이 달라져 히데아키 곁으로 나아가려고 한 것은 오전 11시 가까이 되어서였다.

두 불청객 가운데 구로다 나가마사 쪽에서 파견되어 온 오쿠보 이노스케의 성질이 더 급한 것 같았다. 이에야스 쪽에서 보낸 오쿠다이라 사다하루는 도무지 파악할 수 없는 멍한 표정으로 고바야카와가 마땅히 동군 편을 들 줄 믿고 있는 모양이었다. 어쩌면 그렇게 안심시켜 놓고, 만일의 경우에는 뛰어들어 한칼에 두 동강 낼 작정인지도 모른다. 이런 경우 이에야스로서도 인선에 상당히 신중을 기했을 것이니까…….

구로다 집안의 오쿠보 이노스케는 난처하게도 예전부터 고바야카와를 잘 알고 있었다. 고바야카와가 구로다 나가마사에게 그를 천거해 받아들여졌다고도 할 수 있다. 그러므로 그는 이중으로 책임을 느끼고 있었다. 만일 히데아키가 동군에 내통하지 않는다면 그것은 직접 야전의 승패에 관계될 뿐 아니라, 구로다 나가마사는 싸움에서 이겨도 이에야스를 비롯한 동군 장수들에게 면목이 서지 않게 된다. 그 초조한 생각이 느닷없이 그를 히데아키의 곁으로 몰아낸 것이었다.

고바야카와 집안의 가신 히라오카 요리카쓰가 당황해 이노스케의 갑옷 소매를 붙들었다.

"왜 이러는 거요?"

"놔주시오. 고바야카와 님과 담판 짓지 않으면 안 되겠습니다."

"우리들이 전하겠소. 얼굴빛까지 달라져 어떻게 하겠다는 거요?"

"어찌 얼굴빛이 달라지지 않겠소!"

그 소리는 장막 한 장 사이의 히데아키에게 그대로 들렸다. 오쿠보 이노스케도 그것을 잘 알면서 떠들어댄 게 틀림없다.

"이대로 가면 싸움은 정오를 지날 것이오. 고바야카와 님은 어째서 나서지 않는 거요. 지금이야말로 산을 내려가 오타니 군을 치고 승패를 결판낼 절호의 기회, 그런데도 저렇듯 관전만 하고 계시는 건 우리 주인 구로다 나가마사를 속인 게 틀림없소."

"조용히 하시오. 이곳은 진중이오!"

"말리지 마시오. 나도 무사인데 고바야카와 님 약속은 거짓이었다며 뻔뻔스럽게 살아서 돌아갈 수는 없소. 놓아주시오. 담판을 짓겠소."

"조용히 하시오! 누가 약속을 배반했단 말이오? 쳐들어갈 때는 주군을 대신해 이 히라오카 요리카쓰가 알려 드리겠소."

과연 히라오카 요리카쓰는 미쓰나리가 10만 석의 미끼로 낚으려 했을 만한 인물이어서 갑자기 앞으로 돌아가 이노스케의 가슴에 맞대고 막아섰다.

"그렇다고, 이대로 시간을……."

히라오카는 크게 가슴을 치며 말했다.

"가만히 계시오! 쳐나갈 때가 되면 아무 지시가 없더라도 쳐나갈 거요. 이 요리카쓰에게 맡기시오."

그때가 되어서야 또 한 사람의 감시자가 비로소 불쑥 한 마디 거들었다.

"오쿠보 님, 중신님에게 맡겨두시오."

그러고 나서 오쿠다이라 사다하루는 빙그레 웃었다.

"훌륭한 가신들이 곁에 계시는군요. 설마 구로다 님이나 내대신을 속이지는 않겠지요, 와하하하……."

이런 경우 어느 편의 협박이 더 효과가 있는지 몰라도, 이 말을 듣고 있을 고바야카와의 입장이 불쌍해진 것만은 잘 알 수 있다…….

사실 그는 부들부들 떨면서 싸움터를 노려보고 있었다…….

"오쿠다이라 님까지 그렇게 말씀한다면 맡기지요."

그렇게 말했으나 오쿠보 이노스케는 그것으로 입을 다물 사나이는 아니었다.

"수많은 구로다의 가신 가운데에서 이 역할은 그대가 아니면 안 된다고 일부러 뽑혀서 온 몸이오. 일단 맡기기는 하지만 만일의 경우에는 오쿠다이라 님도 그대로 두지 않겠소."

이렇게 되면 벌써 두 사람이 서로 배짱을 맞춘 고바야카와에의 협박이라고 해도 좋았다.

오쿠다이라 사다하루는 또 웃었다.

"흐흐……나도 역시 똑같소. 밑에 있었으면 지금쯤 투구 쓴 목을 5개나 10개쯤 베었을 거요. 이렇듯 하릴없이 싸움구경만 하다가 만일의 경우에는 그냥 물러갈 사나이가 아니오."

이런 협박자가 동군에서 파견되어 들어가 있으리라고는, 서군의 지장 오타니 요시쓰구도 이시다 미쓰나리도 생각이 미치지 못했다. 만일 서군에서 먼저 고바야카와 곁으로 자객을 보냈다면 대체 어떻게 되었을까……? 아니, 여기서는 오타니며 미쓰나리의 실책을 따지기보다 가장 영리하게 기회주의로 돌았다고 생각하는 중립주의자가 사실 얼마나 짓궂게 비참한 맛을 보았는지 써놓으면 그것으로 충분하다.

그리고—

이 시각에 난규산과 그 언저리의 상황은 어떠했던가?

난규산 꼭대기에는 북쪽에서 다루이를 내려다보는 깃카와 히로이에, 모리 히데모토, 시시도 나리무네(肉戶就宗), 후쿠하라 히로토시(福原弘俊)의 순서로 진을 펴고, 그 동쪽 기슭에는 나쓰카 마사이에, 에케이, 조소카베 모리치카가 옆으로 나란히 있었다. 산 위의 깃카와, 모리 히데모토, 모리의 가신들이 전혀 움직이지 않은 것은 말할 나위도 없다.

동군 편에서는 벌써 이케다 데루마사와 아사노 요시나가가 산기슭의 나쓰카, 에케이, 조소카베의 진을 바라보며 서서히 진격해 오고 있었다.

그렇게 되면 가장 당황할 것은 에케이였다. 그의 진영에는 미쓰나리로부터 독촉하는 사자가 이미 여러 차례 뛰어왔다. 그건 에케이 자신에게 싸움을 재촉하는 것이기보다 봉화를 보고도 왜 깃카와며 모리가 움직이지 않느냐고 문책하러 온 것이었다. 문책당하는 것은 당연했다. 미쓰나리가 이 거사를 결행한 것은 에케이가 책임지고 모리를 움직이겠다고 장담한 데 있었으니까.

에케이는 오늘 아침 난규산 본진으로 직접 모리 히데모토를 찾아갔었다. 그때까지도 아직 그는 충분한 자신감을 갖고 있었다. 싸움터에서는 평소에 생각할 수 없는 전쟁심리가 움직인다. 젊은 모리 히데모토는 쌍방이 붙기 시작하면 반드시 응전하지 않을 수 없게 될 것이다. 한번 응전하게 되면 그다음은 언덕길을 내려가는 수레와 같다. 졌을 때의 비참함을 상상만 해도……아니, 내리쏟아지는 불가루를 털어버리지 않고는 견딜 수 없어 온 힘을 쥐어짜내게 된다.

그런데 모리 히데모토는 에케이의 얼굴을 보자 이상하게 축 늘어진 모습으로 말했다.

"이 몸은 모리 군을 지휘하기에 아직 너무 젊소. 그러니 지휘는 모두 깃카와 히로이에에게 맡기도록 해주오."

에케이의 야릇한 고민은 거기서부터 시작되었다. 눈앞에 산해진미를 차려놓고 배고픔을 참고 있는 사람이 그것을 먹어서는 안 된다는 말을 들었을 때 얼마나 초조하겠는가? 오늘 아침 에케이가 바로 그러했다. 더구나 그의 경우는 그 잘 차려놓은 진미의 가치를 마음껏 값비싸게 미쓰나리에게 팔아보려고 했는데 도리어 그 진미에게 배반당한 느낌이었다.

모리 군의 진을 난규산에 자리 잡게 한 것은 그였다. 그는 만일 모리 데루모토가 나오지 않더라도 이 싸움의 승패를 판가름하는 것은 모리 군이라고 판단하고 있었다. 물론 이에야스가 쉽사리 서부로 진격해 오리라고 생각지 않았으며 닥쳐오더라도 지리라고 여기지 않았다.

'싸움이 된다면 싸워보여 주겠다……'

이런 자신감을 갖고 미쓰나리를 되도록 애타게 해놓아야 된다고 생각했다. 그러기 위해서는 좁은 오가키성으로 들어가거나, 당황해 동군의 아카사카를 치거나 하여 귀중한 진미의 가치를 손상시켜서는 안 된다고 생각했다. 그래서 그는 이 싸움의 승패를 결정할 모리 군이라는 산해진미를 보기 좋게 난규산 위에 차려놓게 한 것이다.

어떤 의미에서 그것은 성공적이었다. 미쓰나리는 초조해지기 시작했고 서군 장수들도 산꼭대기를 바라보며 새삼스럽게 모리 군의 위대함을 인식했다.

이런 식으로 에케이는 모리 데루모토의, 전쟁이 끝난 뒤의 권력 자리를 한층 더 높여주어 이런 말을 듣게끔 할 작정이었다.

"과연 에케이!"

그렇게 되면 마땅히 그 자신의 지위도 정치승려이면서 장수의 그릇, 장수이면서 뛰어난 성자(聖者)로 한층 높이 추앙될 터였다.

그런데 그 산해진미가 함지에서 내려져 실용으로 제공되어야 할 오늘 아침이 되어 이런 말을 들은 것이다.

"나는 군사(軍事)를 깃카와에게 일임했다."

깃카와 히로이에는 처음부터 에케이로서는 딱 질색인 상대였고, 모리 일족 사이에서는 이에야스와 가까운 한쪽의 복룡(伏龍)이 아니던가······.

"이상한 말씀이군요. 대감이 오늘 진중에 계시는 건 다만 데루모토 님의 대신일 뿐 아니라 돌아가신 다이코 전하의 양자로서 히데요리 님의 대역을 겸한 서군의 총지휘자가 아니십니까? 그런데 마침내 결전할 때가 되어 깃카와에게 맡기셨다니 무슨 말씀입니까? 만일 그 때문에 패전이라도 당하게 된다면 그야말로 대감 자신의 자살행위가 되지 않겠습니까? 히데모토는 겁먹고 지휘를 다른 사람에게 맡겨 그대로 적의 손에 떨어져 참살당했다는 치욕을 겪게 되면 어떻게 되겠습니까?"

능변은 에케이가 가장 자랑으로 삼는 뛰어난 재주였다. 이치에 몰려 히데모토는 꼼짝없이 출격을 승낙했다.

"그렇군, 내가 잘못했소. 곧 군사를 풀어 동군 배후를 습격하지요."

"그것이 마땅합니다. 이에야스는 벌써 세키가하라로 뛰어들고 있습니다. 대감이 배후를 습격하고 고바야카와 님이 마쓰오산 위에서 옆구리를 찌르면 오늘의 승리는 결정되는 것입니다."

에케이의 말은 이론상으로 추호의 거짓도 흐트러짐도 없었다. 그런데 그 올바른 이론이 전혀 실천되지 못했다. 마쓰오산의 고바야카와도 산에서 내려오지 않았고, 난규산의 모리도 움직이지 않았으며, 거꾸로 자기들 눈앞에 이케다 데루마사와 아사노 요시나가의 군세가 밀어닥쳐 끝내 발포하기 시작한 것이다.

'이럴 리가 없어······이럴 리가······.'

에케이는 얼굴빛이 달라져 걸상에서 일어섰다.

세상에 '말만 앞서는 사람'이라는 말이 있다. 에케이 정도의 인물이 그렇다고 한다면 너무 가혹한 말이다. 그의 통찰력도, 계산도, 모리 집안에 대한 성의도, 도요토미 집안에 대한 호의도 모두 훌륭했고 각별히 잘못된 데가 없었다.

그런데도 그가 오늘까지 기울인 노력과 권위가 눈 깜짝할 사이에 수포로 돌아가려 하고 있다. 이 얄궂은 큰 원인은 대체 어디에 근원을 두고 있는 것일까? 아니, 그것을 알 수 있었다면 그는 당황하여 걸상을 박차고 이웃에 있는 나쓰카 진영으로 달려가지 않았을 것이다.

그는 처음부터 나쓰카 마사이에 같은 사람은 인정하지 않았었다. 여태까지의 360평 1단보(段步)를 300평 1단보로 고쳐 일본 영토가 넓어졌다는 둥 하는 주판상의 잔재주는 부릴 수 있어도, 인간으로서나 무장으로서는 이류, 삼류의 인물이라 생각하고 있었다.

그는 나쓰카에게로 달려가 산에서 내려오도록 모리 히데모토에게 권해 달라고 간청했다. 에케이의 위급함은 당연히 자신의 위급함이기도 하므로 나쓰카가 이것을 거절할 이유는 없었다. 나쓰카는 곧 가신 고니시 지자에몬(小西治左衛門)을 산 위로 보냈다.

모리 히데모토는 여전히 풀 죽은 채 있었다. 그도 결코 에케이를 속이고 있는 것은 아니었다. 그는 그 자리에서 전군이 하산해야 된다는 뜻을 깃카와 히로이에에게 일렀으나 깃카와가 거부한 것이다.

그 이유 또한 정연했다.

"우리는 오가키성 가까이에서 동군을 막기로 약속했었소. 그 약속을 어기고 미쓰나리는 자기의 거성 사와산을 지키려고 멋대로 세키가하라로 출격한 것이오…… 우리들이 알지도 못하는 싸움에서 귀중한 군사를 죽여서야 되겠습니까?"

듣고 보니 그 말이 옳았다. 전군이 세키가하라로 나가 싸운다는 결정을 내린 자리에 모리 일족은 참석하지 않았었다.

"편리할 때는 총대장, 그 총대장에게마저 상의하지 않은 싸움에 군사를 내보내 죽일 수는 없소."

그 말을 듣고 보니 모리 히데모토는 대답할 말이 없었다.

그런 히데모토에게 나쓰카 마사이에의 사자가 또 간절히 호소해 왔다.

"우리는 모두 대감님을 믿고 싸움에 나섰는데 우리가 죽는 것을 내버려두시렵니까? 이미 아사노, 이케다 양군과 백병전에 들어가고 있습니다."

히데모토는 차츰 신경질적인 얼굴이 되어 막사 안을 왔다 갔다 하다가 그대로 훌쩍 밖으로 나가버렸다.

고니시 지자에몬은 그 뒤를 쫓아가려다가 그만두었다.

'누구를 부르러 간 것인지도 모르지……'

너무 서두르다가 화내게 하면 안 된다는 생각으로 자중한 것이다.

막사를 나서자 히데모토는 아직 젖어 있는 산 위의 풀밭을 왔다 갔다 하며 걸었다. 하늘은 쳐다보지도 않고 발밑만 내려다보면서…….

그리고 바깥에 나올 때와 같은 보조로 다시 막사 안으로 돌아와 말했다.

"알겠소. 지금 군사들에게 도시락을 먹여서 곧 산을 내려간다고 하오!"

"도시락을?"

"그렇소. 그리고 나서 곧 가겠소……."

이것이 뒷날 '재상의 빈 도시락'이라는 소문을 남긴, 모리 히데모토가 고심 끝에 던진 대답이었다.

살아 있는 인간의 움직임은 시시각각 변한다. 타산과 감정의 파도는 미리 해둔 결정이나 약속의 둑을 넘어 움직이기 때문이다. 모리 히데모토는 본디 미쓰나리에게 호의를 갖고 있지 않았으나 도요토미 가문을 위해 일정 역할을 할 뜻은 충분히 있었다. 따라서 에케이에게 설득되었을 때는 아직 산을 내려갈 생각이 있었다. 그러나 나쓰카 마사이에의 사자가 쫓아왔을 때는 벌써 그 생각이 없어져버렸다. 그 자신이 아무리 날뛰어도 깃카와 히로이에를 비롯한 중신들이 움직이지 않으리라는 걸 알았기 때문이다.

움직일 리가 없었다……깃카와 히로이에는 히데모토에게 비밀히 후쿠하라 히로토시, 시시도 나리무네 등 모리 집안의 중신들과 상의하여 이미 전날 밤에 이이 나오마사, 혼다 헤이하치로, 후쿠시마 마사노리, 구로다 나가마사 네 명에게 화의를 청하고 서약서를 보냈던 것이다.

그 서약서는 지금 아마 이이 나오마사의 수중에 있을 터였다. 나오마사가 그것을 이에야스에게 어떻게 전달했을지까지는 알 수 없었으나, 모리 일족이 산을 내려가 공격하지 않는 한 이 방면의 동군 주력인 이케다 데루마사며 아사노 요시나가가 난규산을 공격하지 않으리라는 것을 알고 있었다.

서약서의 내용은 깃카와 히로이에가 히데모토에게 한 말과 같았다.

"미쓰나리는 약속을 어기고 오가키성에서 세키가하라로 진출하여 자기 거성인 사와산만 걱정하며 우리들이 알지도 못하는 싸움을 꾀하고 있다. 따라서 앞으로 모리는 싸울 뜻도 책임도 없다."

아마 처음부터 이에야스 편을 들고 싶었던 깃카와 히로이에가 모리 집안의 존속을 위해 고심하여 생각해 낸 비책이었으리라.

모리 히데모토도 이제는 그것을 어렴풋이 알고 있다. 그래서 '재상의 빈 도시락'이라는 괴로운 변명을 하게 된 것이었다.

나쓰카 마사이에의 사자는 더 이상 대꾸할 말이 없어 산을 내려갔다.

그런데 이어 산 위에서 이번에는 히데모토의 사자가 에케이와 나쓰카의 진영을 찾아왔다. 물론 이것도 깃카와 히로이에의 의견에 따라 파견되었을 게 틀림없다.

"나는 이미 산에서 내려갈 생각으로 줄곧 아래쪽 상황을 알리고 있는데 깃카와도, 후쿠하라도, 시시도도 움직일 기색이 조금도 안 보이오. 무슨 까닭이 있겠지만, 그건 나도 모르오. 이 이상 폐를 끼쳐서는 미안하니 전황을 보아 진퇴를 자유로이 하시도록."

세상에 이만큼 냉혹한 절연장이 어디 있는가. 히데모토는 그들 군사의 총지휘자가 되어야 하지 않았던가…… 에케이의 머릿속에 그려진 자신에 넘친 야심의 그림은 마지막에 가서 깃카와 히로이에의 타산의 매를 맞아 끝내 찢어지고 말았다.

적은 그때 벌써 그들의 눈앞에서 맹렬한 총격을 퍼부어왔다.

이 낭패는 나쓰카 마사이에에게도, 조소카베 모리치카에게도 마찬가지였다. 그들은 이미 밀고 나온 적이 때때로 산 위의 기척을 살피면서 공격을 늦추어보는 것조차 알아차릴 여유가 없었다. 적은 이 무렵, 아직 산 위에 있는 모리 군의 거취를 짐작하지 못해 충분한 실력을 발휘하여 맹공격으로 옮긴 것은 아니었지만.

강한 자가 이긴다고 정해진 싸움터에서 강한 자가 싸움을 하지 않는다면 승패를 재는 계량기는 대체 어떻게 되는 것일까? 이미 정오로 접어들려는 지금, 이 세키가하라를 꽉 메운 난전(亂戰) 속에서 누가 그런 것을 생각할 수 있는 입장에 있을까?

마른풀을 피로 물들인 살육과 광기 어린 이 싸움터에서 평상시의 이성을 그대로 간직한 사람이 모리나 고바야카와 외에도 아직 확실히 몇 사람은 있을 것이다. 그 한 사람은 아직 진중에 묵묵히 들어앉아 있는 시마즈 요시히로이고, 또 한 사람은 아직 전선에 나오려 하지 않고 있는 고니시 유키나가였다.

시마즈 요시히로는 대체 무엇을 생각하고 있는 것일까? 그 뒤로도 끊임없이 미쓰나리에게서 재촉하는 사자가 찾아왔지만 그 자신은 만나려 하지도 않았고, 조카 도요히사며 중신이 와도 거의 입을 열지 않았다. 어쩌면 그도 역시 난규산의 깃카와나 모리 히데모토가 움직이지 않는 한 꼼짝하지 않으려는 각오를 정하고 있는 것일까?

그렇지만 그들과 그의 입장은 너무 큰 차이가 있었다. 깃카와나 히데모토는 산만 내려가지 않으면 한 사람의 병졸도 다치지 않고 전쟁을 방관할 수 있지만 그의 경우는 그렇지 않다. 그는 이미 전화의 소용돌이 속에 있다. 그 자신이 움직이건 움직이지 않건 상관없이 그의 군사는 차츰 부상 입거나 쓰러져 줄어들지언정 늘어날 것 같지는 않다. 따라서 여기에 있는 한 저항하지 않더라도 적에게 무너져 죽임을 당하지 않으면 안 될 것이다.

그런데도 여전히 앉아만 있다……

아무 저항 없이 죽어가면 시마즈 집안이 무사하다든가, 다른 사람이 구원되는 것도 물론 아니다. 그의 부하는 잘 싸우고 있다. 완강하게 공격했다가는 후퇴하고, 후퇴했다가는 공격하며 싸우고 있다. 지금대로라면 무뚝뚝하게 입을 다문 채 충성스러운 부하들이 죽어가는 것을 모른 척하고 있다고밖에 볼 수 없다.

무슨 생각으로……?

고니시 유키나가 역시 미쓰나리에게 충분히 기대를 걸게 했던 전력을 다하여 싸우는 듯한 흔적을 거의 찾아볼 수 없었다.

그의 배후는 산이다.

그의 오른쪽도 산이다.

앞쪽에는 적이 가득 차 있고, 왼쪽은 시마즈 군 진지다.

그렇다면 그는 대체 무슨 생각으로 혼자 깊숙이 틀어박혀 있는 것일까? 철수하려고 하여 철수할 수 있는 싸움터라면 또 모르지만 서서히 산벼랑으로 밀려가고 있으며 전력이 약화되고 있을 뿐이다. 오가키성에서 농성하자던 의견을 미쓰나리로부터 일축당한 불만이 있다 하더라도 이래서는 너무나 기개가 없다. 무엇이 그의 강함을 가로막고 있는가?

어쨌든 싸움터의 야릇함은 아직도 헤아릴 수 없이 있을 것 같다.

시각은 벌써 정오에 가깝다.

이쯤에서 다시 붓을 돌려, 이 싸움터의 승패를 결정해 갈 열쇠가 어디에 있는지 찾아보지 않으면 안 되리라……

자기 체력의 한계점에 이르러 진흙을 움켜잡으며 쓰러지는 사람들이 벌써 나오기 시작하고 있다.

승패의 열쇠

이에야스는 그 뒤 본진을 다시 두 번 전진시켰다.

그는 왼편 마쓰오산의 고바야카와 군을 노려보듯 하며, 세키가하라 동쪽 끝에서 다시 중앙의 진중에 걸상 자리를 마련했다.

이마에 불쑥 힘줄이 솟으며 혼다 마사즈미에게 꾸짖는 듯한 소리를 질렀다.

"저 산 위의 녀석은 아직 그대로 있느냣!"

"예, 지금 구로다 나가마사 님 진중에서 오오토 로쿠자에몬(大音六左衛門)이란 자가 다시 독촉하러……."

"오오토란 어떤 자냐?"

"예전에 고바야카와 님에게 종사했던 자로, 고바야카와 님이 움직여 나설 때까지 감시하라고……."

"음."

그런 다음 잠시 뒤 또다시 소리 질렀다.

"몇 시냐?"

"예, 정오입니다."

"망할 녀석 같으니……."

망할 녀석이란 고바야카와 히데아키를 가리키는 것이었다. 그리고 이에야스는 걸상에서 벌떡 일어나 오른 손가락의 손톱을 세차게 질끈 깨물었다.

"손톱을 깨물기 시작하면 곁을 떠나라. 언제 큰 칼을 뽑아들지 모르니."

헤이하치로가 늘 농담 섞어 들려주던 이에야스의 소싯적부터의 진중 버릇이었다.

이에야스는 오늘 싸움의 대세를 정오에 판가름 짓겠다고 말했었다. 그때는 병사들 체력에 한계가 온다. 그런데 평지에서는 그 한계에 가까워져가고 있건만 아침부터 관망만 하고 있는 마쓰오산의 고바야카와 군은 아직 산을 내려올 기척이 없다.

이시다 군은 벌써 서서히 후퇴하고, 우키타 군도 마음이 들떠 있다. 지금 여기서 고바야카와 군이 산을 내려와 오타니 군의 옆구리를 찔러준다면 서군은 한꺼번에 무너지리라……고 알고 있는 이에야스이므로 너무나 초조했다.

히데아키 곁에서는 오쿠다이라 사다하루와 오쿠보 이노스케가 줄곧 내통하도록 재촉하고 있을 터. 구로다 나가마사가 오오토 로쿠자에몬을 또 보냈다고 하니 이제 불꽃을 터뜨리고 산을 내려오는 것은 시간문제……라고 생각하고 있지만, 이 이상 우물쭈물하여 자기 편 희생을 늘게 하는 게 이에야스는 견딜 수 없던 것이다.

"그 녀석은……그토록 결단을 내리지 못하는 놈인가."

이에야스는 입술을 일그러뜨려 손톱을 깨물면서 걸상 주위를 빙빙 돌았다.

혼다 마사즈미는 그것을 슬쩍 피하는 듯 이에야스의 관심을 난규산의 모리 히데모토 쪽으로 돌리게 하려고 소리 질렀다.

"난규산의 척후는 아직 돌아오지 않았나."

"예, 지금 막 돌아왔습니다."

구보지마 마고베에(久保島孫兵衛)라는 본진의 척후병이 당황해 걸상 앞으로 뛰어왔다.

"어떤가, 모리의 거동은?"

"예, 수상한 놈이 에케이와 나쓰카의 진을 자주 왕복하고 있었습니다."

혼다 마사즈미는 눈을 둥그렇게 뜨고 이에야스 쪽을 바라보았다. 여기서 난규산의 기적이 이상하다고 하면 이에야스의 기분은 점점 더 험악해질 게 뻔하므로 안절부절못했다.

과연 걱정한 대로 이에야스는 걸음을 딱 멈추었다.

"모리의 거동이 이상한가?"

"예, 줄곧 산 아래로 사자가 오가고 있습니다."

"흠, 모두 녀석이 움직이지 않기 때문이야!"

소리친 다음 이에야스는 곧 냉정한 표정으로 돌아가 걸상에 앉았다. 중대한 때라고 생각하여 자중하는 것임에 틀림없다. 마사즈미는 한시름 놓았다.

걸상에 앉자 이에야스는 시선을 허공에 둔 채 일어서려는 마고베에를 불러세웠다.

"마고베에, 좀 기다려라."

혼다 마사즈미는 숨죽이고 이에야스를 쳐다보았다. 그도 이에야스가 지금 걱정하는 것을 잘 알고 있기 때문이었다. 히데아키가 아직 산을 내려와 내통하지 않는 것은 성격에서 오는 우유부단이라 할지라도, 그 때문에 난규산의 모리 일족이 착각을 일으킬 우려는 충분히 있다.

"고바야카와 님이 움직이지 않는 것은 동군의 전망이 좋지 않기 때문이다."

만약 그렇게 판단한다면 그들이 에케이며 미쓰나리에게 비난받아 산을 내려올 우려가 전혀 없지 않다. 히데아키가 산을 내려오는 것은 이에야스를 위해 싸운다는 게 되지만 모리 히데모토가 난규산을 내려오는 경우는 틀림없이 미쓰나리의 청을 받아들여 이에야스의 배후를 찌르는 게 된다. 그리고 만일 모리 히데모토가 먼저 산을 내려온다면, 히데아키 역시 구로다 나가마사와의 약속 같은 건 무시하고 세 감시자를 죽여버린 다음 적으로 돌아서는, 동군에게 있어 최악의 사태가 될 수도 있다.

이에야스는 그것을 민감하게 계산하고 생각하기 시작했음이 분명하다.

'참으로 고약하군!'

"확실히 모리 쪽에서 사자를 보낸 거지?"

"예."

"좋아! 그러면 마고베에, 후세 마고베에(布施孫兵衛)에게 가서 이제 더 참을 수 없으니 히데아키 녀석에게 총부리를 대고 쏘라고 해."

후세 마고베에는 구보지마 마고베에와 이름이 같은 이에야스 본진에서는 그 솜씨를 자랑하는 총포대장이었다.

"그럼, 저 산 위의 고바야카와 님을 향해서입니까?"

"바보 같으니, 위협을 주는 거야. 죽은 말은 소용없지."

"예."

"기다려, 마고베에. 그렇군……우리 총포만으로는 위협이 모자란다. 후쿠시마에게 가서 양쪽 깃발을 늘어놓고 쏘아대라고 해!"

"알겠습니다."

"말할 것도 없지만, 응사해 오거든 용서하지 마라. 후쿠시마 군에게 곧 계속해서 공격하라고 하라."

"알고 있습니다."

"마사즈미!"

"예."

"마고베에에게 말을 줘라, 고바야시 겐자에몬(小林源左衛門)이 준 그 밤색 말을. 마고베에는 그걸 타고 가서 후세가 총을 쏘거든 히데아키의 움직임을 잘 살펴보고 곧 이리로 달려오너라. 놀라서 산을 내려오는지, 그래도 놀란 기색이 없는지. 그걸 보고 나는 마음을 정하겠다."

혼다 마사즈미는 알아차리고 마고베에와 함께 말이 매어져 있는 곳으로 달려갔다. 그리고 지시받은 대로 밤색 말을 주어 달려나가는 것을 본 다음 걸상 곁으로 돌아왔다.

"마고베에를 출발시켰습니다."

이에야스는 고개를 끄덕일 뿐 다시 신경질적으로 손톱을 깨물었다. 온몸의 신경을 집중하여 눈에 보이지 않는 것도 모조리 해독하려는 59살 된 이에야스의 투지가, 싸움터에 그대로 드러난 살기등등한 모습이었다……

싸움터에서의 계산은 평상시의 사려와는 완전히 다르다. 평상시의 사려를 싸움터에서 그대로 가지게 되면 바로 우유부단해지고 겁쟁이가 된다. 반대로 싸움터의 '결단'을 지니고 평상시의 일을 대한다면 손댈 수 없는 폭군이라는 낙인이 찍힐 것이다.

노부나가가 그 좋은 본보기였는데, 싸움터에서는 이에야스도 결코 노부나가 못지않은 결단력을 가진 맹장이었다. 이에야스는 만일 이쪽에서 마쓰오산을 향해 총을 쏘아도 히데아키가 움직이지 않는다면 자기 본진에서 엄호시켜 헤이하치로와 마사노리에게 명해 대번에 이를 함락시킬 결심이었다.

아니, 그러한 결단이 '지금이 호기다!' 라고 느낀 순간 본능적으로 계산되고, 계산된 그대로 명령하는 게 싸움터에서 이에야스의 성격이었다.

그러한 이에야스의 '결단'은 본진의 마고베에에게도 물론 몸에 배어 있다. 아마도 이에야스는 마고베에가 타고 질주한 자기 말의 속력과, 여기서 총포대까지의 거리, 그리고 후쿠시마 군의 위치를 손꼽아 셈하고 있을 게 틀림없다.

그것을 알므로 마고베에는 말이 총포대 곁에 닿자마자 말 위에서 외쳤다.

"마고베에, 마고베에!"

"왜 그래, 마고베에?"

"마쓰오산이야. 총포대 20명 데려와."

"마쓰오산인가? 알았어!"

"손톱을 물어뜯고 계시더군."

그리고 다시 질풍처럼 후쿠시마 마사노리의 본진으로 달려갔다.

집안사람들끼리의 대화는 30초도 안 걸렸다. 그것으로 충분히 의사가 통했고 사기도 높일 수 있는 것이 직속무장들의 장점이었다. 후쿠시마의 본진에서는 그리 간단하게 되지 않는다. 후쿠시마를 만나서 우선 이에야스의 명령을 전하지 않으면 안 된다. 더구나 말 한 마디에 따라 후쿠시마는 응낙도 하고 심술도 부리는 고약한 인물인 것이다. 후쿠시마에게 있어서는 싸움터에서나 평상시나 '마사노리의 면목'이 같은 비중으로 완고하게 가슴속에 도사리고 있다.

그러나 이때는 생각보다 속히 결말이 났다. 후쿠시마 자신 고바야카와에게 화가 치밀어 못 견딜 지경이었기 때문이다.

"좋아, 쏘라고 하셨나? 홋다를 불러! 간자에몬을!"

그리고 총포대장 홋다 간자에몬(堀田勘左衛門)이 달려왔을 때는 본진의 후세 마고베에도 벌써 화승 냄새를 물씬물씬 풍기며 달려왔다.

"총포 20정, 마쓰오산 본진을 목표로 쏘아라. 전진!"

그즈음 총포대의 갑옷은 소가죽 몇 장에 옻칠해 굳힌 것으로 엎드리면 머리를 보호하는 사방 5치쯤 되는 조준대를 겸한 쇠방패가 가슴에 붙어 있었다. 머리에는 물론 남만철에 칠을 한 삿갓을 썼다. 따라서 적의 탄환은 거의 두려울 것이 없고 큰 칼이나 창의 습격에도 몸이 두 동강 날 염려는 없었다.

40명의 총포대는 풍뎅이처럼 슬금슬금 대열을 떠나 산 위를 향해 횡대로 포진했다.

후세 마고베에와 훗다 간자에몬은 당당하게 버티고 선 채 명령했다.

"10정씩 쏘아라!"

타타탕!

타타탕!

10정씩 열 돈짜리 탄환을 두 차례 발포했을 때 주위의 경계심은 이 총소리에 집중되었다.

타타탕!

타타탕!

그리고 그것이 마쓰오산의 고바야카와 본진을 향해 쏘아졌다는 것을 알았을 때 후쿠시마 군은 물론 도도 군도, 서군의 오타니, 아카자, 구쓰키, 오가와, 와키자키 부대들도 조용히 옷깃을 여미는 듯했다.

총소리는 네 번으로 멎었다.

물론 이에야스는 여전히 본진에서 손톱을 물어뜯으면서 지그시 시간을 재고 있을 게 틀림없다. 이 한순간이, 세력이 비슷하여 혼전하고 있는 평지 싸움의 균형을 어떻게 깨뜨리느냐는 갈림길인 것이다.

보이지 않는 눈으로 가마를 타고 돌아다니는 오타니 요시쓰구는 아마 온 신경을 다음 움직임에 집중하며 멈추고 있을 것이다.

아니, 그 이상으로 이 총소리에 놀란 것은 상대인 마쓰오산의 본진이리라.

히데아키는 걸상에서 벌떡 일어섰으나 금방은 곧 말을 할 수 없었다. 그가 숙고한 중립주의가 얼마나 보잘것없었던가는 세 명의 감시자가 분노를 참고 그의 곁으로 뛰어든 것만으로도 충분히 알 수 있었다.

거기에 이에야스의 결심을 알리는 발포가 이루어진 것이다.

"주군, 마침내 쳐나갈 때가 온 것 같습니다."

히라오카가 떨리는 소리로 얼버무리는 것과 장막 한 장 건너의 오쿠다이라 사다하루가 큰 소리 내어 웃은 것이 동시였다.

"하하하…… 마침내 우리 대감님께서 직속무장을 움직이실 생각이 드신 것 같군. 아무튼 아직 3만의 직속무장들은 조금도 싸우지 않고 고스란히 있으니까."

구로다 집안에서 보낸 오오토 로쿠자에몬과 오쿠보 이노스케는 웃는 대신 혀를 찼다.

"끝내 내대신을 화나게 했군."

"어떻게 할 작정일까, 이 처리를?"

고바야카와가 히라오카 요리카쓰에게 심하게 더듬거리며 말한 것은 그로부터 몇 초 지나서였다.

"저…… 저……전령을 보내……지…… 지금."

히라오카 요리카쓰보다 먼저 오쿠다이라 사다하루가 말했다.

"그러시면 드디어 내대신과 일전을 벌이시겠습니까."

어지간한 히라오카도 이 비꼬는 말에는 대답하지 못했다.

"알겠습니다, 전령을!"

마침내 마쓰오산 위의 관전자는 영리한 이기적인 자리에서 진구렁 속으로 굴러떨어지지 않으면 안 되게 되었다. 이나바 마사나리가 뛰어와 히라오카와 둘이 또렷이 전령에게 명령을 전했다.

"일제히 산을 내려가 오타니 군을 치도록."

그동안 히데아키는 선 채로 거의 한 마디도 하지 않았다. 결단을 늦춘 것을 후회하고 있을까? 그렇지 않으면 승패의 앞길을 판단하지 못하고 있는 것일까? 아무튼 작은 콩알을 붙인 것처럼 이마에 땀이 방울져 있다.

그때 얼굴빛이 달라진 선봉 마쓰노 슈메(松野主馬)가 뛰어들어왔다.

"주군! 아군을 배반하고 오타니 군에게 덤벼들라니……대체 본심이십니까? 그것으로 주군의 무사도가 서겠습니까?"

"배반이라니 말이 지나치오."

히라오카 요리카쓰가 당황하여 말을 가로막았으나 마쓰노 슈메는 굽히지 않았다.

"무슨 소리요, 어젯밤 오타니 님이 일부러 찾아오셨을 때 여러분은 뭐라고 했습니까? 봉화가 오르는 대로 산을 내려가 내대신의 진을 찌른다고 했지요. 그런데 오타니 군을 습격하라니……그런 표리가 다른 태도로 후세까지 주군을 웃음거리로 만들어도 좋다는 겁니까? 주군! 재고하십시오."

마쓰노는 느닷없이 고바야카와의 발밑에 엎드렸다.

"잠자코 계시오, 마쓰노 님. 배반이 아닙니다. 이것은 처음부터……."

히라오카가 다시 말을 시작하자 마쓰노는 고바야카와의 갑옷 아랫자락을 잡고 세게 흔들었다.

"에이, 가만히 계시오. 귀하에게 말하고 있는 것이 아니오. 주군! 주군은 다이코 전하에게 양육받아 명예로운 고바야카와 집안을 계승하신 몸…… 그것을 배반하신다면 경박한 노릇입니다. 할 수 없다면, 이 산에 가만히 머물러 계시는 게……"

거기까지 말했을 때였다. 고바야카와가 미친 듯 마쓰노의 가슴팍을 걷어차버렸다.

"못난 녀석 같으니!"

"앗……"

마쓰노가 엎어지자 히데아키는 걷잡을 수 없는 자신의 본심을 알고서 부르짖었다.

"너 따위가 뭘 알아? 고바야카와 집안이 뭐냐? 다이코가 뭐냐? 모두 자기 생각만 하며 싸움을 되풀이해 온 욕심쟁이들일 뿐이야. 이 히데아키는 좀더 진지하게 살아가 보일 테다. 명령을 거역한다면 베어버리겠다."

"마쓰노 님! 진중입니다. 진중의 충고는 충고가 되지 않습니다. 군기가 어지러워지면 어떻게 되겠소?"

일의 형세란 괴상한 것이다. 아마 마쓰노가 이렇듯 저항해 오지 않았더라면 고바야카와 히데아키는 자기 감정을 감당하지 못했을 게 틀림없다. 산을 내려가 싸우지 않으면 안 되게 되었다고 느끼면서도 그는 전의가 조금도 솟아나지 않아 난처해 했다. 그런데 마쓰노의 저항으로 단번에 미친 듯한 불덩어리가 되어버린 것이다.

'마쓰노와 같은 생각을 하는 자가 많이 있을 게 틀림없다……'

이런 생각만으로도, 그는 자신을 갈가리 찢어버리고 싶을 정도의 허무한 화를 터뜨릴 수 있는 인간이었다.

"우베에! 마쓰노를 물러가게 해라. 군기를 무엇으로 아느냐?"

"마쓰노 님, 주군의 명령이오."

무라카미 우베에(村上右兵衛)가 당황하여 마쓰노 슈메를 막사에서 끌고 나갔다. 그대로 두면 정말 히데아키가 칼을 뽑아 베어버릴지도 모른다.

마쓰노가 끌려나가자 히데아키는 땅을 구르듯 하며 명령내렸다.

"고동을 울려라! 그리고 말을 끌어라! 이제 이곳으로 돌아오지 않겠다. 단숨에 오타니 군을 무찔러 우키타의 배후를 습격하는 거다."

히데아키는 자기 마음의 모순을 비로소 떨쳐버릴 수 있었다.

선두의 총포대가 산 아래의 오타니 군을 향해 쏘아대기 시작한 것은 그로부터 얼마 뒤. 마쓰오산에는 정오가 되어서야 처음으로 적과 아군을 모두 놀라게 하는 함성이 올랐다······.

마쓰노 슈메는 무라카미 우베에가 타이르는 대로 자기 진영에 돌아가 그대로 군사를 이끌고 산을 내려갔으나 오타니 군을 향해 발포하지 않았다. 그리고 이 싸움이 끝난 뒤 거침없이 교토의 구로다니(黑谷)로 물러가 구마가이 나오자네(熊谷直實)의 고사에 따라 은거했지만, 그런 개인의 행동 같은 건 세키가하라의 승패 결정에 아무 영향을 미치지 않았다.

고바야카와 군은 600정의 총을 가지고 있었다. 더구나 다른 부대처럼 빗속에 이동하지 않아 화승이며 화약이 조금도 젖어 있지 않았다. 그 우세한 총포대가 총부리를 나란히 한꺼번에 사격 개시를 했으니 뜻밖의 공격을 당한 오타니 군의 혼란은 상상하고도 남음이 있으리라. 자기 편이 적으로 돌아섰을 뿐 아니라, 가장 우수한 무기를 가지고 오타니 요시쓰구의 본진으로 쳐들어온 것이다······.

오타니 요시쓰구는 그때 고바야카와 군의 총포 수와 같은 600명의 군사를 거느리고 나카센도 북쪽에 있었다. 그는 이에야스 쪽에서 마쓰오산으로 총부리를 대고 발포한 것을 알았을 때부터 고바야카와의 입장도 가엾다고 생각하려 노력했다.

'이것으로 고바야카와는 배반할 것이다······.'

결국 인간에게 지워진 운명의 짐은 그리 큰 차이가 없다. 자기가 나병이라는 고질병을 앓으면서도 이 싸움터에 나서지 않을 수 없었던 것처럼, 히데아키 역시 히데요리와 이에야스, 요도 마님과 고다이인, 미쓰나리와 모리 일족 등의 사이에서 괴로운 입장에 서게 된 것이라고.

그런데 그 히데아키가 자기의 본진으로 한달음에 덤벼들자 그 이성은 당장 분노로 격변했다. 생각하기에 따라서는 오타니 요시쓰구만한 무장이 이 중대한 결전장에서 히데아키 때문에 전력을 봉쇄당해 전혀 꼼짝 못했다고 할 수도 있다. 의심하면서 믿으려 했고, 믿으려 하면서도 끝내 의심을 버리지 못한 채로. 그것이 마지막에 이르러 자기의 몇 배나 되는 병력으로 자기를 짓누르는 적이 될 줄이야…… 아무리 생각해도 승산이 없고, 승산이 없기 때문에 더욱 원통했다.

히데아키만 없었다면 요시쓰구는 고질병의 몸으로 이에야스의 본진에 쳐들어가 최후의 일전을 장렬하게 장식할 수 있었을 것을……아니, 처음부터 그럴 생각으로 미쓰나리와의 우정을 위해 죽을 각오를 정한 오타니였었다. 그런데 오늘 싸움은 눈을 못 보는 그의 육체처럼 한 번도 그에게 마음대로 공세를 취할 기회를 주지 않았다. 그가 공세를 취하여 움직이게 되면 고바야카와는 배반한다……고바야카와를 배반하지 못하도록 하기 위해서는 아직 움직여서 안 된다고…….

'그렇듯 자중한 결과 움직여 보지도 못한 채 히데아키의 밥이 되다니.'

그렇게 생각하자 그의 분노는 불을 뿜기 시작했다.

오타니는 사방을 터놓은 가마를 타고, 명주 평상복 위에 먹으로 나비 떼를 그린 흰 비단예복을 입었으며, 붉은 무릎갑옷에 붉은 얼굴가리개를 하고 있었다. 갑옷과 투구는 일부러 쓰지 않고 언제나처럼 연황색 명주로 머리를 싸고 있었다.

그는 고개를 기울였다.

"고바야카와의 기치는 어디 있느냐?"

근위무사에게 묻는 소리는 무서울 정도였다.

"예, 곧장 산을 내려와 공격해 오고 있습니다."

대답한 것은 앞을 못 보게 된 때부터 오타니의 눈이 되고 촉각 노릇을 하며 한시도 곁을 떠나지 않던 유아사 고스케의 목소리였다.

요시쓰구는 얼굴가리개 속에서 이를 갈았다.

"오고 있나, 고바야카와가? 모두에게 전해라. 무도한 고바야카와의 목을 베어 오지 못하면 내 원한은 영원히 남을 것이다. 다른 부대에는 상관하지 마라. 창칼을 모아 고바야카와의 본진을 목표로 쳐들어가는 거다."

가마를 때리고 명령하면서 오타니는 비로소 자기의 적을 확실히 알게 된 느낌이 들었다. 그가 진정 미워한 것은 이에야스도 아니고 동군 장수들도 아니었다. 이 세상을 뒤덮고 있는 어리석은 무지와 불신이었다. 그렇기 때문에 일부러 어젯밤에도 산으로 올라가 신의를 다했는데, 고바야카와의 중신들은 음흉하게도 자기를 속였다.

"알겠습니다."

고스케는 힘차게 가마 곁을 떠났다.

적의 사격은 맹렬하기 이를 데 없는데도 아직 자기 편은 불을 뿜지 않고 있다. 오타니 군은 요시쓰구의 본진 외에 히라쓰카 다메히로(平塚爲廣)와, 도다 시게마사(戶田重政) 부자, 거기에 요시쓰구의 두 아들인 오타니 다이가쿠와 기노시타 요리쓰구(木下賴繼)의 다섯 부대로 나뉘어 진을 치고 있었다. 다섯 부대를 합치면 총포 수가 400정에 가깝지만, 그것이 각 부대에 분산되어 있어 600정의 총부리가 쏘아대는 맹공에 함부로 응사할 수 없었던 것이다.

오타니는 가마 위에서 온 신경을 귀로 모아 유아사 고스케가 돌아오기를 기다렸다.

"고스케, 다녀왔습니다."

"전했나?"

"예, 히라쓰카 님과 도다 님이 벌써 좌우에서 고바야카와 본진을 향해 진격하기 시작했습니다."

"그래, 움직이기 시작했다면 그대는 내 곁에서 떨어지지 마라."

"예."

"싸우다 죽는 거야! 알겠나? 만일 적이 가마 쪽으로 가까이 오면 곧 나에게 알려줘."

"예."

"주저하다가 시기를 놓치지 마라. 내가 배를 가르는 동시에 목을 베어 다오. 결코 적에게 목을 내주지 마라."

표정 없는 얼굴이라기보다 눈도 코도 없는 얼굴에 붉은색 얼굴가리개가 오싹할 정도로 선명하게 드러나보인다. 그 속에서 새어나오는 보이지 않는 살기가 고스케의 가슴에 송곳처럼 꽂혔다.

아군이 마주 총을 쏘기 시작했다.

"가깝군, 거리는?"

"예, 이제 그 발포와 함께 히라쓰카 님이 돌진하여……."

거기까지 말했을 때, 와 하고 천지를 진동시키는 함성이 말끝을 삼켰다. 아군도 함성을 올렸지만, 세키가하라를 가득 메우고 있는 다른 부대도 여기서 일제히 싸움의 새로운 국면 전개에 눈을 돌린 모양이다.

"고바야카와 군 말고도 쳐들어오고 있나?"

"예, 도도, 교고쿠가 앞장섰습니다."

"그다음은?"

"하치스카, 야마우치, 아리마가 잇따르고 있습니다."

"아군은? 아들들은 뭘 하고 있나?"

"단숨에 고바야카와 군 쪽으로 쳐들어가고 있는 중입니다."

"그래, 맞부딪쳤나?"

"예, 아, 고바야카와 군이 후퇴하기 시작했습니다. 아군이 우세해졌습니다."

"좋아, 가마를 전진시켜라. 서둘러라!"

싸움터는 무서운 백병전이 되어갔다.

오타니 요시쓰구에게 시력이 있었다면 아마도 빙그레 웃으며 안장을 두드렸을 것이다. 히라쓰카 다메히로는 십자창을 휘둘러 떼 지어 있는 적을 후려쳐 쓰러뜨리면서 아수라처럼 나아가고, 도다 시게마사도 가장 선두에 나서서 자랑으로 여기는 큰 칼을 휘두르고 있다. 오타니 다이가쿠와 기노시타 요리쓰구는 아버지의 마음을 알므로 처음부터 살아돌아올 생각 따위 없었다.

그 맹공격을 만나 고바야카와 군이 서서히 물러나자, 도도 군도 진격을 멈췄다.

"5정……5정쯤, 고바야카와 군이 물러났습니다."

오타니는 피아간의 함성 속에서 상황을 듣고 판단하여 명령내렸다.

"좋아, 함성을 지르고 가마를 1정 더 전진시켜라. 가까이 오는 적이 있으면, 가마와 그대만 남고 다른 사람은 덤벼들라! 그러면 고바야카와는 젊은 혈기에 반드시 맨 앞으로 나설 테니까."

"아! 말씀하신 대로 고바야카와의 깃발이 후퇴하는 자기 편들을 막았습니다."

"그럴 테지. 이제 그가 직접 앞장설 거다…… 어때, 그런 기색이 보이지 않나?"

"후퇴를 멈췄습니다. 아, 고바야카와 님이 지휘봉을 휘두르며 근위무사들을 꾸짖고 있습니다."

"그렇겠지. 내 가마를 좀더……."

"아! 오…… 반격입니다. 서서히 적이 반격해 오고 있습니다!"

유아사 고스케는 그때 크게 손을 흔들었다. 요시쓰구의 가마를 전진시키라는 명령과는 반대로 조금 물러나려고 했다.

그 기척을 느끼고 요시쓰구는 가마를 두드렸다.

"물러나지 마라, 고스케! 5정쯤 물러간 적이라면 반격하더라도 기껏해야 1정, 다시 도망치게 마련이야. 함성을 질러. 꽹과리를 울려. 그리고 밀어대는 거다. 반격하라."

그때였다. 또 다른 함성이 우렁차게 '와!' 하고 앞을 못 보는 오타니의 큼직한 귓불을 때린 것은······.

"저건, 저 함성은, 누구냐?"

그러나 고스케는 그대로 곧 말할 수 없었다. 그는 눈으로 똑똑히 본 것이다. 일단 진격의 발을 멈췄던 도도 군 본대가 다카토라의 깃발을 크게 좌우로 4, 5번 흔들었다.

'무슨 신호임에 틀림없는데······?'

그렇게 생각했으나 고스케로서는 그 의미를 알 수가 없었다. 도도 군의 왼쪽 정면에는 고바야카와 군에 대비하여 움직이지 않았던 와키자카 야스하루, 오가와 스케타다, 아카자 나오야스, 구쓰키 모토쓰나 등 오타니 지휘 아래의 네 부대가 침묵을 지키며 대기하고 있었다.

"지금 함성은 뭐냐, 고스케!"

"예······예, 와키자카, 구쓰키 등의······."

"뭐? 와키자카와 구쓰키도 고바야카와 군을 공격하고 있나?"

"예, 그······그······그게······."

"그게, 어떻다는 말이냐?"

"그게, 도도의 깃발 신호에 따라 창끝을 거꾸로······."

"뭐라고? 똑똑히 말해 봐!"

"예, 아군 쪽으로, 우리 쪽으로······쳐들어오고 있습니다."

순간 오타니 요시쓰구의 몸과 혀는 얼어붙은 듯 움직이지 않았다. 그가 고바야카와 군을 감시하기 위해 배치한 부대까지 아군을 배반하리라고는······.

와! 하고 또 새로운 함성이 천지를 뒤흔들었다······ 오타니 요시쓰구로서는 이미 아무것도 물어볼 필요가 없어졌다. 와키자카, 구쓰기, 오가와, 아카자의 병력을 합치면 5000명······ 이것이 도도 다카토라의 신호에 따라 600명 남짓한 자기 본대를 목표로 움직이기 시작했다면 어떻게 손쓸 수가 있겠는가……?

이에야스의 본진을 뒤집어놓는 것도 불가능해졌고, 고바야카와의 목에 걸어보는 집념도 우스운 꿈이 되었다. 오타니뿐만 아니라 가마 곁에 붙어 있는 유아사 고스케도 이 사실을 확실하게 알아차리고 역시 숨죽인 채 꼼짝 않고 있다.

"고스케……고스케, 있는가?"

얼마 뒤 손을 더듬듯 불러대는 오타니 요시쓰구.

"예……겨……곁에……."

대답했으나 그 목소리는 절망하여 울고 있는 것을 잘 알 수 있었다.

오타니는 생각보다 조용하게 중얼거리는 소리로 말했다.

"좋아, 승패는 판가름 난 것 같다……네 눈에 보이는 대로 아군의 상황을 일러다오. 쳐들어간 도다와 히라쓰카는 어떻게 되었느냐?"

"예……예, 그게 어느새……."

"싸움이 뒤얽혀 모습이 보이지 않는다는 거지."

"예……예."

"좋아, 가마를 물려라. 네 판단에 따라 조금 물려 다오."

"알겠습니다. 1, 2정쯤……."

손을 들어 지시했다.

"앗!"

비명에 가까운 소리가 또 고스케의 입에서 새어나왔다.

"왜 그러지?"

"예, 도다 님이 전사하셨습니다."

"보았나?"

"예."

대답했으나 고스케가 본 것은 그 도다 시게마사가 전사당하는 모습이 아니라, 그 목을 베어 자랑 삼아 창끝에 꽂아가지고 달려가는 한 대열의 모습이었다. 물론 그때는 누구에게 전사당했는지 알 수 없었지만, 오다 노부나리의 가신 야마자키 겐타로(山崎源太郎)의 창에 한 번 찔린 다음 그 주인 노부나리와 한바탕 싸운 뒤 겐타로에게 목을 베인 것이었다…… 벌써 고바야카와 군, 오가와 군, 오타니 군 등이 뒤얽혀 대혼란을 이루고 있다는 증거였다.

"고스케, 다시 물러가는 것은 졌다는 거지?"

"아직은……."

"히라쓰카의 모습은 안 보이느냐?"

"예, 아무 데도……."

대답하면서 고스케는 또 고개를 흔들어 눈물을 떨어버렸다. 전세가 아주 불리하게 될 경우에는 히라쓰카 다메히로가 우선 고스케에게 알려와야 했다……그런 다음 주군 오타니가 자결하면 목을 베기로 고스케와 히라쓰카 사이에 약속되어 있었는데, 그 히라쓰카의 모습이 끝내 보이지 않는 것이다.

보일 리가 없었다. 이미 히라쓰카도 히데아키의 근위무사 요코타 고한스케(横田小半助)에게 창을 한 번 내질러 쓰러뜨리긴 했으나, 너무나 지쳐서 오가와 스케타다의 가신 가시이 쇼베에(樫井庄兵衛)에게 목과 자랑하던 십자창을 빼앗긴 채 이 세상을 떠나고 말았던 것이다…….

"주위가 조용해졌군. 아이들은 뭘 하고 있느냐?"

"예, 다이가쿠 님과 야마시로 님 두 분이 살아남은 군사를 모아 논둑에서 무언가 지시하고 계십니다."

고스케가 대답하자 요시쓰구는 비로소 조용히 말했다.

"가마를 멈춰라."

오타니 요시쓰구는 이미 모든 것이 끝났음을 확실히 알았다.

이 얼마나 참혹한 요시쓰구의 생애인가. 갑자기 주변이 조용해졌다고 느낀 것은 벌써 오타니 군이 전멸했다고 여겨 모두의 창끝이 우키타 군을 향해 갔기 때문인지, 아니면 요시쓰구의 육체에서 청각이 사라져버린 탓인지조차 알 수 없었다.

"고스케……."

오타니는 이를 확인해 보려고 문득 귀에 온 신경을 모으다가 그 집념을 털어버렸다. 왠지 모르게 자기 온몸에 엷은 햇살이 비쳐오는 듯한 느낌이 든다. 그것은 어디까지나 '왠지 모르게……'였다.

일찍이 다이코의 총애를 받는 행운아로 알려진 그였다. 태양은 그를 위해서만 하늘에 걸려 있는 것처럼 의기양양한 나날이 계속되었다. 그런데 하루아침에 문둥병에 걸린 뒤로 늦가을에 기우는 석양처럼 빠른 속도로 그를 암흑 속에 떨어뜨렸다. 그 암흑 속에서도 그 자신은 늘 어디까지나 청렴과 신의로 일관해 왔으나 행운의 빛은 조금도 그에게 비추지 않았다.

미쓰나리와의 우정을 위해 죽을 생각을 한 것도 이제 와서 생각하면 마음 밑바닥에 그 절망의 손길이 뻗쳐 있었기 때문인지도 모른다. 아무튼 그는 처음에는 행운의 축연에 초대받아 화려한 자리에 있다가 지금은 그대로 영원히 빛을 볼 수 없는 암흑의 밑바닥으로 안내되어버린 것이다……

'이 불운으로 이끈 것은 대체 무엇이었을까……?'

불교에서 말하는 인과응보의 이치로 본다면 그는 전생에 사리를 넘어선 악연에 뿌리박고 있었다고 해야 할 것이다……

미쓰나리는 전에 그의 옆자리에 앉아 나병에 걸린 사람이 입을 댄 찻잔을 아무렇지도 않은 듯 마셔주었다……차모임에서 그와 함께 앉는 것을 누구나 극도로 두려워하던 무렵에……그때 마음에 스며드는 듯했던 기쁨이 요시쓰구를 오늘 이 싸움터로 몰아댄 큰 원인이 되었는지도 모른다.

'그렇다면……그 모든 것이 생애의 집착에서 온 부주의가 가져다준 결과라고 할 수 있지만……'

그러나 오늘의 오타니는, 이제 모든 것이 끝났다고 느껴지는 순간 이상하리만큼 담담하게 그 집착의 테두리 밖에 설 수 있었다. 그래서 어디선가 어슴푸레한 햇살이 비쳐들고 있는 듯한 느낌이 든 게 아닐까.

"고스케, 햇빛이 내리쬐는 것 같군."

"예……예, 또 내리기 시작하는군요, 가랑비가."

"좋아, 이 햇빛을 받으면서 삶을 마감하겠다. 죽은 뒤처리를 부탁한다."

"아……아……알겠습니다!"

"이미 말한 대로, 목은 흙탕 속 깊이 묻어 남의 손에 들어가지 않도록."

"예……예."

"나의 흉한 모습을 다른 사람 눈에 띄게 하고 싶지 않다는 이유에서만이 아니다. 알겠나? 흉한 것을 보여서 남을 불쾌하게 한다면 나쁘지……그걸 조심하는 거다."

"예……예."

"자, 쳐라."

말하고 나서 얼굴도 표정도 없는 오타니 요시쓰구는 손을 더듬어 칼집에서 단도를 빼들었다.

　"조용해졌군. 싸움은 끝났다."

　아직도 여기저기에서 콩 볶듯 울려퍼지고 있는 총소리 속에서 조용히 자기 배에 칼끝을 찔러갔다.

늙은 호랑이와 젊은 표범

　다시 내리기 시작한 가을비 속에서 오타니 요시쓰구의 목이 유아사 고스케의 손에 의해 한칼에 떨어질 무렵, 이미 이 싸움의 승패는 완전히 판가름 나 있었다.

　고스케가 자른 목은, 그 자리에 있던 미우라 기다유(三浦喜太夫)가 하오리에 싼 채 사라졌다. 그러나 그 미우라도 고스케도 그 뒤 모두 적에게 칼을 맞아 죽어버렸기 때문에, 오타니의 목은 어느 흙밭 속에 묻혀버렸는지 모르는 채 싸움은 다음 국면으로 옮아갔다.

　마쓰오산을 내려온 고바야카와 군과 도도 다카토라의 항복 권고를 받아들여 동군에 가담한 와키자카 야스하루, 구쓰키 모토쓰나, 오가와 스케타다, 아카자 나오야스 등 여러 부대는 그대로 덴만산 밑의 우키타 군 쪽으로 몰려갔다. 이어 그들은 다시 그 북쪽에 있는 고니시 유키나가의 잔류부대를 공격했다.

　그리고 그 무렵 가장 북쪽에 진 치고 있던 이시다 군 역시 멀리 진격해 간 도도, 교고쿠 군을 비롯한 오다 우라쿠, 다케나카 시게카도, 후루타 시게카쓰, 사쿠마 야스마사, 가네모리 나가치카, 이코마 가즈마사 등 앞다투어 가세한 동군의 마지막 공격을 받고 순식간에 이부키산에서 아이가와산 방면으로 우박이 쏟아지듯 사방으로 흩어져갔다.

　이렇게 되자 처음부터 움직이지 않았던 이시다 군 곁의 시마즈 군 앞은 동서 양군이 어지럽게 뒤섞이는 난전(亂戰)으로 확 바뀌었다. 이미 움직이고 움직이지 않는 게 문제가 아니었다. 오늘 싸움에서 누가 맨 먼저 늙은 맹호 시마즈 요시히로의 목을 노리는가가 문제였다.

66살이라고는 하나 시마즈 요시히로는 아직 기력으로 장정을 능가하고 있다. 그런데 처음부터 꼼짝하지 않고 있었던 것은 아마도 그 체력을 조금도 허비하지 않으려는 싸움터에 능숙한 조심성에서였음이 틀림없다.

가와카미 사코노스케(天上左京亮)가 보고했다.

"보고드립니다. 서군은 끝내 이부키산으로 완전히 패배하여 물러가고, 우리 진 앞을 지나가는 것은 달아나는 패잔병들뿐입니다."

요시히로는 시간을 물었다.

"몇 시냐?"

"벌써 오후 2시입니다."

"좋아, 말을 끌어내라."

아군 진지 앞을 달아나는 패잔병은 모두 서군뿐이라는 보고를 듣고 비로소 일어섰으니 그 각오를 알 만했다. 부대가 손상입지 않고 남아 있다 해도 물론 2000명도 안 되는 시마즈 부대이다. 승산은 전혀 없다. 그것을 너무나 잘 알고 있었다.

"음, 미쓰나리에게 교묘하게 속아넘어갔어."

말이 준비되자 요시히로는 훌쩍 올라탄 다음, 지금까지 앉아 있었던 자리의 오른쪽 작은 언덕으로 올라갔다. 과연 본대의 보고대로 패잔병들이 왼쪽 이부키산을 향해 무더기로 달아나고 있다. 아무도 되돌아서서 싸우는 자는 없다.

"좋아, 주쇼(中書)와 모리아쓰를 불러라."

주쇼란 조카 도요히사, 모리아쓰는 조주인 모리아쓰(長壽院盛淳)를 가리키는 것이었다.

그 두 사람이 달려올 때까지 요시히로는 5, 6정의 거리로 다가온 이에야스의 본진을 조용히 노려보고 있었다. 맑은 날씨였다면 승리를 자랑하는 이에야스의 금부채 말표지가 바로 앞에서 눈부시게 번쩍일 게 틀림없다. 가을 이슬비에 먼지가 일지 않는 대신 분명치는 않으나 무언가 한 가닥의 쓸쓸함이 대기 속에 스며들어 있는 것 같았다.

"흥, 싸움에는 누구에게도 지지 않을 생각이었는데……."

이때 도요히사와 모리아쓰가 흙탕을 튀기며 달려왔다.

"도요히사."

"예."

"적 가운데 가장 용맹한 자는?"

요시히로의 내쏘는 듯한 소리를 듣고 조카 도요히사는 그 순간 묻는 뜻을 알아차리지 못했다.

"가장 용맹하다는 건 전공이 제일 크다는 뜻입니까?"

"그런 게 아니야. 지금 현재 가장 강해 보이는 놈이 누구인지 묻고 있는 거야……."

"그렇군요. 그것은 말씀드릴 나위도 없이 내대신의 본진……본진의 적은 이이, 혼다 외에 아직 거의 싸우고 있지 않습니다."

"그런가? 알았다."

요시히로는 한 마디로 알아듣고 손을 들어 북쪽을 가리켰다.

"선조 요시토모 공의 패배나, 요리토모 공의 시치키오치(七騎落)의 패배는 모두 스스로 싸워서 진 것이니 어쩔 수 없다. 그러나 오늘 싸움은 억울하기 짝이 없다. 무사의 몸으로 태어나 바다 건너 조선까지 가서도 결코 져본 적 없는 내가 노후에 이르러 오늘의 원한을 남기다니…… 그러나 모두들 용서해 주겠지. 우리는 이제부터 내대신의 진으로 쳐들어가 제일 용맹한 적과 싸우다 전사한다……."

거기까지 말하고 요시히로는 문득 잔디 위에 있는 도요히사를 다시 보았다. 도요히사가 갑자기 잔디 위에서 갑옷끈을 풀기 시작했기 때문이었다.

"도요히사! 뭘하는 거냐?"

"예, 전사할 각오라고 들었기 때문에 그 준비를 하고 있습니다."

"무슨 엉뚱한 짓을! 나는 이제부터 내대신의 본진으로 쳐들어가 전사하겠다고 말한 거다. 여기서 할복한다고는 말하지 않았어. 잘못 듣지 마라."

"잘못 들은 게 아닙니다. 마침내 결사의 각오로 쳐들어가니……그 전에 갑옷과 투구를 바꾸도록 해주십시오……."

"뭐, 무엇 때문에 나와 네가 갑옷과 투구를 바꾼단 말이냐?"

도요히사는 그동안에도 끈을 푸는 손을 늦추지 않았다.

"자, 곧 바꾸어주십시오……주군께서 전사할 각오로 습격을 감행하시는 마당에 우리가 만일 주군을 피신시켜 드릴 준비도 하지 않고 뻔뻔스럽게 전사당하시게 하면 후세에까지 웃음거리가 되겠지요.”

“도요히사, 너는 내 말을 거역하느냐.”

“거역하는 게 아닙니다! 만일 적이 길을 터줄 때에 대비하는 것입니다.”

도요히사는 가벼운 웃음을 띠며 잔디 위에 갑옷을 놓았다.

“무턱대고 쳐들어갔다가 만일 적이 길을 터줄 때는 구태여 전사할 필요가 없습니다. 그때 도요히사는 주군의 갑옷과 투구를 쓰고 적의 추격을 막는 역할을 담당하겠습니다. 그 준비도 하지 않고 싸운다면, 시마즈는 처음부터 질 생각이었다고 할 것입니다.”

“음, 잘도 지껄이는군, 도요히사 녀석.”

“수긍하신다면 되도록 빨리.”

“하하……”

요시히로는 갑자기 얼굴을 쳐들고 배 속으로부터 터져나오는 큰 소리로 비 내리는 하늘을 쳐다보며 웃어댔다.

“하하……그래, 처음부터 질 생각으로 쳐들어갔다고 한다면 아무렴, 치욕이지. 좋아, 돌파할 결심으로 본진에 쳐들어가자. 시마즈는 달아나지도 숨지도 않는다. 와하하하……도요히사 녀석이 미운 소리를 늘어놓는군. 좋다, 그 결심으로 가는 거다. 그러나 갑옷과 투구를 바꿔줄 필요는 없다. 빨리 다시 입어!”

도요히사는 흘끔 요시히로를 쳐다보았으나 의외로 얌전하게 갑옷을 입었다. 일단 말하면 듣지 않는 요시히로의 강한 성질을 잘 알기 때문이리라.

재빠르게 갑옷을 다시 입고 이번에는 시치미 떼며 요시히로 앞으로 두 손을 내밀었다.

“그럼, 약속하신 그 하오리를.”

“뭐, 약속이라고?”

“예, 그 하오리만은 주겠으니 갑옷을 다시 입으라고 하셨습니다.”

“도요히사!”

“예.”

“이 마당에 이르러 잔꾀 부리면 용서하지 않겠다.”

“잔꾀……? 참으로 놀랍군요. 이 도요히사에게 조금이라도 잔꾀가 있었다면 비록 저를 죽이시더라도 주군을 이런 쓸데없는 싸움터에 나서시게 하지 않았을 겁니다. 도요히사가 어리석어서 주군을 미쓰나리 따위에게 속아넘어가게 했습니다…… 그 대가를 치르기 위해서라도 하오리만은 주시지 않으면 안 되겠습니다! 제 말을 좀더 들어주십시오. 주군께서는 전사하시겠다고 하셨습니다. 그러나 저희 입장은 다릅니다."

"어떻게 다르다는 거냐."

"주군의 각오가 어떠시든 도요히사와 모리아쓰는 주군을 도와 어떤 일이 있어도 적중돌파를 하지 않으면 안 됩니다. 만일 그렇지 못하여 주군을 전사하시게 한다면 젊은 주군 다다쓰네(忠恒) 공에게 내대신은 불구대천의 원수……그것이 원인 되어 뒷날 화해도 할 수 없어 집안을 멸망시키지 않는다고 누가 보장할 수 있겠습니까? 여기서 주군을 전사시키느냐, 적중돌파에 성공하느냐, 그것이 그대로 시미즈 집안 흥망의 갈림길…… 그렇기 때문에 그 하오리를 주시지 않는다면 도요히사는 다다쓰네 공을 뵐 면목이 없습니다."

시미즈 요시히로는 찢어질 듯 눈을 크게 뜨고 묵묵히 도요히사를 노려보고 있다가 말했다.

"그런가? 거기까지 생각하고 있었구나."

이슬비 방울을 수염에 달고 덤벼들 듯 자기를 쳐다보고 있는 도요히사 앞에 비로소 하오리를 벗어 내던졌다.

"감사히 받겠습니다."

이어 이번에는 왼쪽에서 모리아쓰가 말했다.

"그 깃대를 주시기 바랍니다."

"깃대도 말이냐?"

"예, 이왕이면 군선도 주시면 좋겠습니다."

그 군선은 미쓰나리가 오가키성 안에서 여러 장수들에게 나누어준 부채였다.

요시히로는 이미 아무 말도 없었다. 청하는 대로 등에 꽂은 깃대와 군선을 빼서 모리아쓰에게 주었다.

그리고 허리에 찬 큰 칼을 쑥 뽑아 높이 쳐들었다.

"좋다, 간다."

모두들 거기에 따랐다. 빗발은 차츰 굵어져 빼든 칼날의 숲 위로 애처롭게 떨어져내린다.

"오! 에잇! 오!"

조선 전투 이후 처음 듣는 함성이었다. 그 함성과 동시에 시마즈 부대는 세 사람의 '요시히로'를 선두로 단숨에 이에야스의 본진을 향해 쳐들어갔다.

서군은 벌써 북국 가도 북쪽에서 이부키산 방면으로 거의 달아나버렸다고 생각하고 있던 동군의 선봉은 남쪽으로 쳐들어온 뜻밖의 역류에 놀라 갑자기 두 쪽으로 갈라져 길을 터주었다. 앞길을 막고 있는 것은 본진의 사카이, 쓰쓰이 부대였으나 그들은 아직 그것이 적인지 아군인지 잘 모르는 상태였다.

어떤 경우에든 뜻밖의 일을 당하면 인간의 두뇌는 혼란을 일으킨다. 별안간 남쪽을 향해 아수라처럼 무섭게 쳐들어온 한 무리의 군사가 열십자의 둥그런 깃대를 든 시마즈 부대라는 것을 동군이 알아차리기까지 뜻밖일 정도로 시간이 걸렸다. 사실 이에야스의 선봉은 이미 북국 가도 서쪽, 테라타니강 언저리까지 진출해 있었으니 시마즈 부대로서는 참으로 멋진 적중돌파였다.

"시마즈다. 우리 편이 아니야, 시마즈라니까!"

"시마즈 부대가 대감의 본진으로 들어가고 있다."

그것을 일단 안 다음에는 병력으로 비교도 되지 않았다. 사실 이때까지 이에야스의 어린진(魚鱗陣)은 아직 비늘 하나 손상되지 않았다고 할 만했다. '와' 하고 시마즈 부대를 둘러싸자 시마즈 부대의 총포는 여기저기서 한길의 길목마다 원호했다.

이미 세키가하라 마을을 눈앞에 둔 때였다. 일단 이시다 군 눈앞에까지 나아갔다가 되돌아온 이이 나오마사의 진지에서 뜻밖의 강적이 행동을 일으켰다.

시마즈 부대가 철수해 가는 한길을 향해 이이 나오마사는 말했다.

"역시 그랬군요. 시마즈 놈, 틀림없이 이렇게 올 줄 알았습니다."

"좋아, 요시히로를 쳐서 잡아야겠어."

대수롭지 않은 듯 머리를 끄덕인 것은 첫 출진으로 아직 싸움의 두려움을 모르는 이에야스의 넷째 아들 마쓰다이라 다다요시였다. 다다요시는 나오마사를 따라 벌써 싸움터를 한 바퀴 돌고 왔다. 그것이 이 젊은이를 더욱 대담하게 만든 듯했다.

"요시히로의 목이라도 얻지 못하면 다음에 아버님께 꾸중 들어."

"너무 서두르면 안 됩니다. 칼을 뽑아든 시마즈 부대는 고르고 고른 우수한 자들이니까요.”

“음, 잘 알고 있어.”

“우선 세키가하라 남쪽까지 쳐들어가십시오. 본진을 어지럽혀서는 안 됩니다.”

“그때까지 기다렸다가 덤비자는 건가?”

“그렇게 하는 편이 공격하기 좋다는 말씀입니다.”

세키가하라 남쪽은 테라타니강과 후지강이 합쳐져 마키다강을 이루고 그 강가의 길은 마키다 한길이라고 불린다. 그 마키다 한길로 나왔을 때 단숨에 공격하려는 것이 노련한 나오마사의 작전인 것 같았다.

나오마사가 말을 잡고 놓아주지 않아 다다요시는 하는 수 없이 전의를 불태우며 적의 뒤를 쫓아갔다. 그가 혼자였다면 쫓는 대신 앞으로 막아서서 일대 난투를 벌이고 말았을 게 틀림없다.

그런데 이 무렵 본진에서 명령받은 혼다 헤이하치로 부대가 함성을 올리며 시마즈 부대의 후미로 돌입을 감행했다.

“엇, 헤이하치로다. 헤이하치로에게 공을 빼앗기겠다.”

젊은 혈기 때문만이 아니다. 히데타다의 아우 다다요시는 형의 치밀하고 고지식한 성격과 반대로 화났을 때의 아버지 그대로인 사나운 무사로, 유키 히데야스와 꼭 닮았다. 그는 혼다 군의 함성을 듣자마자 갑자기 말을 한 번 후려치더니 어느새 시마즈 부대 한가운데로 쳐들어갔다.

“야단났군! 마쓰다이라 님, 마쓰다이라 님.”

나오마사와 본진의 군사들이 당황해 뒤쫓았다.

이 무렵에는 벌써 시마즈 부대가 3개 부대를 쳐나가고 있었다. 맨 처음 불의의 습격을 당한 사카이 이에쓰구 부대는 시마즈 부대가 그대로 이에야스를 칠 것 같은 형세이므로 길을 터서 그 호위에 나섰고, 니시카이바카(西具墓)에서는 쓰쓰이 사다쓰구의 노신 나카보 히다노카미(中坊飛驒守) 부자 세 사람이 군사를 거느리고 적의 앞쪽을 막아섰다. 공격받아 자칫하면 아무도 없는 이부키산 쪽으로 퇴각할 뻔한 동군 가운데에서 이 나카보 부자의 분전은 눈부셨다. 끝내 나카보 히다노카미의 삼남 산시로(三四郎)는 여기서 전사하고 위태로웠던 히다노카미는 뒤쫓아온 이이, 혼다 두 부대에 의해 위기를 모면했다. 또 후쿠시마 마사유키(福島正之) 부대도 돌파당하고 말았다.

최초의 진지 간다(神田)에서 여기까지 약 7정.

마키다 마을의 우토 고개(烏頭坂)로 나서려 할 때 다다요시가 나오마사와 떨어져 곧장 적 한가운데로 말을 타고 쳐들어간 것이다. 물론 노리는 적은 노장 시마즈 요시히로였다. 요시히로만 한 맹장의 목을 친다면 여러 장수뿐 아니라 이에야스도 콧대가 높아질 것이다. 평상시 같으면 '도련님' 취급을 하는 본진 군사들에게 본때를 보여주고 싶었다. 일단 뛰쳐나서자 말리는 소리 같은 건 귀에 들어올 리 없었다.

그가 노리는 사람은 등에 시마즈의 기를 세운 노장……이것은 사실 요시히로가 아니고 조주인 모리아쓰였지만, 그는 그 모리아쓰의 말 탄 모습이 보이자 실이 끊어진 연처럼 쫓아가 매달렸다.

"기다려, 마쓰다이라 다다요시가 간다."

아무리 싸움터에 익숙지 못하다고 하나 너무 대담한 자기소개였다.

"뭐, 마쓰다이라 다다요시라고?"

"그럼, 내대신의 아드님 아닌가?"

잠자코 있었다면 철수에 바빴을 시마즈 군 가운데, 이 말을 듣고 물러갈 수 없다는 전의에 불타는 자들이 발을 되돌려 그를 둘러쌌다.

그 가운데 두 사람을 다다요시는 말도 하지 않고 베어버렸다. 그들이 목적이 아니므로 시간 걸리는 게 무척 아까워 화가 치밀었던 것이다.

"물러가! 너희들에게는 볼일 없다. 시마즈 요시히로! 돌아서라, 달아나지 마라."

그는 다시 세 사람째 말목을 치고 추격했다. 그 순간 옆에 있던 기마 무사가 내지른 창을 갑옷의 팔덮개로 받았다.

다다요시는 소리 질렀다.

"스쳤다!"

이것은 죽도로 하는 연습시합이 아니다. 오른팔에 찡하게 따가운 쇠붙이의 아픔이 느껴지자 손에서 칼이 힘없이 떨어졌다.

"마쓰이 사부로베에(松井三郎兵衛), 마쓰다이라 다다요시 님을 상대하겠소."

말하면서 단숨에 두 번째 창을 겨누며 말을 몰아왔다. 한 번 칼을 떨어뜨린 젊은 표범으로서는 절체절명의 순간이었다.

"그래, 덤빌 테냐!"

이처럼 대담한 대항은 달리 또 없을 것이다. 활개를 펴고 적의 창까지 안을 듯한 자세로 적에게 덤벼들었다. 창은 종이 한 장 차이로 왼쪽 어깨를 스쳤다. 마쓰이 사부로베에는 그대로 몸을 던져 다다요시의 가슴 가운데로 뛰어들어 안겨버렸다.

둘은 말 사이로 떨어져 야수가 서로 물어뜯듯 무섭게 으르렁거리며 젖은 풀 위에서 뒤엉켰다. 엎치락뒤치락했다. 그러다가 다시 확 뒤집혔을 때 난폭하기 짝이 없는 젊은 표범은 마쓰이 사부로베에에게 깔렸고 사부로베에의 손에는 비를 튕기며 시퍼런 단도가 번들거리고 있었다.

자기 목을 향해 바싹바싹 다가오는 칼날을 보며 다다요시는 정신없이 뿌리치려고 했다. 그러나 상처 입은 팔이 마음대로 움직여지지 않았다. 상대의 팔꿈치를 잡아 칼끝을 돌리려 했으나 몸부림치면 칠수록 몸이 진흙 속으로 파고들어 몸을 움직일 수조차 없게 될 것 같았다.

"이놈, 이런 데서 죽을 줄 아느냐."

마쓰이 사부로베에는 이미 완전히 다다요시를 누르고 있었다. 하지만 그 역시 서두르면 서두를수록 손이 미끄러져 목표를 정확하게 잡을 수 없었다. 물론 사부로베에를 도와줄 시마즈 편의 군사도 가까이에는 없다.

별안간 다다요시가 밑에서 소리쳤다.

"오, 진에몬인가. 쳐라, 이놈을."

이것으로 마지막인가 하고 이미 절망의 눈을 번뜩이고 있을 때 다다요시는 뜻밖에 자기 편 모습을 발견한 것이다.

아버지의 전령 요코타 진에몬이었다. 진에몬은 깔려 있는 게 다다요시라는 것을 알자 당황해 곁으로 뛰어왔다. 그리고 올라탄 마쓰이 사부로베에의 뒷머리에 손을 대려고 할 때 다른 소리가 이것을 말렸다.

"진에몬, 아래에 깔린 건 다다요시 님이야. 손대지 마라."

진에몬은 당황해 내밀려던 손을 도로 끌어들었다. 다다요시는 화가 나서 머리가 달아올랐다. 바라보니 진에몬 곁에 역시 같은 전령인 오구리 다이로쿠가 쌀쌀한 표정으로 우뚝 서 있다.

"다이로쿠! 이놈을 쳐라."

그러자 다이로쿠는 다시 진에몬에게 말했다.

"손대지 마라, 진에몬."

'도련님'으로 자라난 다다요시로서는 이처럼 분하고 화나는 일이 없었다. 구사일생의 상황을 눈앞에 두고 아버지의 가신은 도와주려 하지 않는다. 평소부터 자기를 미워하고 있었던 게 틀림없다.

"부탁하지 않겠다! 누……누……누가 부탁할 줄 아느냐!"

온 힘을 다해 몸을 뒤틀자 마쓰이의 몸이 기우뚱거렸다. 그때 벌써 다다요시는 오구리나 요코타 쪽을 바라볼 여유 따위 전혀 없었다. 기울어지다 다시 위에 올라탄 상대에게 두 번 세 번 필사적인 저항을 하는 것만으로도 힘겨웠다.

흙탕 속에서 세 번째로 새우처럼 뛰어올랐을 때 마쓰이 사부로베에는 뒤로 나자빠졌다.

"앗!"

그의 목은 벌써 몸에 붙어 있지 않았다.

"주군! 무사하신가요?"

가까스로 그를 뒤쫓아온 부하 가메이 규베에(龜井九兵衛)였다.

"규베에, 놓치지 마라. 오구리 다이로쿠와 요코타 진에몬을……."

이렇게 말했을 때 주위에 벌써 둘의 모습은 없고 잇따라 철수해 오는 시미즈 부대 한 무리가 그의 주위를 둘러싸고 있었다. 다만 이들은 거기에 흙투성이가 되어 있는 보병 무사가 마쓰다이라 다다요시라는 것을 모르므로 덤벼들기는 했으나 꼭 죽이겠다고 집착하지는 않았다. 그들은 앞서가는 요시히로를 조금이라도 빨리 따라붙으려고 정신없이 뒤쫓아갔다.

그 병사들과 칼싸움하면서 다다요시는 입속으로 오구리 다이로쿠에 대한 무서운 분노를 내리 외치고 있었다.

"그 자식, 내가 죽게 된 것을 본체만체했지……."

죽임 당하기는커녕 살아 있는 자기가 아수라처럼 미친 듯 난폭하다는 것을 다다요시는 까맣게 잊고 있다…….

나오마사가 쫓아왔을 때 다다요시는 아직도 흙투성이가 된 채 적 가운데서 날뛰고 있었다. 오른손으로는 큰 칼을 쥐지 못해 왼손으로 아끼는 칼 사모지(左文字)를 휘두르고 있었다. 그러나 반드시 칼날이 적을 향하고 있는 것은 아니었다. 물론 싸움터에서 칼등을 휘두르는 따위의 멋을 부리는 것도 아니었다. 어떻게 잡고 있는지 자신도 모르고 있었다.

나오마사는 말 위에서 외쳤다.

"야고에몬, 그대의 말을 다다요시 님에게."

"예."

"로쿠타유, 야고에몬과 함께 다다요시 님을 물러가시게 해."

이이 나오마사는 마음 죄며 지시했다. 나오마사의 측근인 구마베 야고에몬(隈部彌五右衛門)이 얼른 말에서 내려 자기 말고삐를 다다요시에게 잡게 했다. 부토 로쿠타유(武藤六太夫)는 막무가내로 다다요시를 말 위로 밀어올렸다.

"말을 돌려라! 나는 아직 요시히로를 치지 못했어. 쫓아야 한다, 요시히로를."

"주군 명령입니다. 그 상처를 치료하지 않으면 안 됩니다."

"그만둬, 쫓아야 돼. 쫓아가!"

그러나 그들은 대꾸하지 않았다. 재빠르게 말 머리를 뒤로 돌려 끌고 가기 시작했다.

그것을 확인한 다음 나오마사는 곧 요시히로의 뒤를 쫓았다. 벌써 그의 주위에는 역시 시마즈 부대를 뒤쫓는 혼다 헤이하치로의 선봉대로 가득 차 있었다. 나오마사는 그들을 앞질러 나갔다.

혼다 부대가 요시히로의 목을 쳤다는 고함소리를 그는 두 번 들었다. 그러나 처음 것은 요시히로보다 훨씬 젊었고, 두 번째로 친 목도 요시히로가 아니었다. 어느 쪽이 먼저 죽었는지 확인하고 있을 틈이 없었다. 그러나 젊은 목은 시마즈 도요히사인 듯하고, 나이 든 목은 모리아쓰인 듯했다.

앞서가는 시마즈 부대의 수효는 점점 줄어들어 겨우 80기쯤밖에 남지 않았다. 싸움에 능숙한 이이의 눈에는 그 가운데 요시히로가 있는 것이 손바닥을 들여다보듯 잘 보였다. 아마도 시마즈 부대의 탈출구를 담당한 나오마사 뒤에 있던 자들 역시 싸움에 능숙한 혼다 부대에 전멸당할 게 틀림없다.

나오마사는 그것을 정확하게 계산하고 있었다. 그리고 되도록 자기 손으로 요시히로의 목을 잘라, 사위 다다요시가 그 승리의 실마리를 첫 출진에서 이루었다고 위로해 주고 싶었다.

길 앞에 벌써 마키다강의 나루터가 보인다. 거기를 지나게 하면 이세 방면으로 놓치게 된다. 뒤따르는, 그가 자랑하는 나오마사의 붉은 화살막이 갑옷부대의 인원을 확인하고 나오마사는 말을 냇가로 접근시켰다.

주위 일대는 벌써 억새 벌판인데 시마즈 요시히로인 듯한 사람의 모습이 2, 30칸 떨어진 앞쪽에 보였다.

'됐다! 이만하면 놓치지 않겠군.'

그렇게 생각한 순간이었다. 바로 왼편의 억새가 무성한 그늘에서 우렁차게 한 방, 적의 총포가 불을 뿜었다.

"아!"

왼쪽 넓적다리에 짜릿하게 달군 무쇠를 댄 듯한 아픔을 느꼈을 때 말이 하늘로 치솟아올랐다. 나오마사의 넓적다리를 뚫은 총알이 그대로 말등에 파고 든 것이다.

"음."

나오마사는 치솟는 말등에서 그대로 땅바닥에 떨어져 기절하고 말았다. 시마즈 부대인 가와카미 시로베에(川上四郎兵衛)의 가신 가시와기 겐토(柏木源藤)가 노리고 쏜 한 방이었다.

나오마사 뒤를 쫓아온 붉은 화살막이 차림의 무사 몇몇이 당황해 나오마사의 주위를 경계하며 곧 그를 안아일으켜 가까운 민가로 옮겼다. 왼쪽 팔에도 부상을 입어 얼마 지나지 않았는데 엄청나게 피가 흐르고 있었다.

급한 추격은 이것으로 멈췄다. 주위는 어느덧 땅거미가 끼고 시마즈 부대의 선두는 마키다강 기슭을 따라 다라산(多羅山)을 바라보며 한 줄기 실이 이어지듯 안개비 속에서 멀어져가고 있다.

"놓치고 말았군."

그러나 그것은 허전하거나 억울한 감정과는 전혀 다른 일종의 상쾌감이었다. 쫓는 자도 잘 쫓았지만 철수하는 상대 부대의 기민성도 훌륭하다고 칭찬할 만큼 잘 싸웠다.

도움 받아 정신을 차리자 나오마사는 혼자 크게 고개를 끄덕였다.

"상처는 대단치 않다. 그러나 이제 더 쫓지 마라."

엄격한 표정으로 명하고 상처 치료를 대충 한 다음 다다요시의 신변을 걱정하며 철수했다.

이리하여 마침내 노장 시마즈 요시히로는 일찍이 들어본 일 없는 싸움터 이탈에 성공했다.

난규산 아래 구리하라(栗原) 마을에 있던 조소카베 모리치카가 척후에게서 이 상황을 듣고 이세 방면으로 퇴각을 명했다. 이것이 세키가하라 싸움의 종말을 고하는 신호였다.

모리치카는 이케다 부대와 아사노 부대에게 더욱 압박을 받으면서, 이때까지도 산 위에 있는 모리 부대의 거취를 판단하지 못하고 있었다. 그런데 세키가하라로 보낸 가신 요시다 마고에몬(吉田孫右衛門)이 시마즈 부대의 퇴각으로 세키가하라 언저리에서는 서군의 모습을 찾아볼 수 없다고 보고해 온 것이다.

이 무렵 나쓰카 마사이에의 진영에도 서군의 보고가 들어갔다. 나쓰카가 미쓰나리에게로 걸려서 연락 보낸 사자가 벌써 이시다 군 본대는 아무 데도 없다는 보고를 가지고 왔다.

조소카베 부대가 앞다투어 물러가기 시작하고, 나쓰카 부대가 이같이 무너지기 시작하자 이를 비꼬듯 산 위의 모리 군이 처음으로 일제히 함성을 울렸다. 모리 군 가운데 동군의 승리를 기뻐하는 자의 수가, 서군의 승리를 바라는 자보다 훨씬 많았기 때문에 이것으로 싸움은 끝났다는 환호성이었는지도 모른다. 물론 함성뿐 병력은 움직이지 않았다.

에케이 부대는 그 전에 도주하기 시작하여 이세로 가는 산길 여기저기에 엄청난 무기와 갑옷 등이 버려져 있었다.

다만 에케이만은 무슨 생각을 했는지 홀로 난규산의 모리 히데모토 본진으로 돌아왔다. 어쩌면 패전의 책임을 지고 히데모토와 함께 할복할 작정이었는지도 모른다. 그러나 모리 집안에서는 이미 동군과의 사이에 화의가 되었다고 말하며 상대하지 않았다. 그는 갑옷을 벗어버리고 한 승려로 돌아가 자취를 감춰버렸다.

싸움터는 엄청난 출혈과 희비를 냉랭하게 감싸면서 저물어갔다.

그 어둑어둑한 가운데 이에야스의 비에 젖은 금부채 마표가 정연하게 후지강을 건너 서쪽의 높은 언덕으로 나아갔다……

승리자의 진(陣)

게이초 5년(1600) 9월 15일.

첫새벽부터 행동을 일으킨 동군 총지휘자 이에야스는 예정보다 5시간 늦은 오후 5시에 접어들면서 세키가하라 싸움을 승리로 끝냈다.

후지강 언덕으로 진지를 옮긴 이에야스는 더 이상 손톱을 물어뜯고 있지 않았다. 이 후지강 언덕의 임시본진은 오늘 오전까지만 해도 오타니 요시쓰구가 미지의 앞날을 생각하면서 진 치고 있던 자리였다.

그 오타니는 이미 죽었다. 아니, 오타니뿐 아니라 온 일본에 용맹을 떨쳤던 시마즈 도요히사도, 이시다 미쓰나리의 오른팔이었던 시마 사콘도 죽은 것으로 보였다. 아직 보고는 들어오지 않았지만 이시다 미쓰나리, 고니시 유키나가, 우키타 히데이에, 나쓰카 마사이에 등은 지금쯤 다 죽어가는 심정으로 산길에서 비를 맞고 있을 것이다.

"모닥불을 늘려라. 그리고 그 뒤 적의 목을 확인할 준비를 하도록."

이에야스는 자기 곁에 서 있는 '염리예토, 흔구정토'라고 쓰인 깃발을 보는 것이 마음 아팠다. 이겨서 기쁘지 않을 리 없다. 진다는 생각은 해본 일도 없지만 아무래도 승리자 기분이 들지 않았다.

'무엇 때문에 인간은 이렇듯 끔찍한 일을 되풀이하지 않으면 안 되는 것일까……?'

차례차례로 싸움터에 파견됐던 전령이 돌아와 저마다 맡은 구역에 대한 적과 아군의 상황을 보고했다.

미쓰나리의 노신 가모 사토이에와 그 아들 다이젠(大膳), 오이노스케(大炊助) 모두 전사.
고바야카와의 진영에 사자로 파견되었던 오쿠다이라 사다하루는 오타니 부대와 싸우다 전사.
도도 다카토라의 사촌동생 겐바(玄蕃) 전사.
오다 우라쿠사이 부상.
이이 나오마사 부상.
마쓰다이라 다다요시 부상.

그런 것들을 무표정하게 흘려듣고 정세를 그르치지 않게 지시하는 것이 지휘자의 자세였다.
싸움터에서 맨 처음 뛰어온 선봉대장은 구로다 나가마사였다. 나가마사도 왼손 손가락이 으깨져 피가 스며나온 헝겊을 아무렇게나 동여매고 있다. 투구를 벗어 어깨에 걸치고 흐트러진 머리에는 흙탕물이 묻어 있었다.
이에야스는 그 나가마사를 극진히 칭찬했다. 칭찬하면서 요시미쓰(吉光)가 만든 호신용 칼을 허리에서 끌러내 주었다.
이제야 겨우 한 인간으로서의 감개가 살아난 지휘자의 마음을 되찾았다.
"어떻습니까? 여러 장수가 잇달아 전승축하를 위해 도착하고 있으니 이쯤에서 개가의 함성을 올리는 것이?"
혼다 마사즈미가 말하고 있을 때 본진 막사 밖에 후쿠시마 마사노리, 오다 우라쿠, 오다 노부나리, 혼다 헤이하치로와 그의 둘째 아들 나이키 다다토모(內記 忠朝) 등이 잇달아 오고 있었다.
"뭐, 개가의 함성이라고?"
"예, 이미 난규산 아래의 적도 궤멸되어 싸움터에서 적의 그림자는 찾아볼 수 없게 되었습니다. 지금까지 전사자 수는 3만에 가깝고, 안장을 그대로 둔 채 내버린 말이 1500내지 1600마리…… 참으로 전례 없는 대승리라고 생각합니다만."
그러자 이에야스는 잠자코 쓰고 있던 두건을 벗었다.

"투구를 가져와. 그 안이 흰 투구가 좋겠구나."

모두들 얼굴을 마주보았다. 이에야스가 다시 투구를 쓰기 시작했기 때문이다.

"싸움은 이제부터야. 승리의 개가는 오사카에 도착해 인질이 되어 있는 사람들을 무사히 찾아오고 나서야…… 알겠나? 이기고 나서 투구끈을 졸라매야 돼."

익살스러운 것 같으면서도 동시에 절실하게 여러 장수들의 가슴을 울리는, 가슴 밑바닥을 뒤흔드는 한 마디였다. 저도 모르게 눈물을 뚝뚝 떨어뜨리는 자도 있었다. 정상적인 상태를 벗어나 계속 흥분해 왔던 싸움터인 만큼 조금만 인정을 건드려도 어린애처럼 순수한 감정이 일깨워지는 것이다.

"죄송합니다."

"정말, 싸움은 아직 끝난 게 아니었습니다."

"틀림없이 오사카에 여러 장수들의 인질이 남아 있소. 내일은 곧 사와산으로 진격해야만 합니다……."

어쨌든 지금 이기고 나서 곧 투구끈을 졸라매다니, 이 얼마나 알기 쉬운 투지의 고무요, 훈계이며, 굳어져 있는 심기를 풀어헤쳐 주는 묘약이란 말인가. 이렇듯 미묘한 데 지휘자로서 여러 장수들을 이끄는 비결과 고심이 숨어 있다.

살며시 눈물을 닦은 혼다 헤이하치로가 곧 소리 높여 다음에 도착한 사람들 이름을 외쳤다.

"후쿠시마 마사노리 님께서 도착하셨습니다."

헤이하치로는 도쿠가 집안 으뜸가는 노신이다. 그 헤이하치로에게 이름이 불리고 이에야스에게 전공을 칭찬받았다. 여러 장수들은 생사를 걸고 싸운 노고를 잊고 우스꽝스러울 정도로 순진한 동심으로 돌아갔다.

이에야스가 몸을 내밀며 소리쳤다.

"오, 후쿠시마 님, 그대를 비롯한 모두의 오늘 싸움은 이 이에야스의 눈을 놀라게 했소."

"그 중에도 헤이하치로 님의 용맹은 언제나 들어온 바지만 참으로 놀라웠습니다."

마사노리는 헤이하치로를 극찬해 마지않았다. 헤이하치로는 콧수염을 만지며 말했다.

"아니오, 우리가 공격한 적이 의외로 약했을 뿐이오."

그러고 나서 소리 높여 외쳤다.

"오다 우라쿠사이 님 도착이오."

오다 우라쿠는 이시다 미쓰나리의 노신 가모 사토이에의 목을 부하에게 들려 가지고 들어왔다. 오다 노부나리와 함께였다.

"여, 노인장, 이름을 떨쳤습니다그려."

이에야스는 서슴없이 부채를 펴서 우라쿠에게 부쳐주었다.

"늙은이답지 않게 살생을 했습니다."

"장하오. 가모 사토이에는 이에야스도 젊을 때부터 알고 있던 터라 참 안됐군요. 목은 노인께 드리겠소. 알아서 묻어주시오."

"감사합니다."

"듣자니 자제인 노부나리 님은 오타니의 용장 도다 무사시노카미(戶田武藏守)를 쳐서 목을 베었다지요."

"예, 그때 도다를 찌른 창이 투구를 왼쪽에서 오른쪽을 꿰뚫었는데 조금도 상하지 않았지요."

"허, 그게 바로 그 창인가요? 좀 봅시다."

노부나리의 손에서 창을 받아들고 살펴보았다.

"센코 무라마사(千子村正)가 만든 것이군요."

이에야스는 유쾌하게 말하며 그것을 돌려주었다. 한 사람 한 사람에게 저마다 다른 말을 하여 모두들 골고루 기쁨을 나누게 했다. 여러 장수들과 똑같은 감정으로는 해낼 수 없는 일이었다.

이때 혼다 헤이하치로의 둘째 아들 나이키 다다토모가 너무나 격렬하게 싸워 큰 칼이 휘어져 4, 5치나 칼집에 들어가지 않는 것을 그대로 든 채 쫓아왔다.

이에야스는 그를 칭찬했다. 칭찬하면서 '이 싸움에서 졌다면……' 하고 문득 미쓰나리의 얼굴을 떠올렸다.

이때 자기 자식인 다다요시와 이이 나오마사가 붕대투성이 몸으로 창을 지팡이 삼아 들어왔다. 다다요시의 눈은 아직 불평이 가득하여 번쩍번쩍 빛나고 있다.

"아버님, 오구리 다이로쿠 녀석은 발칙한 자입니다."

이에야스의 미간이 흐려졌다.

"아버님, 오구리 다이로쿠는……"

다시 다다요시가 말을 꺼냈을 때, 이에야스는 벌써 미간을 펴고 걸상에서 일어나 나오마사에게로 가까이 다가갔다.

“나오마사, 부상 입었다고 들었는데 어떤가?”

“예, 아주 가볍습니다.”

“그래, 참으로 다행이군. 마사즈미, 그 약을 가져와.”

　다다요시를 무시한 채 혼다 마사즈미에게 자기가 손수 이겨서 만든 고약을 가져오게 했다.

“이 고약이 잘 듣는다. 조심하도록.”

“예, 감사합니다.”

“기다려. 그 팔의 상처만은 내가 발라주지.”

　그는 붕대를 풀게 하고 손수 약을 발라주었다.

“아프냐?”

“아니요, 전혀······.”

“그래, 허벅지 상처도 조심해야지.”

　다시 누군가 훌쩍였다.

　그러나 이에야스는 꼭 나오마사의 상처만 걱정하고 있는 것은 아니었다. 첫 출진을 한 다다요시가 이 전승의 저녁 분위기를 망쳐버리지 않기를 남몰래 속으로 빌고 있었다.

　이에야스는 그제야 자기 자식 앞으로 가서 말을 건넸다.

“오, 다다요시도 상처 입었구나.”

　냉정해서인지 그 눈은 엄격한 응시로 바뀌었다.

“이까짓, 아주 가볍습니다.”

　다다요시는 억울한 듯 나오마사의 말투를 흉내 냈다.

“그래, 참으로 잘 되었구나.”

　이에야스는 그대로 재빨리 걸상으로 돌아왔다.

“오구리 다이로쿠.”

　그는 자기 뒤에 도사리고 있는 전령을 보며 턱으로 불렀다.

　다다요시는 잔뜩 긴장하여 이에야스 앞에 선 다이로쿠를 노려보았다.

“부르셨습니까?”

오구리 다이로쿠는 얼마쯤 긴장된 얼굴로 이에야스 앞에 한 무릎을 꿇었다.

"요코타 진에몬의 보고에 따르면, 그대는 다다요시가 적에게 깔려 있는 것을 보고도 손대지 말라고 했다던데?"

"예, 분명히 그랬습니다."

"그때 했던 생각을 여기서 모두에게 들려줘라."

"알겠습니다."

오구리 다이로쿠는 큰절을 하고 나서 말했다.

"다다요시 님은 오늘이 첫 출진입니다. 그 첫 출진에서 혼자 말을 몰아 앞장서 시마즈 부대의 용장 마쓰이 사부로베에라는 자와 말 위에서 무섭게 싸우다 서로 끌어안고 말 사이로 떨어졌습니다."

"흠, 혼자 말을 몰고 앞장섰단 말이지?"

"예, 참으로 용감했습니다…… 그런데 마쓰이 사부로베에의 힘이 더 세었는지 얽혀져 한참 싸우다가 밑에 깔려 진흙구렁에 갑옷소매를 빠뜨리고 안간힘을……"

"그대는 그걸 상세히 보고 있었군."

"그렇습니다. 그걸 보다 못해 요코타 진에몬이 도우려 하기에 깔려 계신 건 다다요시 님이니 도와드릴 필요가 없다고 말렸습니다."

"왜 말렸나, 그 이유는?"

오구리 다이로쿠는 큰소리치듯 단언했다.

"다다요시 님은 대장이십니다. 대장이 홀로 앞장서서 말을 모는 이상, 언제나 아군이 보고 있다고는 할 수 없습니다. 그 각오를 충분히 하시고 앞장서신 것으로 알았기 때문에 만류했습니다."

이에야스는 자기 아들 다다요시를 흘끗 보았다. 다다요시는 아버지가 오구리 다이로쿠를 조사하기 시작한 줄 알고 기분 좋은 듯 날카롭게 다이로쿠를 응시하고 있었다.

"과연, 다이로쿠는 깔려 있는 것이 다다요시이기 때문에 돕지 말라고 했단 말이지?"

"그렇습니다."

"그것이 혹시 이름 없는 아군이었다면 어떻게 했겠나?"

"물론 말리지 않습니다. 아니, 요코타가 손대기 전에 이 다이로쿠가 도왔을 게 틀림없습니다."

"들었느냐, 다다요시?"

"예."

"들었지? 다이로쿠는 밑에 깔린 게 너인 줄 알았기 때문에 돕고 싶은 것을 참았다고 했어."

"돕고 싶은 것을 참았다고……그, 그런 일이……."

"가만히 있거라!"

"예……."

"너는 다이로쿠가 너를 미워해서 돕지 않았다고는 생각하지 않겠지."

"……."

"그렇게 생각한다면 너에게 군사를 맡길 수 없다. 그러나 너는 그렇지 않을 것이다. 너는 다만 시마즈 요시히로를 놓친 게 억울해서 다이로쿠에게 대들고 있는 거야."

이에야스는 다시 다이로쿠를 돌아보았다.

"그토록 정신 차릴 수 없는 혼란한 싸움통에서 그대는 참으로 훌륭했어."

"예……."

이번에는 다이로쿠가 눈을 꿈벅거렸다.

"뒤얽혀 깔려 있는 것이 다다요시인 줄 알았을 때는 그대도 가슴이 덜컥했을 거다. 돕고 싶었겠지. 그러나 도와서는 뒷날을 위해 좋지 않다. 오늘은 첫 출진, 그대들에게 도움 받았다면 다다요시는 싸움이 얼마나 무서운 것인지 모르고 말겠지."

"예……."

"그 과실은 결코 작은 게 아니다. 싸움이 어떤 것인지 알지 못한 채 다시 다음 싸움터로 나간다면 반드시 용병(用兵)을 그르쳐 많은 부하들에게 우는 꼴을 보이게 되리라. 아니, 다만 그것으로 그치는 게 아니야. 그 과오가 온 군사의 승패를 판가름 내는 경우도 없지 않다. 요컨대 싸움의 실태를 잘 알아보고 분별이 생기도록 해야 되지. 그대의 오늘 태도는 진실로 다다요시의 몸을 생각했던 것, 훌륭했다."

그렇게 말하고 다시 흘끔 다다요시 쪽을 쳐다보니 머리를 푹 숙인 채 눈물짓고 있다.

이에야스는 한숨 돌렸다. 여러 장수들도 이 훈계에 납득한 듯했으나, 다다요시가 알아들은 것이 이에야스로서는 더욱 기뻤다. 예전에 정실의 아들인 노부야스를 잃은 것은 이렇듯 알뜰하고도 진실한 아버지의 정을 보여주지 못한 데 있었다고 언제나 후회하고 있었다. 이에야스는 안심한 표정으로 나오마사를 바라보았다.

"나오마사, 어떻던가, 오늘 다다요시의 싸움 솜씨는."

"예, 역시 대감님 자제분답게 훌륭했습니다."

나오마사는 대답하고 빙그레 웃었다.

"그래, 그대에게 그렇게 보이더냐? 좋아, 다다요시, 이리 와."

이에야스는 다시 다다요시를 불렀다.

"손의 상처에 내가 약을 발라주마. 풀어라."

화난 것 같은 소리로 턱을 들어 지시했다.

다다요시는 다시 딱딱한 표정을 지었다. 그러나 그것은 이미 아버지나 오구리다이로쿠에 대한 반항이 아니라, 자기가 누구에게도 미움 받고 있었던 게 아니라는 지극히 당연한 일을 알게 된 감동에서였다.

이에야스는 오른손 손가락 사이가 으스러진 자기 아들의 상처에서 거칠게 헝겊을 떼냈다. 그리고 검게 말라붙은 피딱지 사이에서 새로이 또 솟아나는 보리수 열매 같은 새빨간 핏방울을 보자, 조금도 주저하지 않고 입술을 대어 빨아낸 다음 그 자리에 고약을 발랐다.

"나오마사."

"예."

"내 아들이 훌륭했던 게 아니라 그대가 잘 길러줬기 때문이야."

그 한 마디는 나오마사보다도 그 자리에 있는 사람들 가슴에 짜릿하게 울렸다. '까닭 없이 이긴 게 아니다……'

손톱을 물어뜯으면서 무섭게 모두를 꾸짖던 이에야스는 흡사 귀신 같았으나 진영에서의 이에야스는 무엇이나 섬세하게 잘 알아주는 하나의 인간으로 되돌아와 있었다.

비는 아직 멎지 않았다. 싸움이 끝나 밥을 지으려는 군사들은 아마 고픈 배를 움켜쥐고 불을 피울 수 없어 곤란 겪고 있으리라.

다다요시가 나오마사와 함께 앞을 다투듯 임시막사에서 나가자, 이에야스는 혼다 마사즈미를 손짓해 불렀다.

"비가 아직 멎지 않는군. 그러나 생쌀은 먹지 않도록 모두에게 전해라. 생쌀은 배탈 나니까."

"예, 그렇겠습니다."

"어쩔 수 없을 때는 물에 담궈뒀다가 2시간쯤 지나서 먹도록. 그러면 배탈은 나지 않을 테지. 그때쯤은 비가 멎을 거야."

마사즈미가 이 말을 전하러 나가자, 이번에는 무라코시 시게스케를 손짓해 불렀다.

"히데아키가 아직 보이지 않는군. 전에 저지른 허물이 두려워 오지 못하고 있을 거다. 그대가 안내해서 데려와."

"알겠습니다."

무라코시 시게스케보다도 구로다 나가마사가 한시름 놓았다. 히데아키에게 오늘의 일을 교섭한 직접 책임자는 구로다 나가마사인 것이다.

아마도 무라코시 시게스케가 마중하러 온 줄 안다면 히데아키는 울음을 터뜨릴지도 모른다. 그 역시 오늘 싸움에서 그가 생각하고 있던 조그만 이기심에서 나온 허무감이 얼마나 위험스러웠는지 뼈에 사무치도록 깨우쳤을 것이다. 나중에 들으니, 무라코시 시게스케를 맞은 히데아키는 너무나 기뻐 그 자리에서 황금 100냥을 무라코시에게 주었다고 한다······.

마침내 무라코시에게 안내받은 고바야카와 히데아키는 본진 앞에서 구로다 나가마사에게 인계되어 측근 20명을 데리고 이에야스 앞에 나타났다.

빗발이 가늘어지기 시작했다. 그러나 오타니 요시쓰구가 남기고 간 임시막사의 지붕은 그리 넓지 않았다. 이미 여러 장수들이 도착해 참석하고 있으므로 히데아키는 임시막사 앞의 비 내리는 잔디밭에 서서 인사할 수밖에 없었다.

"고바야카와 님이 전승축하를 드리러 오셨습니다."

구로다 나가마사가 전하자 이에야스는 쓰고 있던 투구의 속끈을 풀고 걸상에서 일어났다. 그 순간이었다. 고바야카와 히데아키가 잔디밭 위로 허물어지듯 주저앉은 것은…….

적어도 주나곤 히데아키이다. 여러 장수들의 눈도 있고 마땅히 나이에서 오는 허영심도 있을 것이었다. 이에야스도 투구를 쓴 채로는 안 되겠다고 여겨 속끈을 풀고 나온 것이었다. 그런데 둘의 시선이 마주치는 순간 허둥지둥 비 내리는 잔디밭에 엎드려 그대로 두 손을 짚고 말았다.

"주나곤님, 싸움터라 투구를 쓴 채로 나왔으니 용서하시오."

이에야스가 변명하듯 말했으나 고바야카와는 그것마저 귀에 들리지 않는 모양이었다.

"저……저는 어리석은 탓으로, 적대시하여……먼젓번 후시미성 공격 때에도 뛰어들어 후원하는 등, 적지 않은 죄가……이것저것 다 요……용서해 주시기 바랍니다."

조심조심 말한 다음 생각난 듯 다시 덧붙였다.

"이……이번의 승리를 축하해 마지않습니다."

이에야스는 웃지 않았다. 우습기보다는 가엾은 생각이 북받쳐 누가 웃는다면 꾸짖어주고 싶은 느낌이었다.

"아니오, 빌 것까지는 없소. 오늘의 큰 공로는 참으로 훌륭했소. 앞으로 원한 따위 있을 게 뭐요. 안심하시오."

"황송합니다. 그런데……."

"그런데……?"

"내일 사와산 공격 때 선봉을 승낙해 주시기 바랍니다."

아마도 그것으로 히데아키는 이제까지의 그의 잘못에 매듭을 짓고 싶었던 것이리라.

"그건 더욱 갸륵한 말이오……하지만 아직 군사회의도 끝나지 않은 터이니 승낙 여부는 나중에 전령을 시켜 알려드리겠소. 우선 물러가 쉬도록 하시오."

"예, 황송합니다……."

그것은 위신도 체면도 돌보지 않는 정직한 마음을 그대로 드러낸 젊은이의 공포와 환희의 모습이었다.

히데아키가 물러가자 후쿠시마 마사노리는 구로다 나가마사를 돌아보며 혀를 찼다.

"고바야카와 님은 주나곤, 그 신분도 잊고 잔디 위에 꿇어앉아 두 손을 짚다니 이 얼마나 우스꽝스러운 짓이오."

구로다 나가마사는 웃으며 대답했다.

"마치 매와 꿩이 마주친 듯한 장면이었지요."

"그건 그대가 잘 봐준 거지요. 그건 독수리와 꿩만큼이나 차이가 있었소."

이에야스는 그런 속삭임을 못 들은 척하고 천천히 걸상으로 돌아가 비로소 지휘봉을 내려놓으며 말했다.

"비는 멎을 것 같군. 여러분도 식사하시는 게 좋겠소."

그리고 이에야스는 봉당에 칸막이하여 만든 야영식당으로 들어갔다.

식당에서 좀 떨어진 곳에 가는 대나무를 걸치고 감물을 바른 종이로 지붕을 덮은 이에야스의 식사준비실이 마련되어 있다. 냄비 둘에 물통 세 개, 물 끓이는 주전자가 한 개 있었다. 아까부터 두 요리사와 하인 5명이 1정쯤 아래에 있는 골짜기에서 열심히 물을 길어와 준비하고 있었다. 녹봉 3000석짜리 장수의 야영일지라도 이보다는 훌륭한 식사준비실이 있다. 도시락 상자는 기껏해야 세 사람분밖에 들어가지 않을 것 같다.

그러나 그것을 먹을 수 있는 것도 이겼기 때문이라는 생각이 들어 이에야스는 합장하고 도시락 뚜껑을 열었다.

'빗줄기는 가늘어졌다. 이대로 가면 얼마 뒤 개겠지…….'

젓가락을 놀리면서 이에야스는 다시 산속으로 달아난 이시다 미쓰나리의 처지를 생각하지 않을 수 없었다. 미쓰나리는 과연 오늘 싸움이 이렇게 될 줄 예측할 수 있었던지 어떤지? 지금쯤 바위에 발부리를 채이고 가시에 긁히고 풀잎으로 허기를 채우며 어둠 속을 헤매고 있지 않을까……?

그렇게 생각하자 적으로서의 미움보다 인간으로서의 미숙함이 혀를 차고 싶을 만큼 안타깝게 여겨졌다. 이에야스 쪽에서 몇 번이고 기회를 만들어주었다. 조선에서 전군이 철수할 때는 일부러 하카타까지 여러 장수들을 마중 나가게 했으며, 마에다 도시이에와의 숨 막히는 교섭 중에도 반성 기회는 여러 번 있었다. 그 기회를 굳이 잡으려 하지 않고, 끝내 일곱 장수들에게 쫓겨 오사카를 버리지 않으면 안 되게 되었다. 그 일곱 장수들이 후시미로 추격해 왔을 때도 이에야스는 궁지에 몰린 새를 꾸짖지 않았다.

'그런데도 미쓰나리는 한 번도 되돌아보려고 하지 않았다……'

자기 스스로 비극의 구렁텅이로 줄달음질쳐 소중한 자기 편을 모두 거느린 채 그 구렁텅이 속으로 뛰어들고 만 것이다…….

'그 엉뚱한 계산의 원인은 대체 어디에 숨어 있었던 것일까……?'

아군 장수들은 전투에 이겼기 때문에 고바야카와 히데아키를 가볍게 조소했다. 그러나 그와 같은 입장이었다면 어느 누가 당당하게 가슴 펴고 이에야스 앞에 설 수 있겠는가.

'만약 미쓰나리가 살아서 붙들려 온다면 어떤 태도로……'

문득 그 생각을 하고 있을 때 판자벽 너머 지휘소에서 호소카와 다다오키가 누군가를 훈계하고 있는 소리가 들려왔다.

"지금 저녁을 잡숫고 계신 것 같소. 그것도 못 기다리겠다는 거요?"

"아니, 못 기다리겠다는 게 아닙니다. 다만 한시바삐 사죄드리지 않으면 마음 놓이지 않소…… 그래서 좀 전해 주시기 바란다는 말씀입니다."

상대의 목소리는 들어본 기억이 없었다. 그러나 둘의 대화에서 누군가가 호소카와에게 전갈을 부탁하고 있는 것만은 상상할 수 있었다.

"아침부터의 싸움으로 도중에 식사하실 틈이 없었소. 저녁을 마치시는 대로 사과말씀을 드릴 수 있을 테니 잠시 거기서 기다리시오."

"부탁입니다. 호소카와 님이 한 말씀 덧붙여주신다면 내대신께서도 용서해 주실 겁니다. 우리는 요시쓰구 님 지휘 아래 있으면서도 와키자카 님과 함께 오타니 부대로부터 우키타 부대를 공격해 조금은 마음속을 보여드렸다고 생각합니다. 그 점을 특히 잘 말씀드려 화를 푸시도록……"

듣고 있는 동안 이에야스는 그가 구쓰키 모토쓰나라는 것을 알았다. 구쓰키 모토쓰나라면 도도 다카토라의 신호에 따라 아군에게 내응한 와키자카, 오가와, 아카자 등의 무리였다.

"알았소, 아무튼 저녁식사를 끝내시는 대로……"

다시 난처한 듯 대답하고 있는 호소카와에게 이에야스는 가엾은 생각이 들어 판자벽 너머에서 말을 걸어주지 않을 수 없었다.

"호소카와 님, 누구요?"

이에야스의 목소리를 듣고는 호소카와도 가만히 있을 수 없었다. 그는 판자벽 곁으로 다가가 한 무릎을 꿇었다.

"구쓰키 모토쓰나 님이 적이 되었던 것을 후회한다면서 저더러 여러 가지 사죄 말씀을 부탁하고 있습니다."

"허, 구쓰키 모토쓰나가……"

이에야스가 쓴쓰레 웃으며 대답하려 했을 때 구쓰키 모토쓰나가 어느새 판자 너머로 뛰어들어와 앞쪽 땅바닥에 무릎 꿇었다. 승리자와 패배자가 결정되면 패배자 쪽에 섰던 자를 이토록 참담한 낭패로 몰아넣는 것일까.

"어떻든 용서를……저는 어쩔 수 없이……오타니 요시쓰구의 권고에 따랐습니다만 마음속으로는 결코 적이 되려고 생각지 않았습니다. 어떻든 용서해 주시기를……틀림없습니다."

이에야스는 보기 딱했다. 화나고 우습기도 하며 어찌해야 좋을지 모를 감정에 휘말렸다.

'아무리 당황하기로서니 이토록 비굴한 사죄를 할 수 있을까……?'

이에야스로서는 상상도 할 수 없는 위치에 구쓰키 모토쓰나의 경지는 있는 모양이다.

다다오키가 보다 못해 막아섰다.

"모토쓰나 님!"

이에야스가 제지했다.

"좋아, 좋아. 모토쓰나."

"예."

"그대 같은 사람은 하찮은 신분이니, 속된 말로는 나부끼는 풀, 스스로 자기 운명을 결정짓지 못하는 경우도 있겠지. 그런 만큼 이에야스를 적대했다 해서 그리 아플 것도 없고 밉지도 않다."

"예……예."

"본디 영토를 그대로 인정하겠으니 물러가 가신들을 안심시키도록 하라."

"감사하신 은혜……이 모토쓰나……결코 잊지 않겠습니다."

"물러가도 좋아. 호소카와 님도 애쓰셨소."

상대가 자존심을 가진 인간이었다면 '나부끼는 풀……'이라는 한 마디에 크게 화내든가 얼굴 붉히며 아무튼 말이 막혀버렸을 텐데 구쓰키 모토쓰나에게는 그만한 기개가 없었다. 기개가 있었다면 오타니 요시쓰구를 위해 순사했을 게 틀림 없다.

모토쓰나가 물러가자 이에야스는 젓가락을 놓고 다시 지휘소로 돌아왔다. 장수들은 벌써 저마다 진막으로 돌아가고 측근들만 본진에 남아 있다. 이에야스는 온몸의 마디마디가 빠져달아나는 것 같은 피로를 느꼈다.

이에야스는 혼다 마사즈미를 돌아다보며 물었다.

"또 올 사람이 있을까?"

마사즈미는 그 뜻을 알아듣지 못하고 작은 소리로 말했다.

"다케나카 시게카도 님이 마중하러 슬슬……."

이에야스는 표면상으로는 이 후지가와 언덕에서 잠시 쉬기로 되어 있지만, 실제로는 세키가하라에서 좀 북쪽에 자리한 호유산(寶有山) 즈이류젠사(瑞龍禪寺)에 묵기로 예정되어 있었다. 즈이류젠사는 다케나카 시게카도의 병참으로 되어 있으며, 이 언저리에서 은밀히 쉬려면 이곳 말고는 비나 이슬을 가릴 만한 데가 없었다. 물론 이 후지가와 언덕에는 다른 자를 대신 두게 된다. 이에야스의 건강을 우려한 의사 보쿠사이의 계획에 따라 이에야스는 말을 타고 그곳으로 옮길 작정이었다.

"그래, 그러면 슬슬 가도록 하지."

그런데 거기에 또 한 사람이 당황한 모습으로 살려달라고 뛰어들어왔다. 히토야나기 나오모리가 데리고 온 오가와 스케타다였다. 오가와 스케타다도 구쓰키 모토쓰나와 함께 최후의 아슬아슬한 고비에서 요시쓰구를 배반하고 행동한 한 사람이었다.

"아룁니다. 저와 오가와 스케타다는 인척간이므로 꼭 뵙게 해달라는 부탁을 받고 이렇듯 깊은 밤을 무릅쓰고 찾아뵈었습니다."

히토야나기가 말할 때 오가와 스케타다도 역시 걸상 앞바닥에 무릎을 꿇었다. 그리고 중얼중얼 사과하는 것을 이에야스는 더 듣고 있지 않았다.

'용서해 줄까, 말까……?'

구쓰키 모토쓰나와 오가와 스케타다의 경우는 좀 사정이 다르다. 구쓰키와 함께 오타니 요시쓰구를 배반한 것은 그렇다 치더라도 오가와 스케타다는 이시다 미쓰나리와 친척이었다. 따라서 오늘 그와 같은 곤경에 오타니를 몰아세운 책임을 얼마쯤이라도 느낀다면 아무 소리 말고 처분을 바라고 있어야 될 터였다.

"그대는 구쓰키 모토쓰나를 만나고 왔느냐?"

"예……예, 구쓰키 님은 너그러운 은혜를 입었다고 했습니다. 이 스케타다도 전의 허물을 뉘우치고 힘을 모으고자 하오니……."

"스케타다."

"예."

"오타니 요시쓰구는 참으로 훌륭했다."

"예……예."

"미쓰나리와의 의리를 지켜, 그 몸으로 가마 속에서 전군을 호령하다 생애를 끝냈어. 아까운 무장이었어…… 그렇게 생각지 않나?"

"예……예."

거기서 잠시 말을 끊고, 이에야스는 물끄러미 스케타다와 히토야나기를 번갈아 보았다. 이에야스의 비꼬는 말을 듣고 스케타다보다도 히토야나기 쪽이 더 얼굴이 붉어져 고개 숙이고 있다. 수치를 아는 자와 모르는 자와의 차이가 너무나 뚜렷해 고개가 갸우뚱해질 정도였다.

'신불은 어째서 이토록 사람마다 짐을 지우는 데 차별을 두셨을까……?'

이에야스는 히토야나기가 측은해져서 또 가만히 있을 수 없는 심경이 되었다.

"스케타다."

"예……예."

"그대는 미쓰나리와 인척간이라 용서할 수 없으나 히토야나기의 이번 무공에 대신하여 살려주겠다."

"감사합니다."

"아직 인사는 이르다! 살려주지만 몸은 히토야나기에게 맡긴다. 그렇게 알아둬."

"예……감사합니다."

역시 죽임을 당할 줄 알았던 모양이다. 그는 다시 머리 숙이고 히토야나기에게 재촉받으며 나갔다.

또 후두둑 빗방울이 떨어지기 시작했다. 오늘 밤은 오락가락할 모양이다.

그 자리에 연락해 둔 다케나카 시게카도에게서 마중 온 사람들이 들어왔다. 물론 이들도 자기들이 맞아갈 상대가 이에야스인 줄 모른다. 병자가 생겨 야영이 곤란하므로 다케나카 집안의 병참인 즈이류젠사에 옮겨 쉬게 하는 줄 알고 있다.

"그럼, 준비를."

이에야스는 다시 판자울 안으로 들어가 누구인지 알아보지 못하도록 오동나무 기름을 칠한 두건을 깊숙이 쓰고 나타났다.

다케나카 시게카도는 히데요시의 군사(軍師)로 있다가 덴쇼 7년(1579) 반슈(潘州)의 미키(三木) 진중에서 죽은 다케나카 한베에의 아들이었다. 그가 아버지를 잃은 것은 7살 때로 역시 도요토미 집안의 은혜를 입은 사람이었으나 이 싸움에서는 이에야스 편에 서서 잘 싸웠다. 이때의 공로를 인정받아 그 뒤 에도에 살며 직속무장으로서 의논상대가 되었으니 이에야스가 그 인물을 얼마나 신임했는지 상상할 수 있을 것이다. 그렇지 않다면 이렇듯 그의 병참소에서 임시숙박을 할 리 없었다.

마중군 가운데 시게카도 자신도 그럴싸한 도롱이와 삿갓 모습으로 섞여 있었다. 시게카도만은 자기가 여기서 호유산 즈이류젠사로 함께 갈 사람이 누구인지 알고 있었다.

병자로 꾸민 이에야스는 도리이 신타로의 아우 규고로(久五郎) 이하 장정 10여 명과 역시 차림을 바꾼 전령 6명을 데리고 후지강 언덕에 있는 본진을 향해 비를 무릅쓰고 떠났다.

말고삐를 잡은 것은 물론 다케나카 시게카도 자신이었다. 싸움에 이겼다고는 하나 병자의 정체를 아는 사람들의 배려와 고심은 여간 아니었다. 싸움터에는 아직 시체가 첩첩이 깔려 있고 주인 잃은 말들이 사람 발소리에 놀라 때때로 앞길을 스쳐 질주한다. 어느 숲속에 어떤 낙오병이 숨어 있을지 모르는 일이었다.

길은 멀지 않았으나 횃불을 들고 앞장선 시게카도의 부하들은 큰 소리로 말을 주고받으며 접근하는 사람이 있는지 확인하며 지나갔다.

그 무렵 이에야스는 자칫하면 말 위에서 꾸벅꾸벅 졸 뻔했다. 늦가을 한밤중의 냉기가 도리어 체온을 따뜻하게 느끼게 하여 그것이 그대로 피로로 이어진 것이다.

생각하면 손 모아 감사하지 않을 수 없는 오늘의 결과였다. 13일까지는 중풍의 재발을 염려하며 여기서 쓰러지는 게 자기 운명인가 위태롭게 여겨질 정도의 몸 상태였었다. 그런데 모든 것을 잊어버린 이틀 동안의 지휘로 기분 좋은 피로를 남 겼을 뿐 아무 지장도 없었다.

'확실히 신불이 돕고 계신다……'

이에야스는 기분 좋은 졸음 속에서 자기 가까이에서 뚜렷이 신을 인정하고 부 처님을 느꼈다.

"염리예토, 흔구정토."

그의 바람이 그 한 가지를 올바로 보고 있는 한 가호의 손길은 자신을 감싸주 며 떠나지 않으리라…… 조는 동안 이에야스는 할머니며 왕고모 오히사 부인과 더불어 무심히 염불하고 있는 꿈을 꾸었다.

갑자기 말이 고갯길에 접어들었다. 안정되어 있던 안장이 심하게 흔들리는 듯 싶더니 벌써 절 앞이었다. 후지강 언덕의 임시진막과 달리 모닥불에 비친 절의 모 습은 낡았으나 고대광실처럼 보였다.

"도착했습니다."

시게카도와 도리이 규고로가 작은 목소리로 말하며 가까이 와서 이에야스를 안아내려 안의 객실로 들어갔다. 이미 침구가 깔리고 빨간 숯불이 화로에 담겨 있었다.

"마음에 안 드실지 모르나 경비는 충분히 하고 있사오니……"

주지를 데려온 시게카도가 말을 꺼내자 이에야스는 가볍게 막았다.

"모두에게 미안하다. 그대들도 물러가 쉬도록."

사람들을 물러가게 한 뒤에도 아직 이에야스는 갑옷을 벗고 쉬려고 하지 않 았다. 도리이 규고로가 의아스러운 듯 쉬기를 권했다.

이에야스는 웃었다.

"또 두 사람이 올 거야."

그 한 사람이 잠시 뒤에 찾아왔다. 전령인 안도 나오쓰구였다.

"수고했다. 기다렸지."

이에야스가 말을 건네자 나오쓰구는 곁으로 바짝 다가와 조그마한 소리로 보고했다.

"모두들 출발했습니다."

"그랬나, 군사감독으로는?"

"예, 혼다 님과 이이 님이 의논하신 끝에 이이 님이 가시게 되어 벌써 출발했습니다."

이 정도의 대화로는 곁에서 듣고 있는 규고로로서는 무슨 말인지 알 수 없었으나, 이것은 다음 날의 사와산 공격에 대한 지시였다.

미쓰나리의 행방은 아직 알 수 없다. 어디선가 성으로 들어가려 애쓰고 있을 게 틀림없겠지만…… 따라서 미쓰나리를 성에 들여보내지 않도록 서둘러 사와산성을 포위해 둘 필요가 있었다.

안도 나오쓰구를 히데아키의 진으로 파견하여 고바야카와, 와키자카, 구쓰키 등 내통한 부대에게 오늘 밤 여기를 떠나 내일인 16일에 사와산을 포위하도록 명했다. 이이 나오마사는 그 군사감독으로서 부상당한 몸을 이끌고 따라간 모양이다.

"그런가? 나오마사가 갔나? 좋아, 물러가 쉬라."

안도 나오쓰구가 물러가자 엇갈려 구로다 나가마사가 들어왔다. 나가마사와 이에야스의 문답은 규고로에게 나오쓰구의 경우보다 더욱 알 수 없었다.

"히데모토 자신이 찾아와 승전을 축하해야 될 터이지만……"

나가마사가 말을 꺼내자, 이에야스는 그 말을 막는 듯 머리를 끄덕였다.

"아비 데루모토가 오사카에 있다. 아비에게 화의를 알리고 그런 뒤 인사 오는 게 순서지. 그것으로 좋아."

이어 두세 마디 서로 간단한 말을 나눈 다음 나가마사도 서둘러 물러갔다. 아마 나가마사는 난규산의 모리 히데모토와 이에야스 사이의 알선을 맡고 있는 모양이다.

"규고로, 이제 끝났다."

구로다 나가마사가 물러가자 이에야스는 비로소 규고로를 돌아다보며 갑옷과 투구만 벗게 했다.

"전군이 얻은 목의 수가 3만2000 남짓 된다고 했어. 아군도 4000 가까이 죽었지."

규고로는 이에야스의 말뜻을 헤아리지 못했다.

"예……"

대답했으나 다음 말을 더 이을 수 없었다.

'어때, 대승리라고 하겠지?'

그렇게 말한 것도 같고, 싸움터의 처참함을 사무치게 탄식하고 있는 것같이도 들렸다.

"날이 밝으면 곧 나를 깨우도록."

"예."

"누구나 처자가 있는 몸…… 비를 맞혀서는 안 돼. 새벽이 되면 싸움터의 시체들을 모아 무덤을 만들고, 이 절 승려들에게 명복을 빌게 하며 그 공양을 부탁하고 가지 않으면 안 돼."

규고로는 한숨을 내쉬었다. 자칫 '대승리'라는 둥 엉뚱한 대답을 하지 않은 게 다행이었다.

"'나무아미타불……나무…….'"

잠옷을 입고 이에야스는 작은 소리로 염불하다가 얼마 뒤 잠들어 피곤한 숨을 크게 쉬었다.

비는 아직도 내리다가 멎고 멎었다가는 다시 요란하게 처마를 두들기고 있었다…….

패배자의 말로

9월 16일 아침에도 비는 아직 완전히 개지 않았다.

즈이류젠사에서 잠을 깨자 이에야스는 곧 후지강 언덕으로 돌아와 싸움터 정리를 명했다. 그리고 전사자 무덤을 만들게 한 다음 정오 때가 가까워졌을 때 사와산으로 떠났다.

히코네(彦根) 동쪽 비와 호수를 굽어보는 언덕 위에 자리한 사와산성은 먼저 와닿은 고바야카와 히데아키, 와키자카, 구쓰키, 다나카 요시마사 등 여러 부대가 벌써 포위하고 있었다.

이에야스는 사와산 남쪽 노나미(野波) 마을로 본진을 옮겨 머물렀다. 거기도 가로 2칸에 세로 4칸 정도의 보잘것없는 초가지붕 오두막으로 입구에 문도 없었다. 입구 옆에 창문과 살창이 있고 오두막 안은 반은 다다미, 반은 짚이 깔렸다. 집밖 잔디밭에는 다다미가 30장쯤 깔려 있었다. 그곳으로 직속무장 이상의 무사들이 줄곧 찾아들었다.

여기에는 활과 총포도 장식하지 않았고 무기며 깃대를 가진 사람도 없었다. 모두 10리나 떨어진 농가에 숙소를 잡게 한 것이다. 따라서 총대장 이에야스만이 '염리예토, 흔구정토'의 깃발과 함께 야영하는 모습이 되었다.

싸움터로 나설 때 이에야스는 야영도구를 가져오지 못하게 했다. 그래서 이야기꾼 젠아미가 혹시 필요할지 모를 듯싶어 모든 장비를 말 한 마리에 실어 아무도 모르게 날라왔는데 그것도 아직 짐을 풀지 않은 채였다.

물론 세키가하라의 승리자로서 사와산 수비부대쯤은 문제도 안 된다. 그러나 이것이 싸움터에 임한 이에야스의 눈에 보이지 않는 조심성이었다.

사와산성에는 미쓰나리의 아버지 마사쓰구(正繼), 형 마사즈미, 그 아들 도모나리(朝成), 미쓰나리의 아들 시게이에, 장인 우키타 요리타다(宇喜多賴忠) 등이 농성하고 있다. 그러나 그 운명은 뻔했다.

이에야스는 도착하자 곧 전령을 보내 항복을 권고하려고 했다. 그런데 오사카에서 원군으로 와 있던 하세가와 모리토모(長谷川守知)가 고바야카와의 가신 히라오카 요시카쓰를 통해 내응해 와 사정이 확 바뀌어버렸다. 먼저 성문이 뚫리고 고바야카와 군이 성안으로 침입한 것이다.

이이 나오마사는 혼자 생각으로 성안에 사자를 보내 농성에 대한 이해관계를 설득했다. 성안에서는 미쓰나리의 형 마사즈미로부터 곧 회답이 왔다.

"나와 아버님 마사쓰구, 장인 우키타 요리타다 세 사람은 성 밖으로 나가 할복하겠음. 나머지 사람들은 살려주시오."

나오마사는 그것을 곧 이에야스에게 전했다.

"그러면 되겠지. 무라코시 시게스케에게 성을 인수하게 해라."

그렇게 명령한 것이 18일 아침이었다.

이 결정이 아직 모두에게 알려지기 전에, 고바야카와 군의 성 정문 침입에 뒤지지 않으려고 다나카 요시마사의 한 부대가 수문을 부수고 쳐들어갔다. 이것을 보고 이시다 마사즈미는 이를 부드득 갈았다. 계략에 넘어갔다고 생각한 것이다.

무라코시 시게스케가 들이닥쳤을 때 성은 이미 불바다가 되어 있었다. 마사즈미가 성안에 화약을 뿌리고 불 지른 다음, 일족의 처자들을 이끌고 천수각으로 올라가버린 것이다.

불꽃에 뒤덮인 천수각 위에서 일족의 자결이 시작되었다. 아내를 찌르고, 자식을 찌르고……도망쳐다니던 부녀자들은 남쪽 낭떠러지를 내려다보며 날벌레처럼 몸을 던졌다…… 그것은 이미 어떻게도 손댈 수 없는 지옥 같은 광경이었다…… 후세 사람들이 조로오치(女郞墮 ; 여자들이 뛰어내린 곳)라고 이름 지었을 만큼 불길에 쫓겨 남쪽 낭떠러지로 뛰어내린 부녀자의 수가 헤아릴 수 없이 많았다.

그즈음 사람들이 '사와산 구경 춤노래' 가운데에서 다음과 같이 노래 불러 유행시킨 이시다 미쓰나리의 거성은 단번에 잿더미로 돌아가고 말았다.

나는 도성 사람이지만
오미 사와산을 구경하리라.
성의 정문 모습 바라보면
황금 성문에 여덟 겹 해자
멋지고 훌륭하도다.
그 모습
성문을 들어서서 다시 바라보면
수많은 지붕 잇대어졌네.
뒷문을 나서서 보면
기슭은 호수, 멋지고 훌륭하여라.
좋은 성이여, 훌륭한 성이여,
해자를 파고 관문을 세워
관문에 꽃이 피었으니
이 해자는 꽃이 만발했네, 만발했네.

그 무렵에는 이미 오가키성도 미즈노 가쓰나리의 공격을 받아 함락 직전의 위기에 있었다. 따라서 이시다 미쓰나리가 허공에 그린 모든 계획은 엄청난 인명의 희생과 추한 인간의 타산적인 손톱자국을 남기고 사라져버린 것이었다……

이 엄청난 비극의 주인공 이시다 미쓰나리는 세키가하라에서 어디로 달아나 무슨 생각을 하고 있었던 것일까……?

15일 밤, 미쓰나리가 이부키산으로 도망쳐 들어갔을 때는 뒤따르는 사람이 아직 20명이 넘었다. 이미 썼던 바와 같이, 15일 밤비는 이 패전의 주인공과 그를 따르는 사람들을 쉴 새 없이 내리쳤다. 겨우 그쳤는가 생각하면 다시 전보다 몇 갑절 심하게 사정없이 갑옷 속의 살까지 스며들었다. 한 부하가 미쓰나리를 위해 어느 농가에서 도롱이와 삿갓을 가져다 입혔지만 그런 것으로 견디어낼 수 있을 만큼 만만한 비가 아니었다.

16일 밤이 샐 무렵까지 그들은 빗속에서 계속 산속을 헤매었다. 물론 방향이며 길을 정확히 알고 걷는 것은 아니었다. 어쨌든 발각되지만 않으려는 목적도 없는 전장 이탈이었다.

일찍이 조선 싸움에서 싸움터를 이탈한 자는 그 고향에 있는 가족까지 엄벌에 처하리라는 팻말을 세우고 돌아다녔던 군사감독 미쓰나리가 스스로 그 이탈자의 위치에 놓이게 된 것이다. 추위와 허기와 피로와 졸음…… 이 모든 경험을 한꺼번에 맛보게 되어, 날이 훤히 새기 시작할 무렵에는 의리고 위신이고 이미 찾아볼 수 없게 되었다.

따라온 오바타 스케로쿠로(小幡助六郎)가 물었다.

"이제부터 어떻게 하시렵니까."

"물어볼 것도 없는 일, 오사카로 가야지."

미쓰나리는 그렇게 대꾸하고 스스로도 우스워졌다. 이미 사와산성은 포위되어 일족과 처자들이 살아 있지 않을 것이다. 그렇게 알고 있는 또 한 사람의 미쓰나리가 사와산으로 가겠다고 하지 않고 오사카로 간다고 말하게 한 것이다. 오사카까지 무사히 갈 수 있으리라고는 물론 생각하고 있지 않았다…….

"됐어, 여기서 모두 쉬기로 하자."

미쓰나리는 더 걷지 못하겠다고 말하는 대신 늙은 소나무 뿌리를 발견하고 주저앉아 도중에서 꺾어온 벼이삭을 쥐고 말없이 겨를 벗기기 시작했다. 이에야스가 벼이삭 꺾기를 금지했던 그 벼이삭에서 나온 생쌀이, 여기서는 미쓰나리의 허기를 달래주는 유일한 식량이었다…….

미쓰나리는 얼마 동안 말없이 생쌀을 씹었다. 물론 미쓰나리뿐 아니라 따라온 사람들도 다 함께 진지한 표정으로 겨를 벗기고 있다. 이상하게도 아무도 자기가 벗긴 생쌀을 미쓰나리에게 바치려고 하지 않았다. 인간의 생명이, 심한 굶주림 앞에서 얼마나 이기적이 되는지 그 한계를 보여주고 있었다. 처음에는 물론 미쓰나리를 지켜야 한다는 의리 깊은 뜻에서 따라왔지만, 그 의지를 달성하기 위해서는 어떻게 해서든 우선 살아야 했다…….

미쓰나리는 반 홉 남짓한 생쌀을 다 씹고 나자 갑자기 아랫배에 냉증을 느꼈다. 그러자 그 무렵이 되어서야 여기저기서 생쌀을 내미는 자가 나오기 시작했다.

"자, 이것을 잡수시지요."

"여기도 있습니다."

미쓰나리는 다시 웃음이 치밀어올랐다. 그들은 미쓰나리보다 벗기는 솜씨가 좋아서, 배부를 정도까지는 못 되어도 절실한 허기는 면한 게 틀림없다.

'자기 생명이 보장되면 모두 착한 사람으로 돌아간다……'

그 감개가 비로소 미쓰나리에게 이성이 되살아나게 했다.

'나는 이제부터 대체 무엇을 하려는 건가?'

아니, 그보다도 대체 무엇을 할 수 있느냐는 자문이 앞서야 한다는 것을 깨달았다. 어디서 누구와 일전을 벌이려면 한 사람이라도 많은 편이 좋다. 그러나 남의 눈에 띄지 않게 달아나는 게 목적이라면 홀가분하게 사방으로 흩어지는 편이 낫다.

"여기서 헤어지자."

미쓰나리가 그 말을 꺼낸 것은 아랫배의 냉증과 끈질긴 졸음이 자신을 마구 죄어대기 시작할 무렵이었다.

빗발이 가늘어지자 산에 안개가 흘러 앞이 거의 보이지 않았다. 한 사람, 두 사람씩 어디선가 갑옷을 버리고 옷차림을 고치면 농부나 나무꾼으로 보일 것 같았다.

"나는 오사카로 가겠다. 오사카성에는 모리 데루모토가 히데요리 님을 옹호하고 있으니……그 앞길을 보살피는 것이 미쓰나리의 책임…… 하지만 이렇게 인원이 많으면 사람들 눈에 띄어 목적을 이루기 어렵다. 여기서 헤어지되 뜻있는 자는 은밀히 오사카에 모이도록…… 아니, 올 수 없는 자도 생기겠지만 나무라지 않겠다."

말하는 동안에 차츰 미쓰나리는 자기가 가야 할 곳을 알게 되었다. 도착할 수 있는지 없는지는 별문제로 치더라도 자기는 분명 오사카를 향해 가야만 한다고…….

"자, 주군께서 이렇게 말씀하셨어. 모두들 알겠지."

그렇게 말한 것은 와타나베 간페이(渡邊勘平)였다. 그는 마치 자기는 끝까지 주군 곁을 떠나지 않을 것이라는 말투였다.

"간페이, 그대도 가라. 나는 혼자 가겠다. 아니, 혼자가 아니면 도리어 사람 눈에 띄기 쉽다."

"그……그건 안됩니다."

노히라 사부로(野平三郎)가 옳다는 듯이 한 마디 했다.

"그렇지요. 주군을 혼자 두고 우리가 어떻게 갈 수 있겠습니까? 두세 사람 뽑아서 수행하도록. 나머지 사람은 일단……."

미쓰나리가 호되게 꾸짖었다.

"안 돼! 나는 혼자 가겠다. 수행은 안 돼."

딱 잘라 말해 버리자 잊었던 투지가 비로소 가슴속에 불끈 되살아났다. 혼자가 되어 생각하고 싶다는 조그만 자아는 아니었다. 사실 세키가하라로 나올 때의 미쓰나리는 벌써 승패를 도외시하고 있었다. 만약 실패나 후회가 있다면 그것은 그 이전의 미쓰나리였으며, 그 뒤의 미쓰나리는 더욱 큰 '영원'을 향해 도전할 마음이었다. 적은 이에야스도 아니고 도요토미의 은혜를 입은 일곱 장수들도 아니었다. 하물며 고바야카와 히데아키나 모리 히데모토 따위도 아니다. 이 세상의 형세에 복종할 수 없는 인간의, 마지막 한계까지 하는 반항의 모습을 스스로 분명하게 확인해 두고 싶었던 것이다…….

그런 의미에서 오타니 요시쓰구는 과연 훌륭했다고 생각된다. 그는 그의 그릇에 어울리게 싸움터에서의 죽음을 선택했다. 그러나 미쓰나리는 싸움터에서의 죽음을 바라지 않았다. 싸움터에서 죽는다면 그는 상식적인 범위의 무장밖에 될 수 없다. 그는 상식 밖에서 인간의 적나라한 모습과 세계를 보고 듣고 싶었다. 상식적으로 하는 비판이나 비난은 이제 하잘것없는 문제이며, 여러 산들을 억누르고 우뚝 솟은 후지산의 높이에서 백설을 몸에 붙인 싸늘하게 맑은 심경으로 하계를 내려다볼 작정이었다.

그렇다면 당연히 싸움터에서의 전사 같은 건 저열한 자기 만족에 지나지 않게 된다. 싸움은 아직 끝난 게 아니다. 우선 오사카를 향해 가는 것도 싸움이라면 거기서 사로잡히는 것도, 목이 잘리는 것도, 효수를 당하는 것도 모두 투쟁의 연속이었다.

그 도중에서 '이시다 미쓰나리'라는 사나이가 과연 상대에게 굴복할 것인가?

'이 사나이를 굴복시키는 게 있다면 그것은 무엇일까?'

그것을 냉엄하게 살피는 것이 미쓰나리라는 사나이를 지켜보는 또 하나의 미쓰나리의 소원이요 고집이었다.

미쓰나리는 그 본성이 배 속에 들어간 생쌀과 함께 크게 눈을 뜨고 깜박거리기 시작하는 것을 느꼈다.

"그저 수행할 수 없다는 것만으로는 납득할 수 없는 자가 있다면 나와 봐. 그 이유를 들려주마."

미쓰나리의 말투가 너무나 강하여 아무도 곧 입을 열지 못했다.

"알겠나, 나는 이 산속으로 재난을 피했다. 그러나 굴복을 의미하는 것은 아니야. 살아 있는 한 끝까지 싸워보겠다는 맹세를 위해서였지. 그렇지만……적도 역시 팔짱 끼고 가만히 있지만은 않을걸. 이 언저리 지리에 가장 밝고 내 얼굴을 잘 아는 덴페이(田兵; 다나카 요시마사의 약칭. 미
쓰나리는 그를 이렇게 불렀음)가 풀뿌리를 헤치고라도 찾아내라는 명령을 받고, 벌써 여기저기에 팻말을 세우고 있을 거야."

미쓰나리는 모두들 알아들을 수 있을 만큼 소리 내어 웃었다.

"그 팻말에는 금 100냥쯤 현상금이 걸려 있겠지. 알겠나? 이것이 싸움이라면 몰라도, 그대들과 함께 있으면 내 목을 노리고 모여드는 농부들을 베어야만 한다. 아니, 그대들이 베지 않고 그대로 둘 수는 없는 노릇…… 쓸데없는 일이야. 그보다 혼자 가면 내가 미쓰나리인 줄 모를 테니 그만큼 오사카로 가는 어려움이 덜어지겠지. 모두들, 알겠나? 이해한 사람부터 순서대로 한 사람씩 여기서 떠나라. 이제 더 말하지 않겠다."

모두들 슬그머니 얼굴을 마주보며 고개를 끄덕였다. 한번 말하면 물러서지 않는 미쓰나리……

"그럼, 섭섭한 마음은 이루 말할 수 없습니다만……"

맨 먼저 입을 열고 일어선 오바타 스케로쿠로가 가고 나자 이어 한 사람 한 사람 일어서는 자가 나오기 시작했다. 모두 감개무량한 짧은 인사말을 남기고 비에 젖은 산길로 떠났다.

미쓰나리는 그 한 사람 한 사람에게 상냥한 미소로 고개를 끄덕여 답례해 줄 만큼 침착해져 있었다. 그만큼 그의 의지는 온화한 여유와 융합되어 가고 있었다.

"살아남게 된다면 다시……"

"부디 고발자를 경계하시기를……"

"오사카에서 꼭 뵙겠습니다."

인사말은 저마다 달랐으나 온몸에 절망이 스며들어 있는 점에서는 마찬가지였다.

미쓰나리는 문득 스스로에게 물으면서 주위를 둘러보았다.

'혼자 되어 쓸쓸하지 않은가……?'

그것에 답하듯 볼에 미소가 떠올랐다. 쓸쓸하지 않을뿐더러 겨우 혼자가 되어 홀가분해졌다.

'미쓰나리가 걸어가려는 길은 처음부터 다른 사람을 끌어들이고, 다른 사람에게 강요해서는 안 되는 길이었다……'

그것을 누구보다도 잘 알면서 남을 설득하여 집단과 집단의 싸움으로 이끌어갔던 얄궂은 자기 입장이 돌이켜 생각되었다.

비는 그쳤다. 햇살은 아직 아무 데서도 비쳐오지 않는다. 그러나 안개가 엷어진 증거로 삼나무 잎끝에 고인 빗방울이 파랗게 반짝거리고 있다.

미쓰나리는 일어나 비로소 꾸르륵거리는 배 속의 불편함을 느꼈다. 냉기와 생쌀 때문에 아마 배탈이 난 모양이다.

미쓰나리는 저도 모르게 소리 내어 웃었다. 도쿠가와 이에야스를 상대해 천하 갈림길의 싸움을 해치운 서군의 총지휘자가 오직 혼자가 되는 순간 배탈이 났다…… 아니, 그 총지휘자가 어려서부터 우러르며 자랐던 이부키 산중 여기저기에 엉덩이를 까고 설사하며 걸어가는……그 모습을 상상하니 견딜 수 없이 웃음이 복받쳤다.

"아뢰오."

이제 아무도 없는 줄 알았는데 느닷없이 미쓰나리 앞에 나타난 자가 있다.

"누구냐?"

"예, 저희들은 그냥 떠날 수 없습니다. 저희 세 사람만은……어떻게든 수행을 허락해 주십시오."

미쓰나리는 입을 일그러뜨리며 그들의 그림자를 보았다.

와타나베 간페이, 노히라 사부로, 시오노 기요스케(鹽野淸介) 세 사람이었다. 그들은 일단 서쪽으로 가다가 거기서 다시 의논하고 돌아온 게 분명하다. 상식으로 말하면 그들이야말로 끔찍이 주인을 생각하는 인정 많은 미담의 주인공이리라.

그러나 미쓰나리는 웃는 얼굴을 보여주는 대신 미간을 찌푸리며 노려보았다.

"이유는 아까 들려줬을 터, 오사카에서 다시 만나자."

"그렇지만 이 산속에 주군 혼자만 남겨두고 사라진다면 저희들 체면이 서지 않습니다."

"그러면 나를 베고 갈 작정인가?"

"아니…… 뭐라고 하셨습니까……?"

"벨 마음은 없단 말이지? 흥, 그렇다면 이 미쓰나리가 설사하는 꼴을 보며 모두 웃어대고 싶다는 건가? 병신들 같으니."

미쓰나리는 숨도 쉬지 않고 꾸짖었다. 이 호된 꾸중은 세 사람에게 너무나 뜻밖이었다. 싸움터에서의 배설쯤은 불리한 싸움이 되면 누구나 하는 것이다.

'미쓰나리는 그것을 수치로 여겨 구애받고 있다…….'

그렇게 해석하자, 거기에 이어 떠오르는 것은 문관으로 자라나 진짜 야전(野戰)을 모른다는 생각이었다. 또 지기 싫어하는 허영 때문이라고 해석했는지도 모른다.

세 사람은 얼굴을 마주보며 어이없는 듯 서로 눈만 꿈벅거렸다.

"나는 혼자가 되고 싶다고 말했다. 그러는 편이 목적을 충실하게 달성할 수 있다는 까닭도 설명해 줬을 텐데."

시오노 기요스케가 가볍게 혀를 찼다.

"그럼, 아무리 부탁드려도……?"

"오사카에서 만나자."

"할 수 없군요. 조심하십시오."

와타나베 간페이는 여전히 단념하지 못하겠다는 듯 말했다.

"비록 어떤 일이 있을지라도 주군을 비웃을 마음은……."

"오사카에서 만나잔 말이야."

노히라 사부로가 간페이를 가로막았다.

"할 수 없군요. 그러시다면 여기서 헤어지겠습니다."

그 무렵부터 미쓰나리는 배가 찌르는 듯 아프기 시작하여 허둥지둥 세 사람 사이를 뚫고 지나갔다. 뒤돌아보고 싶은 생각도 들었다. 손을 흔들면서 헤어지는 것이 그들의 의리에 보답해 주는 자연스러운 모습같이도 생각되었다. 그러나 그보다도 배가 아파 설사가 날 것 같아 그 시간이 아쉬웠다.

"이것 참, 괴상한 복병이 있었군……."

웃으면서 종종걸음으로 우거진 조릿대 덤불에 들어가 두 발로 뿌리를 밟아 헤치고 뒤돌아보았을 때 이미 그들의 모습은 보이지 않았다.

"하하……용서하라, 세 사람 다. 인간이란 아주 귀찮은 것이로군."

미쓰나리는 허겁지겁 갑옷을 벗고 그 자리에 쭈그리고 앉자 큰 소리로 자신에게 말을 건넸다.

"먹고 싸고, 먹고 싸는 거다…… 더구나 먹지 않으면 안 되고, 싸지 않으면 안 된다고 생각하니……이건 또 잘 안 나오는군……하하……아직도 인생은 내가 모르는 것투성이야……재미있어! 설사여, 설사여, 마음껏 이시다 미쓰나리를 놀려주려무나."

이제 그 말을 듣고 있는 건 산의 정기와 흐르는 안개뿐. 묘한 안도감이 이윽고 시간을 헤아리게 하고 방향을 생각하게 했다.

먹지 않으면 안 되는 살아 있는 몸이니 아무튼 이 산에서 벗어나야만 했다. 여기에는 생쌀마저 없다. 이곳에서 벗어나려면 산을 따라 오미를 향해 가는 수밖에 없는데, 오미는 또 자기를 찾고 있을 다나카 요시마사가 자라난 땅이기도 하다.

"재미있게 되었군……."

우거진 조릿대 덤불을 떠날 때 미쓰나리의 갈 길은 거의 정해졌다. 오미의 이카군(伊香郡)으로 나가 다카노(高野) 마을에서 후루바시(古橋) 마을로 들어간다. 후루바시 마을의 홋케사(法華寺) 산슈암(三殊庵)에 미쓰나리가 어렸을 때 스승 젠세쓰(善說)가 살고 있다.

그 젠세쓰가 다나카 요시마사를 편들 것인지 아니면 미쓰나리를 두둔해 줄 것인지, 지금에 이르러 그것도 하나의 흥미진진한 미지의 세계였다.

'됐어, 젠세쓰를 설득해 보자…….'

걸음을 서두르자 또 심술궂게 설사기가 느껴졌다.

산속의 유랑이 사흘째에 이르렀다. 우선 아사이군(淺井郡)의 구사노 골짜기(草野谷)로 나가 오타니산(大谷山)에 몸을 숨겼다.

이 언저리 마을에는 미쓰나리가 예측한 대로 다나카 요시마사의 팻말이 보라는 듯 세워져 있다. 아마 부하들이 따라왔다면 이카군까지 이르지 못했을 게 틀림없었다.

긴급히 알림

1. 이시다 미쓰나리, 우키타 히데이에, 시마즈 요시히로를 잡아오는 자는 상으로 영구히 부역을 면제한다.

　　1. 위의 세 사람을 생포할 수 없을 경우는 베어도 좋으며, 상으로 곧 황금 100닢을 내린다

　　1. 골짜기를 빠져나갔을 경우에는 경로대로 보고할 것. 숨겨주었을 경우, 그 자는 말할 것도 없고 그 친척과 마을을 처벌한다.

　　위와 같이 신고해 주기 바란다.

9월 17일
다나카 요시마사

　　팻말에서 볼 때 아마도 시마즈 요시히로와 우키타 히데이에와 이시다 미쓰나리 세 사람은 아직 잡히지 않은 듯하고, 고니시 유키나가와 에케이는 이미 적의 손에 떨어진 것으로 상상된다.

　　미쓰나리가 혼자 이카군으로 들어가 후루바시 마을의 홋케사로 찾아간 것은 18일 밤이었다.

　　이날 사와산성에서는 아버지 마사쓰구를 비롯해 일족이 모두 할복하여 불 속에서 목숨을 끊었지만 미쓰나리는 물론 아직 알지 못했다.

　　오랜만에 활짝 갠 하늘에 별이 반짝이고, 산문을 들어서니 꿩이 떼 지어 날아갔다.

　　"누구냐?"

　　벌써 예측하고 있었던 듯 꿩이 나는 소리에 주지 젠세쓰가 절 주방에서 얼굴을 내밀었다.

　　미쓰나리는 성큼성큼 다가갔다……아니, 발걸음도 가벼이 다가갔다고 생각했는데 젠세쓰와 시선이 마주치는 순간 갑자기 그 발 아래 비틀거리며 넘어져 금방은 소리도 내지 못했다.

　　젠세쓰의 표정에 말할 수 없이 괴로운 빛이 떠올랐다.

　　"역시……."

　　"미쓰나리야. 젠세쓰…… 오랜만이군……."

　　젠세쓰는 어둠 속에서 미쓰나리를 감싸듯 하여 아무 말 없이 봉당으로 안아

들였다.

"알고 계시오. 여기서 가까운 이노구치(井口) 마을에 다나카 요시마사가 나와 감시하고 있습니다."

"뭐, 이노구치 마을에?"

"예, 기노모토(木本)에서 나가하마(長浜) 사이는 개미 한 마리 지나갈 수 없을 만큼 엄중한 경비태세…… 아니, 기노모토에서 80리 떨어진 쓰루가까지, 통행인은 하나하나 모두 조사당하고 있는 실정입니다."

손을 뒤로 돌려 입구의 문을 누른 채 젠세쓰는 아직 올라오라고도 숨으라고 도 하지 않았다.

'이 절에는 숨겨줄 수 없는데…….'

그 곤혹스러움이 온몸에 배어나와 있다.

"젠세쓰, 죽을 좀 줄 수 없나? 배탈이 나서……난처하게 되었어."

미쓰나리는 웃는 얼굴을 보였지만, 젠세쓰는 아직 다른 일을 생각하고 있는 것 같았다.

"알고 계시겠지요. 오늘 사와산에서 아버님을 비롯해 부인과 아드님도 모두 자결하신 것을……?"

그리고 비로소 생각난 듯 당황하여 미쓰나리를 화로 곁으로 안아들였다.

"그런가, 오늘 성이 함락당했나……?"

미쓰나리는 화로 곁에서 다시 송곳으로 찌르는 듯 아파오는 배를 움켜쥐고 중얼거렸다.

"이상한 일이군. 보지 못한 탓인지, 내 일처럼 생각되지 않는구먼."

그것은 반은 진실이고 반은 거짓이었다. 일찍이 일곱 장수들에게 몰려 쫓겨갔 을 때 미쓰나리를 관대하게 용서해 주었던 이에야스였다. 형 마사즈미나 그의 자 식 시게이에에게는 할복을 강요할지라도 부녀자는 혹시 살려줄지 모른다는 기대 가 미쓰나리의 가슴 어딘가에 숨어 있었다.

"그래, 모두 죽었는가……?"

"죽인 것은 아닙니다. 천수각에서 농성하여 불 지르고 훌륭하게 자결하신 겁니 다."

"훌륭한 자결……."

미쓰나리는 젠세쓰의 말에 긴장했다. 젠세쓰는 나를 증오하고 있구나. 아니, 아버지도 형도 자식도 아내도 자결했는데 더럽고 보잘것없는 도롱이와 삿갓 모습으로 도망 다니는 미쓰나리를 감정상 도의상으로 비난하고 있는 게 분명하다.

미쓰나리는 나직이 웃었다.

"그런가? 과연 미쓰나리의 혈육, 잘했군…… 그러나 나는 아직 죽지 않겠어, 젠세쓰"

젠세쓰는 대답하는 대신 손수 죽솥을 화로의 삼발 위에 놓고 잠자코 밥에 더운물을 부었다.

"아참, 설사약은 없나? 오래 폐를 끼치지는 않겠다. 아무튼 오사카로 서둘러 가야 될 몸이니."

젠세쓰는 꾸벅 머리를 끄덕이고 약을 가지러 갔다. 고야산의 '다라니풀'인 듯하다. 그것을 말없이 미쓰나리 앞에 내놓고, 다시 크게 한숨 쉬며 거의 말을 하지 않았다.

밥을 끓여 만드는 죽은 금방 되었다. 거기에 식은 볶은 된장을 곁들여 내놓자 미쓰나리의 배는 꾸르륵 소리를 냈다. 계속 꾸르륵거리는 배 속의 소리가 미쓰나리는 그대로 젠세쓰를 비난하는 소리로 여겨졌다.

'만일 여기서 마을 사람들에게 발각된다면 어떻게 될까?'

숨겨준 사람은 모두 같은 죄, 젠세쓰는 지금 그 일만 생각하고 있는 게 분명하다.

조용히 무엇엔가 귀 기울이고 있는 젠세쓰에게 미쓰나리는 말했다.

"이것으로 배도 든든해지겠지. 고맙다. 아무도 안 보이는 것 같군. 절머슴도 행자(行者)도 없는가?"

"예, 모두 심부름 보냈습니다."

"내가 올 것 같아서인가?"

"예……사람들 눈에 띄면 마지막이리라 생각되어서."

그렇게 말한 다음 젠세쓰는 갑자기 두 손을 모아 미쓰나리에게 빌었다.

"인정을 모른다고 여기지 마시오. 여기는 절이니 누가 찾아올지도 모릅니다."

"먹고 나거든 가라는 말인가?"

"아닙니다. 이 마을의 요지로(與次郞)를 불러올 테니, 그 사람 집에서 경계가 풀릴 때까지……."

"농부 요지로네 집에?"

"예, 이 언저리에서는 그 사람 말고는 그럴 만한 자가 없습니다."

미쓰나리는 가만히 젓가락을 놓았다.

"좋아, 요지로를 불러 다오."

젠세쓰가 문을 잠그고 나가자 미쓰나리는 저도 모르게 눈을 감고 지붕을 스쳐가는 바람소리에 귀 기울였다.

오랜만에 죽을 먹고 나니 배 속은 아직도 꾸르륵거리고 있다. 그러나 여기서 두 사발 이상 먹는 것은 삼가야 된다고 스스로 타일렀다.

"허, 벌써 시즈가타케에서 바람이 불어오는군."

생각해 보면, 이 북녘의 오미 땅은 이시다 미쓰나리의 생애에 온갖 꿈과 고난을 주고 있다. 이 땅에서 태어난 미쓰나리는 이 땅에서 히데요시에게 발탁되어 이 땅에서 출세의 실마리를 잡았다. 시즈가타케를 피로 물들인 히데요시와 시바타 가쓰이에의 한바탕 싸움이 히데요시에게 천하를 움켜잡을 기회를 주었고, 미쓰나리에게도 또한 그에 못지않은 행운의 길을 열어주었던 것이다……

그런데 30여 년이 지나 이 땅은 그를 다시 손짓해 불렀다. 황량한 겨울이 가까워온 것을 알려주는 시즈가타케의 바람소리를 그의 머릿속에 다시 불러일으키려고 했다. 히데요시는 '나니와의 영화는 꿈속의 또 꿈'이라는 말을 남기고 이 세상을 떠났는데, 미쓰나리는 대체 이 바람소리를 어떻게 듣고 어떻게 보고 떠나야 좋을 것인가?

미쓰나리는 또 혼자 나직이 웃었다. 이미 아버지도 없고 처자도 없다. 생명을 이어온 긴 인생에서 자기만 홀로 남아 끈질긴 설사에 맞닥뜨리고 있다.

'여기서 젠세쓰에게 칼을 빌려달라고 하면 얼마나 기뻐할까……'

아마도 주군은 훌륭한 분, 일부러 여기까지 찾아왔으면서도 마을 사람들의 고난을 구하려고 깨끗이 할복했다고 소문내며 은밀히 무덤도 만들어줄 것이다.

'그러나 미쓰나리는 그렇게 하지 않는다……'

그런 안이한 허위가 미쓰나리에게 허용되어서야 되겠는가. 미쓰나리는 싸울 것이다. 목숨이 남아 있을 때까지 세속과는 상관없이 진실한 자기와 대결해 갈 것이다……

"주군……별일 없었습니까?"

입구 문이 밖에서 똑똑 울렸다. 젠세쓰가 농부 요지로를 데리고 돌아온 것이 분명하다. 미쓰나리는 기듯이 툇마루를 내려가 문을 열었다.

"아, 주군님……."

요지로는 손에 무명옷 한 벌을 들고 멍하니 장승처럼 섰다. 초라한 차림을 젠세쓰에게서 듣고 온 게 틀림없다. 갈아입을 옷을 준비해 온 것이다…….

"서두르시오, 요지로 님."

"예……예."

두 사람은 미쓰나리를 부축해 일으키고 다시 문을 단단히 잠갔다.

"주군님, 정말 반갑습니다."

요지로는 농부들 중에서 인망은 있지만 촌장은 아니다. 그러므로 만일의 경우를 생각해 젠세쓰가 미리 그를 생각해 두었던 것이다.

"요지로, 나는 매정한 사나이야. 은혜를 입었으면 갚으라는 거다."

"원, 별말씀을 다. 저는 주군님의 난처하심을 이대로 보고만 있을 사람이 아닙니다. 저의 집 뒤쪽은 산으로 이어졌고……그 산속에 아무도 모르는 굴집이 있습니다. 그렇습니다, 도둑이나 전쟁을 만났을 때 먹을 것을 감춰두는 굴이지요……자, 서둘러 그쪽으로 옮기시기를……."

단순한 요지로는 처음부터 울 작정으로 온 것 같았다.

젠세쓰는 요지로가 우는 것을 잠자코 물끄러미 지켜보고 있다. 그 눈빛이 두려움과 불안에 떨고 있다.

'요지로 님, 염려 없겠지요?'

입 밖에 낼 수 있는 일이라면 다시 한번 또렷하게 다짐하고 싶었을 것이리라. 요지로의 입에서 젠세쓰가 부탁했다는 말이 샌다면, 젠세쓰뿐 아니라 마을 사람들까지도 무사할 수 없다…….

미쓰나리는 요지로의 손에서 불룩한 보자기를 받아들고 무뚝뚝한 표정으로 옷을 갈아입기 시작했다.

'고맙다'고 말해야 될 것 같았다. 그러나 덩달아 눈물도 쏟아질 것 같았다. 그래서 미쓰나리는 감히 그러지 못했다. 젠세쓰와 요지로의 심정이 어떻게 돌아가고 있는지 정확히 보아두는 것에 온 신경을 기울이고 싶었다.

젠세쓰의 몸에 숨어 있는 이기심과 호의의 비율은?

요지로의 이성과 감상의 비율은……?

그러한 인간의 모습을 어디까지나 냉철하게 속속들이 보아가는 것이 이제부터 미쓰나리 인생의 결말이었다.

'여느 사람으로서는 볼 수 없는 세계다…….'

비록 적의 손에 잡혀 목이 잘린다 하더라도 자르는 자와 잘리는 자의 공포며 혐오의 미묘한 감정까지 확실하게 가슴에 새겨 알고 싶었다.

"자, 준비됐다, 가자."

"예……예, 그러면 주지님께 뒷문을 살짝 열어달라고 하겠습니다."

"그 굴집은 그대의 집과 떨어져 있나?"

"3, 4정쯤 떨어져 있습니다만 다른 사람은 지나다니지 않는 저희 집 산의 밭입니다."

"그럼, 거기까지 그대 자신이 식사를 나를 생각인가?"

"예……가족들에게 알리고 싶지 않습니다. 만일의 경우에는 저 혼자……."

"두렵지 않나?"

말한 다음 미쓰나리는 겁에 질려 있는 젠세쓰 쪽을 흘끗 건너다보고 말을 덧붙였다.

"어떤 경우에도 주지의 이름을 대서는 안 돼. 절을 찾아가려는 내 모습을 발견하고 그대 혼자 생각으로 데려왔다고 해. 아니, 나에게 협박당하여 어쩔 수 없이 안내했다고 해도 좋아."

"원, 별말씀을! 절 이름은 대더라도 협박당했다고는 무슨 일이 있어도 말하지 않겠습니다. 자, 따라오십시오."

미쓰나리의 말에 젠세쓰는 겨우 안심하여 크게 한숨을 내쉬며 얼른 배 아픈 데 쓰는 약을 가지고 또 앞장섰다.

"몸조심하시도록 이걸 가지고 가십시오. 그럼, 부디 무사하시기를……."

"하하……신세 졌어. 젠세쓰, 내가 무사히 오사카성에 돌아가면 그때는 이 절에 칠당가람(七堂伽藍)을 지어주마."

"감사합니다."

절 뒤쪽은 그대로 산으로 이어져 있다. 문을 열자 바람소리가 훨씬 차갑고, 별빛이 거칠게 내리비쳐왔다.

'역시 시즈가타케가 가까워서……'

머잖아 이 지방에 찾아들 겨울 내음이 벌써 가까이 다가오는 느낌이었다.

"그럼, 안녕히."

"몸조심하여 장수하도록."

그렇게 말했으나 미쓰나리는 이제 젠세쓰를 되돌아보려고 하지 않았다.

어둠 속에서 조심스럽게 움직이며 요지로의 발뒤꿈치와 짚신의 움직임에 온 신경을 모으며 걸었다.

굴집에 이를 때까지 미쓰나리는 두 차례나 길가에 구부리고 앉아 대변을 보았다. 이제 배가 뒤틀리지는 않았으나 다리의 피로와 계속되는 설사 때문에 잠시 걷다가는 쉬지 않을 수 없었던 것이다…….

그때마다 요지로는 조금 떨어져 신경을 모아 주위를 경계하고 있었다.

"들개라도 나와서 짖어대면 곤란합니다."

"요지로."

"예……예."

"그대는 후회하고 있지 않나? 이제부터 수색이 더욱 심해지리라고 생각되는데."

"무슨 후회 같은 것이 있겠습니까? 저는 대감님에게……."

"큰 은혜를 입었다고 진정으로 지금도 생각하고 있나?"

"예……예."

"대체 나에게 무슨 은혜를 입었다는 거냐?"

"원, 별말씀을. 제 이웃동네의 다주로(太十郞)가 시바산(柴山) 경계에서 소송을 제기했을 때 주군님은 일부러 저 때문에 다주로를 징계해 주셨습니다."

"그것이 큰 은혜인가?"

"예, 그때 옳게 재판을 내리시지 않았다면 저희 집은 모든 재산을 잃고 보잘것없는 농부로 전락했을 것입니다."

"그런가? 옳은 재판이 그만큼 큰 은혜인가?"

이야기하면서 산기슭을 돌아 굴집 앞에 다다랐을 때 요지로는 무엇을 보았는지 쉿 하며 미쓰나리를 그 자리에 앉히고 서둘러 오동나무밭 가운데로 2, 30걸음 뛰어들어갔다.

"왜 그러지, 누가 있나?"

"아닙니다. 무슨 소리가 났는데 아무것도 보이지 않는군요."

"이 주변에 다른 사람은 들어오지 않는다고 했지?"

"예……예."

"그럼, 지금 그대의 가족은?"

"예, 데릴사위를 맞아 거기서 손자가 둘, 모두 여섯 식구입니다."

말하면서 요지로는 다시 한번 허리를 뻗어 주위를 살피고, 그런 다음 굴집의 입구를 덮은 가마니를 살며시 들어올렸다.

"불빛이 새나오면 큰일이니 이대로 불편을 참아주십시오. 여기에 볏짚이 두둑이 깔려 있습니다. 그리고 식사는 반드시 제가 날라올 것이니 결코 다른 사람을 부르시지 마십시오."

"알았어, 알았어. 좋은 깔개구먼. 지옥에서 부처님을 만난다는 게 바로 이런 것이겠지. 나도 곧 자겠다. 그대도 빨리 돌아가 집안사람에게 의심받지 않도록 주의하는 게 좋아."

"그럼, 대감님……."

"수고를 끼쳤군. 잊지 않겠어."

굴집 속은 안으로 길고 널찍하여 아마 다다미 8장쯤 되는 크기인 모양이다. 그 왼쪽에 내동댕이친 것처럼 볏짚이 잔뜩 흩어져 깔려 있다.

요지로가 나가자 미쓰나리는 다시 나직이 소리 내어 웃었다. 그는 이미 비극 속의 인물이 아니라 그것을 구경하는 완전한 방관자가 되어 있다.

"미쓰나리여, 얼마나 재미있는가……."

자문자답하기 시작했을 때 이번에는 분명 드리워놓은 가마니 가까이에서 푸석푸석 흙이 무너지는 소리가 났다.

"누구냐? 요지로, 아직 있었나?"

미쓰나리의 소리에 대답은 없었다.

'잘못 들은 것은 아니다…….'

일어서서 밖을 내다보려고 몸을 일으켰을 때 으스스 찬 바람이 속으로 파고들었다. 입구에 내려진 가마니를 누군가 들치고 들어왔다.

"누구냐?"

스스로도 의외로 여겨질 만큼 조용한 목소리였다.

"예……예, 이 집 식구입니다."

"요지로의 식구……그렇다면 아들인가?"

"아니, 사위입니다."

"여기로 들어오는 걸 보고 있었나?"

"실은……절에서부터 뒤따라왔습니다."

"무슨 일이냐?"

"대감님께 청원할 것이 있어서 왔습니다. 그 전에 이것을 받아주시기 바랍니다."

상대는 손을 더듬어 가까이 오고 있었지만 이상하게 살기는 느껴지지 않는다. 미쓰나리는 볏짚 위에 윗몸을 일으켰다.

"여기다. 여기 있어."

"아, 이 손……차가운 손이시군요. 자, 이걸 받으십시오."

맨 먼저 건네준 것은 부드러운 감촉으로 보아 아직 따뜻한 주먹밥이라는 것을 곧 알 수 있었다.

"제가 집에 가서 만들게 하여 가져온 것입니다. 콩고물을 묻힌 것입니다. 그걸 우선 하나 잡수신 다음 남은 것은 단단히 허리에 차도록 하십시오."

"알았다. 그대는 어린애가 둘이라지?"

"예……그리고, 이것을 받아주시기 바랍니다."

"이것은 뭐야? 돈이 아닌가?"

"예, 만일의 경우에는 필요하시게 될 것 같아서…… 자, 받아두십시오."

"받아두라면 받겠지만……그대는 나에게 이걸 가지고 여기서 나가달라는 말인가?"

"예……예, 부디 그렇게 해주셨으면 합니다. 이런 것을 사위 입장에서 말씀드리기는 뭣합니다만 저희 장인어른은 더없이 착한 분입니다."

"그건 잘 알고 있지만……."

"저 같은 자에게도 신불께서 내리신 좋은 사위라며 말할 수 없이 잘해 주십니다. 그 생각을 하면 그 착한 장인을 당치도 않은 죄인으로 만들고 싶지 않습니다."

미쓰나리는 갑자기 입을 다물었다. 상대의 목소리가 우는 소리로 바뀌어가고 있었기 때문이었다. 거짓말하고 있는 게 아니라, 저 나름대로 골똘히 무언가 숙고

한 일인 것 같았다.

"대감님, 착한 장인은 대감님을 여기에 이렇게 숨겨드릴 수 있는 줄 생각하고 있습니다. 이 굴집을 마을 사람들이 아무도 모르는 줄 알고……하지만 벌써 제가 이렇게 알고 있습니다……촌장님도 알고 있지요……아니, 저마다 식량 감출 데를 가진 사람은 어디엔가 이런 굴집이 있다는 것쯤 모두 알고 있습니다."

"……."

"게다가 오늘 밤에도 촌장님이 명령을 내렸습니다. 아무도 숨겨두지 않았겠지만 내일은 만일을 위해 관리를 데리고 집집마다 돌아보겠다고…… 예, 이것은 결코 마을 사람들을 괴롭히려고 한 말은 아닙니다. 만일 숨겨 두었으면, 내일 돌아보기 전에 다른 데로 옮기든가 피신시키는 것이 좋으며, 그렇지 않으면 온 마을이 벌을 받는다는 뜻을 은연중에 풍긴 친절한 말씀입니다."

그 말을 한 다음 그는 그대로 미쓰나리 앞에 앉아 다시 눈물을 글썽거리며 울고 있었다.

미쓰나리는 잠자코 있었다. 상대가 하는 말을 들을 수 있는 데까지 듣고 싶었다. 이 한 사람의 농부가 무엇을 생각하고 무엇을 하려는 것인지? 그것을 아는 일은 지금의 미쓰나리로서 충분히 산 보람이 될 수 있었다.

"그러니 큰일 났습니다……이대로는 장인도 제 처자도……아니, 온 마을이 봉변을 당합니다. 그래서 주군님이 살아나신다면 또 모르되 주군님을 붙들리게 한다면 온 마을의 봉변도 소용없는 일…… 주군님, 소원입니다! 어떻게든 밤이 새기 전에 저와 둘이 여기서 도망쳐 주십시오. 다만 그뿐입니다."

"뭐, 그대와 도망쳐……? 그럼, 그대는 나를 어디로 데려갈 작정이냐?"

"예, 배를 타고 호수로 저어나갈 것입니다."

"그대가 나를 배에 태워서 말인가?"

"예, 아무에게도 들키지 않고 호숫가에 닿으면 장작 실은 배 밑에 숨으시도록 해서 건너드리겠습니다."

"호숫가까지 아무에게도 들키지 않으면 좋겠지만."

"예……예."

"만약 들킨다면 어떻게 할 셈인가?"

"그럴 경우에는 마을 사람들은 아무도 모르는 것으로……예, 절의 주지님도 장인께서도 모르는 것으로 하고……알고 있는 것은 저 혼자만으로 해서, 단념해 주시기 바랍니다."

미쓰나리는 또 잠시 말을 끊었다가 상대의 생각을 다시 음미했다.

"그대는 장인을 살리고 싶은가?"

"예……예, 장인도 처자도 살리고 싶습니다."

"만일을 위해 묻겠다, 이건 그대 한 사람의 지혜만은 아닌 것 같은데, 어때?"

말하고 나서 미쓰나리는 좀 지나친 말이었나 하고 고개를 조금 기울였다.

상대는 얼마쯤 긴장하는 듯싶었다.

"어때, 누군가와 상의했지? 장인이 여기로 데려오는 줄 알고……."

"예……예, 실은 그랬습니다."

"누구에게 상의했나?"

"누가 있겠습니까. 촌장님입니다."

"흠, 촌장이……그럼, 촌장이 호숫가로 데려가라고 했군."

"그밖에는 다른 방법이 없을 거라고."

"촌장 말대로 호숫가에서 배를 저어 나간다 해도 무사히 건너갈 수는 없지."

"예……? 무슨 말씀이신지?"

"잘못하면 나는 호수에서 적의 배에 공격당하여 사로잡히고, 그대는 그 자리에서 베이고 말겠지. 그러면 이 마을은 상관이 없다…… 거기까지 그대는 생각했나? 촌장은 물론 생각 끝에 한 말이겠지만……."

그러자 상대는 부스럭 소리를 내며 짚 위에서 무릎걸음으로 다가왔다.

"그렇지 않습니다! 촌장님은 그런 분이 아닙니다. 저희 장인 이상으로 대감님의 은혜를 생각하여 고심하고 계십니다. 호수 위에서 대감님을 적에게 넘겨주다니……그런 생각을 할 분이 아닙니다."

"그럼, 촌장도 나에게 은혜를 느끼고 있단 말이냐?"

"예…… 이 마을에서 대감님의 은혜를 생각지 않는 자는 한 사람도 없습니다."

"어째서 내가 그렇듯 모두에게서 사모받나?"

"그건 말씀드릴 필요도 없습니다. 대감님만큼 인정을 베푸신 분은 아직 없었기 때문입니다."

미쓰나리는 깜짝 놀라 가슴을 눌렀다. 그만큼 상대의 목소리는 진지한 울림을 지니고 있었던 것이다…….

'미쓰나리만큼 인정을 베푼 사람은 없다…….'

과연 그러했던가?

미쓰나리는 어둠 속에서 차츰 상대가 보이기 시작했다. 모습이나 형태만이 아니었다. 내부에 흐르는 선량한 농부의 혈관 움직임까지도 보이는 것 같았다.

미쓰나리는 일찍이 농부를 괴롭히려고 생각한 적은 없었다. 그러나 '이처럼 인정을 베푼 분은 없다……'면서 사모받을 만큼 농부를 사랑해 왔던 것일까? 미쓰나리는 조용히 고개를 흔들며 한숨을 내쉬었다. 어쩐지 몹시 어리둥절한 느낌이었다. 낯간지럽기도 하고.

'백성이란 이 얼마나 갸륵한 존재인 것일까…….'

그런 느낌도 없지 않았다.

"대감님, 소원입니다. 부디……촌장님과 저를 믿어주십시오. 배가 있는 데까지 가면 장작 밑에 대감님을 숨기고 저는 목숨을 다해 노를 젓겠습니다. 예……저는 장작 싣는 배라면 누구 못지않게 저을 수 있습니다."

듣고 있는 동안 미쓰나리는 무릎 위에 눈물을 뚝뚝 떨어뜨리다가 깜짝 놀랐다. 자신이 울고 있는 것을 깨닫지 못했는데 저절로 눈물이 눈시울을 넘쳐나왔던 것이다…….

"그러면 그대는 마을을 위해, 장인을 위해……아니, 처자를 살리기 위해 목숨을 버릴 작정인가?"

"대감님, 그런 불길한 말씀은 마십시오. 배가 무사히 건너가리라 믿으며 저어가고 싶습니다."

"그럴 테지."

"그리고 그대로 장작을 내려놓고 돌아오면 촌장도 장인도 처자도 아무도 모를 것입니다……그러면 모두 무사하지 않겠습니까?"

"그렇게 된다면 확실히 그대 말대로겠지."

미쓰나리는 대답하고 살며시 상대의 손을 더듬었다. 흥분한 탓이리라. 마디가 몹시 딱딱하지만 따뜻한 손이었다.

"여보게……그대는 장인 못지않게 착한 사람이로군."

"감사합니다."

"나는……이시다 미쓰나리는……그대에 비할 때 얼마나 부끄러운 생애를 보내왔는지. 나는 그대가 갖지 못한 지혜에만 의지하여 그대처럼 의리 있는 따뜻한 정을 모르고 살아왔어…… 고맙다, 이로써 나는 나에게 모자라는 또 하나의 큰 것을 몸에 지니게 되었다."

"그럼, 떠나주시겠습니까?"

"오, 가고말고."

"감사합니다. 감사……이렇게 감사할 따름입니다."

"그러나 갈 곳은 호숫가가 아니다."

"예? 그럼, 저 산으로……?"

미쓰나리는 상대의 손을 잡은 채 명랑하게 웃었다.

"촌장에게 데려다 다오."

"그……그……그러시면 이야기가 다르지 않습니까……?"

"그게 아니다. 그대가 나를 잡아 촌장에게 넘기고……촌장은 요시마사가 있는 이노구치에 고발한다. 그러면 되는 거야. 알겠는가?"

그 순간 상대는 정신없이 손을 잡아끌었다.

"그건 안 됩니다! 그래서는 안 됩니다."

물어뜯을 듯한 목소리로 말하며 몸부림쳤다.

"그……그……그러면 저는 이혼당합니다!"

미쓰나리도 언성을 높였다.

"잘 듣거라. 이것이 그대의 진정에 보답할 수 있는 오직 한 가지 나의 호의인 거야."

"그렇다고 장인께서 숨겨드린 대감님을 사위인 제가 고발하다니……그런 짓은 하……할 수 없습니다."

"그럼, 이 미쓰나리는 이대로 여기를 떠나지 않겠다."

"그건……안 됩니다. 그러시면……내일 촌장님이 관원들과 함께 이 굴집에 도……."

"자, 그러니 데려다주는 게 좋을 거야. 데려가면 상을 받고, 버려두었다 발각되면 그대 집안뿐 아니라 온 마을이 봉변당한다."

"그렇기 때문에 배로 가시자고 말씀드린 것입니다!"

"그건 안 돼!"

미쓰나리는 다시 한번 나직이 꾸짖었다.

"그대는 싸움을 모른다. 다나카 요시마사가 이노구치까지 왔다는 것은, 나를 잡기 위해 호숫가에 배를 잔뜩 대놓고 있다는 거야. 만일 그대가 그의 눈을 피해 떠나는 데 성공했다고 하자. 그래도 지쿠부섬(竹生島)에 가기도 전에 그 병사들에게 포위되어 나도 그대도 붙들리겠지. 나는 좋아. 그러나 그대는 그 때문에 고문을 당하게 돼."

"하지만……그……그……그것은, 아니, 그렇게 되면 저도 각오를 하겠습니다."

"그리고 만약 장인의 일, 촌장의 일, 주지의 일들을 모두 알게 된다면 어떻게 하겠나? 알겠나? 이 미쓰나리가 그대의 진심에 보답할 수 있도록 해주게. 여기까지 이렇듯 엄중한 경계가 미쳐 있는 줄 모르고 찾아온 게 미쓰나리의 불찰이었다……."

"그럼, 이토록 부탁드려도……."

"상을 타도록 하라. 온 마을이 봉변당하지 않도록 해 다오. 이 미쓰나리는 기꺼이……나 스스로 자신을 넘겨주려고 하는 거야."

상대는 가만히 어둠 속에서 움직이지 않았다. 미쓰나리의 말과 마음이 통하기 시작한 모양이다.

상이냐?

아니면 온 마을의 봉변이냐?

미쓰나리는 갑자기 온몸이 홀가분해졌다.

'이젠 삶도 죽음도 없다…….'

그러나 목적은 조금도 바꿀 필요가 없었다. 싸움터를 벗어나 여기까지 온 것은 다만 오사카로 가까이 가기 위해서였다…… 그리고 이제는 그 오사카로 사로잡혀서 간다고 정하면 되는 것이었다. 그래도 죽을 때까지 넉넉히 관찰은 계속할 수 있다. 게다가 사람 눈을 피해 다니는 여로의 경험은 이제 이 정도로 충분했다.

"마지막으로 그대를 만났어. 사람 눈을 피해 다니는 나그넷길은 풍성한 꽃을 피웠네."

그러나 그런 술회는 상대에게 통하지 않았다. 상대는 갑자기 얼굴을 가리고 울음을 터뜨렸다.

"고맙다, 미쓰나리를 위해 흘려주는 눈물인 줄 아네. 드디어 미망의 구름이 개고 확 트인 하늘을 우러러보는 것처럼 상쾌한 기분이군. 그대가 촌장을 불러와도 좋아. 그리고 여기서 촌장에게 넘겨줘도 좋다. 나는 갑자기 덴페이를 만나고 싶어졌어…… 덴페이라고 하면 그대는 모르겠지? 다나카 요시마사의 애칭이야. 옛날부터 친했던 친구…… 그 친구가 서로 적이 되어 싫증 나도록 찾아다니던 미쓰나리를 사로잡는다…… 서로 얼굴이 마주치면 뭐라고 할까……? 하하…… 즐거움이 늘어날 것 같군. 자, 어느 편으로든 마음을 정하도록 하라."

그러나 요지로의 사위는 여전히 꼼짝도 하려 하지 않았다.

포로의 가마

　미쓰나리를 잡았다는 소식이 알려졌을 때 이에야스는 오쓰에 와 있었다. 다나카 요시마사로부터의 보고를 혼다 마사즈미가 전했다.

　"지난 9월 21일, 저의 부하 다나카 나가요시(田中長吉)가 고슈 이카군 후루바시 마을에서 도망 중이던 이시다 미쓰나리를 포박하여 이노구치 마을에 있는 제 진영까지 끌고 왔습니다. 미쓰나리는 도망 중에 생쌀을 먹고 설사가 심하여 걷는 것도 어려운 상태이지만 곧 압송하여 내대신님 앞에 도착될 날짜는 25일쯤 되리라고 생각합니다."

　"도착하면 격식대로 대접하도록."

　이에야스는 그렇게 말했을 뿐, 난규산에서 달아나 거성인 미나쿠치성으로 돌아간 나쓰카 마사이에 부자에 대한 처리를 이케다 나가요시(池田長吉)와 가메이 고레노리(龜井玆矩)에게 명했다.

　이때 이미 고니시 유키나가와 에케이는 저마다 체포되어 오쓰의 성루에 갇혀 있었다. 고니시 유키나가는 미쓰나리처럼 일단 이부키산으로 도망쳤다. 그러나 무사히 피할 수 없다는 것을 알고 이 산의 동쪽 기슭, 가스카베 마을(糟賀部村)의 촌장에게 자수한 모양이었다.

　촌장의 보고로 다케나카 시게카도의 가신이 신병을 인계받아 구사쓰까지 연행하여 이에야스의 가신 무라코시 시게스케에게 인계했다.

　에케이는 승려 모습으로 모리 히데모토 군의 뒤를 따라가다 오미로 나가자 그대로 모리 군을 경계하여 나스 마을(那順里)에서 구쓰키 골짜기로 도망쳤다. 모리 히데모토가 동군과 내통하고 있는 것을 알고 신변의 위험을 피하려 한 것이 틀림 없었다.

에케이는 야마시로 고개(山城坂)를 넘어 야세(八瀨), 오하라(小原)를 거쳐 구라마산(鞍馬山)의 겟쇼사(月照寺)에 숨어 있었다. 그러나 여기도 안심할 수 있는 땅은 못 되었다. 그래서 몰래 구라마산을 나서 로쿠조(六條) 변두리에 숨으려다가, 그에게 사사로운 원한이 있던 고슈 사람 라쿠마모루(樂鎭)의 눈에 띄었다. 그의 밀고로 이에야스의 사위이며 교토 행정장관인 오쿠다이라 노부마사의 손에 체포되었다.

지금 오쓰의 성루에 갇힌 고니시 유키나가는 목에 형틀이 씌워지고, 그와 미닫이 하나 옆방에는 에케이가 포박되어 갇혀 있었다. 주모자인 미쓰나리가 와닿으면 어떻게 다루어질 것인지가, 오쓰까지 와서 오사카를 살피고 있는 동군 장수들의 화젯거리였다. 에케이는 본디 승려였으므로 그리 문제 되지 않았지만, 고니시 유키나가에 대한 이야기는 꼬리를 물었다.

"목에 형틀이 씌워져 누울 수도 없다면서 투덜대고 있다더군."

"미련이 많은 사람이야. 왜 가스카베 마을에서 할복하지 않았을까."

"할복할 위인이면 싸움터에서 도망치지도 않았겠지. 천주교 신도에게는 자살이 금지되어 있대. 그래서 배를 가르는 대신 붙잡혀 왔다더군."

"가소로운 이야기야. 천주교 신자라 해서 전사까지 금지되어 있지는 않을 텐데."

"그런 양반이니 감시하던 무라코시 님에게, 하다못해 목 형틀의 쇠사슬이라도 길게 해서 잘 수 있게 해달라고 부탁했다가 거절당했다지 뭐요."

"허, 왜 거절당했는가?"

"이 근방에는 대장간이 없으니 교토에 갈 때까지 기다리라고. 하하……그 얼굴이 눈에 선하군."

이런 분위기 속에서 미쓰나리는 가마를 타고 다나카 요시마사에게 끌려 25일 오전 10시에 오쓰로 옮겨졌다…….

미쓰나리가 도착했다는 소식에 본진 앞에는 예기치 않았던 각 부대의 무사들이 구경하러 모여들었다. 이에야스 밑에서 싸워온 사람들로서는 한없이 가증스러운 미쓰나리였으니 무리도 아니다.

그날은 활짝 갠 봄날씨처럼 호수 위를 불어오는 바람도 거의 없었다. 본진 앞에 늘어선 동군 장수들 진영은 승리자의 자부심을 정연하게 햇볕에 드러내고 있었다.

다나카 요시마사는 그 사이를 뚫고 포로의 가마를 거느리고 말을 몰며 왔다. 본진 앞에 이르자, 말에서 내려 마중 나온 총지휘자 대리 혼다 마사즈미에게 인계했다.

"이시다 미쓰나리를 데리고 왔으니 인수하십시오."

"수고하셨소. 혼다 마사즈미, 틀림없이 인계받았습니다."

인사는 그뿐, 미쓰나리는 가마를 탄 채 혼다 마사즈미에게 넘겨지고 다나카 요시마사는 부하들과 함께 본진 입구에 대기했다.

가마 앞에는 소나무숲을 등진 곳에 12장의 새 다다미가 깔리고 세 면이 장막으로 둘러져 있었다.

혼다 마사즈미는 성큼성큼 가마에 다가가 정중하게 한 무릎을 꿇었다.

"이시다 님, 제가 보고드릴 동안 이 다다미 위로 나오셔서 쉬고 계십시오."

구경하던 무사들은 서로 얼굴을 마주보며 실망한 듯 한숨을 내쉬었다. 좀더 거친 목소리와 사나운 취급으로 그들의 울분을 풀 수 있으리라 생각하고 있었기 때문이다.

미쓰나리는 말없이 하인이 갖다놓은 짚신을 신었다. 너덜너덜한 무명옷에 헬쑥한 볼, 수염과 머리칼은 흐트러지지 않았으나 가슴에서 뒤로 살이 패일 만큼 질끈 묶여진 세 줄기 오랏줄은, 혼다 마사즈미가 정중하게 대접할수록 가련한 패잔의 모습으로 더욱 드러났다.

아직 마음대로 걸을 수 없는 모양이다. 병졸이 좌우에서 부축하여 다다미 위에 앉혔다.

미쓰나리는 앉자마자 마사즈미를 똑바로 쳐다보며 말했다.

"고맙군. 여러 사람 앞에서 이렇게 정중하게 대해 주니. 이것이 진중의 예의라는 것이겠지."

기죽은 모습은 전혀 보이지 않고 매섭게 비꼬는 말만 쏟아놓을 작정인가보다.

그러나 혼다 마사즈미는 아무 반응도 나타내지 않았다.

"그럼, 보고드릴 동안 잠시 쉬고 계십시오."

높은 하늘을 흘끗 쳐다보고 그는 본진 장막 속으로 사라졌다.

미쓰나리는 야외에 깔린 널찍한 다다미 위에 앉아 오른쪽을 흘끔흘끔 보다가 왼쪽을 노려보고 있었다. 붙들려 당황하는 사람의 모습이 아니라 세상을 마음대로 움직이는 초연한 거인의 모습이었다.

이때 구경꾼을 둘로 가르며 그의 앞으로 다가와 말을 멈춘 무장이 있었다. 본진에 인사하러 온, 미쓰나리의 원수 후쿠시마 마사노리였다.

마사노리와 미쓰나리의 시선이 마주쳤다.

"미쓰나리!"

마사노리는 굵고 거친 소리로 부르며 혀를 찼다.

"그대는 어울리지 않게 쓸데없는 싸움을 일으켜 그 모양이 됐군."

큰 소리로 말해 구경하는 무사들이 '와' 하고 웃었다. 미쓰나리는 그 웃음이 끝나기를 기다렸다가 말했다.

"하하……그대야말로 내가 사로잡아서 이렇게 해줄 작정이었는데 좀 빗나갔어. 억울하군."

상대가 한 발자국도 물러서지 않고 입씨름할 작정임을 알자 마사노리는 가볍게 웃으며 그대로 지나가버렸다.

아마 다른 장수들도 미쓰나리가 어떤 꼴을 하고 끌려올 것인지 흥미를 느낀 게 확실하다. 아무튼 유례없을 정도로 거만하게, 때로는 다이코 이상의 권력을 휘두르며 살아온 미쓰나리인 것이다. 그 미쓰나리가 마침내 효수형을 면치 못할 포로로서 어떤 벌거숭이 모습을 하고 여러 장수들 앞에 나타날 것인가……? 초연하게 눈을 감고 있을까? 짓눌려 동정을 자아내는 모습일까? 아니면 여전히 여느 때의 고집을 끝까지 부릴 것인가?

맨 처음 그 앞을 지나간 후쿠시마 마사노리는 그가 끝까지 고집부릴 생각이라고 판단하여 두 번 다시 말을 걸지 않았다. 말을 걸면 반드시 비꼬는 말로 통렬하게 응수할 것이기 때문이었다. 그런데 다음에 나타난 고바야카와 히데아키는 보기 좋게 그 수에 넘어가고 말았다. 그에게 있어 미쓰나리는 다이코의 위광을 힘입은 건방지고 간사한 인물로만 보였다.

그는 일부러 말에서 내렸다.

"허, 마침내 미쓰나리가 붙들려 왔군. 미쓰나리는 괘씸한 녀석이야. 어디 좀 보고 가자."

성큼성큼 미쓰나리 앞으로 바싹 나아가 머리끝에서 발끝까지 어루만지듯 훑어보았다.

"끝내 이렇게 되고 말았군."

"히데아키!"

"뭐야. 남겨두고 싶은 말이라도 있나?"

"나는 일본 으뜸가는 비겁한 자를 이 눈으로 보았어."

"뭐라고?"

"다이코의 망극한 총애를 잊고 히데요리 님을 배반한 두 다리 걸친 변덕쟁이, 얼굴을 똑똑히 보여 다오! 기억해 두었다가 다이코 전하께 말씀드려야겠다."

미쓰나리가 도리어 눈을 부릅뜨고 얼굴을 쑥 내밀자 히데아키는 당황하여 곁에서 떠나버렸다.

굽힐 생각이 없는 미쓰나리는, 24살밖에 안 되는 히데아키로서는 도저히 당해낼 수 있는 적수가 아니었다.

"입만 살아 있는 바보 녀석, 끌려온 놈의 넋두리라는 걸 모르는 모양이군."

히데아키는 그대로 말고삐를 부하 손에 넘기고 서둘러 본진 안으로 들어갔다.

미쓰나리의 시선은 건너편 소나무 가지 끝으로 옮아가 있었다. 거기에는 네댓 마리의 참새가 쫓고 쫓기면서 놀고 있었다.

히데아키의 모습이 보이지 않게 되자 사람들은 소리 죽여 웃기 시작했다. 누가 보아도 히데아키가 미쓰나리에게 당한 것으로 보였기 때문이다.

"내대신님은 과연 미쓰나리를 만나보실까?"

"저런 태도라면 미쓰나리 녀석, 대감님에게도 분명히 기를 쓰고 대들 테지. 대감님은 만나보지 않으실 거야."

"그렇군, 미쓰나리가 어떤 태도로 나올 것인지 보기 위해 저 다다미 위에서 쉬게 했는지도 몰라."

"뻔한 일이지. 마사즈미 님도 부친 못지않게 지혜로운 분이니까."

사람들이 속삭이고 있을 때 이번에는 호소카와 다다오키, 가토 요시아키, 구로다 나가마사가 잇따라 말을 몰고 왔다.

사람들은 숨죽이고 이 세 사람이 미쓰나리에게 뭐라고 말을 건넬 것인지 마른침을 삼키며 기다렸다.

호소카와 다다오키는 미쓰나리 때문에 오사카 저택에서 처자를 잃었다. 어쩌면 채찍을 들어 때리지나 않을까…… 다다오키도 요시아키도 흘끗 가볍게 한 번 건너다보았을 뿐 미쓰나리 앞에서 말을 멈추지 않았다. 완전한 무시였다.

세 번째로 구로다 나가마사만이 말을 세웠다. 미쓰나리는 조금도 사양하는 빛 없이 얼굴을 쳐들고 나가마사를 노려보았다. 나가마사의 아버지 간베에도 이에야스 편을 들어 규슈를 공략하고, 나가마사는 세키가하라에서 맨 먼저 미쓰나리에게 뛰어든 강적이었다. 그런 만큼 주위 사람들은 한순간 숨죽이며 두 사람을 지켜보았다.

구로다 나가마사는 말에서 내렸다. 고삐를 병졸에게 건네주고 성큼성큼 다다미 곁으로 가까이 걸어갔다. 씩씩하고 날카로운 그의 눈썹은 부들부들 떨렸으며 화를 감추지 못해 이마에 힘줄이 불쑥 솟아났다.

"미쓰나리 님"

"뭐야?"

"귀하는 불행하게도 지금 이런 꼴이 되어 분하시겠지요. 이것이라도 걸치시오."

야릇한 어조와 목소리였다. 증오감을 억누르려는 걸 잘 알 수 있었고 손가락도 떨리는 게 느껴졌다. 그런데도 구로다 나가마사는 입고 있던 전투복을 벗어들었다. 그리고 성큼성큼 다다미 위로 올라가 뒤로 결박된 미쓰나리의 윗몸에 전투복을 걸쳐주었다. 그것으로 미쓰나리의 처참한 꼴이 절반은 덮여졌다. 거친 오랏줄 매듭이 사람들 시야에서 사라진 것이다.

미쓰나리가 흘끔 그 옷자락으로 눈길을 떨구었을 때 벌써 나가마사는 다다미에서 내려 억센 갑옷 등을 보이며 본진 쪽으로 걸어가고 있었다.

미쓰나리가 눈을 지그시 감은 것은 그다음 순간이었다. 창백한 얼굴이 질그릇처럼 굳어지고 호흡이 거칠어져 어깨를 흔들었다.

"둘 다 대단하군."

"정말이야. 분노를 억누르던 저 구로다 님의 모습은 화낼 때보다도 더 무서워 보였어."

"그렇지, 그게 무인의 태도라는 것이겠지."

"어지간한 미쓰나리도 대들지 못했어. 역시 뼈에 사무쳤던 모양이지."

사람들이 수군대기 시작했을 때 혼다 마사즈미가 다시 장막 속에서 나타났다

"요시마사 님, 대감님이 귀하에게 미쓰나리 님을 안으로 데려오라고 하십니다."

"알겠소."

　다나카 요시마사는 고개를 끄덕이고 일어나 말했다.

"미쓰나리 님, 대감님이 보자고 하신답니다."

"덴페이……"

　미쓰나리는 얼마쯤 핏발 선 눈을 들었다.

"에도의 내대신을 내 앞에서 대감님이라고 부르지 마. 이 몸의 대감님은 히데요리 님밖에 없다."

"그렇소? 알았습니다. 그럼, 그 에도의 내대신님 앞으로 가십시다."

"오, 가고말고."

　두 사람의 대화는 그 내용과는 반대로 매우 명랑한 여운을 남겼다. 어느 쪽이나 마음으로는 이미 서로 용서하고 있기 때문이리라.

"덴페이라니, 놀라운걸. 포로의 몸으로 그렇게 부르다니."

"끝까지 양보하지 않는 분이야. 그렇지만 저 혼다 님의 표정은 또 어떻던가? 악담 따위는 들리지도 않는다는 표정 아니던가?"

"과연 대감님의 대리다웠어. 젊지만 뱃속에 담력과 지혜만 들어 있대."

　사람들이 수군대는 가운데 미쓰나리는 다나카 요시마사에게 끌려 혼다 마사즈미에게 부축받으며 장막 안으로 들어갔다.

　구경꾼들은 물론 아직 흩어지지 않았다. 안은 들여다볼 수 없지만 미쓰나리를 어떻게 처리할 것인지 흥미롭고 궁금했기 때문이었다…….

　이에야스는 허리갑옷 위에 겉옷을 걸친 차림으로 걸상에 편안히 앉아 있었다.

　미쓰나리가 끌려오자 작은 소리로 곁에 있는 도리이 규고로에게 말했다.

"걸상을……"

　이에야스는 미쓰나리에게로 시선을 돌렸다.

　미쓰나리는 똑바로 이에야스를 노려보듯 하며 들어와 단정하게 고개 숙여 인사하고 걸상에 앉았다. 이번에는 미쓰나리의 표정이 조금 전의 구로다 나가마사의 표정과 아주 흡사했다.

　이에야스 양쪽에는 본진에 모여든 여러 장수들의 얼굴이 죽 늘어서 사방에서

미쓰나리의 온몸을 노려보고 있었다.

이에야스는 웃지도 않았지만 그리 노한 태도도 보이지 않았다.

"미쓰나리 님, 배탈이 나셔서 고생하셨다고요? 전쟁할 때는 흔히 있는 일이지만 조심해야지요. 생쌀은 네 시간 가까이 물에 담갔다가 불렸을 때 먹지 않으면 반드시 설사를 일으켜 곤란하답니다."

미쓰나리는 핏발 선 눈으로 이에야스를 노려본 채 대답하지 않았다. 상대의 말에 대답해야 될 것은 아니라고 판단했기 때문이었다.

'이 너구리 녀석, 나를 어린애 다루듯 하는군.'

아니, 그는 자기를 어린애처럼 다룰 수 있는 이에야스를 비로소 발견한 듯한 느낌이었다.

'다음에는 무슨 말을 할 것인가……?'

"어떻소? 좀 나았나요? 낫지 않았으면 내가 좋은 약을 가지고 있는데."

"약이라면 덴페이에게서 얻었습니다."

"그렇다면 잘됐군. 요시마사는 귀하와 어릴 적부터의 친구, 또 무사의 자세도 갖춘 사람이니 그리 무례하게 대하지 않았으리라 생각하지만……부자유스러운 게 있다면 말하시오."

"흥."

미쓰나리는 냉소했다. 언젠가 효수당하리라는 것을 알고 묶여 있는 자에게 부자유스러운 게 있으면 말하라고 태연하게 묻는다. 머리끝에서 발끝까지 모두 부자유스러울 게 뻔한 일 아닌가.

"싸움에는 승패가 있소. '이기는 것도 지는 것도 때의 운'이라고 옛사람들은 말했고, 귀하 정도면 뭐 새삼스럽게 이야기할 것도 없겠지요. 다만 나는 내 생각대로 귀하를 다섯 행정관 중의 한 사람으로 대우할 작정이오."

미쓰나리는 지체 없이 대답했다.

"좋으실 대로……이렇게 된 이상 어떻게 취급하셔도 이의 없소."

"그렇소? 어떻게 다뤄도 좋단 말이지."

'아차!'

미쓰나리는 섬뜩했다. 이런 대목에서 이런 되물음을 들을 줄 생각지 못했던 것이다.

"그래? 그럼, 귀하의 말에 따르기로 하지. 좋아, 규고로."

"예."

"내게도 마음에 걸리는 일이 한 가지 있다. 그건 후시미성에서 미쓰나리에게 포위되어 억울한 죽음을 당한 그대의 부친, 도리이 모토타다에 대한 일이다. 미쓰나리 님도, 그걸 알고 저렇게 말씀하고 계시니 미쓰나리 님을 그대에게 맡기마."

"예."

"그대의 진지로 데려가 모처럼의 미쓰나리 님 뜻에 어긋나지 않도록 처리하라. 마사즈미, 미쓰나리 님은 도리이 규고로에게 맡기기로 하겠다."

미쓰나리는 저도 모르게 눈앞이 아찔해지고 현기증이 났다. 미쓰나리 생각으로는 사로잡히더라도 오사카까지는 갈 수 있으리라고 생각했다. 물론 그런 계산에 완전히 의존할 생각은 없었다. 하지만 요지로나 그 사위의 소박한 마음에 접했을 때 이렇게 생각했던 것은 사실이었다.

'내 뜻을 바꾸지 않고 그들을 살릴 수 있다면…….'

그리고 직접 수색 나온 사람이 자기와 친한 다나카 요시마사라는 것도 어딘지 모르게 그에게 한 가닥의 안심감을 주었다. 사실 다나카 요시마사는 덴페이, 덴페이라고 그에게 마구 불리면서도 결코 소홀하게 그를 대접하지 않았다.

요시마사의 명령을 받고 후루바시 마을로 포박하러 온 다나카 나가요시는 간파쿠 히데쓰구로부터 본디 녹봉 1000석을 받던 대장이었다. 혹시 자기에게 사사로운 원한을 품고 있는 건 아닐까 염려했으나 굴집에서 병들어 지쳐 있는 그를 포박하지도 않고 친절하게 가마에 태워 이노구치의 자기 진영으로 데려갔다. 이노구치에서는 의원에게 치료받고, 먹고 싶은 부추죽을 대접받기도 했으니 죄수라기보다 친구 대우라 해도 좋았다.

어쩌면 미쓰나리는 그러한 요시마사의 대접에 너무 익숙해져서 그만 이에야스 앞에서 부주의한 말을 해버렸는지도 모른다. 본디 누구 앞에서도 말을 꾸미거나 사양할 생각은 추호도 없는 미쓰나리였으나, 상대가 무례하게 비웃으려 들지 않는 한 그가 자진해서 화나게 할 생각도 없었다. 그런데 여기서 부주의하게도 좋으실 대로 하고 무의미한 오기를 부리고 만 것이다…….

다시 생각해 볼 것도 없이 이 말은 크나큰 거짓이었다. 그 취급에 불만이 있다면 이에야스건, 모리 데루모토건 큰소리로 꾸짖으려 한 것이 죽음을 앞둔 미쓰나리의 고집이고 의지였다. 그런데 '좋으실 대로'라고 하다니.

그리고 그 말이 나오자마자 재빠르게 이에야스는 보기 좋게 되받아넘기며 거침없이 그를 도리이 모토타다의 아들에게 넘겨주기로 결정한 것이다…….

"그럼, 피곤하실 테니 곧 도리이 규고로의 진지로 가시지요."

혼다 마사즈미에게 재촉받고 미쓰나리는 걸상에서 일어났다. 자기가 내놓은 말이라 순순히 일어설 수밖에 도리 없었다.

어쨌든 이처럼 뜻밖의 일이 어디 있겠는가. 적어도 이에야스를 상대로 천하를 다투는 싸움을 한 한쪽 대장으로서 당당하게 처형당할 작정이던 이시다 미쓰나리가 쓸데없는 대항의식으로 내뱉은 실언 때문에 단숨에 도리이 규고로의 '아버지 원수'로 전락해 버린 것이다.

죽음에 별다를 것은 없다. 그러나 도요토미 가문을 위해 최후의 저항을 시도한 서군의 실질적 총대장이라는 명목으로 죽는 것과, 도리이 규고로에게 아버지의 원수로 살해당하는 것과는 미쓰나리에게 있어 그 가치가 하늘과 땅만큼 차이가 있었다.

'미쓰나리! 이것이 네 본연의 모습이다. 조그만 반발심 때문에 언제나 도리어 자신의 의지를 더럽힌다…… 이것이 네가 끝내 벗어나지 못한 평생의 결점이었어…….'

그리고 이제 그 결점을 똑바로 지켜보며 미쓰나리는 이에야스 앞에서 끌려나갔다…….

도리이 규고로는 아직 젊다. 아마도 후시미성에서 분하게 죽어간 아버지 모토타다의 원수를 마음껏 욕보이고 나서 죽이고 싶은 심정일 게 분명하다. 혼다 마사즈미가 미쓰나리를 일으켜 세우자 규고로는 다시 한번 이에야스에게 말없이 머리 숙이고 미쓰나리 뒤를 따라나왔다.

미쓰나리는 이제 아무것도 생각지 않기로 했다. 그것은 사소한 말의 반발이었으나 돌이킬 수 없을 만큼 큰 실언이었으며 실책인 것도 사실이었다. 사태가 이렇게 된 이상, 자기에 대한 처리를 침착하게 규고로에게 맡길 수밖에 없었다.

'이에야스에게 하고 싶은 말이 태산 같았는데…….'

그렇지만 여러 말을 시키지 않고 말꼬리를 잡는 이에야스의 그 수법 또한 어떠했던가.

'그것은 단순히 늙은 너구리가 할 수 있는 술책이 아니다……'

미쓰나리가 무슨 말을 할 것인가 하는 예측 따위 할 수 있을 리도 없다. 더구나 입 밖에 낸 순간 재빠르게 미쓰나리에 대한 처리를 결정해 버렸다. 그건 병법의 달인끼리 서로 칼을 겨누어 조그만 틈도 놓치지 않고 쳐들어가는 날카로운 칼바람을 연상시킨다.

'이에야스 놈, 역시 달인임에 틀림없다.'

본진을 나서자 미쓰나리는 도리이 집안사람들에게 넘겨졌다.

"우리 진지는 멀지 않으니 이대로 걸어가주시오."

말하는 규고로의 목소리도 딱딱했고, 그를 둘러싼 가신들의 눈도 저마다 증오에 불타고 있었다.

구경꾼들은 아직 흩어지지 않았다. 그 가운데를 걸어가는 미쓰나리의 고통은 육체적인 것이 아니라 가슴속에 뜨거운 물이 부어지는 듯한 정신적 아픔이었다.

'미쓰나리 못난이가 제 스스로 자신을 이런 우스꽝스러운 처지에 놓이게 하다니……'

자조의 웃음이 입가에 떠오를 것 같아 이중으로 고통이 더해졌다.

도리이 규고로의 진지는 과연 그리 멀지 않았다. 대대로 내려오는 이에야스의 소중한 가신이므로 혼다 헤이하치로의 진지와 나란히 있었다. 호수를 배경으로 한 상당히 큰 구조의 상인 집을 그대로 쓰고 있었다.

미쓰나리가 도착하자 규고로는 엄격한 목소리로 경비병을 늘리도록 명한 다음, 앞장서 안쪽 방으로 안내했다. 규고로의 거실 옆방으로, 객실로 쓰여지는 듯했다.

"포박을 풀어라."

딱딱한 목소리로 근위무사에게 지시하고 규고로는 말했다.

"신타로 형님은 지금 유키 중장(히데야스)과 함께 우쓰노미아에 있습니다. 그 덕분에 저에게 귀하의 몸을 맡기신 겁니다. 단 제가 다루는 것은 신타로 형님의 의사와 같다고 생각하십시오."

미쓰나리는 그 딱딱 끊어서 하는 말에 웃으면서 머리를 끄덕였다. 그리고 포박이 풀린 팔을 문지르며 말했다.

"형제분이 따로 떨어져 일하느라 수고가 많겠소."

그러고는 그것을 아첨으로 여기면 안 된다 싶어 상대의 나이를 염두에 두었다.

"전시에는 예사로 있는 일이지만 아버님을 친 것은 이 미쓰나리, 보복하는 데 조금도 마음 쓸 필요는 없소."

미쓰나리의 말을 듣자 규고로는 날카롭게 한 번 흘끗 쳐다보고는 그대로 입을 꽉 다물었다. 섣불리 말하지 않으려는 조심성이라기보다 털어놓고 이야기하는 말주변이 본디 없는 사람인 것 같다.

'아니면 가슴속에 화가 치밀어, 감정처리를 하지 못하고 있는 건가?'

"그럼, 편히 쉬십시오."

규고로는 내뱉듯 말하고 냉큼 방을 나가버렸다.

"……그럼, 편히 쉬십시오?"

미쓰나리는 저도 모르게 또 웃음 지었다. 아버지의 원수를 데려다놓고 편히 쉬라니 참 희한한 인사다. 이에야스의 직속무장에는 이상한 괴짜도 다 있구나. 이 말할 수 없이 어수룩한 순박함이 막상 싸움터에 나서면 불가사의한 힘으로 돌변한다. 거기에 미카와 무사들을 가신으로 거느리고 있는 이에야스의 강점이 있는 모양이다.

'아니, 이런 자들이라서 인사도 기묘하지만 복수의 수단도 역시……?'

미쓰나리는 문득 뒤쪽 물가에서 이상한 소리를 듣고 살며시 영창을 열어 보았다.

소나무 너머에 대나무 다발과 통나무를 어깨에 멘 사람들이 무표정한 얼굴로 줄지어 물가에 그것을 내던지고는 돌아가고 있었다. 보나마나 대나무 울타리를 준비하는 것이다. 어쩌면 그 울타리 한가운데에 앉혀 놓고 목을 벨 작정인지도 모른다. 할복을 허용할 정도의 관용은, 결심을 나타낸 얼마 전 규고로의 얼굴에서는 느껴볼 수 없었다.

이상한 일은 그 울타리를 엮기 시작할 무렵부터 계속되었다.

"목욕물 준비가 되었습니다. 때를 씻으십시오."

이번에도 가신이 아니라 규고로가 직접 말했다.

"아니, 목욕물을 준비하셨소?"

"예, 목욕하시고 나면 상쾌해질 겁니다."

"고맙소. 목덜미의 때를 잘 벗겨두기로 하지요."

목욕탕에서 나왔을 때는 산뜻한 명주 솜옷에 속옷 띠까지 곁들여져 있었다.

'허, 미카와 사람에게도 재미있는 재주가 있군.'

깨끗이 해서 베는 편이 낫다고 생각했나⋯⋯.

물론 이전의 명주 솜옷은 이노구치에서 무명옷으로 갈아입었다. 그러나 요시마사도 목욕물까지 끓여주는 후대는 하지 않았다.

미쓰나리는 기분이 풀렸다. 옷을 갈아입고 나자 이번에는 젊은 사람이 와서 빗으로 머리를 빗겨주고 얼굴의 수염을 밀어주었다. 목을 베었을 때 흉하지 않도록 하려는 생각에서라 할지라도 결코 불쾌한 것은 아니다. 더구나 그동안 규고로는 단정한 자세로 곁에서 지켜보고 있었다.

'그렇지, 그러고 보니 이 규고로의 형은 다이코에게서 무쇠팔뚝 신타로라는 별명을 들은 고지식한 사람이었어⋯⋯.'

머리를 빗고 방으로 돌아오니 거기에는 벌써 저녁상이 차려져 있었다.

상 위에서 따뜻하게 풍겨오는 것이 배 속까지 염려해 주는, 자신이 즐기는 부추죽 냄새라는 것을 알았을 때부터 미쓰나리는 묘한 기분이 되었다.

'이 녀석, 내 배탈까지 고쳐서 천천히 벨 작정이구나⋯⋯.'

좋은 냄새구나⋯⋯하며 공기와 젓가락을 집어들고 미쓰나리는 규고로에게 말을 걸었다.

"내가 부추죽을 좋아하는 걸 도리이 님은 어떻게 아셨소?"

목욕하고 난 뒤의 상쾌감이 미쓰나리를, 노림 받고 있는 아버지의 원수라는 살벌한 관계에서 야릇한 친근감으로 끌어들이고 있었다.

"예, 대감님에게 들었습니다."

"뭐, 내대신에게서 들었다고⋯⋯?"

"그렇습니다. 대감님은 다나카 요시마사 님에게서 들으셨을 겁니다."

"허⋯⋯그럼, 내대신은 그대에게 미쓰나리가 좋아하는 것을 대접하라고 하던가요?"

"아니, 나 혼자 생각입니다."

"참으로 고맙소. 과연 도리이 모토타다 님 아들답군요. 도리이 님."

"예."

"서로 적이 되어 공격하고 싸웠지만 이 미쓰나리는 아버님께 아무 원한이 없었소. 그것만은 양해해 주시겠지요?"

"……."

"아니, 그렇다고 나에게 관용을 베풀어달라는 것은 결코 아니오. 마음대로 하셔도 좋소. 다만 원한이 없었다는 것만 말해 두려는 거요."

"알고 있습니다."

규고로는 무뚝뚝하게 대답한 다음 한숨 쉬고 나서 다시 말했다.

"실은 좀더 상을 잘 차리려고 했으나 고기는 오히려 분별없는 짓 같아 삼갔습니다. 그럼, 천천히 드십시오."

그리고 시동 하나를 남겨두고 그대로 방을 나갔다.

미쓰나리는 또 '천천히……'라는 인사말에 씁쓸한 미소를 지었다. 이것은 규고로의 입버릇 같기도 하고 그 밖에 다른 인사말을 모르는 것 같기도 했다.

어쨌든 사람에게 길들지 않은 맹수 같은 체취와는 전혀 다르게 시원한 면을 동시에 가진 젊은이였다.

어느덧 뜰 밖의 울타리 엮는 소리가 멎었다. 벌써 엄중하게 이 진지와 물가의 차단이 끝난 모양이다.

'놓치지 않으려고 하는구나…… 그러면서도 좋아하는 부추죽을…….'

알맞게 간을 맞추어 배탈 난 위장에 소화되게끔 부드럽게 끓여져 있었다. 누군가 재치 있는 노신이 곁에서 일러주고 있는 것일까.

'여기가 바로 내 인생의 종착점인 모양이다…….'

생각하며 죽 두 공기를 먹고 나서 미쓰나리는 정신이 번쩍 들었다. 아까 규고로가 '고기는 오히려 분별없는 짓 같아서 삼갔습니다'라고 말한 의미가 문득 머리에 떠오른 것이다.

아까는 그것을, 배탈 난 자기에게 먹지도 못하는 성찬이 되므로 삼갔다고 알아들었는데 그렇지 않은 모양이다. 미쓰나리의 아버지도 처자도 모두 죽었다. 그래서 고기는 오히려 분별없는 처사라 생각하여 상에 올려놓지 않았다는 의미가 아니었던가……?

그렇다면 미쓰나리는 그 젊은이에게 완전히 허를 찔린 게 된다. 자기 배탈만 생각하고, 아버지며 처자를 비롯해 전사한 일족에 대한 예의를 잊고 있었다…….

"상을 물리거든 도리이 님을 한 번 더 뵙고 싶다고 전해 주지 않겠나?"

미쓰나리는 시동에게 그렇게 말하지 않을 수 없었다.

죽는 순간까지 미쓰나리는 인간의 마음이 어떻게 움직이는지 자타를 막론하고 정확히 보아두고 싶었다. 아름다운 것도 추한 것도…… 그 미쓰나리가 만일 도리이 규고로라는, 자기의 최후를 맡길 젊은이의 마음을 잘못 보거나 오해한 채로 죽는다는 것은 견딜 수 없는 노릇이었다.

'물어보자. 티 없는 마음으로 물어보면 아무리 말주변 없는 젊은이라도 숨김없이 자기 생각을 털어놓겠지.'

시동이 물러가자 미쓰나리는 어떻게 규고로의 입을 열게 할까 생각하기 시작했다. 그 일만으로도 마음속이 훈훈해졌다. 고기에 대한 해석이 차츰 명복을 비는 의미의 식사로 받아들여졌기 때문이다.

규고로는 잠시 뒤 차를 들고 들어왔다. 찻그릇은 그리 귀한 게 아니었다. 소에키의 기호에 따라 조지로에게 굽게 한 검정 찻잔이었다.

규고로가 서툰 솜씨로 찻잔을 앞에 놓는 것을 기다려 미쓰나리는 마음을 다잡고 말을 꺼냈다.

"도리이 님, 아무래도 그대의 말씀이 나의 마지막을 인도하는 말이 될 것 같소. 그런 마음으로 내 물음에 대답해 주겠소?"

규고로는 엄숙한 표정으로 무릎 위에 손을 놓았다. 젊은 혈기로 '들어보자!'는 자세요 눈초리였다.

"아까 그대는 고기를 삼갔다고 하셨소. 그 뜻은?"

"가족들이 사와산에서 최후를 마치신 지 초이레……라고 알고 있기 때문입니다."

"역시 그랬구려. 고맙소. 나는 하마터면 배탈이 나서 고기반찬은 삼가 주신 걸로 해석할 뻔했소."

미쓰나리는 솔직하게 말하면서 이 젊은이가 단번에 자기 품속으로 뛰어 들어올 듯한 친밀감을 느꼈다.

"도리이 님, 그대의 호의를 믿고 묻겠소. 예의에 벗어난 점 용서하오. 그대는 내가 무척 밉지요?"

"그렇습니다."

"그럼, 이미 나의 처형이나 그 방법을 정하셨겠지. 물론 생각대로 하시는 게 좋소. 어떻게 하든 나는 그대를 만나게 되어 기쁘오. ……목욕을 시켜 주고 머리를 빗겨 주었소. 옷도 얻어 입고, 가족들의 초이레까지 생각해 주셨으니 조금도 그대를 원망하지 않겠소. 그대는 이 미쓰나리에게 할복을 허락해 주지 않겠소?"

미쓰나리가 물어오자 규고로는 다시 엄격하게 자세를 바로하고 말했다.

"할복 같은 건 허락할 수 없습니다."

"그럼, 목을 벨 작정이오, 아니면……?"

더 참혹한 처형을 생각하고 있느냐는 의미의 미소를 지었다.

"미쓰나리 님을 제 손으로 처형하면 주군께 꾸중 듣게 됩니다."

"뭐……뭐라고 했소?"

"제 손으로 처형한다는 건 생각지도 못할 일입니다."

"하지만 내대신은 나를 그대에게……"

"맡기신 걸로 알고 있습니다."

"맡겼다……인계받은 게 아니고……?"

"대감님은 말수가 적은 분이십니다…… 귀하께서 일일이 여러 장수들에게 반발하시니 그대로 두면 누군가가 귀하를 죽이려 들 것입니다. 그런 불상사가 생길 것을 우려하여 원한이 가장 큰 저에게 맡겨주신 거지요…… 그렇게 알므로 만일을 위해 울타리를 두르고 경비병을 늘려 경계하고 있습니다."

미쓰나리는 뜻밖의 말에 자기 귀를 의심했다. 미쓰나리는 다급하게 물었다.

"그럼, 그럼, 이 미쓰나리를 그대에게 넘긴 것은 마음대로 처치하라는 의미가 아니라는 거요?"

도리이 규고로는 여전히 자세를 바로한 채 딱딱한 말투로 대답했다.

"그렇게 알고 있습니다."

"그럼, 그것은 내대신이 그대에게 수수께끼를 낸 거란 말이오?"

"그렇습니다."

"그대는……그대는 그것을 어떻게 알게 되었소?"

"무슨 말씀을…… 저희는 선조 대대로 내려오는 주종 간입니다."

"아무리 주종 간이라 하더라도…… 나에게는 그렇게 해석되지 않았소. 이건 중대한 일이오. 그대의 해석이 틀림없는지 가신을 보내 확인해 보는 것이 어떻겠소?"

그러자 규고로는 비로소 희미하게 웃으며 고개를 내저었다.

"그럴 필요까지는 없습니다. 제가 대감님 마음을 잘못 받아들인다면 충성을 바칠 수 없습니다. 아니, 또 혹시 그것이 잘못되었다 하더라도 상관없습니다."

"잘못되었다 하더라도 상관없다니……?"

"무사에게는 무사의 체면이 있습니다."

"점점 더 모르겠는걸. 그대의 그 체면이란?"

되묻자 규고로는 얼마쯤 멸시하는 빛을 보였다.

"미쓰나리 님은 내 부친의 원수가 아닙니다. 보다 큰 동군 전체 적의 대장입니다."

"하긴."

"그러므로 비록 대감님께서 나에게 맡길 테니 마음대로 처치하라고 진심으로 말씀하셨다 하더라도 받아들일 수 없습니다. 미쓰나리 님을 내 손으로 처치한다면 아버님의 죽음이 보잘것없는 게 되어버립니다. 아버님은 한 사람의 이시다 미쓰나리와 싸우다 돌아가신 게 아닙니다. 천하를 위해 고립된 성을 사수하다 세상을 떠나신 겁니다. 그러므로 미쓰나리 님을 나 혼자에게만 맡긴다는 건 이치에 닿지 않습니다."

거기까지 말한 규고로는 자기 태도의 불손함을 깨달았는지 다시 표정을 굳히고 말을 이었다.

"물론 그런 옳고 그름을 모르시는 대감님이 아니십니다. 그러므로 중요한 적의 대장을 맡기니 웃음거리가 되지 않도록, 또 버릇없는 횡포한 자들이 무례한 짓을 못 하도록 정중하게 대접해 드리라고 명령하신 게 틀림없습니다."

미쓰나리는 그 말을 듣고 있는 동안 차츰 입술이 새하얘졌다.

'졌다…….'

자기의 영혼 어딘가에서 진정으로 그렇게 말하는 소리가 들렸다.

"그럼, 그 목욕도, 부추죽 대접도 모두 내대신의 명령이었단 말이오?"

"물론입니다. 적이라고는 하나 같은 무장, 그 대접에 실수가 있어서는 대감님의 무사도도 저의 무사도도 위신이 서지 않습니다. 후세에까지 웃음거리가 될 것입니다."

"웃음거리가 된다……."

미쓰나리는 다시 한번 중얼거린 다음 다시 묻지 않을 수 없었다.

"그럼, 나는 여기서 누구 손에 넘어갈 것이라고 생각하오?"

"글쎄요, 교토에서 오쿠다이라 노부마사 님이 인계받으러 오겠지요. 그때까지
는 우선 편히 쉬고 계십시오."

미쓰나리는 이제 웃을 수가 없었다. 규고로를 가신으로 가진 이에야스가 진심
으로 부러웠다…….

새로운 지도

이시다 미쓰나리가 오쓰에서 교토로 압송될 무렵, 온 일본을 뒤덮었던 전운이 차츰 맑은 하늘을 내보이기 시작했다.

생각하면 참으로 복잡하면서도 단순한 역사의 행보라고 할 수 있다. 보기에 따라서는 세키가하라 싸움이야말로, 덴쇼 12년(1584)에 시작되었던 이에야스 대 히데요시의 고마키 전투 종반전이기도 했다.

그때 43살이었던 이에야스는 올해 59살이 되었다. 그 16년 동안 히데요시와 이에야스는 겉으로는 때로 양보하고, 때로 손잡고, 때로 서로 도우며, 지략을 겨루고, 전력을 다투고, 인심수습으로 겨루고, 끈기로 다투었다. 그리하여 마침내 인간의 가치를 결정짓는 역사의 방향을 내다보면서 세키가하라에서 맞선 것이다.

히데요시는 이미 살아 있지 않다. 그러나 히데요시의 마음속 깊이 뿌리내리고 있던 '이에야스에 대한 불신'이 그대로 미쓰나리에게 계승되어 그의 손에 의해 서군으로 뭉쳤다 해도 과언이 아니다.

히데요시는 결코 이에야스를 인정하지 않았다. 그러나 끝내 정복할 수 없었다. 고마키에서 이에야스를 칠 수 없다는 걸 알자 누이동생을 주고, 어머니를 인질로 보내면서까지 이에야스에게 상경하도록 청했다. 그리하여 이에야스를 스루가, 도토우미, 미카와에서 간토로 옮기게 했을 때 일단 승리를 거둔 것처럼 보였다. 그러나 그것은 어디까지나 그렇게 보인 데 지나지 않아 히데요시의 마음은 조금도 편해지지 않았다.

그 증거로, 그는 이에야스를 간토로 옮기게 한 뒤 방어에 있어 일본 으뜸으로 평판 나 있는 나카무라 가즈우지를 스루가에 두어 그 진로를 막았다. 그리고 가케가와, 하마마쓰, 요시다, 오카자키, 기요스, 기후 등에도 모두 자기 심복을 두어 굳혔다.

도카이도뿐만이 아니다. 나카센도 방면에는 신슈 고모로(小諸)에 센고쿠 곤베에(仙石權兵衛)를 두어 우스이 고개를 지키게 하고, 사나다 부자를 자기 편으로 하여 가와나카지마, 기소 등의 요소요소에 영주대리를 두어 이에야스가 서쪽으로 침입하지 못하도록 물샐틈없이 방위체제를 굳혔다.

가모 우지사토를 아이즈 영주로 삼은 것도, 나중에 그의 아들 히데유키가 이에야스의 사위가 되었다고 해서 그 뒤 우에스기 가게카쓰를 옮긴 것도, 우에스기의 옛 영토 에치고에 호리 히데마사를 둔 것도 모두 이에야스를 경계하고 두려워한 배치였다.

그 점에서 히데요시는 이에야스를 두려워하는 야릇한 분열증에 걸려 있었다 해도 과언이 아니다. 물론 모든 게 그의 이상인 '일본의 평화'라는 커다란 목적을 위해서였음은 말할 나위도 없지만······.

이러한 이에야스에 대한 공포, 이에야스에 대한 불신이 히데요시를 가장 가까이에서 모시던 이시다 미쓰나리에게 그대로 물려졌다고 해서 이상할 건 없었다. 미쓰나리는 히데요시의 마음속 깊이 간직된 이에야스에 대한 미움과 두려움을 저도 모르는 사이에 받아들여, 그것을 히데요시의 감화로 생각지 않고 도리어 자기의 통달한 식견으로 여겼다. 그렇게 생각하면 이에야스를 경계해야 될 이유를 알지 못한 채 그와 친근해지는 사람은 모두 식견이 모자란 용서할 수 없는 도요토미 집안의 적으로 보이게 된다.

바꾸어 말하면 미쓰나리는 히데요시의 약점인 이에야스 불신이라는 한 면을 이어받았고, 이에야스는 히데요시의 첫째 목적인 '일본의 평화'를 바라는 마음을 이어받은 결과인 것이다. 그런 의미에서 보면 세키가하라는 히데요시 속에 깃들어 있던 두 마음의 대결장소였으며, 여기에야말로 놓칠 수 없는 역사의 흥미와 교훈이 숨어 있다······.

미쓰나리는 결코 범상한 인물이 아니었다. 물론 도요토미 집안을 위하는 마음도 거짓이 아니다. 그러나 히데요시에게서 물려받은 것의 가치를 비교한다면 이에야스와 하늘과 땅의 차이가 있었다. 그 물려받은 것의 차이가 세키가하라 결전으로 생생하게 나타났다.

흐르는 역사의 뜻은 인간끼리의 불신이며 증오를 불러일으키는 데 있는 게 아니고 한시라도 빨리 반석 같은 안정을 바라는 데 있었다…… 따라서 미쓰나리가 개인적으로는 이에야스의 몇 배나 더 기량 있는 사람이었다 할지라도 역시 이 눈에 보이지 않는 흐름을 자기 편으로 만들지는 못했다.

그 증거로 히데요시가 이에야스를 견제하려던 포석이 거의 모두 이에야스 쪽으로 흘러가버렸다. 슨푸의 돌도, 가케가와의 돌도, 하마마쓰, 요시다, 오카자키, 기요스의 돌도 처음부터 이에야스와 함께 이 흐름을 지키는 제방의 돌이 되어 있었다. 그 흐름은 기후를 무너뜨리고, 오가키를 무너뜨리고, 사와산과 쓰루가를 무너뜨리고, 이제 오쓰의 호숫가에서 교토와 오사카를 향하고 있다.

그렇게 되면 벌써 온 일본의 세력 판도가 확 바뀌는 것은 당연했다.

나카센도로 진격해 온 히데타다 군도 도중에서 저항다운 저항에 부딪친 것은 우에다의 사나다 마사유키 군 정도였으며, 9월 20일 오미의 구사쓰에 도착하여 이에야스 군과 합류했다.

히데타다 군이 세키가하라 결전에 때맞춰 도착하지 못했기 때문에 이에야스는 대단히 불쾌하게 여겼다는 말이 떠돌았다. 히데타다 군에는 사카키바라 고헤이타 이하의 정예 외에도 노련한 혼다 마사노부가 따르고 있다. 마사노부는 도중에 홍수가 나서 늦었다고 그럴듯하게 사과했으나, 처음부터 이에야스와 협의한 예정된 행동이었다. 이에야스는 교묘하게 자기의 주력은 그대로 지키면서 도요토미 집안의 남은 장수들만 지휘하여 그들에게 흘러가는 역사의 방향을 가리켜 보인 것이다…….

이에야스가 동군을 따르게 했던 오노 하루나가를 오사카로 보내 요도 마님과 히데요리에게 이번 싸움의 결과를 보고케 한 것은 히데타다의 나카센도 군과 합류한 9월 20일의 일이었다.

'이로써 이제 고비는 넘겼다……'

무언중에 그것을 확신했음이 분명하다.

이에야스는 요도 마님 앞으로 편지를 쓴 다음 하루나가가 전할 말을 친절하게 일러주었다.

"알겠나? 이번 일은 미쓰나리, 에케이 등의 무리가 입으로는 히데요리 님의 명령을 빙자했지만 어린 히데요리 공은 물론 이런 일에 관계될 리 없고 요도 마님은 더욱 여자의 몸으로 전혀 관여하지 않았을 것이다. 그러므로 이에야스는 추호도 다른 뜻이 없다. 모든 것을 없었던 일로 알고 안심하시도록 말씀드려 다오."

듣고 있던 오노 하루나가의 눈이 붉어질 만큼 그것은 아무 거리낌 없는 친절한 전언이었다.

오노 하루나가는 25일에 요도 마님과 히데요리의 사자를 데리고 다시 서둘러 오쓰로 돌아왔다. 그 사자의 말을 들으면 요도 마님 모자가 이에야스의 도량에 얼마나 감사하고 있는지 눈에 선히 보이는 것 같았다. 히데요시의 이상을 이어받은 자와 그 불신을 이어받은 자에게서 나타나는 크나큰 차이를 보여준 것이다.

이에야스는 아직 오쓰를 떠나려 하지 않았다. 다시 그리지 않으면 안 될 새 지도의 구상에 여념 없었다.

이에야스에게 각지에서의 보고와 방문객이 쉴 새 없이 찾아들었다.

이 전란의 도화선이 된 우에스기 가게카쓰는 그 뒤 다테, 모가미의 도전을 받아 이들과 대응하기 위해 유키 히데야스와는 대치상태를 유지했다. 지금 호코사의 쇼타이가 뒤에서 줄곧 우에스기 가문에 공작을 벌이고 있었다. 유키 히데야스에게 항복하고 화해하라는 것이다.

규슈에서는 구로다 나가마사의 아버지 간베에가 바로 이때다 하고 평생 동안 모아놓은 돈과 곡식으로 열심히 무사들을 그러모아 자기 땅인 나카쓰(中津) 언저리는 말할 것도 없고 분고, 지쿠젠, 지쿠고 등지까지 마음껏 침략의 손을 뻗치고 있었다. 그는 이에야스의 신임이 두터운 도도 다카토라에게 다음과 같은 서신도 보냈다.

이번에 가토 기요마사와 제가 점령한 몫을 그대로 영토로 인정해 주시기를 간절히 바랍니다. 나가마사에게는 대감께서 녹봉을 주시고, 저는 은퇴한 몸이지만 여기에 따로 집을 지었으면 합니다. 아무튼 거듭 간절히 부탁드립니다. 귀하와 여러 해 동안 화목하게 교유해온 것도 요컨대 이런 경우를 위해서이니 잊지 마시기를……

간베에가 이토록 노골적인 편지를 보낼 정도이니 고니시 유키나가와 경계를 이루고 있는 가토 기요마사가 가만히 있을 리 없었다. 그도 또한 차근차근 유키나가의 땅을 침범했다.

북국 쪽은 마에다 도시나가가 착실하게 압박해 갔고, 호소카와 다다오키의 아버지 후지타카도 67살의 고령이지만 고군분투하여 끝내 단고의 호소카와 영토를 지켜냈다.

난구산에서 일단 미나쿠치의 거성으로 도망쳐 돌아간 나쓰카 마사이에와 그의 아우 이가노카미(伊賀守)는 자살 직전의 위기에 몰려 있다가 마사이에는 결국 그믐날에 자결하고 말았다. 규슈의 야나가와(柳川)에서 서군 편이 되어 따라왔던 다치바나 무네시게(立花宗茂)는 모리 데루모토에게도 마시타 나가모리에게도 모두 오쓰조차 지키려는 의사가 없다는 걸 알자 서둘러 야나가와로 철수해 가버렸다.

다만 세키가하라에서 이세 방면으로 혈로를 찾은 시마즈 요시히로만은 그 뒤 오사카의 저택에 도착하여 거기서 본국인 사쓰마로 배를 타고 철수한 것 같고, 우키타 히데이에는 아직 붙들리지 않았으나 그 밖에는 모두 간 곳이 밝혀지고 있었다.

이미 대세가 정해진 줄 알고 교토, 오사카에서는 공경들과 대상인의 '전승축하' 사신이 잇달아 오쓰로 찾아들었다. 이에야스가 그런 정보를 검토하면서 오쓰에 머물러 있는 것은 되도록 오사카에서 한 방울의 피도 흘리지 않도록 하려는 생각임은 말할 것도 없었다.

이에야스는 20일, 후시미에 있던 서군 여러 장수들의 저택을 모조리 불태워버리게 했다. 그리고 22일에는 후쿠시마 마사노리, 이케다 데루마사, 아사노 요시나가, 도도 다카토라, 아리마 도요우지 등을 구즈하(葛葉)에 보내 오사카를 견제하게 했다. 오사카 서성에 머물면서 매우 애매한 태도를 보이던 서군의 총대장 모리 데루모토가 어떻게 나올지 감시하게 한 것이다.

모리 데루모토는 동군 장수들이 구즈하로 진출해 온 것을 알자 이이 나오마사, 혼다 헤이하치로 및 후쿠시마 마사노리, 구로다 나가마사 앞으로 다음과 같은 의미의 각서를 보냈다.

'서성에서 물러나 다른 뜻이 없음을 보이겠다.'

서약서가 왔다는 말을 듣고 이에야스는 비로소 후쿠시마, 이케다, 아사노, 구로다, 도도의 다섯 장수에게 서성을 접수하도록 엄명을 내렸다.

　모리 데루모토가 오사카 서성에서 물러나 기즈(木津)의 자기 저택으로 철수했다는 보고가 오쓰에 도착한 것은 25일 저녁 무렵이었다. 이에야스는 그 보고를 자세히 검토하고 나자 비로소 홀가분한 표정을 지으며 함께 데려온 시녀들에게 허리를 주무르게 했다. 곁에는 혼다 마사즈미, 오카 고세쓰(岡江雪), 이타사카 보쿠사이 외에 도야마 민부(遠山民部), 나가이 우콘(永井右近), 시로 오리베(城織部) 등이 아직 흥분이 가시지 않은 표정으로 앉아 있었다. 그들은 조금 전까지도 모리 데루모토가 과연 조용히 오사카성을 내줄 것인지 아닌지로 저마다 의견을 달리하고 있었던 것이다.

　이번 전란의 장본인은 미쓰나리지만 그에게는 무력이 없었다. 서군을 결집케 한 무력의 중심은 어디까지나 모리 데루모토, 정세를 내다보지 못하는 그의 애매한 태도가 이 전란을 유발시킨 것은 움직일 수 없는 사실이었다.

　따라서 모리 데루모토가 그동안의 일을 뚜렷이 깨닫는다면 조용히 서성에서 물러갈 리 없다는 것이 일부의 견해였다. 적어도 이에야스 문중과 거의 대등한 무력과 재력을 가진 모리 데루모토다. 그 가신으로 깃카와 히로이에, 후쿠하라 히로토시 같은 동군 예찬자가 포함되어 있다고는 하나 그 큰 세력이 미쓰나리와 함께 적이 되어 일어섰었다. 이에야스가 이것을 그대로 용서할 리 없다고 깨닫는다면 마땅히 오사카성에 틀어박혀 히데요리를 등에 업고 움직이지 않을 것이다. 싸울 것인지 아닌지는 별문제로 하고라도 오사카성 안에 있으면서 이에야스와 교섭하지 않으면 그 기반도 입장도 없어져버릴 게 아닌가……

　그러나 반대 견해도 있었다. 모리 쪽에서는 주로 깃카와, 후쿠하라 등을 통해 이이 나오마사, 혼다 헤이하치로 두 사람과 또 구로다 나가마사, 후쿠시마 마사노리 등을 상대로 이면공작을 계속하고 있었다.

　모리 쪽의 깃카와 히로이에와 후쿠하라 히로토시의 말은 이러했다.

　"모리 데루모토는 이번 일에 대해 모르며 모두 에케이에게 속아서 그렇게 되었습니다. 그러니 내대신께서 영토를 인정한다는 보증만 해주신다면 반드시 모리 군이 적대하지 못하도록 하겠습니다."

　그리고 세키가하라에서도 그들은 싸움에 가담하지 않았다. 그것을 실행할 수 있었기 때문에 이번에도 역시 깃카와 히로이에 등이 무사히 오사카 서성에서 데 루모토를 물러가도록 도모하리라는 견해였다.

이에야스는 그 어느 편에도 찬성하지 않았다. 동시에 그 어느 편이 되더라도 이 길 수 있는 대비를 게을리하지 않았다.

그의 휘하에는 승리에 우쭐해 있는 도요토미 가문 장수들 외에 거의 희생을 치르지 않은 히데타다 군이 가담해 있다. 세키가하라에서도 승리를 거두었다. 모 리 군이 비록 어떤 반항을 할지라도 이미 이에야스의 적수가 될 수 없었다.

오랜만에 평상복 차림이 되어 쭉 뻗은 허리를 두 시녀에게 주무르게 하던 이에 야스는 곁에 있는 혼다 마사즈미를 돌아보았다.

"하다못해 데루모토가 깃카와만 한 인물만 되었어도 좋을 텐데. 어떤가, 마사 즈미? 에케이와 데루모토, 어느 쪽의 기량이 위라고 생각하나?"

느닷없이 묻는 말에 모두의 시선이 이에야스에게로 모였다.

밖에는 조용히 가을비가 내리고 있었……

이에야스에게 질문받고 마사즈미는 좌중을 흘끗 둘러본 다음 말했다.

"글쎄요, 어느 쪽도 등급을 매기기 어려운 인물이 아닌가 합니다."

"아니, 데루모토 쪽이 훨씬 어리석지."

내뱉듯 하는 말에 마사즈미는 고개를 갸우뚱했다.

"그렇듯 큰 차이가 있을까요?"

"있고말고, 한쪽은 고작해야 7, 8만 석의 보잘것없는 중인데 그 중에게 120만 석이나 가진 자가 속다니 그런 어리석은 일이 어디 있겠나?"

"과연, 속인 쪽과 속은 쪽……은 값어치가 좀 다를지도 모르겠습니다."

"크게 다르지. 그렇게 어리석어서야 난들 어떻게 믿겠는가? 누구에게 또 속을 지 모를 사람이니까."

그 말에 마사즈미는 다시 황급히 좌중을 둘러보았다.

'대감님은 모리 데루모토를 그대로 둘 생각이 아닌 모양이다.'

이에야스의 그 본심이 번쩍하고 싸늘한 빛을 그리며 허공을 벤 것 같았다.

이에야스는 모리 데루모토에게도 깃카와 히로이에에게도 서성에서 물러나는 일에 대해 직접 서약서를 주지 않았다. 이면공작은 어디까지나 이이, 혼다(헤이하치 로)를 사이에 두고 구로다 나가마사, 후쿠시마 마사노리 등이 담당했다.

그러나 모리 데루모토가 서성에서 물러났다는 것은 그러한 이면공작에 의해 '모리 가문의 영지 보장'이라는 전망을 가지고 물러간 게 분명하다.

'일이 이상하게 될 것 같군.'

그렇게 생각하고 마사즈미는 좌중을 둘러보았으나 앉아 있는 사람들은 아직 거기까지 눈치챈 기색이 없다.

"마사즈미, 고마키 싸움 때의 내 입장이 이번의 모리와 아주 흡사했어."

"예? 고마키 때의 대감님이……?"

"그렇지, 나도 노부나가 공의 어린 아들인 노부카쓰 님 편을 들어 다이코의 적이 되었었지."

"그렇군요. 그러나 데루모토는 아직 철없는 히데요리 님을……."

"그러므로 더욱 나를 이기지 않으면 안 되었어. 아니, 이기지는 못하더라도 대등한 싸움을 해보지 않으면 뜻을 세울 수 없겠지."

"옳으신 말씀입니다."

"그런데 저 꼴이란 말이야. 알겠나, 이기고도 나는 다이코로부터 온갖 어려운 문제를 떠맡았어. 내가 다이코의 적이 될 만한 힘을 가지고 있는 한 다이코는 새로운 지도를 그릴 수 없었지. 다이코는 그래서 자기 어머니까지 인질로 보냈던 거야……."

이에야스는 말하며 돌아누워 여자들에게로 등을 갖다댔다.

"데루모토가 방대한 영토를 그대로 가지고 싶다면 좀더 영리해야지…… 아무리 나일지라도, 미친놈한테 칼을 쥐어놓고 일이 처리되었다며 점잖게 있을 수는 없지. 아니, 가게카쓰도 마찬가지야. 분에 넘치는 걸 가지면 곧 불장난을 하게 되는 법이야."

이번에는 좌중의 사람들도 모두 한결같이 얼굴을 마주보며 머리를 끄덕였다. 이미 이에야스의 속셈은 알 만큼 다 알았다.

"내일 일찍 여기를 떠나 요도에서 쉬고 27일에 서성으로 들어간다. 모든 것은 그때부터야……."

그리고 얼마 안 되어 이에야스의 입에서 기분 좋게 잠든 숨소리가 흘러나오기 시작했다. 피를 보지 않고 오사카성으로 입성할 수 있게 되어 어깨의 짐이 내려진 듯한 느낌이 든 게 틀림없다……

이에야스는 다음 날 아침 가마를 타고 오쓰를 떠났다.

사로잡혀 있는 이시다 미쓰나리, 고니시 유키나가, 에케이 세 사람도 물론 끌려갔다.

처음에는 교토 행정장관 오쿠다이라 노부마사가 와서 압송하기로 되어 있었으나 그는 교토를 떠날 수 없는 일이 생겼다. 그래서 시바타 사콘(柴田左近), 마쓰다이라 아와지노카미(松平淡路守) 두 행정관이 호송하게 되었다. 목에 형틀을 끼워 가마에 태운 채 우선 오사카와 사카이에서 백성들에게 공개한 다음 오쿠다이라 노부마사에게 넘기기로 결정되었다······.

오쓰를 나서자 이에야스는 사람이 달라진 것처럼 거만해졌다. 그때까지는 주위의 누구에게나 소탈하게 말을 건넸으나 이때부터는 직접 대담하는 일은 허락지 않는다면서 상주관(上奏官)을 정했다. 도야마 민부, 조 오리베, 야마구치 간베에, 나가이 우콘, 니시오 오키(西尾隱岐) 5명을 선출해 그들을 거치지 않고는 면회할 수 없다는 뜻을 전달했다.

'대체 무슨 생각을 하고 계시는지?'

혼다 마사즈미만은 어슴푸레 짐작되었으나 다른 사람들은 어리둥절해 할 따름이었다.

"그럴 수밖에 없지. 전에는 다이코 전하의 원로였지만 이번에는 달라."

"그렇지. 이번에는 천하인으로 입성하시는 것이니까."

"그럼, 히데요리 님을 아랫성으로 옮기고 본성에 직접 들어가실까?"

그러나 그것은 단지 소문에 지나지 않았다.

이에야스는 26일에 예정대로 요도에서 묵고, 27일에는 당당하게 행렬을 갖추어 오사카성으로 들어가 먼저 히데요리 모자에게 인사하고 서성에 들었다. 동시에 아랫성에는 히데타다가 입성했다.

입성했다는 말을 듣자 앞다투어 승전축하 방문객들이 들이닥쳤다.

이에야스는 서성에서 맨 먼저 칙사를 맞이했다.

"천하가 태평해지고, 귀천 없이 만백성이 안락해지니 이보다 더 좋은 일이 없다······."

또다시 난세로 돌아가는가 싶었던 백성들의 불안이 이 칙사의 말에 한없는 감개를 다하여 반영되어 있었다.

그날의 광경이 오타 규이치(太田牛一)의 《게이초기(慶長記)》에 다음과 같이 씌어 있다.

"(전략) 천황께서 감탄하시고 칙사를 보내시어 곧 세이이타이쇼군으로 임명하셨다. 공경대부와 여러 종단의 승려 및 교토, 나라, 사카이 등 긴키의 대부호들이 모여들어 진상한 금은과 진귀한 보물이 그 수를 헤아릴 수 없었다. (중략) 상주관은 이런 것들을 잘 보이게 진열했으며, 그들의 차림은 붓으로 형용할 수 없이 화려했다."

이에야스가 정식으로 세이이타이쇼군에 임명된 것은 게이초 8년(1603) 2월이었으나 이때 벌써 칙사는 쇼군이라는 호칭으로 무장의 우두머리라는 뜻을 나타내려고 했던 모양이다.

이에야스는 이러한 방문객의 쇄도를 짐작하고 더욱 거만하게 자세를 바꾸었을까……?

그렇지는 않았다. 싸움에 이긴 것은 이를테면 사업이 절반쯤 달성된 데 지나지 않는다. 문제는 그 뒤의 경영에 있다. 승리자의 통제와 패배자의 처벌에 영토문제가 얽혀 한 걸음만 잘못 디디면 곧 다음 싸움의 싹을 품게 된다. 세키가하라에서 전군을 지휘한 무장은 이제 자신이 그린 새 지도에 조금도 이의를 내놓지 못하게할 위엄 있는 집행자가 되어야만 하는 것이다…….

노인의 눈에는 드문 일로 보였을지 모른다. 아무튼 에도를 떠났던 것은 9월 1일. 그때는 동서 양쪽으로 적을 맞아 이에야스 휘하의 사람들 가운데에도 앞으로 어떻게 될지 동요되는 자가 많았었다. 그런데 겨우 한 달도 못 된 27일에 다시 오사카성으로 돌아오니 천하의 일은 이미 결정되어 있었다.

기적인가?

행운인가?

그러나 이에야스에게 있어 그것은 미리 계산해 둔 결과인 일상의 당연한 진전에 불과했다. 따라서 앞으로도 역시 신불이 그에게 맡긴 대로 예정된 걸음을 나아갈 뿐이었다. 목표는 '전란의 추방'……그 밖에는 아무것도 생각할 필요가 없었다. 내 집안의 번영도 여러 장수들의 귀순도 그 한 가지 일에 부수적으로 따라오는 경사에 지나지 않는다.

이에야스는 일찍이 가마쿠라 막부가 무너진 원인이 되었던 원나라 침공 때의 승리를 마음속으로 돌이켜 생각하고 있었다. 그때는 모든 일본인이 마음을 합하여 외적에 맞섰다. 여유 있는 사람은 재물을, 가족이 많은 이들은 사람을 바쳐 온 힘을 다하여 싸웠다. 전국의 사찰에서는 한결같이 '적국의 항복'을 정성껏 빌었고, 호조 도키무네(北條時宗)는 진두에 나섰으며, 가메야마(龜山) 상황(上皇)은 승리를 기원하는 글을 친필로 써서 8능(陵)에 바쳤다. 글자 그대로 상하 구별 없이 힘껏 싸워서 마침내 승리를 거둔 것이다. 그런데 그 승리가 얼마 안 되어 막부를 무너지게 한 원인이 된 것은 무슨 까닭이었을까? 호조 도키무네의 죽음으로 전후의 일처리에 위엄을 잃었기 때문이다.

사람들은 싸움으로 말미암은 빈궁에 시달리게 되었다. 그러나 싸움이 아직 계속되던 동안은 그 빈궁에 얽매이지 않았다. 그런데 일단 승리를 거두자 빈궁은 그대로 불평불만을 키워가는 무서운 괴물이 되었다.

"그만큼 힘써 싸웠었는데!"

"승리는 우리가 충성을 바쳤기 때문이 아닌가?"

사찰도, 신궁도, 시골무사도, 영주도, 서민도 모두 이 불평불만의 포로가 되었다. 아니, 그 빈궁이라는 괴물을 억눌러 그들을 괴물의 손아귀에 넘기지 않을 만한 엄격한 준비가 막부에 없었기 때문이다. 전쟁 뒤의 빈궁은, 보다 오랫동안 싸움이 계속되었던 경우의 빈궁과는 비교도 안 된다. 그리고 그 결과를 패전에 비한다면 그야말로 하늘과 땅 차이가 있다. 그런데도 인간은 그 불평불만이라는 괴물에게 꼼짝없이 먹혀버리는 약점을 지녔다.

이에야스는 그 점을 명심했다. 그는 지금 그 괴물이 숨어들어올 틈을 막으려고, 충분히 생각해 둔 전후 처리의 길로 내딛는 자세를 취하고 있는 것이다.

이에야스는 잇따라 오사카로 모여든 여러 장수들과의 면회가 대충 끝나자 9월 30일에 이이 나오마사, 혼다 헤이하치로, 사카키바라 고헤이타 세 사람을 불러 입성 뒤 처음으로 후쿠시마 마사노리와 구로다 나가마사에게 명령서를 전하도록 지시했다.

"자, 그대들 셋이 서명해 후쿠시마와 구로다에게 건네주도록 하라."

그 글을 훑어보고 나서 그들은 얼굴빛이 달라졌다. 입술이 하얘져서 숨죽이며 서로 마주보았다.

서기의 손으로 씌어진 그 명령서는 이제 세 사람이 서명만 하면 그대로 후쿠시마 마사노리와 구로다 나가마사에게 건넬 수 있도록 날짜까지 '9월 30일'이라고 적혀 있었다.

1. 사쓰마 공략을 앞두고, 히로시마(廣島)까지 주나곤(히데타다)을 출동케 할 터이니 다이코님이 정해 놓은 법규대로 길목에 있는 여러 성에 수비대를 배치 하도록 할 것.

1. 문중 가신들을 인질로 내놓도록 할 것.

1. 데루모토의 부인을 전처럼 이곳 저택으로 옮겨놓도록 할 것.

1. 사쓰마 공략의 진두에 데루모토가 직접 출진하도록 할 것.

1. 이번에 올라온 동군 장수들에게 그들의 인질을 속히 돌려주도록 할 것.

위 사항을 실행한 다음 모리 히데나리(毛利秀就)와 대면할 것. 이상.

9월 30일

후쿠시마 마사노리 님

구로다 나가마사 님

이 글은 이제까지 모리 집안과 동군 사이를 주선해 왔던 후쿠시마 마사노리와 구로다 나가마사 앞으로 도쿠가와 가문의 세 중신인 이이 나오마사, 혼다 헤이하 치로, 사카키바라 고헤이타의 연서로 이에야스의 명령을 전하려는 것이다. 이이 와 혼다로서는 전혀 생각지 못했던 어려운 문제였다. 만일 후쿠시마 마사노리와 구로다 나가마사에게 보인다면 그들은 뭐라고 할 것인가.

"이런 엉뚱한 일이 어디 있나? 내대신님은 큰 거짓말쟁이다!"

아마도 그들은 열화같이 화낼 게 틀림없다. 나가마사도 마사노리도 모리 집안 영토에 손대지 않고, 또 처벌하지도 않는다는 약속으로 데루모토에게 순순히 오 사카성을 비우도록 했을 게 틀림없기 때문이었다.

그러고 보면 이에야스는 이에 대해 승낙한다고도, 허락한다고도 확실히 말하 지 않았다. 그 교섭에는 이이와 혼다가 직접 나섰고 이에야스 스스로는 어떤 서 약서도 쓰지 않았다. 그러나 이이와 혼다가 구로다, 후쿠시마 두 장수를 통해 모리 집안의 깃카와, 후쿠하라 등과 교섭해 온 경과는 낱낱이 이에야스에게 보고했다. 그런데 이 명령서를 보면 그런 일은 완전히 무시되어 있다.

'히데타다에게 사쓰마 정벌을 명했으니 히로시마성을 비워 달라. 가신들과 중신들에게 인질을 내놓게 하고, 데루모토의 부인도 이곳 저택으로 옮길 것이며, 데루모토 자신은 사쓰마의 선봉이 돼라. 그리고 이제까지 잡아놓았던 인질을 저마다 돌려보내 주라. 그러면 이에야스는 히데요리와 동갑인 그의 세자 히데나리를 만나주겠다.'

이런 내용이 아닌가.

"대감님, 아무래도 이것을 후쿠시마와 구로다에게 가져갈 수 없겠습니다. 이래서는 그들의 체면이 서지 않습니다."

잠시 뒤 연장자인 헤이하치로가 입을 열자 이에야스는 틈을 주지 않고 되물었다.

"그래? 이번 싸움을 후쿠시마와 구로다의 체면을 세워주기 위한 것으로 알고 있었나?"

"아니, 그런 것은 아닙니다만……."

"그렇지 않다면 가지고 가. 데루모토는 서군을 소집하는 격문을 온 천하에 띄운 장본인이야."

헤이하치로는 움찔하여 입을 다물고 당황하며 나오마사를 돌아보았다. 이치는 이에야스의 말대로였다. 그러나 모리 군은 실제로 세키가하라에서 움직이지 않았고, 이번에도 순순히 서성을 비워주지 않았던가.

헤이하치로가 입을 다물어버렸으므로 이이 나오마사는 무언가 말하지 않을 수 없게 되었다.

"황송하오나……데루모토에게 확실히 무례한 데는 있었습니다만, 이것을 설복시켜 굳이 싸우지 않고 서성에서 물러가게 한 것은 후쿠시마, 구로다 두 사람……이 두 사람의 체면이 서게끔 재고하시기를."

이에야스는 이번에는 곧 대답하지 않았다. 데루모토의 무례함은 인정한다. 그러나 후쿠시마와 구로다는 진심으로 데루모토의 영토가 안전하리라 믿고 교섭했으므로 체면이 서도록 해달라는 것이니 혼다 헤이하치로의 말과는 차이가 있었다.

"나오마사, 그대는 이 이에야스가 그 두 사람 일을 생각하지 않고 있는 줄 아나?"

"물론, 대감님이 하시는 일이니……."

"그래, 충분히 이것저것 생각해 본 결과야. 알겠나? 우에스기 정벌을 위해 오사카를 떠날 때, 어떤 일에서나 형제처럼 하자는 뜻을 적은 서약서를 이 이에야스가 데루모토에게 보냈다. 그건 그대도 알겠지?"

"그러니 여기서 그 형제 같은 도량으로……."

"닥쳐라!"

"예."

"내 쪽에서 형제처럼 지내자고 서약서를 써보내고 출발했는데, 바로 그 뒤에 그는 '내대신 비행에 대한 일'이라고 헐뜯으며 온 일본 천지에 뭐라고 선언하고 포고했나? 나는 그 문장까지 똑똑히 기억하고 있다. '지난해부터 내대신은 스스로 정한 서약서를 어기고 마음대로 행동했으며, 행정관과 대로가 한 사람씩 희생당했으니 히데요리 님을 어떻게 모시겠는가. 그래서 생각다 못해 이번 싸움을 일으키게 되었으니 모두들 마찬가지로 생각하리라 믿는다……'라고 열심히 서군에 가담할 것을 권유했어. 아무 생각 없이 에케이며 미쓰나리 손에 놀아났다는 구실이 통할 줄 아나. '그래서 생각다 못해'라는 건 충분히 생각한 끝이라는 걸 의미하지 않는가? 게다가 당당하게 히데이에와 함께 서명하여 온 일본 천지에 뿌렸다. 그 책임을 지지 않는다면 데루모토 자신, 무사의 위신이 서지 않아. 그게 인정을 베풀어야만 할 형제인가? 어때, 나오마사?"

나오마사는 무섭게 화내는 이에야스의 목소리에 입을 다물었으나 아직 승복할 수 없었다. 서약서 따위, 이런 세상에서 아무도 그리 중요시하지 않는다. 문제는 세키가하라에서 모리 군이 감히 반항하지 않았으며, 하지 못하도록 주선한 구로다와 후쿠시마의 공로를 인정하라는 것이다.

"나오마사, 납득되지 않느냐?"

"예, 데루모토의 무례함은 알겠습니다만, 제가 말씀드리는 것은……."

"들어볼 것도 없어. 그 두 사람한테 이렇게 말해. '모리 데루모토는 용서 못할 격문을 천하에 날려 환란을 초래한 발칙한 자, 그러므로 그 영토를 몰수해 깃카와와 구로다와 후쿠시마 세 사람에게 나눠줄 작정이다. 그런데 데루모토의 영토를 그대로 인정해 주지 않고는 모두의 체면이 서지 않는다면 영토 확장을 포기하고 데루모토를 옹호하겠느냐, 어떻게 하겠느냐`고 말해.”

이 말을 듣고 이이 나오마사의 이마에 신경질적인 힘줄이 불끈 솟아났다.

“대감님! 그렇듯 졸렬한 이치로 천하를 다스릴 수 있다고 여기십니까?”

이이 나오마사가 대들자 이에야스는 비로소 빙그레 웃었다. 처음부터 이렇게 될 것을 짐작하고 있었던 모양이다.

“지금 한 말은 그대가 옳아. 그러나 나오마사, 여기서 데루모토의 영토를 그대로 둔다면 천하의 인심이 바로잡힐 줄 아느냐?”

이이 나오마사는 기세가 꺾여 순간 대답하지 못했다. 이에야스는 단순한 증오나 감정만으로 말하고 있는 게 아닌 모양이다. 빙그레 웃는 웃음 속에서 그 숨은 뜻이 역력히 짐작되었다.

“데루모토를 이대로 용서한다면 가게카쓰도 용서해 주지 않으면 안 되겠지. 데루모토와 가게카쓰를 용서해 주는 이상 히데이에도 유키나가도 요시히로도 벌을 줄 수 없다. 그렇게 되면 벌줄 수 있는 것은 미쓰나리와 에케이뿐인가……”

“글쎄요, 그건……”

“이 두 사람의 영토만으로 어떻게 몸 바쳐 싸운 사람들의 공로를 포상할 수 있겠나? 이미 여기저기 현지의 지도는 바뀌고 있어. 그런데 다시 되돌려주고, 아무 논공행상도 하지 않는다면 우리 편을 든 사람들이 납득하리라고 생각하나? 그야말로 온 일본이 불평의 소용돌이에 휘말려 벌집을 쑤셔놓은 듯한 사사로운 싸움 바다로 바뀌어갈 거야.”

이에야스는 이번에는 혼다 헤이하치로를 돌아보았다.

“여기서는 일단 일본 전체를 백지로 돌린다. 그리고 노부나가, 히데요시, 이에야스 3대에 걸친 염원이었던 일본통일과 평화라는 거울에 다시 비추어, 기량과 역량에 따라 영토 분배를 다시 해야 돼. 그 거울에 누가 어떻게 비치는지, 누가 얼마나 열심히 3대에 걸친 염원에 몸 바쳤는지……이것을 정하는 것은 이에야스가 아니라, 그 거울이라고 생각하도록.”

헤이하치로는 머리를 끄덕이며 나오마사를 건너다보았다.

사카키바라 고헤이타만은 처음부터 아무 감정의 움직임을 보이지 않고 있다. 그는 세키가하라 싸움에 참가하지 않고 히데타다와 함께 나카센도로 진군해 왔기 때문에 나오마사나 헤이하치로만큼 모리 쪽 사람들과 밀접한 교섭을 갖지 않았기 때문이다.

"알겠지, 나오마사 님도?"

이에야스는 이번에는 나오마사에게 '님'자를 붙여, 젊은이를 설득시킬 때의 말투가 되었다.

"예전의 우리들은 우선 우리 집안 발판부터 굳혀야만 되었다. 내 집안이 없고는 이상도 염원도 있을 수 없었다…… 그러나 지금은 다르다. 내 집안이 첫째라는 관점에서 일본평화가 첫째라는 입장으로 바뀌어 사물을 보아야 한다. 그리하여 흔구정토(欣求淨土) 이념에 대한 연구를 철저하게 해나갈 작정이다. 물론 모리를 자취 없이 만들어버릴 생각은 없어. 사실 깃카와 히로이에는 공을 세웠다. 그러므로 구로다, 후쿠시마 등이 격분할 경우는 깃카와가 수고한 몫으로……그렇지, 스오와 나가토 두 지방 약 35, 6만 석 정도는 남겨줄 작정이더라고 일러둬라. 만일 그점을 설득해도 듣지 않는다면 할 수 없지. 이 기회에 모리를 짓밟아버린다고 일러주도록 하라."

나오마사는 고개를 한 번 숙였다가 다시 서서히 얼굴을 들어 이에야스를 바라보았다.

'예사 결심이 아닌 모양이다……'

그러고 보니 오야마에 있을 때 불리한 정보까지 낱낱이 도요토미 가문의 옛 신하들에게 알려주던 그 입장과 같은 결심인 듯했다. 아니, 그보다도 미쓰나리와 에케이의 영토를 몰수하는 것만으로 동군 전체의 포상이 될 수 있겠느냐고 말한 사실도 충분히 이해되었다.

이에야스는 다시 목소리를 높였다.

"납득된 것 같군. 알았으면 오늘 안으로 시행하라."

이제 이이 나오마사도 혼다 헤이하치로도 이에야스의 명령대로 따르는 수밖에 도리 없게 되었다. 그들은 그 명령서에 서명했다.

이이 나오마사가 먼저 후쿠시마 마사노리에게 명령서를 보인 다음 구로다 나가마사에게 알렸다. 두 사람이 눈빛이 달라져 항의한 건 말할 것도 없다.

"이건 시마즈 공략이라는 명분을 내세운 모리 정벌이 아니오? 이런 명령을 전한다는 건 생각도 할 수 없는 일이오."

그나마 후쿠시마 마사노리와 구로다 나가마사의 경우는 자기 편이므로 설득하기 쉬웠다. 좋은 소식만 기다리고 있을 모리 집안에 이것을 전할 책임을 지게 된 후쿠시마와 구로다의 입장은 말할 수 없이 괴로웠다. 이에야스가 전에 한 약속을 모른 척한다면 그들이 이이며 혼다와 타협해 모리 일족을 속인 게 된다. 그러나 데루모토와 이에야스의 사이는 아직 강화 이전의 전쟁상태. 명령이라면 전하지 않을 수 없었다.

"나는 사양하겠소. 구로다 님에게 부탁합시다."

후쿠시마 마사노리는 언제나의 옹고집 그대로 그 전달을 구로다 나가마사에게 떠넘겨버렸다.

구로다 나가마사는 사자를 보내 이에야스의 명령서를 깃카와 히로이에에게 전했다. 그리고 자신은 히로이에가 따지고 나올 경우 뭐라고 답변할지 머리를 싸매고 집 안에 틀어박혀 있었다.

짐작한 대로 히로이에에게서 곧 만나고 싶다는 전갈이 왔다. 한 번은 없다고 이르게 하고, 두 번째는 아직 돌아오지 않았다고 하여 돌려보냈다.

그러나 세 번째 사자가 오자 나가마사도 이제 붓을 들지 않을 수 없었다.

'천하의 일이란 무참한 것이로군……'

나가마사로서는 우정을 곁들인 중재였었다. 그러나 끝나고 보니 사소한 인정 따위는 생각도 못할 비정한 현실이 앞서고 있었다.

'천하를 위해서.'

그 앞에서는 인정 따위 제쳐둘 수밖에 없다.

1. 데루모토 님의 신상문제는 후쿠시마 마사노리와 상의해 여러모로 좋은 방향으로 주선해 보았습니다. 그러나 행정관들 편을 들어 서성으로 들어가 사방으로 보내는 회람장마다 서명했고 시코쿠까지 출병했으니 이제는 시비를 논할 수 없게 되었습니다.

1. 귀하의 성실함에 대해서는 이이 나오마사가 낱낱이 내대신께 말씀드렸습니다. 그래서 주고쿠 가운데 점령한 한두 지방을 귀하에게 드리겠다는 취지가 결정되었다고 합니다. 그것을 내대신이 직접 작성하셔서 보낼 것이며, 이이 나오마사가 이에 대해 보증했습니다.

1. 이이 나오마사의 요청이 있을 경우 곧 오셔야 될 것입니다. 동행자는 근위대 기마무사 3, 4명만 데려오시는 게 좋을 듯합니다. 활 같은 것을 지참할 필요는 없습니다. 저는 귀하를 속일 뜻이 있는 게 아니오니 그 점 잘 분별해 주시기 바랍니다.

삼가 아룁니다.

위에 한 말이 거짓이라면 당장 일본 전국의 크고 작은 신사의 신들로부터 벌을 받게 될 것입니다.

구로다 나가마사

깃카와 히로이에 님 외 여러분께

입으로는 말할 수 없는 것도 붓으로는 쓸 수 있었다. 그것을 사자에게 건네주고 나가마사는 히로이에가 자신과 마찬가지로 이에야스의 염원이 확고한 것을 이해해 주기를 남몰래 빌었다…….

깃카와 히로이에는 구로다 나가마사의 편지를 보고 그리 놀라지 않았다. 이미 지난번 명령으로 이에야스의 속셈을 꿰뚫어보고 있었다. 아니, 몇 차례나 사자를 보내도 만나려 하지 않던 나가마사의 태도가 차츰 그에게 냉정한 판단을 내릴 시간을 준 결과가 되었던 것이다.

감정상으로는 말할 수 없이 분했다. 데루모토가 서성에 들어가 있었던 것도 회람과 격문에 서명 날인했던 것도, 이에야스를 비롯하여 모두들 훤히 알고 있었던 일이다. 그러나 그때까지의 왕복 문서에 그러한 일은 씌어지지 않았다. 데루모토의 무계획성이 창피스러워 쓸 수 없었을 뿐 아니라 당연히 상대도 알고 있을 것이라는 방심도 있었다.

'교묘하게 허를 찔렸구나…….'

그러나 입장을 바꾸어 히로이에가 이에야스라 하더라도 이렇게 할 수밖에 없으리라. 그만큼 데루모토의 행위는 부주의했고 경솔했었다. 어쨌든 서성으로 들어가 히데요리 곁에 어린 아들 히데나리까지 출사케 하고 자기는 서군의 총지휘자로서 명령하는 위치에 있었다.

이제 와서 생각하니 세키가하라에서 난구산으로 내려갔어야만 했었다. 그리하여 동군을 위해 일전을 벌였더라면 그때까지의 과거는 틀림없이 백지로 돌아갔을 것이다. 아니, 세키가하라에서는 움직일 수 없었더라도 오쓰에서 동군에게 합류했어야 했다. 이제는 모두 죽은 자식 나이 세는 것과 같은 어리석은 일이 되었다.

히로이에는 나가마사의 편지를 보고 나서 그대로 책상 앞에 앉아 탄원서의 붓을 들었다.

1. 뜻밖의 반란에 갈피 잡지 못하여 지난번에 부탁드렸던 바, 두 분(후쿠시마와 구로다)께서 심려해 주시어 제 한 몸에 내대신께서 고마우신 은혜를 베풀어 주신다니 감사한 마음을 저승에서도 잊지 않겠습니다.

1. 이번 문제는 데루모토 님 진심에서 나온 일이 아닙니다. 에케이의 계략대로 행정관들 말만 듣고 서성에 들어가는 게 히데요리 님에 대한 충성이라 여긴 것은 두 분께서 알고 계시듯 데루모토 님이 분별없었던 탓이므로 어쩔 수 없는 일입니다. 앞으로는 내대신님께 야심없이 충성을 다하리라는 점은 의심할 나위 없습니다. 모리라는 성만이라도 유지할 수 있도록 배려해 주실 것을 부탁드릴 따름입니다.

데루모토 님을 두고 저만 은혜 입게 된다면 제 욕심을 생각하여 종가를 저버리게 되는 일, 이것은 제 본의가 아닙니다. 데루모토 님 심중은 말할 나위도 없고 남 보기에도 면목 없는 일이오니, 데루모토 님과 똑같이 벌주시기를 거듭 말씀드립니다.

1. 이번에 은혜를 베풀어 모리 일가를 그대로 존속시켜 주신다면 앞으로는 반역의 뜻을 가진 잔당들도 데루모토 님에 대한 이번 은혜를 결코 잊지 못할 것입니다. 만일 또다시 무엄한 생각을 품으면 그때는 종가이더라도 제가 직접 데루모토 님 목을 베어 바쳐 한결같이 충성을 다하겠습니다.

히로이에는 글을 써내려가면서 몇 차례나 지그시 입술을 깨물고 눈을 감았다. 이 글 하나에 조부 모토나리 이래 모리 집안의 모든 운명이 걸려 있다고 생각하니 저절로 눈물이 쏟아져 멎지 않았다.

깃카와 히로이에는 이에야스의 대리인 이이 나오마사에게 호출당하기 전에 이 탄원서를 구로다 나가마사와 후쿠시마 마사노리에게 전했다. 물론 두 사람 앞으로 보낸 것이었으며 자기 서명 밑에 피로 손도장을 찍었다.

구로다 나가마사와 후쿠시마 마사노리는 이것을 곧 이이 나오마사에게 보이고, 다시 혼다 헤이하치로와 함께 넷이서 이에야스 앞으로 나아갔다.

이에야스는 보쿠사이에게 베끼게 한 일본지도를 펼쳐놓고 자개테 안경을 쓰고 열심히 들여다보고 있었다. 지도에는 각 지방 이름과 주요한 성 이름은 씌어졌으나 영주 이름은 아직 비어 있었다.

이에야스는 구로다 나가마사의 간단한 설명을 들은 다음, 깃카와 히로이에가 피로 손도장을 찍은 탄원서를 받아들자 일단 이마로 올렸던 안경을 내리고 물끄러미 그것을 노려보았다.

네 사람은 한결같이 숨죽이며 이에야스를 지켜보았다. 그리고 이에야스가 서둘러 안경을 벗자 안도했다. 이에야스의 안경은 어느덧 젖어 있다. 안경을 벗은 눈이 붉게 충혈되어 있었다.

이에야스는 말했다.

"같은 모토나리의 손자이건만 종손 쪽이 이렇듯 못한 경우가 있다. 모두에게도 이것은 큰 교훈이야. 됐어, 보쿠사이. 서약서를 쓸 준비를 하라."

보쿠사이가 붓을 들자, 이에야스는 눈앞에 있는 지도의 스오와 나가토 두 지방에 붉게 '모리'라고 써넣고 구술했다.

　　1. 스오, 나가토 두 지방으로 나갈 것.
　　1. 부자의 신병에 대해서는 다른 뜻이 없음.
　　1. 허황된 소문이 나돌 때는 규명할 것.

"누구 앞으로 할까요?"

"말할 것도 없지 않나? 모리 데루모토 님, 모리 히데나리 님, 그리고 날짜를 10일로 해두도록."

그날은 아직 3일이었다. 구로다 나가마사가 고개를 갸우뚱하며 물었다.

"날짜를 왜 10일로 하는 겁니까?"

이에야스는 고개를 끄덕였다.

"이 7일 동안은 이에야스가 히로이에에게 보내는 선물이다. 이것이 곧 전달되면 데루모토는 또 노발대발하겠지. 경우에 따라서는 그 정도의 것을 받을 바에는 차라리 할복하는 편이 낫다고 할지도 모른다. 그러나 이레 뒤에는 눈물을 흘리며 히로이에에게 고맙게 생각할 거야. 모리 집안을 구한 사람은 깃카와 히로이에였다고 똑똑히 눈을 뜨고 깨닫게 되기까지 이레쯤 걸릴 데루모토거든."

그러고는 또 무언가 생각난 듯 다시 말했다.

"그렇지. 히로이에가 이만큼 생각 깊은 사나이라면 이 서약서뿐 아니라 히데타다의 서약서도 청할지 모르지. 그러나 그건 보내지 않을 것이니 마음 놓도록 그대가 잘 일러줘라."

구로다 나가마사에게 이른 다음 서약서에 서명하고 도장을 찍었다.

"이것으로 영토가 정해지게 되었군. 좋아, 이 양옆부터 써들어갈까?"

이것은 혼잣말 같기도 하고, 네 사람을 충분히 의식하는 위로의 말 같기도 했다.

이에야스는 굵은 손가락으로 대충 안경을 닦아 다시 쓰고는 스오의 동쪽 이웃, 아키의 히로시마 가까이에 붉게 후쿠시마라고 써넣고, 또 바다를 사이에 둔 지쿠젠에 구로다라고 썼다.

모리에 대한 처리가 마침내 정해지자, 이에야스가 구상하던 새벽이 다가왔다.

여자의 고집

　교토 삼본기에 있는 히데요시의 미망인 기타노만도코로, 곧 고다이인에게 세키가하라 싸움 뒤로 여러 사람들의 방문이 그치지 않았다.

　조카 고바야카와 히데아키를 비롯하여 역시 조카인 아사노 요시나가, 후쿠시마 마사노리, 구로다 나가마사 등이 차례차례 전황을 알려왔다. 아니, 도요토미 문중에서 자라난 이러한 사람들뿐만 아니라 도쿠가와 문중에서 교토에 와 있는 오쿠다이라 노부마사도 문안인사를 한다며 찾아왔다. 또한 자야 시로지로, 요도야 조안, 혼아미 고에쓰, 나야 쇼안, 이마이 등 교토, 오사카, 사카이의 상인에서부터 다인(茶人)들까지 온갖 핑계를 대며 들렀다.

　모두 저마다 '문안인사'라는 명목으로 얼마쯤 정보를 가지고 찾아왔지만 고다이인은 그 사람들을 거의 만나지 않았다. 정중한 인사는 고조스에게 받게 하고, 가벼운 상대는 게이준니가 대리로 만났다.

　고다이인은 9월 15일의 결전 이후 일어난 일을 모두 훤히 알고 있었다. 알면 알수록 고다이인은 사람들을 만나는 게 싫어졌다. 고다이인의 마음을 깊이 아는 사람이 아니고는 모두들 그녀가 미쓰나리를 미워하고, 요도 마님을 미워하고, 따라서 요도 마님의 아들 히데요리까지도 미워하여 이에야스에게 가담한 것으로 알고 있는 듯했다.

　노골적으로 이렇게 말하는 사람까지 있었다.

　"축하드립니다."

그리고 한동안 잠잠해졌던 좋지 못한 소문이 그 무렵부터 다시 저택 안에 퍼지기 시작했다.

"히데요리 님의 진짜 아버지는 누구일까?"

본디 히데요시는 자식을 낳지 못했다. 그런데 요도 마님만 두 번이나 임신하고 다른 여인에게는 한 번도 그런 예가 없었다. 그런 기적은 있을 수 없는 것이다. 쓰루마쓰 님과 히데요리 님의 진짜 아버지는 한 사람일까? 한 사람이라면 오노 하루나가일 것이고, 둘이라면 오노 하루나가와 이시다 미쓰나리가 아닐까? 그런 소문이 고다이인을 위로할 수 있는 듯 퍼져나갔다. 그러나 자존심 강한 고다이인은 견딜 수 없이 괴롭고 불쾌했다.

게다가 차례차례 찾아드는 방문객의 목적이 뚜렷하게 나타나기 시작했다. 그것은 고다이인의 한 마디 중재로 이에야스의 천하에 살아남으려는 속셈이 빤히 들여다보이는 기회주의적인 옛 신하들이었다. '이대로 간다면 도요토미 집안을 팔아먹은 것은 고다이인……'이라는 말까지 나올 듯했다.

그날도 에케이와 막역한 친구였다는 도후쿠사의 승려가 찾아왔다는 전갈을 듣고 이 말을 전해 온 오소데에게 지시했다.

"게이준니에게 만나라고 해."

9월 30일 아침이었는데, 그 손님의 용건이 무엇인지 이미 너무나 잘 알 수 있었다.

26일 오쓰를 떠난 에케이, 고니시 유키나가, 이시다 미쓰나리 세 사람은 오사카에서 사카이까지 끌려다닌 다음 교토로 연행되어 처형될 날을 기다리고 있었다.

이 사람들의 구명을 이에야스에게 부탁할 수 있는 사람이 있다면 고다이인밖에는 없다는 생각으로 찾아온 모양이지만, 지금으로서는 그럴 형편이 못되었다. 미쓰나리를 살리려 하면 히데요리의 죄가 더 커지고, 에케이를 도우려 하면 모리가 용서받기 어려워질 것이다.

"처형이 끝날 때까지 아무도 만나지 않겠다."

일어서는 오소데에게 말하다가 고다이인은 문득 그 눈이 빨개지도록 울어서 부어 있는 것을 알아차렸다.

고다이인은 가만히 있을 수만은 없다는 생각이 들었다.

"그렇지, 그대는 게이준니에게 말을 전하고 다시 이리로 오너라. 이야기해 두고 싶은 일이 좀 있으니까."

오소데는 얼굴을 가리듯 하면서 나갔다. 이번 싸움에 패하여 사라진 장수들의 감개는 별문제로 친다면 가장 큰 타격을 받은 것은 오소데인지도 모른다. 오소데는 이상한 여자였다. 다른 사람보다 한결 정이 많으면서도 평생 그 반대입장에서만 살아온 여자였다.

'만약 내가 오소데처럼 기녀였더라면……?'

몇 차례나 그런 일을 공상하다가 스스로 깜짝 놀라곤 했다. 고다이인은 오소데의 성품이며 출신에서 때로 자신의 모습을 발견하곤 했다. 지지 않으려는 성품에 고집 세고 외로움을 타며 꿈이 많다. 게다가 또 한 가지 자기를 닮은 건 어떤 일이 있어도 남을 미워하지 못하고 만나는 사람, 보는 사람에게 마냥 끌리는 것이었다.

오소데는, 고조로라고 불리던 기녀 시절에도 차례차례로 손님들에게 반했던 모양이다. 물론 그렇듯 마음을 바쳐도 그대로 보답받을 수 있는 것은 아니다. 따라서 결과는 늘 보다 깊은 슬픔 속으로 잠기는 고독.

'반했다가는 배반당하고 배반당한 뒤 다시 반한다……'

그 결과 가미야와 시마야로부터 미쓰나리에게 첩자로 보내지고 다시 미쓰나리한테서 고다이인에게 보내지게 된 건지도 모른다. 그리하여 아무도 깊게 미워하지 못하는 채 차례차례 슬픈 진심을 바치면서 방황한다.

고다이인은 이즈음 오소데가 바라는 것, 하고 싶은 것이 무엇인지 잘 알고 있다. 그녀는 미쓰나리의 처자를 살려달라고 간청하고 싶어했다. 이미 성인이 된 사람의 목숨은 살리지 못하더라도 그 부인이나 아직 어린 두 딸은 고다이인이 나서서 살려달라고 한다면 구제받을 수 있으리라 여겼다.

고다이인도 실은 그렇게 할 작정이었다. 이에야스가 도량이 작은 인물이라고는 여겨지지 않았고, 고다이인의 탄원이라면 쉽게 물리치지 못하리라는 자부심도 있었다.

그런데 사정이 급격히 바뀌었다. 세키가하라 싸움이 눈 깜짝할 새 마무리되고, 그 여세는 그대로 사와산성을 불태워버렸다. 그동안에 고다이인 같은 사람이 참견할 여유도 없었고 시간도 없었다. 미쓰나리의 형 마사즈미 탓인지, 아니면 아버지 마사쓰구가 성급했기 때문인지, 이에야스 자신도 깜짝 놀랄 만큼 재빠르게 그들 일족을 불길 속에서 사라지게 해버린 것이다. 아마도 오소데는 그 어린아이들을 구명하여 자기 자신의 양심을 달래려고 했을 터인데…….

오소데가 심부름을 마치고 돌아왔다.

"게이준니 님께 말씀대로 여쭈었습니다."

"아, 수고했어. 자, 좀더 앞으로 다가와 앉아요."

그러고 나서 고다이인은 생각이 떠오른 듯 말했다.

"그렇지, 우선 그 향로에 불을 붙이고…… 이제부터 내가 그대와 둘이 깨끗한 마음으로 이야기하고 싶은 것이 있어……."

고다이인은 말하며 일부러 홀가분하게 웃어보였다.

오소데는 이르는 대로 향로를 들고 와서 모란이 새겨진 향로에 사향을 피웠다.

"그윽한 정취가 풍기는 것 같군……."

고다이인은 다시 한번 소리 내어 웃었다.

"그대만 한 사람이 오늘은 또 왜 눈에까지 연지를 발랐지?"

"네, 이로써 모든 일이 정해졌다고 생각하니 남아 있던 눈물이 쏟아져서 그만……부끄럽습니다."

"오소데, 그대와 나는 확실히 닮은 데가 있어."

"원, 별말씀을. 고다이인 님과 비교될 만한 몸이 못 됩니다."

"그대나 나나 다 고집 센 겁쟁이야."

"황송한 말씀입니다."

"그렇지만 그대도 나도 한 가지는 자랑할 만한 것을 갖고 있어…… 그대는 그것을 아나?"

"네……아니요, 그와 같은 것은 저에게……."

"그렇지 않아. 여자로서는 그대도 나도 마찬가지야. 언제나 오직 한 가지, 가장 옳은 일을 하고 나서 죽기를 바랐어."

오소데는 갑자기 얼굴을 숙였다. 요즈음 눈에 띄게 여윈 어깨가 살며시 흔들리고 있다.

"그렇지 않은가? 그렇지, 오소데? 뭔가 옳다고 생각하면 우리는 누구에게도 양보하지 않고 그것을 관철해 왔어. 말다툼도 했고, 덤벼들기도 했지. 배반당해도 미워하지 않고, 또 자신에게 혹독하게 따지고는 옳은 것을 추구해 왔어."

"마님!"

"우는 게 좋아. 마음껏 우는 게 좋아. 나도 말이야, 그대를 위해서 살려 달라고 해야 될 사람이 있다는 것은 벌써부터 알고 있었지. 그러나 그것도 어쩔 수 없이 되었구나……."

"마님!"

다시 오소데는 울먹이는 소리로 불렀다.

"저에게……이 오소데에게 하직할 수 있도록 허락해 주세요."

고다이인은 깜짝 놀라며 숨을 삼켰다.

"그건 안 돼. 아직 일러."

"아닙니다, 이르지 않습니다. 이제 모든 게 끝났습니다."

"오소데……."

고다이인의 말투가 달라졌다.

"그대는 미쓰나리의 처형날짜를 들었구나."

"네, 내일이라고…… 조금 전, 도후쿠사의 스님이 말씀하셨습니다."

"그래서 하직하겠다는 거냐? 안 돼. 미쓰나리 님이 이렇게 될 줄은 그대도 이미 알고 있었을 텐데?"

"네……네."

"그뿐인가, 그대는 예전에 뭐라고 했지? 미쓰나리는 다이코 전하와 떨어져서는 살 수 없는, 싸움을 좋아하는 천성, 그래서 고집을 관철시켜 한시라도 빨리 전하 곁으로 보내고 싶다고 했잖나."

"……."

"그 미쓰나리가 고집을 세우다가 붙들렸어. 미쓰나리는 결코 후회하지 않을 거야. 웃으면서 형장으로 가겠지. 그때 만일 그대가 여기서 물러나 순사(殉死)하게 된다면 미쓰나리의 고집이 상처 입게 돼…… 여자는 꾹 참고 그늘에서 명복을 빌어야 되는 법이야. 살아서 비는 편이 죽는 것보다 훨씬 더 괴로워. 그대만 한 사람이 쉬운 길을 택하리라고는 생각지 않아."

오소데는 잠시 울음을 멈추고 온몸을 꼿꼿이 하고 있었다.

고다이인은 모든 것을 꿰뚫어보고 있다.

순사까지는 생각지 않았다. 그러나 그녀 힘으로 생전의 미쓰나리에게도, 앞으로의 미쓰나리에게도 아무 도움을 주지 못했다는 생각을 하니 살아 있을 기력이 없어져버린 것이다. 자기 자신 뚜렷이 의식하고 있지는 못했으나 만약 유족 가운데 어린 딸 하나라도 살려낼 수 있었다면 그 곁으로 달려가서…… 그 소망이 사는 보람이었다.

'이제 아무 희망도 없어졌다……'

그렇게 생각했을 때 오소데는 오늘까지 긴장해 있던 마음의 줄이 끊어지고 말았다.

고다이인은 지금 자기와 오소데를 고집 센 겁쟁이라고 표현했다. 그 고집을 버티어주던 줄이 끊어져버리자 오소데에게 남겨진 것은 '겁쟁이'밖에 없다는 생각이 들었다. 이 겁쟁이에게 채찍질한다고 해서 과연 이제부터 고다이인이 바라듯 괴로움을 견디어낼 수 있을까?

고다이인은 다시 익살스러워 보일 만큼 정다운 말투로 속삭였다.

"그렇잖나, 오소데……? 나나 그대 같은 여자는 남편에게 심하게 굴지. 하나하나 상대에게 맞서며 심술궂게 굴었어. 안 그래? 그대도 기억하고 있을 거야."

"네……네."

"그런데 일단 남편 곁을 떠나면 크게 후회되지. 미워서 대든 건 아니었어. 사랑스럽고 사랑스러워 누구에게도 비난받게 하고 싶지 않은 그 일편단심에서 심술 부렸던 거야."

"정말……그래요, 그런 것 같아요."

"그러나 과연 상대에게 그 뜻이 통했을까? 만약 반대였다면 어떻게 할까……? 무언가 마음에 걸리는 데가 있어 일일이 거슬렸다고 생각하는 게 아닐까……? 그렇게 여겨지면 그때는 죽어서 오장육부까지라도 보이고 싶어지지."

고다이인은 입을 오므리고 웃기 시작했다.

"호호……다이코가 돌아가셨을 때 내가 바로 그런 생각에 빠졌었지. 그렇지만 잘 생각해 보면 나 혼자만의 씨름이었어. 내 생각은 스스로 억눌러버리고 아침저녁 전하가 하자는 대로 모셨더라면 어떻게 되었겠나……? 그야말로 후회는 이중삼중…… 전하 역시 잘못 많은 한낱 인간이야. 그 잘못이, 모두 내가 입을 다물고 참다운 충고를 하지 않았던 탓이 아니었을까……하는 후회가 얼마나 안타깝게 몸을 들볶을 것인지."

"……"

"호호…… 사람은 역시 저마다 그 성품을 살리며 사는 수밖에 도리 없어. 그대도 지금, 내가 생각했던 그런 지옥의 언저리에 있는 거야."

오소데는 머리를 끄덕일 수밖에 없었다.

이 저택에 왔던 무렵에만 해도 오소데는 아직 자기가 미쓰나리를 사랑하고 있다는 것을 느끼지 못했다. 그래서 혼아미 고에쓰에게 농담이 아닌 진정으로 이런 말도 할 수 있었던 것이다.

"제가 좋아하는 분은 고에쓰 님 같은……"

그런데 미쓰나리가 오가키로 출진한 것을 안 무렵부터 오소데의 마음은 점점 미쓰나리에게 기울었다.

'미쓰나리가 시킨 대로 고다이인을 찌르지도 못하고 이대로 미쓰나리 일족을 멸망시킨다면……'

그 공포는 적중했다. 이제 일족 가운데 혼자 이 세상에 남아 있는 미쓰나리가 내일 마침내 먼 세상으로 떠난다……

미쓰나리를 이 비극 가운데에 서게 한 원인은 헤아릴 수 없이 많았다. 결코 오소데 혼자만의 책임이 아니다. 그러나 오소데가 미쓰나리 곁에 있으면서 그 결심을 부채질한 것은 사실이었다. 아니, 미쓰나리는 오소데의 말 때문에 움직였다는 생각은 조금도 하지 않을 게 분명하다. 지금도 틀림없이 아녀자 따위가 무엇을 알겠느냐고, 타고난 성격대로 가슴을 젖히고 있으리라.

그렇기 때문에 오소데는 더욱 견딜 수 없었다. 강한 체 뽐내는 사나이의 이면을 속속들이 보아왔다. 미쓰나리는 다른 사람보다 한결 섬세한 신경을 가진 사나이였다.

'그 미쓰나리를 황천길로 혼자 떠나보낸다.'

생각만 해도 오소데는 견딜 수 없었다.

고다이인이 다시 불렀다.

"오소데……그대는 아직도 위험한 지옥을 들여다보고 있구나. 거기서 눈을 돌려야 돼."

"네……네."

"미쓰나리에게 품고 있는 그대의 정은 아름답다. 그건 여자에게만 주어진 모정이지. 그러나 같은 어머니, 같은 아내의 마음 가운데에도 귀하고 천한 차이가 있어. 그대는 그 마음을 귀한 자리에 올려놓고, 미쓰나리를 극락으로 인도하도록 기도하는 마음을 가져야 돼."

"네……."

"그렇지. 내일로 처형이 결정되었다면 처형당하는 모습을 그대 눈으로 보고 오는 게 좋겠군. 그러면 미쓰나리가 무엇을 바라고, 어떠한 심정으로 떠나는지 알게 될 거야."

"……."

"그런 다음에 미쓰나리의 무덤을 만들어줘야 해. 미쓰나리는 확실히 도후쿠사와 깊은 인연을 가지고 있으니……거기에 그대 손으로 무덤을 만들고 제사를 지내 주는 게 좋겠어."

"감사합니다."

오소데는 살며시 두 손을 짚고 눈물을 참았다. 고다이인이 무엇을 걱정해 주는지……그것을 모르는 오소데가 아니었다. 그러면서도 속으로는 조금도 위안이 되지 않았다. 납득되지 않기 때문이었다.

'말하지 않더라도 떠나는 모습을 어찌 보지 않고 견딜 수 있으랴.'

그러한 반발이 은근히 마음을 자극한다.

"알 것도 같고……모를 것도 같은……그런 상태구나, 오소데는. 무리도 아니지. 좋아, 물러가 쉬도록. 그리고 내일은 미쓰나리가 떠나는 것을 보고 그대로 여기로 돌아와야 돼. 이건 이 여승의 명령이야. 내 곁에서 떠날 것인지 아닌지는 그다음의 일이라고 생각하면 돼."

"네……네."

오소데는 다시 한번 조용히 머리 숙이고 고다이인의 거실을 나왔다. 그리고 별채에 있는 자기 방으로 돌아오자 멍하니 손을 포개고 앉아 있었다.

한가을도 벌써 지나려는 듯 공기가 한결 싸늘해졌다. 그 싸늘한 기운이 오소데에게는 계절의 변화로 생각되지 않았다. 몸속의 의지와 기력이 말끔히 타버리고, 자기는 이제 재만 남았다……그래서 싸늘한 것 같은 생각이 들었다.

그날 밤, 오소데는 잠을 잤는지 안 잤는지 알 수 없었다. 다만 정신이 들고 보니 아침이었고 뜰에서 새들이 지저귀고 있었다.

오소데는 일어나자 게이준니에게 외출한다는 것을 알리고 부탁이라도 받은 듯 시치조 강가로 걸어갔다.

거리는 왠지 모르게 살기가 서려 있었다. 호리카와 데미즈(堀川出水)의 행정장관 저택에서 이치조 네거리로 나가 무로마치 거리를 거쳐 데라마치로, 거기서 교토 복판을 지나 시치조 강가로……고시판에 알려진 미쓰나리 등이 지나갈 길에만 여느 때보다 사람 왕래가 많을 뿐이었으며, 그 밖에는 평소와 그리 다를 게 없었다. 그런데도 어느 골목에서나 만나는 사람마다 어쩐지 이상하게 살기가 서려 있다. 모두들 오늘 이 교토에서 무슨 일이 있는지 알고 있기 때문이 아닐까?

오소데는 되도록 사람들이 적게 다니는 길을 골라 데라마치까지 갔다. 그리고 거기서 미쓰나리의 뒤를 따라 시치조 강가로 나갈 작정이었으나 이르러 보니 그 주위는 아직 잠잠했다.

'너무 이르다……'

그 주위에 오래 앉아 있을 만한 곳이 없으므로 산기슭을 따라 서서히 시조(西條) 쪽으로 걸어갔다가 다시 되돌아왔다.

오늘 물론 미쓰나리만 처형되는 것은 아니다. 에케이도, 고니시 유키나가도 함께였다. 셋을 모두 수레에 태워 교토 시가를 돈 다음 한꺼번에 처형될 예정이었다.

'어떤 모습으로 끌려올 것인가……'

그것을 보고 싶기도 하고 보기 두렵기도 했다. 이럴 리가 없다. 미쓰나리 이상으로 세상의 고초를 겪어왔고, 무서운 채찍과 욕지거리를 들으며 살아온 오소데가 아닌가……?

마침내 데라마치에 인파가 넘치기 시작했다.

"아, 왔다, 왔어. 왔구먼."

"정말 대단한 먼지야. 수레 뒤에 사람이 엄청나게 많잖나……?"

"모두 시치조 강가까지 따라갈 구경꾼들인가봐."

오소데는 이러한 대화를 듣자 견딜 수 없어져 다시 혼자 먼저 강가로 걸어갔다.

하늘은 구름 한 점 없이 맑았다. 아무 일도 없는 날이라면 천천히 산책하기에 꼭 알맞은 날씨였으나 왠지 목이 바싹 말라붙어 갑갑했다.

'저렇듯 사람이 많아서야 가까이 가서 볼 수도 없겠지…….'

역시 먼저 시치조 강가로 가서 잘 보이는 데서 염불해 주자……만일 상대가 자기를 알아차린다면 조용히 웃어보이고……아니, 그럴 경우 과연 웃어보일 여유가 자신에게 있을지 어쩔지…….

이제 수레가 데라마치에 닿은 모양이다. 그 언저리는 사람으로 가득 차, 그들이 일으키는 먼지가 하얀 연기처럼 주위의 공기를 흐려놓으며 동쪽으로 흐르고 있다.

오소데는 형장에 닿을 때까지 다시는 돌아보지 않을 작정으로 쓰개치마를 덮어쓰고 발걸음을 서둘렀다.

그런데 뒤에서 따라오던 네댓 사람 가운데에서 누군가가 불렀다.

"거기 가는 분은 오소데 님이 아닌지요."

그 소리에 오소데는 놀라며 걸음을 멈췄다.

"오, 역시 그렇군요."

바싹 가까이 와서 쓰개치마 속을 들여다본 것은 혼아미 고에쓰였다.

"틀림없이 떠나는 모습을 보러 오실 줄 알았지. 아니, 나도 그러지 않을 수 없었소."

"어머나……."

고에쓰는 사뭇 흥분한 표정으로 말을 꺼냈다.

"오소데 님, 걸으면서 이야기합시다. 이제까지 나는 마음속으로 미쓰나리 님을 멸시했었소. 그런데 오늘은 달리 봤소. 내가 잘못 본 거요. 미쓰나리 님은 시대의 가엾은 희생자였소."

그것이 미쓰나리를 싫어하던 고에쓰의 말이 아니었다면 오소데는 분명 가볍게 머리를 끄덕이며 들었을 것이다. 그러나 철두철미 미쓰나리를 싫어하던 고에쓰의 입에서 그를 다시 보았다는 말을 듣고 보니 보조를 맞추어 되묻지 않을 수 없었다.

"시대의 가엾은 희생자라고 말씀하셨나요?"

고에쓰는 머리를 크게 끄덕이며 어깨를 나란히 했다.

"시대의 희생자라는 게 어색하다면 다이코 전하의 희생자라고 고쳐 말해도 좋소. 어쨌든 미쓰나리 님은 예사로운 분이 아니오.”

“어째서 그렇게 생각을 바꾸셨나요.”

“실은 데라마치의 휴게소에서 미쓰나리 님이 경호무사에게 목이 마르니 물이 먹고 싶다고 하셨소.”

“어머나, 목이 타셔서…….”

오소데는 그 말에 생각난 듯 침을 삼켰다. 그녀의 목도 바짝 말라 있었다.

“그런데 가까이에 물이 없는 것 같았소. 경호무사는 자기 허리춤에서 곶감을 꺼내 미쓰나리 님 앞에 내놓았소.”

“곶감이라니……?”

“감을 말린 곶감 말이오. 아직 물기가 있어 말랑말랑한 맛있어 보이는 곶감이었소. ‘목이 마르시면 물 대신 이걸 하나 잡수시지요, 목은 축일 수 있을 겁니다’ 하고.”

“친절하신 분이로군요.”

“그런데 미쓰나리 님은 감은 담에 해로우니 필요 없다고 서슴없이 거절하셨소.”

“어머나…….”

“그러자 상대도 시무룩한 얼굴로, 얼마 뒤면 처형되실 분이 몸 생각을 하시느냐고 대꾸하였소.”

고에쓰는 자기 말에 대한 반응이 어떤지 표정에서 살피려고 시선을 오소데 쪽으로 가까이 하면서 말을 계속했다.

“그러자 미쓰나리 님은 그를 큰소리로 꾸짖으셨소. 무슨 말인가? 대장부란 숨을 거두는 순간까지 자기 몸을 소중히 여겨야 돼. 알아두는 게 좋을 거라고.”

“어머나…….”

오소데는 실망했다. 이제 미쓰나리는 그런 쓸데없는 대항의식에서 벗어나 유유히 자기 생명의 마지막 모습을 관조하고 있을 줄 알았던 것이다.

“나는 그만 머리가 숙여졌소. 이건 여느 사람으로서는 가질 수 없는 심경이지. 여느 사람은 이미 체념한 모습으로 넋을 잃고 마는 법이오. 꾸짖어 댈 만한 자신감을 가지고 오늘을 맞을 만큼 뛰어난 소질을 지니고 태어난 미쓰나리 님이 왜 그런 소요를 일으키셨는지…….”

이번에는 오소데 편에서 태연하게 고에쓰의 얼굴을 들여다보았다. 고에쓰는 오소데와 전혀 반대로, 미쓰나리의 거만한 태도에 감탄한 모양이다.

'거짓말은 아닌 듯하다. 진심으로 감탄하는 눈빛이 아닌가.'

"이건 역시 다이코 전하가 나빴던 거요. 그만큼 훌륭한 미쓰나리 님이므로 다이코님은 틀림없이 그 앞에서 내대신의 욕을, 아니, 어리석은 소리를 늘어놓았을 게 분명해. 그런 일이 거듭되자 미쓰나리 님도 그만 다이코가 내대신을 미워하고 있다고 착각하여……이번 소동은 그 착각에서 일어난 일이오……."

오소데는 대답할 말이 없어 살며시 고에쓰에게서 비켜섰다.

고에쓰의 말은 아직 오소데가 생각해 본 일도 없는 각도에서 본 미쓰나리에 대한 견해였다.

'그렇게 보는 방법도 있을 것인가……?'

"안 그런가요, 오소데 님? 이건 세상에 흔히 있는 일이오. 다른 사람이 보기에는 사이좋은 부부가 있소. 그런데 어머니가 되고 보면 어리석게도 남편 앞에서는 못하던 불평을 자식들 앞에서 늘어놓게 되지. 그러면 자식들은 어머니를 위할수록 아버지를 원수처럼 생각하게 되오. 그래서 부자간에 말다툼하게 되어 어머니가 어쩔 줄 몰라하는 경우가 있소."

"그런 일이 없는 것도 아니지요."

"아니, 흔한 일이오. 이런 경우, 자식을 그르친 것은 어머니의 어리석음 때문이지……이것이 다이코와 내대신과 미쓰나리 님의 관계였다고 나는 깨달았소. 다이코는 결코 내대신과 사이 나쁘지 않았소. 그러나 어리석은 어머니처럼 내대신의 존재에 왠지 압박을 느꼈던 거요. 내가 다이코를 흡족하게 생각하지 못하는 것은 바로 그 점이지. 다이코는 자기 자신에게 약했소. 자신에 대해서만은 무딘 칼이었지. 그러니 미쓰나리 님 앞에서 틀림없이 어리석은 소리를 되풀이했을 거요. 그 다이코도 지금쯤은 땅속에서 어쩔 줄 몰라하고 있겠지. '미쓰나리, 그렇듯 엉뚱한 짓을 해서 우리 집안을 무너뜨리지 마라'고 하시면서. 늘 되풀이하던 말들이 진심이고, 평소에 다이코와 내대신의 사이가 좋아 보인 것은 꾸며진 거짓모습이라고 미쓰나리 님은 착각하셨어. 착각하게 한 것은 다이코의 어리석음 탓……그릇된 일이 있으면 그토록 끝까지 꾸짖어댈 만큼 매섭게 자기 자신을 지켜온 분에게 무엇이 그런 착각을 갖게 한 것인지……나는 새삼스레 다이코가 미운 생각이 드오. 아니, 인간의 어리석음이 밉소!"

고에쓰는 오소데의 귀에 입을 가까이 대고 말했다.

"그렇지만 모든 것은 끝났소. 마음속으로 추모나 해드립시다."

오소데는 그때 아직 고에쓰의 말뜻을 절반은 알아듣고 절반은 알아듣지 못했다. 그 말뜻을 깨닫고 무섭게 당황하기 시작한 것은 그들이 형장의 울타리 밖에 닿아, 그 가운데로 끌려온 미쓰나리의 모습을 보았을 때부터였다.

미쓰나리는 옥색 명주옷을 입고 손을 뒤로 결박당한 채 거만스레 가슴을 젖히고 울타리 안으로 들어왔다. 시선을 돌리지도, 발밑을 보지도 않았다. 노래라도 부르는 것처럼 앞을 바라보며 그대로 형장으로 다가갔다. 볼은 수척했으나 장밋빛처럼 불그레하고 입술도 이상하리만치 붉었다. 안간힘으로 마지막 패기를 보여주는, 그만 눈을 감아버리고 싶을 정도의 모습이었다.

잇따라 끌려온 고니시 유키나가는 눈을 감은 듯한 모습으로 조용한 태도였다. 그는 천주교도였다. 조용히 눈꺼풀 속에 천주의 모습을 그리며 모든 것을 신에게 맡겨버린 침착한 모습으로 보였다.

세 번째의 에케이는 뜻밖에 태연스러운 얼굴로 흘끔흘끔 사방을 보면서 들어왔다. 어떠한 것에도 집착하는 일 없이 철저히 깨달음을 얻은 초연한 모습으로 보였다.

고에쓰가 다시 귀에 입을 가까이 대고 속삭였다.

"보시오, 모두 위선자요. 고니시 님은 참으로 허공의 어딘가에 천주라도 있는 줄 알고 매달리는 모습이고, 에케이 님은 멍하니 괴로움에서 벗어나려 하고 있소. 어느 쪽이나 참다운 생명의 귀중함을 모르고 있지. 그와 반대로 미쓰나리 님만은 온 힘을 다하여 자신의 생명을 바라보고 계시오. 추호의 위선도 없는 참다운 모습……아, 저분만은 죽는 것이 아까워."

이때 시치조 도량(七條道場)의 대사와 긴코사(金光寺)의 유교(遊行) 대사가 최후의 독경을 하기 위해 들어왔다.

오소데는 이미 고에쓰에게 대답할 여유가 없었다. 고에쓰의 견해는 모두 오소데와 반대였다. 오소데에게는 고니시 유키나가도 에케이도 저마다 조용한 깨달음의 경지에 이르렀는데 미쓰나리만 아직 헛된 집념의 업화 속을 화내며 걸어가고 있는 것처럼 보였다.

'어느 쪽의 견해가 옳을까…….'

그러나 생각할 여유가 없었고, 고에쓰가 말을 건네는 것도 귀찮았다.

어디선가 울타리 속으로 돌을 던지는 자가 있었다. 그 하나가 에케이의 어깨와 미쓰나리의 발에 맞았다. 에케이는 돌아보며 빙그레 웃었고 미쓰나리는 돌아보지도 않았다.

경호인은 알고도 모르는 척 구경꾼을 그리 꾸짖지도 않았다. 도리어 구경꾼 속에서 그것을 호되게 나무라는 소리가 들렸다.

한복판에 거친 가마니가 3장 깔리고 그 곁의 하얀 통에 물이 담겨져 있다. 망나니가 그 곁에 한 무릎을 꿇고 앉아 마치 약속이라도 한 듯이 햇살을 보며 눈썹을 찌푸리고 있다.

세 사람이 정해진 자리에 가까이 오자 시치조 도량의 대사가 절을 한 다음 독경을 시작했다. 대사 뒤에는 제자스님이 두 사람 딸려 있었다.

그러자 그때까지 허공을 노려보던 미쓰나리가 험악한 표정으로 멈춰섰다.

"어디서 온 중인지 모르나 경을 읽어주는 것은 필요 없는 일이야."

그 소리가 너무나 컸으므로 울타리 안팎이 조용해졌다.

"거북하게 생각하지 마십시오. 우리의 마음에서 우러난 공양입니다."

스님이 부드러운 표정으로 말하는 것과 격노에 가까운 미쓰나리의 질타 소리가 동시에 났다.

"안 돼! 남의 은혜를 입고 기뻐할 내가 아니야. 내가 믿는 것은 법화(法華), 공연한 방해는 말아줘."

이 광경에 오소데는 온몸이 떨리기 시작했다. 미쓰나리는 끝내 자기의 억센 고집을 드러내고 말았다.

'그렇게 되라고 한 게 누구였던가……'

그것은 오소데 자신이 아닌가……

'무서운 결과를 가져왔구나……'

그렇게 생각했을 때, 미쓰나리의 격노는 다시 다른 두 사람의 처형자까지 혼란시켰다. 지금까지 냉정했던 고니시 유키나가와 에케이도 섬뜩한 표정으로 걸음을 멈춰버린 것이다.

아마도 여기로 끌려오기까지 세 사람은 서로 증오하며 마음이 저마다 달랐던 게 틀림없다. 에케이에게 말하게 한다면 미쓰나리는 답답한 주모자이며 지휘자였고, 미쓰나리에게 물어본다면 에케이는 모리를 배반케 한 무책임한 허풍선이라고 했을 것이다. 또한 고니시 유키나가로서는 미쓰나리가 작전 도중에 의견을 달리한 원망의 대상이었다. 그런데 그 세 사람이 여기서는 완전히 한 덩어리가 될 것 같은 기색이 보였다.

유키나가는 말했다.

"그렇지, 나도 필요 없어. 나는 천주 곁으로 돌아갈 몸인데……."

"나도 필요 없어. 나는 선종이니까."

미쓰나리의 호통이 싸움터에서 이만큼 멋지게 그들을 움직일 수 있었다면 어떻게 되었을까?

시치조 도량의 대사는 안타까운 표정으로 세 사람을 둘러보고 제자들을 재촉하며 자리를 떴다.

대사가 사라지자 세 사람은 저마다 가마니 위에 앉았다.

햇볕은 쨍쨍 내리쬐고, 강물 흐르는 소리가 들려오고, 구경꾼은 숨소리도 없이 조용해지고……오소데는 차츰 자기가 꿈속에 있는 것 같은 착각에 사로잡혔다.

'실은 이 인생이 꿈이고, 이제부터 저 사람들이 죽은 뒤 그 앞에 있는 것이 진짜 인생이 아닐까……?'

만일 그렇다면 그들을 잉태한 이 시치조 강가의 대지는 이제 산실로 들어서고 있는 건지도 모른다.

대나무 울타리 속에서는 오쿠다이라 노부마사가 부하들에게 뭐라고 말하고 있었는데, 그것도 이미 봄들에 피어나는 아지랑이보다 희미하게 여겨졌다. 저 사람들은 다만 산실에 가까이 있을 뿐이고 인간의 생사에 대해서는 아무 힘도 갖지 못한 사람들이다.

망나니들은 더욱 하찮은 존재이며, 무엇을 하고 있는지조차 알지 못한 채 묘한 자리를 서성거리고 있는 데 지나지 않는다…….

울타리 속에서 큰 칼이 번뜩였다.

미쓰나리, 유키나가, 에케이의 순서로 목과 몸이 앞으로 떨어졌다. 그러자 동시에 오소데는 다른 세상으로 차츰 올라가는 갓난아기의 울음소리가 들리는 느낌이 들었다.

가까이 있는 사람들이 시끄럽게 움직이기 시작했다. 울타리 속에는 벌써 목도 몸도 없다. 하인들이 주위에 흩어진 피를 물로 닦아냈다.

오소데는 비틀거리며 일어섰다. 아직도 귓전에 귀여운 갓난아기의 울음소리가 들려오고 있다.

그렇게 얼마 동안 오소데는 어디를 어떻게 걸었는지 기억할 수 없었다. 인파에 밀리면서 산조 큰 다리로 나와 거기에 걸린 세 개의 목을 보았다. 그러나 그것은 이미 형장으로 끌려가던 그들과는 아무 관계도 없는 그저 목뿐인 인형을 보는 느낌이 들어 그리 슬프지도 가엾은 생각도 우러나지 않았다.

예전에 살았던 빈집 앞을 지나가는 듯한 기분으로 다시 시치조 강가로 되돌아왔나보다. 왜 되돌아왔는지 그것도 잘 알 수 없다. 효수된 목을 옮기는 이들을 쫓아 산조 큰 다리 가장자리까지 가보았지만 그 가운데에 미쓰나리가 없는 것 같아 다시 아까의 자리로 돌아왔는지도 모른다.

거기에는 이미 울타리도 핏자국도 없었다. 사람 그림자가 여기저기 있고, 그들이 모두 손가락질하며 무언가 말을 주고받는 것이 눈에 어릴 뿐이었다.

해가 기울었다. 곧 어두워질 것이다. 강물에 석양이 붉게 물들어 흐르고 있다. 그러나 그 '시간'도 지금의 오소데에게는 아무 상관 없는 것으로 여겨졌다.

'나는 미쓰나리를 찾아서 여기에 온 것일까?'

만약 그렇다면 자기는 미쓰나리를 만나 뭐라고 할 생각인지……?

아무 힘도 못되었다고 사과할 작정인가?

그보다도 왜 그토록 죽을 때까지 불끈 화냈느냐고 그 까닭을 물어보려는 것인가……?

아니, 그보다도 미쓰나리는 죽었을까? 그렇지 않으면 환생했을까? 환생이라는 글자에 진정한 뜻이 있다면 어디론가 가서 살아 있을 것이다.

그 어디론가는 과연 어디일까?

멍하니 냇가에 앉아 생각하고 있는 오소데의 볼에 문득 눈물이 솟구쳐 넘쳐 흘렀다.

주위는 마침내 어두워졌다.

그러나 오소데는 아직 시치조 강가를 떠나려 하지 않는다. 차츰 발밑의 돌이 싸늘해지고 히가시산(東山)에서 저녁 안개가 피어올라 흐르고 있었다. 그 안개에 볼을 적시면서 오소데는 지금 미쓰나리 곁에서 지낸 얼마 안 되는 세월을 신들린 사람처럼 되새기고 있다.

미쓰나리가 일을 저지르고 말 인간이라고 암시한 것도, 어차피 그런 줄 알면 주저 말라고 책망한 것도 오소데였다. 그리고 그녀는 오늘, 그런 자기의 말대로 서슴없이 죽음의 길로 가는 예전 그대로의 미쓰나리를 그 눈으로 본 것이다. 비록 그것이 혼아미 고에쓰가 본 바와 같이 유키나가나 에케이보다 훨씬 훌륭한 태도였다 하더라도 그 때문에 오소데의 마음이 편안해질 것 같지는 않았다.

'그 사람의 결단 때문에 그의 아버지도 형제도 처자도 모두 이 세상에서 사라져갔다.'

아니, 혈육뿐만이 아니다. 이번 싸움을 통해 몇만이라는 사람들이 울부짖고 또는 저주하면서 이 세상에서 죽어간 것이다……

그렇건만 오소데는 그런 사실에서 눈을 돌리고 귀를 막으며 태연히 살아갈 수 있는 여자일까……? 만약 담담하게 생각해 버리고 모두들의 넋을 달래겠다고 한다면 또 한 사람의 오소데가 용서할 것인가?

오소데가 일어선 것은 하늘의 별들이 북풍에 씻겨 아름답게 반짝이기 시작한 다음이었다. 시간은 염두에도 없었고 자기가 돌아오기를 걱정하며 기다릴 고다이인도 이미 머릿속에 없었다. 있는 것은 가슴을 젖히고 형장으로 다가가는 미쓰나리의 얼굴과, 그 미쓰나리가 살아생전에 뜻밖에도 순순히 설법을 듣고 있었던 산겐사(三玄寺)의 소온(宗園) 대사 얼굴이었다.

이 대사의 얼굴이 왜 함께 떠올랐을까? 그런 생각이 떠올랐을 때 이미 오소데는 일어서고 있었다.

각오를 정했다기보다도, 마땅히 그렇게 하지 않으면 오소데 마음속에 숨어 있는 또 하나의 오소데의 고집이 용서하지 않을 것이었다……

오소데는 산겐사로 대사를 찾아가 미쓰나리의 사당을 지어 달라고 부탁하고 절 안 한 모퉁이에서 자기도 뒤따를 생각이었다.

미쓰나리는 그것을 꾸짖을지도 모른다. 아니, 무시하고 서슴없이 혼자 가버릴지도 모른다. 그래도 좋다고 오소데는 생각했다. 오소데도 역시 잠자코 시치미 떼고 뒤따라가지 않으면 고집이 서지 않는 것이다.

어디를 어떻게 지나왔을까?

이제 오소데의 눈에서 미쓰나리는 사라질 수 없는 존재였다. 미쓰나리는 지금도 가슴을 펴고 오소데 앞을 걷고 있다. 오소데는 그 뒤를 어디까지라도 따라간다…….

산겐사가 있는 오미야(大宮) 마을에 이르렀을 때는 벌써 길가의 풀에 이슬이 내려 있었다. 산문은 엄중히 닫혔고 여기저기에 늘어선 암자도, 탑도, 무덤도, 초목도 잠들어 있다. 그 닫혀진 산문 안으로 미쓰나리는 연기처럼 스르르 빨려들어 갔다.

그때 오소데는 갑자기 생각을 고쳤다. 이미 산겐사의 주지를 만날 필요가 없을 것 같았다. 그런 작은 일보다도 미쓰나리를 쫓아가야만 한다는 생각으로 서둘러 문 앞에 앉아 품속의 단도 끈을 풀었다. 그리고 그것을 풍만한 가슴 밑에 찔렀다. 그리고 나서 이것이 '사랑'이 아닐까 하고 어렴풋이 생각했다…….

요도(淀) 마님 일기

요도 마님은 오쿠라 부인에게서 미쓰나리 등이 처형당한 이야기를 듣고 뭐라고 대답했는지 자신도 잘 몰랐다.

"미쓰나리 님, 유키나가 님 목 다음에, 미나구치성을 나와 히노(日野)에서 자결하신 나쓰카 마사이에 님 목이 놓이고, 다음에 에케이 님 목, 이렇게 모두 네 개의 목이 산조 큰 다리에 효수되었다더군요."

오쿠라 부인은 요도 마님에게 그녀의 운이 좋았다는 것을 상기시키기 위해 말하는 것 같았다. 얼마쯤은 자기 아들 오노 하루나가의 공로를 저버리지 않도록 하려는 생각도 있었을 것이다.

하루나가가 이에야스의 사자로 와서, 히데요리 모자는 아무것도 모르고 있었으니 염려 말라는 이에야스의 말을 전해주자, 요도 마님은 글자 그대로 '광기'에 가깝게 기뻐 날뛰었다.

그럴 수밖에 없었다. 그때 오사카 성안의 공기는 싸움터 같은 긴장상태로 평화가 곧 되돌아올 거라고 생각하는 사람은 아무도 없었던 것이다…….

세키가하라에서 패배한 군사들이 처참한 꼴로 잇따라 돌아오고, 오쓰에서 돌아온 다치바나 무네시게는 모리 데루모토에게 농성을 주장했다.

성에 남아 있던 7인조도 거의 주전론을 폈고, 사실 요도 마님 자신도 이미 싸울 각오를 하고 있는 것 같았다.

요도 마님의 출신으로 보아 무리도 아닌 일이었다. 외숙부 노부나가를 비롯하여, 아사이 집안의 조부와 부친도, 의붓아버지였던 시바타 가쓰이에도 생모 오이치 부인도 모두 싸움 속에서 비명의 죽음을 당했다.

'이번에는 우리 모자 차례……'

그런 각오임을 오쿠라 부인도 뚜렷이 알 수 있었다. 이에야스가 보낸 하루나가가 조금만 늦게 도착했더라면, 히데요리를 죽이고 스스로 본성 지휘를 맡겠다고 나섰을지도 모른다.

그런데 하루나가가 와서, 이에야스는 이 소동이 히데요리 모자와는 아무 관계 없는 것으로 알고 있다는 뜻을 전했다.

그때 요도 마님은 잠시 믿지 못하는 것 같았다. 요도 부인이 일찍이 보아온 싸움 가운데에서 이렇듯 너그러운 조처는 전례가 없었기 때문이리라.

하루나가는 차근차근 들려주었다.

"염려하지 마십시오. 저도 내대신과 함께 싸워왔습니다. 결코 요도 마님이나 도련님을 해칠 뜻은 없다는 것을 알았습니다."

그러자 마님은 쓰러져 소리 내어 울었다.

그런 다음 곧 가타기리 가쓰모토를 불러 감사의 뜻을 전하는 사자를 뽑게 하여 하루나가와 함께 이에야스에게 보냈다.

그리고 이에야스가 성에 들어올 때까지 요도 마님은 그 성격대로 이것저것 바깥일에 간섭하고 주전론을 폈던 무사들을 불러 타이르기도 했다.

그러다가 이에야스가 서쪽 성에 들어오고 히데타다가 아랫성으로 들어오자 갑자기 낙담되어 아무것도 할 생각이 없어졌다.

오쿠라 부인이 미쓰나리 등의 처형 이야기를 꺼낸 것도 이렇게 무사히 수습된 이면에는 하루나가의 많은 노력이 숨어 있었음을 화제로 삼고 싶기 때문이라는 걸 요도 마님은 잘 알고 있다.

그러나 요도 마님은 이야기하는 것이 괴로웠다. 시선은 멍하니 혼자서 놀고 있는 히데요리를 쫓고 있지만, 지금 히데요리의 일을 생각하고 있는 것도 아니었다. 누군가가, 무엇인가가 요도 마님 몸에서 무언가를 살그머니 빼앗아간 느낌이었다.

오쿠라 부인이 다시 말을 건넸다.

"마님, 왜 그러십니까?"

"응, 뭐라고 했지?"

돌아보는 요도 마님의 눈빛은 어리둥절하니 넋 잃은 상태였다.

"처형당하신 미쓰나리 님은 모든 것을 버리고 거의 아무것도 가진 게 없었대요······그런데 마사이에 님 성에는 금은이 산더미처럼 쌓여 있었다고 말씀드렸지요."

요도 마님은 어색하게 머리를 끄덕였다.

"죽은 뒤에는 금은도 쓸데없는 것을."

"그렇지요. 이제부터 뒤처리가 시작되면 별소리가 다 들려오겠지요."

"듣지 않고 지낼 수 있다면 정말 좋으련만."

그러고는 문득 생각이 떠오른 듯 말했다.

"그렇다면 15일까지 오쓰성에 들어박혀 내대신에게 협력했던 교고쿠 님은 어떻게 되셨는지?"

오쿠라 부인은 좀 풀 죽은 얼굴이 되었다. 이쯤에서 아들 하루나가의 이야기를 꺼내줬으면 하고 있었던 것이다. 그런데 교고쿠 다카쓰구의 말이 나왔으니 하는 수 없었다.

다카쓰구는 요도 마님의 바로 아랫동생과 결혼했다. 따라서 요도 마님에게는 제부가 된다. 그 다다쓰구가 세키가하라 싸움 전날까지 이에야스를 위해 오쓰성을 굳게 지키고 있다가, 끝내 승리를 기다리지 못하고 성문을 열어 고야산으로 탈출했다는 이야기로 지금 성안에서 '운 나쁜 분'이라고 소문나 있다.

오쿠라 부인은 말했다.

"염려하지 마세요. 다카쓰구 님은 처음부터 내대신의 진중에서 충성을 다한 공로가 있으니 추궁당하지 않고 오히려 영토를 늘려받을 것이라고 가타기리 님이 말하더군요."

요도 마님은 또 금방 듣고 있지 않은 표정이었다. 아마도 그런 이야기가 듣고 싶어 다카쓰구의 말을 꺼낸 게 아닌 모양이다.

"마님은 정말 운 좋으십니다. 아니, 마님뿐만이 아니지요. 이번 싸움에선 세 자매님 모두 아무 탈 없으셨습니다. 부모님의 영혼이 돌봐주신 거지요. 마님도 이렇게 무사하시고, 막내 다쓰 부인은 에도에 계시며, 다카쓰구 님도 영토를 더 얻게 된다니 양쪽으로 갈라진 이 난세에 드문 일이지요."

"오쿠라 부인"

"네, 기분이 언짢으신지요……?"

"좀 혼자 있게 해줘요."

오쿠라 부인은 못마땅한 듯 요도 마님을 바라보았으나 심술궂을 만큼 깍듯이 머리 숙이고 나갔다.

"그럼, 일이 있으면 부르세요."

요도 마님은 또 얼마 동안 말없이 히데요리를 지켜보고 있었다. 히데요리는 아까부터 혼자 주사위판 앞을 떠나 책상에 앉아 있다. 붓을 들고 무언가 쓰고 있지만 글씨연습은 아닌 듯하다.

'단둘만이 남게 됐구나 이 성에……'

요도 마님이 뼈저리도록 사무치게 그 사실을 느끼기 시작한 것은 싸움의 혼란이 그치자 무사들과 영주들이 발을 딱 끊고 얼굴을 내밀지 않게 되면서부터이다.

요도 마님과 히데요리는 다이코의 미망인이요 아들이지만 이미 현재의 일본과는 아무 관계 없는……필요 없는 인간으로 굴러떨어진 것일까?

히데요리가 불쑥 말했다.

"어머님, 히데나리가 안 보이는군요."

히데요리는 요즈음 줄곧 함께 놀았던 동갑인 모리 데루모토의 아들 히데나리를 찾고 있었다.

"이젠 못 보게 됐어. 아버지 데루모토 님을 따라 성을 떠나버렸으니까."

"졌군요, 히데나리도?"

"아니, 히데나리는 져도 도련님은 진 게 아니에요. 에도의 할아버지가 그렇게 말했지요."

"음, 그건 알고 있어요. 그렇지만……."

말하다 말고 히데요리는 곧 입을 다물었다. 어딘지 모르게 어머니의 모습이 이상하게 보였기 때문이다.

그 꿋꿋한 요도 마님이 갑자기 기운을 잃은 것은 미쓰나리며 유키나가의 처형과는 반대로 가토(기요마사), 후쿠시마, 구로다 같은 이른바 기타노만도코로파(派) 사람들 영토가 크게 늘어났다는 소문을 들었을 때부터였다. 그러한 동태는 그들과 같은 동료였던 가타기리 가쓰모토가 일일이 그녀에게 보고해 주었다.

그에 의하면 조선과의 싸움 때 철저하게 요도 마님이 밀어줬던 고니시 유키나가와 공을 다투다 히데요시에게 꾸중 들은 가토 기요마사는 히고의 구마모토에서 24만 석 늘어난 54만 석의 대영주가 된다고 한다. 또한 후쿠시마 마사노리는 기요스에서 아키의 히로시마로 옮겨져 49만8200석의 대영주가 된다. 구로다 나가마사도 13만 석에서 일약 후쿠오카 50여만 석이 되리라는 소문이었고, 호소카와 다다오키도 11만 석에서 40만 석에 가까운 영주로 출세하게 될 거라는 풍문이었다.

그런 소문이 이토록 큰 충격을 자신에게 주리라고 요도 마님은 생각지도 못했다.

히데요시가 살았을 때는 물론 그녀 쪽이 기타노만도코로보다 나았다. 겉으로는 어떻든 실제로는 기타노만도코로보다 요도 마님의 발언이 훨씬 히데요시를 움직이는 힘을 지녔었다.

요도 마님이 고니시 유키나가의 편을 들고 필요 이상으로 미쓰나리를 가까이했던 것도 자기 세력을 넓히려든가 유키나가나 미쓰나리가 특히 유망하다고 보았기 때문은 아니다. 말하자면 기타노만도코로를 살며시 놀려보고 싶은 장난기에서 히데요시가 어느 편을 취하는지 시험해 보는 정도의 생각이었다.

그런데 세상에서는 히데요시의 안방에 기타노만도코로파와 요도 마님파가 있어 그 두 파가 암투를 벌이는 것으로 보고 실제로 그렇게 만들어버렸다.

그리고 그 결과 어떻게 되었는가……?

요도 마님파라고 불린 사람들은 모두 미쓰나리에게 속아 처형되거나 집안이 망해 버렸다. 그리고 반대로 기타노만도코로파로 불린 사람들은 이제 모두 많은 땅을 차지하는 대영주로 올라서지 않았는가…….

이것만으로 비교한다면 어리석은 여자와 슬기로운 여자의 차이가 흥망의 차이를 만들어버린 것이다. 그것을 깨달았을 때 요도 마님의 놀라움은 무어라 형용할 수가 없었다.

'내가 어리석었어!'

잘 생각해서 한 일이라면 이토록 후회하지 않을 것을. 그런데 그녀가 골똘히 생각하기도 전에 미쓰나리 등의 손으로 어느새 '어리석은 여인'이라는 낙인이 찍혀버렸다. 심지어 이에야스까지 가엾이 여기며 말해왔다.

"요도 마님은 여성의 몸이므로 전혀 관련이 없다……"

남달리 자존심 강한 그녀에게 이것은 너무도 심한 굴욕이었다. 가까운 사람들에게도 말할 수 없는 그 고민이 지금 요도 마님의 가슴속에서 시퍼런 불길로 타오르고 있는 것이다……

히데요시의 미망인과 아들로서 세상에서 잊혀져갈 날을 기다릴 작정이라면 아무것도 괴로워할 게 없었다. 그러나 이 미망인과 아들은 일본의 주인이 사는 거성으로 여겨지는 오사카 본성에 살고 있다…… 더구나 세상에 둘도 없는 어리석은 여인, 자기 편의 모든 사람들을 멸망으로 몰아넣은 여인으로서, 평생 세상의 비웃음을 받으며 살아가야 되는 것이다…… 그렇게 생각하면 비록 요도 마님이 아니더라도 소스라치게 놀랄 일이다.

그 놀라움과 낭패는 당연히 당사자에게 그 대책을 강구하게 했다. 요도 마님이 측근들의 말 따위는 듣지 않고 전혀 다른 곳에서 허공을 바라보며 히데요리를 지켜보는 것은 그 때문이었다.

'이 오명을 씻을 힘이 과연 나에게 있을 것인가……?'

그녀를 이런 파국으로 몰아넣은 미쓰나리는 이미 이 세상에 없고 다른 행정관들도 모조리 그녀 주위에서 사라져버렸다. 가장 의지했던 모리 데루모토마저 120만5000석의 대영주에서 36만9000석으로 영토가 깎인 채 그것이나마 유지하려 발버둥 치고 있다…… 아마도 그의 가신들은 데루모토가 요도 마님을 가까이하지 않은 게 다행이었다고 한숨을 내쉬었을 것이다. 가까이했다면 36만 석도 남지 않았을 거라고 계산하면서…….

'애물단지란 지금의 나를 두고 하는 말이리라……이런 나에게 남겨진 누명을 벗을 수 있는 방법은? 힘은?'

그렇게 생각하니 자기에게 남아 있는 것은 히데요리와 머지않아 시들어 갈 젊음뿐이었다. 그것을 처음 깨달았을 때 요도 마님은 당황했다. 이에야스의 뚱뚱한 몸집과 오싹해지는 풍채가 짓누르는 것처럼 생각날 뿐 아니라 그 이에야스를 남편으로 하라고 했던 누군가의 말이 떠올라서였다.

그리고 문득 떠오르는 의문이 있었다.

'이에야스는 지금도 나를 바라고 있을까? 여기서 이에야스의 아내가 된다면……'

이에야스에게는 지금 정실이 없다. 이쪽에서 그럴 생각만 갖는다면 실현될 수 있는 꿈일지도 모른다. 그렇게 되면 그녀는 히데요리도 지켜보면서 다시 천하인을 조종할 수 있는 여자가 되어 적어도 어리석은 여자라는 오명에서만은 벗어날 수 있다……

인간의 몽상은 언제나 분방하다. 때로는 그 분방한 생각에 스스로 놀라는 수도 있다. 지금 요도 마님도 그 몽상의 포로가 되어가고 있다. 처음에는 이에야스에게 아직도 그런 뜻이 있을까 생각해 보았었는데, 이제는 그런 뜻이 있어 '요도 마님은 여인의 몸이므로……'라고 죄상을 불문에 붙인다는 말이 튀어나온 게 분명하다고 여겨졌다.

'수수께끼야, 그것은……'

그렇다면 요도 마님은 대체 어떻게 해야 될까? 이번 싸움에서 진심으로 히데요리를 위해 죽어간 사람도 많았다. 그런 사람들보다도 히데요리의 생모가 히데요리에게 냉담하여도 될까……?

이때 가타기리 가쓰모토가 오늘도 역시 무슨 정보를 가지고 왔다. 가쓰모토는 언제나 요도 마님보다 먼저 히데요리에게 말을 걸었다.

"오, 글씨연습을 하고 계셨군요."

오늘도 그는 책상 위는 똑똑히 들여다보지도 않고 공손히 히데요리에게 인사한 다음 요도 마님에게로 고쳐앉았다.

"서성에서 마침내 다카쓰구 님에 대한 처우가 정해졌나 봅니다."

무사들의 발길이 딱 그친 뒤로는 가쓰모토가 일러주는 것이 고작 요긴한 정보가 되었다. 히데요리 측근 중에서 이에야스와 교묘하게 가까워졌다 멀어졌다 하며 간격을 두고 신뢰받고 있는 사람은 가쓰모토 한 사람뿐이라고 할 수 있다. 그러므로 이에야스가 자기 일로 가쓰모토에게 뭔가 속말이라도 하고 있는 게 아닌지 요도 마님은 마음에 걸렸다.

"그러면 다카쓰구 님은 오쓰성 문을 열어준 허물을 문책받지 않았나요?"

"예, 그 부인이 마님이며 에도의 히데타다 님 부인과 자매간이라는 점도 물론 고려되었을 겁니다. 오쓰에서 와카사(若狹)의 오바마(小濱)로 영지가 옮겨지고 예전의 6만 석에서 9만2000석으로 결정되었다고 합니다."

"어머나, 3만2000석이나 더……"

"물론 히데타다 님과 다카토라 님이 한 마디씩 해준 덕분이겠지요. 아참, 다카토모(高知) 님은 별도로 신슈 이다의 8만 석에서 단고의 미야즈(宮津) 12만 석이 되셨으니 이것도 출세하신 셈이지요.”

가쓰모토의 말에 요도 마님은 미간을 찌푸렸다.

“가쓰모토 님도 나를 원망하겠군요.”

“원, 별말씀을. 제가 어찌 마님을……”

“그대도 내 곁에 있지 않았으면 30만 석이나 50만 석의 대영주가 되었을 것을.”

가쓰모토는 쓸쓸히 웃으면서 고개를 저었다.

“가쓰모토에게는 녹과 바꿀 수 없는 도련님이 계십니다.”

“도련님과 나를 가까이 했던 사람들은 모두 사라졌어……아까도 골똘히 생각했어요. 다이코의 미망인과 아들 둘만 남았다고.”

“농담이라도 그런 말씀 마십시오. 가토 님, 후쿠시마 님, 구로다 님 모두 도련님과 마님의 장래를 생각해 내대신 편을 들었던 것. 이번 일은 어디까지나 미쓰나리가 허황된 야심에서 저지른 것……도련님 편은 결코 줄어든 게 아닙니다.”

“그만둬요, 그런 위로의 말은……”

“하하……정말 이제는 그만두지요. 악몽은 잊어버리시는 게 좋습니다. 실은 오늘 내대신과도 잠깐 말이 나왔습니다만……”

“말이 나왔다니요. 알고 싶군요. 어떤 말이 나왔지요?”

요도 마님이 몸을 내밀자 가쓰모토는 실눈을 뜨고 히데요리 쪽을 바라보았다.

“도련님과 센히메 님 일이었습니다.”

“어머나……센히메 님 일……”

“예, 이 혼담에 마음이 변하지 않았는지 슬그머니 말을 꺼내 봤더니 내대신님은 실눈을 뜨고 센히메 님도 에도에서 사랑스럽게 자랐더라고 말씀하셨습니다. ‘이 혼담을 정식으로 세상에 발표하도록 하라, 그렇게 하는 편이 민심을 안정시키는 일이 될 것이다. 어떻든 그대가 힘쓰라’고 말씀하셨습니다.”

“어머나……”

“내대신은 도련님을 아드님처럼 여기고 계십니다…… 마님과 도련님은 단 두 분이 되시기는커녕 이렇듯 도쿠가와 집안과 그 일족 모두 도련님 편이 되셨으니 나쁘게 생각하셔서는 안 됩니다.”

요도 마님은 한시름 놓고 살며시 한숨을 내쉬며 천연덕스럽게 살피는 눈초리가 되었다.

"그 밖에 또 다른 이야기는?"

"다른 이야기⋯⋯?"

가쓰모토는 앵무새처럼 중얼거리다가 무릎을 탁 쳤다.

"아, 그렇게 말씀하시니 생각납니다. 어제 서쪽 성으로 내대신의 여자들이 돌아왔습니다."

"여자들이⋯⋯?"

"예, 총애받던 오카메 부인이 임신했다더군요. 그 일로 내대신은 제대로 확인도 하지 않고 간토로 보냈다면서 유달리 안쓰러워하고 계셨습니다."

요도 마님은 왠지 굉장히 당황되었다. 따끔하게 가슴이 쑤셔오고 눈 둘 곳을 몰라 허둥거렸다.

'가쓰모토는 그 이야기를 무슨 생각으로 꺼낸 것일까⋯⋯?'

가쓰모토에게 자기 속셈이 들여다보인 느낌이 들어 어찌할 바 몰랐다.

"호호⋯⋯그것참, 잘됐군요. 이제 내대신도 다이코 전하와 비슷한 경험을 하게 되는 셈이구료. 내대신은 연세가 얼마나 되셨는지요?"

"예, 그 이야기를 스스로도 하셨습니다. 59살에 또 자식을 낳는다고요. 다이코 님이 도련님을 낳았던 나이보다도 더 늦은 자식인데, 왼쪽 배에서 아기가 논다니 아들 같다고."

"호호⋯⋯해산은 언제쯤인데요?"

"동짓달이라고 하셨습니다."

"호호⋯⋯차라리 해를 넘겨 60살에 낳는 아이가 되면 좋을 것을."

"그렇습니다. 겉으로는 시무룩해 하고 계시지만 마음속으로는 한없이 기뻐⋯⋯ 해산한 다음에는 마님도 꼭 진심으로 축하를⋯⋯."

가쓰모토는 다시 실눈을 뜨고 히데요리를 바라본 다음 요도 마님에게로 시선을 돌렸다. 히데요리를 위해서도 상대가 기뻐하도록 진심으로 축하하라는 뜻인 것 같았다.

요도 마님은 머리를 끄덕여 보였다. 아마도 가쓰모토는 히데요리의 일밖에 염두에 없는 듯하다. 이도 저도 다 이번의 도요토미 집안 옛 신하들의 출세와 관계없다고는 생각되지 않았다. 히데요리와 요도 마님 곁에 있었기 때문에 동료들의 출세에서 뒤처진 가쓰모토는 오직 히데요리를 위하는 일로 자신의 고독을 잊으려는 듯했다.

요도 마님도 이제 이쯤에서 화제를 바꾸지 않으면 안 되겠다고 마음속으로 초조해졌다. 그러나 입 밖에 나온 말은 반대가 되어버렸다. 어쩌면 그녀의 존재를 잊어버리고 있는 가쓰모토에 대한 무의식적인 불만이었는지도 모른다.

"참, 아직 물어보지 않았는데 아사노 요시나가 님은 어떻게 되었나요? 역시 영토가 늘었겠지요?"

"예, 아사노의 아드님은 기슈 와카야마 39만 석이라고 합니다."

"그럼, 가가의 마에다 님은?"

"예, 동생인 도시마사 님은 노토(登龍)의 영지를 몰수당하고 그 대신 도시나가 님 영지는 119만 5000석이라던가요?"

거기까지 말하자 요도 마님은 당황하여 몸을 내밀면서 빠르게 말했다.

"그렇지, 이번에 영토를 몰수당한 사람들 이름을 아직 못 들었소. 미쓰나리 님이며 행정관들은 말할 것도 없지만 그 밖에 집안이 망한 사람들은?"

요도 마님은 영토가 불어난 마에다 집안 이야기를 듣자 견딜 수가 없었다. 그녀도 잘 알고 있는 호슌인이 에도까지 볼모로 나갔다가 이에야스의 비위를 맞춘 효과를 상상해 보는 일은 숨이 답답할 만큼 언짢았다.

가쓰모토는 흥분하는 요도 마님의 태도가 이상하다는 것을 비로소 느꼈다.

'여자의 마음속은 포착하기 어려운 것……'

그러나 가쓰모토는 그것이 요도 마님의 호슌인에 대한 여자로서의 무의식적인 질투인 줄은 알지 못했다.

마에다 집안과 도요토미 집안의 관계는 이누치요와 도키치로 시대부터 이어져 온 인연 깊은 밀접한 사이였다. 호슌인이 낳은 딸을 무조건 데려다 키운 양녀는 우키타 히데이에의 정실이 되었고, 그 밑의 가가 부인은 다이코의 가장 젊은 소실이 되었었다. 그 가가 부인은 이제 곤노 다이나곤(權大納言) 마데노코지 미쓰후사(萬里小路充房)에게 재혼했지만, 어떻든 이중삼중으로 밀접한 관계를 거듭해 온 두 집안 사이였다.

그 마에다 집안 주인인 도시나가가 이에야스 편을 들어 100만 석 넘는 대영주가 되었다. 요도 마님이 그 일을 불쾌하게 여기는 것도 당연하다고 가쓰모토는 생각했다.

"이것 참, 삼가야 될 일을 말씀드린 것 같군요. 그럼, 저는 그만……."

"아니오, 나는 들어두고 싶소. 미쓰나리 님이며 나쓰카, 오타니 같은 사람 외에 집안이 망한 사람 이름을 말이에요."

"그건 이미 대략 아실 것 같은데……."

"모르겠소. 아니, 알고 있더라도 여기서 도련님 앞에서 그 이름을 분명하게 명심하도록 하지 않으면 안 되오."

말하고 나서 요도 마님은 스스로도 깜짝 놀랐다. 억누를 수 없는 자기 속의 또 하나의 여인이 다시 머리를 쳐들고 나타난 것 같았다.

"그럼, 말씀드리지요. 우에스기 집안의 처리는 아직 확실하지 않지만 머지않아 항복하러 올 것 같고, 그렇게 되면 모리처럼 집안의 이름만은 남지 않을까 합니다……."

"집안이 남아 있을 사람을 묻는 게 아니에요. 송두리째 무너져버린 사람의 이름을 확실하게 알아두고 싶은 거요."

가타기리 가쓰모토는 고개를 좀 갸웃하고 다시 흘끔 히데요리를 보았다. 히데요리는 변함없이 연습장을 펴놓고 무언가 끄적이고 있었다. 달리는 말을 그리는 것 같았다.

"그렇다면 우선 비젠의 우키타 히데이에, 기후의 오다 히데노부, 우토의 고니시 유키나가, 도사의 조소카베 모리치카, 지쿠고 야나가와의 다치바나 무네시게, 가가 고마쓰의 니와 나가시게, 자쿠슈 오바마의 기노시타 가쓰토시……."

손가락을 꼽아가며 이름을 대다가 가쓰모토는 물었다.

"마님, 이것을 알아서 대체 뭘 하려는 겁니까?"

이 질문은 다시금 요도 마님의 달아오른 감정을 날카롭게 건드린 듯했다.

"왜 묻는지는 뻔한 일…… 그들은 모두 도련님을 위해 모든 것을 바친 희생자가 아니오? 잊어서는 안 될 일이오."

"그러나 그것은 미쓰나리 등의……."

"아니오, 미쓰나리 님을 위해서 일어난 사람들이 아니오. 모두 도련님이 소중하다고 여겼기 때문에……."

가쓰모토는 당황해 손으로 가로막았다.

"그 말씀을 입 밖에 내셔서는 안 됩니다. 내대신님께서 관련 없다고 일부러 말씀하고 계시는 터에."

"가타기리 님."

"예."

"후시미에서 이 본성으로 옮긴 황금은 얼마나 되요?"

가쓰모토는 또 고개를 갸우뚱했다.

"그건 말에 실어 360필, 약 1만8000관이었습니다만……왜 물으십니까?"

요도 마님은 가쓰모토의 물음에 대답할 작정이었으나 또 전혀 반대되는 말을 해버렸다.

"그럼, 그 1만8000관은 없는 것으로 여겨도 되는 여분의 황금이군요, 그렇지요?"

가쓰모토는 이번에는 바로 대답하지 않았다. 요도 마님의 가장 큰 결점이 드러난 것을 그도 알아차렸기 때문이었다.

"그럴 거예요. 본디 천하를 위해서 필요한 돈은 오사카의 금고에 준비되어 있을 터…… 그렇다면 후시미에서 가져온 360필의 황금은 여분의 것이 되지요. 내가 그것을 히데요리 님 이름으로 이번 희생자……불쌍한 무장들에게 나눠주어도 무방할 거예요. 그대는 그렇지 않다고 말할 생각이오?"

가쓰모토는 뜨거운 물을 들이켠 것 같은 당혹감을 느꼈다.

"마님……이치로 말씀드린다면 그와 전혀 다른 말도 될 수 있습니다."

"호, 그래요? 어떤 이치인가요? 들어봅시다."

"만일 내대신이, 그것을 이번에 쓰인 군비로 충당하고 그 대신 마님과 히데요리 님에게 누를 끼치지 않겠다……고 말씀하신다면 건네주지 않을 수 없는 황금입니다."

"호호……가타기리 님, 내대신은 그렇게 말씀하시지 않았어요. 나는 그 사실을 바탕으로 생각해 보고 있는 거예요. 내대신이 만일 말한다면 하는 쓸데없는 가정은 안 해도 돼요."

"그렇지 않습니다."

가쓰모토는 울고 싶어졌다. 겨우 무사해져가는 지금의 분위기를 황금 이야기 따위로 무너뜨릴 필요가 어디 있단 말인가. 이에야스가 처단한 사람들에게 히데요리가 황금을 보낸다……면 끝난 싸움을 일부러 재발시키는 게 되지 않는가.

"아무튼 그 황금 문제는 얼마 동안 입 밖에 내지 마시기 바랍니다."

진지하게 머리 숙이고 가쓰모토는 갑자기 웃었다. 그가 너무 고지식하게 의견을 말하면 그럴수록 억세게 반발하는 요도 마님 성격을 알아차렸기 때문이었다.

"하하……마님도 짓궂으신 분이시군요. 스스로 그런 일을 할 수 있는지 없는지 잘 알고 계시면서 놀리십니다그려……아니, 그러나 갇혀 있는 무장들이 그 마음을 듣는다면 얼마나 감사하게 여길지……."

요도 마님은 허를 찔려 숨을 삼켰다. 확실히 가쓰모토의 말이 옳다. '할 수 없는 일……'인 줄 알면서 한번 우겨본 것에 지나지 않는다. 그만한 사리를 모르는 요도 마님이 아니었다.

"호호……가타기리 님이 알아차려버렸군. 나는 역시 쓸쓸한가 봐."

가쓰모토는 말없이 또 머리를 숙였다.

"아니, 나뿐만이 아니오. 도련님도 저렇듯……그렇지 가타기리 님, 도련님 곁으로 사람들이 빨리 날마다 와서 모실 수 있도록 그대가 내대신께 잘 좀 말해 주지 않겠어요? 이렇게 세상 버린 사람처럼 주변이 쓸쓸해지니, 이것저것 쓸데없는 생각만 하게 되는군요."

"그 일이라면 잘 알겠습니다. 얼마 동안 저에게 맡겨주십시오."

가쓰모토는 홀가분하게 가슴을 쓸어내리는 기분으로 고개를 끄덕였다.

뜰에서 때까치가 울고 있었다.

가쓰모토는 그 뒤에도 한참 동안 이런저런 세상이야기를 하다가 돌아갔다. 이제는 모두들 싸움이 끝난 뒤의 일이 어떻게 되어갈지 그것에만 마음을 빼앗기고 있다. 그러나 그 일만 일단락되면 도련님 얼굴을 보지 않고는 못 견딜 사람들이 얼마든지 있다고 말했다.

"제가 염려하는 것은 일이 제대로 끝난 다음 도련님 안부를 살피러 와서 서쪽 성에는 들르지 않는 완고한 사람이 나오지 않을까 하는 겁니다."

가쓰모토는 이렇게 된 이상 히데요리와 이에야스를 구분하지 말고 양편에 같은 친밀감을 가지고 가까이하는 것이 결국 도요토미 집안을 위하는 일이 될 거라고 덧붙였다.

요도 마님도 거기에 대해서는 아무 다른 뜻이 없었다. 도련님을 위하는 길이라면 심지어 이에야스의 정실이 되어도 좋다고까지 생각하고 있다. 그러나 가쓰모토는 끝내 그 이야기는 꺼내지 않았다. 가쓰모토가 그 말을 꺼내지 않는 것은 이에야스로부터 아무 말이 없었기 때문이고, 이에야스가 말하지 않는 것은 오카메 부인이 임신했기 때문인지도 모른다.

요도 마님은 오카메 부인에게 처음부터 호의를 가질 수 없었다. 어떤 여인인지 잘 알지 못했으나 기껏해야 사찰의 무사나 신관의 딸이 자신의 출세에 감격해 호들갑스럽게 이에야스를 섬기는 꼴을 상상하니 구역질이 날 것 같았다.

그렇다고 해서 요도 마님이 각별히 이에야스에게 호의를 품고 있는 것은 아니다. 아니, 오히려 반대로 싫은 생각이 앞섰다. 그러면서도 그 이에야스가 다른 여자의 것이라고 생각하면 불쾌했다.

요도 마님은 자신에게 일렀다.

'여인에게는 모든 사나이를 무릎 꿇게 하고 싶은 숨은 욕망이 있는 것일까……? 그렇지는 않다……모든 게 모성애의 발로에 지나지 않는다…….'

요도 마님은 부모와 조부모뿐 아니라 외숙부 노부나가, 양아버지 가쓰이에 등 모든 사람의 꿈을 모아 '히데요리'를 낳았다. 그 히데요리에게 조상 대대로 내려오는 집념을 이루게 해주려는 것은 당연한 일이었다. 다만 그것을 성취하기 위해서는 이에야스를 정복해야 한다…….

'그런데 가쓰모토는 아직 거기까지 생각하지 못하고 있다…….'

그것은 요도 마님의 입으로 꺼낼 수 없는 일이라 더욱 비참한 외로움을 느꼈다…….

가쓰모토가 물러가자 요도 마님은 다시 멍하니 앉아 있었다.

'만약 이대로 모든 사람이 히데요리 모자를 잊어 사라질 때가 온다면 어떻게 될까……?'

아무튼 미쓰나리가 서두르다가 이에야스의 손에 천하를 바쳐버렸다. 그리고 다이코의 베갯머리에서 히데요리가 16살이 되면 천하를 넘겨준다는 약속에 서명하든가 입회했던 사람들은 모조리 사라져버리고 말았다…… 우에스기와 모리가 구로다와 후쿠시마보다도 아래 서는 영주로 남아 있은들 무슨 힘이 되랴. 이미 다섯 대로도 없고 다섯 행정관도 없으며 물론 세 조정관도 있을 리 없다. 모두들 온통 운명을 걸어 이에야스 편이 되고 가신이 되어버린 것이다.

만일 그 변화 속에서 오직 한 가지 이에야스를 뜻대로 정복할 길이 있다면 그것은 요도 마님의 젊음과 모성애일 뿐이다…….

생각이 거기에 이르자 요도 마님은 다시 소스라치게 놀랐다.

'또 한 가지 있군…… 다이코가 남기고 간 황금이…….'

그 생각을 하자 다시금 숨이 막혔다.

'그렇지, 황금이라는 내 편이 아직 남아 있어…….'

조금 전에 그것을 입 밖에 냈다가 가쓰모토에게 주의받은 때와는 전혀 달랐다. 아까는 다만 문득 떠오른 생각이었고 비꼬아본 데 지나지 않았으나 이번에는 진지했다.

이에야스도 물론 그것을 알아차리지 못하고 있을 리 없다. 그렇다면 자기 편을 어떻게 살려야 될 것인가에 관해 냉정한 준비와 계산이 필요했다. 이에야스가 만일 천하의 일을 위해 써야겠으니 그것을 내놓으라고 할 때는 뭐라고 대답할 것인가……?

요도 마님은 갑자기 몸이 달아올랐다. 이제까지 그리 생각해 보지 않았던 황금이 갑자기 큰 나래를 펴고 주위를 빙빙 돌기 시작한 것이다…….

저만한 황금이 있으면 성채도, 사원도 살 수 있다. 아니, 그것은 쓰기에 따라 천하의 인심을 다시 휘어잡기에도 불가능한 액수가 아니다. 이번 싸움에 영토가 늘어난 대영주들도 속으로는 전비 때문에 큰 고초를 겪고 있을 자가 많다. 그런 사람들에게 슬쩍 빌려주기만 해도 구세주처럼 감사하게 여길지 모른다.

거기까지 생각이 미쳤을 때, 서슴없이 교토의 삼본기로 옮긴 기타노만도코로 고다이인의 모습이 떠올랐다. 고다이인에게 없는 것이 자기 뒤에 금빛 후광을 번쩍이고 있었던 것이다.

'히데요리의 이름으로 이것을 쓸모 있게 쓰자.'

생각이 떠오르자 가만히 있을 수 없었다.

요도 마님은 손뼉 쳐 오쿠라 부인을 부르다가 다시 생각을 고쳐 한숨을 내쉬었다. 자기 혼자만의 가슴에 넣어두기에는 너무도 큰 황금의 위력이었다. 그렇지만 자칫 세상에 새어나간다면 그야말로 거꾸로 어떤 오해의 근원이 될지 알 수 없다.

'역시 그녀를 불러 의견을 좀 들어보자…….'

요도 마님은 이번에는 자신이 직접 거실을 나서서 아무렇지도 않은 듯 오쿠라 부인을 불러왔다.

"가타기리 님은 돌아가셨습니까?"

"그래요. 그보다 그대에게 좀 묻고 싶은 게 있소. 좀더 가까이."

"네……네."

"오쿠라 부인, 이 성에 도련님 이름으로 쓸 수 있는 돈이 얼마나 되는지 아오?"

"글쎄요……얼마나 되는지 모르지만 어떻든 모두 도련님 것이니……."

"내대신이 내놓으라고 할 경우 그대 같으면 어떻게 하겠소?"

오쿠라 부인은 눈이 휘둥그레졌다.

"거절하겠습니다. 성인이 되면 필요한 일이 생길지 모릅니다. 이것은 도요토미 집안 재산이니 내놓을 수 없다고 말씀하시면 충분히 경우에 맞지 않을까 생각합니다."

요도 마님은 또 가슴속이 달아올랐다. 만약 내놓으라고 한다면 그런 명분이 통할 것 같지 않았다.

"호호……나는 내대신에게 빼앗기지 않을 대답은 오직 한 가지라고 생각해 봤는데."

"오직 한 가지……라니요?"

"그렇지. 그 황금을 가지고 내가 내대신에게 출가한다면 어떻게 되겠는가 하고."

요도 마님은 장난스럽게 말하고 우습다는 듯이 또 웃어보였다.

오쿠라 부인은 그 순간 숨죽이고 요도 마님을 다시 보았다. 농담인지 진담인지 살펴보려는 진지한 눈초리였다.

"어떻게 된 거요? 그렇듯 눈을 휘둥그레 뜨고."

오쿠라 부인은 그 말에는 대답하지 않고 긴장된 얼굴로 되물었다.

"그럼, 황금을 내놓으라는 이야기가 있었나요?"

요도 마님은 야릇하게 웃었다.

"있었다면 어떻게 하겠소?"

"실은 하루나가도 그것을 염려하고 있습니다. 재물을 무척 아끼는 내대신님이니 반드시 황금에 눈독 들일 거라고……."

"하루나가가? 그대에게 그런 말을 했다면 왜 빨리 나에게 알려주지 않았소?"

"네, 언젠가 말씀드릴 생각이었지만 아직 그런 일까지는 말씀드릴 단계가 아니라고……."

"호호……그런 말이 나온 건 아니오."

요도 마님은 일부러 명랑하게 웃었으나 마음속으로는 당황하고 있었다. 오노 하루나가가 염려하고 있을 정도라면 머잖아 실제적인 문제가 될지도 모른다.

오쿠라 부인은 호들갑스레 한숨을 내쉬며 말했다.

"그렇다면 안심됩니다. 저는 또 황금도 마님도 갖겠다고 내대신님이 정말 말씀하셨는가 하고 단번에 마음이 얼어붙는 것 같았습니다."

요도 마님은 말했다.

"안심하기는 아직 일러. 아직 말이 나오지는 않았지만, 언제 그 말이 튀어나와도 대답할 수 있도록 준비해 두어야 하오."

"그건……그렇지요."

"그래서 그대 생각을 물어본 거요. 그냥 내놓지 않겠다고만 해도 될지 어떨지."

오쿠라 부인은 다시 불안스럽게 입을 다물고 살피는 눈초리가 되었다.

오쿠라 부인이 보기에 요도 마님은 이에야스를 싫어하는 것 같았다. 그러한 요도 마님이 '황금도 나도 갖고 싶다고 한다면 뭐라고 해야 할까?'라고 묻고 있는 듯한 기분이 들었던 것이다.

"마님, 여간한 결단으로는 해결되지 않을 일인지도 모르겠군요."

"여간한 결단으로는……?"

"네, 내대신이 그런 말을 하지 못하도록……이쪽에서 선수 치는 수밖에 없겠지요."

요도 마님은 왠지 실망스러웠다. 역시 오쿠라 부인에게도 과부의 마음은 짐작되지 않는가보다.

"그대의 결단이란 대체 어떠한 거지?"

오쿠라 부인은 허공을 노려보며 진지하게 말했다.

"네……마님께서 먼저 머리를 깎으셔야 합니다."

"머리를……? 이, 내가 말이지?"

"네, 그리고 다이코님이 남겨두신 황금으로 명복을 빌기 위해 큰 불상을 다시 세운다고 말씀하신다면 어떨까요? 그러시면 머리 내리신 마님을 탐낼 수 없고 황금도 내놓으라고 할 수 없을 겁니다."

말을 마치기도 전에 요도 마님은 배를 움켜쥐고 웃어버렸다. 웃으면서 왠지 눈물이 그치지 않았다.

'남의 일이라고 오쿠라 부인마저 이토록 냉혹한 말을 잘도……'

맡은 자

　근위무사를 내보내고 밥상 앞에 앉자 이에야스는 이상하게도 허전한 고독감을 느끼고 깜짝 놀랐다. 상 위에는 눈에 익은 국 두 그릇, 채소 다섯 접시가 놓였고 시중드는 시동도 오카메 부인도 여느 때와 같은 모습으로 앉아 있다.

　'무엇 때문에 이토록 쓸쓸한 생각이 드는 것일까……?'

　자신에게 스스로 물어봐도 시원스러운 대답은 나올 것 같지 않다. 세상에서 보기에는 그야말로 행운 그 자체인 오사카 입성이었지만 결코 그의 판단에 의한 일은 아니다. 인간이 저마다 미숙한 탓으로 저마다 큰 꼬리를 내놓고 덧없는 성쇠 속에 사라져간 것이다.

　가장 우스운 건 마시타 나가모리의 존재였다. 그는 미쓰나리 편에 서면서도 미쓰나리를 위해 거의 아무것도 해준 일이 없었다. 도리어 성안에서는 이런 소문이 돌았다.

　"나가모리는 내대신과 내통했다……."

　그 소문은 모리 데루모토의 발을 묶어 끝내 그를 총대장과 동떨어진 한낱 허수아비로 만들어버렸다. 따라서 이에야스는 군사 하나 상하지 않고 총알 한 방 쏘지 않고 여유만만하게 성문을 들어설 수 있었던 것이다.

　새로운 일본의 배치도 벌써 거의 끝났다. 아무도 그가 안경 끼고 한 배치에 불평을 말하는 이 없었고 신변에는 생각지도 못한 진상물까지 산더미처럼 쌓여 있었다.

그런데도 이에야스는 쓸쓸했다. 얼마 있으면 태어날 오카메 부인 배 속의 어린아이 생각으로 기뻐해 보려고도 했으나 그것도 곧 허망한 쓴웃음으로 바뀌었다.

만일 여기서 아들을 낳게 된다면 또 하나의 짐이 늘어난다. 그 짐이 어떤 것인지는 다이코와 그 아들을 보면 잘 알 수 있었다. 건강한 자식이 반드시 영리하다고만은 할 수 없고 허약한 자식이 결코 어리석다고만도 할 수 없다. 사람의 어버이로서 허락된 일은 그 자식에게 희망을 걸고 오직 마음 놓이지 않아 속 태우는 것뿐인가 보다.

'아들과 딸을 마음대로 낳을 능력마저 부모에게는 주어지지 않았군.'

이에야스는 쓸쓸하게 웃고 나서 공기를 들어 밥냄새를 맡아보았다. 60년 가까이 고마움을 느끼며 맡아왔던 밥냄새마저 이상하게도 오늘 저녁에는 전혀 구수하게 느껴지지 않았다.

인간은 이 밥을 하루에 세 번씩 받아먹기 위해 태어난 것일까……? 이에야스가 '미카와의 거지'라고 불리던 때에도, 마침내 천하를 맡았다고 생각하는 오늘 저녁의 식사도 국그릇이며 채소의 가짓수는 마찬가지였다. 누가 이렇게 하라고 명령했기 때문도 아니다. 그것은 그의 생활방식에 지나지 않는다.

그렇게 생각하니 갑자기 가슴이 뿌듯해져서 가볍게 밥 두 공기를 먹었다. 그러고 나니 식욕이 없어졌다. 이에야스는 밥 공기에 더운물을 따르게 하여 공손히 받쳐들고 마신 다음, '나무아미타불……'이라고 외어보았다.

그 순간에 긴장을 느낀 것은 대체 어째서일까? 조그만 인간의 힘이 바람처럼 가슴팍을 스쳐갔기 때문일까……?

'나는 지쳐 있다……'

천하를 맡은 자로서 지금 이렇게 지쳐 있어서 되겠는가?

이에야스는 달그락 소리 내어 밥 공기를 내려놓고 지시했다.

"가타기리 가쓰모토를 불러와. 아직 본성에 있을 거다."

마음속으로 다시 한번 나무아미타불을 되풀이하며 살며시 아랫배에 힘을 주었다.

인간은 너무 건강하거나 만족을 느낄 때에도 경계해야 되지만 지쳤을 때의 소극성도 역시 엄하게 조심하지 않으면 안 된다. 이에야스는 아무 생각 없이 나무아미타불을 외다가 문득 자기가 지친 것을 깨달았다. 그것을 일단 깨닫자 과연 이에야스답게 반성하고 스스로 조심했다.

비록 온 일본이 이제 다소곳이 이에야스의 포석을 받아들인다 할지라도 그것으로 안심하거나 지쳐버려도 될 때가 아니었다. 혼노사에 갈 무렵 노부나가의 방심과, 분로쿠 난(文祿亂; 임진왜란) 때 강화가 성립된 것으로 믿었던 뒤 히데요시의 안도감 등이 바로 그 좋은 예였다. 그들은 누구나 신불에게 뽑혀 일본의 지도자 자리를 누린 사람들이었다. 그러나 그들에게서 조그만 틈과 방심을 발견하면 신불은 용서 없이 주었던 지위를 빼앗아버렸다. 그리하여 결국 두 사람 다 한동안의 지도자였을 뿐 태평천하를 이룩한 사람은 되지 못했다.

'그 두 사람 다음에 아직 살아 있는 내가 그들과 똑같은 과오를 범해서는 안 된다……'

그것은 두 사람에 대한 우정을 배반하는 게 되고, 남긴 뜻에 충실하지 못한 것도 된다.

'맡은 자의 임무……'

그 짐이 클수록 괴롭고 때로는 비인간적인 인내가 요구된다……그 사실을 분명히 깨닫고 있는 자신이 피로해져서 인생의 허무를 느끼면 어떻게 되겠는가.

상을 물린 얼마 뒤 본성에 있던 가타기리 가쓰모토가 불려왔다.

가쓰모토가 오자 조 오리베와 나가이 나오카쓰도 혼다 마사즈미와 함께 이에야스 앞으로 나왔다.

그들의 얼굴을 보고 가쓰모토의 표정이 새파랗게 질렸다.

'밤중에 무슨 일일까?'

그 의문보다도 그 역시 히데요리 편에 선 사람으로서 여러 가지 처리되지 않은 문제가 앞으로 태산같이 남아 있다고 생각했기 때문이다.

"오늘 저녁에는 도련님의 사부에 대한 문제 등으로 가쓰모토 님과 여러 가지로 이야기하고 싶다. 모두 물러가도 돼."

이에야스는 부드럽게 모두들 물러가게 한 다음 가쓰모토에게 웃어보였다.

"잠자리 술이라도 마실까."

"아닙니다, 성안에 있을 때는."

"너무 딱딱하군. 실은 나도 좀 지쳐서 쉴까 했으나 그렇게 안 되는군. 아직 활과 총이 이렇게 곁에 걸린 채로 있으니만큼."

"그렇습니다."

"어때, 오늘 밤에는 둘이만 하는 이야기니 서로 다른 데서는 결코 말하지 않기로……."

"알겠습니다."

"내가 먼저 그대에게 묻고 싶은 것은 히데요리 님 사부에 관한 일인데, 가가의 다이나곤은 돌아가셨고, 나는 너무 바빠서 안 되겠어. 모리나 우에스기는 저 모양이고, 고바야카와의 아들은 너무 젊군……."

이에야스는 그런 다음 갑자기 목소리를 낮추어 물었다.

"그대가 보는 바로는 도련님의 타고난 성품이 어떠신가?"

"타고난 성품이라면?"

"솔개인가, 매인가. 아니면 학인가, 때까치나 참새 종류인가 말이지."

가쓰모토는 갑자기 자세를 똑바로 했으나 얼른 대답할 수가 없었다.

잠시 뒤 가쓰모토는 잘라 말했다.

"그것을 제 입으로 말씀드려야 됩니까?"

그 한 마디의 반응에 충분히 마음 쓰는 것을 잘 알 수 있다.

"가타기리 님, 이에야스는 그대 마음을 모르는 바 아니야. 주군이므로 현명함과 우매함을 따지지 않고, 모자라는 데가 있으면 목숨을 걸고라도 돕는다는 것은 훌륭한 생각이지. 그러나 이 이에야스는 그것을 알면서도 굳이 묻는 거야. 그것은 타고난 성품과 그릇에 따라 사부가 될 인물을 선택하지 않으면 안 되는, 당장 눈앞의 필요에서만은 아니지."

"정말 그렇습니다."

"만일 15만 석이나 25만 석짜리 후예라면 그래도 좋다. 하지만 적어도 다이코의 아들로서 오사카성의 주인이야. 이 인물이 잘나고 못난 데 따라 일을 꾀하지 않으면 온갖 재능도 다 모래땅 위의 누각……아니, 노부나가 공으로부터 다이코에게, 다이코에게서 나에게로 세 사람의 손을 거쳐 가까스로 쌓아올린 평화가 하루아침에 꿈으로 돌아가게 될지도 모르지."

가쓰모토는 다시 한번 조심스럽게 다짐했다.

"말씀 도중이지만……혹시 도련님이 매가 아니라고 말씀드린다면, 센히메 님과의 약혼을 그만두실 겁니까?"

"가타기리 님!"

"예."

"그대는 이 이에야스를 오해하고 있는 것 같군."

"저는 오직 두 집안의 불화를 두려워할 뿐입니다."

"나는 센히메와 도련님과의 혼약을 그대와 정한 게 아니야. 다이코와 정했던 일이지. 비록 도련님이 참새이건 때까치이건 그 때문에 약혼을 깨뜨릴 생각은 추호도 없어. 도련님이 만일 재주 있는 분이 못 되더라도 다이코의 아들이고 내 손자야. 둘 사이에 태어날 애가 모두 참새일 것으로는 여겨지지 않아……인간이란 중대한 약속을 지킨 뒤에야 희망도 기원도 할 수 있는 것……이라고 생각지 않나?"

가쓰모토는 마음 놓여 크게 한숨을 내쉬었다. 지금 자기의 한 마디 한 마디가 도요토미 집안뿐 아니라 히데요리의 운명에 큰 영향을 미치게 되리라고 생각하니 몸의 마디마디가 따끔할 만큼 긴장되었다.

"내대신님, 중대한 일이니 한 가지만 더 이 가쓰모토에게 말씀해 주시지 않겠습니까?"

"아, 오늘 밤에는 단둘이 이야기하기로 했으니 뭐든지 물어봐도 좋아."

"도련님이 16살이 될 때 천하를 넘겨주신다는 약속……그 약속을 어떻게 생각하고 계십니까?"

이번에는 이에야스가 크게 한숨지었다.

"물론 잊고 있는 건 아냐. 잊고 있지 않기 때문에 도련님이 어떤 그릇인지 묻는 거야."

"그럼, 역량만 충분하면 넘겨주실 생각으로?"

"가타기리 님, 그대는 말의 순서를 뒤바꾸고 있군. 역량이 뛰어나다면 누가 넘겨주지 않아도 천하를 잡게 되는 거야. 반대로 그렇지 못한 자라면 이 이에야스가 넘겨주기 무섭게 큰 난리를 불러일으키겠지. 그런 까닭에 큰 난리가 초래된다는 것을 알고서야 넘겨줄 수 없지. 넘겨준다면 다이코와의 진정한 약속을 배반하는 게 되니까."

이에야스는 잠시 쉬었다가 다시 덧붙여 말했다.

"알겠나? 다이코가 마지막으로 한 말에는 옳은 생각과 망령된 생각 두 가지가 있었어. 옳은 생각이 들 때는 이 이에야스를 베갯머리로 불러 히데요리를 잘 살펴보고 역량에 알맞은 대접을 부탁한다고 눈물을 흘리면서 말씀하셨지……."

가타기리는 다시금 온몸에 호된 매를 느꼈다. 확실히 죽을 무렵의 다이코가 정상적인 정신상태였다고는 말할 수 없었다. 가쓰모토 자신도, 어제와 오늘 하는 말이 완전히 달라진 데 깜짝 놀랐던 기억이 남아 있다.

'과연, 내대신은 처음부터 그렇게 생각하고 계셨구나…….'

그것은 오늘날의 세태를 이성적으로 바라볼 때 받아들이는 자세로서 당연한 일인지도 모른다. 그러나 다이코의 망령된 생각이 무엇이었는지를 아는 사람에게는 감정상으로 견딜 수 없는 일이었다.

이에야스는 다시 말을 꺼냈다.

"가타기리 님, 뜬세상 일이 뜻대로 될 수 있는지 없는지는 서로 알 만큼 알게 된 나와 그대지. 여기서 숨김없이 털어놓고 이야기해 보세……."

"예……예."

"나도 맏아들 노부야스가 노부나가 공에게 몰려 자결당하는 일을 겪었을 때는 차라리 이쯤에서 참아왔던 울화를 터뜨릴까 하고 몇 번이나 생각했었지. 그러나 참았어. 무엇 때문에 참았느냐 하면 내가 노부나가 공의 일본 통일을 돕지 않으면 똑같은 비극이 일본 천지에 끝없이 계속될 것으로 여겼기 때문이야. 오닌의 난 이래의 난세가 도련님 경우라고 그 예외는 될 수 없어. 그것은 바른 정신으로 계실 때의 다이코가 나보다도 더 잘 알고 계셨을 일……따라서 다이코의 옳은 생각을 따르는 게 나의 책임이지."

"말씀드리겠습니다."

가타기리 가쓰모토는 이제 거짓 없이 속마음을 털어놓고 이에야스의 그늘 아래 히데요리를 둘 수밖에 없다고 생각했다.

"저의 눈에 도련님은 매로도 학으로도 보이지 않습니다. 그러나 그저 흔한 참새일 리도 없습니다……."

"그렇겠지. 그럼, 사부를 선택하기에 따라 매로 자랄 수도 있겠군."

"그런데……."

말을 꺼내려다 가쓰모토는 갑자기 그 자리에 두 손을 짚었다.

"그런데……어떻다는 거요?"

"그 사부 될 사람을 찾으시더라도……마님이……마님이 맡기지 않으시리라고 생각됩니다."

이에야스는 다음 말을 예측한 듯 잠시 숨죽이고 있었다. 이에야스로서도 전혀 상상 못할 바가 아니었다. 세자 노부야스가 노부나가에게 몰려 자결하지 않으면 안 되었던 원인 가운데 그 어머니 쓰키야마 마님의 영향이 절반 이상 있었다. 히라이와 시치노스케가 아무리 엄격하게 키워보려고 해도 어머니의 간섭 때문에 뜻대로 키울 수 없었다.

"그런가, 요도 마님이 간섭하실까?"

"간섭 정도라면 좋겠습니다만, 또 무술 연습도……."

"무리도 아니지. 홀어머니에 외아드님이 되셨으니."

"예, 쓰루마쓰 님을 잃고 나서 더욱 마음이 약해져 걱정하시니."

가타기리 가쓰모토는 거기까지 말하고 자기의 볼이 젖어 있는 것을 비로소 알았다. 그가 걱정하는 것은 실은 그 한 가지였던 것이다……

히데요리는 유달리 뛰어난 매로는 보이지 않으나 그렇다고 어리석게 태어난 것도 아니었다. 말하자면 보통의 기량을 타고난 듯하다. 그런데 태어난 무렵의 조건과 환경이 나빴다. 늙은 아버지의 지나친 사랑과 맏아들 쓰루마쓰를 잃은 개성 강한 과부의 치우친 사랑 속에서는 아무리 훌륭한 소질을 가지고 태어나더라도 그대로는 매가 될 수 없다. 히데요리는 너무 행복하기 때문에 불행한 것이다……

인간의 행, 불행은 때로 이상하게 비꼬이는 성질을 가지고 있다. 당장 똑같은 불행이 요도 마님에게도 있었다.

가쓰모토의 눈에 비친 요도 마님은 강한 개성에 아름다우며 재치가 넘치는 보기 드문 재원이었다. 만일 그녀가 그것을 의식하지 않고 오직 남편에게 모든 것을 다 바쳤다면 아마도 기타노만도코로보다 나으면 나았지 못하지 않은 내조를 하는 어진 부인이 되었을 것이다.

그런데 그녀는 자신이 영리하고 아름답다는 것을 잘 알고 있었다. 좋은 가문 출신인 것도 다이코의 권력이 크다는 것도 잘 알았다. 그러므로 그녀는 자기 쪽에서 불태우는 절절한 사모나 연정을 알지 못했다. 그녀의 경우 세상 사나이들은 모두 그녀를 사모하여 가까이하려는 존재이지, 그녀 쪽에서 속을 태울 대상은 없었다……

'불행한 분…….'

가쓰모토는 지금까지도 늘 그렇게 생각하고 있었다. 인생의 행복은 사랑하는 데 있지 사랑받는 데 있는 것이 아니다. 요도 마님은 아마도 평생 참된 행복을 맛볼 수 없는 분이 아닐까…….

그런 요도 마님이므로 히데요리를 자기 이외의 사람 손에 맡기지 않으리라. 비록 맡기더라도 일일이 간섭할 테고 불만은 그대로 노기로 바뀌어갈 것이다.

유달리 뛰어난 기량을 지니지도 못한 채 오사카성 주인이라는 무거운 짐을 지고 태어난 히데요리. 그 히데요리가 이러한 어머니 손에서……여자들만의 환경 속에서 자라나간다면 대체 어느 정도의 무장이 될 수 있을 것인가……?

이에야스는 또 신음했다.

"흠, 그래. 그럼, 이건 나 혼자 씨름하고 있었군."

"그 말씀은…….'

"나는 그대와 숨김없이 앞으로의 일을 의논하고 그대를 사부로 추천하고 싶었네."

"그건…….'

"다이코의 옳은 생각을 받들어 타고난 만큼의 역량은 충분히 발휘할 수 있도록 해주려고 했지. 인간은 16살만 되면 차츰 자신의 역량을 알게 돼. 100만 석 짜리라면 100만 석. 50만 석짜리라면 50만 석……역량에 따라서 맡았던 것을 돌려주리라 생각하고 있는데, 그대는 이 일을 맡을 수 없겠나?"

가쓰모토는 다시 당황하며 그것을 가로막았다.

"아닙니다. 결코 맡지 않겠다는 것이 아니라 아무래도…….'

"요도 마님이 그대 뜻대로 되지 않을 거라는 말이지?"

"이……이 문제는 얼마 동안……얼마 동안 이 가쓰모토에게 생각할 여유를 주시지 않겠습니까?"

가쓰모토는 이것으로 이에야스의 마음속을 알 수 있을 듯했다. 확실히 이에야스의 말이 옳다고 생각했다. 이 세상은 결코 한 집안이나 그 친척의 야심이며 망령된 고집으로 좌우되는 게 아니다. 맡을 만한 실력을 가진 사람이 잠시 맡을 뿐이라는 것이 분명하다. 아니, 아무리 발버둥 쳐 봐도 반드시 그렇게밖에 될 수 없는 게 엄연한 사실이 아닌가.

'그렇다고 스승 선택 문제를 지금 이 자리에서 거절한다면 히데요리는 대체 어떻게 될 것인가……?'

요도 마님은 과연 뭐라고 할까? 아무튼 가쓰모토는 이에야스에게서 이런 이야기가 있었다는 것을 적당히 암시하면서 그녀 의견을 들어볼 수밖에 없었다.

"그래, 그러면 스승에 대한 문제는 잠시 그대로 두지."

이에야스는 화제를 바꾸었다.

"자, 그 이야기는 그만두기로 하고, 다음으로 이에야스가 그대에게 말해 두고 싶은 것은 이 성에 있는 황금에 대한 일이야……."

가쓰모토는 또 당황해 눈을 내리깔았다.

'끝내 말이 나오고 말았구나…….'

이에야스가 잊어버리고 있을 리 없다고 생각하면서도 여기서 느닷없이 이야기를 꺼내리라고는 예상하지 못했다.

"얼마가 되건 그것은 도요토미 집안의 재산이니 나로서 그 액수 같은 건 알고 싶지 않아."

"재산으로 인정해 주시겠습니까?"

"재산임에는 틀림없어. 또 나는 이번 싸움에서 도련님과 요도 마님의 책임을 결코 묻지 않겠다고 했지. 그러므로 결코 거기에 구애될 것 없지만, 그 양이 막대하다는 것은 잘 알고 있어."

"그렇습니다."

"그래서 그대에게 물어보고 싶은데, 그대는 이 황금을 쓰기에 따라서는 또 천하를 시끄럽게 할 수 있는 충분한 원인이 된다는 것을 생각해 본 일이 있나?"

"예……예, 그건 벌써……."

"그래. 그럼, 어떻게 쓰면 어떤 결과가 된다는 것은 말하지 않겠다. 그러나 문제는 그 위력을 요도 마님이 알아차리고 있는지, 어떤지?"

"그건……."

"언젠가는 알게 될 테지. 알아차리지 못할 분이 아니야. 따라서 미리부터 그 용도를 측근들이 넌지시 암시해 두지 않으면 큰일이 될지도 몰라."

"큰일이라고 말씀하시는 건……?"

가쓰모토는 알면서도 일부러 이에야스에게 되물었다. 이미 요도 마님과 가쓰모토 사이에 나왔던 이야기이므로 더욱 시치미 떼지 않을 수 없었다.

"이번 싸움으로 일본 전국에 떠돌이무사가 많이 나오게 되겠지."

"그렇습니다. 그건 확실히……."

"뛰어난 기량을 가진 자는 여러 영주들이 저마다 포섭하겠지만 포섭되지 않는 자도 많이 나오게 될 거야."

이에야스의 목소리가 더욱 부드러워졌다.

"이렇게 포섭되지 않은 자는 대체로 세 가지로 나눠볼 수 있다. 상당한 능력을 가졌지만 다른 사람과 화목하지 못하는 편협한 사람, 다음으로는 전혀 능력 없는 무능한 사람, 그리고 또 한 가지는 보통 능력은 가졌으나 지나치게 의리를 지키고 처세에 서투른 고지식한 사람이지."

가쓰모토는 다시 찬찬히 이에야스를 쳐다보았다. 아직 그런 것까지 생각해 본 일은 없었으나 많은 떠돌이무사가 세상에 넘치게 되면 확실히 그렇게 될 것 같았다.

"이제까지는 단지 창 하나로 공을 세워 큰소리칠 수 있던 난세였다. 그러나 이제부터는 그래서는 안 되지. 태평성대에 어울리는 자와 어울리지 못하는 자가 자연히 구분 지어지네. 그러므로 아까 말한 자들은 자연히 뒤처지게 된다."

"참으로 그렇게 될 것 같습니다."

"포섭되지 않은 자들에게 만일 막대한 돈을 뿌리게 되면 어떻게 되겠나? 그들은 불평이 가득하면서 싸우는 능력밖에 없는 고지식한 인간들…… 가타기리 님, 내가 경계하는 것은 그 한 가지야. 잘 알겠지?"

가쓰모토는 숨죽이고 수긍할 수밖에 없었다.

이에야스는 말을 이었다.

"이를테면! 요도 마님은 여인의 몸이야. 여인이란 영리한 분이라도 감정이 내키는 대로 격해지기 쉽지. 혹시 무슨 오해라도 생겨 나와 사이가 나빠질 경우 황금으로 떠돌이무사들을 불러모을 생각을 하게 되신다면 그것만은 나도 내버려둘 수 없어…… 그래서 그대와 의논하는데, 그대에게 무슨 좋은 생각이 없겠나?"

어디까지나 부드럽게 하는 말이었으나 가쓰모토에게는 일종의 무서운 협박으로 느껴졌다. 예리하게 간 단도를 아주 부드럽게 목젖에 대놓고 속삭이는 소리를 듣고 있는 기분이다.

"과연, 그것이 참으로 큰일이라는 뜻은 알겠습니다."

"그러니 그런 일이 없도록 하려면……무슨 좋은 생각이 없겠나?"

"물론 내대신님 마음을 마님에게 잘 전해 두겠습니다만……."

"그렇지, 물론 그것이 첫째야. 그러나 다만 그것만으로 되겠나?"

가쓰모토의 이마도 깃고대도 후줄근하게 땀에 젖었다.

'이에야스는 대체 나에게 어떻게 하라는 것일까……?'

알 것 같으면서도 알 수 없었다.

분명 재산으로 인정한다고 하고 이번 일에 요도 마님의 책임은 전혀 묻지 않겠다고 잘라 말한 다음, 황금에 대한 타합인 것이다. 위험을 초래할지도 모르는 황금이므로 버리자고도 묻자고도 할 수가 없었다.

이에야스는 실눈을 지은 채 가쓰모토를 지켜보고 있다. 가쓰모토에게 거기까지 깊은 생각이 있는지 어떤지 냉정하게 뚫어보려는 것 같은 시선을 피부에 아프게 느꼈다.

"가타기리 님."

"예."

"그대도 그런 적 있었겠지. 강한 부하를 가지면 싸우고 싶어지는 거야."

"그런 적 있습니다."

"황금도 똑같아. 갖고 있으면 쓰고 싶어지지. 그리고 그 용도가 흡족하면 황금은 이런 데 쓰는 것이었구나 하는 걸 알게 된단 말이야."

"그렇습니다."

"요도 마님도 예외는 아닐 거야. 어때, 요도 마님에게 다이코의 뜻으로 세우신 여기저기의 신사와 불당 같은 것을 수리하거나 재건하도록 권해 보면?"

가쓰모토는 저도 모르게 무릎을 탁 쳤다.

"과연 그렇습니다. 이건……."

말하다가 그는 다음 말을 삼켜버렸다.

"나는 천하를 맡은 이상 세 가지 일을 게을리하지 않으려 생각하고 있어. 첫째는 학문의 길을 펴가는 일이지. 실은 오늘도 그 일로 후지와라 세이카(藤原惺窩)라는 주자학자(朱子學者)를 일부러 교토에서 초청해 의견을 들었어. 남북조 이래 하루도 평화스러운 날이 없었던 것은 아시카가 막부에 무엇이 옳고 그른지를 가르치는 바탕이 없었기 때문이야. 이 일은 엔코사(圓光寺)의 겐키쓰(元佶)도 은근히 권하고 있어. 학문 보급과 더불어 신사, 불각을 숭상하게끔 장려하여 예(禮)를 바로 세우는 거지. 그러면 다이코의 명복을 비는 일도 되고 또 세상을 위해서도 유익하며 도요토미 집안의 평안을 비는 길도 되는데……어떻게 생각하나?"

가쓰모토는 자기가 차츰 굵고 찰진 거미줄에 휘감겨버리는 것 같은 느낌이 들었다.

'이 얼마나 깊고 철저한 생각인가?'

막대한 황금으로 떠돌이무사들을 모으는 일이 생길 수 있다는 데까지는 가쓰모토도 생각할 수 있었다. 그래서 이에야스가 뭐라고 할 것인지 불안하게 듣고 있었다. 그런데 그 유산을 신사와 불당의 수리 복구나 건립에 쓰게 한다면 허비하는 것 같지만 허비가 아니고, 더구나 요도 마님도 좋은 일을 했다는 만족감으로 불장난은 하지 않게 되리라는 것이다.

'대체 어떻게 이런 데까지 생각할 수 있을까……?'

경탄과 동시에 말할 수 없이 무서운 느낌이 들었다. 어쩌면 이에야스는 그 예를 찾아볼 수 없는 간악한 거물이 아닐까……?

이미 여러 대영주의 무력은 도요토미 집안의 편이라고만 할 수 없었다. 지금 도요토미 편이 있다면 그것은 막대한 황금뿐…… 그 황금을 송두리째 써버리게 한 다음 히데요리의 역량이 보통 사람만도 못하다면 어떻게 되는가?

"말씀은 잘 알겠습니다."

"알겠다고 말하는 건 납득되었다는 의미인가?"

"내대신님, 이 말씀을 저는 마님께 센히메 님 혼사 이야기와 함께 꺼낼까 하는데 어떻겠습니까?"

그것이 지금의 가쓰모토로서 되받아넘길 수 있는 유일한 구실이었다. 이에야스가 첫 손녀 센히메를 몹시 귀여워한다는 것은 히데요리 측근들에게 널리 소문나 있었다. 그 센히메를 히데요리 모자에게 볼모로 보낼 생각이 있는지 어떤지로 이에야스의 마음속을 들여다볼 수밖에 없었다.

"그건 천천히."

이렇게 말한다면 가쓰모토도 지금 이야기를 그때까지 요도 마님에게 말하지 않고 그대로 둘 생각이었다.

이에야스는 빙그레 웃었다. 가쓰모토의 마음을 알아차린 것일까, 아니면 센히메 이야기를 듣고 그 사랑스러운 모습이 생각나서일까?

이에야스는 뜻밖에 순순히 수긍했다.

"좋아, 좋아. 다이코의 유산을 일본의 주축이 될 학문을 펴는 데 도움 되도록 쓰게 하고 싶다. 요도 마님에게 공연한 의심 같은 걸 일으키게 해서는 안 돼. 되도록 빨리 센히메를 도련님 곁으로 보내도록 하지."

"그렇게 말씀하신다면 그때까지는 마님께……."

"그래. 가만히 있으면서 모든 일이 잘 풀리도록 부드러운 분위기가 조성되게 해야 해."

그러고 나서 이에야스는 곧 다시 화제를 다음으로 옮겼다.

"가타기리 님, 도련님의 사부에 대한 문제인데, 이것도 나는 말을 꺼내지 않겠소. 그대가 요도 마님과 잘 의논하도록 해주오."

"예……예."

"그리고 오쿠라 부인의 아들 말이오, 오노 하루나가…… 그 사람도 곁으로 돌려보내겠다고 이야기하고 오쿠라 부인과 함께 충분히 도요토미 집안의 앞날을 생각하여 봉사하도록 그대가 잘 전해 주오."

가쓰모토는 또 입을 벌린 채 말이 나오지 않았다.

'이에야스는 대체 악마일까 부처일까……?'

이것이 나쁜 꾀라면 그야말로 가쓰모토 따위로서는 상상도 미치지 못하는 아주 악한 사람임이 분명했다……

정략혼략(政略婚略)

"형님은 그것을 승낙하셨소?"

여기는 아랫성 히데타다의 거실이었다. 히데타다 앞에 앉아 덤벼들 듯이 묻는 것은, 세키가하라에서 부상당한 오른팔을 아직 목에 매달고 있는 아우 다다요시였다. 같은 사이고 부인에게서 태어난 이 형제는 나이도 그리 차이 나지 않고 얼굴 모습도 비슷했으나 그 기질은 엄청나게 달랐다. 히데타다가 어디까지나 온화하고 덕스러운 장자의 품성을 갖춘 데 비해, 다다요시는 유키 히데야스에 못지않은 격한 성격을 지녔다.

히데타다는 단정히 앉은 채 눈 한 번 깜빡 않고 대답했다.

"아버님 말씀이야. 내가 반대할 이유는 없겠지."

다다요시는 앞으로 다가앉으면서 혀를 찼다.

"그걸 납득할 수 없다는 거요!"

다다요시 곁에 앉은 혼다 마사노부는 난처한 표정으로 가만히 있었다. 얼마 전까지만 해도 혼다 마사노부는 이에야스 곁을 떠나지 않던 최측근이었다. 이번 싸움으로 에도를 떠날 때 이에야스의 일은 아들 마사즈미가 맡고 노련한 마사노부는 히데타다에게 배속되었다.

"형님은 아버님이 하시는 일에 전혀 의견을 말하지 않소. 옳고 그름을 가리지 않고 복종하시기로 한 거요?"

"다다요시 님은 그렇게 하지 않는 게 좋다고 생각하나?"

"일에 따라서지요!"

"그렇다면 이것은 복종해도 되는 일이야."

"나는 그렇게 생각지 않소. 아버님은 히데요리 모자를 용서하셨소…… 그것으로 벌써 충분히 다이코에 대한 의리는 다한 셈…… 이 이상 무엇 때문에 센히메까지 히데요리에게 볼모로 바칠 필요가 있단 말이오."

"볼모가 아니야. 다이코가 살아계실 때부터의 약혼이지."

다다요시는 다시 쏘아붙였다.

"분명 볼모요! 철없는 아이를 볼모로 빼앗기고 무례한 억지 트집을 당했을 때 잠자코 죽도록 내버려둬도 후회가 없겠소……? 아니, 이쪽에 약점이 있다면 어쩔 수 없는 일이겠지요. 그러나 그렇게 해서까지 히데요리 님 모자의 비위를 맞출 필요가 대체 어디 있단 말이오. 여기서는 딱 잘라 거절하는 게 천하의 영주들에게 우리 집안의 본때를 보여주는 거라고 생각지 않습니까?"

히데타다는 화내지 않았지만 웃지도 않았다.

"다다요시 님, 그대는 아버님이 기요스성으로 가라고 한 게 불만이군."

"지……지금 그런 이야기를 하고 있는 게 아니오."

"그대는 이 오사카성에 들어오고 싶었겠지? 에도에는 나, 오사카에는 그대가 버티어 동서를 휘어잡으려 생각하고 있었지? 그래서 센히메 일에 이의를 내놓는 거라면 삼가야 해."

"뭐요, 이 다다요시가 불손하단 말이오?"

"아버님 생각은 훨씬 깊으시다."

"어떻게 깊다는 말이오?"

"이제는 난세를 끝내지 않으면 안 돼. 난세의 종말을 세상에 보이려는데 싸워서 어쩌자는 거야? 우선 참으면서 화해하는 게 선결문제지. 다다요시 님이나 내 생각은 아직 아버님 생각에 미치지 못해. 알겠나? 에도와 오사카가 화해하기 위해서는 중간지점인 기요스가 가장 중요한 장소가 될 거야. 오와리만 할당받아 다다요시 님은 불만인가……?"

다다요시는 말문이 막혀 무릎을 톡톡 쳤다.

오와리의 기요스가 얼마나 중요한 곳에 자리했는지는 말하지 않아도 알고 있었다. 그런 만큼 다이코도 어려서부터 길러온 강직한 인물 후쿠시마 마사노리를 두어 굳혀놓았던 것이다. 그 마사노리에게 아키 히로시마의 49만8200석 영토를 주어 옮기게 하고, 거기에 다다요시를 두어 52만 석을 주려는 것이니 그 일에 대한 불평 같은 건 입 밖에 낼 수 있는 게 못 되었다. 다만 불만은 히데요리와 센히메의 약혼을 다시 확인한 것에 있다고 다다요시는 생각했다. 그런데 지금 형에게 분명하게 지적당하고 보니 자기의 본심을 비로소 알게 된 것 같아 거북스러웠다.

'그렇군, 형은 그렇게 해석하는구나……'

다다요시는 이렇듯 시치미 떼는 형에게 뭐라고 말해도 소용없을 것 같았다. 이 형은 아버지 말에 절대 복종하도록 완전히 길들여졌다.

"형님, 형님은 이 다다요시를 경계하고 계시는 모양이오."

"농담해서는 안 돼. 히데타다가 어째서 다다요시 님을 경계하겠나."

"그렇지 않다면 내가 오사카의 주인이 되고 싶어한다는 망상 같은 걸 하실 리 없잖소."

"허, 그러면 이 히데타다의 망상이라는 거냐? 기쁘군. 안심했어."

다다요시는 또 세차게 혀를 찼다.

"형님은 대체 우리 집안과 도요토미 가문이 영원히 사이좋게 지내리라 보시오?"

"다다요시 님."

"나는 그렇게 생각지 않소. 이쪽에서 정의를 다하며 머리 숙일수록 상대는 고자세가 되지. 미쓰나리가 그 좋은 본보기였잖소. 아버님이 후시미에서 도와주고 히데야스 님에게 일부러 오쓰까지 경호해 주도록 했소…… 그런데 대체 어떻게 되었소? 도리어 그를 조장시켰을 뿐이잖소……."

"다다요시 님은 아직 젊어. 미쓰나리 일은 예외고, 일이란 모두 노력이 으뜸이지. 우리 집안과 도요토미 가문이 의좋게 지낼지 어떨지가 아니라, 어떻게 하면 의좋게 해나갈 수 있는가 그 노력이 앞서지 않으면 의미 없어."

히데타다의 대답은 말투까지 아버지를 닮았다. 아무 거리낌 없이 다다요시의 의견 따위는 아예 들으려고도 하지 않는 세련되고 노련한 태도였다.

참다못해 혼다 마사노부가 말을 꺼냈다.

"다다요시 님은 이 약혼을 걷어치운 뒤 어떻게 하라는 말씀이신지요?"

"늙은이는 그것을 모르나?"

"예, 아무튼 약혼을 파기한다고 전한다면 어떻게 될까요?"

"물론 저쪽은 낙심하겠지. 문제는 그다음이야."

"그렇지요……."

"우리 집안에 적의가 있는 걸 알고 불평을 가진 무리들이 책동하기 시작하겠지. 결국 꼬리를 내놓게 될 테고 그때 그들 여우 떼를 잡아버리면 돼. 물론 나오는 태도에 따라서는 그대로 성을 점령할 수도 있어."

마사노부는 실망한 표정으로 말했다.

"다다요시 님, 다른 자리에서는 그런 말씀을 입 밖에 내지 마십시오. 아버님이 수치스럽게 여기실 테니까요."

"뭐라고? 아버님이 수치로 여기신다고……."

마침내 다다요시는 얼굴빛이 달라져 마사노부에게로 돌아앉았다.

마사노부는 여전히 담담한 표정으로 말했다.

"예, 다다요시 님 말씀은 2, 3000석 받는 무사들이나 하는 짓이지요."

그 뿌리치는 듯한 말투는 다다요시의 분노에 찬물을 끼얹었다. 히데야스였다면 아마도 들고 있던 찻잔을 내던지고 칼자루를 잡았을 게 분명하다. 어느 쪽이나 무서운 성질을 지녔으면서도 히데야스와 다다요시의 차이는 크게 화를 낸 다음에 있었다.

"응, 그런가?"

다다요시는 자기 생각이 2, 3000석 받는 무사의 분별력밖에 안 된다는 말에 이대로 물러갈 수 없게 되었다. 조용한 목소리와는 반대로 분노가 머리끝까지 번져 타들어가고 있었다.

"그럼, 기요스를 맡을 만한 대영주의 분별력이란 어떤 거야?"

"그것이라면 아까부터 히데타다 님이 말씀하고 계십니다. 아버님 말씀대로 센히메 님을 되도록 빨리 히데요리 님에게 보내 온 일본의 여러 영주들에게 태평성대가 되었다며 그 증거로 꽃구경을 시켜주셔야 합니다."

마사노부는 손자에게 이르는 것 같은 투로 말하면서 실눈을 지었다.

"지금 일본에는 아직 전쟁 뒤의 살벌한 공기가 가시지 않고 있습니다. 잘 생각해 보면 아무도 도쿠가와 집안에 적대할 자가 없다는 것을 알면서도 여전히 앞으로 무슨 일이 생기지 않을까 안절부절못하고 있습니다. 이때 센히메 님과 히데요리 님을 나란히 보여줍니다…… 어느 쪽이나 아직 이 세상의 때가 묻지 않은 분들입니다. 축제의 단상을 장식하는 아름다운 이야기 속의 분들이지요. 두 분을 나란히 놓고 보십시오. 그대로 살아 있는 꽃이 될 것입니다."

"음."

"그 꽃을 보고 비로소 영주들은 안심할 겁니다. 두 가문이 함께라면 싸울 구실은 이제 없다고 새로운 눈으로 세상을 둘러볼 것입니다. 하하…… 다시 세상을 고쳐보면 점점 우리 집안의 실력을 실감하게 되지요. 평화란 그렇게 이루는 것이지 피만 흘린다고 되는 게 아니라는 판단 끝에 아버님께서 내리신 지시일 겁니다. 그렇지요, 히데타다 님……?"

히데타다는 단정하게 앉은 채 그리 수긍하지 않았으나 이의도 달지 않았다. 그것이 또 다다요시에게는 용납할 수 없는 위장으로 여겨졌다. 아버지에게 거역하지 않으려는 것은, 만약 거역했다가 가문의 상속문제라도 거론되면 어쩌나 하는 보신을 위한 위장으로 통하는 듯한 느낌이 든다.

"나도 대충은 알고 있어! 그럼, 내가 생각을 말하지."

"허, 또 다른 의견이 있으십니까?"

"없어서야 되겠어? 옛날에 다이라 기요모리(平淸盛)는 그 어머니 이케노젠니(池禪尼)의 청을 받아들여, 요리토모가 죽은 아우의 용모와 닮았다고 해서 살려주었다가 그 요리토모 때문에 멸망당한 것을 알고 있나?"

"알고 있습니다."

"세상에서 그 일을 어떻게 보는가는 묻지 않겠어. 나는 이때 기요모리가 불교에 발을 들여놓은 게 자만심이었다고 생각해. 이미 이겼다! 아무도 다이라 가문에 대항할 자는 없다…… 그러한 자만심이 부처님 마음으로 모습을 바꾸어 요리토모를 살려줬다고……."

거기까지 말하자 이번에는 히데타다가 딱 잘라 강하게 말했다.

"다다요시 님, 다음은 말하지 마라. 무엄하다."

"허, 기요모리와 요리토모의 예를 드는 것이 조심성 없다고요……?"

다다요시의 볼이 창백해졌다. 목소리는 점점 따끔하게 조용한 차가움을 띠고 있다.

"그럼, 형님은 기요모리가 자만심을 가지고 우쭐해 있지 않았다고 보시는 겁니까?"

히데타다는 아직 눈썹 하나 까딱하지 않았다.

"기요모리는 우쭐해 있었겠지."

"그렇다면 그런 전철을 밟지 않도록 조심하시는 게 어떻겠소?"

"충분히 준비해 두고 있다."

히데타다에게서 예리한 두뇌는 느낄 수 없으나 그 대답은 새겨놓은 경문을 외 듯 거침없었다.

"다다요시 님, 그 말이 그대로 아버님을 책망하는 말이 된다는 걸 모르나?"

"뭐라고요, 아버님을……?"

"그렇지. 기요모리는 자만심으로 우쭐해 있어 요리토모를 살려 이즈(伊豆)로 유 배했었다. 그러나 아버님은 어디까지나 불쌍하게 여기신 거야. 아버님이 하시는 일과 비교한다는 것은 조심성 없는 태도임을 알아야 해."

"……."

"아버님은 히데요리 님 입장을 세워주시려는 거야. 힘과 힘의 세계에서 도(道)의 세계로 새로 밟아 들어가시려 하고 계시지. 말하자면 센히메는 그 새로운 도의 세계로 가는 첫 사자라고 여겨지지 않나?"

"그렇게 여겨지지 않소. 섭섭하지만…… 이것은 역시 정략이오. 그것도 마음이 약해져 필요 이상으로 머리 숙인 정략이오."

"그렇게 보이나, 다다요시 님에게는?"

"보이고말고요! 이 이상 도요토미 가문의 옛 신하들에게 소란피우게 해서는 안 되니, 여기서는 우선 모두의 감정을 어루만져두는 게 상책이라 여기고 보내는 볼모요, 센히메는."

히데타다는 비로소 크게 숨을 내쉬었다.

"그대와 논쟁하고 싶지 않다. 아무튼 그대 의견을 아버님께 말씀드려 보지."

"그렇게 해주오…… 다다요시는 결코 오사카성을 차지하고 싶어서도 아니고 유 달리 센히메를 동정해서도 아니오. 다만 이 정도로 평화의 바람이 일게 된다고 생각한다면 너무 안이하다는 말이오. 센히메를 보내면 저쪽에서는 볼모를 얻었 다는 생각으로 더욱 고자세가 될 수 있고, 그러면 센히메는 가엾은 희생자가 될 뿐이라고 생각해서 말씀드린 거요."

아무튼 형제간의 논쟁은 표면상으로는 다다요시가 이긴 셈이었다. 그렇다고 히데타다가 졌다고도 할 수 없다. 그는 논쟁이 싫어서 입을 다물고 일단 점잖게 아우의 의견을 아버지에게 전해 보자는 생각인 것이다.

다다요시는 히데타다가 침묵하자 불안해졌다.

"형님, 나는 아까 기요모리 이야기를 했지만 아버님과 비교한 것은 아니니 그 점 오해 없으시기를."

"알고 있어. 그대의 말을 곧이곧대로 전하지는 않겠다."

이로써 다다요시는 겨우 면목이 선 느낌이 들었다. 면목은 섰지만 형이 약혼을 파기하도록 진언할 것으로는 생각되지 않았다.

'이 형에게 있어 아버지는 그대로 신불이요, 진리이다……'

마사노부가 두 사람 앞에 포도주 항아리와 술잔을 내놓으며 남의 일처럼 말했다.

"에도에 계신 센히메 님이 장성하셔서 오늘 밤 이야기를 듣게 되면 감동하실 겁니다. 좋은 아버님, 좋은 숙부님을 가졌다고……."

형제는 더 이상 센히메 일을 언급하지 않았다. 에도와 오사카를 잇는 길가의 새로운 배치에 대해 서로 생각을 주고받았다.

하코네로부터 서쪽에는 슨푸의 나카무라 가즈타다(中村一忠)가 호키(伯耆)의 요나고(米子) 17만 5000석으로 옮겨지고, 이즈의 니라야마(韮山)에 있던 나이토 노부나리(內藤信成)가 겨우 3만 석 영지로 그 자리에 배치되었다. 그 언저리의 누마즈(沼津)에는 오쿠보 다다스케를 두고 고코쿠사에는 아마노 야스카게, 다나카(田中)에는 사카이 다다토시와 그 일족 등 대대로 이어져 내려온 가신들이 조심스럽게 배치되었다.

엔슈, 하마마쓰의 호리오 다다우지는 운슈(雲州) 마쓰에(松江) 23만 5000석. 마찬가지로 가케가와의 야마노우치 가즈토요는 20만 석의 대영주가 되어 도사의 고치(高知)로 옮겨지고, 그 자리에 마쓰다이라 다다요리와 마쓰다이라 사다카쓰가 들어갔다.

미카와의 요시다성에 있던 이케다 데루마사는 52만 석의 대영주가 되어 반슈 히메지성에 들어갔고, 그 자리에는 역시 일족인 마쓰다이라 이에키요가 3만 석을 받아 들어가게 되었다.

미카와 오카자키의 다나카 요시마사는 지쿠고 구루메 32만 석으로 녹봉이 올라 옮기고, 그 자리에 혼다 야스시게가 5만 석으로 들어가게 되었다.

이렇게 되고 보면 다른 곳으로 옮긴 도요토미 가문의 옛 신하들은 모두 막대한 영토를 늘려 받았는데 일족과 대로 내려오는 가신들은 오사카의 5만 석이 가장 많고 그 밖에는 거의 3만 석 이하였다.

"그런데 다다요시 님만 기요스의 52만 석을 받으셨소. 고마운 일이지요."

이야기 도중에 또 흘끔 쳐다보고 마사노부가 웃으며 말했으나 그때는 이미 다다요시도 그리 화내지 않고 관심도 나타내지 않았다.

그러고 보면 다다요시의 장인이며 후견인인 이이 나오마사마저 미쓰나리의 거성이었던 사와산을 받았으나 그 녹봉은 18만 석에 지나지 않는다.

마사노부는 물론 다다요시를 비꼬려고 한 말이 아니었다. 인물로는 결코 후쿠시마 마사노리나 이케다 데루마사에 못지않은 사람들이 어째서 대대로 내려오는 가신이기 때문에 3만 석, 5만 석의 보잘것없는 녹봉으로 만족하고 있는가? 그것을 다다요시가 과연 아는지 어떤지 생각하며 입 밖에 내보았으나 다다요시는 아직 거기까지 생각이 미친 듯한 기색이 안 보인다.

사실 그렇게 말하는 마사노부 자신도 이에야스 부자 2대에 걸친 집사의 중책을 다하고 있으면서도 그 영토는 조슈 하치만의 겨우 2만2000석에 지나지 않았다.

이에야스가 어째서 자기 편 중신들에게는 그토록 녹봉을 적게 주는 것인가? 그런데도 어째서 마사노부 이하 모든 사람들이 납득하고 부지런히 충성스레 일하고 있는가……?

'그런 일을 알아차리게 된다면 다다요시 님도 어엿한 어른이 될 텐데…….'

그렇게 생각하며 입 밖에 내보았는데 그 이상의 설명으로 들어가기 전에 또 새로운 손님이 찾아왔다고 시동이 전했다.

"본성 마님이 오쿠라 부인을 보내셨습니다."

히데타다와 다다요시는 얼굴을 마주보며 잔을 내려놓았다.

마사노부가 한 마디 했다.

"제가 용건을 물어볼까요?"

"밤중에 무슨 일일까?"

히데타다는 잠시 생각하더니 다시 말했다.

"아니, 내가 만나지. 그대가 먼저 정중하게 객실로 안내해 줘."

그러고는 다다요시에게로 돌아앉아 작은 소리로 말했다.

"센히메 일이겠지. 만나고 오마."

히데타다는 다다요시에게 좀 기다리라고 하며 말벗으로 도이 도시카쓰를 불러두고 거실을 나갔다.

그리고 단정하게 옷을 갈아입고 객실로 나가니, 객실에서는 벌써 마사노부 앞에 오쿠라 부인이 아름다운 궁중인형을 나란히 늘어놓고 즐거운 듯 웃으며 이야기하고 있었다.

오쿠라 부인은 공손히 그러나 명랑한 표정으로 히데타다에게 인사했다.

"히데타다 님, 일부러 뵐 건 없으므로 지금 마사노부 님도 저에게 돌아가라고 하시던 참이었습니다."

"아니, 마님께서 심부름 보내셨는데 뵙지 않는다는 것은 실례지요. 도련님과 마님도 다 안녕하신지……?"

곁에서 마사노부가 말했다.

"내대신님 말씀을 벌써 듣고 굉장히 기뻐하신다는 이야기를 해주셨습니다."

"고맙습니다. 우선 좀 편히 앉으시지요."

"감사합니다. 이 궁중인형은 오노 오쓰라는 여자가 교토에서 인형을 잘 만든다는 사람을 일부러 찾아가 만들어서 도련님에게 바친 물건입니다."

"과연, 살갗이 참으로 근사하게 칠해졌군요. 살아 있는 듯 사랑스럽습니다."

"네, 도련님도 마음에 드시는지 때때로 꺼내보셨답니다……그런데 에도의 센히메 님 말씀을 들으시고 센히메 님에게 주자고 말씀하셨지요……."

"허, 히데요리 님이?"

"네, 뭐니 해도 사촌간이시니 역시 그리운 생각이 드시는 거겠지요. 내일 아침에 사자가 에도로 떠난다는 것을 듣고 마님께서도 모처럼의 뜻이니 그때 꼭 가져가도록 갖다 드리라고 하셔서."

"감사합니다. 센히메도 아마 기뻐할 겁니다."

히데타다는 말하면서 탁자 위의 인형에 눈길을 떨어뜨렸다. 궁중인형이 아니라 동자와 동녀가 반딧불이라도 쫓는 듯 자유로운 모습으로 마주보고 있는 6치

남짓한 크기의 인형이었다.

그것을 보고 있노라니 히데타다는 문득 쓸쓸해졌다. 히데타다에게도 첫딸인 센히메는 몹시 사랑스러웠다. 그런데 자라는 모습을 보지도 못하고 결국 자기는 에도로 돌아가고 센히메는 오사카로 오게 되는 것이다……다다요시에게 들을 것도 없이 이 혼인으로 모든 일이 잘되어갈 만큼 안이한 세상이 아님은 잘 알고 있었다.

'둘이서 과연 이 인형처럼 따사로운 분위기 속에 자랄 수 있을지……'

"히데타다 님, 잘 보십시오. 이 인형은 도련님과 얼굴이 많이 닮았습니다."

"그렇군요. 그러고 보니 이 동녀는 센히메를 닮았군요."

"호호……도련님도 어떻게든 오늘 밤에 갖다 드리라고 하셔서."

히데타다는 웃으면서 머리를 끄덕이고 다시 인형을 번갈아 보았다. 만들게 한 오노 오쓰가 어쩌면 두 사람을 닮게 만들도록 인형사에게 지시했는지도 모른다.

"그럼, 이만 돌아가겠습니다. 도련님과 마님께서 에도의 마님께도 부디 안부말씀 전해 주십사고 하십니다."

오쿠라 부인은 돌아갔다.

"마사노부, 그 인형을 다다요시 님에게 보여주자."

말하고 히데타다는 거실로 돌아왔다.

거실에서는 도이 도시카쓰와 다다요시가 이에야스의 외부 영주에 대한 예우에 대해 이야기하고 있었다. 모두 아직 젊으므로 듣기에 따라서는 논쟁하는 듯 큰 소리로 떠들어댔다.

"그럼, 그대는 그 막대한 도요토미 가문의 옛 신하들에게 내려준 은상의 녹봉이 비위를 맞춘 게 아니란 말인가?"

다다요시는 형 곁에 있는 인물이 형처럼 어른스럽게 자기를 어르려 하므로 그 도시카쓰의 말 가운데에서 도리어 히데타다의 생각과 아버지의 견해를 살펴보려는 생각이었다.

"물론이지요. 내대신님이 어찌 도요토미 가문 옛 신하를 두려워하시겠습니까? 내대신님을 두렵게 할 만큼 역량 있는 자는 이 세상에 없습니다."

"허, 그러면 아버님은 당연히 상을 줄 만한 사람에게 줬다고 생각한다는 거지?"

"일단 그렇습니다."

"'일단'이라는 건 반드시 그렇지만은 않다는 건가?"

"예."

"흠, 그러면 또 어떤 뜻이 있다는 거냐?"

"지위도 재력도 모두 하늘이 맡긴 것으로 여기시는 내대신님이므로 이번 전공에 따라 일단 충분히 각자에게 맡겼지만, 맡겨준 만큼의 영지와 백성을 훌륭하게 살리는 능력이 없을 경우에는 다른 사람 손을 빌리지 않고 다시 바꿔서 맡길 거라 생각합니다."

다다요시는 저도 모르게 도시카쓰를 다시 보았다. 도시카쓰는 하얀 은빛 비늘에 싸인 생선처럼 방금이라도 뛰쳐나갈 듯 생기있어 보인다.

"음, 그러면 역량에 따라서는 다시 서슴없이 무너뜨린다는 말인가?"

"기량을 갖추지 못한 사람에게 맡겨두면 맡은 사람도 맡겨준 사람도 천벌을 받게 됩니다. 이것은 천하를 맡은 인물로서 마땅히 갖추어야 할 각오이며 견식인 줄 압니다."

"그대는 말솜씨가 좋군. 그럼, 또 한 가지 대답해 봐. 대대로 내려오는 가신들에게 유달리 박하신 건 무엇 때문이지? 가신들의 능력은 이미 다 드러나 있다. 누구나 도토리 키재기 같으므로 3만 석, 5만 석 영주로는 해주지만 그 이상 줄 만큼 유능한 자들은 아니라는 건가?"

도시카쓰는 웃었다.

"이것 참, 난처한 말씀이군요……본디 하늘에서 맡긴 것, 그러므로 내대신님이 모든 사람을 대신해 맡고 계십니다. 저마다에게 많이 맡기면 그 가운데에는 맡았다는 사실을 잊어버리고 내 것이라고 착각하여 낭비하는 자나 방심하는 자가 나타날 겁니다. 그러므로 내대신님에게 대부분 맡겨두고 다만 개인적으로 필요한 것만 자기 손으로 처리해 간다면 대대로 내려오는 가신들의 단결도 조심성도 이중 삼중으로 굳건해지겠지요. 이 점이 내대신님이 생각하시는 정책의 바탕이라고 생각합니다만……."

거기까지 말하고 있을 때 히데타다가 돌아왔다. 두 사람은 자세를 바로하여 히데타다를 맞았다.

"이야기가 열을 띠는 것 같군."

히데타다는 인형을 들고 뒤따라온 마사노부를 돌아보았다.

"마사노부 님, 그것을 다다요시 님에게 보여주오."

"허……사랑스러운 인형이군. 어떻게 된 겁니까?"

"본성의 도련님이 에도에 있는 센히메에게 보내 달라는 선물……어떤가, 다다요시 님? 이 인형이 센히메와 닮지 않았나?"

그 말을 듣자 다다요시는 인형에서 일부러 눈을 돌렸다. 다다요시는 형이 무슨 말을 하려고 이 인형을 자기 앞으로 가져왔는지 짐작하고 참을 수 없이 불쾌했다.

'어때, 도련님도 이렇듯 기뻐하고 계시다. 두 가문 사이는 잘될 거야.'

이렇게 말하고 싶은 게 분명하다. 그러나 그것은 도리어 불안을 느끼고 있다는 뜻이기도 하다.

이 인형처럼 아무것도 모르는 철부지 아이들까지 어른들 생각의 희생이 되고 있다. 그것이 용서할 수 없는 어른들의 '부정'이요, '악덕'이기도 한 것을 어째서 반성하지 않는가? 아니, 반성하는 것이 두려워 악덕을 거듭하면서 그 악덕에 있을 수 없는 희망을 걸고 있다. 인간의 그러한 슬픔을 형은 어째서 이해하려 하지 않는가?

"뭔가 납득되지 않는 듯한 표정이군, 다다요시 님은."

"형님께는 말씀드리지 않겠소. 저는 이 인형을 보니 슬퍼지는군요."

"허, 어째서지?"

"이 인형처럼 어린 두 사람을 자유로운 세계로 놓아줄 수 있다면……하는 생각을 문득 했소."

히데타다는 가슴이 뜨끔해지는 것 같았다. 그러나 곧 여느 때의 예의 바른 표정으로 마음속에 감추었다.

"그런가? 다다요시 님은 보고 싶지 않나보군. 좋아, 내일 아침 떠날 사람이 가져갈 수 있도록 잘 싸둬라."

도시카쓰에게 지시하고 히데타다는 다시 말을 덧붙였다.

"센히메를 너무 제멋대로 키우지 않도록 마님께 잘 말씀드리라고 해. 제멋대로 자란 아이들이 그대로 행복해질 수 있을 만한 세상이 아직 못 돼."

마지막 한 마디는 말할 것도 없이 다다요시에 대한 항의였다.

"알겠습니다. 그럼, 곧."

도시카쓰가 인형을 가지고 물러가자 잠시 어색한 침묵이 흘렀다. 다다요시는 형을 매정한 아버지로 여기고 히데타다는 다다요시를 무자비한 아우라고 생각하고 있다.

물론 센히메와 히데요리의 장래에 행복만 있다고 생각할 수는 없다. 그러나 이 경우 그것을 억지로 기뻐하려 하며 그 기쁨을 위로 삼아 이 약혼을 납득하려는 히데타다의 마음을 다다요시는 알 수 없는 것인가……?

숨 막힐 듯한 분위기를 풀려고 마사노부가 다시 다다요시에게 포도주를 권했다.

"다다요시 님, 도시카쓰와 무슨 이야기를 하고 계셨습니까?"

그러나 다다요시는 한번 엎은 잔을 들려고 하지 않았다.

"이젠 충분해."

가볍게 손을 내젓고 나서 다다요시는 웃으면서 말했다.

"도시카쓰는 형님의 좋은 부하요. 사고방식도 판단력 빠른 머리도 형님을 그대로 닮았소. 거기에 비하면 다다요시는 제멋대로 된 무술만 아는 사람이오. 센히메를 닮은 인형 같은 걸 보고 있으면 와 하고 큰 소리 지르며 본성으로 쳐들어가고 싶은 충동을 느낀단 말이오."

"하하……말씀을 너무 과장하시는군요."

마사노부는 웃었으나 히데타다는 웃으려 하지 않았다.

그때 또 부산하게 복도를 밟는 발소리가 들려왔다. 세 사람은 풀어지지 않은 감정을 그대로 지닌 채 다가오는 발소리에 귀 기울였다.

벌써 밤이 꽤 깊었다. 무슨 급한 일이라도 생겨 다다요시를 맞으러 오는 건지도 모른다고 생각하며 마사노부는 벌떡 일어났다.

발소리는 한 사람이 아니었다. 복도로 나가며 마사노부는 소리 질렀다.

"누구냐?"

"아, 아버님, 히데타다 님은 아직 주무시지 않으십니까?"

복도의 목소리는 서쪽 성에서 달려온 듯한 혼다 마사즈미였다. 이어서 다른 자의 목소리가 들려왔다.

"다다요시 님도 여기 계신다기에 서둘러 알려드리러 왔습니다."

그 목소리는 나가이 나오카쓰인 것 같았다.

방 안에서는 히데타다와 다다요시가 날카롭게 얼굴을 마주보았다.

'무슨 변고라도……?'

당연히 그러한 불안이 두 사람의 가슴을 스쳐갔다.

복도에서 마사노부의 목소리는 들리지 않는다. 그것이 더욱 두 사람을 불안하게 했다. 그런데 갑자기 전혀 생각지도 않았던 명랑하고 한가로운 마사노부의 웃음소리가 들려왔다.

"그래, 그랬어. 그것참, 반갑구먼. 빨리 두 분께 말씀드리자. 괜찮아, 뵙고 가는게 좋아."

마사노부는 마사즈미와 나오카쓰를 데리고 들어왔다.

"보고드립니다."

마사노부는 다시 싱글벙글 웃었다. 그 웃는 얼굴에 한숨 돌리며 히데타다가 물었다.

"무슨 일이오, 할아범?"

마사노부는 거기에는 대답하지 않고 일부러 사이를 두고 천천히 말했다.

"다다요시 님도 히데타다 님도 이마에 땀이 배어 있군요. 실은 서쪽 성에서 반갑게도 아들을 낳으셨다는 소식입니다."

"뭐, 내 동생이 생겼다고?"

"예, 아우가 한 분 느셨습니다. 구슬 같은…… 아니, 이 마사즈미가 직접 뵌 것은 아닙니다만."

마사즈미가 들뜬 표정으로 뒷말을 가로채자 나오카쓰도 질세라 덧붙였다.

"대감님께서는 아주 어색한 표정을 하고 계십니다만 아무튼 알리라고 하셨습니다. 마음속으로는 여간 좋아하시는 것 같지 않았습니다."

"하하……반가운 일이야. 아버님 얼굴이 눈에 선하군."

다다요시는 실컷 웃었으나 히데타다는 웃지 않았다.

"그래, 아우를 낳아서 반갑군. 그럼, 그대들도 이것으로 축배를 드오."

"그렇지, 이건 포도주지만 아무튼 마시고 축하말씀을 드리는 게 좋아."

마사노부가 술잔을 들어 건네자 두 사람은 다시 자세를 바로했다.

"축하합니다."

공손히 두 손으로 받아 술잔을 입으로 가져갔다.

"하하……모자 모두 별일 없으시겠지?"

다다요시는 아직 웃음이 멈추지 않는 표정으로 자신도 엎어두었던 잔을 집어 들었다.

"좋아, 나도 축하해야지. 유쾌하군. 어떻게 생겼을까?"

그 아이가 자라서 장래 그의 뒤를 이어 오와리의 기초를 굳힐 사람이 될 줄은 상상도 하지 못했으나, 아무튼 이 반가운 소식은 다다요시를 유쾌하게 만들었다. 다다요시는 실눈을 뜨고 또 싱글벙글 웃었다. 인간의 출생은 어떤 경우에든 활기를 부르는가보다.

59살에 아버지가 된 이에야스는 생각하기에 따라서는 또 하나의 거북한 짐이 늘었는지도 모른다. 그러나 오늘 밤에 그런 생각을 하는 사람은 아무도 없었다. 혹시 연상했다면 히데타다겠지만, 그는 비록 그렇게 생각했다 하더라도 입 밖에 낼 사람이 아니었다.

"가문이 점점 번창하는군요."

마사노부는 히데야스, 히데타다, 다다요시, 노부요시(信吉), 다다테루(忠輝)를 손꼽았다. 마사노부는 진정 기쁜 듯이 말했다.

"이번 옥동자로 아들이 여섯……앞으로 더 낳으실지도 모르겠군요."

실제로 전국시대에 아들을 낳는 것은 그대로 일족의 '힘'을 보태는 일이었으니 후세에 둘이나 셋으로 만족하는 가치판단과는 완전히 달랐다. 힘은 생활을 쟁취한다는 사고방식이 아직 뿌리 깊었다.

"이로써 대감님도 훨씬 젊어진 기분이 드시겠지요. 이다음에는 히데타다 님에게도 빨리 큰아드님이 태어나셔야……."

모두의 머릿속을 차지하고 있던 센히메의 모습은 어느새 아직 보지도 못한 갓난아이에 대한 생각으로 바뀌어갔다.

갑자기 또 무슨 생각이 떠올랐는지 다다요시가 소리 내어 웃었다.

"어찌 된 일이십니까?"

마사노부가 일부러 깜짝 놀란 듯 묻자 다다요시는 형 쪽을 쳐다보며 손을 내저었다.

"꾸중 들어. 말 안 할 테야."

"원, 혼자서 웃으시고 말하지 않겠다는 건 들어보지도 못한 일이오. 꼭 듣고 싶군요."

"하하……아니, 나는 이 세상의 남녀가 맺어지는 방식을 생각해 봤어."

"그러면 색정에 대한 이야기입니까?"

"젊은 기분 내지 마라, 늙은이…… 혼인에 대한 이야기를 말하는 거야."

"그렇군요, 그건……."

"끝내 말하게 만들 건가? 형님에게 꾸중 들어도 몰라. 나는 말이지, 이 세상에는 추한 정략결혼밖에 없는 줄 생각했었지."

"허……."

"그래서 센히메 일도 공연히 화났던 거야. 그런데 곰곰이 생각해 보니 이 세상에는 정략결혼 말고도 맺어지는 일이 있는 걸 알게 되어 즐거워졌어."

"말씀해 보십시오, 다다요시 님, 어디에 그렇게 맺어진 경우가 있는지?"

"하하…… 아버님이야. 아버님 주위에는 정략결혼으로 들어온 여자는 한 사람도 없어."

히데타다는 흘끗 다다요시를 노려보았다. 그러나 다다요시의 입은 이미 다물어지지 않았다.

"하하……자기가 좋아하는 여자를 소망하고, 그 여자에게 아무 거리낌도 싫증도 없이 자식을 낳게 하며 아버님은 쓸데없는 세상의 구애를 벗어나 여유 있게 살고 계시지."

"다다요시 님."

"하하…… 더 이상 말하지 않겠소. 다만 아버님이 부러운 거요. 아니, 그렇게 살아오셨기 때문에 어쩌면 이번에 태어난 동생은 거물이 될지도 모른다고 문득 생각했을 뿐이오. 와하하……."

히데타다도 마침내 웃음을 터뜨렸다. 다다요시의 순진한 기쁨에 이끌린 탓도 있었지만, 그 이상으로 히데타다를 안심시킨 것은 다다요시의 관심이 센히메와 히데요리의 약혼에서 벗어난 일이었다. 다다요시에게는 아직 자식이 없다. 자식을 갖지 못한 사람의 자식에 대한 애정은 알 듯하면서도 순수한 관념론일 뿐이다.

게다가 다쓰 부인은 친언니인데도 요도 마님의 성격을 그리 신뢰하고 있는 것 같지 않았다.

"어딘가에 허무한 내음이 풍깁니다."

기타노쇼성이 함락됐을 때도, 다이코의 측실이 되었을 때도 왠지 내버려진 화분처럼 자포자기하는 것 같은 느낌이 들었었다. 더 많이 어린애를 낳든가 더 엄격하게 뜻을 받아주지 않는 남편을 가졌더라면 좋았을 텐데 모두 그와 반대였으며 더구나 젊어서 남편을 잃었다. 그런 조건들이 겹쳐져 요도 부인의 운명을 파멸로 이끄는 게 아닌가 마음속으로 은근히 걱정하고 있다. 그런 이모에게 센히메를 보내는 것이니 주위의 정세에 따라서는 주저하지 않을 수 없었다.

'새로 태어난 동생이 다다요시를 구해 주었구나⋯⋯.'

다다요시는 그 뒤에도 기분 좋아서 아버지가 뭐라고 이름 지으실지, 며칠 뒤면 형으로서 만나볼 수 있는지 그런 일들을 즐겁게 이야기하다가 돌아갔다.

모두 돌아가자 마사노부도 물러나왔다. 벌써 11시가 가까워 요도강을 오르내리는 배의 노 젓는 소리마저 들려올 것같이 고요했다. 히데타다는 혼자가 되자 단정히 앉아 서성 쪽으로 돌아앉았다.

"아버님, 안녕히 주무십시오."

그러고 나서 다급하게 다시 덧붙였다.

"오늘, 동생의 탄생이 반갑습니다."

인사하면서 그것이 추호도 형식적인 인사가 아님을 다짐하고는 침상에 들었다.

침상에 들어서도 날마다 똑같은 것을 빌면서 잠을 청했다. 그것은 자신의 역량이 아버지에게 훨씬 미치지 못하는 데 대한 사과요, 스스로에 대한 훈계였다. 그 훈계를 버린다면 히데타다는 열등감에 사로잡혀 보기에도 딱할 정도로 흐트러지는 자세가 드러날 것이다.

히데타다는 그것을 잘 알고 있었다. 알므로 다다요시같이 자유로운 사고방식을 동경하는 일은 없었다. 그는 오늘 다다요시의 이야기가 아버지의 잠자리 일에 미쳤을 때 당황하고 난처해진 자기를 발견했다.

'나에게는 창업을 이룰 역량이 없다⋯⋯.'

있는 것은 다만 오로지 아버지의 창업을 지키는 조심성뿐이라고 날마다 밤마다 스스로 훈계했다. 만일 그의 자세가 흐트러지면 다만 아버지의 창업을 잃을 뿐 아니라 아버지 역시 후계자를 기르는 노력을 하지 않았다는 큰 결함을 지적당하게 될 것이다.

'나는 아버지의 그늘이 되지 않으면 안 된다⋯⋯.'

아름답고 위대한 아버지의 그늘이.

히데타다는 여느 때와 같이 그러한 생각 속에서 돌아가신 어머니의 모습을, 그리고 얼마 안 되는 동안이었지만 알뜰한 애정을 쏟아준 계모 아사히 마님을 회상하는 사이 그 연상은 어느덧 센히메가 되고 히데요리가 되었다.

'부디 이 둘도……'

착하기 그지없는 히데타다는 침상 안에서도 자세를 단정히 한 채 꿈나라로 들어섰다…….

등뼈 만들기

　이에야스에게는 이이 나오마사, 혼다 헤이하치로, 사카키바라 고헤이타, 오쿠보 다다치카, 도쿠나가 요시마사 다섯 사람 외에 히데타다에게서 혼다 마사노부가 여전히 빈번하게 드나들고 있었다. 이 여섯 사람은 이에야스가 창업할 때의 각료였고 조수였으며 기사이기도 했다. 물론 설계자는 이에야스 자신이었고, 그들의 표면적인 일은 논공행상을 조사한다는 명목이었다.

　이들 창업각료들의 조사를 바탕으로 한 인물배치. 그것이 기다리던 평화로운 세상을 이룩할 수 있는지 없는지의 열쇠가 된다.

　그 각료 가운데 가장 이에야스의 마음을 잘 살펴 도움을 주는 사람은 마사노부였다.

　참고로 창업각료들의 녹봉을 기록하면 다음과 같다. 그들의 녹봉이 직속 아닌 외부영주와 얼마나 큰 차이를 보여주는지 잘 알 수 있다.

　혼다 마사노부 2만2000석, 조슈(上州) 하치만(八幡)
　도쿠나가 요시마사 6만700석, 노슈(濃州) 다카스(高順)
　오쿠보 다다치카 4만 석, 소슈(相州) 오다와라
　사카키바라 고헤이타 10만 석, 조슈 다테바야시(館林)
　혼다 헤이하치로 12만 석, 세이슈(勢州) 구와나(桑名)
　이이 나오시마 18만 석, 고슈 사와산

마에다 도시나가의 119만5000석은 제쳐두고라도 도토우미 가케가와의 야마노우치 가즈토요까지 20만 석 이상으로 승급되어 도사(土佐)의 태수가 되었다. 이에 비하면 대대로 내려오는 가신들에게 얼마나 박했는지 잘 알 수 있으리라.

그래도 누구 하나 불평하는 자 없었다. 늘 이에야스를 움직일 수 있는 마사노부마저도 2만2000석이 너무 많다며 사양했을 정도였다. 따라서 나오마사건 헤이하치로건 자신의 공로에 비추어 충분히 외부영주를 설득할 수 있었다 해도 과언이 아니다.

어쨌든 게이초 5년(1600) 동안에 대충 배치를 끝내고 통고를 마쳤으며, 남은 건 우에스기 가문이 있는 오우 지방 일부와 규슈의 시마즈 가문뿐이었다. 그 두 가문에 대해서도 물론 이에야스의 마음속에 이미 어떤 계획이 있을 게 분명했다.

"이것으로 한시름 놓았다."

이렇게 말하더니 이에야스는 곧 후지와라 세이카를 불러 한(漢)나라 십칠사(十七史)를 강의하게 하고는 열심히 귀 기울여 들었다.

시대를 만드는 자는 결코 '힘의 배치'만으로 긴장을 풀어선 안 된다. 그것은 다이코의 생애가 몸소 가르쳐주고 있었다. 무서운 난세에서 살아남은 전국시대 사람들에게는 자칫하면 무력으로 모든 일을 해결하려는 난폭하기 짝이 없는 습성이 남아 있는 것도 부정할 수 없었다.

그 남겨진 습성을 무엇으로 씻어버릴 것인가?

까다로운 규칙이나 법률 따위로는 억누를 수 없다는 것 또한 직접 경험하고 있다. 따라서 지금은 무사도 상인도 농민도 한결같이 모두 우러러볼 수 있는 학문의 보급을 생각해야만 한다. 그러기 위해 국학도 한문도 불교도 신도도 티 없는 마음으로 몸소 새로이 배워보리라 생각하고 있다.

이때 오카메 부인이 일곱째 아들을 낳았다. 이에야스는 그것을 행운의 징조로 받아들여 곧 학문 다음에 할 일에 손대었다. 부국책이었다. 나라에 재력이 없으면 평화는 유지되지 못한다. 부국책은 학문과 병행하여 무력과 더불어 세워야 할 중요한 시대의 목표였다.

그 큰일을 도와줄 이상한 인물을 오쿠보 다다치카가 이에야스 앞에 데리고 나타난 것은, 일곱째 아들을 고로타마루(五郞太丸)라 이름 짓고 서성에서 첫이레 축하잔치를 베풀고 있을 때였다.

고로타마루라는 아명을 가진 갓난아기가 어떤 성장과정을 보여줄까?

이 성의 주인인 히데요리에게는 히데타다가 장인이 되기로 결정되어 있었다. 그렇게 되면 나이가 비슷한 여섯째 아들 다다테루며 이 일곱째 아들 고로타마루가 히데요리와 함께 다음 세대를 크게 짊어질 때가 올지도 모른다.

'과연 그때까지 나는 이 세상에 살아남을 수 있을까……?'

노부나가가 세상 떠난 것은 49살. 그보다 10년 이상 살아남아 59살로 갓난아기의 아버지가 된 것이다. 이에야스는 감개무량했다. 만일 그가 히데요시와 똑같은 수명밖에 타고 나지 못했다면 고로타마루는 4살에 아버지를 여의게 되리라…….

이런 생각이 들자 웃어야 좋을지 울어야 좋을지 모르는 감정에 또 한 가지 안타까운 추억이 덧붙여졌다. 이에야스가 아버지를 잃은 건 8살 되던 3월이었으나, 그 이전 태어난 지 1년 반 만에 이미 어머니를 운명의 손에 빼앗기고 말았다. 그 어머니는 뒤에 다시 그에게로 돌아왔다. 그리고 지금 이 오사카 서성에 와 있다.

이에야스가 가까운 친척을 서성에 초청하여 탈춤놀이를 벌일 생각이 든 것은 고로타마루의 탄생을 축하하는 의미와 그 노모 오다이를 위로하려는 두 가지 뜻에서였다. 솔직히 말해 무대 정면에 앉아 있으면서 이에야스는 탈춤도 연극도 거의 보고 있지 않았다.

'인생이란 우스운 거야…….'

물론 갓난아기는 아직 산실에 있었으나, 어머니 오다이가 황홀한 듯 무대를 지켜보는 모습은 단지 그것만으로도 가슴이 뿌듯했다.

그 탈춤놀이가 끝난 다음이었다.

이에야스가 거실로 돌아오니 다다치카가 30살 남짓해 보이는 늠름한 생김새의 사나이를 데리고 왔다.

"아까 무대 앞쪽에서 작은북을 치던 자입니다."

이에야스는 그 사나이가 그리 낯익지 않았다. 하지만 소개받고 보니 다시는 잊을 수 없는 미남이었다.

'어딘지 노부나가를 닮은 것 같다…….'

노부나가를 닮은 사나이가 무대에서 작은북을 치고 있었다는 게 우스웠다.

아마도 다다치카가 상을 주게 하기 위해 데려온 줄 알고 이에야스는 맞장구쳐

주었다.

"그러고 보니 작은북 소리가 맑았어. 이름이 뭔가?"

다다치카가 대답했다.

"예, 주베에 나가야스(十兵衛長安)라고 합니다."

"뭐, 주베에……? 그럼, 그건 아케치 미쓰히데의 아명이구나."

이에야스는 새삼 그 사나이를 다시 보았다.

얼굴은 노부나가를 닮고 이름은 미쓰히데와 같다는 게 문득 웃음을 자아내게 했으나 그러나 곧 웃음을 참았다.

"그런데 성은?"

"성은 신겐 공에게 금지당하여 아직 없다고 합니다."

"뭐, 다케다 신겐에게 성 갖는 것을 금지당했다고……?"

"예, 거기에는 사연이 있습니다."

다다치카는 아무래도 상을 주려는 목적으로만 데려온 게 아닌 모양이었다. 이에야스는 새삼 그 사나이를 눈여겨보았다. 얼굴 근육에도 미간에도 재치가 넘쳐 보인다. 아니, 그 눈의 번뜩임도 예사롭지 않다. 무언가 하려고 마음먹으면 노부나가처럼 끈질기고 과격하게 해낼 인물이 분명하다. 그러면서도 콧마루부터 입언저리에 호색적인 느낌 또한 역력히 풍기고 있었다.

"이상한 자를 데려왔군. 대체 무엇 때문에 성을 갖는 것을 신겐에게 금지당했나?"

사나이는 얌전히 다다치카 뒤에 앉아서 모든 걸 그에게 맡기고 있는 느낌이었다.

"예, 어릴 적부터 측근에서 섬기고 있었는데 재주가 넘쳐서 주제넘은 참견을 많이 했던 모양입니다."

"허, 신겐 공에게 참견했단 말인가?"

"작은북을 금광에까지 들고 나가 그 소리로 땅속의 황금매장량을 점쳤나 봅니다. 신겐 님은 유난스레 미신을 싫어했던 듯 그것을 보고 '이 원숭이 광대 놈아!' 하고 꾸짖으며 고와카(幸若)라는 성을 부르지 못하게 했다 합니다."

"흠, 고와카 주베에가 원숭이 광대 주베에가 되었단 말이지?"

이번에는 이에야스도 그만 웃음을 터뜨렸다. 재주 많은 젊은이가 너무 주제넘게 굴다가 야단맞는 광경이 눈에 선했기 때문이다.

다다치카도 웃으면서 비로소 그 사나이에게 말을 걸었다.

“나가야스, 그랬었지?”

“말씀하신 대로입니다.”

이에야스 쪽은 보지도 않고 그 사나이는 간접적으로 다다치카에게 예법대로 단정하게 대답했다.

이에야스는 웃으면서 말했다.

“직접 대답하도록 허락한다. 원숭이 광대란 그리 명예로운 이름이 아닐 테지, 나가야스?”

“예, 촌뜨기 정도의 의미라고 생각합니다.”

“그럼, 그대는 신겐 공이 돌아가신 뒤에도 줄곧 원숭이 광대로 지내왔는가?”

“예, 확실히 광대로는 그 정도밖에 안 되어서……과연 보시는 눈이 높으셨다고 생각합니다.”

“그런데 나이가 맞지 않는군. 신겐 공이 돌아가셨을 때 그대는 몇 살이었나?”

“13살이었습니다.”

“뭐, 13살……? 그러면 올해 몇 살이 되느냐?”

“예, 올해 40살이 됩니다.”

“그래, 그럴 테지. 그럼, 그대는 27년 동안이나 원숭이 광대로 지내왔단 말이지.”

“예.”

“젊구나.”

“예……? 뭐라고 말씀하셨습니까?”

“젊다고 했다. 나는 기껏해야 20살 안팎으로 보았어.”

“마음과 몸을 고생시키지 않고 살아온 탓이라 부끄럽습니다.”

이에야스는 다다치카를 보며 물었다.

“다다치카, 이 자에게 광대놀음 말고 무슨 재주가 있다는 건가?”

다다치카가 무엇 때문에 이 나가야스라는 사나이를 데리고 왔는지 이에야스는 벌써 잘 알 수 있었다.

다다치카는 별안간 정색하고 이에야스에게 절을 했다.

“실은 이 자는 신겐 님에게 주제넘는 말을 했던 것처럼 땅속에 묻힌 금광맥을 점치는 데 이상한 재주가 있습니다. 말하자면 태어날 때부터 광맥잡이가 아닌가 생각합니다만.”

"광맥잡이라……"

이에야스는 실망한 듯 말하며 마사노부를 돌아보았다. 이에야스의 측근에서 마사노부도 늘 인물을 평가하는 눈을 번뜩이는 습관이 있었다. 하지만 그는 이에야스가 눈길을 보내자 재빨리 시선을 돌려버렸다. '쓸 만한 인간이 못될 겁니다……'라는 눈짓이 아니라 좀더 시험해 보지 않고는 모르겠다는 것처럼 보였다.

그래서 이에야스는 다시 원숭이 광대 나가야스에게로 시선을 돌렸다. 그리고 이번에는 느닷없이 물었다.

"그대는 이에야스를 섬기고 싶나?"

"예, 오쿠보 님께서 만일 대감님 눈에 든다면 오쿠보라는 성을 주시겠다고 말씀하셨습니다. 그러므로 오쿠보 님을 통해 제가 가진 모든 재주를 충성 바치는데 걸어보고 싶다고 꿈꾸게 되었습니다."

"역시 광맥잡이로 말인가?"

"광맥잡이라고 한 마디로 말씀하십니다만, 광맥잡이는 지형을 굽어보고 산의 생김을 분석하여 이를 파보지 않으면 목적을 이룰 수 없습니다. 따라서 셈수에 통달하고 토목에 능숙하며 개간, 식림, 도로, 교량가설 등 이제부터 평화로운 시대가 오면 없어선 안 될 재주라고 생각합니다."

이에야스는 싱글벙글 웃기 시작했다. 이 주제넘는 소리로 신겐을 노하게 했을 거라고 생각하니 절로 우스웠다.

"그럼, 무대에서는 원숭이 광대지만 평화로운 시대에 주판을 들려주면 뛰어난 자가 된다는 건가?"

"뛰어난 자라고 하시니 황송합니다. 그런 자는 못 됩니다만, 첫째로 충성을 바칠 수 있다고 생각되는 일은 에도와 교토와 오사카 사이의 도로공사입니다. 아직도 민심이 평화에 익숙지 못하여 이따금 고약한 생각을 품는 자가 나오지 않는다고 할 수 없습니다. 그런 때 우선 도로가 갖춰져 있지 않으면 첫째 군사를 내보낼 때의 불편은 이루 말할 것도 없고, 둘째로 물자의 육로수송이 원활하지 못합니다. 또 셋째로……"

이에야스는 웃으며 가로막았다.

"이제 됐어. 긴 이야기는 그만해라. 그런데 황금은 어디서 파내는가?"

"그것도 도로정비가 먼저입니다만, 제가 우선 손대보고 싶은 곳은 사도(佐渡)

와 이와미(石見)의 금은광산입니다. 고슈는 산이 좀 늙었습니다. 그리고 이 언저리의 다다(多田) 은광은 도요토미 가문에서 관할하고 있으니 일단 보류하고, 에도에 가까운 이즈 금광 또는 오슈 남부에도 유망한 산기운이 느껴지므로 이것들을 파게 하시어 부국(富國)의 길을 꾀하시는 게 중요한 국책인 줄 압니다."

처음에 얌전해 보였던 이 사나이는 일단 입을 열자 이상한 웅변가로 바뀌어갔다. 이에야스의 취향에 맞는 형의 인물은 아니었으나, 어딘지 상대의 가슴에 파고드는 듯한 박력을 지녔다.

"제가 말씀드리려는 건, 통용화폐를 명나라 같은 데서 수입한다면 일본의 발전이 없다는 겁니다. 만백성이 사용할 만큼 훌륭한 통용화폐를 구워내어 쓰게 하는 거지요. 그러면 싸우지 않고도 살아갈 길을 발견해 위로는 영주들로부터 아래로는 나무꾼이며 어부에 이르기까지 저마다 재물 개발에 힘쓰게 됩니다. 제가 일해 보고 싶은 건 그러한 새로운 일본의 평화에 충성을 바치는 것입니다."

이에야스는 다시 한번 마사노부를 살며시 쳐다보았다.

마사노부도 깜짝 놀란 듯 눈을 크게 뜨고 나가야스를 쳐다보고 있었다. 그리고 흘끗 시선이 마주친 이에야스에게 둘만이 통하는 눈짓으로 대꾸했다.

'참으로 보통 놈이 아니군요……'

이에야스는 다시 나가야스에게로 시선을 돌리고 말했다.

"그런가? 그건 유감이로군. 그대의 신념이 잘못된 것이라고는 생각하지 않는다. 그러나 시대 흐름에 대한 진단은 잘못하고 있어."

"예?"

나가야스는 눈을 부릅떴다. 눈을 부릅뜨자 더욱 한창때의 노부나가를 몹시 닮았다.

"그럼, 대감님은 이 나가야스가 시대의 흐름을 모른다고 하시는 겁니까?"

"모른다는 게 아니라 잘못 알고 있다는 거야. 그대는 보통 사람보다 훨씬 젊다. 한 2, 30년 있다가 다시 출발해야만 해."

"예……?"

나가야스는 또 기묘한 목소리를 냈다. 아마 이에야스의 대답이 의표를 찔러 선뜻 대답할 수 없었으리라.

이에야스는 굳어진 채 대기하고 있는 다다치카에게 말했다.

"이 자는 평화로운 일본에 충성을 바치고 싶다고 한다. 날 섬기겠다는 게 아니야."

"그건……그건 대감님이 평화로운 시대를 여실 분이라고……."

"다다치카! 내가 찾고 있는 건 평화로운 시대에 섬길 자가 아니다. 평화를 이룩하려고 피투성이가 되어 있는 이에야스를 섬길 자야."

이 한 마디로 나가야스는 단번에 볼을 싹 굳히며 고개를 푹 숙였다.

'아뿔싸! 이번에도 말이 너무 앞질러 나갔다……'

그렇게 깨달은 당황함이 역력히 보였다.

"내가 2, 30년 기다렸다가 새 출발 하라고 한 것은 그 무렵까지는 일본에도 평화의 주춧돌이 놓여지리라는 뜻이야. 그때까지는 평화는커녕 어떻게 하면 평화를 이룩할 것인가로 싸움만 하게 될 거야. 나가야스는 그걸 지레짐작하고 벌써 평화가 온 것처럼 착각하고 있다. 좀 생각이 앞지르는구나. 그렇게 생각되지 않나, 다다치카는?"

다다치카는 말문이 막히고 말았다.

과연 이에야스의 말대로 평화가 이루어진 일본을 섬기겠다는 건 얼마간 주제넘은 큰소리로 생각된다.

'어째서 대감님을 섬기고 싶다고 말하지 않았는지……?'

이에야스는 웃었다.

"하하……아무튼 오늘은 천천히 세상이야기라도 하다가 가거라. 그대가 자신의 성을 주고 싶다고 생각할 만한 자라면 어딘가 가치 있는 사나이일 테지."

그리고 이에야스는 다시 나가야스에게 말을 걸었다.

"그대는 20여 년 동안 어째서 주군을 섬기려 하지 않았나? 그동안 다이코 전하를 뵐 기회가 없었던가?"

이 말을 들은 순간 나가야스의 두 손은 다다미를 짚고 있었다. 그 두 손 위에 눈물을 뚝뚝 떨구며 심하게 어깨를 떨기 시작했다.

"난 그대만큼 언변 좋은 사람이라면 다이코가 기꺼이 써주었을 거라고 생각되는데, 어떤가? 생전에 뵐 기회가 없었나?"

또 질문받고 이번에는 나가야스의 목구멍 깊숙이에서 기묘한 울음소리가 새어나왔다.

"황송합니다."

나가야스는 기묘한 흐느낌을 터뜨리고 나서 오싹하리만큼 싸늘한 물과 같은 목소리로 말했다.

"다이코 전하도 뵈었습니다."

"광맥잡이로서인가, 광대로서인가?"

"그 양쪽 다입니다."

이에야스는 충분히 이 사나이에게 흥미를 느끼는 듯했다.

"그럴 테지. 그런데 어째서 그때 성이라도 하사받지 못했나?"

나가야스는 결심한 표정으로 말했다.

"황송하오나 제 편에서 싫어졌습니다."

"뭐, 그대 편에서 다이코 전하를 퇴짜 놓았다고……? 이유는 뭔가?"

"예, 이렇게 되었으니 무엇을 숨기겠습니까? 제가 광맥잡이로서 도요토미 가문의 재물을 늘려주더라도 그것은 일본의 재력을 늘리고 평화를 이룩하는 일이 전혀 못 된다고 저에게 가르쳐준 사람이 있습니다."

"허, 또 이상한 말을 듣는구나. 그래, 대체 누구냐?"

"예, 니치렌 선사이십니다."

이에야스는 흠칫 놀랐다. 캐묻는 바람에 궁한 나머지 이 사나이가 미친 게 아닌가 하고 생각했다.

그런데 상대는 더욱 냉정하게 자세를 바로하고 말했다.

"그렇게만 말씀드리면 수상쩍게 여기시겠지요. 대감님은 혼아미 고에쓰라는 칼 감정사를 알고 계십니까?"

"오, 잘 알고 있다. 내가 스루가에 인질로 가 있을 때 그 아버지 혼아미 고지가 나에게 곧잘 장난감 칼을 만들어주었었지. 그 인연으로 지금도 출입을 허락하고 있다."

"니치렌 선사는 그 고에쓰의 입을 통해 이놈에게 가르쳐주셨습니다. 사람 마음에 입정(立正)이라는 큰 소원이 없다면 사람도 부하도 물질도 황금도 반드시 언젠가 그 주인에게 반역하는 것이라고."

이에야스는 눈을 둥그렇게 뜨며 숨을 삼켰다.

'미치기는커녕 이놈은 진짜 속마음을 내뱉고 있구나.'

"허, 그럼 그 고에쓰가 그대에게 가르쳤단 말인가?"

"아닙니다, 니치렌 선사께서 고에쓰의 입을 빌려 말씀하셨습니다…… 듣고 보니 과연 옳으신 말씀…… 눈이 번쩍 뜨여진 것 같은 심정이었지요. 재산 있는 자는 재산 때문에 몸을 망친다. 풍류인은 차도구 하나 때문에 몸이 여위리만큼 고뇌를 짊어지고, 무력을 자랑하는 자는 무력 탓으로 패망의 원인을 부르게 된다…… 제가 만일 도요토미 가문의 재력을 늘리더라도 그건 다이코 전하의 몽상이나 허영에 소비되어 저마다 파멸의 길로 떨어져갈 따름이며 황금 본디의 만백성을 살리는 길은 아닐 거라고……"

이에야스는 그제야 납득되기 시작했다.

고에쓰가 조상 대대로의 열성적인 니치렌 신자인 것을 잘 알고 있다. 그는 정의를 세우려는 입정의 뜻이 없는 자는 거들떠보지 않는 강경한 신자라고, 이따금 자야 시로지로가 탄식 비슷하게 말하고 있었다. 오쿠보 가문 또한 대대로 니치렌 신자이다. 아마 이 주베에 나가야스와 다다치카의 접근 역시 그러한 신앙에서의 접근임이 틀림없을 거라고…….

"그런가? 고에쓰의 입을 통해서 말이지? 그런데 다이코를 퇴짜 놓을 만한 그대가 어째서 나를 섬기고 싶은 생각이 들었나?"

말은 부드러웠으나, 이것이 이에야스의 마음을 결정하게 할 질문인 듯했다.

좌중이 조용해졌다. 마사노부도 다다치카도 이것이 어떤 의미를 갖는 문답이 될지 잘 알기 때문이었다.

나가야스는 더욱 침착해졌다. 보기에 따라서는 일종의 처절함마저 띤 필사적인 자세로도 보였다.

"다이코 전하도 섬길 생각이 없었던 제가 어째서 대감님에게 충성하기를 원하는지, 그 이유를 말씀드리지요."

이에야스는 일부러 탁 터놓는 말투로 말했다.

"딱딱한 말인데. 너무 날 놀라게 하지 않도록 부탁한다."

"예, 이것도 니치렌 선사의 말씀입니다."

"그런가? 선사께서 또 고에쓰의 입을 빌리셨다는 건가?"

"아닙니다. 이번에는 고에쓰 님뿐이 아닙니다."

"허, 또 누가 있었나."

"예, 자야 시로지로 님과 그리고 여기 계신 오쿠보 님입니다."

또박또박 말하고 나가야스는 다시 이에야스 앞에 두 손을 짚었다.

"대감님, 용서해 주시기 바랍니다. 앞서 저는 평화로운 일본을 섬기고 싶다고 말했습니다. 이것은 충분히 귀에 거슬릴 허풍이라는 것을 압니다만, 이렇게 말씀 드리지 않으면 입정의 뜻이 통하지 않습니다. 결코 대감님을 가볍게 보고 말씀드린 게 아니라 그 반대 심정입니다. 대감님이야말로 이 나가야스가 모든 것을 바쳐서 뉘우침 없는 입정의……."

거기까지 말하자 이에야스는 손을 저으며 가로막았다.

"그만해라. 알았어. 젊어 보이지만 그대도 벌써 40대. 앞으로 30년을 기다리게 한다면 일할 시간이 없겠지. 다다치카가 믿고 자야와 고에쓰가 특별히 니치렌 선사의 말씀까지 전했다고 하니 이에야스도 거절할 수 없구나. 알겠나, 이에야스는 그대가 생각하고 있는 것처럼 신불은 아니야. 눈 뜨고 볼 수 없을 만큼 세속의 때에 더러워진 속인이지. 그걸 이해한다면 써주겠다. 머지않아 다다치카를 통해 할 일을 의논하기로 하고서."

이 말에 누구보다도 먼저 '휴' 하고 크게 한숨 돌린 것은 다다치카였다.

당연히 나가야스도 온몸에 기쁨을 나타내며 고맙다고 인사할 줄 다다치카와 마사노부는 상상했다.

그런데 나가야스는 이에야스의 말을 듣자 갑자기 얼굴을 일그러뜨리며 훌쩍훌쩍 울기 시작했다. 감격에 겨워서 우는 게 아니라 잔뜩 팽팽했던 마음이 의지를 잃고 낙담해 버린 어린아이 울음 같았다.

이에야스는 엄격한 목소리로 불렀다.

"나가야스! 그대는 신겐 님도 다이코 전하도 걷어찬 바람둥이야. 세 살 버릇 여든까지 간다고, 언젠가 나에게도 정을 잃고 말 놈인 것 같구나. 하지만 그때는 살수 있다고 생각지 마라."

"예……예."

"알았으면 울지 마라. 정의라는 것이 그대가 찾고 있듯 깨끗이 닦인 구슬 그대로 반짝이는 것이라면 고생하며 찾을 자 하나도 없어. 정의 또한 언제나 진흙 속에 있지. 이에야스는 그대에게서 눈을 떼지 않겠다. 먹느냐, 먹히느냐, 각오를 단단히 하고 구슬을 찾아라. 알겠느냐?"

마사노부도 다다치카도 숨을 죽였다. 세키가하라 싸움터를 떠나오고 나서 이에야스가 이처럼 엄격한 목소리로 대한 상대는 달리 없었다. 무엇이 이에야스의 비위를 건드렸을까……? 역시 나가야스가 순순히 임관을 기뻐하지 않았기 때문에 '건방진 놈!'이라고 눈에 비친 게 아닐까?

그러고 보니 과연 나가야스의 거동은 이상했다. 어딘가 교만한 느낌이 있다. 일일이 살아 있는 사람을 지적하지 않고 '니치렌 선사'를 들고 나오는 따위는 상식을 벗어난 이상한 행동이라고 평을 들어도 어쩔 수 없으리라.

게다가 젊었던 무렵 이에야스는 자기 영지 안의 잇코종 무리 폭동으로 애먹은 일이 있었다. 그렇긴 하나 이에야스의 입에서 나온 '먹느냐, 먹히느냐'라는 말은 얼마나 뜻밖의 말인가. 상대는 고작해야 한낱 광대이며 광맥잡이에 지나지 않는데…….

그런데 이 일갈로 나가야스의 표정은 별안간 다시 싱싱하게 활기를 되찾았다.

"옛!"

그는 얼른 자세를 고치더니 금방이라도 덤벼들 듯한 눈초리가 되어 물끄러미 이에야스를 바라본 다음 꿇어엎드렸다.

"알겠느냐?"

"예, 알았습니다. 대감님의 평상시 각오……황송하기 그지없습니다."

"그런가? 알면 됐어. 임관하라는 말을 듣고 그대가 실망한 듯한 모습을 보이므로 기합을 넣은 거야. 인간은 토끼 새끼를 잡는 데도 온 힘을 다하는 사자의 마음을 잊기 쉽지."

"예."

"그걸 잊는다면 하루도 주인 자리에 앉을 수 없다……몇만 명, 몇십만 명의 가신이 있더라도 그 하나하나와 늘 먹느냐 먹히느냐의 대결인 거야. 내 편에 조금이라도 빈틈이 있어 봐. 당장 그들에게 신뢰를 잃고 멸시받게 되지."

이에야스는 이미 나가야스에게만 말하고 있는 게 아니었다. 나가야스보다도 오히려 다다치카에게 이르는 것 같았다.

"옳으신 말씀이라고 생각합니다."

"그렇게 쉽게 말하지 마라, 다다치카."

"예."

"하하……꾸짖는 게 아니야. 대개 집안이 무너지는 것은 가신이라고 믿고 방심하기 때문이지. 알겠나? 열 사람의 가신 가운데 한두 사람이 주인을 깔보기 시작하면, 멸망의 바람이 세차게 불기 시작한 것이라고 생각해야만 해."

"예……예."

"이것이 세 사람이나 다섯이 되면 벌써 어느 누구도 막아낼 수 없다. 그런 의미로서도 언제나 처음의 한두 사람에게 멸시되지 않는 노력이 필요한 거야. 말로써가 아니다. 눈으로 노려보는 것도 아니다. 먹느냐, 먹히느냐는 것이 인간세계의 참모습이라고 단단히 뱃속에 새겨넣고서 깔보이지 않도록 엄격하게 내 몸을 닦아두어야만 하는 거야."

그리고 이에야스는 두 손을 짚고 이글이글 타는 눈초리로 올려다보는 나가야스에게 다시 날카로운 목소리를 던졌다.

"나가야스!"

이에야스에게 불리자 나가야스도 이번에는 때리면 울리듯 힘주어 대답했다.

"예."

"그대는 이 이에야스와 대결할 수 있느냐?"

"예."

"난 그대 같은 인물을 일찍이 한 번 써본 적 있다."

"그분은 누구십니까?"

"백성들이 대나무톱으로 목을 잘랐지. 오가 야시로라는 자였어."

대뜸 쏘아붙이자 마사노부와 다다치카는 흠칫 어깨를 꿈틀거렸다. 쓰기로 결정한 사람에게 어째서 야시로의 이름 따위를 들려줄 필요가 있단 말인가……? 야시로는 오카자키 때부터의 이에야스 가신 중에서 단 한 사람, 이에야스에게 반기를 들었다가 극형에 처해진 간악한 인물이 아닌가……?

이런 생각을 하는 순간 이에야스는 다시 다다치카의 간담을 서늘케 하는 말을 했다.

"다다치카, 그자는 역시 오쿠보 가문, 즉 그대 아버지 다다요의 추천이었지."

"예……그렇게 듣고 있습니다만."

"그랬어, 그대는 모르는 일이야. 그자는 장래성 있어 보여 졸개에서 고을까지 맡겨주었지. 그랬더니 콧대가 높아져 나를 배반했어."

마사노부는 번쩍 나가야스를 쳐다보았다. 놀랍게도 나가야스는 번쩍번쩍 눈을 번뜩이며 몸을 내밀고 있었다.

"황송하오나, 그 오가 야시로의 일이라면 저도 듣고 있습니다."

"알고 있었나?"

"예, 야시로의 처자까지 모조리 넨지 들판에서 책형당했다고."

"그랬어. 모반은 구족(九族)까지 죄가 미치는 게 우리 가문의 법이야."

"황송하오나 대감님은 지금도 그 야시로를 미워하고 계십니까?"

다다치카가 부채 끝으로 다다미를 두드렸다.

"이것 봐!"

그러나 나가야스는 무언가 몹시 흥분하여 눈치채지 못한 기색이었다.

"저를 위해 꼭 가르쳐주시기 바랍니다. 지금도 그 오가 야시로를……."

이에야스는 말했다.

"미워하고 있지. 하지만 지금 그 미움을 이야기하려는 게 아니야. 그대와 야시로의 성격이 닮았다고 말하는 거야."

"예."

"그러므로 옛날의 이에야스라면 그대를 쓰지 않는다. 또다시 오쿠보 가문의 추천으로 그대를 썼다가 잘못 쓰면 그 누는 다다치카의 몸에까지 미치게 되니까."

"옳은 말씀인 줄 압니다."

"그러나 나는 옛날의 이에야스가 아니다. 야시로를 미워하지만 또한 가엾은 놈이었다고 불쌍히 여기는 마음도 있지. 그 무렵 내가 좀더 주인다운 주인이었다면 그에게 그 같은 엉큼한 짓을 꾸미지 못하게 했을 텐데……이에야스는 젊었어……이에야스가 젊었던 탓에 사나운 말을 명마로 바꾸지 못했지. 그것이 그놈의 불운이었다. 주인 쪽에서 본다면 가신을 잘 골라야 되지만, 섬기는 쪽에서 본다면 참으로 주인을 잘 고르지 못하면 야시로 같은 불쌍한 일이 생기게 될지도 모르는 거야."

이에야스는 거기서 비로소 말을 끊고 이번에는 나가야스에게 빙그레 웃어보였다.

"황송합니다."

나가야스는 또 생기 있는 표정으로 머리를 조아렸다.

마사노부가 '휴' 하고 온몸의 힘을 뺀 것은 이때였다.

'참으로 묘한 사나이로군……'

그러나 그 사나이에게, 톱으로 목이 잘려 죽은 야시로의 이야기를 들려준 이에야스의 마음은 이해되었다. 물론 이건 열성적인 니치렌 신자로서 남을 잘 믿는 다다치카에게 넌지시 알려주는 교훈인 것 같았으나, 그 참뜻은 아무래도 마지막 한 마디에 있는 모양이었다.

나가야스 같은 재주 있는 인물은 주인을 잘 골라서 섬기지 않는 한, 중간에 정나미가 떨어져 반역 따위를 꾸미고 싶어진다……고 지적해 줌으로써 반대로 나가야스에게 임관의 각오를 촉구하려는 것 같았다.

나가야스 또한 그것을 아무 두려움도 보이지 않고 받아들여 더욱 생기를 띠는 듯 보이는 게 이상했다.

'어지간한 자라면 이에야스가 흘끔 한 번 쳐다보기만 해도 온몸이 굳어지는데……'

이에야스는 한가롭게 웃었다.

"하하하……웬걸, 그대가 그렇듯 쉽사리 황송해 할라고."

"아니, 정말 황송합니다. 저는 오가 야시로가 되고 싶지 않습니다……솔직히 말해 그래서 여지껏 주군을 섬기지 않고 있었습니다."

"야시로는 도중에 오만한 마음을 일으켰는데, 그대는 처음부터 야심가였나?"

"예……대감님은 모든 걸 꿰뚫어보시니 숨김없이 말씀드립니다. 실은 나가야스, 이 세상 일에 싫증 나 몇 번인가 죽으려 했습니다."

"허……그러나 죽는 일 따위는 어렵지 않을 텐데, 사는 것에 비하면."

"그런데 죽는 것도 좀처럼 뜻대로 되지 않았습니다. 예……실은 이 나가야스에게 죽음의 신이 들씌워질 때면 으레껏 여자가 함께 따릅니다."

"뭐, 여자라고……?"

"예, 죽음의 신과 여자가 으레 함께 따라붙습니다. 그래서 죽으려 하면 여자가 말리지요. 참으로 난처하다, 이 여자를 버리지 않으면 목적을 이룰 수 없겠구나……생각하여 참혹한 짓을 해서라도 여자를 버립니다."

"음."

이번에는 어지간한 이에야스도 어처구니없는 모양이었다. 아직 초대면인 이에야스 앞에 나와 여자와 놀아난 이야기를 할 만큼 멍청한 인물과 만난 일 없었기 때문이다…… 더구나 나가야스는 매우 진지한 태도로 니치렌 선사의 이야기를 할 때와 다름없는 표정이므로 어리둥절했다.

"참혹한 짓이라니 어떤 짓을 하여 버리는가?"

"그것만은 묻지 말아주십시오. 아무튼 있는 지혜를 다 짜내어 버립니다. 그런데 버리고 나면 죽음의 신이라는 놈도 홀쩍 떨어져 어디론가 가버립니다…… 그리고 또 죽고 싶어지면 어떤 여자가 반해 옵니다…… 대감님 앞이긴 하나 죽음의 신과 여자는 끊으려야 끊을 수 없는 친척 간인 듯싶습니다. 예……."

마사노부는 다다치카에게 눈짓했다. 이대로 두면 나가야스가 어디까지 빗나갈지 모른다고 생각했기 때문이었다.

마사노부의 눈짓을 받고 다다치카는 말했다.

"그럼, 이만 물러가기로 하자, 나가야스. 대감님도 피로하신 모양이니."

그 다다치카를 이에야스는 웃는 얼굴로 바라보았다.

"재미있는 놈이군, 나가야스는."

"황송합니다."

"아니, 뭐 그대가 황송해 할 것은 없어. 황송한 것은 이에야스지. 그렇잖은가, 나가야스?"

"예."

"그런데 뭐라고 했더라, 그대가 여자에게 미쳤을 때는 죽고 싶어졌을 때……라고 보아서 틀림없다는 건가?"

"예……그러나 그건 옛날……옛날이야기입니다."

"그렇게 말하지만 세 살 적 버릇이 여든까지 간다고 한다. 그대가 열심히 일에 몰두하고 있을 때는 나도 그대에게 죽으라고 하지 않을 거야."

그리고 이에야스는 마사노부를 돌아보았다.

"마사노부, 잘 기억해 두어라. 나가야스의 고백은 진지했어."

"예."

"나가야스가 만일 여자에게 미치기 시작하면 그때는 일 같은 건 내팽개치고 죽고 싶어졌을 때야."

"그렇겠군요."

"그러니 용서하지 마라. 성큼 베어버려 소원을 풀게 해주어라. 그렇지, 다다치카?"

다다치카는 아직 이에야스의 말뜻을 헤아리지 못했다.

"예……예?"

"나가야스가 여자에게 미치기 시작하면 자비를 베풀어 죽여주란 말이야."

이번에는 다다치카도 알 것 같았다. 이건 나가야스가 호색가라고 알아차린 이에야스가 엄하게 쐐기를 박는 것이라고…….

그러나 그 순간 나가야스 쪽이 먼저 넙죽 엎드리며 말했다.

"훈계하신 말씀, 명심하고 충성을 바칠 각오입니다."

이에야스는 다시 웃었다.

"그게 좋아. 그대와 다다치카는 역할이 다르지. 그대는 참으로 재치 빠른 자이지만 주연은 안 돼. 다다치카의 좋은 조연이 되도록…… 알겠느냐, 주연을 능가해서 무대의 조화를 깨면 못 써."

"예."

나가야스의 이마에 비로소 촉촉이 땀이 내배었다. 어지간한 그도 이에야스는 만만히 보지 못했으리라.

"나가야스는 이 세상에 무서운 분이 계신 것을 비로소……뼈에 새겼습니다."

"하하……이제 됐다. 내가 그대에게 등뼈를 하나 넣어주마. 그러므로 그대는 진지하게 시대의 흐름을 등뼈에 넣어 새겨야만 해. 싸움터에서의 칼싸움 이외에 어떠한 충성이 평화로운 세상에 필요한가를…… 그러나 잊어선 안 돼. 아직 그 평화시대가 온 것은 아니야. 우리 모두 힘을 합해 그 평화시대를 만들기 시작한 때라는 것을."

"예."

"좋아, 물러가라. 그럼, 오늘부터 그대는 오쿠보 나가야스로군."

"예, 비로소 성이 생겼습니다."

다다치카는 그 나가야스와 나란히 공손하게 절하고 나가야스를 재촉해 물러갔다.

이에야스와 마사노부는 얼굴을 마주보며 또 웃었다. 확실히 오쿠보 나가야스는 지금 세상에 보기 드문 색다른 인물임에 틀림없었다.

벚꽃의 난행(亂行)

 이마이 소쿤(今井宗薫)은 따뜻한 봄날의 햇살을 부채로 가리며 삼본기의 고다이인 저택으로 급히 가고 있었다.

 세상은 한결 조용해졌으며, 오사카성에 있는 이에야스는 머지않아 후시미성 수리를 끝내어 옮겨간다고 한다. 그래서 소쿤도 한 발 앞서 후시미에 자택을 마련하고 사카이에는 거의 돌아가지 않았다.

 세상에서는 소에키와 다이코의 관계 이상으로 소쿤과 이에야스의 관계가 깊다는 등, 이를테면 소쿤이 이에야스의 숨은 첩자라고 소문나 있다. 소쿤은 그 때문에 자기가 필요 이상으로 우쭐대거나 권력을 휘두르는 일이 없도록 엄격히 자제했다.

 그는 이에야스를 진심으로 믿을 수 있었다. 아무리 큰소리치고 억지를 써도 지금의 이에야스에게 반항할 수 있는 자는 일본 안에 한 사람도 없다. 그런데도 이에야스는 거의 누구에게나 노여움을 보이지 않았고 거만함도 느끼게 하지 않았다. 당연히 오사카성에서 그대로 천하를 호령하리라 여겼었는데, 히데타다를 에도로 돌려보내고 자신은 후시미에 물러나 정사를 돌본다고 한다……

 이 일이 결정될 때 소쿤은 새삼 머리가 수그러지는 일을 겪었다.

 누구와 누가 꺼낸 말인지 그건 자세히 알 수 없었으나 아무튼 도요토미 가문에 은혜 입은 영주들이 표면에 아사노 나가마사를 내세워 이에야스에게 이렇게 제안했다.

"히데요리 님은 아직 어리시니 이번에 다른 곳으로 옮기시게 하고 내대신님이 직접 오사카성에 계시면서 정사를 보시는 게 어떠실지……?"

그러나 이에야스는 간단히 이것을 물리쳤다.

"그럴 필요 없소. 어차피 손녀를 출가시킬 것이니……이에야스는 후시미에 있으면서 뒤를 보아주리다."

이 말을 전해들은 도요토미 가문의 옛 신하들은 모두 눈물을 흘리며 고마워했다. 소쿤도 물론 그 가운데 한 사람이었으나, 개중에는 오히려 이에야스의 엉큼한, 옛 신하들에 대한 아첨으로 보는 경향도 없지 않았다.

'우스꽝스러운 일을 생각하는 사람들이야……'

비록 그것이 도요토미 가문의 옛 신하들에 대한 이에야스의 사양이라 하더라도 그 나름대로 충분히 우러러볼 만한 겸양이라 할 수 있지 않는가.

그러한 소쿤에게 이날 삼본기의 고다이인에게서 급히 만날 일이 있다는 전갈이 왔다.

'무슨 일일까……?'

요즈음 한동안 문안드리지 못했으므로 소쿤은 서둘러 산조 큰 다리까지 가마로 달리게 하여 지금 막 내린 참이었다.

"소쿤 님 아니십니까?"

뒤에서 부르므로 돌아보니 역시 이마에 땀방울이 맺힌 채 종종걸음으로 쫓아온 것은 혼아미 고에쓰였다.

"오, 고에쓰 님이오? 어디 가십니까?"

"고다이인 님의 부름을 받았지요."

"허, 고에쓰 님도. 사실은 나도 부름 받았소."

두 사람은 서로 고개를 갸웃거렸다. 소쿤이 작은 소리로 말했다.

"혹시 우키타 님 이야기가 아닐지……?"

우키타 히데이에가 교묘히 사쓰마로 도망가 살아 있다는 것이 요즘 교토의 소문이었기 때문이다.

고에쓰는 대답하지 않았다. 그의 눈에는 이미 고다이인이 그러한 일에 참견할 만큼 조심성 없는 사람으로 보이지 않았다. 만일 여기서 고다이인이 이에야스에게 히데이에의 목숨을 빌게 된다면 그만큼 도요토미 가문 쪽에 빚만 늘어갈 뿐……다이코 앞이므로 태연히 정치에 참견했던 것이지, 남편과 남도 구별 못할 고다이인은 아니라고 생각했다.

고에쓰가 대꾸하지 않으므로 소쿤도 그대로 나란히 삼본기 저택문을 들어섰다.

한 사람씩 따로 만날 생각일까? 아니면 두 사람 함께 불러 무언가 묻고 싶은 게 있는 것일까……?

안내하러 나온 게이준니가 말했다.

"어서 함께 들어오십시오."

이 말을 듣고 두 사람은 다시 얼굴을 마주보며 뒤따랐다.

벌써 이곳 뜨락의 벚꽃도 한물가고 모란을 연상시키는 큰 꽃송이의 겹벚꽃이 무거워 보이는 꽃을 달고 있었다.

"여러 날 뵙지 못했습니다. 별고 없으셔서 다행입니다."

예의 바르게 인사하는 소쿤 뒤에서 고에쓰는 눈을 번뜩이며 상대의 얼굴빛을 살폈다. 고에쓰는 아무래도 소쿤보다 짓궂은 관찰자인 것 같다. 고다이인은 좀 여위어 보라색 두건이 이전보다 더 산뜻하게 어울려 보였다.

"그대들도 무고하니 다행이오."

고다이인은 게이준니에게 차를 분부하고 곧 이야기를 꺼냈다.

"실은 그대들을 통해 내대신의 의향을 넌지시 여쭈어볼 일이 있어요."

"예, 어떤 일인지 모르지만 고다이인 님 일이라면 아마 내대신님도……."

소쿤이 말을 꺼내자 고에쓰가 웃으며 가로막았다.

"그런다고 고다이인 님 마음이 편해지시지는 않으시겠지만, 아무튼 말씀해 보십시오."

고다이인은 두 사람의 얼굴을 번갈아 보았다.

"내대신님은 오사카성을 나와 후시미로 오실 작정인가요?"

"예, 벌써 옮기실 날이 머지않은 줄 압니다만."

"그러면 도련님 측근에 누가 남게 되지요? 보호역은 고이데와 가타기리 두 사람뿐…… 나머지는 7인조로, 양육한다 해도 경호나 하는 것이 고작. 누군가 새롭고 믿을 만한 사부를 둔다는 소문은 못 들었나요?"

"글쎄요, 그런 말은 도무지……."

고에쓰의 말을 받아 소쿤은 이야기를 돌렸다.

"생모님이 남에게는 맡길 수 없다, 내 손으로 엄하게 키우시겠다고 말씀하신 것 같습니다."

"그러면 그 뒤로도 오쿠라 부인의 아들 하루나가가 등성하고 있나요?"

이번에는 고에쓰가 대답했다.

"예. 내대신이 일부러 보내주셨다면서 아주 가깝게 지내신답니다."

고에쓰는 일부러 노골적으로 말하고 다시 고다이인의 표정을 살폈다.

고다이인은 미간을 찌푸리며 눈길을 돌렸다. 내대신이 보내주셨다고 아주 가깝게……? 젊은 나이라 무리는 아닐지라도, 어머니와 측근신하가 정사에 몰두하는 곁에서 키워지는 히데요리가 견딜 수 없이 가엾어 고다이인은 자기까지 몸이 움츠러드는 것 같았다.

고다이인은 다시 넌지시 화제를 바꾸었다.

"내대신도 여러 가지로 마음 쓰실 일이 많은 때지만, 실은 이 집에 싫증 났어요."

"예……?"

고에쓰는 곧 되물으며 소쿤을 흘끗 보았다. 이 집에 싫증 나 다시 오사카성에 돌아가 히데요리 곁에서 살고 싶다는 말을 하리라 생각하고 놀란 것이다.

"내가 이곳에 살고 있으면 온갖 사람들이 찾아오지요."

"그러시겠지요……."

고다이인의 마음을 미처 헤아리지 못한 표정으로 소쿤은 말꼬리를 흐렸다.

"아무튼 여러 영주 가운데 고다이인 님을 어머님처럼 받드는 분들이 많으니까요."

"그 일인데, 찾아오는 걸 거절할 수도 없고 그렇다고 일일이 상담을 받을 수도 없는 노릇……나도 지쳤어요."

"예, 그건 잘……."

"이제 다이코의 과부 따위 살며시 이 세상 밖으로 사라져도 좋을 때……."

"황송하신 말씀이십니다."

"아니, 그렇지 않아요. 내대신은 다이코가 남긴 뜻을 훌륭히 계승하셨으며, 에도의 중장도 인품이 훌륭한 분. 히데요리 님과 센히메 님의 정혼이 이루어졌다니, 이쯤에서……."

고다이인은 말하며 하얀 손을 들어 두 사람에게 합장해 보였다.

"어떨까요, 이 여승을 위해 조그만 절을 하나 지어줄 수 없는지 은밀히 물어봐 주시지 않겠어요?"

"저, 고다이인 님이 지내실……."

"그래요, 나는 이제 그 절 깊숙한 곳에서……다이코의 위패와 살고 싶어요. 세상 바람이 불지 않는 곳에서."

고에쓰는 문득 눈시울을 누르며 옆을 보았다. 이 관찰자의 신경은 소쿤보다 재빨리 고다이인의 마음을 알아차린 것 같았다.

소쿤은 의외라는 듯 고개를 갸웃했다.

"참으로 뜻밖의 말씀이십니다. 물론 소원하시는 대로 내대신님은 절 하나둘쯤 기꺼이 지어드리겠지만, 지금은 아직……."

"그럴 시기가 아니란 말씀인가요?"

"예……그것은, 고다이인 님의 지시를 받아야 할 일이 도요토미 가문 안에 아직 잔뜩 있지 않을까 해서……."

소쿤은 말하면서 무언가 생각난 듯했다.

"참, 이곳에 고다이인 님께 보여드리려고 가져온 것이 있습니다. 이것은 바로 얼마 전 무쓰의 다테 님이 저에게 주신 편지입니다."

"호, 다테 님이? 뭐라고 쓰셨는지……읽어주세요."

"알았습니다."

소쿤은 품 안에서 꺼낸 보자기를 끌러 달필로 쓴 다테 마사무네의 편지를 경건하게 펼쳐들었다. 고에쓰도 넌지시 그 편지내용이 알고 싶은 표정이었다.

"이건 어디까지나 다테 님이 저에게 기탄없이 보낸 편지이니, 실례된 점이 있더라도 용서해 주십시오."

소쿤은 다시 한번 정중히 다짐 주고 읽기 시작했다.

한 마디로 우리의 소원은 히데요리 님이 어리실 때는 에도든 후시미든 내대신님 곁에 단단히 두고, 얌전히 성장하신 뒤 그때 어떻든 내대신님 뜻대로 하시도록 맡기는 것입니다. 아무리 다이코님 자제일지라도 일본을 다스리지 못할 인물이라고 내대신이 판단한다면, 영지를 두서너 개 주시어 물러앉도록 하는 것이 좋겠지요. 지금 오사카에 그대로 홀로 내버려둔다면, 어느 때인가 세상의 장난치는 무리들 때문에 아무것도 모르는 히데요리 님이 할복할 경우가 생길지도 모르는 일, 그렇게 되면 다이코님 혼백도 통곡하실 겁니다. 우리들이 직접 말해야 할 터이나, 이 의견만은 말씀드리기 난처합니다. 첫째로 히데요리 님을 위해서도 그러하오니, 혼다 마사노부나 그 밖의 여러분에게 농담 비슷하게라도 꼭 말씀드려 주시기 바랍니다……

듣고 있는 동안 고다이인의 표정이 흰 초처럼 창백해졌다. 소쿤이 이 같은 편지를 왜 읽어주는지 뚜렷이 알기 때문이었다. 소쿤 자신도 히데요리를 이에야스한테 맡겨 키우는 게 도요토미 가문의 장래를 위하는 일이라 믿고, 그 지시를 고다이인이 하지 않으면 누가 하겠느냐는 게 틀림없다.

소쿤이 편지를 읽고 나자 고다이인은 잠시 이마에 염주를 댄 채 잠자코 있었다.

"이 편지는 과연 앞을 내다보는 다테 님 의견이라고 감탄됩니다만, 어떻게 생각하십니까?"

"정말 그렇군요."

고다이인은 눈을 감은 채 한숨지었다.

"나도 실은 그것이 두려워 빨리 절로 들어가고 싶은 거요."

고에쓰가 끼어들었다.

"그건 잘못 생각하신 겁니다."

소쿤은 깜짝 놀랐다.

"여보시오, 고에쓰 님……"

당황하며 가로막았으나 일단 입을 열면 신들린 듯 열을 올리는 게 고에쓰의 버릇이었다.

"……"

"잘못 생각하신 겁니다! 만일 고다이인 님이 그렇게 제안하셔도 생모님이 그렇게 못하겠으며 어떻게든 슬하에 두겠다고 한다면, 그때 절에 들어가셔도 늦지 않습니다."

"……"

"그렇게 하시지 않고 지금처럼 도련님을 여자들 틈바구니에 내버려두는 건 다이코 전하에 대한 배신입니다."

"고에쓰 님!"

"아니, 일부러 부름 받고 와서 마음먹은 대로 말씀드리지 않으면 오히려 잘못……고다이인 님! 오사카성 내전에서 여자들에게 떠받들어지며 자라신다면, 어떠한 용마(龍馬)라도 몹쓸 말이 된다고 생각지 않으십니까? 계승자를 훌륭히 단련시키는 것이 고다이 님께서 마지막으로 하실 수 있는 봉사입니다."

단호하게 들이대었으나 고다이인은 아직 꼼짝도 하지 않는다…….

고에쓰는 다시 말을 이었다.

"오늘의 부르심은 어디까지나 우리들 생각을 꾸밈없이 말하라……는 뜻인 줄 알고 꾸지람을 각오하고 말씀드립니다."

일단 말을 꺼내면 마음먹은 것을 모두 뱉어내지 않고는 입을 다물지 않는 고에쓰의 버릇을 알므로 소쿤도 다시는 말리지 않았다.

"도련님 측근 중에서는 아무도 지금 다테 님 편지에 있는 대로 말하지 않을 겁니다. 아니, 못하겠지요. 누가 생각해 보아도 이건 옳은 의견……저는 내대신님도 이것저것 생각하신 뒤에 아사노 님의 제안을 거절하셨다고 생각합니다만, 어떠신지요?"

"아사노 님의 제안이라니요?"

"모르고 계셨습니까? 아사노 나가마사 님은 도련님을 오사카성에서 다른 곳으로 옮겼으면 좋겠다고 내대신님에게 말씀하셨답니다. 그랬더니 내대신님은 머잖아 센히메 님이 출가해 올 것이니 그럴 필요 없다며 자청해 후시미로 옮기겠다고 하셨지요…… 저는 이렇게 말씀하신 데 커다란 암시가 있는 것 같습니다. 내대신이 그렇게 말씀하신 것은 '그러면 내대신 슬하에서 도련님을 키워주십시오'라고 말할 만한 분별 있는 자가 도련님 측근에 있는지 없는지……좀 나쁜 것 같습니다만, 그런 탐색의 의미도 있었던 게 아닌가 하고……."

"……"

"그런데 아무도 그 말을 꺼내는 자가 없었지요…… 그렇게 되면 여자들 틈바구니에서 자랄 도련님의 장래는 뻔합니다. 수업을 첫째로 해야 할 인물이 아무 단련도 하지 않고 어리광만 부리며 자란다면, 천하를 넘겨줄 인물로 자랄 리 없습니다. 당연히 천하를 맡은 내대신님으로서는 다른 계승자를 찾아야만 할 거라고 생각합니다만, 어떠신지요?"

거기까지 말하고 고에쓰가 놀란 듯 말을 멈춘 것은, 고다이인의 눈에서 어느덧 눈물이 뚝뚝 떨어지기 시작한 걸 깨달았기 때문이었다.

"이것 참, 말이 너무 지나쳤습니다. 용서해 주십시오."

고다이인은 쓸쓸한 듯 웃음 지으며 고개 저었다.

"아니에요……그것을 묻고 싶었어요."

"황송합니다. 그 심정도 그만 헤아리지 못하고."

"고에쓰 님도 소쿤 님도 들어주세요."

"예, 삼가 듣겠습니다."

"실은 아사노 님에게 그렇게 말하도록 시킨 것은 다름 아닌 이 몸이에요."

고다이인은 살며시 눈시울을 손끝으로 누르며 고개를 끄덕였다.

"짓궂은 과부지요, 나는……그렇게 말하면 내대신은 옳거니 하고 응할지도 모른다고 생각했어요. 또 그래도 좋습니다. 그렇게 하면 그릇에 알맞은 영주로서 도요토미 가문의 상속자는 남으리라고 생각했지요……."

"과연, 그런 줄도 모르고……."

"그런데 내대신은 이 과부보다 훨씬 고지식했어요."

말하며 또 뚝뚝 무릎에 눈물을 떨구기 시작했다…….

"'그럴 필요는 없소. 오사카성에 그대로 있는 게 좋지……'라는 말을 들었을 때 나도 아사노 님도 구멍이 있으면 들어가고 싶은 심정이었어요."

고다이인의 술회는 차츰 소쿤과 고에쓰의 눈을 젖어들게 했다. 고다이인은 히데요리의 그릇을 그리 크게 보고 있지 않다. 그래서 빨리 오사카성에서 안전한 곳으로 내보내 안심하고 싶었을 게 틀림없다. 오사카성에 있는 한 히데요리의 신변은 야심가들의 목표가 되기 쉽다…….

"그러나 생각해 보니 내 궁리가 너무 성급했어요…… 내대신의 대답은 의미 깊은 것. 아직 히데요리 님이 어느 정도의 그릇으로 성장할지, 아직 아무도 그 양육에 힘쓰고 있지 않다……는 힐책의 뜻이 내대신의 말 속에 있었던 거예요."

고다이인과 소쿤은 살며시 얼굴을 마주보고 서로 고개를 끄덕였다.

듣고 보니 과연 그런 것 같다. 아직 히데요리의 가치를 결정하기에는 이르다기보다 부정확하다. 같은 매라도 뛰어난 매와 그렇지 않은 매가 있다. 문제는 매를 길들이는 사람의 노력과 잘 어울려 비로소 결정되어가는 것이다.

"과연 내대신은 보통 사람이 아니었지요…… 그러므로 나는 아사노 님에게 고조스를 딸려 살며시 오사카로 보냈습니다."

고에쓰가 또 앞질렀다.

"저 생모님에게……?"

"히데요리 님은 아직 어리니 요도 마님에게 달렸다고 생각해서."

"그런데…… 생모님은 뭐라고 하셨습니까?"

"쉬."

소쿤이 꾸짖었다. 이쪽에서 물을 게 아니라고 자제시키기 위해서였다.

"좋습니다, 당신들에게는 털어놓지요…… 히데요리 님을 내대신에게 맡기겠는가, 아니면 내대신 눈에 드는 보호역을 골라 달라면 어떠냐……그것을 의논해 오라고 했지요."

"그래…… 생모님은 뭐라고……?"

"만나주지 않았어요……."

"예? 고다이인 님 사자를?"

고다이인은 대답하는 대신 옆을 보며 입술을 꽉 깨물었다. 그때의 고조스가 한 보고만은 그대로 두 사람에게 말할 수 없었다. 요도 마님은 오노 하루나가의 무릎에 기댄 채 술이 취해 있었다고…….

물론 고조스가 직접 본 것은 아니었다. 그러나 본성에는 아직 옛 시녀들이 남아 있다.

"오늘은 뵙지 못하니 전갈말씀을 들어두라고 하셨습니다."

옛 시녀는 그렇게 말하고 나서 잠시 기다리겠다는 아사노 나가마사에게 넌지시 그 일을 털어놓았다고 한다…….

"흠, 만나주시지 않는다면 의논도 안 되겠군요."

한숨지으며 소쿤이 중얼거리자 아직도 시선을 외면한 채 고다이인은 눈물을 닦았다.

"그래서 나는 절로 들어갈 생각을 한 거예요. 나도 나쁜지 모르지요……이만한 일로 손 뗀다면…… 하지만 이 세상에는 어찌할 수 없는 무엇인가 있습니다. 그것이 크게 보이기 시작한 것은 역시 지친 탓이겠지요……."

고에쓰는 다시금 사양 없이 혀를 찼다.

'마음 약한 말씀을!'

이렇게 말하고 싶었으나 차마 그러지 못했다. 확실히 인생에는 어찌할 수 없는 무엇인가가 있다. 그건 고에쓰도 잘 알지만, 그렇다 해서 은둔한다면 인간세계에 무슨 진보를 기대할 수 있겠는가.

어떠한 곤란에도 어떠한 악연에도 그 원인은 반드시 있다. 그 뿌리를 끊는 각오가 용기이며, 그 용기를 갖는 자만이 다음에 착한 일을 쌓아올려 어려움을 이길 수 있는 것이다……

"나는 직접 요도 마님을 찾아가 이야기할까 생각도 했지요."

고에쓰는 다그치며 말했다.

"그것이 좋습니다. 그것이 용기입니다. 아직 제대로 키워드리려 애쓰지 않고 있다는 말을 내대신에게서 듣고도 고다이인 님이 팔짱 끼고 계시다는 건 잘못인 것 같습니다."

"고에쓰 님 말은 언제나 옳아요."

"아닙니다. 생각한 그대로 말씀드리지 않으면 그야말로 무례가 되니까요."

"그러나 고에쓰 님, 만일 내가 요도 마님에게 강요하여 억지로 내대신한테 보냈다가 혹시 히데요리 님이 앓기라도 한다면 어떻게 하지요?"

"그러나 그것은……."

"아니에요, 아직 천연두도 끝나지 않은 히데요리 님……만일 앓다가 돌아가시기라도 한다면 어떻게 하지요?"

"흠, 살아계시는 한 전혀 있을 수 없는 일이라고는 말 못하지만……."

"그때 혹시 독살당했다는 소문이라도 나면 그 뒤에는 그야말로 어떻게도 할 수 없는 불신의 악귀가 생겨납니다."

고에쓰를 누르듯 소쿤이 입을 열었다.

"과연, 그렇게 되면 내대신님과 요도 마님 사이뿐 아니라 고다이인 님과 요도 마님 사이에도……."

"아니, 나한테 드나드는 사람들과 요도 마님의 측근들 사이에도 구원할 수 없는 의혹의 악귀가 도사리게 되지요…… 그걸 생각하면 섣불리 강요할 수도 없는 일이고……."

"말씀은 그렇습니다만, 요도 마님도 노부나가 님의 조카따님이십니다. 마음 터놓고 말씀하시면 반드시 이해하시지 않을까요?"

아직도 고에쓰는 자기 주장을 굽히려 하지 않았다. 그의 말에 의하면 인간끼리의 오해란 언제나 소심한 사양에서 생겨난다, 처음에 서로 충돌이 있더라도 겁내지 않고 이야기하는 곳에 비로소 이해의 빛이 비치게 된다는 것이었다. 물론 그러한 고에쓰의 '용기'를 알므로 고다이인도 일부러 그를 불렀지만…….

"고에쓰 님, 내 생각을 좀 들어보세요."

"예……예, 이거 또 지나쳤군요……."

"아니, 그렇지 않아요. 내가 그대에게 부탁하고 싶은 건 이 점이에요. 나는 이제 지쳤습니다. 히데요리 님 일에 참견도 못 합니다. 그러므로 절에 들어가고 싶다는 말을 그대로 요도 마님에게 전해 주세요."

고에쓰는 섬칫하여 자세를 바로했다.

'무언가 있구나…….'

그는 이에야스에게 절을 세워달라는 이야기뿐일까 하고 얼마쯤 실망해 가고 있었다. 그런데 역시 고다이인은 좀더 깊은 생각이 있는 모양이다.

"저더러 요도 마님을 찾아뵈라는 말씀입니까?"

"그대라면 히데요리 님의 칼을 핑계로 자연스럽게 만나뵐 수 있겠지요."

"그야……분부하신다면."

"그리고 오늘 여기서 이야기한 것을 그대로 요도 마님에게 말해 주면 되는 거지요."

"음……."

"내가 히데요리 님 일로 내대신과 이야기했다는 것. 내대신에게 꾸지람 들었다는 것. 그리고 아사노와 고조스를 보냈는데 만나주지 않았던 것……."

"그리하여 고다이인 님이 절을 짓고 완전히 세상을 버리시려고 한다는 것도……."

"그렇지요."

고다이인은 거기서 갑자기 목소리를 떨어뜨렸다.

"아셨지요? 절에 들어가겠다는 건 내 마지막 소원이 얼마쯤 숨겨져 있는 것이에요."

고에쓰는 저도 모르게 몸을 내밀었다.

"그렇게 하시지 않으면 안 된다는 것을 알았습니다."

"알겠나요, 고에쓰 님?"

고다이인은 고에쓰의 이마로 똑바로 시선을 보냈다.

"내가 절에 들어간다는 건, 이제 세상 사람들과 만나지 않고 오로지 다이코의 혼백만 공양하고 싶어서라고 전해 주세요."

"다이코 전하의 명복을 빌고 싶어서……"

"그렇지요. 요도 마님도 히데요리 님도 이 번거로운 세상에 살고 있으니 이것저 것 잡다한 일이 많아 명복을 비는 데까지는 손이 미치지 않을 테지요. 그래서 다이코가 땅속에서 쓸쓸해 하지 않도록, 나 혼자라도 완전히 세속과 손을 끊고 낮이나 밤이나 지켜드리겠다고요."

"저……그런 말씀을 드려도 괜찮습니까?"

고다이인은 진지한 표정으로 고개를 끄덕였다.

"그것이 나의 마지막 소원이라고, 그대로 말해 주세요."

"그러면 마치 요도 마님의 정성이 모자란다고 꾸짖는 것처럼……"

거기까지 말하고 고에쓰는 흠칫하며 말을 멈췄다.

'그런가, 거기에야말로 소원이 있다는 말이구나……'

요도 마님도 히데요리도 공양이 모자란다고 고다이인이 말했다고 전하면 그 자존심 강한 요도 마님은 대체 무슨 생각을 할까…… 자기도 질 수 없다고 다투어 공양드릴 게 틀림없다. 그렇게 되면 다른 일에 몰두하는 것보다 훨씬 나으며, 거기에서 어린 히데요리 또한 자기 가문의 소중함을 깨달아갈 게 틀림없었다.

'과연 이것이 마지막 소원이었구나……'

마지막 소원이라기보다 마지막 교훈이라고 해야 할 것이었다. 고에쓰는 또 서둘러 고개를 두 번 끄덕였다.

"알았습니다. 아니, 알 것 같습니다. 과연, 이것은 도련님에게 도요토미 가문 세자로서의 책임감을 가르쳐주는 가장 가까운 길임에 틀림없군요."

고에쓰와 소쿤이 삼본기의 저택을 나선 것은 오후 3시가 지나서였다.

고다이인의 부탁은 결국 소쿤에게는 고다이인이 남편 다이코와 돌아가신 어머니의 명복을 빌기 위해 고다이사(高台寺)라고 할 만한 것까지는 못되더라도 조그만 암자를 지어 여승으로서 깨끗이 여생을 보내고 싶어한다는 말을 이에야스에게 전해 주고, 고에쓰에게는 틈을 보아 요도 마님을 만나달라는 것이었다.

저택을 나서자 두 사람은 잠자코 어깨를 나란히 시조 강가까지 걸어갔다. 그리고 어느 쪽이 먼저 권한 것도 아닌데 강기슭 찻집 툇마루에 똑같이 앉았다. 비로소 두 사람은 얼굴을 마주보며 한숨지었다.

두 사람이 부탁받은 일은 간단했으나, 그 의미는 생각하면 할수록 깊었다.

고에쓰가 차를 한 모금 마시고 비로소 입을 열었다.

"오사카의 마님에 대한 소문은……정말입니까?"

소쿤도 알 듯 모를 듯한 말을 했다.

"그런 것 같군요. 이 싹트는 계절에는 살아 있는 모든 것이 싹을 틔우지요. 마님은 아직 젊으니까."

"그렇긴 하지만 신분과 책임을……."

"아니, 고에쓰 님은 예외요. 젊은 분치고는 좀 너무 딱딱하셔."

"그렇지만 내대신은 그렇다 하더라도 온 일본의 영주들이 어떻게 될까 하고 모두들 마른침을 삼키며 지켜보고 있는 때에……."

"내가 보기에는 요도 마님이 고집을 부리시고 있는 것 같소."

"무슨 고집을……?"

"젊은 과부란 망상과 질투심이 많지요. 어쩌면 내대신님이 손대리라 여기고 있는 게 아닐까요?"

"예? 무슨 말씀을……."

"거참, 금방 굳은 표정이 되는군. 고에쓰 님은 엄한 가풍과 결백함을 좋아하시지만……인간이란 모두 그렇지는 못한 거요. 특히 남녀관계란……."

"그러나 내대신이 그런……."

"그것이오. 말을 꺼내는 대신 한번 소문이 있었던 오노 하루나가를 다시 측근에 돌려보내 주었다……그렇게 되면 자존심 센 여자일수록 묘하게 외고집이 되기 쉬운 것이오."

고에쓰는 눈을 크게 부릅뜬 채 대답하지 않았다. 고다이인이 그 같은 말을 꺼낸 이면에 요도 마님의 난행이 있다고는 추측했으나, 거기에 내대신이 얽혀 있으리라고는 상상도 하지 못했다.

"믿고 싶지 않다면 그것으로 좋소. 그러나 마님은 어떻든 일본 으뜸가는 낭군이 아니면 만족하지 못하는 성미지요. 이전의 내대신은 일본 제일이기는 했으나 아직 다이코의 대리……그러나 지금의 내대신은 그렇지 않소. 진정한 일본 제일……그러니 같은 성에 있는 일본 제일의 미녀를 한 번도 유혹하지 말라는 법은 없지. 가만히 있는 건 남녀 간에 있어 하나의 무례가 되는 거요."

"뭐……뭐……뭐라고 하셨소?"

"하하……유혹해서 넘어가고 않고는 여자의 자유, 하지만 내버려둔다면 의리가 아닐 테지요. 아마 그 의리 없는 짓을 내대신은 하고 있는 것 같소."

너무 지나치게 성인군자인 고에쓰에게 소쿤은 아무래도 인정의 미묘함을 설교할 생각이었던 것 같다.

"농담말씀은 그만하십시오. 그보다 찾아뵙고 뭐라고 말할까 생각하니 나는 마음이 무겁소."

고에쓰는 아직도 소쿤이 농담하는 줄 알고 있다.

날라온 꼬치떡을 하나 베어물고 소쿤은 말을 이었다.

"이 떡만 해도 나왔으니 꼭 먹어야 한다는 법은 없소. 하지만 이걸 내놓지 않으면 손님대접이 엉망이라는 소리를 듣지."

"그만둡시다. 이야기가 지저분해."

"고에쓰 님, 내가 농담하고 있다고 생각하시오?"

"그럼, 농담이 아니란 말입니까?"

"이것이 어찌 농담이겠소? 이 정도의 미묘한 사정쯤은 알고 계시는 게 좋다고 생각하여 드린 충고요."

"허……."

"내대신은 이 꼬치떡을 내놓지 않았던 거요. 그래서 누군가 화내어, 전부터 허리에 차고 다니던 말린 밥을 꺼내 먹기 시작한 거요. 확실히 단정해서 말하는 건 아니지만 그렇게 될 경우도 있으니 알고 계시라는 거요."

"그러면 오노 하루나가 님은 말린 밥인가요?"

"전에서부터 허리에 꿰찼던 것 같았으니 말이지."

"놀라운데요. 그럼, 소쿤 님은 요도 마님이 보통 이상의 색골이라고 생각하시는군요."

"아니, 보통 이상도 이하도 아니오. 색을 싫다는 남자나 여자가 만일 있다면, 그야말로 병신이지. 내 말은 내대신이 만일 눈치 없이 무례를 범하신 게 원인이라면 그렇게 될 수도 있을 거라는 말이오."

고에쓰는 다시 고개를 저었다.

"모르겠소! 유혹하는 게 아닌, 가만히 있는 게 무례라니……."

"그리 딱딱하게 말씀하지 마시오. 이건 반어(反語)요. 아무리 새치름한 미녀라도, 당신을 사모한다고 하면 노하지 않소. 그 뒤는 다른 것이오. 다이코님처럼 남의 마누라에게 칭찬하며 수청을 명한다면 싫어하겠지요. 그러나 칭찬하는 것은 칭찬받고 싶어하는 여인의 허영을 염두에 둔 위로인 거요. 그러므로 그렇게 하지 않는 것은 무례라고……."

고에쓰는 진지한 표정으로 생각에 잠겼다.

만일 소쿤의 말이 사실이라면 자신은 더욱 마음 무거운 사자가 된다. 어쨌든 고다이인은 그러한 요도 마님의 난잡한 행동을 만류하려는 것이다. 물론 고다이인 자신의 마음을 신불에게로 돌리려 하는 점도 있지만, 그렇게 함으로써 히데요리에게 가장 중요한 책임감을 심어주려는 게 틀림없다. 그런데도 정작 요도 마님은 이에야스의 유혹이 없는 데 화내고 있다니 어떻게 대해야 좋을지 갈피를 잡을 수 없었다.

'소쿤 님 일이 더 수월하겠군.'

고에쓰는 차만 마시고 일어났다. 무슨 일이든 한번 가슴속에 얼크러진 생각의 실은 깨끗이 풀지 않으면 마음 놓이지 않는 고에쓰였다.

"생각하지요. 내 집에 돌아가서 곰곰이……여자들에게 여자의 마음을 물어봐야겠군……."

겨우 한 마디 농담 비슷한 말을 던지고 소쿤과 헤어졌다.

고에쓰가 부탁받은 히데요리의 큰 칼 손질을 마쳐 상자에 담아 오사카성으로 향한 것은 그로부터 사흘째 되는 날 아침이었다. 요도강을 내려가는 배 안에서도 고에쓰는 물끄러미 강물의 흐름을 응시하며 생각에 잠겼다.

자기 집에서도 고지식한 고에쓰는 정말 자기 아내와 가사 견습으로 와 있는 오가타 소하쿠(尾形宗柏)의 딸에게, 미심쩍은 자기의 의문을 물어보지 않을 수 없었다.

"나는 이 교토에 당신만큼 인물도 마음씨도 좋은 여자는 없다고 생각하고 있소."

아내에게 살며시 말해 보았더니, 아내는 처음에는 깜짝 놀랐다.

"어머, 놀리지 마세요."

그러고는 별안간 얼굴이 새빨개지며 안절부절못하기 시작했다.

'어쩐지 기쁜 모양이다……'

인생이란 이 얼마나 어리석은 놀이터인 것인가. 일상행동으로 알아차리지 못하고 달콤한 말에 맥없이 넘어간다면, 고에쓰 같은 사나이의 가치는 반도 이해되지 않는 게 된다.

'아니, 여자라고 해서 모두 그럴 리 없어. 우선 오소데 같은, 남자 이상으로 꿋꿋한 여자도 있었지 않은가……'

이렇게 생각하면서 이번에는 소하쿠의 딸 오키쿠(阿菊)에게 또 똑같이 시도해 보았다. 탐색하려는 고에쓰의 버릇도 여간 아니었다.

"오키쿠, 나는 너처럼 예쁘고 마음씨 좋은 여자는 이 넓은 세상에 다시 없다고 생각해."

"어머나……."

오키쿠는 물끄러미 고에쓰를 쳐다보았다. 그리고 그녀 또한 아내보다 더 어쩔 줄 모르며 고개를 푹 숙이더니 느닷없이 고에쓰의 가슴에 얼굴을 묻어왔다.

"아저씨, 아주머니 앞에서는 그런 말씀 하시지 마세요……."

고에쓰는 그만 주먹을 쥐고 쳐들 뻔했다.

'이 못된 것이……'

하마터면 호되게 볼따구니를 쥐어박으려다가 황급히 자신을 억눌렀다. 유혹하려 한 것은 자기가 아닌가…… 그러나 그 반성과 낙담은 전혀 다른 것이었다.

'여자란 그렇듯 새침하니 얌전한 얼굴로 사랑의 유혹만 기다리고 있는 걸까? 아니, 그것이 또한 자연의 이치이다……'

그렇게 돌려 생각했으나, 오키쿠에게 웃는 얼굴 따위 보이고 싶지 않았다. 심한 혐오감이 들었다.

배 위에서도 이 일을 생각하자 고에쓰는 요도 마님과 만나는 게 따분해졌다.

이야기가 빗나가면 저도 모르게 욕설을 퍼부을 자기 성미가 염려된다.

'결과가 좋지 않아 마지막 출입이 될지도 모르겠는걸……'

되도록 그 일은 전혀 건드리지 말고 다만 고다이인이 절에 들어가신다는 말만 하고 돌아올까……? 그러면 그의 캐내는 버릇이 가만있지 않을 것이다. 대체 요도 마님은 무슨 생각으로 도련님을 이에야스에게 맡기지 않을까……? 그것을 알아내려면 좀더 속속들이 요도 마님의 마음을 기웃거려보고 싶어진다.

'소쿤이 나쁜 암시를 했군……'

배가 본성 수문 어귀에 닿은 것은 오후였다. 본성의 내전 접수구는, 수문으로 들어가 객실로 가서 용건을 알리면 거기서 잠시 기다리게 된다.

다이코 생전에는 여기서 결코 제삼자를 안으로 들여보내주지 않았다. 고에쓰는 그것을 당연한 일로 조금도 이상하게 여기지 않았는데, 오늘은 그가 생각했던 것과 다른 의미가 있었던 듯 느껴진다. 다이코는 자기 나이며 생김새를 잘 알므로, 젊은 측실들에게 젊은 사나이를 구경시키는 게 무서웠는지도 모른다……아니, 어떤 의미로는 여자들이 얼마나 속절없는 바람둥이인지 다이코는 잘 알고 있었던 까닭인지도 모른다.

'부디 오늘은 요도 마님이 술 따위 마시지 않고 계셨으면……'

도련님의 칼에 대한 일로 요도 마님을 뵙겠다는 건 도무지 이치에 닿지 않는다. 창고담당자도 있고 측근의 집사도 있다. 아니, 그보다도 중요한 용건이라면 후견인을 만나야 했다. 그런데 직접 말한다는 건 어디까지나 은총을 업은 버릇없는 문안법이었다. 그러나 '도련님이 차실 칼……'이라면 반드시 요도 마님이 참견했고, 고에쓰는 어떤 의미로 측근이니 가능한 일이었다.

30분 가까이 기다렸을 때 거실 담당무사가 말했다.

"들어오십시오."

고에쓰는 다시금 온몸이 땀에 젖었다. 단지 도련님의 생모님이 아니라 오키쿠처럼 유혹을 기다리는 살아 있는 여자……라고 생각하자 자기도 사냥감이 될 것만 같아 몹시 당황스러웠다.

'난 아직 숙맥이고 여자에 대해 모르는 게 많을지도 모른다.'

요도 마님 거실에 이르니 술은 마시고 있지 않았으나, 방 안 가득 떠도는 사향 향기 속에 숨 막힐 듯한 여인의 체취가 섞여 있는 듯해 견딜 수 없었다.

"고에쓰 님, 잘 오셨어요. 가까이……."

고에쓰는 받쳐든 큰 칼 사이로 흘끔 바라본 요도 마님이 오키쿠나 자기 아내보다 몇 갑절 요염한 호색덩어리처럼 보였다. 무르익어서 금방이라도 떨어질 듯한 탐스러운 과일을 연상시킨다.

"하명하신 칼집이 완성되었으므로 가져왔습니다. 마님 앞에서 검사를 마친 뒤에 납품하고 싶습니다."

"수고했어요. 나에게 먼저 보여주세요."

이 말을 듣고 일어나 다가온 게 문제의 오노 하루나가임을 깨달은 것은, 칼을 얹어놓은 쟁반 위에서 두 사람의 시선이 딱 마주쳤을 때였다.

'말린 밥을 역시 허리춤에 차고 있었군.'

말린 밥이 말했다.

"오, 훌륭하신 솜씨. 잘하셨소."

하루나가는 그 칼집을 요도 마님 앞에 놓으면서 은근한 말투로 덧붙였다.

"이것에 돌아가신 전하의 1자8치 애검 마사무네를 넣기로 되어 있지요. 곧 가져오겠으니 기다려주십시오."

그 말 속에는 아주 친근한 느낌이 깃들어 있었다.

'역시 소문만이 아니구나……'

고에쓰는 자기의 온 정성을 기울인 칼집도, 이제부터 넣어질 마사무네도 가엾은 생각이 들었다.

요도 마님은 하루나가가 건넨 칼집을 자기와 나란히 앉은 히데요리 쪽으로 조금 밀어놓듯 하며 집어들었다. 히데요리도 신기한 듯 어머니의 손을 올려다보고 있다.

요도 마님이 물었다.

"칼 장식은?"

"예, 고토 스케노리(後藤裕乘)가 만들었습니다."

"이 손잡이 장식의 무늬는 뭐지요?"

"아카시(明石)의 물결무늬를 옛 노래에서 땄습니다. 두 마리의 새는 물새인데 백금으로 만들었습니다."

"지금은 은처럼 보이는데요."

"은은 시간이 지나면 검어집니다. 황금과 빛을 다투게 하려면 이 백금이어야만."

"그래요. 좋아요. 그럼, 곧!"

그때는 벌써 창고담당자가 쏟아질 듯 만발한 겹벚꽃이 보이는 분합문 밖에 흰 칼집의 마사무네를 받쳐들고 와 있었다.

"그럼, 실례합니다."

고에쓰는 다시 칼집을 받아들고 분합문으로 나가 등을 웅크리고 칼을 바꿔 끼웠다. 물론 치수에 조금도 어긋남 없이 1자8치의 마사무네는 그대로 멋지게 소년용 장식 큰 칼에 들어갔다.

고에쓰가 들은 바에 의하면, 요즈음 황실에서 이에야스를 무문의 우두머리로서 세이이타이쇼군에 임명하는 게 어떠냐는 의논이 있다고 한다. 그렇게 되면 당연히 히데요리의 관직도 다이나곤쯤 될 것이다. 어쩌면 이에야스는 히데요리부터 먼저 승진시키고 그때까지 자기 관직은 사양하는 형식을 취할지도 모른다.

어쨌든 그 승진과 성장에 대비한 큰 칼이다. 고에쓰가 작업을 끝내려 할 무렵, 등 뒤의 요도 마님과 하루나가와 그 어머니 오쿠라 부인 사이에 이 훌륭한 큰 칼을 받쳐들고 히데요리 뒤를 따르는 시동은 누가 좋을까 하는 이야기가 시작되고 있었다.

아에바 부인이 말했다.

"기무라 시게나리(木村重成)가 좋겠지요."

오쿠라 부인이 의미심장하게 말했다.

"그보다 차라리 그 부인의 아들을 청해서 칼을 받쳐들게 하는 게 어떨까요?"

요도 마님이 물었다.

"그 부인……이 누구요? 내대신 측근에 있는 오카메인가?"

"호호……물론 농담으로 한 말이니 흘려버리세요."

고에쓰는 움찔했다. 그러면 아직 태어난 지 얼마 안 되는 이에야스의 일곱째 아들 고로타마루에게 칼잡이 시동을 시키라는 것인가……?

이렇게 생각했을 때 요도 마님이 이상한 말을 했다.

"그렇지. 오카메의 자식이라면 좋을지 몰라. 아마, 도련님보다 서너 살 위라지……."

그 말투로 따끔하게 마음에 찔러오는 것이 있었으나, 그보다도 오카메 부인에게 그처럼 큰아들이 있는 줄 고에쓰는 전혀 몰랐다.

'이건 대체 무슨 이야기일까?'

고에쓰가 이에야스 측근에서 본 오카메 부인은 고작해야 20살이나 22, 3살, 그런데 히데요리보다 3, 4살 위의 아들이 있으리라고는 믿어지지 않는다.

큰 칼을 집어넣고 다시 요도 마님 앞으로 돌아오자, 고에쓰는 그 미심쩍은 일을 물어보지 않을 수 없었다.

"잠시 전 칼잡이 시동에 대한 말씀이 계셨나 봅니다만."

고에쓰가 말하자 요도 마님은 큰 목소리로 웃었다.

"그대도 듣고 있었소?"

"예, 이토록 훌륭한 큰 칼의 칼잡이로 어떤 시동이 선발되는지, 만들 때부터 이 것저것 공상하고 있었지요."

고에쓰는 말하며 오쿠라 부인에게로 시선을 옮겼다.

"내대신님 측실에 알맞은 분이 있다고 하셨지요?"

그러자 오쿠라 부인은 빈정대는 투로 웃으며 말했다.

"고에쓰 님도 설마 그 오카메 부인에게 그처럼 큰 아들이 있을 줄은 모르셨겠지요?"

"그렇다면 정말 있다는 겁니까?"

"호호……그래서 사람 속은 모른다지 않아요."

"그런데 그 아드님은……?"

"지금은 내대신에게 얹혀 에도로 보내져 키워지고 있지요."

"그럼, 내대신님 자제는 물론……."

"그럴 리가 없지요."

여자들은 얼굴을 마주보며 소리 죽여 웃었다. 아무리 여인의 마음을 모른다만 이 웃음은 예사롭지 않았다. 경멸과 적의가 겹친 무어라 형용하기 어려운 불쾌한 울림을 갖고 있다.

오쿠라 부인은 몹시 흥분하고 있었다. 이번에는 야유의 창끝을 고에쓰에게 돌린 것처럼 말했다.

"고에쓰 님만 한 풍류객도 감쪽같이 속고 있었군요. 실은 차라리 마님을 내대신의 정실 마님으로……그러면 도련님의 앞날도 안전할 거라고 말해온 자가 있었지요."

"하기는……."

"그래서 제가 탐문해 보았답니다. 호호……혹시 마님이 오카메 부인에게 구박
받는다면 큰일이라 싶어서."

고에쓰는 잠자코 고개를 끄덕였다.

'요도 마님의 시녀로서는 그렇게 생각해야 되는 것일까……?'

"그런데 그 오카메 부인도 과부였지 뭐예요? 첫 남편은 다케코시 스케쿠로(竹
腰助九郎)라 하며, 미노의 사이토 가문 무사였지요. 사이토 가문이 멸망한 뒤 몹
시 가난해져 하치만산에서 근근이 살아가고 있었대요. 그곳으로 오카메 부인이
출가했다더군요."

"그것이 정말입니까?"

"정말이므로 나도 마님에게 재가를 권하지 않지요. 그것이 무엇보다도 증거가
아니겠어요?"

"허."

"그런데 그 다케코시는 오카메 부인을 임신시키고 아키타성(秋田城)의 스케 사
네스에(介實季)에게 벼슬살이를 가서 무슨 까닭에서인지 자살해 버렸어요. 고에
쓰 님, 내대신님은 그 다케코시의 과부에게 손대어 그 전남편의 자식까지 소중하
게 에도로 데려다 키우고 있지요. 그런 사람에게는 나도 마님을 권해 드릴 수 없
어요. 같은 과부라도 마님은 졸개무사의 과부가 아니라 다이코 전하의 미망인이
니까요."

이렇게 말한 다음 오쿠라 부인은 한층 기묘한 비웃음소리를 터뜨리고 다시 말
했다.

"그렇지 않나요? 전하의 미망인이 졸개의 과부에게 구박받는 일이 있어서야 되
겠어요? 호호……."

고에쓰는 숨을 삼켰다. 설마 하고 생각했었으나 지금의 오쿠라 부인 말로는
소쿤의 추측이 맞았다고밖에 달리 생각할 도리가 없다. 요도 마님에게 재가의
뜻이 있는데 이에야스가 거들떠보지도 않은 모양이다. 그 무시의 원인이 오카메
부인에게 있는지 어떤지? 최소한 고에쓰로서는 그렇게 여겨지지 않았다. 하지만
자존심에 상처받은 여자들은…….

'그 여자 때문일 거야.'

얕은 생각으로 그렇게 단정하고, 오카메 부인의 과거를 조사해 보려 한 심리가 전혀 이해되지 않는 것도 아니었다. 그렇긴 하나 오카메 부인이 가난한 떠돌이무사의 과부였으며 그 전남편의 자식까지 에도성에서 양육되고 있다는 건 뜻밖이었다.

"그 오카메 부인이 낳은 아드님 이름은 뭐라고 합니까?"

"그렇지, 만마루(萬丸)라고 한다나? 다케코시 만마루…… 내대신에게 가기 전에는 하치만의 니시오카(西岡)에서 할아버지 지로자에몬과 살고 있었지요."

오쿠라 부인의 말을 이어 하루나가가 웃으며 끼어들었다.

"다케코시 만마루라면 도련님의 칼잡이 시중이 못 되겠군요."

요도 마님이 물었다.

"어째서요, 하루나가 님."

"잘 생각해 보십시오. 큰 칼은 천하의 명검인 마사무네인데 대나무 허리(^{다케코시(竹腰)의 이름을 뜻풀이한 것})라니."

"호호……."

오쿠라 부인과 요도 마님은 배를 잡고 웃기 시작했다.

"하긴 명검이 대나무 따위에 받쳐들어진다면 원통하겠지요. 그리고 만마루라는 이름도 우습군. 호호……."

모든 것이 심심풀이 농담이다. 그러나 고에쓰는 그의 성격상 더 이상 잠자코 있을 수 없었다.

'이런 환경 속에서 자란다면 도련님은 대체 어떻게 될 것인가?'

다른 사람들이 웃자 히데요리도 덩달아 함께 얼굴을 일그러뜨리며 웃고 있었다.

고에쓰는 일부러 진지한 얼굴이 되어 감탄하듯 말했다.

"과연 내대신님이로군요."

오쿠라 부인이 발끈해 물었다.

"과연 내대신이라니요?"

"예, 가난한 떠돌이무사의 아들까지 거두시어 성에서 양육하신다니. 여자를 품에 넣어도 거기까지는 인정이 미치지 못하는 자가 많습니다."

아에바 부인이 말했다.

"그 하치만 신궁의 신관 딸이 어지간히 마음에 드셨나 보지요."

그 뒤를 이어 오쿠라 부인이 다시 빈정거리며 웃었다.

"상스럽게 말하면 홀딱 반했다……내대신도 제법 좋은 점이 있다는 말씀이로군요, 호호호."

마침내 고에쓰는 본바탕을 드러냈다.

"저는 그렇게 생각지 않습니다. 여자는 빼앗더라도 거추장스러운 전남편 자식은 버려두고 돌보지 않는 것이 요즈음의 인정……과연 내대신님의 책임감은 우러러볼 만한 일입니다. 지금 세상에서 만일 도련님의 사부를 고른다면 내대신님 이상 가는 분은 이 일본 안에 없을 겁니다."

아나나 다를까 요도 마님의 눈썹이 날카롭게 곤두섰다.

"고에쓰 님! 나에게는 도련님을 다른 곳에 맡길 생각이 없소. 말을 삼가시오. 그대 말을 들으니 도련님을, 오카메의 졸개남편 자식과 마찬가지로 에도에 맡기라는 것처럼 들리는데."

고에쓰는 세차게 고개를 저었다.

"당치도 않습니다."

"뭐, 당치도 않다고?"

"예, 첫째 내대신은 에도에 계시지 않습니다. 머지않아 후시미로 옮기신다고 듣고 있습니다만, 아직은 같은 이 성안에 계십니다."

"그러니 서성에 맡기라는 거요?"

"그것도 잘못된 생각입니다. 소인이 말씀드리는 것은……."

말하려다가 어지간한 고에쓰도 뒷말을 이을 수가 없었다. 이에야스를 본성에 들게 하고 히데요리를 그 슬하에서 키우게 하면 좋겠다고 말하려는 자신을 깨닫고 당황했다. 지금 분위기로 볼 때 그런 일을 말만으로 어떻게 실현시킬 수 있을 것인가. 이에야스는 이미 후시미성 수리를 끝내가고 있다.

그러자 눈치 빠른 요도 마님은 곧 매섭게 쏘아붙였다.

"그럼, 고에쓰 님은 내대신님을 이곳에 들게 하고 나도 도련님과 함께 살아가라는 거요?"

"글쎄요, 그건……."

"호호……그대는 역시 상민이야. 알겠소, 함께 살면 나도 여자…… 하지만 오카메나 오만(옛날의 기슈(紀州) 요리노리(賴宣)의 생모)과 어떻게 총애를 다투란 말이지? 멍청한 소리는 하지 않는 게 좋아. 나는 다이코 전하의 아내, 히데요리 님의 생모……호호……나는 그 촌스러운 내대신의 얼굴만 봐도 답답해. 어째서 천한 오카메 따위와……."

고에쓰는 땅이 꺼지도록 한숨지었다. 농담인 줄 여겼던 소쿤의 말이 너무도 적중하고 있었던 것이다.

'요도 마님이 미워하는 건 내대신이 아니라 측근에 있는 고로타마루의 생모 오카메 부인이며 젊은 오만 부인, 오하치 부인이었구나…….'

그녀들이 없었다면 당연히 이에야스는 좀더 요도 마님에게 접근해 왔을 텐데 하고……

'과연, 여인의 마음은 알 수 없는 것…….'

"황송합니다."

고에쓰는 부글부글 끓어오르는 자기 감정을 억누르며 화제를 바꾸었다.

"과연, 이건 저 따위가 알지 못하는 세계, 귀에 거슬리는 일이 있었다면 용서해 주십시오."

"호호…… 알았으면 됐소. 그렇지, 오랜만에 고에쓰 님이 왔으니 노고를 위로하는 의미로 한 잔 내리겠소. 준비해라."

고에쓰는 그것까지 사양할 수 없었다. 고다이인이 전하는 말을 아직 한 마디도 입에 올리지 못했다. 그보다도 하마터면 노여움을 터뜨리게 할 뻔했던 것이다.

"거듭거듭 황송합니다."

그러나 이렇듯 언제나 술좌석이 되고 술을 든 다음에는 젊음을 주체하지 못하게 되리라……고 생각하자 으슬으슬 오한이 느껴졌다.

'도요토미 가문의 벚꽃은 벌써 지려 하고 있다…….'

지기 시작한 꽃은 흐르는 물처럼 어떤 힘으로도 막을 수가 없는가……?

술상이 나오자 이곳은 히데요리의 양육에 알맞지 못한 장소라는 것을 한층 통감했다. 후견인인 고이데 히데마사와 가타기리 가쓰모토는 출사해 있지 않는 것일까……? 아니, 그럴 리 없다. 대기실까지는 와 있지만 요도 마님이 여기까지 자유롭게 출입을 허락하지 않는 탓이리라.

"자, 나도 한 잔 마시자꾸나."

처음에는 시녀 쪽으로 잔을 내밀었으나, 어느새 하루나가에게 잔을 내밀며 술 따르기를 청했다.

"하루나가 님, 또 한 잔······그대도 마음껏 들어요."

'이렇다면 고이데 님도 가타기리 님도 동석할 수 없으리라······.'

소문을 듣고서 하는 억측이 아니다. 살며시 팔걸이에 윗몸을 기대며 하루나가에게 웃음 짓는 흐트러진 자태에, 유곽거리의 지분(脂粉) 냄새와 비슷한 음탕함이 있었다.

'나는 너무 숙맥이라는 소리를 들었다······.'

남녀의 욕망은 자유로운 것이라고 소쿤도 말한 바 있으며, 고에쓰도 역시 부정하지 않는다. 그러나 게슴츠레한 눈길로 술을 따르게 하는 요도 마님과 하루나가를 똑바로 쳐다볼 수 없었다. 눈과 눈이 마주칠 때마다 무엇을 주고받는지 알 수 있을 것만 같다.

"참, 잊고 있었군요. 요전에 삼본기 저택에서 고다이인 님을 뵈었습니다."

마음을 다잡고 말을 꺼냈으나 요도 마님의 귀까지 이르지 못했다. 오히려 그 옆에서 역시 윗몸을 젊은 시녀 무릎에 맡기고, 시녀의 턱을 만지며 장난치고 있던 히데요리가 되물어주었다.

"그래서 어떻게 되었는가?"

"예, 가까운 시일 안에 절을 짓고 그 저택에서 나오고 싶다 하셨습니다."

물론 이 말을 히데요리에게 들려줄 생각은 아니다. 그래서 고에쓰는 일부러 큰 소리로 말하고 술에 취한 듯 구역질했다.

"어머나, 왜 그러세요, 고에쓰 님?"

"아닙니다. 고다이인 님이 저택을 떠나 절에 들어가신다고 하셨다······고 말씀드렸습니다."

"호······절에 들어가신다고. 그것도 좋지 않아요?"

"예, 생모님과 도련님은 성에 계시어 이것저것 분주하시니 다이코 전하의 공양도 마음대로 못하시리라면서, 전하가 쓸쓸해 하실 테니 절에 들어가 밤낮으로 공양에 전념하시겠다고 말씀하셨습니다."

"뭐, 다이코 전하가 쓸쓸해 하신다고?"

"예······예, 그렇게 말씀하셨습니다."

"호호……참으로 우습군. 고에쓰 님, 그야말로 자식 못 낳은 여자의 자격지심이지요."

"그럴까요?"

"그렇지, 호호…… 전하가 어째서 적적해 하시겠어요. 날마다 여기서 도련님을 내려다보고 계실 텐데요."

고에쓰는 시치미 떼고 고개를 갸웃거렸다.

"다이코 전하의 영혼이 언제나 이 자리에 계실까요?"

전하의 눈초리가 가까이에 번뜩이고 있다면 이 같은 술좌석도 베풀지 못할 텐데……하는 야유를 담아 어리석은 듯 고개를 갸웃했다.

요도 마님이 눈썹을 치뜨고 몸을 일으킨 것은 이때였다.

"고에쓰 님!"

그를 부르는 요도 마님의 목소리가 날카로웠다.

"그럼, 그대는 고다이인 말처럼 전하의 영혼이 허공을 떠돈다는 말이오?"

"무슨 말씀을……? 저 따위가 그런 것을 어찌 알겠습니까? 단지…… 과연 생모님과 도련님은 분주하셔서 날마다의 공양은 고다이인 님이 하셔야 될 일이라고 생각했을 따름입니다."

"무슨 소리! 날마다의 공양을 세자인 도련님이 하지 않고 누가 하겠소?"

"하지만 성에 계시면 온갖 볼일이 많겠지요."

"볼일과 공양은 다른 거요."

"그럴까요?"

"뻔한 일이지. 그런데 고다이인은 어디에 절을 세우겠다고 하셨소?"

"예, 지금 그 장소를 교토 안에 물색하시어 머잖아 내대신과 담판 짓는다고 하셨습니다."

"뭐, 내대신과 담판 짓는다고?"

"예, 다이코 전하의 공양을 위해서라고 하신다면 내대신님도 내버려둘 수 없으리라 생각됩니다."

고에쓰는 자신도 차츰 오기가 나서 요도 마님을 놀려주고 싶은 것을 반성했다.

'이러려고 온 게 아니다……'

그것이 비록 고다이인에 대한 질투심이든 경쟁심이든, 마음을 신앙과 불공으로 돌리게 하여 뜬소문이 가시도록 도모하는 게 오늘의 목적이다.

별안간 요도 마님이 큰 소리로 웃기 시작했다.

"호호……그런 이야기를 상의하면 내대신은 고다이인이야말로 참으로 열녀라고 아마 감탄하시겠지요."

"그럴까요?"

"그렇지만 고에쓰 님, 만일 내대신이 지금 절 같은 건 짓지 못한다고 말하더라도 낙심 마시라고 고다이인 님에게 전해 줘요……."

"그렇지만 저는 그 저택에 그리 볼일이 없는 몸입니다만."

"호호……일부러 찾아가라는 건 아니오. 기회 있다면 그때 이렇게 전해 주오. 전하의 공양을 위해서는 호코사 대불전도 도요쿠니 신사(豊國神社)도 있어 우리들이 충분히 공양해 드리겠으니 걱정 마시라고……."

고에쓰는 한시름 놓았다.

'역시 효과 있구나…….'

오늘의 고에쓰로서는 이쯤이 물러갈 때였다. 이 이상 취기를 돋우어 흩날리는 꽃의 탄식을 다시금 음미할 건 없다.

"과연, 말씀을 듣고 보니 확실히 그렇군요. 대불전도 도요쿠니 신사도 있었습니다."

고에쓰는 비로소 깨달은 것처럼 감탄하며 잔을 엎었다.

"이것 참, 버릇없이 술잔을 거듭했습니다. 그럼, 이만 물러가겠습니다."

"오, 벌써 가겠소? 오쿠라 부인, 복도 입구까지 배웅해 주구려."

일어나려는 하루나가를 눈짓으로 말리며 요도 마님은 그의 어머니에게 배웅을 명했다. 윗몸은 무너지듯 이미 팔걸이 위에 있었다.

에도(江戶)의 포부

　히데타다가 에도를 향해 길을 떠난 것은 게이초 6년(1601) 4월 10일이었다. 에도에서 오사카로 올 때는 어마어마한 무장을 하고 나카센도를 지나왔는데 돌아가는 길은 전혀 다른 여행이었다.

　아버지 이에야스는 3월 23일 오사카 서쪽 성에 아마노 야스카게(天野康景)를 수비장수로 두고 후시미성으로 옮겼다. 히데타다도 그 이튿날 아버지 뒤를 이어 후시미성에 들어갔으며, 거기서 처음으로 아버지로부터 커다란 포부를 들었다.

　그리고 27일에는 오사카의 히데요리가 그보다 먼저 다이나곤이 되고, 이어서 하루 늦은 28일에 히데타다 또한 다이나곤이 되었다. 히데타다가 29일에 입궐하여 인사드리고 돌아오자, 이에야스는 말없이 히데타다 앞에 두터운 사본(寫本)을 꺼내놓았다. 그리고 헤아릴 수 없는 표정으로 펼쳐놓은 책장을 가리켰다.

　"오늘부터 에도의 다이나곤인가. 다이나곤님, 이걸 보도록."

　히데타다는 무언가 꾸지람 들을 일이 있나 하고 고개를 갸웃거리는 심정으로 그 사본을 받았다.

　"이건 《태평기(太平記)》로군요."

　이에야스는 그것에는 대꾸하지 않고 말했다.

　"펼쳐진 곳을 소리 내어 읽어보도록."

　"소리 내어……?"

　"그렇지! 그러면 그대 마음에도 이 아비 마음에도 그 축원문의 글뜻이 엄숙하게 스며들 거야."

히데타다는 다시 한번 아버지를 흘끗 보고 나서 읽기 시작했다.

"신(臣), 황공하옵게도 화광(和光)의 축수를 의지하여 나날을 보냈으며 역연(逆緣)을 맺은 지 이미 오래입니다. 원컨대 정벌을 위해 만리(萬里) 아득한 곳까지라도 수호의 손길을 베풀어주시고, 다시 대군을 일으켜 역적을 처부술 힘을 내려주소서…… 불행히 내 이 목숨이 다하기 전에 이 소원이 이룩되지 않더라도, 저의 축원이 신불의 뜻에 어긋나지 않는다면 자손 중에 반드시 대군을 일으키는 자 있어 조상의 죽음을 설욕할 수 있게 하소서. 이 두 가지 가운데 하나라도 이룰 수 있다면, 길이길이 이 신사의 신자가 되어 영험하신 신의 위광을 빛나게 해드리겠나이다."

읽고 나서 히데타다는 또 아버지를 올려다보았다.

"누구의 축원문인지 알 만한가?"

"예, 닛타 요시사다(新田義貞)가 북국으로 신위를 모시고 달아나실 때 히요시(日吉)의 오미야(大宮) 본궁(本宮)에 참배하여 올린 축원인 줄 압니다."

그러나 그 대답은 이에야스의 마음에 들지 않았던 모양이다. 물끄러미 아들을 응시한 채 이에야스는 잠시 아무 말이 없었다.

"그런가? 다이나곤쯤 되는 자가 그걸 읽고 고작 그 정도의 감상인가?"

"그러면……이것이……?"

"그렇지! 그건 우리들의 먼 선조 닛타 요시사다 님의 축원문임과 동시에 이 이에야스의 축원문이야. 뭔가 알 것 같으냐?"

히데타다는 아직 뭐라고 대답해야 좋을지 몰랐다. 자기 가문이 닛타 씨의 후예이며 미나모토 씨라고는 듣고 있었으나, 이에야스가 말하려는 것은 그뿐만이 아닌 것 같았다…… 히데타다는 아버지의 응시를 받으며 신중하게 입을 다물고 있었다. 경박한 입 끝만의 대답으로 만족할 아버지가 아님을 잘 알기 때문이었다.

이에야스는 이윽고 휴 하고 어깨의 힘을 빼며 중얼거렸다.

"내가 후시미로 옮긴 일도 물론 관계없는 건 아니야. 관계없는 일이 아니라면 도련님과 센히메와의 정혼도 관계없는 게 아니지. 참, 그리고 센히메의 동생은 마에다의 세자에게 주려고 한다."

히데타다는 숨죽이고 자세를 바로하며 긍정도 부정도 하지 않았다.

그렇긴 하나 젖먹이나 다름없는 센히메의 동생까지 벌써 출가시킬 곳을 생각하고 있다니 좀 뜻밖인 느낌이 들지 않을 수 없었다.

　아마 그것이 이에야스의 눈에는 미덥지 않게 비친 모양이다. 거역할 수 없는 무거운 울림이 담긴 목소리로 말했다.

　"나는 모든 것을 걸고 나가리라! 걸 수 있는 것은 모두 걸겠다. 내 목숨은 물론 너희들 자식도, 손자도, 또 그 자식들도……."

　"모든 것이 평화를 가져오기 위해서입니까?"

　"그렇지. 우리들의 선조 요시사다가 신위를 모시고 에치젠으로 내려갔을 때의 결심, 내 살아 있을 때 소원을 이루지 못하면 자손 중에 반드시 대군을 일으키는 자가 있어 조상의 죽음이 설욕되기 바란다고 했다. 이 이에야스는 그 조상의 죽음을 설욕하도록 뽑혔다. 그 각오는 이제 흔들리지 않는다."

　그것은 이에야스의 확고한 각오임과 동시에 히데타다 또한 어기면 용서하지 않는다는 말투였으며 기백이었다.

　"물론 이것은 오사카 서성에 있으면서 조용히 천하를 굽어본 다음 내린 결론이야. 아직도 평화는 뿌리 없는 부평초……사나운 바람이 불 때마다 이리저리 흔들리며 멈출 줄 모른다."

　"옳으신 말씀입니다."

　"그 사나운 바람의 근원을 어떻게 하면 잘 막을 것인가…… 요시사다 님은 그것을 이룩하지 못하고 에치젠의 외로운 성에서 한 많은 최후를 마치셨다. 그 뒤의 아시카가 막부는 이미 알다시피 집안싸움만 하다가 아무 뿌리도 내리지 못한 채 오닌의 난을 초래하여 차마 눈 뜨고 볼 수 없는 난세로 만들었어……알겠나, 다이나곤? 그 난세의 바람은 이 이에야스의 할아버지 기요야스도 아버지 히로타다도 겨우 25, 6살의 젊음으로 휩쓸어가버리고……그다음이 이에야스인 거야."

　히데타다는 이처럼 열띤 어조로 말하는 아버지를 거의 10년 가까이 본 적 없었다. 평소에는 거의 무표정에 가까운 아버지 볼에 이때는 뚜렷이 핏기가 살아 있었다.

　"이에야스의 전반생에는 몇 번인가의 불가사의가 있었지. 패전에서 살아남았으며 사지에서 뜻밖의 활로를 찾았다…… 그것은 모두 오늘의 이 부탁에 대답하라는 신불의 뜻이었어."

히데타다는 긴장한 채 고개를 끄덕이며 아직도 아버지가 무엇을 말하려 하는지 그 참뜻을 정확히 납득하지 못했다.

'머지않아 에도로 돌아갈 자기에 대한 훈계로서는 너무도 평소의 아버지답지 않은 흥분…… 대체 무엇을 느꼈기에 이런 말을 꺼내는 것일까?'

그때 이에야스는 뜻밖의 말을 단숨에 해치웠다.

"다이나곤, 나는 공경이 되지 않겠다. 세이타이쇼군을 청하여 요리토모 님의 옛 지혜를 본받을 것이며 무장으로서 평화를 이룩할 작정이야."

히데타다로서는 그야말로 처음 듣는 아버지의 참뜻이었다. 아니, 아버지의 말처럼 최근에 이르러 생긴 아버지의 결심일 것이다. 지금까지는 아직 천하를 맡은 자로서 현재의 국면 처리를 으뜸으로 생각하고 있었던 듯했다.

그동안 아버지의 구상은 크게 진전되었다.

히데요시는 미나모토, 다이라 두 가문과 관계없는 혈통에서 태어났으므로 공경이 되어 실력으로 무사들을 눌러왔다. 그러나 아버지는 미나모토 가문의 핏줄을 이은 자로서 요시사다의 뜻을 계승하므로 요리토모가 처음 창안한 막부 형식을 따르겠다고 아들에게 선언하고 있는 것이다.

'그래서 이처럼 흥분하고 계셨구나……'

그것을 알자 히데타다에게도 아버지의 마음을 엿볼 수 있는 지식이 이미 있었다. 뭐니 뭐니 해도 아직은 '힘'이 아니면 다스릴 수 없는 세상…… 그 점에서는 410년 전 요리토모가 가마쿠라에 막부를 열었을 때의 상황에서 아직 한 걸음도 나아가지 못했다고 할 수 있다.

요리토모가 가마쿠라에 막부를 열지 않으면 안 되었던 근본원인은 지난날의 '원정(院政 ; 왕위를 물려준 상황(上皇)이 계 속 실권을 쥐고 다스리는 정치)'에 있었다. 지난날의 천자와 선제(先帝)인 '원(院)'과의 싸움이, 그 무렵의 신흥계급인 무사들에게 온갖 명령을 내려 싸움의 씨앗을 뿌리고 있었다. 어제 칙명을 받고 일어난 자가 내일은 다른 명령에 의해 역적으로 바뀌었다. 오늘의 역적도 내일은 연줄에 의해 대충신이 된다…… 실력이 없는 원이나 공경이 남의 희생으로 정권에 매달리게 되면, 단순한 무사들은 우왕좌왕 멈출 줄 모르는 혼란을 되풀이한다…….

'—이래서는 안 된다!'

역시 조상을 모두 그 희생의 제물로 바친 요리토모가 생각한 나머지 만들어낸 해결책이 공경과 무사의 분리였다. 그리고 요리토모 자신은 무사 우두머리로서 그들의 명령자가 되었다. 그 무렵에는 세상에 무사와 그 고용인이 매우 많았으므로 정치권력 또한 자연히 그의 손안에 들어가게 되었다.

사정은 지금도 마찬가지다. 온 일본이 무장의 폭력에 내맡겨 그들 가운데 강력한 자와 연합해 우로 기울고 좌로 흔들리며 서로 싸우고 있는 데 지나지 않는다. 세키가하라 결전은 이를테면 그 큰 파도의 하나……

여기서 만일 아버지가 돌아가시기라도 한다면 곧 옛날로 되돌아가리라. 이에야스도 그것을 심각하게 생각하고 드디어 커다란 결의에 도달했을 게 틀림없다.

여기까지 생각하다가 히데타다는 문득 놀랐다.

'그러면 아버지는 에도에 막부를 여시려는 것일까?'

그래서 미련 없이 오사카성을 나와 후시미로 옮긴 게 아닐까……

에도에 도읍을 열 준비를 끝낼 무렵까지 후시미에 있다가 세이타이쇼군 칭호가 내려지면 에도로 내려간다. 그리하여 일본의 무장을 제도상으로 엄격히 감시해 그들에게 경거망동할 여지를 주지 않는다…… 그렇게 되면 평화는 확실히 뿌리 없는 풀이 되지는 않으리라.

히데타다는 다급하게 입을 열었다.

"아버님! 어느 정도 납득되었습니다."

서두르는 히데타다의 표정을 물끄러미 날카롭게 응시하더니 이에야스는 말했다.

"알았는가?"

이 말투는 아직 부드러워져 있지 않았다.

"내가 왜 공경이 되지 않는 줄 아나?"

히데타다는 아버지의 말투로 미루어 자기가 이제 엄한 심문의 자리에 놓여진 것을 느꼈다. 섣부르게 대답한다면 이에야스는 아들이라 할지라도 내버려두지 않으리라. 모든 것을 걸겠다고 한 말은 그렇게 받아들이지 않으면 안 된다는 각오를 충분히 내비치고 있다.

"불초합니다만 저 히데타다는, 공경으로 이대로 교토 가까이에 머물러 계시면 지난날과 다를 바 없기 때문에 결심하신 게 아닌가 생각합니다."

이에야스는 비로소 조그맣게 고개를 끄덕였다.

"다이나곤도 그것을 알게 되었나?"

"물론 자세히는 알지 못합니다. 그러나 새롭게 평화의 시대가 열렸다는 걸 제후들이 깨닫게 하기 위해서는 지난날과 뚜렷이 인연을 끊어야만 할 때라고 생각합니다."

히데타다는 말하면서도 그것이 아버지의 마음에 들지 어떨지 세심히 살피고 있었다. 이것은 결코 비굴한 아첨이 아니었다. 그에게 아버지는 누구와도 비교할 바 없는 절대적인 존재였던 것이다.

이에야스는 비로소 웃음을 지어보였다.

"그런가? 대체로 내 생각과 들어맞았다. 그 대신 걷기 시작하면 한 걸음도 망설이면 안 되는 길이야. 지난날과 다르게 한다는 말은 간단하지만 그 내용은 태산준령이다. 어제와 내일이 어떻게 바뀌어야 되는지, 그것을 그대는 알겠느냐?"

"예……예."

히데타다의 하얀 얼굴에 흥건히 땀이 솟았다.

"어제까지는 여러 영주들이 모두 싸움을 생각하고 싸움에 의해 자기의 기반을 닦으려 했습니다. 그러나 내일부터는 이미 싸움에 의한 출세는 없습니다! 이것을 똑똑히 마음에 새겨놓게 하는 것이 근본적인 차이인가 생각합니다."

이에야스는 또 웃으려다가 다시금 날카롭게 캐물었다.

"그렇게 하기 위해서 가장 필요한 것은?"

"그러려면 가마쿠라 막부 초창기처럼 우리 가문에서 최강의 무력을 갖춰야 합니다. 배반할 수 없다는 걸 깨닫게끔 말이지요. 이것이 첫째인가 생각합니다."

"다이나곤."

"예……예."

"그대의 대답이 보통은 된다. 세이이타이쇼군이 절대적인 힘을 지니고 무사들 위에 군림한다. 그럴 때 가까스로 평화가 유지된다. 이건 이에야스의 착상도, 혼자만의 생각도 아니야. 이에야스는 우직한 태생이므로 내 발상에 의지하는 대신 면밀히 흥망의 자취를 더듬어보았지. 그 대답과 그대의 대답이 대강 들어맞고 있다. 하지만 문제는 그것뿐만이 아니다."

"예."

"그대가 말할 것도 없이 지금 이에야스는 천하제일의 무력을 분명 갖고 있다.

이건 누구에게도 뒤지지 않는다."

"옳으신 말씀입니다."

"그런데 나는 어제까지 다이코의 집정(執政)이면서 영주는 모두 이에야스의 벗이었어. 그런데 벗으로서만 있을 때가 아니게 된 거야."

이에야스의 목소리는 어느덧 아들을 훈계하는 아버지의 목소리로 돌아와 있었다.

히데타다는 살며시 이마의 땀을 닦으며 고개를 끄덕였다.

아버지는 무용담을 이야기할 때 아직 남에게 무릎 꿇은 적이 한 번도 없다는 게 으뜸가는 자랑이었다. 철부지 인질시절 말고는 다케다 신겐과도 대등한 싸움을 벌였고, 노부나가와의 동맹 역시 어디까지나 동맹자로서의 악수였으며, 히데요시의 경우는 더욱 신중한 '친척'으로서의 협력이었다. 생전에 히데요시가 일본에서 가장 센 무장은 자기라고 무심히 말했을 때, 이에야스가 얼굴빛이 달라져 항의해 함께 있던 여러 영주들을 조마조마하게 했다는 이야기조차 남아 있다.

"이 무슨 말씀입니까? 전하가 일본에서 가장 센 무장이라고 여기시는 것은 잘못 생각하신 겁니다. 전하는 고마키 싸움에서 이 이에야스에게 패배하셨습니다. 다른 일이라면 몰라도 일본에서 가장 센 무장은 이 이에야스지요."

마치 사람이 달라진 듯 항의하는 바람에 어지간한 히데요시도 어색해져 난처한 얼굴로 자리에서 일어났다고 한다.

그 이에야스가 이제 자기 입으로 자기는 히데요시의 집정이면서 영주와는 벗이었다고 술회한다. 마음속의 자존심과 세상의 눈은 다르다. 세상에서는 그렇게 보고 있을 게 틀림없다는 뜻의 겸허한 술회이리라.

"알겠나, 다이나곤? 내가 오사카성을 나오려 한 것은 그 때문이다. 이대로 오사카성에 있으면 모두들에게 어제와 다르다는 것을 명백히 알릴 수 없겠지. 알리지 못한다면 이건 큰 안목으로 볼 때 하나의 불성실이야."

"말씀대로입니다."

"그러므로 우선 후시미에 옮겨 쇼군 임명 칙명이 내려지면 곧 에도로 가서 정사를 보겠다. 이것으로 시대는 바뀌었다고 알리기 위해서인 거야. 어제의 정치는 오사카였으나 내일부터는 에도…… 싸워서 출세할 수 있는 시대가 아니라, 어떻게 하면 아무 일 없이 백성을 다스리고 재정을 풍부히 하느냐는 시대가 되었다고 영주들에게 노력할 목표를 바꾸어주지 않는다면 결코 평화로운 세상이 될 수 없다. 이것은 이에야스 혼자 생각이 아니다. 학자들도 고승들도 입을 모아 말하고 있지."

히데타다는 새삼 아버지를 재인식하는 심정이 되었다. 사람들은 대부분 부하의 발상을 자기 것인 듯 떠벌렸으나 아버지는 그 반대였다. 이런 결의를 이야기하며 일일이 그 지혜는 고금의 지식인에게서 빌린 것이라고 밝힌다. 그런 만큼 예사롭지 않은 결의로 받아들여야 할 것 같다.

"이 이에야스의 각오가 이제 겨우 그대 가슴에도 통하는 것 같군. 알겠느냐? 에도는 내일의 가마쿠라로 바뀌는 거야. 그리고 그대의 어깨에 머지않아 쇼군의 무거운 짐이 실린다……그 각오를 가슴에 간직하고 에도로 내려가도록."

이에야스는 그런 다음 이번에는 인재육성의 중요함에 대해 거듭 강조했다. 이에야스 대에는 의리상 영주들이 모두 동료이지만 2대, 3대가 되어 가는 동안 태어나면서부터의 쇼군도 나오리라. 동료로서의 영주들을 다스리는 법과 타고난 쇼군이 다스리는 법은 전혀 다를 게 틀림없다. 그때 일을 그르치지 않도록 하는 것이 측근의 현신들…… 따라서 자기 자식을 잘 키울 뿐 아니라 그 아들의 현신들도 모두 앞으로 쓸모 있게끔 주위에 두고 키워가도록 하라는 다짐을 받고 후시미를 떠났다…….

아버지와 아들 사이에도 역사는 있었다. 히데타다는 결코 자청해 아버지와 대립하는 태도를 취하려 한 적이 없다. 그러나 반항기로 여겨지는 무렵도 있었고 나아가 아버지의 지혜를 모방하려던 성장기도 있었다. 세상의 소문처럼 아버지는 강직한 장수 또는 용맹스러운 장수 유형의 인간으로서 혈육에게 따뜻한 정이 없는 존재가 아닐까……라는 생각을 하기도 했고 황급히 그 생각을 떨쳐버리기도 했다. 어떤 때는 일상생활의 검소함이 세상에서 말하는 인색함이 아닐까 하고 고개를 갸웃하기도 했고, 수많은 측실들 대부분이 재혼자이거나 임신 경험자였던 데 불쾌감을 느낀 일도 없지 않아 있었다.

그러나 이번에 에도로 떠날 때의 히데타다 마음에는 전혀 다른 새로운 감동이 자리 잡고 있었다.

'아버지처럼 순진하고 한결같은 사람은 없다……'

59살의 아버지가 세키가하라 결전 때 '염리예토, 흔구정토'의 기치를 세우고 싸웠다는 걸 알았을 때, 히데타다는 엷은 쓴웃음을 지었다. 그 기치를 19살 때부터 줄곧 싸움터의 상징으로 삼아오고 있다. 그 기치를 내걸고 싸우면 재수 좋아 반드시 이긴다는 미신 비슷한 것을 아버지쯤 되는 인물도 믿는 것인가……

그런데 그건 아직 히데타다의 미숙함을 나타낼 뿐 그 밖의 아무것도 아니었던 듯하다. 아버지의 평생소원은 바로 그 기치의 여덟 글자에 응결되고 압축되어 꾸준히 이어지고 있었던 것이다. 잘 생각해 보면 그 여덟 글자야말로 영원히 변하는 일 없는 인간 전체의 소망이며, 평화를 갈구해 마지않는 오늘날 세상의 의지였다. 백몇십 년 동안 전란에 시달려 온 민중의 소원과 똑같은 소원을 내걸고, 그 일을 위해 모든 것을 걸고 엄격히 자신을 감시하며 제어해 오고 있었던 것이다……

그 눈으로 아버지를 다시 바라보니 모든 의문과 불안이 남김없이 풀린다. 필요 이상으로 검소한 생활도, 노부나가며 히데요시에 대한 지나칠 정도의 인내도…… 아니, 불행한 생이별과 사별을 경험해 온 부인들을 그 자식들과 함께 거두어 측실로 삼는 일에서부터, 검소하게 모은 황금을 때로 아낌없이 빌려주는 인정의 사소한 행위에 이르기까지 모두 '흔구정토'라는 한 지점으로 그 소원은 귀납된다.

아버지는 연공미 완납장을 곧잘 자신의 손으로 썼다.

"내대신이시면 측근에 서기도 많은데……"

그 참뜻을 모르고 측근 중에는 아직 미카와의 작은 영주 때 버릇이 고쳐지지 않았다는 듯 이맛살을 찌푸리는 자도 있었다. 그러나 그것은 아버지의 마음을 전혀 짐작하지 못하는 자의 억측이다. 아버지는 한 톨의 쌀에 기울이는 민중의 슬픈 희망과 노고에 스스로 보답해 보였던 것이다……

그런 의미에서 아버지는 거의 벌거숭이였다. 어디서든지 바라보라, 내가 내 소원에 알맞은 자인지 어떤지를…… 그런 생활신조를 품어온 아버지가 마침내 에도에 근거를 두고 평화의 뿌리를 심을 수밖에 없다고 결심한 것이다……

히데타다의 이번 여행은 그러한 아버지를 재음미하는, 이를테면 이 부자의 역사에 커다란 진전을 다짐하는 여행이었다.

히데타다가 에도에 도착한 것은 4월 21일이었다. 25살의 다이나곤은 성문 앞에 말을 대자 곧 눈앞까지 굽이쳐 들어와 있는 바닷가 왼편에 보이는 간다(神田)의 산언저리를 한동안 둘러보았다.

이 성을 쇼군의 거성으로 삼고 이 에도를 그 성 관할로 하기에는 비좁다. 천하의 모든 영주들에게 저마다 저택을 나눠줘야 하고, 상가도 들어차게 되리라. 처음 들어왔을 때의 에도와는 비교가 안 되게 번창했지만 이 규모로는 어림도 없을 것 같았다.

오사카와 마찬가지로 이곳 역시 스미다(隅田) 강물이 여기저기 모래섬을 만들고 있다. 그 모래섬과 모래섬을 이으면 상당히 넓은 매립지가 생긴다.

'간다산을 깎고 수로를 정비하여……'

이렇게 생각하자 앞쪽 바닷가로부터 해상에 걸쳐 펼쳐진 오사카의 수많은 집들이 떠올랐다.

'완성된 도시와 이제부터 규모를 바꾸어 만들어나가야 하는 도시……'

그러나 오사카 거리도 처음부터 오늘날 같은 훌륭한 것은 아니었으리라. 처음에는 겨우 석산당 문앞거리에 지나지 않았는데 다이코가 대담하게 오늘날의 거대한 오사카로 만들어낸 것이다.

남이 만든 걸 그대로 차지하면 편하지만, 그것으로 정치 혁신의 목적은 달성되지 않는다. 세상은 다이코의 유산을 가로챘다고 말하리라. 그래서 아버지 이에야스는 왕도에 가까이 다가가려고 아즈치며 오사카로 차츰 진출해 갔던 노부나가와 히데요시의 구상을 깨끗이 버리고 이 무사시(武藏)로 정치의 중심을 옮기려는 것이다.

그 결의의 뛰어남과 새로움에 발맞출 만한 도시건설은 당연히 앞날의 커다란 과제가 되어가리라……아니, 그 과제 속에 25살 난 새 다이나곤이 이제 아버지보다 한 걸음 앞서 와 있는 것이었다.

"산도 있고, 강도 있고, 바다도 있다……"

히데타다는 중얼거리며 근엄한 표정으로 말에서 내려 문을 들어갔다. 물론 말을 달려 들어갈 수 있는 문이었으나 히데타다는 그렇게 하지 않았다.

'머잖아 여러 영주들을 하마(下馬)시키지 않으면 안 될 문이다……'

성에 들어가자 수비장수로 남아 있던 다케다 노부요시(武田信吉), 마쓰다이라 야스모토, 이타쿠라 가쓰시게 세 사람이 나란히 나와 전승축하 인사를 했다.

다케다 성을 가진 노부요시는 히데타다와 다다요시의 아우로 이에야스의 다섯째 아들이며, 야스모토는 이에야스의 의붓동생이다. 그들은 성을 맡고 있는 동안 우에스기와 그 무리들이 조용했던 일을 진심으로 기뻐하는 눈치였다.

우에스기 가게카쓰는 이미 히데타다의 형 되는 유키 히데야스에게 항복을 제의해 오고 있었다. 그 일은 아버지 밑에 있었던 히데타다가 그들보다 오히려 자세히 알고 있었다.

히데타다는 그동안의 보고를 꼼꼼하게 받고 나서 오후 7시가 지나서야 비로소 처자에게로 갔다.

다쓰 부인은 물론 센히메와 그 동생 하쓰히메(初姬), 네네히메(孖姬), 가쓰히메(滕姬)도 아버지의 귀성을 기다리고 있었다. 이때는 아직 이에미쓰(家光)도, 뒷날 입궐해 도후쿠몬인(東福門院)이 된 가즈코(和子)도 태어나지 않았다. 그러나 어느 딸이든 자기 슬하에서 키우려는 다쓰 부인의 방침으로 연년생이 많은 히데타다의 내전은 활기가 넘쳤다……

"아버님, 안녕히 다녀오셨습니까?"

손위의 두 딸은 단정하게 두 손을 짚고 인사했지만 나머지 둘은 저마다 유모에게 안겨 그들이 대신 인사했다……

이 네 딸이 모이면 다쓰 부인은 언제나 부끄러운 듯 얼굴을 붉혔다.

"어째서 딸만 태어나는 것일까요?"

그것은 히데타다에 대한 은근한 압박이었다. 딸만 태어나니 따로 측실을 두라고 말하는 건 결코 아니다. 아직 세자도 태어나지 않았으니 더욱 자기를 사랑해주지 않으면 안 된다는 시위라고나 할까?

물론 다쓰 부인도 그만한 견식은 지녔고, 이 시위는 충분히 어떤 의미를 갖고 있었다. 오사카에 있는 다이코의 아들은 언니가 낳은 히데요리이다. 따라서 에도의 세자 또한 자기라는 정실의 배에서 태어나지 않으면 언니나 히데요리에게 멸시받으리라고 골똘히 생각하는 듯했다.

"저는 결코 측실을 두지 마시라는 게 아니에요. 다만 서자라면 우리 가문의 권위에 관계될 때가 있을 거라고 걱정하는 겁니다."

때때로 그런 말을 하면서 딸들 유모의 용모에까지 세심하게 신경 쓰는 눈치였다.

히데타다는 그것을 지나친 질투라고 생각지 않았다. 강한 성격의 언니에게 품는 경쟁심이라 여기고 있었다. 많은 이에야스의 측실들 가운데 저래서는 히데타다가 가엾다, 시녀들까지 추녀들만 모아놓은 도깨비 저택이라고 말하는 이들도 있었으나 히데타다의 귀에 고자질할 만큼 경솔한 자는 물론 없었다.

만일 농담 비슷하게 그런 말을 하려는 자가 있었다 하더라도 히데타다 앞에서는 입 밖에 낼 수 없게 된다. 히데타다 자신 남의 농담을 봉해 버릴 만큼 융통성 없는 꼿꼿함을 늘 몸에 지니고 있기 때문이었다.

저녁상이 들어올 때까지 잠시 동안 히데타다는 자세를 바로하고 아내가 건네주는 차를 마셨다.

화장을 짙게 한 연상의 아내는 그 히데타다를 황홀한 표정으로 쳐다보고 있다. 다쓰 부인도 이미 히데타다가 여행 중에 다른 여자를 넘볼 남편이 아닌 것을 너무도 잘 알고 있는 모양이었다.

"할아버지도 안녕하세요?"

다른 딸들은 물리치고 센히메와 네네히메가 어머니 양옆에 앉아 슬기로운 눈길로 아버지를 지켜보고 있었다.

"응, 안녕하시지. 그리고 참, 아버지에게 또 동생이 태어났단다."

이 말에 다쓰 부인은 미간을 찌푸렸다.

"어머나……."

고로타마루의 탄생에 대해 그녀의 반응이 히데타다와 다른 것은 당연했다. 그녀는 아직 세자를 낳지 못했다. 그런데 어린 동생이 탄생되어 만일 그를 히데타다의 아들로 삼으라고 한다면 거절할 도리가 없을 것 같은 마음이 들었기 때문이다.

다쓰 부인은 조심스럽게 화제를 바꾸었다.

"센히메의 신랑감도 무고하신가요?"

"음, 히데요리 님도 몰라보게 성장했어."

히데타다가 엄숙하게 대답하자 다쓰 부인은 웃음이 나올 뻔했다. 고로타마루 이야기는 그리 하고 싶지 않다. 하지만 겨우 9살이 된 히데요리에게 히데타다가 '님'자를 붙여 부르는 게 우스웠던 것이다.

"왜 웃으시오? 무슨 일이 있소?"

"글쎄, 대감님이 너무나 엄숙하게 히데요리 님……이라고 말씀하셨기 때문이지요."

"히데요리 님은 이번에 나와 같은 다이나곤이 되었소. 공경으로 대우해 줘야 하오."

　히데타다는 다쓰 부인의 속마음을 아직 눈치채지 못했다. 히데요리와 히데타다가 같은 다이나곤이라는 말을 듣자 다쓰 부인은 얼마쯤 수긍할 수 없는 불평을 느꼈다. 머잖아 장인이 될 사람과 어린 사위가 똑같다는 게 기분 좋지 않았다. 그녀 생각으로는 세키가하라 결전을 치른 뒤인 만큼 당연히 히데타다의 관직이 더 높아야 된다고 생각하고 있었다.

　"아버님도 알고 계신가요?"

　"물론이지. 모르시면서 받으라고 말씀하실 아버님이 아니오. 하루 사이였어……히데요리 님이 나보다 하루 먼저였지."

　"어머나……그러면 대감님이 하루 나중에?"

　히데타다는 일부러 태연하게 대답했다.

　"그렇소."

　다쓰 부인이 어떤 반응을 보일지 확인한 다음에 이야기할 생각이었다.

　다쓰 부인은 눈썹을 치켜올리며 숨을 죽였다. 다이코의 아들이라고는 하나 이번 싸움에서 히데요리의 일을 그대로 불문에 부쳐준 것은 이에야스의 놀라운 인내와 자비라고 생각하고 있었다…….

　'그 히데요리보다 아래로 다루어져도 남편은 불만 없는 것일까……?'

　"주군! 아니, 대감님, 지금 말씀은 순서가 좀 틀리지 않습니까?"

　"허, 틀린다고 생각하오?"

　"네, 비록 하루라도 어째서 대감님이 나중이 되셨습니까?"

　"아버님이 히데요리 님의 승진만 상주하셨기 때문이오."

　"뭐……뭐라고 하셨나요?"

　"내게 대해서는 아무 말씀도 없으셨어. 그래서 대궐에서 히데요리 님에게 먼저 다이나곤 관직을 내리셨지. 그런 다음 내가 아직 중장인 것을 깨달으시고 부인과 마찬가지로 깜짝 놀라셔서 승진시켰던 모양이오."

　다쓰 부인은 더욱 납득되지 않는 표정이었다.

　"아버님은 대감님을 놔두고 대체 어째서 히데요리 님만을……?"

　히데타다는 그 질문을 기다리고 있었던 모양이다. 천천히 찻잔을 아내 앞으로 돌려주고 나서 대답했다.

"바로 그것이오. 우리 가문은 공경이 안 되겠다는 것이 아버님 결심이오. 어차피 나도 아버님도 공경 관직은 돌려드리게 되리라."

"그……그건 또 어째서인지요?"

"공경으로서는 무장을 통솔하기 어려우니까. 그러므로 무사 우두머리로서 통치하는 거요. 이건 아직 말할 일이 못 되나, 아버님의 각오는 확고히 결정되셨어. 부인도 그 결심으로 아이들을 키워주시오."

다쓰 부인은 아직 남편의 말이 잘 이해되지 않았다. 공경한테 한 번 출가한 일이 있었지만, 히데요리가 간파쿠로서 정권을 잡고 있었으므로 자기 가문도 마찬가지려니 생각하고 있었다…….

다쓰 부인은 잠시 남편을 지켜보며 미심쩍은 듯 눈을 깜박였다. 히데타다 또한 잠자코 있다. 생각할 만큼 생각하게 하고 나서 의문에 대답해 주는 편이 아내의 이해가 빠르리라 생각한 침묵이었다.

"그럼, 다이코 전하와는 다른 정치를 하시는 것인가요?"

"그렇소. 바로 그것이오!"

히데타다는 비로소 말에 힘을 주었다.

"다이코는 무력을 가진 공경……바꾸어 말하면 문관으로서 정치하셨소. 그러나 그건 일종의 편법이었다. 알다시피 다이코는 무문 출신도 공경 출신도 아니었소. 그러므로 도요토미라는 공경 가문을 창설하여 다스렸는데, 그것도 실은 표면적이고 치세(治世)의 근본은 무력에 있었지. 지금 세상은 아직 무력 없이 하루도 다스려지는 천하가 아니오."

다쓰 부인은 눈을 휘둥그렇게 뜨고 남편 입을 지켜보았다. 이토록 이야기를 잘하는 히데타다를 본 것은 처음이었다.

"그런데 우리 가문은 처음부터 무사 집안……닛타 미나모토 씨요. 그러니 무사 우두머리로 다스려 나간다는 거요. 이건 무력이 치세의 대들보인 한, 이것을 계승하는 자는 긴 관복소매나 휘날리는 나약한 생활은 허용되지 않는다는 교훈이기도 하지…… 그러므로 공경 관직을 바라지 않는 거요."

"어머, 그러면……무사 우두머리 관직은 따로 있나요?"

"무슨 소리요. 줄곧 헛이름이 되어왔으나 아시카가 가문은 대대로 세이이타이 쇼군이었소."

"아, 그 쇼군 가문……."

"그렇소. 단 아시카가 쇼군은 이를 혼동해 공경의 삶을 살았기 때문에 일본의 무사들을 누를 만한 실력을 잃었지. 그래서 저토록 처참한 난세를 초래했으니, 처음부터 그 실력을 소중히 여기고 다른 자의 경거망동을 용서하지 않는다면 평화는 계속될 것이오."

다쓰 부인의 눈빛이 차츰 광채를 되찾았다.

성격은 히데타다보다 훨씬 격렬하다. 게다가 온갖 인간의 흥망을 보았으며 스스로도 경험해 왔으므로, 그녀 생각의 비약은 남편보다 훨씬 범위가 넓었다.

"이제 납득되었어요."

"그렇소. 알았으면 그런 마음가짐으로 내전의 여자들에게도 화려한 호사를 허락해선 안 되오. 무인의 생활은 어디까지나 검소함이 첫째요. 스스로 땅을 갈지 않고 살아가니 말이오."

다쓰 부인은 그 말에는 대답하지 않고 말했다.

"그럼, 정치상황도 크게 달라지겠군요. 그러니 히데요리 님에게 천하를 돌려드릴 필요도 없어지겠네요."

아무래도 다쓰 부인은 언니의 아들에게 앞으로 정권을 돌려주어야만 한다는 것이 마음 어딘가에 걸려 있었던 듯하다. 하지만 이 한 마디를 듣자 고지식한 히데타다는 버럭 화를 냈다.

"부인……지금 뭐라고 말했소?"

"예, 히데요리 님이 16살이 되면 천하를 돌려준다던 약속에 대해 말씀드렸지요. 기분 상하셨나요?"

"상하지 않겠소! 어리석은 생각일랑 하지 않는 법이오!"

히데타다로서는 의외이리만큼 격렬하게 감정을 노출시킨 질타였다.

다쓰 부인은 자못 놀란 듯 두 손을 짚고 남편을 올려다보았으나 속마음은 그 반대였다. 근엄한 히데타다가 다쓰 부인에게는 때로 미덥지 못하게 여겨져 견딜 수 없었던 것이다. 따라서 입에서 흘러나오는 말은 표정과 정반대로 거역하는 게 되었다.

"용서하세요. 저는 생각난 대로 말씀드렸을 뿐이에요. 딸들 말고는 듣는 사람이 없다고 생각하여."

"듣는 자가 있고 없고를 말하는 게 아니오!"

"그럼, 생각한 것도 물어보아서는 안 된다는 말씀인가요?"

히데타다는 세차게 혀를 찼으나, 자기를 말똥말똥 올려다보는 큰딸 센히메의 눈과 마주치자 당황해 표정을 부드럽혔다.

"그런 말을 경솔하게 입에 올려선 안 되오. 미쓰나리의 반란 때문에 전과 구상이 바뀐 거요. 쇼군으로서의 그릇 여부는 앞으로 보아야 알 것이오."

"그럼, 히데요리 님의 기량이 그에 어울린다면 넘겨주신다는 겁니까?"

"이제 그만두오. 아버님 뒤를 이 히데타다가 비록 계승한다 해도, 히데요리 님은 센히메의 신랑인데 그것에 구애받을 무슨 지장이 있단 말이오?"

다쓰 부인은 볼을 살짝 허물어뜨리며 웃었다.

"그럼, 저도 서둘러 세자를 낳겠어요."

히데타다는 더 이상 대답하지 않았다.

"그리고 어느 편이 쇼군감으로 아버님 마음에 드실지? 키우는 데 온 힘을 기울이지 않으면 아버님께서 낙심하실 거야."

히데타다는 다시 한번 매섭게 아내를 노려보았으나 생각을 돌려 시녀가 들고 들어온 밥상으로 시선을 돌렸다.

이에야스도 검소했으나 히데타다 역시 아버지 못지않게 검소했다. 그래도 오늘은 오랜만의 귀성이다. 도미가 한 마리 상에 올라 있다. 그 도미에 시선을 떨어뜨린 채 히데타다는 또 다른 말을 꺼냈다.

"참, 그랬지. 아버님은 머잖아 덴즈인(傳通院) 님을 후시미로 모시겠다고 하였소."

"어머나, 덴즈인 님도 기뻐하시겠네요. 이번 싸움을 가장 염려하신 것도 덴즈인 님이었어요."

"그러셨을 거야. 벌써 74살이시니."

"네, 그런데 아무리 나이 드셔도 아드님이 걱정되시나 보지요?"

덴즈인이란 이곳에 와 있는 이에야스의 생모 오다이였다. 오다이는 벌써 덴즈인 고가쿠요요치코(傳通院光岳蓉譽智香)라는 법명까지 받고 있다.

이에야스가 덴쇼 18년(1590) 8월 에도에 들어온 지 얼마 안 되어 지형답사 매사냥을 하고 돌아오는 길에 황폐한 절 하나를 발견하고, 이것을 덴즈인이라 이름 지어 시주절로 정했다.

"덴즈인이라니 생각나는데, 마에다 가문의 호슌인 님은 별고 없으시오?"

"예……요즈음 통 찾아뵙지 못했습니다만……"

히데타다는 젓가락을 들면서 넌지시 말했다.

"그 마에다 가문 말인데……네네히메는 마에다 가문에 보내게 되었소."

충분히 아내를 꺼리는 목소리였는데, 다쓰 부인은 소스라치게 놀라며 얼굴을 들고 남편을 다시 보았다.

"지금 뭐……뭐라고 하셨어요?"

히데타다는 못 들은 척하며 국그릇을 입으로 가져갔다.

"대감님, 제 말이 안 들리시나요?"

다쓰 부인에게 다시 재촉받고 히데타다는 정색한 얼굴로 그 말을 되풀이했다.

"네네히메를 마에다 가문에 보내게 되었다고 했소. 그것에 대해……"

다쓰 부인은 대들 듯 따지며 말했다.

"그것에 대해……"

"그것에 대해 아버님께서 상세한 말씀이 있을 거요. 마에다 가문은 우리 가문과 선대와도, 또 지금 주군과도 각별한 사이오. 그런데 그에게는 세자가 없소. 그러므로 동생 가운데 한 사람 마쓰다이라 성을 주어 그와 네네히메를 짝지워 다음대 주인으로 삼으시려는 의향인 것 같소."

"그건, 그건 아버님의 바꿀 수 없는 생각……이라고 보시나요?"

"뭐라고, 바꿀 수 없는 생각이라니?"

히데타다가 문득 젓가락을 멈추며 의아한 듯 되묻자, 어쩐 까닭인지 다쓰 부인은 입을 다물었다. 이에야스의 말이, 남편으로서는 움직일 수 없는 절대적인 것임을 알기 때문이리라. 그러나 그래도 잠자코 있을 수 없는 것이 실은 다쓰 부인의 가슴속에 있었다.

"이것이 아버님의 결정이 아니라면 부인은 반대하겠다는 말이오?"

히데타다가 되묻자 다쓰 부인은 서슴지 않고 대답했다.

"예, 그렇습니다."

"흠, 무언가 다른 생각이 있어서겠지."

"물론이지요. 저는 네네히메의 어머니, 아무 생각도 없을 리 없지요."

"흠."

"말씀드려도 괜찮을까요?"

"아니, 이건 거의 결정된 일이야."

이렇게 말하고 나서 다시 한번 신중히 고개를 갸웃했다.

"뒷날의 일도 있으니 부인 생각을 들어둘까?"

"말하겠어요. 저는 이곳으로 시집오기 전에 구조 미치후사의 아내였습니다."

히데타다는 문득 불쾌한 빛을 나타냈으나 곧 엄숙한 표정 속에 숨겼다.

"제 생각으로 딸 하나는 히데요리 님에게 출가시키더라도 또 하나는 다른 곳에 주고 싶었어요."

"흠, 어디로⋯⋯?"

"그건 말씀드리지 않겠어요. 대감님이나 아버님 생각에 방해가 되어서는 안 되니까요."

"말해 보시오, 딸은 둘만이 아니오. 부인은 그럼, 하나는 공경 가문에 보내겠다고 생각하고 계셨소?"

다쓰 부인은 천천히 고개를 저었다. 그 표정에는 어딘가 남편을 경멸하는 듯한 빛마저 있었다.

히데타다는 다시 한번 고개를 갸우뚱했으나 그 역시 거듭 물으려 하지 않았다. 공경 가문이 아니라면, 역시 아버지의 생각처럼 딸들을 모두 저마다 무장에게 시집보내 평화의 주춧돌이 되게 하는 게 옳다고 히데타다는 생각하고 있었다.

그러자 별안간 다쓰 부인이 또 입을 열었다.

"역시 말씀드리지요."

"뒷날을 위해 들어두기로 하겠소."

"저는 한 아이를 대궐에 보내고 싶습니다! 그것이 세키가하라에서 승리를 거둔 우리 가문을 위한 길이라고 은밀히 생각하고 있었어요."

히데타다는 깜짝 놀라 그만 젓가락을 떨어뜨릴 뻔했다. 여인의 꿈이란 때로 남자보다 훨씬 큰 모양이다.

차례차례 태어나는 히데타다의 자식이 모두 여자여서 히데타다는 적지 않게 실망하고 있었다. 남자라면 슬하에 두어 이 실력시대의 바람 속에서 엄격히 단련시키고 훌륭한 인물로 키워내는 보람이 있다. 그러나 딸이라면 그렇게 할 수 없다. 기껏해야 시집보낼 곳이나 사위의 인물 선택 등으로 조부의 비원에 협력시킬 수

밖에 없다. 이렇게 생각하며 지금까지 아버지 의견에 이의를 제시하려고는 생각조차 해본 일 없는 히데타다였다.

그런데 다쓰 부인은 아버지며 히데타다가 생각지도 못한 일을 생각해 왔던 모양이다. 구조 가문이라는 대궐과 가장 가까운 집안에서 지내면서 간파쿠의 측실인 언니에게 마음속으로 은밀한 경쟁심을 불태워 온 탓이었을까. 어쨌든 지금까지 아내가 그런 일을 생각하고 있을 줄 히데타다는 전혀 알지 못했다.

'대궐은 별다른 곳……정치나 정략을 초월한 곳……'

이렇듯 잔뜩 믿고 있었던 만큼 히데타다의 놀라움은 컸다.

"호호……대감님도 놀라셨나요……? 그러나 이 다쓰도 처음부터 그런 생각은 없었어요."

"흠."

"그런데 세키가하라에서 이기신 것을 알았을 때, 이것은 한번 생각해 보아야 될 일이라고 알았습니다."

"……"

"일본 으뜸가는 실력은 이미 우리 가문에 있습니다. 그렇다면 다음으로 중요한 것은 남에게 깔보이지 않을 만한 관직이 아닐까요? 좀더 솔직히 말해 만일 대궐에 드린 딸 하나가 그 시대의 천자라도 낳게 된다면, 황송하오나 천자도 외손자, 도요토미 가문의 세자도 외손자…… 그렇게 되면 이 집안을 보는 여러 영주의 눈이 달라질 것이고, 아버님의 비원인 평화시대도 계속되지 않을까 생각한 거지요."

히데타다는 아직 대답할 수가 없었다. 무슨 무서운 음모인 것 같은 생각마저 들었다.

'부인에 비하면 나는 너무 소심한 것일까……?'

깨닫고 보니 히데타다의 온몸은 흠뻑 땀에 젖어 있었다.

아버지의 포부를 듣고도 자기 생각이 작았음을 적지 않게 반성하고 있었다. 그런데 이번에는 아내가 옹졸한 생각의 겉껍데기를 때려부수고 에도의 포부를 들이대며 호통치는 느낌이 들었던 것이다.

본디 히데타다는 성격적으로도 다쓰 부인에게 밀리는 편이었다. 이루 말할 수 없는 열등감이 느껴진다.

'이 여자는 무서운 담력을 갖고 태어난 군사(軍師)인 모양이다……'

과연 외손자로 천자가 있게 된다면 도요토미 가문의 존재 따위는 개똥벌레처럼 미미한 게 되리라.

히데타다는 당황해 젓가락을 놓고 살며시 상을 밀어냈다.

"그렇군. 그것이 부인의 생각이오? 어쨌든 들어두기로 합시다."

말하고는 황급히 이마의 땀을 닦았다.

그 밖에는 달리 어떻게 해야 좋을지 알 수 없는 히데타다였다……

오다이(於大)의 생애

에도에서 후시미로 옮겨와 조용히 노후를 보내는 이에야스의 생모 오다이 부인에게 온갖 사람들이 찾아왔다.

오다이라는 이름은 벌써 옛것이 되고 지금 그녀는 '덴즈인 님'이라 불리고 있다. 올해(게이초7 1602) 75살, 60년 전에 생이별했던 아들 밑에서 이렇듯 조용한 나날을 보내게 될 줄은 생각지도 못했다.

지금도 그녀는 이따금 59년 전의 꿈을 꾼다. 그녀가 17살로 생후 1년 반쯤 된 다케치요와 헤어졌을 때의 꿈이었다.

깨어 있을 때는 야릇한 고마움에 싸여 지내는 오다이도 그 꿈속에서는 울고 또 울고 마냥 울기만 했다.

'이 아이는 반드시 나를 맞이해 줄 거야…….'

아니, 이미 맞아들여주었다는 기억이 꿈속에도 섞여 있건만 한번 울기 시작하면 눈물이 하염없이 흘러내렸다.

그 무렵 사람들은 이제 거의 이 세상에 남아 있지 않다. 이에야스의 아버지 히로타다, 오다이의 어머니 게요인, 그리고 아버지 미즈노 다다마사, 오다이에게 가장 따뜻한 인정을 베풀어준 사카이 우타노스케…….

그러나 그로부터 59년의 세월을 뛰어넘어 새삼 자기 주위를 살펴보면 이번에는 이상하게도 우스워 혼자서 곧잘 웃어댔다. 그때의 다케치요가 지금은 종1품으로 훌륭하게 일본을 다스리는 사람이 되어 있다.

'그렇게 되어야만 할 일이었어…….'

이런 생각이 드는 건 역시 어머니로서의 자만심일까?

자야 시로지로는 곧잘 오다이에게 말했다.

"일본 으뜸가는 어머님……."

그 말을 들어도 조금도 어색하지 않다고 생각하며 온몸이 뜨거워졌던 것을 기억하고 있다.

그 자야도 이미 이 세상에 없고 지금 자야 가문의 주인은 올해 19살인 기요타다(淸忠)이다.

그러고 보니 오다이가 이곳에 온 지 얼마 안 되는 2월 1일, 이이 나오마사가 세상을 떠났다. 나오마사는 아직 41살의 젊은 나이였으나 지난 세키가하라 싸움 때 입은 부상으로 건강이 좋지 않았던 것 같다.

반대로 이에야스는 더욱 건강해져 머잖아 측실 오만 부인에게서 자식이 태어난다고 한다. 59살에 고로타마루의 탄생으로 머리를 긁적였던 이에야스도 61살이 되어 이번 소문에는 시치미 뗀 얼굴로 한 마디도 하지 않는 것이 우스웠다.

태어나는 자.

죽는 자…….

시간은 시시각각 흐르고 사람도 바뀐다. 그 자연의 흐름 속에서 75살이라는 장수를 누리며 감사의 나날을 보낸다…… 그런 만큼 언제라도 웃으며 눈감을 수 있었을 텐데, 오다이는 거기서도 쓴웃음을 지었다.

'좀더 살고 싶다!'

그것이 인간의 탐욕인 줄 너무나 잘 알면서도 아직 이에야스를 위해 무언가 해줄 수 있는 듯한 느낌이 자꾸만 들었다.

오늘도 오다이는 자야의 둘째 아들 마타시로(又四郎)를 부르러 보냈다. 마타시로가 나가사키(長崎)에서 돌아왔다고 들었기 때문이었다.

"마타시로는 아직 안 왔나?"

오다이는 열어젖혀진 거실 마루 가까이로 보료를 옮기게 하여 5월 햇살에 눈을 가늘게 뜨고 있었다.

자야의 둘째 아들 마타시로가 나타난 것은 30분쯤 지나서였다.

"언제나 변함없으신 모습을 뵈니 반갑습니다."

마타시로는 형 기요타다와 연년생으로 올해 18살이었으며, 병약한 형과 달리 건강했다. 관허(官許) 무역제도(분로쿠 원년(1592)에 정해짐) 때 자야가 9척의 운행허가를 받았을 때부터 무역에 눈떠 나가사키를 자주 오가고 있었다.

이에야스가 지난해 11월에 에도로 일단 돌아갔다가 2월에 오다이와 함께 후시미로 다시 왔을 때, 마타시로는 오다이를 만나고 곧 나가사키로 떠났었다.

"오, 그대도 별고 없어 다행이군요. 자, 이리로."

"예, 실례하겠습니다."

18살이지만 마타시로는 몸집도 태도도 25, 6살로 보였다.

"마타시로 님, 나는 그대에게 두 가지 부탁을 하고 물어볼 일도 있어요."

"예, 무슨 일입니까? 제가 할 수 있는 일이라면 어떤 분부라도……."

오다이는 생글생글 웃으며 고개를 끄덕였다.

"그대라면 못할 일이 없겠지요."

그리고 가까이에서 시중드는 네 시녀들에게 자리를 뜨게 했다.

젊은 마타시로는 밀담인 줄 알고 얼굴이 굳어졌다. 이 나이 많은 덴즈인이 어떠한 어머니인지 마타시로도 잘 알고 있기 때문이었다. 이에야스가 에도에서 모시고 올 때 이 어머니는 이에야스에게 넌지시 주의를 주었다.

"번거롭게 하지 말도록."

그러므로 이에야스는 수행원을 겨우 30명쯤 거느리고 도카이도를 여행했다.

오쓰에서 야마시나에 걸쳐 마중 나왔던 공경과 여러 영주들이 이에야스의 행렬인 줄 모르고 지나간 다음에야 허둥지둥 뒤쫓아왔을 정도였다. 이에야스의 행렬이 너무나 검소하여 그들은 기껏해야 2000 내지 3000석의 가신으로 알고 물어보지도 않았던 모양이다.

이에야스는 물론 어머니의 뜻을 거스르지 않으려고 한 일이었지만, 이 일로 이에야스의 인간성은 뜻있는 사람들 마음을 한층 더 감탄시켰다.

그러한 덴즈인이 사람들을 물리친 것이다.

"마타시로 님, 우선 첫 부탁은 그대가 나가사키에 가면 남만인 학문을 배워주지 않겠어요?"

순간 마타시로는 어리둥절했다.

"그건……? 저도 실은 조금씩 그 나라 학문을 배우고 있습니다만, 무엇 때문에 또 그런 말씀을 하시는 건지요?"

"마타시로 님, 이 노파는 이 나이가 되어도 아들이 걱정됩니다."

"예……예."

"대감님은 이 노파에게 과분한 아드님이지요. 그래서 노파도 충성을 해야만 되겠어요."

"그 심정은 잘 알고 있습니다."

"앞으로 평화시대가 되면 무역이 대감님의 중요한 일거리가 될 거예요. 그때 통역에게 농락당해도 모른대서야 안심이 안 되지요. 그대 같은 뛰어난 젊은이에게 그 나라 학문을 익히게 해두면 세상에 유익하게 쓰일지 모른다고 생각해서예요."

마타시로는 물끄러미 덴즈인을 응시한 채 입술이 떨렸다.

'이 노인이 이런 말을 하다니…….'

그것만으로도 젊은 마타시로의 피는 용솟음쳤다…….

오다이는 사뭇 즐거운 듯 눈을 가늘게 뜨고 말을 이어나갔다.

"인간은 살아 있는 동안 세상에 쓸모 있는 일을 무언가 한 가지 해야만 됩니다. 오카자키에서 대감님을 낳기 전에도 그렇게 생각하고 목화씨를 심었었지요. 그 목화 덕택에 대감님도, 마쓰다이라 가문 가신들도 줄곧 이 노파를 잊지 않고 계셨답니다. 목화를 볼 때마다 생각나서 말이에요."

마타시로는 굳은 표정으로 고개를 끄덕였다.

어느덧 인생의 마지막에 다다른 이 행복한 여인의 입에서 면학의 권유를 받을 줄은 꿈에도 몰랐다.

'과연, 예사 분이 아니구나…….'

17살에 마쓰다이라 가문에서 이혼당하여 떠날 때 오빠 미즈노 노부모토의 성급한 성미를 헤아리고, 배웅 온 마쓰다이라 가문 사람들을 도중에 돌려보냈다.

그 때문에 뒤에 원한이 남지 않았으며 다시 도쿠가와 가문에 돌아오게 된 거라고 아버지 자야 시로지로에게서 들었는데, 그 자상하고 조심성 많은 성품이 75살이 된 오늘까지도 그대로 남아 있는 모양이다.

"그대처럼 남달리 뛰어난 젊은이가 뒷날 사람들을 위해 남만 학문을 배워 두면 그야말로 무서울 게 없지요. 그리고 틀림없이 신불의 뜻에도 맞는 일일 거예요."

"예……예."

"그래서 남만 학문을 열심히 익혀주었으면 하는데 어떨까요? 승낙해 주겠어요?"

"덴즈인 님! 염려하시지 않아도 됩니다. 그 학문이라면 저희 집안의 번창을 위해서라도 마타시로가 열심히 해야 될 일입니다."

"그래요, 참으로 잘 되었군요. 그럼, 또 한 가지 부탁하겠는데……."

덴즈인은 별안간 목소리를 낮추며 주위를 둘러보았다.

"마타시로 님, 이 노파는 대감님 생각을 잘 알아요. 그러므로 그대에게 부탁하고 싶어요."

"예, 말씀해 주십시오."

"그대 어머님은 가잔인(花山院) 분이시지요?"

"예, 어머님은 아직도 정정하게 집에 계십니다."

"어떨까요, 그대 어머님을 통해 살며시 알아볼 일이 있는데."

덴즈인의 표정에 차츰 야릇한 정열이 젊게 되살아났다. 마타시로는 저도 모르게 마른침을 삼켰다.

"이건 아무쪼록 그대에게만 하는 부탁이니 다른 사람에게는 말하지 않도록…… 다름 아니라 대감님은 무장 가문이므로 공경 관직보다 쇼군 칙명을 원하고 계십니다."

마타시로는 다시 온몸을 꼿꼿이 굳히며 눈앞의 노파를 다시 고쳐보았다. 이건 공부하라는 이야기 이상으로 뜻밖의 이야기가 아닌가…… 더구나 그 한 마디만 들어도 이미 뒷말은 들을 필요 없었다.

자야는 현재 도쿠가와 가문의 포목 조달을 맡아보고 있지만 대궐의 것도 맡고 있다. 게다가 어머니를 통해, 지금 대궐에서 쇼군 임명이냐 간파쿠 임명이냐로 의견이 갈린 것을 마타시로도 어렴풋이 듣고 있었던 것이다.

"그럼……덴즈인 님은……대감님 소원을 이루어 드리고 싶다는 말씀이십니까?"

마타시로가 숨죽이며 되묻자 덴즈인은 휴 한숨을 내쉬며 합장했다.

마타시로는 곧 다음 말이 나오지 않았다. 벌써 노망할 나이의 덴즈인이었다. 만일 생각하는 일이 있다면 하찮은 넋두리나 불평이리라고 여겼던 상대에게서 중신들도 입에 올리기 어려운 중대사를 들었으니 무리도 아니었다.

'이분은 대체 나 같은 젊은이에게 그러한 중대사를 말해서 무슨 힘이 되리라고 생각하는 것일까?'

만약 덴즈인이 그렇게 생각했다면 마타시로는 부끄러웠다. 그가 알아낼 수 있는 건 고작해야 누구누구가 쇼군 임명에 반대하는지 정도를 벗어나지 못하리라. 만일 그것을 알아내어 보고한다면 덴즈인은 대체 어떻게 하려는 것일까……? 반대자에게 선물이라도 보내 찬성케 하려는 것일까……?

다시 한번 덴즈인은 두 손을 모아 마타시로에게 절했다.

"마타시로 님……그대 어머님에게 내가 이렇게 말하더라고 전해 줄 수 없겠어요……? 이 노파는 대감님을 낳았으면서도 키워드리지 못한, 부처님 인연이 엷은 몸, 그러므로 지금 내 목숨을 불러주십시오, 하고 날마다 빌고 있습니다. 아무쪼록 대감님 소원만 이루어진다면……."

"저, 목숨을 바치시더라도?"

"네."

덴즈인은 다시 어린애 같은 얼굴로 돌아가 고개를 끄덕였다.

"대감님 소원대로 해주신다면 틀림없이 평화가 오래 계속될 거라고 이 노파도 곰곰 생각해 보았지요. 그대도 알다시피 교토 행정장관은 이타쿠라 님, 사와야마에는 대대로 근왕 가문인 이이 님……등이 계셔서 교토를 단단히 굳히시고, 난폭한 자들은 에도에 모아서 대감님이 빈틈없이 경비하신다면 천자님도 무사하시지 않을까 하고……호호……늙은이의 주책이라고 웃어주세요. 아니, 이런 생각도 이 노파보다는 대감님이 더 많이 하고 계시겠지요. 그러므로 이 노파는 그 소원을 이루어주십사고……."

"알겠습니다."

마타시로는 목이 바싹 마르는 느낌이 들었다. 그는 세키가하라 싸움 때 형을 도와 군량배급이며 무기수송 등으로 활약했으나, 이에야스와 그 노모까지 에도에서 정치를 할 생각인 줄은 아직 확실히 몰랐다.

"그럼, 제가 대감님과 덴즈인 님의 희망을 제 어머니에게 전하고 그다음에는 어떻게 하면 되겠습니까?"

그만한 생각을 할 덴즈인이라면 당연히 나중의 지시도 고려하고 있겠지 생각하고 물어보자 덴즈인은 시치미 떼며 또 합장했다.

"나중 일 같은 게 뭐 있겠어요? 여자는 여자끼리 알지요. 내가 그 일 때문에 목숨 바쳐 축원한다고 전해 주세요."

마타시로는 하마터면 '앗!' 하고 소리 지를 뻔했다. 이것은 노망은커녕 마타시로 따위보다 한결 침착한 오싹할 만큼 깊은 생각을 숨긴 암시라는 걸 깨달은 것이다.

아버지 시로지로는 이미 이 세상에 없다. 그러나 대궐 언저리의 공경으로서 자야의 재력 덕을 보지 않은 사람은 사실 한 사람도 없다 해도 좋다. 덴즈인은 그걸 알고 마타시로의 어머니에게 큰 희망을 걸고 있는 것이다. '여자는 여자끼리……'라니, 이 얼마나 평범한 말 속에 숨은 커다란 어머니의 집념인 것일까……?

오다이는 그런 다음 마타시로에게 더 이상 딱딱한 이야기는 하지 않았다. 손수 차를 끓여 내놓고, 이에야스가 보내왔다는 흰 설탕을 종이 위에 얹어 내놓으며 이처럼 맛있는 것은 처음 먹어보았다면서 두 눈을 가늘게 뜨고 권했다. 마타시로는 진지하게 그것을 받아 맛보았다. 웃을 일은 아니지만, 그것은 사실 마타시로가 형 이름으로 이에야스에게 헌상한 것이었다.

마타시로가 돌아간 것은 세상이야기 끝에 이에야스가 고다이인의 청을 받아들여 절을 하나 지어주기로 승낙했으며, 고다이인도 적적해 할 터이니 이따금 찾아가라는 이야기가 나온 다음이었다.

마타시로가 젊은 흥분을 아직 얼굴에 남긴 채 돌아가자, 오다이는 시녀를 불러 복도 끝까지 배웅하게 하고, 자신은 일과로 삼고 있는 불경 베끼는 일을 하기 시작했다.

"덴즈인 님, 허리를 좀 주물러 드릴까요?"

총애받고 있는 오사이(於才)가 말했으나 오다이는 희미하게 고개 저었을 뿐이었다. 이에야스의 의붓동생 가쓰토시(勝俊)가 가신 중에서 골라 보내준 오사이는 잠자코 오다이 뒤로 돌아가 부채로 바람을 보냈다.

그녀는 오다이가 무엇을 생각하고 있는지 알 듯했다. 오다이는 지금 아무에게도 말하지 않은 하나의 투쟁을 자기 자신에게 부과시키고 있다. 그것은 22살의 오사이에게 절반은 이해되고 절반은 이해되지 않는 일이었다.

때로 오사이는 생각했다.

'이런 생각을 미신이라고 하는 게 아닐까?'

오다이는 자신의 노후 행복을 두려워하고 있다. 아니, 행복이라기보다 안일한 생활을 겁내고 있다는 편이 정확할지도 모른다. 그 두려움의 원인을 오사이는 오다이에게서도, 주인 가쓰토시에게서도 들어 알고 있었다.

마쓰다이라 가문과 인연 끊고 히사마쓰 가문으로 갓 재혼해 간 무렵의 일이었다.

오다이는 그즈음 아구이 작은 성과 나란히 있던 히사마쓰 가문의 위패를 모신 선종(禪宗) 도운사에 혈서로 쓴 《관음경》을 바쳤다. 그때 오다이는 마쓰다이라 가문에 남기고 온 이에야스인 다케치요를 걱정하여 자기 피로 경문을 베끼면서 간절하게 염원했던 모양이다.

"이 목숨을 바치겠사오니……."

그 오다이의 염원은 이루어졌다. 이제 이에야스는 만인이 갈구해 마지않는 평화시대의 대들보로서 이 성안에 있다. 목숨을 바치려 했던 오다이 또한 그 이에야스 옆에서 일본 으뜸가는 어머니라고 모든 사람의 선망을 받고 있지 않는가……

오다이는 그 행복을 그대로 받아들여서는 안 된다고 진지하게 믿고 있다. 그래서 허리 아픔이나 어깨의 신경통과 싸우는 것으로 양심을 잠재우려 하는 눈치를 오사이는 알고 있다.

이곳에 온 지 얼마 안 되어 감기로 반나절쯤 드러누웠을 때 이에야스가 약을 보내왔지만 오다이는 먹지 않았다.

"이것을 먹으면 미안해질 분이 있어요."

이에야스에게 거듭 고마움을 나타내면서 약은 살며시 침구 밑에 두었다. '그 미안해질 분'이란 그녀가 염원을 위해 기도드리고 있는 신불임이 틀림없으리라고 오사이는 생각한다. 그래서 오늘도 굳이 허리를 주무르겠다고 하지 못하는 오사이였다.

오다이의 일과인 불경 베끼는 일은 한참 동안 이어졌다.

그동안 오사이도 잠자코 부채질을 계속했다. 황혼 무렵이 되자 찌는 듯한 더위가 이상하게도 한층 심해져 75살 난 노인의 목 언저리에 흥건히 땀이 배었다. 오사이는 그 땀조차도 굳이 닦아주려 하지 않았다. 어쩐지 오다이는 자신의 몸을 괴롭히는 고행이 그대로 이에야스의 안녕과 통하는 길이라 믿고 있는 것 같다.

두 시녀가 촛대를 받쳐들고 왔다. 방 안이 어두워진 걸 비로소 깨닫고 오사이는 얼굴을 들었다.

"실은 말이야, 오사이."

"네."

"나는 오늘 자야의 아들 마타시로와 이야기하는 동안 기도드려야 할 또 한 가지 소원이 있다는 걸 깨달았어."

"어머, 또 소원을."

오다이는 붓을 놓고 천천히 책상에서 물러났다.

"그 젊은이는 참 똑똑한 사람이야."

"네, 대감님도 자야 가문을 더욱 번창시킬 마타시로라고 말씀하셨습니다."

"그렇지, 형보다 뛰어나."

오다이는 연거푸 고개를 끄덕여 보였다.

"그 똑똑한 젊은이가 말이야, 내 이야기를 미처 다 이해하지도 못한 채 돌아갔어. 이 세상의 일은 이상한 곳에서 꼬이는 거야."

오사이는 고개를 갸우뚱하며 저도 모르게 무릎으로 한 걸음 다가앉았다.

"마타시로 님에게 이야기를 다 못하셨나요?"

"그렇지. 7할쯤 통했는데 나머지 3할이 좀……."

말한 다음 오다이는 가만히 고개를 저었다. 무언가 말할까 말까 머뭇거릴 때 언제나 오사이에게 해보이는 이 노인의 버릇이었다.

오사이는 알아차리고 다시 한무릎 나앉았다.

"어떠한 것이 통하지 않았나요?"

"아니, 통하지 않았다 해서 물론 그 젊은이 탓은 아니지. 대궐의 높은 분들마저 망설이는 일이니까."

"어머나, 대궐의……."

오사이는 황급히 말꼬리를 삼켰다. 그녀 또한 이런 뜻밖의 말이 이 노부인 입에서 나올 줄은 생각지도 못했다.

오다이도 입 밖에 내고 나서 멈칫하는 모양이었다.

"불을 켜주겠나?"

다시 조그맣게 고개 저으며 화제를 바꾸었다.

"고마운 일이야. 모두들 대감님에게 협조하고 있어."

오사이는 시키는 대로 일어나 촛대에 불을 붙이며, 이건 자기 쪽에서 물어선 안 될 일이로구나 하고 판단했다.

오다이도 다시는 '대궐'이라는 말을 하지 않았다.

그러나 사실 오다이가 마타시로에게 던진 암시는, 마타시로의 해석과는 좀 다른 것이었다.

오다이는 대궐에서 이에야스를 어려워하고 있다고 생각했다. 대궐에서는 이에야스에게 기요모리나 히데요시의 경우와 마찬가지로 섭정이나 간파쿠 다조 대신을 주지 않으면 안 되리라 생각하여 히데요리의 존재를 염두에 두며 망설이고 있다. 그러나 그런 망설임이나 염려 따위는 전혀 필요 없는 일, 이에야스는 무사 우두머리가 되고 싶은 거라고 마타시로의 어머니를 통해 알려주고 싶다는 게 오다이의 암시였던 것이다.

세상에는 입에 올리기 쉬운 일과 말해서 안 될 일이 있다. 그래서 서로 속셈을 살피면서 쌍방에서 움츠러들고 만다. 지금 공경 중에서 이에야스에게 주저 없이 말할 수 있는 자는 한 사람도 없다. 아니, 그보다도 이에야스에게는 자기 일이면 왠지 이상하게 사양해서 입이 무거워지는 버릇이 있었고, 이에야스한테 빈번하게 드나드는 쇼타이며 스덴(崇傳)이며 그 밖의 다섯 명산 장로들도 이에야스가 어떤 관직을 희망하느냐는 문제가 되면 섣불리 추측하지 못할 입장에 있었다.

천하는 이미 이에야스의 것이라고 알고들 있지만, 어쨌든 다이코의 아들 히데요리가 존재하고 있다. 따라서 히데요리의 대우에 대한 이에야스의 방침을 확실히 알지 못한다면 섣부른 참견을 할 수 없다.

이에야스의 마음을 알고 있는 오다이로서는 그것이 안타까웠다. 그래서 영리한 마타시로에게 그렇듯 양쪽이 엉거주춤하는 사정을 이해시키려 했던 것인데 도중에 오다이는 적잖은 양심의 가책을 느꼈다.

'이건 내 욕심이다. 무서운 교만심이야……'

결코 이에야스에게 그만한 실력이나 덕이 없다고 생각한 것은 아니다.

'거기까지 참견하며 도모할 자격이 과연 나에게 있는 것일까……'

그렇게 반성하고 당황해 마타시로와의 화제를 돌려갔던 것이다.

그런 자격은 오다이에게 없었다. 오다이는 이미 한번 목숨을 바치겠다고 신불에게 맹세했었다. 그리고 훌륭하게 그녀의 '염원'이 이루어져 이에야스뿐 아니라 자기까지 이렇듯 행복한 여생을 누리고 있지 않는가.

'이 이상의 소원은 만족을 모르는 무서운 욕심이야.'

오다이는 그래서 마타시로가 돌아가자 곧 부처님에게 염불을 계속했다. 그러나 아무리 빌고 빌어도 욕망은 또다시 타올랐다.

'나는 어머니로서 대감님에게 무엇을 해주고 싶은가⋯⋯?'

욕망은 그 자책과 한 덩어리가 되어 오다이의 마음을 불태웠다. 그것이 어머니에게 자연스럽게 허락된, 아무리 사랑해도 모자라는 애정이라고는 생각되지 않았다.

'나는 남달리 욕심이 많은 거야. 바라선 안 될 것까지 바라는 고약한 업을 지닌 여자야.'

오다이의 지혜는 지금에 와서 모든 것이 불교색으로 칠해져 있다. 현세의 고락도 흥망도 모두 그 과거에 악인(惡因)과 선근(善根)이 축적된 것이라고 믿고 있다.

사실 그녀가 아는 한 그것은 거의 예외 없이 적중하고 있었다. 이웃사람을 깊이 사랑한 사람들 자손은 모두 번영하고 악업을 거듭하면서 심하게 서로 미워하며 싸운 자의 자손은 멸망하고 있다.

"오사이, 이제야 겨우 마음을 정했다."

시녀가 날라온 밥상을 오사이가 오다이 앞에 고쳐놓았을 때, 뜰은 어느덧 조용한 어둠 속에 파묻혀 갔으며 방 안의 등불이 부드러운 빛을 떨치고 있었다.

"내 얼굴빛이 활짝 밝아졌을 거야. 마음이 정해지면 즐거운 법이지."

오사이는 웃으며 고개를 끄덕였다. 밥상을 대한 오다이는 정말 기분 좋아 보였던 것이다⋯⋯.

오다이는 여느 때처럼 밥상을 향해 합장했으나 좀처럼 젓가락을 들지 않았다.

"오사이, 여자란 죄 많은 존재야."

오사이는 이 말에도 대답하지 않았다. 노인이 이러한 명랑함으로 무언가 이야기를 꺼낼 때는 가슴 가득한 추억이 있다. 말로 맞장구치기보다 눈으로 끄덕이고 몸짓으로 이야기를 재촉하는 편을 좋아한다는 걸 오사이는 알고 있다.

"너도 여자야, 잘 들어둬."

"네."

"남편을 섬기면 그에게 사랑이 느껴지고 자식을 낳으면 역시 사랑스럽다."

오사이는 좀 고개를 갸우뚱했다. 사랑하는 것이 어째서 죄가 되느냐고 되묻는 의미를 갖고 있었다.

오다이는 곧 응하여 말했다.

"죄업이지. 형제를 가지면 그도 사랑스럽고 사람을 부리면 또한 사랑스럽다. 아니, 새끼 고양이 한 마리를 길러도 새 한 마리를 길러 보아도 모두 사랑스럽지…… 그런데 사랑스럽다고 생각하는 집념의 이면에는 모르는 사이 미움이 깃들게 되는 것이야."

"어머……."

"질투에 눈이 뒤집혀 소실을 죽인 여인을 나는 보았어. 아니, 질투로 오히려 남편을 배반한 여인의 경우도 알고 있지. 자기 하인을 총애한 나머지 남의 하인을 베어버린 사람이 있는가 하면, 개들 싸움으로 이웃집 개를 독살하는 일도 보았어."

오사이는 다시 다소곳이 고개를 끄덕였다. 그러한 의미에서라면 확실히 '사랑' 또한 죄의 하나일지도 모른다.

"알겠느냐, 오사이? 내 자식이 귀엽다 해서 남의 자식을 미워한다면 이 사랑은 착한 일일 수 없을 거야. 그런데 자칫 잘못하면 여자가 그 죄를 범하게 되지."

"네, 잘 명심하겠습니다."

"아냐, 이건 그대에게 하는 말이 아니야. 실은 내가 내 자신에게 하는 것이지."

"어머……덴즈인 님에게 그런 일이 있을 리 있겠어요?"

오다이는 눈을 좁히며 웃었다.

"이것 참, 그대도 나를 후하게 봐주는군. 그런데 이야기는 이제부터야."

"호호……국이 식습니다."

"그래, 그걸 미처 몰랐군. 그럼, 먹어야지."

오다이는 국그릇을 들고 맛있게 한 모금 마시고 나서 다시 두 모금 마셨다. 그리고 국그릇을 달그락 하고 내려놓더니 이야기를 시작했다.

"그런데 그 사랑스러워 견딜 수 없는 것 가운데 세상의 여느 여자들이 특히 사랑스러워하는 것은 무엇일까?"

"그건……역시 자식이겠지요."

오다이는 심술꾸러기처럼 눈을 가늘게 뜨며 고개를 저었다.

"틀렸어. 우선 그대에게는 아직 어린애가 없지 않나?"

"어머……자식보다 사랑스러운 것……그럼, 역시 남편이겠지요."

"아냐아냐, 그대에게는 남편도 없어."

"그럼……."

"내 몸이지! 내 몸이 가장 사랑스러운 거야!"

얼마쯤 힘주어 말하더니 오다이는 다시 경건하게 합장하고 상을 살며시 밀어냈다. 오사이는 오다이가 이야기에 열중해 식사를 잊은 것이라 생각하며 저도 모르게 미소 지었다.

75살이란 오사이로서는 상상도 못할 많은 나이였다. 드물게 80살 넘게 살아 있는 여인도 없지는 않다. 그러나 60 고개를 넘으면 대개 정신활동이 사그라들어 개중에는 완전히 어린애로 돌아가 다만 생명만 유지할 뿐인 사람도 있다.

그런 의미에서 덴즈인은 보기 드문 사람이라고 오사이는 생각한다. 아직도 하는 말에 아무 어지러움이 없으며 이따금 오사이보다도 훨씬 엄격한 자기반성으로 자신을 다스려 나가는 경우가 있었다.

'하지만 역시 75살…….'

오사이는 웃으려던 자신을 꾸짖었다.

"덴즈인 님, 아직 식사를 드시지 않았습니다만."

오사이는 진지한 표정으로 다시 상을 밀어놓았다.

오다이는 웃었다.

"그렇군. 그대도 알고 있었나?"

"네, 겨우 국을 조금 드셨을 뿐이지요."

"그만하면 됐어. 그것만으로도 오늘 저녁은 배가 부르다. 아마 마타시로 님과 함께 차니 설탕이니 많이 먹은 탓일 거야."

오다이는 언제나 흐뭇할 때 해보이는, 한쪽 눈을 가늘게 뜬 익살스러운 표정의 웃음을 지으며 말했다.

"식사를 많이 안 들면 언제나 그대가 걱정하지. 그래서 일부러 설교로 속이려 했는데 헛일이었군."

"어머, 덴즈인 님은 재미있는 농담을 하시는군요……."

"정말이야. 자, 알았으면 상을 물리게 해줘."

"정말 배가 부르십니까?"

"무엇 때문에 사양하겠느냐?"

"그렇지만 혹시 편찮으시면 대감님께 말씀드려야 합니다."

"그건 헛일…… 아니, 헛일이라기보다도 난 싫다. 대감님에게 말씀드리면 곧 의사를 보내든가 약을 내리시겠지. 그대도 잘 알지 않아? 이 노파가 약 먹기 싫어한다는 걸."

이 말에 오사이는 그리 깊이 생각지 않고 그대로 상을 가지고 나갔다.

그런데 오사이는 그 이튿날부터 오다이의 모습이 여느 때와 다른 것을 깨달았다. 아침식사를 가져가자 오다이는 오사이에게 눈에 거슬리니 뜰의 시든 나팔꽃을 따버리라고 명했다. 그리고 오사이가 그것을 따버리고 돌아오니 벌써 밥공기에 물을 부어 마시고 있다. 그때는 아직 이상하게 생각하지 않았지만, 저녁때도 밥공기를 든 채 또 일을 시켰다.

"세키가하라에서 다다요시 님 목숨을 구해 주신 나오마사 님이 돌아가셨어. 이 경문을 이이 가문에 전하라고 일러라…… 생각났을 때가 아니면 잊어버리기를 잘해서 큰일이야. 자, 그대가 빨리 갖다 주고 와."

오사이가 허둥지둥 심부름하고 돌아오니 상은 벌써 다른 사람을 시켜 물린 뒤였다. 혹시나 하여 주방으로 달려가 조사해 보니, 조그만 밥통 안의 밥이 조금도 줄어 있지 않았다. 아마도 덴즈인은 오사이가 퍼서 내놓은 밥을 그대로 밥통에 쏟은 모양이다.

오사이는 어떤 예감에 전율했다.

'덴즈인 님은 식사를 끊고 죽겠다는 기원을 하신 게 아닐까……?'

그 예감이 맞는다면 그녀의 입장은 말할 수 없이 난처해진다.

오사이가 오다이의 식사를 결코 남에게 맡기지 않는 것은 이에야스를 비롯한 그 의붓동생 마쓰다이라 가쓰토시와 야스모토의 명이 있어서였다. 물론 독살을 경계한 건 아니고 노인이므로 잡수시는 것까지 확실히 파악하라는 뜻인 것 같았다.

그토록 자식들에게 소중히 봉양되고 있는 오다이가 만일 엉뚱한 '기원'을 한다면 어떻게 될 것인가……?

한번 입에 올리면 결코 굽히지 않는 오다이였다. 오사이가 눈치챘다고 느낀다면, 오다이는 자기 편에서 털어놓을 게 틀림없다. 털어놓고 이해해 달라고 강요한다면, 오사이는 덴즈인과 주인 가운데 어느 쪽을 배반해야만 하게 되리라.

사흘째 되는 날 아침상을 나를 때 오사이는 두 손이 부들부들 떨리는 것이 마음에 걸렸다. 아직 그녀의 마음은 결정되지 않았다. 자기 쪽에서 물어보기도 두렵고, 고백받은 뒤 누설시키는 것을 금지당하는 건 더욱 무서운 일이었다.

불단 앞에서 오랜 독경을 끝낸 덴즈인 앞으로 오사이가 상을 날라가자 걱정하며 보아서 그런지 더위에 수척해진 오다이는 또 금방 젓가락을 들지 않았다.

"수고해요. 오사이……."

"네……네."

"그대는 나를 심술쟁이 할멈이라고 생각할 거야."

"어머, 어째서 또 그런 말씀을 하세요?"

"나는 그대에게 요전에 마음을 벌써 정했으며, 정하고 나니 편해졌다고 말했을 거야."

"네……네."

"그때 내가 무엇을 결심하고 그렇게 말했는지 현명한 그대는 눈치챘을 테지."

오사이는 당황했다. 마침내 고백하고 식사를 하지 않겠다고 할 것 같았다.

"그때 나는 가장 소중한 내 몸을 약속대로 부처님에게 바치자. 그러면 그만큼 대감님께서 세상에 도움 될 존귀한 인도를 받으시리라 생각했어."

"황송하고 착하신 마음이십니다."

"왜 우느냐, 오사이……? 그렇다면 내가 말을 하지 못한다."

"하지만……."

"그렇게 하면 도쿠가와 가문은 앞으로 15대쯤은 분명 부처님 가호로 평화로운 세상을 이끌 수 있으리라 생각했어. 알겠느냐, 대감님은 열심히 조상을 받드시고 15대조까지 제사를 모셨지…… 제사도 안 지내고 대대손손까지 지켜달라는 건 부처님도 외면하실 자기 욕심이야. 아니, 이건 이야기가 빗나갔군……."

거기서 또 오다이는 다시 멍한 얼굴이 되어 웃어보였다.

"참, 나 좀 봐. 그렇게 결심했으면서도 나는 내 생각만…… 오사이, 수고스럽지만 대감님에게 의사를 보내달라고 여쭤주지 않겠어……?"

오사이는 무슨 말을 들었는지 알아차리지 못했다. 완전히 마음을 털어놓으려는 줄 알고 곰곰이 그 생각만 하고 있었기 때문이었다.

"네……뭐라고 하셨어요, 덴즈인 님?"

"의사를 보내달라고 대감님에게 여쭤주지 않겠느냐고 했어."

오다이는 오사이의 얼굴을 들여다보듯 하며 대답하더니 비로소 상을 밀어냈다.

"어디도 그리 괴로운 데는 없어. 아픈 데도 없고 쑤시는 곳도 없어. 하지만 말이야, 왜 그런지 식사가 싫어졌어."

"어머……그래서 의사를 부르라는……?"

"그렇지."

오다이는 고개를 크게 끄덕이더니 눈을 가늘게 뜨고 또 웃었다.

"어처구니없어. 큰소리치지만 역시 내 몸이 소중하니 이대로 버려둘 수가 없는 거지. 그리고 그대도 걱정될 테니."

오사이는 어리둥절하여 부끄러운 듯 주름진 오다이의 웃는 얼굴을 물끄러미 보았다. 금방은 사태가 이해되지 않았다.

오다이는 정말 식욕이 없어져서 자신의 몸을 염려하고 있는 것일까? 아니면 오사이의 입장을 헤아려 의사에게 한 번 보이게 해두고는 자기 뜻을 관철하려는 것일까……? 얼굴 표정만 보면 앞경우인 것 같고, 성품을 생각하면 뒷경우인 것 같다.

"그럼 저, 이 상은 물리라는 말씀이십니까?"

"오, 그렇군. 아까우니 이 국물만은 조금 먹을까?"

한 번 밀어낸 상을 다시 당겨서 국그릇을 집어든다. 아무 이상할 것 없는 자연스러운 동작이었다.

"역시 더위가 몸을 시원찮게 하나봐."

"그런지도 모르지요. 무언가 달리 잡숫고 싶은 거라도 있으시면……?"

오다이는 손을 젓고 합장했다.

"아냐, 아냐. 이젠 나이 탓이지. 망령을 피우면 극락에 못 가. 걱정하지 말아요."

마침내 오사이는 반신반의한 채로 상을 물리고 의사를 부르러 갈 수밖에 없었다.

이에야스는 곧 맥을 보도록 마나세 겐사쿠를 보내주었다.

"염려할 것 없습니다. 곧 완쾌하실 겁니다."

오사이에게도 그렇게 말했고 이에야스에게도 그렇게 보고한 것 같았다.

하지만 오다이는 그대로 끝내 완쾌되지 않았다. 처음에는 일어나 불경을 베끼거나 했지만, 이레째 될 무렵부터는 자리에 누워 차츰 수척해져 갔다.

의사가 몇 사람 번갈아 왔다. 맥박이 차츰 약해져가는 것은 식욕이 없는 탓으로 확실히 알고 있었으며, 달리 어디 아픈 데는 없다고 말하며 누워 있을 뿐이었다.

"수명을 다하신 걸까?"

"아마 그런 것 같아."

다들 나이를 염두에 두고 서로 고개를 끄덕일 뿐…… 그렇게 되자 오사이는 안타까웠다. 그녀로서는 아무래도 이것을 예사로운 노쇠로 생각할 수 없었기 때문이다.

병석에 눕고 나서 이에야스도 두 번 병문안 왔다. 한 번은 일부러 진귀한 새로운 품종의 참외를 들고 와 한 입이라도 잡수라고 하며 자기 손으로 잘게 썰어 입에 넣어줬는데, 오다이는 그것도 먹지 않았다.

이에야스가 있을 동안은 그걸 입에 넣고 있다가 이에야스가 돌아가자 살며시 뱉어 오사이에게 주었다.

"고마운 일이야. 그렇지만 배 안에 부처님이 가득 들어 계셔서 집어넣을 여지가 없어."

그 오다이가 억지로 침구 위에 일으켜 달라고 오사이에게 조른 것은 날씨가 한결 서늘해진 8월 25일 점심때였다.

"오늘은 어떻게든 일어나고 싶구나."

어리광 부리며 병자가 떼쓰는 것으로 보였다. 오사이는 일으켜 이불을 받쳐주었다.

"이젠 염려 없어. 서늘해지면 낫겠지."

진심으로 낫고 싶은 마음의 용기를 보이며 문갑을 가져오게 했다.

"지금 꾸벅꾸벅 졸고 있으려니 호라이사에서 진달라대장이 오셔서 회복되고 싶으면 여한이 없도록 유물을 모두에게 나눠주라고 하셨어. 자, 그 속의 물건을 이곳에 늘어놓아봐."

시키는 대로 오사이가 안을 보니 어느 틈엔가 유물이 다섯 꾸러미로 나뉘어져 있었다. 빗이며 머리장식 등을 비롯해 거문고를 켤 때 손가락에 끼우는 것, 향주머니 등에 저마다 몇 닢씩 금화가 덧붙여져 하나하나 이름이 씌어 있다. 이에야스에게 주는 것은 없었으나 다쓰 부인과 히사마쓰 가문에서 낳은 두 아들의 부인 몫으로 되어 있었다…….

그 가운데에서 이름이 씌어지지 않은 향주머니와 교토 연지와 자개함을 꺼냈다.

"이것을 센히메 님이 오면 드리도록 해. 성장하시면 알 테니."

그 뒤에 '덴즈인 고가쿠요요치코로부터'라고 씌어 있는 것을 보고 오사이는 가슴이 철렁 내려앉았다.

'역시 단식을 각오하고 계셨구나!'

"오사이……자, 이건 그대 것이야. 그대는 여름내 나에게 부채질해 주었으니 대감님이 하사하신 이 부채를 주겠다."

그 부채에는 갓 주조한 금화가 세 닢쯤 곁들여져 있었다. 오사이는 가만히 있을 수가 없었다. 각오 끝의 단식이라면 이미 꺼져가는 생명의 등불을 예감하고 있는 게 틀림없다.

'대감님에게 알려드리지 않으면…….'

"오사이……."

"예……예."

"그대는 뭘 우물쭈물하고 있지? 대감님을 보고 싶을 때는 내 편에서 말할 거야."

"예……예."

이제 의심할 여지가 없다. 아무리 모순을 품은 행동이라 할지라도 오다이는 마침내 마음으로 맹세한 신불을 배신할 수 없는 성격의 여인이었다…….

"어째서, 울지? 오사이……?"

다섯 꾸러미의 유품을 늘어놓게 하더니 오다이는 크게 한숨짓고, 이번에는 노래하듯 말했다.

"남자에게 질 수는 없지…… 고집이나 맹세는 무사들만의 것이 아니야. 오사이……잊지 마라, 그대에게 고집이 없다면 그대가 낳을 아이가 고집을 가지기를 원해도 소용없어."

오다이는 마침내 자신의 각오를 고백했다. 오사이는 무언가 마법에 걸린 느낌이 들어 꼼짝도 할 수 없었다.

"그렇지, 오사이. 남자는……무장은……다다미 위에서 죽는 걸 수치로 여기지……나는 그러한 남자의 긍지가 젊었을 때는 아주 싫고 저주스러웠어…… 결코 온당한 일이 아니며 어딘가 신불의 뜻을 어기는 것이라고. 신불은 모두 그 수명을 채워주려고 하는데 서둘러 죽음을 찾는다고."

오다이는 어느덧 이불에 기댄 채 눈을 감으려 하고 있었다. 몹시 핼쑥해진 옆얼굴이 시들은 새하얀 나팔꽃을 연상시켰다. 또 무슨 말을 하고 싶어하는 걸 눈치채고 오사이는 황급히 숭늉으로 입술을 축여주었다.

"고맙군."

눈을 감은 채 오다이는 생긋 웃었다.

"그러나 그건 내가 잘못 본 것이었어……누가 좋아서 죽는단 말인가……죽고 싶은 건 아니지. 살고 싶은 거야…… 그렇게 알면서도 죽지 않으면 안 될 일이 차례차례로 생기는 거지. 잔뜩 비뚤어진 난세 탓으로…… 그대도 그쯤은 알 테지?"

"예……예, 잘 압니다. 결코 죽고 싶어서 죽는 사람은 없습니다."

오다이는 크게 고개를 끄덕였다. 그러고 보니 시든 볼에 희미하게 홍조가 어리는 것 같기도 했다.

"그래. 누구나 죽고 싶지 않은데 죽어야만 되는 그 모순을 없애기를 원한다면 난세를 평화로운 세상으로 바꿔야 해……그렇게 생각해서 나는 몇 번이고 신불에게 기원한 거야."

"그 말씀이라면 전에 많이 들었습니다."

"아냐, 아직 할 말이 많아……그 기원을 신불께서 들어주셔서 대감님의 큰일을 이루어주셨지…… 그런데 이 노파는 아직까지 약속을 지키지 않았어……그렇다면 남자들에게 패한 게 될 거야."

"……그럴까요?"

"그렇고말고, 남자들은 정의를 위해 언젠가 평화시대가 오리라 믿으며 죽어갔던 거야…… 우리도 그것에 져서는 안 된다. 올바른 무장이 다다미 위에서의 죽음을 원하지 않는 것과 같은 엄숙한 각오로서의 약속만은 지켜야 되지……."

오사이는 그만 오다이의 입을 막고 싶었다. 이 이상 들을 것도 없다. 오다이는 결코 착하기만 한 여인이 아니라 세상에서 말하는 열녀 가운데 한 사람인지도 모른다. 어쩌면 이 엄격하고 강한 기질이 지금의 이에야스에게 그대로 계승되어 있는 게 아닐까?

"염려 마라. 이제 딱딱한 이야기는 하지 않겠다."

눈을 감은 채 오다이는 기분 나쁠 만큼 정확하게 오사이의 마음을 꿰뚫어보고 있었다.

"나머지는 이 늙은이의 꿈이야기지. 마음을 편히 갖고 들어 다오."

"예……예."

"이 늙은이는 꿈속에 나타난 진달라대장님에게서 중요한 것을 세 가지 들었다."

"어떤 것입니까?"

"첫째는 이 늙은이가 죽는 날."

"어머……."

"이제 멀지 않았어. 나는 잘 알고 있지. 그러나 아직 말하지 않겠다…… 그리고 다음은 대감님께 전해 드릴 말씀이야. 오사이, 그대가 만일 기억해 둔다면 우스갯소리로 이 꿈이야기를 대감님에게 말씀드려도 좋아."

아마 오다이는 대감님에게 할 유언을 꿈이야기로 오사이에게 해줄 셈인 것 같았다……

"어머니는 벌써 생시인지 꿈인지 분간도 못하신다고 대감님은 웃으실 테지…… 그래도 좋아……진달라대장님은 대감님이 15대까지 거슬러 올라가 조상을 제사 지내 준 공으로, 지금 여러 부처가 어떤 존귀한 장소에 모여서 앞으로 15대까지는 평화로운 세상을 만들어주려 의논 중이라고 나에게 귀띔해 주셨지……알겠느냐 오사이, 그러니 대감님에게 청해 다오……3대나 5대까지만으로는 안 된다고, 여러 부처가 기대하고 계신 건 15대……그러므로 그 앞의 앞까지 평화가 이어지도록 깊은 궁리와 어진 정사를 해주십사고……."

"예, 15대 자손까지 말이지요."

오다이는 고개를 끄덕이고 다시 병든 나뭇잎 같은 웃음을 주름진 입가에 떠올려 보였다.

"여러 부처님 대신하시는 어진 정사……그렇게 되면 지혜가 탁 트일 거야. 그로써 이 늙은이는 이제 아무 여한도 없어."

"왜……아까 진달라대장님은 소중한 일을 세 가지 말씀해 주셨다고 했지요? 나머지 하나는 무엇인가요?"

"그렇게 말했나?"

"네, 그 가운데 두 가지는 들었어요."

"그래, 또 하나는 무엇이었더라……."

그대로 꾸벅꾸벅 졸 것 같아 오사이는 좀 거칠게 윗몸을 흔들고 또 입술을 축여주었다. 여기서 이대로 잠들어 깨어나지 못하면 큰일……이라는 두려움이 어딘가에 있었다.

입술을 축여주자 오다이는 번쩍 눈을 떴다.

"생각났어! 내가 부처님 마음에 들었다더구나. 그러니 여기서 하직하더라도 그 길로 에도의 덴즈사(傳通寺)에 보내주겠다고 하셨지."

"어머, 그러한 일이……."

"그러니 여기서 자식들이며 손자들을 만날 생각은 말라. 참 그렇지, 에도의 덴즈사에 있게 되면 의좋게 지내는 백성들 부부 사이를 지켜주라고 하셨어. 적적해할 아무것도 없다면서, 때때로 우리들이 말벗 삼아 찾아올 테니 걱정 말고 세상을 하직하라고 말씀하셨어."

말을 마치자 그 말끝이 그대로 가벼운 잠든 숨결로 바뀌었다. 오사이는 허둥지둥 오다이의 몸을 이불 안에 고쳐뉘었다.

이불을 살며시 가슴까지 덮어주고 황급히 일어나려다가 다시 생각을 바꾸어 앉았다. 지금의 상태를 이에야스에게 곧바로 알리려고 일어났는데, 오다이의 말에는 그것을 거부하는 무언가가 있었다. 만일 오다이가 식사를 끊어 고집을 관철시켰다고 들려준다면, 이에야스는 어떻게 받아들일까……?

오다이의 숨소리는 더욱 평안하게 이어지고 있다. 어쩌면 또 꿈속에서 그녀가 믿는 여러 부처와 서로 자비를 이야기하고 있는지도 모른다. 그 속에 너무도 인간적인 사별의 슬픔을 가져간다면, 오다이의 임종을 괴로운 것으로 바꿔버리는 게 되지 않을까……?

아니, 이에야스는 괜찮다. 하지만 다른 형제나 손자들은 아직 이에야스만큼 높은 인생의 정상에 올라 있지 않다. 그러므로 무엇보다도 단순한 노쇠라고 진단하고 있는 의사들에게 책임을 묻는 일이……오사이는 꼼짝도 하지 않고 생각에 잠겼다…….

오다이가 75살 생애의 막을 내린 것은 게이초 7년(1602) 8월 28일이었다.

호흡이 심상치 않다고 느낀 것은 정오 직전으로, 그때 비로소 오다이는 오사이를 향해 두 마디 말했다.

"대감님……대감님을……."

이에야스가 나타났을 때는 이미 의식이 없었다. 오후 4시가 조금 지나 숨을 거둘 때까지 이에야스는 머리맡을 떠나지 않았다.

"임종이십니다."

겐사쿠가 말하자 이에야스는 천천히 붓 끝으로 입술을 조금 축여주고 나서 눈꺼풀을 엷게 쓸어주었다. 합장도 염불도 하지 않았으나, 온몸에 이별의 슬픔이 촉촉이 스미고 있었다.

"마치 잠자고 계시는 듯한……."

"이야말로 참다운 극락왕생……."

"과연 그렇습니다. 무엇 하나 괴로운 빛도 불만도 없으신 모습……."

시녀들의 속삭임이 귀에 들어오자 오사이는 소리 내어 울고 싶어졌다.

'아무도 덴즈인 님의 진심을 모르고 있다…….'

아무리 평안히 잠든 얼굴처럼 자애롭게 보인다 하더라도, 오사이의 마음을 조금도 가볍게 해주지 못했다. 투쟁하고 투쟁하고 투쟁하면서 돌아가신 것이다. 눈을 감아버린 지금도 아마 덴즈인은 그 끈기로 평화에 대한 소망을 버리지 않고 있으리라.

'그토록 열심히 평화를 기원하고 계셨으면서도, 자기만 그 속에 살아 있으면 미안하다고 생각하신 그 고지식함…….'

그것을 아무도 모른다고 생각하니 가엾음이 몇 갑절 치밀었다. 이제 오사이에게 '덴즈인 님은 일부러 목숨을 끊으신 것'이라고 진실을 알릴 생각은 없었다. 생명이란 스스로의 의사는 어떻든 반드시 한 번은 끊어진다…….

'덴즈인 님은 그것을 잘 아시고 정말로 저세상에 가실 생각이셨어…….'

지금쯤은 혈육들을 일일이 만나는 것을 사양하시고 에도의 덴즈사로 서둘러 가고 계시겠지. 그리고 거기서 의좋은 백성 부부 사이를 영원히 지켜주려고 열심히 일하실 거야……

이에야스가 불쑥 입을 열었다.

"오사이……그대 손으로 베개를 바꾸어 드려라."

"네……네."

오사이는 대답하고 유해가 북쪽으로 향하도록 베개를 베어주었다. 그리고 향과 꽃을 장식하고 단검을 가슴에 품도록 해주면서, 오사이의 마음 역시 벌써 그곳에 없었다. 그곳에 있는 건 정말 유해뿐, 오다이의 영혼은 허공을 달려 에도로 가고 있는 것 같았다.

이에야스는 아직도 말없이 앉은 채 움직이지 않았다.

소식을 듣고 중신들이 잇따라 모여들기 시작했다.

밝은 광채의 번뜩임을 보고 저도 모르게 오사이의 가슴이 물결친 것은, 지온사(智恩寺)의 스님이 와서 머리맡에 앉았을 때였다.

'아, 이것이 사람의 인생이구나…….'

어찌 된 까닭인지 모른다. 그러나 모르는 채 오사이는 눈물이 뚝뚝 떨어졌다. 이번에는 덴즈인이 결코 불행한 사람이 아니었다는 안도감 비슷한 야릇한 감동이 오사이를 사로잡았다.

깨닫고 보니 이에야스의 볼에도 뚜렷이 눈물 자국이 있었다……

돋는 해 지는 해

이에야스가 정식으로 세이타이쇼군에 임명된 것은 생모 오다이가 세상 떠난 지 반 년쯤 뒤인 게이초 8년(1603) 2월 12일이었다.

그해 정월에도 아직은 여러 영주들이 먼저 오사카로 가서 히데요리에게 신년 하례를 마쳤고, 그런 다음 후시미성으로 이에야스를 찾아왔다. 실력자이긴 하나 관습상 아직은 오사카가 후시미보다 위에 있었던 것이다.

이에야스는 물론 그러한 일에 아무 구애도 받지 않았다. 그뿐인가, 2월 4일에 그 자신이 오사카까지 일부러 가서 히데요리에게 신년하례를 하고 돌아왔다. 이미 그 무렵에는 가주지(勸修寺) 재상과 가라스마루(烏丸) 부자의 연락으로 쇼군 임명에 대해 너무나 잘 알고 있었다. 아마도 이에야스는 그 방문에 개인적인 감회를 숨기고 고지식하게 인사를 차렸던 것이 아닐까.

'이것이 내 쪽에서 히데요리를 방문하는 마지막 의례이다……'

이것을 과연 히데요리 측근은 알아차렸을까?

그리고 그 쇼군 임명에 대한 인사를 드리기 위해 3월 25일에 입궐했다. 정식으로는 '세이타이쇼군, 가문의 장자, 장학원(奬學院)과 순화원(淳和院) 양원의 장관, 우차병장(牛車兵仗), 종1품 우대신'이라는 긴 관직명이었다. 입궐 전부터 대궐에서는 여관(女官)들까지 '닛타 님, 닛타 님' 하며 그날을 기대할 정도로 인기였다.

21일에 후시미를 출발하여 니조 저택으로 들어갔으며, 25일에 행렬을 갖추어 입궐했다. 대궐 도착은 오전 10시 반쯤 되었을까.

이른 아침부터 의관을 위엄 있게 갖추고 시동 젠아미를 선두에 세웠다. 그 뒤엔 말 탄 여러 대부(大夫)와 20명의 도보무사를 두었고, 그 뒤의 소가 끄는 수레에 이에야스가 타고 있었다. 수레 곁에는 말 탄 수행원 8명, 이어서 말 탄 대부 10명, 그다음은 호종(扈從) 5명이 가마를 타고 따랐다.

이 5명도 물론 관복차림으로 맨 선두는 유키 히데야스, 다음이 호소카와 다다오키, 이케다 데루마사, 교고쿠 다카쓰구, 후쿠시마 마사노리의 순서였다.

히데야스는 이에야스의 혈육이었으나, 사실은 역시 히데요시의 양자이니 5명 모두 히데요시의 은혜를 입은 영주라 할 수 있었다. 여기에도 신중한 이에야스의 조심성이 엿보였다. 그는 오사카와 대립하지 않고 어디까지나 포용하여 부자연스럽지 않게 일체가 되려는 것이 틀림없었다.

대궐에 이르자 우선 구름다리에서 휴식을 취하고 상주관의 안내로 어전에 나아갔다.

그때의 기록《오유도노 일기(御湯殿日記)》에 다음과 같이 기록되어 있다.

"닛타 님(이에야스)에게 폐하의 어주(御酒)가 내리셨다. 절친한 공경들과 여관들이 닛타 님에게 술을 따라주어……."

그때 이에야스의 헌상품은 은화 1000닢, 그리고 새해 진상품으로 솜 100뭉치에 은화 100닢과 큰 칼이었다. 천황뿐 아니라 황태자 및 황녀에게까지 저마다 진상한 다음 오후 1시가 지나 물러나왔다.

이리하여 오다까지 염원했던 아시카가 쇼군에 대신하는 같은 미나모토 씨인 닛타 쇼군이 정식으로 출현되었다.

자야의 둘째 아들 마타시로는 그 돌아오는 행렬이 대궐을 나서는 것을 확인하고 사카이로 떠났다. 나야 쇼안의 병문안을 위해서였다.

쇼안은 노쇠해 이번에야말로 다시 일어나지 못하리라는 말을 듣고 있었다. 그는 마타시로에게 이에야스의 입궐을 눈으로 직접 보고 나서 병문안 오라고 전해왔다.

쇼안은 돌아가신 아버지 시로지로뿐 아니라 사카이 사람들이며 하카타, 히라도(平戶), 나가사키 등의 큰 상인들에게 잊지 못할 은인이었다. 어떤 의미로 그들의 배후이고 지혜주머니며 군사(軍師)였다.

소에키도, 소로리 신자에몬이라는 이름으로 알려진 사카타 소주(坂田宗拾)도,

소큐도, 소쿤도 모두 그로부터 조언과 지혜를 빌리고 있다.

　소쿤을 시켜 이에야스에게 무역범위를 넓히도록 하라고 진언케 한 것도 그였고, 재빨리 관허무역선 구상을 세운 것도 그였다.

　실제로 무역의 무대는 사카이에서 나가사키로 차츰 옮겨지고 있으며, 전체적인 거래는 눈부신 약진을 거듭하고 있다.

　분로쿠 원년(1592)에 관허무역선이 제정되었을 때는 모두 합해서 겨우 9척이었다.

　　교토 자야 1척
　　교토 스미노쿠라(角倉) 1척
　　교토 후시미야(伏見屋) 1척
　　사카이 이요야(伊予屋) 1척
　　나가사키 스에쓰구 헤이조(末次平藏) 1척
　　나가사키 후나모토 야헤이지(船本彌平次) 2척
　　나가사키 아라키 소에몬(荒木宗右衛門) 1척
　　나가사키 이토야 즈이에몬(系屋隨右衛門) 1척

　그리하여 '9척의 배'라는 별명으로 불리던 것이, 그동안 저 괴로웠던 조선에서의 전쟁을 겪으면서 그 뒤 11년이 지난 지금 그 20배인 180척을 넘으려 하고 있다. 물론 이것은 이에야스의 보호 덕분이었다. 쇼안은 이것을 300척으로 늘리면 국내의 폭동과 소요가 절반으로 줄어들 거라고 입버릇처럼 말하고 있었다.

　그 쇼안이, 이에야스에게 쇼군 임명 칙명이 빨리 내려지도록 마타시로의 어머니까지 은밀히 움직이고 있다는 말을 듣고 왠지 우울한 얼굴빛으로 생각에 잠겼다. 그러한 움직임에 찬성하지 않는 게 아니라 그 준비가 국내에 아직 되어 있지 않다는 것이었다.

　"내대신은 아직 맡지 않을걸."

　쇼안의 말을 듣자 마타시로도 마음에 걸렸다. 조심성 많은 이에야스이므로 맡는다면 국내가 튼튼하다고 생각해도 좋은데……맡지 않겠다고 한다면 대체 어떤 골치 아픈 사정이 있는 것일까……?

그러고 보면 2월 12일에 임명된 데 대한 감사의 입궐이 3월 25일이라는 건 아무래도 느긋한 느낌이었다.

사실 그동안에 쇼안은 병이 나서 이제 더 살지 못한 것이라고들 했다. 나이는 자기도 잊었다고 시치미 떼지만 80살이 넘었을지도 모른다.

그런 만큼 대기시켜 놓았던 배를 타고 사카이로 가는 마타시로의 마음은 조급했다. 모처럼 찾아갔는데 의식이 없다면 실망이다. 의식만 있다면 그리 중병도 아니니, 먼저 세상 떠난 아버지의 친구는 틀림없이 무언가 중요한 생각의 씨앗을 남기고 이 세상을 떠날 게 틀림없다.

"서둘러주십시오. 상대는 노인이시므로 뵙지 못하고 돌아가시면 아무래도 여한이 있을 테니."

마타시로는 오늘 이에야스의 행렬이 얼마나 우아하고 옛 격식을 따른 것이었는지 새삼 눈 속에 그려보면서 화살처럼 요도강을 내려갔다.

마타시로가 지모리에서 멀지 않은 쇼안의 집에 이른 것은 밤이 이슥해서였다. 네거리 검문소의 문이 닫혀 있었으나 자야의 안면으로 통과했다.

쇼안의 집 앞에 이를 때까지 마타시로는 조마조마했다. 만일 그동안에 숨을 거두었다면 집 문 앞에 장대등롱이 걸려 있으리라. 그가 교토를 떠날 때는 아직 부고가 닿지 않았으나, 그동안의 변고가 걱정되었다.

"아, 등롱이 걸리지 않았구나. 늦지 않았다."

마타시로가 수행한 점원에게 말하자 점원이 사잇문을 똑똑 두들겼다.

"자야입니다. 교토에서 급히 왔지요. 문을 열어주십시오."

그러자 안에서 뜻밖에도 젊은 여인의 목소리가 들려왔다.

"마타시로 님인가요? 곧 열겠습니다."

아마도 문지기방에서 기다리고 있었던 것 같은 대답이었다.

마타시로는 깜짝 놀랐다. 그는 안에서 사잇문이 열리는 것도 기다리지 못하고 물어보았다.

"내가 지금쯤 온다는 걸 어떻게 알았습니까?"

"네, 할아버지께서 조급한 얼굴로 마타시로 님이 배에 타고 있다고 말씀하셨지요."

"네, 쇼안 님이 그런 말씀을?"

"네, 죽을 때가 되니 신통력이 생겼다, 아니, 신통력이 생겼으니 죽어야 되겠구나 라고 우스갯소리를 하시며 기다리고 계십니다."

아직 상대의 얼굴은 보이지 않았으나 맑은 목소리로 보아 무척 아름답고 슬기로운 처녀인 것 같은 느낌이 들어 마타시로는 당황했다.

"그럼, 안내를 부탁할까요?"

"호호……오늘 밤에는 일어나셔서 받으신 위문품을 손수 살펴보고 계시답니다."

처녀는 웃으며 앞장서 현관길에 깔린 조약돌을 밟으며 자기 소개를 했다.

"어렸을 때 두세 번 뵌 적 있는 오미쓰입니다."

"뭐, 오미쓰 님?"

"네, 고노미의 사촌동생이지요. 우키타 가문으로 마님이 출가하실 때 모시고 비젠에 갔던 오미쓰입니다."

이 말을 듣고 보니 마타시로도 생각났다.

"아, 그 조그만……."

"호호……그때는 6살이었지요. 하지만 저도 역시 해마다 한 살씩 나이를 먹습니다."

"그렇군요."

마타시로는 가볍게 맞장구쳤지만 뒷말이 나오지 않았다.

다이코의 양녀가 되어 있던 마에다 도시이에의 딸이 우키타 히데이에한테 출가했을 때 어린 몸종으로 따라간 오미쓰라면 그보다 한두 살 위일 터였다. 히데이에는 그 뒤 사쓰마에 숨어 있었으나 지금 한창 인도 교섭 중인 모양이고, 마님은 친정인 마에다 가문으로 돌아갔다고 한다. 그래서 오미쓰도 나야에게 돌아온 것이리라. 섣불리 말을 건네면 상대의 상처에 아픔을 줄 것 같았다.

오미쓰는 마치 반가운 소꿉친구라도 만난 듯 이야기하며 복도를 걸어갔다.

"고바야카와 히데아키 님도 돌아가셨다더군요……세키가하라의 싸움 때는 원망도 받으셨지만."

마타시로는 말했다.

"그렇지요, 고바야카와 님의 배반으로 싸움의 승패가 결정되었다는 둥 말을 듣던 분이시니까."

"히데아키 님은 28살이셨대요. 우키타를 대신해 오카야마성으로 들어갔지만 뒤이을 아드님이 없어 성에 익숙해지기도 전에 가문이 멸망…… 이기든 지든 모두 꿈 같은 일이에요."

말하면서 병실 밖까지 이르러 오미쓰가 장지문에 손대자, 안에서 뜻밖에도 원기 있는 쇼안의 목소리라 났다.

"오미쓰, 마타시로는 내 손님이야……새치기하지 마라."

"호호……욕심쟁이 할아버지, 어차피 황천길은 혼자 떠나실 텐데."

오미쓰도 가벼운 농담으로 대꾸하며 장지문을 열었다.

"황천길을 혼자서만 간다는 법은 없다……순사(殉死)라는 것도 있으니까. 어떤 가 마타시로, 함께 가지 않겠는가?"

마타시로도 놀랄 만큼 홀가분한 심정이 되어 있었다.

"유감입니다. 쇼안 님이 좋아하시는 세이이타이쇼군께서 머지않아 순사 금지령을 내리신답니다."

"그러면……내대신이 맡으셨군?"

"내대신이 아닙니다. 종1품 우대신님입니다."

말하면서 마타시로는 비로소 이 방의 이상한 광경을 둘러보았다. 방 안 가득 촛불이 밝혀진 가운데 병자는 침구 위에 좌선하듯 앉아 머리끈을 동여매고 한창 위문품을 검토하던 중인 모양이다. 오다 우라쿠가 보낸 작은 통에 담긴 소금에 절인 붕어 같은 게 있고, 도도 다카토라가 보낸 것은 도미포였다. 사카이 사람들이 보낸 갖가지 선물 뒤의 조그만 상 위에 얹혀 있는 흰 설탕은 교토 행정장관 이다쿠라 가쓰시게가 자야의 손을 거쳐 보낸 것이었다.

쇼안은 그 선물더미 속에서 지금 한 장의 종이쪽지를 펼쳐보고 있었던 듯했다.

"이건 나보다 더 욕심쟁이로군. 보게, 위문품은 더하기 빼기 해서 없다고 했어."

마타시로가 앉자 쇼안은 그 종이쪽지를 마타시로에게 던져주었다. 보니 역시 노쇠해 오늘내일한다는 소로리 신자에몬, 곧 사카타 소주의 위문편지였다.

"선사받은 위문품이 산더미처럼 있으나, 보낸 다음 이쪽이 먼저 죽게 되면 받을 빚이 남게 되므로 보내지 않기로 하겠소. 더하기 빼기로 깨끗이 합시다."

자못 신자에몬다운 해학적인 문장으로 씌어 있었다.

"이것으로 보아 신자에몬이 먼저 갈지도 모르겠는걸. 그 달필의 사나이가 한결

필력이 떨어져 보이니."

쇼안은 말하고 나서 새삼스럽게 생각난 듯 눈을 크게 떴다.

"인간이란 덧없는 존재야."

"어째서일까요?"

"죽을 때가 되니 다들 죽더군. 나는 인연이 있어 노부나가 공의 아버지가 돌아가신 것부터 알고 있네만, 그 아버지가 죽고 노부나가 공이 그토록 날뛰더니 역시 죽고, 그다음 미쓰히데, 다이코, 미쓰나리 등 모두 죽었어. 아니, 상인들도 역시 벌써 요도야도 자야도 소에키도 모두 대가 바뀌었으니……모두 꿈이야, 정말……."

언제나 단정히 자세를 흩뜨리지 않던 쇼안의, 생각지도 못했던 일면이었다.

마타시로는 애써 화제를 어둡게 하지 않으려 애쓰며 가볍게 대꾸했다.

"그러한 사람들 가운데 가장 마음껏 사신 분은 아저씨인지도 모릅니다."

쇼안은 그 말에 대답하지 않았다.

"마타시로, 그대의 형은 그리 건강하지 못하다면서?"

"예……그러나 앓아누운 것도 아니고, 좀 피로한 정도입니다."

"알겠나? 인간은 누구나 죽는 거야. 이건 움직일 수 없는 자연의 법칙이지. 따라서 세이이타이쇼군이라 해도 그리 오래 살 수 있는 게 아냐."

마타시로는 기뻐할 줄 알았던 쇼안이 이에야스도 그리 오래 살지 못할 거라고 덤덤히 말하므로 깜짝 놀랐다.

"그럼, 아저씨의 신통력으로 그 시기까지 아신다는 말씀입니까?"

"농담으로 여기지 마라, 마타시로. 나는 지금 문득 서두르지 않으면 안 된다……는 누군가의 목소리를 들었다."

"누군가의……?"

"그렇지. 죽음의 사자 목소리인지도 모르고 바람이나 별 따위의 속삭임이었는지도 몰라."

"그럼, 서둘러 말씀해 주십시오, 아저씨."

"도쿠가와 님이 세이이타이쇼군이 되셨다는 건 아무튼 경사스러운 일이지. 그분이 요리토모 공의 옛 지혜를 본받아 무인의 우두머리로 군림한다면, 그분 생존 중에는 나라 안이 평화로울 거야."

"생존 중에는……?"

"그렇지. 그러나 사후의 일은, 돌아가신 뒤의 일은……우리도 없고 도쿠가와 님도 그 공신들도 죽고 난 다음인 후세에, 어떤 인물이 이것을 무너뜨리지 않도록 지켜낼 수 있느냐는 거야."

"그렇군요……."

"그렇군요……가 아니야. 마타시로도 그 중요한 일꾼이 되어야만 해. 그래서 눈을 감기 전에 만나고 싶다고 한 거지…… 하지만 도쿠가와 님이 쇼군이 되는지 어떤지도 알고 싶어서……욕심부려 죽음의 사자를 거부하고 있었던 것일세."

쇼안은 오미쓰가 내준 갈탕(葛湯)을 조금 마시고 곧 물리쳤다.

넓은 방 안에는 오미쓰와 늙은 하녀만 있을 뿐, 촛대가 지나치게 많은 게 어쩐지 으스스했다. 물론 마타시로가 데려온 점원은 벌써 물러가 있었다.

"하하…… 도쿠가와 님이 쇼군직을 맡으시느냐 안 맡으시느냐에 따라 그대에게 말할 이야기의 내용이 달라지지. 맡지 않으신다면 우선 맡게끔 해야 되며, 맡으신다면 그 뒤의 대비에 관해 말하지 않으면 안 된다."

마타시로는 이제 농담을 할 수 없었다. 이 노인의 망집이라고도 할 수 있는 것이 차츰 방 안 가득히 숨 가쁘게 펼쳐져 온다.

"알겠느냐? 그대는 영주가 아니다……그러므로 평화로운 세상이라고 해서 안일하게 지내려면 용서 안 되지. 그대는 도쿠가와 님이 돌아가신 뒤에 일어날 나라의 큰 어려움이 무엇인지……그것을 생각해 본 적 있겠지? 마음먹은 대로 말해 보게."

"예……무엇보다도 도요토미 가문과 도쿠가와 가문의 관계인 줄……."

눈빛을 살피면서 마타시로가 말하자 쇼안은 어디에 그러한 기력이 있었나 싶으리만큼 큰소리로 꾸짖었다.

"멍청한 놈! 그런 일이 아니야!"

세찬 목소리로 꾸지람 듣고 어찌 된 까닭인지 마타시로는 가슴에 뭉쳤던 것이 후련하게 내려갔다.

'역시 쇼안 어른…….'

일찍이 노부나가도 꾸짖었다는 이 노인의 격한 성미는 시들어가는 육체의 어딘가에 아직도 눈을 번뜩이며 간직되어 있었다. 노부나가뿐만이 아니다. 히데요시와 다투어 미련 없이 자기 집을 시주절에 주고 샴으로 이주해 버린 루손 스케자에몬도 이 노인의 일갈에만은 간담이 서늘했다고 한다.

"도요토미 가문과의 관계 같은 건 벌써 끝난 일이야. 그따위 식견으로 이제부터의 세계에 뛰어들 수 있다고 생각하느냐, 마타시로?"

"뛰어들 수 없을까요, 아저씨?"

"도요토미 가문의 신분은 벌써 뚜렷이 결정되었지. 도쿠가와 님이 쇼군직을 맡으신 순간, 히데요리 님은 한낱 그 지배 아래의 셋쓰, 가와치, 이즈미 65만7400석 영주야. 이번에 30만 석으로 살아남은 우에스기 가게카쓰나 모리 데루모토와 마찬가지……그걸 깨닫지 못하고 망동 부린다면 자멸의 길을 걸어갈 뿐이지. 그러나 나라 밖의 일은 그리 간단치 않다, 마타시로."

"나라 밖의 일……?"

"그렇지. 무역선을 온 세계의 바다로 내보내고 있는 자야의 아들이 그걸 알아두지 않는다면 어떻게 하느냐?"

마타시로는 저도 모르게 몸을 내밀며 숨을 죽였다.

'과연, 쇼안은 아직 늙지 않았다…….'

듣고 보니 도요토미와 도쿠가와와의 대립 따위는 두 집안에 의리를 느끼는 무장들 사이에서나 감정문제의 불씨가 될 뿐 그 밖의 점에서는 이미 문제 되지 않았다. 실력 차이가 너무 크다. 세키가하라에서 벌써 도요토미파 사람들은 거의 자멸해 버리고 만 게 아닌가…….

"마타시로는 스케자에몬과 고노미를 기억하고 있는가?"

"예, 기억합니다."

"지금 그들은 샴에서 배 감독관이 되어 있다. 그들이 보낸 소식에 의하면 스페인이며 포르투갈 배의 내항이 근년에 이르러 훨씬 줄었다더군. 그 대신 네덜란드와 영국 등의 홍모인(紅毛人)들이 설치기 시작했다고 했어."

"그 일이라면 나가사키에서 저도 들었습니다."

"들었더라도 곧 판단하지 못한다면 들은 의미가 없는 거야. 남만인이나 홍모인의 나라 사이에도 온갖 세력의 흥망성쇠가 있다는 걸 모른다면 되겠는가?"

"예……예."

"네덜란드는 벌써 샴에 도시를 만들고 있다. 일본인도 물론이지만. 알겠느냐? 이제 그대들의 무역선이 가는 곳은 닌포(寧波), 마카오, 기안, 투란, 페포, 미트, 우돈, 아유차는 물론 멀리 말라카, 자카르타에까지 이르고 있다."

"예, 그 밖에 타이완과 필리핀의 여러 곳에도 모두 일본인이 머물러 있습니다."

"바로 그거야. 그곳이 앞으로 그대들이 눈 돌려야 할 곳이다. 알겠느냐? 이것이 사카이, 하카타, 히라도, 나가사키 같은 손이 미치는 나라 안의 일이라면 문제없을 테지. 하지만 모두 바다 건너 먼 나라들……그곳에 뿌리내린 일본인이 만일 그 땅에서 남만인이나 홍모인과 이권을 다투고 싸움을 시작했을 때는 어떻게 하지? 그 점부터 자야의 기린아적 포부를 들려주게. 그것이 무엇보다도 고마운 저승길의 선물이야."

어느덧 노인의 눈은 인광을 뿜으며 마타시로에게 쏟아지고 있었다.

마타시로는 노인에게 끌려들어 차츰 젊은이다운 흥분을 느꼈다. 듣고 보니 그 것은 틀림없이 있을 법한 일이었다. 아니, 살아 있는 인간끼리이므로 당연히 이해 의 대립이 있을 게 틀림없다. 그렇게 되면 싸움 규모도 이제껏 영주 대 영주의 그 것이 아니라 눈빛과 살갗이 다른 집단과 집단 사이의 싸움이 되며 나아가 나라 와 나라 사이의 전쟁이 될 수도 있다. 그 경우 나가 있는 일본인이 본국에 구원을 청해 온다면 어떻게 될까……? 아마 쇼안은 그때의 각오를 이에야스에게 넌지시 이야기해 두라는 말인지도 모른다.

"알겠느냐, 마타시로……?"

쇼안은 다시 갈탕을 조금 마시고 나서 말을 이었다.

"그때에도 방법은 몇 가지 있을 것이다. 첫째는 세이이타이쇼군이 일본의 체면 을 걸고 그들을 보호할 경우. 둘째는 쇼군과는 전혀 관계없이 현지에 있는 자들 이 실력을 고려해 상대할 경우…… 셋째는 같은 일본인의 문제이니 내버려둘 수 없다고 무역선 선주들이 단결해 나라 이름은 내세우지 않고 원조하는 경우다. 그 대는 이 세 가지 가운데 어느 것이 대체 상책이라고 생각하나?"

마타시로는 무릎걸음으로 한 걸음 다가앉듯 하여 대답했다.

"물론 그것은 셋이지만 하나이며, 하나이며 셋……사태와 때에 따라 해결해야 합니다."

"흠, 그러면 그때그때의 사정에 따라 쇼군의 힘도 빌리고 현지에 자위력도 갖게 하자는 것이로군."

"예, 그리고 선주들 사이에도 그 중간의 무력이 될 사람들을 저마다 배에 배치해 두어야 한다고 생각합니다."

"좋아! 그것으로 첫 문제는 처리되었어. 그때 아무쪼록 주의해야 될 것은 선주들이 고용해서 태우는 경비원들이 그대로 배를 납치해 해적이 되지 않도록 하는 거야."

마타시로는 싱긋 웃으며 고개를 끄덕였다.

"그러므로 선주는 해적 이상의 담력과 용기를 단련해 두어야 합니다."

쇼안은 손을 저었다.

"이제 됐어. 다음은……다음에 당연히 일어날 수 있는 일은 남만인과 홍모인의 싸움이 우리나라에까지 미치게 될지 하는 문제야. 어떤가, 기린아님께서는 거기까지 공상해 본 일이 있나, 없나?"

마타시로는 흠칫했다. 이 경우 남만인이란 스페인과 포르투갈 사람을 말하고 홍모인은 영국과 네덜란드 사람을 일컫는 것이었다. 그 두 세력의 다툼이 일본에까지 미쳐올지 어떨지 묻고 있는 것이다. 솔직히 말해 그는 아직 거기까지 생각을 비약시켜 본 일은 없었다.

"없습니다……그러나 그런 우려가 가까운 앞날에 있을까요?"

노인은 목소리마저 젊음을 되찾아 단호히 말했다.

"반드시 있지! 도요토미니 도쿠가와니 하고 있을 시대가 아니야. 우리 편 무역선이 300척이 된다는 것은 그들 남만인이며 홍모인의 배도 숱하게 많아져 서로의 배가 바다 위에서 쉴 새 없이 엇갈리게 된다는 거야. 그렇게 되면 그들에게 약탈당할 경우도 있고, 어쩌면 그들이 손잡고 우리나라에 쳐들어올지도 모른다. 그럴 경우 기린아님은 어떻게 하겠는가?"

마타시로는 순순히 항복했다.

"죄송합니다. 미숙한 놈이라 거기까지는 아직 생각지 못했습니다."

쇼안은 반쯤 성난 듯한 얼굴로 고개를 끄덕였다.

"거참, 멍청한 녀석이로군. 선대 자야 님과 쇼군님 사이는 어떠했느냐? 다만 은혜를 입은 사이만은 아닐 테지. 다이코의 부름을 받고 처음으로 상경했을 때 쇼군이 그대 집에 여장을 푸셨다는 것은 그대 아버님이 어떤 의미로서는 가장 중요한 협력자였다는 뜻이야."

"그 이야기는 부모님에게서 들어 잘 알고 있습니다."

"그럴 테지. 그 자야가 쇼군에게서 해외교역 무역선의 특권을 받고도 세계동향에 눈이 미치지 못하여 협력해 드리지 못한다면, 그대들은 아버님에게 훨씬 뒤지는 불초한 자식들이야."

"황송합니다."

"그걸 알면 됐어. 그리 나무라는 게 아니야. 그러나 남만인과 홍모인의 세력다툼……이것은 충분히 유의해서 그대들이 실수 없이 그 동향을 쇼군에게 알려드려야만 된다."

"알았습니다."

"나로서 지금 가장 걱정되는 건 그 일이야. 남만과 홍모의 싸움에서 만일 한쪽은 도요토미 편, 다른 한쪽은 도쿠가와 편이 된다면 문제가 여간 커지지 않아. 아니, 그렇게 되면 도요토미뿐만 아니라 바깥세력과 결탁한 자가 이를테면 규슈 끝에 있는 시마즈나 동북 끝의 다테일지라도 충분히 큰 국난이 될 수 있지."

마타시로는 숨죽이고 노인을 다시 보았다.

'죽음의 병석에서 이 노인은 거기까지 꿰뚫어보고 있었던 것일까……?'

이렇게 생각하자 과연 자기들은 못난 2세들이라고 생각되지 않을 수 없었다. 그러한 대외정책을 잘 고려하지 못했으므로 조선에서의 싸움이 그토록 비참한 결과를 초래하지 않았던가…….

"아저씨, 귀한 가르침을 받았습니다. 마타시로, 평생 명심하며 잊지 않겠습니다."

"그렇게 해주겠는가? 그래야만 되지…… 이 문제는 일단 이상한 곳에 불이 붙으면 남만파와 홍모파의 분열뿐 아니라 예수교와 불교의 골치 아픈 싸움이 될지도 몰라. 싸움에 종교가 얽히면 얼마나 까다로워지는지 노부나가 님의 후반생이 잘 입증하지 않는가? 노부나가 님의 반생은 거의 잇코 신도와의 싸움이었으니까. 아무쪼록 조심해야만 되네."

"예……말씀 듣는 동안 또 한 가지 무서운 것이 있다는 걸 깨달았습니다."

"허……그게 뭔가?"

"지금 여러 가문의 무사들 가운데 해외로 나가는 자들이 꼬리를 잇고 있습니다. 그들이 만일 바깥세력과 손잡고 국내로 쳐들어오는 경우의 일도 생각해야만 된다는 걸 깨달았습니다."

그것을 듣고 쇼안은 무릎을 치며 큰 소리로 무언가 말했다. 어쩌면 '기린아!'라고 했는지도 모른다. 그러나 그 소리와 더불어 기침하더니 별안간 얼굴을 일그러뜨렸다.

오미쓰의 얼굴빛이 달라지며 쇼안에게 달려들었다.

"아, 할아버지! 왜 그러세요? 자, 갈탕을 좀 잡수세요."

오미쓰는 쇼안을 안아올리듯 하여 한 손으로 갈탕을 입에 가져갔으나, 잦은 기침을 하는 듯 흐느끼는 듯한 그 호흡의 얽힘은 풀리지 않았다.

오미쓰는 당황해 이번에는 등을 문질렀다.

"역시 이야기를 너무 하신 거예요. 자, 마타시로 님, 도와주세요. 조용히 눕혀드려야겠어요."

그러자 쇼안은 고개를 세게 저으며 가까이 다가간 마타시로의 손목을 꽉 움켜잡았다. 목에서는 여전히 가래가 계속 끓고 있다. 손목을 잡고 마타시로를 올려다보는 핏발 선 눈에 묘한 광채가 빛나고 있었다.

"으……."

무언가 말하려는 듯 입술을 떨며 이번에는 어깨에서 오미쓰의 손을 떼어놓았다. 그리고 그 손을 마타시로의 손과 함께 자기 가슴 언저리에 포개 얹더니 가만히 두드렸다.

마타시로는 당황했다. 아니, 마타시로뿐 아니라 오미쓰 또한 말을 할 수 없게 된 쇼안이 무엇을 하려는지 눈치채고 귓불까지 새빨갛게 물들었다.

그때였다. 쇼안의 일그러진 입에서 느닷없이 목소리가 새어나왔다.

"앗! 불타고 있다……불이 났다!"

"예? 뭐라고 하셨습니까? 불타고 있다니요, 무엇이 타고 있습니까?"

"호코사다! 대불전이 불타고 있다…… 아, 불타고 있다."

두 사람은 섬뜩해 얼굴을 마주보았다. 허공에 던져진 야릇한 시선으로 무언가 환영을 본 게 틀림없다.

쇼안은 다시 한번 말했다.

"불타고 있다……."

그리고 나서 별안간 또 숨이 막히고 기분 나쁘게 꾸르륵 목젖이 울렸다 싶자 몸을 심하게 꿈틀 경련시키더니 그대로 호흡이 멎고 말았다.

"할아버지!"

오미쓰는 깜짝 놀라 귀에 대고 외쳤으며 마타시로는 펄쩍 뛰듯 한 걸음 물러났다.

"이……임종이 아닐까요, 오미쓰 님?"

오미쓰는 대답 대신 안고 있는 노인의 손목에 손을 대고 맥을 짚었다.

"벌써 맥박이 없어요."

"누군가 불러야 되잖습니까, 오미쓰 님?"

"아니, 괜찮아요. 밤중에 죽거든 너 혼자라도 좋으니 아침까지 아무도 깨우지 말라고 유언하셨습니다."

이 말을 듣자 마타시로는 굳이 강요할 수 없었다. 그보다도 구마 도령이라고 불리며 들무사들의 우두머리로 활약하고 다녔던 무렵부터 오늘까지 그 초인 같던 나야 쇼안도 마침내 죽음의 사자에게 몸을 내줄 때는 평범한 노인과 아무 다름 없는 얼굴이 되는 게 이상하기만 했다. 사실 오미쓰의 품 안에서 숨을 거둔 쇼안의 얼굴은 이미 깊은 주름살로 시든 한낱 보기 흉한 송장에 지나지 않았다.

"어쨌든 눕혀드립시다, 오미쓰 님."

잠시 멍하니 바라본 다음 생각을 고친 듯 마타시로가 말했을 때, 복도를 허둥지둥 뛰어오는 이 집 점원의 발소리가 들렸다.

"말씀드립니다. 소로리 신자에몬 님이 돌아가셨다는 기별입니다."

달려온 점원은 아직 쇼안이 숨을 거둔 줄 모르고 장지문 밖에서 말을 이었다.

"유언으로 맨 먼저 알려드린다고 지배인 기베에 님이 와 계십니다만……."

오미쓰는 마타시로를 흘끗 쳐다볼 뿐 움직이려 하지 않았다.

"그러면 그 지배인이 할아버님을 뵙겠다고 합니까?"

"예……무슨 약속이 있었다면서……그걸 지키지 못하고 먼저 가니 일을 맡을 자격 없는 사람이라고 사과하셨답니다."

그 뒤를 이어 다른 목소리가 들렸다. 점원은 아마 심부름꾼을 장지문 밖까지 데리고 온 모양이다.

"예……오늘은 아침부터 여느 때보다 한결 차도가 있었지요. 그리고 일단 주무셨으므로 모두들 안심하고 잠을 잤습니다. 그런데 별안간 일어나시더니 불타고 있다……고 외치듯 말씀하시지 않겠습니까."

"뭐? 불타고 있다고……?"

"예……예…… 뭐, 교토의 호코사가 불난 꿈이라도 꾸셨던 모양인지, 대불전이 불타고 있다……고 허공을 노려보며 외치신 것이 마지막 말씀이었습니다."

마타시로와 오미쓰는 얼굴을 마주본 채 몸을 떨기 시작했다.

사카타 소주는 소로리 신자에몬의 본명이며 줄곧 다이코의 말벗을 지내온 큰 무구(武具) 장사치였다. 소에키가 죽은 뒤부터 그도 차츰 다이코의 측근에서 멀어져 쇼안과 더불어 사카이의 일을 보아오던 장로의 한 사람이었다. 쇼안과 곧잘 싸우기도 했지만 서로 존중하며 요즘은 둘도 없는 바둑 상대였다.

그런데 그 두 사람이 약속한 듯 같은 날 숨을 거두었을 뿐 아니라, 최후의 환영마저 똑같다는 건 얼마나 무시무시한 일치인가?

다시 생각한 듯이 오미쓰는 말했다.

"그렇습니까? 실은 할아버님이 지금 막 잠드셨으니 내일 아침 실망하시지 않도록 잘 전해 드리지요."

"그럼, 아무쪼록……."

"잠깐, 기다리세요. 아까 두 분 사이에 무언가 약속이 있었다고 말씀하셨지요."

"예……예, 혼담의 주선을 부탁받으셨다고."

"호, 할아버지에게서?"

"예, 아씨의 혼담이시겠지요. 상대는 교토의 자야 둘째 아드님…… 그 혼담만은 꼭 주선한 뒤 죽으라고 부탁받아 맡으셨지요…… 그런데 그걸 지키지 못하고 먼저 가니 사과한다는 말씀이셨습니다."

오미쓰는 마타시로의 얼굴을 볼 수 없었다. 자기들 이야기인 줄 모르고 그만 되묻고 말았던 것이다.

그러나 마타시로 쪽은 이미 점원의 말 같은 건 듣고 있지 않았다. 두 노인의 마지막 말이 같았다는 것은 두 사람 모두 호코사가 불타 없어지지 않을까 걱정하고 있었던 증거가 아니었을까 하는 데 생각을 기울이고 있었다.

소로리 신자에몬의 심부름꾼이 돌아가자 그 뒤 정적이 스며들었다.

촛대의 심지가 짙어져 방 안이 차츰 어슴푸레해지자, 오미쓰는 비로소 마타시로를 재촉해 둘이서 시체를 고쳐 눕히고 유물을 정리했다.

아직 시체로서가 아니라 날이 밝을 때까지 병자로서 그대로 눕혀두는 것이다. 눕히고 나자 오미쓰는 일어나 촛대의 불을 하나하나 꺼나갔다. 머리맡에 하나,

발치에 하나, 둘만 남겼다. 그러자 쇼안의 시체는 평안히 잠든 얼굴로 보였다.

"아저씨의 성품으로 보아 장례며 그 밖의 상세한 지시가 계셨겠지요?"

침묵을 견딜 수 없어 마타시로가 말을 건네자 오미쓰는 눈으로 그렇다고 대답했다. 오미쓰 또한 각오하고 있던 일이기는 하나 솟아나는 감정에 몹시 어리둥절해 하는 모습이었다.

마타시로는 다시금 두 노인이 마지막으로 본 똑같은 환영에 대해 생각하지 않을 수 없었다. 그는 혼아미 고에쓰로부터 마음에 걸리는 말을 듣고 있었다. 히데요리를 훌륭히 교육할 만한 인물이 없는 오사카성 안에, 또 한 가지 커다란 화근이 도사리고 있다는 것이었다.

"다름 아닌 다이코의 막대한 유산이지."

이 경우의 유산은 황금을 의미한다. 그 황금이 못난 소유자에게 있으면 반드시 불행한 풍파의 원인을 초래한다고 고에쓰는 단언했다.

"그러므로 이것을 효과적으로 쓰는 게 도요토미 가문의 안녕으로 통하는 길이야."

그 의미는 마타시로도 잘 알아들었다. 무슨 일이 있기를 바라는 떠돌이무사들에게 이 막대한 황금이 그들의 음모를 돕는 군자금으로 비친다면, 히데요리를 그대로 내버려둘 리 없었다. 모여들어 온갖 선동을 일삼으리라. 그러므로 이 황금을 되도록 전국의 여러 절과 신궁을 위해 쓰는 게 좋겠지만, 거기까지는 히데요리보다도 그 생모인 요도 마님이 모를 것이라고……

그러한 말을 마타시로에게 했을 정도이니 고에쓰는 소로리며 쇼안에게도 같은 말을 했을 게 틀림없다. 아니, 어쩌면 반대로 쇼안과 소로리에게서 무언가 듣고 고에쓰가 깨달았는지도 모른다……

어떻든 두 노인의 마지막 말이 걱정되었다. 도요토미 가문에서도 물론 해마다 영지 안의 절이며 신궁에 쓸 예산을 세우고 있었다. 대략 1년 동안에 두 군데쯤 예정으로, 게이초 5년(1600)에는 셋쓰의 덴노사와 야마시로의 삼보사(三宝寺) 금당(金堂)이 수리되었다. 그런데 게이초 6년에는 그 두 군데에 대한 지출도 하지 않았다. 게이초 7년에 이르러 도요쿠니 신사의 정문과 오미의 이시야마사(石山寺)를 수리했으나, 이것도 양쪽에서 심하게 재촉하고 간청한 다음 가까스로 지출되었다. 도요토미 가문 내부에서 자청하여 무언가 생각하려는 움직임은 전혀 없다.

'만일 그것을 염려하여 다이코가 건립한 호코사며 대불전에 누군가 눈독 들인다면 어떻게 될까……?'

마타시로는 물끄러미 쇼안을 응시한 채 자기 공상에 스스로 떨기 시작했다.

'혹시 쇼안과 소로리가 누군가를 시켜 호코사에 불을 지르라고 명했다면 어떻게 될까?'

그런 일을 할 사람이 있다면 쇼안이나 소로리밖에 없다. 그들은 비록 상인이지만 담력이 크기로 구로다 나가마사며 후쿠시마 마사노리에게 조금도 뒤지지 않는 전국시대 출신의 난폭함을 지니고 있었다.

마침내 오미쓰 쪽에서 말을 걸었다.

"마타시로 님, 무엇을 골똘히 생각하고 계시나요?"

"오미쓰 님……날이 새면 저는 실례하겠습니다."

"어머……어째서인가요?"

"교토의 일로 별안간 마음이 뒤숭숭해졌습니다."

말하고 나서 마타시로는 섬뜩했다. 그의 머릿속에 밤하늘에 불길이 치솟으며 불타는 대불전의 자취가 남아 있었다.

"교토의 일로……?"

그는 고쳐 말했다.

"아니오……제가 장례식에 참석하는 건 옳지 않으니 급히 돌아가 형님에게 알려드려야 합니다. 그렇긴 하나 걱정되는군요. 소로리 님과 이 댁 노인 두 분이 모두 똑같은 환영을 보고 돌아가셨다는 건."

오미쓰는 황급히 무언가 말하려다가 생각을 바꾼 듯 고개를 수그렸다. 그녀로서는 소로리의 심부름꾼에 의해 뜻하지 않게 누설된 자신의 혼담에 마타시로가 어떤 반응을 보일지 알고 싶었을 것이다. 민감한 마타시로는 그것도 모르는 바 아니었다.

그러나 그보다도 만일 노인들이 도요토미 가문을 위해 대불전을 불태우라는 명령을 내렸고, 그 방화를 한 자가 만일 잡히게 되는 날이면……이라는 공상이 훨씬 크게 마음의 비중을 차지하기 시작하고 있었다.

"오미쓰 님은 걱정되지 않습니까? 마타시로는 지금 정말로 대불전이 불타고 있는 것 같은 느낌이 드는데요……."

“대불전이 불탄다고요……?”

오미쓰는 깜짝 놀란 듯 얼굴을 들었다. 그 동작만으로도 그녀가 그것과는 전혀 다른 생각을 하고 있었음을 잘 알 수 있었다.

“마타시로 님.”

“무엇입니까?”

“급히 돌아가셔야 한다는 마타시로 님 마음을 저는 잘 알 수 있습니다.”

“예? 그건…….”

“아니, 괜찮습니다. 할아버지가 무슨 생각을 하고 계셨는지……저는 아무에게도 말하지 않겠어요. 마타시로 님도 못 들으신 일로 잊어주세요.”

마타시로는 초조했다. 초조해지자 젊은 혈기가 그대로 드러났다.

“당신은 혼담이야기를 하시는 겁니까? 그것이라면 나는 뚜렷이 말해 두지요. 나에게 여자니 사랑이니 하는 취미는 없습니다. 여자란 어차피 별다를 것 없겠지요. 그러나 승낙합니다. 당신을 맞아들이겠습니다. 그러면 되겠지요…… 나는 지금 그 이야기를 하고 있는 게 아닙니다. 지금 밤하늘을 불태우며 대불전이 타고 있다……불 지른 놈이 교토를 다스리는 이타쿠라 님에게 잡혀 배후를 불고 있다……는 느낌이 들어 초조해 하고 있는 것입니다.”

“어머…….”

오미쓰는 눈을 동그랗게 뜨고 마타시로를 뚫어지게 보았다. 젊을 때 누구나 저지르는 허물이지만, 이 경우 마타시로의 말은 좀 지나쳤다. 이렇게 되자 오미쓰도 젊으므로 성미가 격해졌다. 상대의 진정 같은 건 헤아릴 생각을 하지 않고 대개 표면에 나타난 말에만 집착하는 것이다.

오미쓰는 처음의 수치감에서 차츰 창백한 노여움 속으로 빠져들었다. 여인으로서 평생을 거는 혼담에 대해 ‘그러면 되겠지요’라고 말하다니, 얼마나 큰 모욕인가……? 그렇다고 지금 당장 그 노여움을 폭발시킨다면 더욱 비참해질 것 같았다.

적어도 숨을 거둔 쇼안의 머리맡에서 이성을 잃는 언동은 용서되지 않는다. 그렇게 하면 더욱 상처받는 것은 오미쓰 자신이었다.

분노를 억누르며 오미쓰는 낮게 웃었다.

“호호……그러면 마타시로 님의 걱정은…… 알았습니다. 날이 새는 대로 가보세요."

"그렇게 하겠습니다. 그리고 곧 형님을 보내도록 하지요."

마타시로는 아직 오미쓰의 감정까지 눈치채지 못했다. 그는 자기가 그려낸 망상과 끊임없이 격투를 거듭하고 있다. 그렇지 않아도 소문이 많은 세상이다. 이때 호코사나 대불전이 불탄다면 쇼군이 불태우게 했다는 소문이 날지도 모를 때였다.

그러므로 교토를 다스리는 이타쿠라는 풀뿌리를 헤쳐서라도 수상쩍은 자를 찾아낼 것이며, 잡히는 자가 있으면 어떻게든 실토시켜 극형에 처하지 않으면 주인 가문의 신용을 떨어뜨리게 되리라……

그 결과 만일 쇼안이나 신자에몬의 이름이 나온다면 그야말로 사카이의 큰일……이라기보다 상인 전체의 흥망에 영향이 미치리라. 마타시로, 지금 아버지의 뒤를 이어 제2대 자야가 되어 있는 그들 집안은 이타쿠라와 친척이나 다름없는 교분이 있다. 본디 세상 떠난 아버지 시로지로는 이에야스의 오른팔로서 헤아릴 수 없을 만큼 많은 공적을 쌓았다. 에도의 도시계획에 참여했고, 상인 장로로 다루야(樽屋)를 추천한 것도 그였다. 그리고 교토에서는 '앞으로 여러 상인들의 풍기 단속은 시로지로가 재판할 것'이라는 특별한 명으로 상인 우두머리가 되어 있다. 따라서 상인 쪽에 큰 잘못이 있다면, 그 지배자로 임명되어 있는 자야의 책임이 된다.

'곧 돌아가 이타쿠라 님을 만나야 되겠다.'

오미쓰는 더 이상 아무 말도 하지 않았다. 그녀는 그녀 나름으로 자기가 맛본 굴욕을 언제 어떻게 마타시로에게 앙갚음해 줄 것인지 생각하며 오늘의 분노를 억누르고 있을 게 틀림없다.

이따금 생각난 듯 마타시로는 쇼안의 얼굴을 들여다보며 중얼거렸다.

"아직 날이 밝지 않았군요."

"정말…… 하지만 곧 밝겠지요."

오미쓰도 태연히 말하고 머리맡의 향로에 향을 꽂으면서, 결코 마타시로 쪽은 돌아보려 하지 않았다.

인질초(人質草)

　자야 마타시로는 새벽을 기다려 자기 집 배를 출발시켰다. 밤에도 쉬지 않고 노를 젓게 하여 다음다음 날 아침 후시미에 닿을 때까지 마타시로는 마음이 조마조마했다. 그리하여 후시미에 닿자마자 아무에게나 이상한 질문을 퍼부어 사람들을 어리둥절하게 만들었다.

　"지난밤이나 그저께 밤에 무언가 달라진 일이 없었습니까, 교토에?"

　"글쎄요……달라진 일이라니요?"

　"화재라든가 죄인을 잡았다든가……."

　"전혀 못 들었는데요……."

　"그렇습니까? 당신도 혹시 무언가 달라진 일을……."

　"저도 도무지 못 들었습니다."

　그래도 아직 걱정되어 가마를 달려 호코사로 가보았다. 그리고 아침 하늘에 우뚝 솟아 있는 건물을 보았을 때 그것이 꿈같이 여겨졌다.

　마타시로는 도리데(通出) 미즈사가루 거리(水下町)의 자기 집에 있는 점원을 시켜 형에게 쇼안과 소로리의 죽음을 알리게 하고 자신은 니조 호리카와(堀河)에 있는 교토 행정장관 저택을 찾아갔다.

　이타쿠라 가쓰시게는 아직 저택 뜰에서 날마다 하는 창 연습이 한창이었다. 자야 마타시로를 보자 그는 의아한 표정으로 창을 놓으며 툇마루에 손짓해 불러 의아한 듯한 말투로 물었다.

"아니, 지금 어찌 된 일인가? 집에서는 지금쯤 정신없이 바쁠 터인데."

"정신없이?"

"그렇지. 드디어 에도에서 센히메 님이 후시미에 도착하셨어. 혼례식은 5월 15일로 정해졌다네. 그때까지 혼수를 모두 준비하도록 자야에 명하시어……."

말하다가 무언가 눈치챈 모양이다.

"그동안 집을 비우고 있었군?"

"예……예, 사카이에 갔었습니다."

"허, 그럼, 사카이에서 이리로 곧장 왔나? 그러면 마중 간 자와 길이 엇갈렸는지도 모르겠군."

"그건 모르는 일입니다만……실은 사카이에서 두 거물이 돌아가셨습니다. 그 문상을 드리러 갔던 것이지요."

"두 거물이라면 소로리와……."

"나야 쇼안 님……두 분이 약속한 듯 같은 날 돌아가셨습니다."

가쓰시게는 가볍게 고개를 끄덕였을 뿐이었다.

"그래? 그렇다면 곧 가게로 가보는 게 좋겠어. 자네가 없으면 좀처럼 일이 진척되지 않을 것이니."

말하고 나서 그제야 깨달은 듯 다시 말했다.

"그럼, 형님이 가야겠군."

혼자 말하고 혼자 결론을 내렸다.

"실은 나도 한 가지 중요한 일이 생겨 난처하던 참이네."

무릎에 두 손을 모으고 마타시로의 얼굴을 기웃거렸다.

마타시로는 아직 흥분이 가시지 않은 표정으로 물었다.

"이타쿠라 님이 난처하시다니 무슨 일입니까?"

"실은 사람을 구하고 있어. 센히메 님을 따라온 에도의 시녀만으로는 대감님께서 미덥지 않으시다는군."

"어……어째서입니까?"

"대감님으로서는 사랑스럽기 이를 데 없는 손녀님. 에도에서 따라온 시녀들과 시어머님 측근의 시녀들 사이에 거북한 일이라도 생긴다면 센히메 님이 가엾다는 염려일세."

말하며 하인이 받쳐들고 온 차를 받았다.

"그러면 히데요리 님의 생모님 마음에도 드는 교토 사람이어야 되겠군요."

마타시로도 가져온 차를 후후 불면서 곧 마땅한 후보자를 이리저리 떠올리는 얼굴이 되었다.

"그렇지. 아무튼 아직 철없는 손녀님이시나……양쪽 사이를 잘 조정해 나갈 만한, 신분도 성미도 나무랄 데 없는 여인……이 세 사람쯤 필요하니 찾아보라고 하셨네. 그래서 실은 그대나 고에쓰에게 의논해 보려던 참이었어."

이 말을 듣자 마타시로는 곧바로 찻잔을 내려놓았다.

"이 일은 오다 우라쿠 님에게 의논하시는 게 어떻겠습니까?"

"오, 누구나 생각이 같은 모양이군. 우라쿠 님에게는 조금 전에 부탁했지. 한 사람쯤 마땅한 이가 있는 것 같았네만……."

가쓰시게는 말하다가 중얼거리듯 탄식했다.

"그대 아버님이 살아계시다면……어쨌든 오사카성 여주인은 까다로운 모양일세. 만에 하나도 거슬러서는 안 되고, 그렇다고 오사카 편에 말려들어 에도에서 온 자와 대립하면 더욱 안 되지."

"그러면……야마토의 야규 님 따님은 어떻습니까?"

"야규 무네요시의 따님……무네노리의 누이동생 말인가?"

"예, 들은 바에 의하면 누이동생이 몇 사람 있다고……."

가쓰시게는 천천히 고개 저으며 말했다.

"안 될 거야. 야규의 딸이라면 생모님이 반대할걸."

"흠……."

"어쨌든 자네도 바쁘겠지만 마땅한 사람이 있는지 자당님에게 물어봐주지 않겠나? 쇼군 가문에 포목을 조달하는 사람, 자야가 추천한 시녀라면 믿음이 가거든."

가쓰시게에게 그 말을 듣는 순간 마타시로는 무릎을 탁 치며 눈을 빛냈다.

"좋은 여자가 있습니다!"

"뭐, 알맞은 여자가 있단 말인가?"

"있습니다. 나야 쇼안 님의 손녀딸이지요."

"허, 쇼안 님에게 그러한……?"

"있지요. 아주 알맞습니다! 본디 도요토미 가문과 각별한 사이인 우키타 가문의 마님을 따라가 어렸을 때부터 줄곧 섬겨온 오미쓰 님이……."

"허, 그 여자는 몇 살인가?"

"그건 잘 모르겠습니다. 19살이나 20살쯤."

"그러면 벌써 출가할 나이, 나야의 호주가 승낙할까?"

"생각이 있습니다. 제가 직접 부탁해 보지요. 그 까닭은……."

마타시로는 말하려다가 그만 말꼬리를 우물우물 흐려버렸다. 그는 단순하게 오미쓰가 자기한테 출가해 올 것으로 알고 있는 듯했다. 만일 그렇다면 오미쓰는 그의 말을 따를지도 모른다.

"3년쯤, 센히메 님이 오사카에 익숙해질 때까지 섬겨보지 않겠소? 익숙해지고 나면 대신할 사람을 찾아내든가 달리 허락을 받아 내 아내로 맞으리다."

이렇게 말하면 일이 손쉽게 될 것 같았다.

"그런가? 그렇다면 문상도 할 겸 이 가쓰시게가 정식으로 청해보고 경우에 따라 자네의 도움을 부탁하기로 할까?"

신중한 가쓰시게는 자신이 직접 인물을 시험해 볼 작정인 것 같았다.

마타시로가 가쓰시게와 작별하고 자기 집으로 돌아온 것은 오전 9시쯤이었다.

미리 알려두었기 때문에 형 기요타다는 벌써 사카이로 출발할 준비를 갖추어 기다리고 있었다. 도쿠가와 가문에 출입할 때는 자기보다 동생 마타시로가 환영받고 있다. 그렇게 생각하면 후시미성에 불려가도 왠지 어색해지고, 그것이 상대에게도 한층 답답한 느낌을 주는 것 같았다.

"성에 갈 때마다 '마타시로는?' 하고 질문받는다. 병약한 나보다 활달한 네가 일을 시키기 쉬운 거야. 사카이에는 내가 갈 터이니 너는 명하신 일을 잘 추진하도록."

마타시로도 그럴 작정이었으므로 선뜻 승낙하고 형을 배웅한 뒤 곧 후시미성으로 달려갔다.

이에야스는 만나지 못했으나 따라온 히데타다의 정실부인 다쓰 마님은 마타시로를 일부러 내전까지 불러들여, 7살인 인형 같은 센히메를 대면시켜 주었다.

혼수를 고스란히 자야에서 마련해 납품시키려는 것이다. 그러려면 본인인 센히메를 잘 보여주고 알맞은 옷 무늬며 자수를 고안케 해야 한다.

"자, 마타시로 님, 센히메를 잘 봐주오. 그리고 이 어린 새색시에게 알맞은 옷감을 조달해 주오."

말하며 살며시 센히메를 바라보는 부인의 눈매가 붉어지는 것을 마타시로는 보았다. 무리도 아니라고 마타시로는 생각했다. 이종남매라고는 하지만, 세상에서는 아직 도요토미 가문과 도쿠가와 가문의 사이가 원만하지 못하다는 소문이었고, 그즈음의 상식으로 볼 때 신부라고 이름 지어진 인질이 틀림없었다.

"오, 참으로 훌륭하고 귀여운……."

마타시로는 뜨거운 차를 꿀꺽 삼킨 기분으로, 그러나 센히메를 자세히 살폈다. 키는 무럭무럭 자랄 것 같았다. 피부빛은 희고 투명해 보였다. 눈꼬리가 가늘게 째진 쌍꺼풀 없는 눈을 하고, 눈동자와 콧날과 입매가 조화로운 가운데 오다 핏줄인 슬기로운 자아(自我)를 그대로 물려받았다. 남자로 태어났다면 역시 남의 말은 잘 듣는 편은 아닐 거라고 생각되었다.

"이제 되었나요, 마타시로 님?"

"예, 센히메 님이 한창 피어나실 무렵의 모습이 상상되고도 남음이 있습니다."

"아무쪼록 정성껏 해주오. 할아버님도 몹시 걱정하고 계시니."

"알았습니다. 5월 15일이라면 이제부터 낮밤을 가리지 않고 반드시 기뻐하시게 해드리고 싶습니다."

"좋아요. 그러면 센히메는 그만 자리를……."

다쓰 부인은 유모에게 센히메를 데리고 나가게 한 다음 목소리를 떨어뜨려 마타시로에게 물었다.

"마타시로 님은 요즘 히데요리 님을 뵈었소?"

"아니, 저는 뵙지 못했습니다. 그러나 혼아미 고에쓰 님 말에 의하면 도련님은 11살이지만 요즘 무럭무럭 자라시어 겉보기에 13살쯤 되어 보이신다고……."

"그것이오, 내가 걱정하는 것은…… 실은 도련님이 벌써 여자를 측근에 둔다고 들었는데……그것이 참말일까요, 마타시로 님?"

다쓰 부인의 걱정이 무엇인지 알게 되자 마타시로는 그만 얼굴을 숙였다.

"나는 그것이 걱정이오. 히데요리 님도 센히메와 어울리는 어린아이라면 소꿉장난같이 지내며 차츰 의좋게 되련만……."

거기까지 말하고 다쓰 부인은 입을 다물었다. 차마 그다음 말은 할 수 없는 눈치였다.

마타시로는 무언가 말해야 될 것처럼 초조했다. 다쓰 부인의 걱정을 잘 알 수 있었다. 히데요리가 벌써 여자를 가까이하고 있다는 소문은 사실인 것 같았다. 그 일에 대해 고에쓰는 더러운 것이라도 보고 온 듯 마타시로에게 말한 적 있었다.

"도련님이 나쁜 게 아니야. 환경이 나쁘지. 중요한 단련을 해야 하는 시기에 많은 시녀들 속에 내동댕이쳐져 있어. 어쩌면 시녀 가운데 유혹하는 자가 있을지도 몰라…… 저대로 두면 거머리 연못에 젖먹이를 내던진 것이나 마찬가지야."

결국 어머니의 생활이 시녀들에게 요사스러운 망상을 불러일으키고 그 영향이 히데요리의 몸에 미친다. 따라서 병법 무예 단련과 이성에 눈뜨기 시작한 히데요리의 육체에 크나큰 불균형이 생겨 기형아 느낌이 든다고 고에쓰는 말했다.

"몸만 어른……아무 절제도 분별력도 없지. 이 거머리 연못에 던져진다면 아무리 영웅 기질을 타고났다 하더라도."

이러한 이야기를 그대로 들려주기는 너무 잔혹하다. 그러나 이 소문은 터무니없는 것이라고 할 수 없었다.

"아직……아직……11살, 설마 그러한 일이……."

"없으리라고 생각하나요, 마타시로 님은……?"

"예……예."

"여자로서는 남자에 대한 일을 아무리 알려고 해도 어디까지나 수수께끼…… 그대에게 물어보면 알 수 있겠지요. 그대는 11살을 경험한 지 아직 얼마 안 된 사람이니까."

"황송합니다. 이 마타시로는 그 나이 무렵에 전혀……."

"그럴 테지. 이것만은 비록 핏줄이라도 요도 마님에게 물을 수 없고…… 아니, 도련님은 어른이고 센히메는 이토록 어린아이라면."

"예……예."

"단지 안타깝게만 여겨 끝날 일이 아니오. 상대 여자가……."

"상대 여자라……시면?"

"상대가 없다면 어른이 못 되오. 여자의 마음은 나도 알지요. 아무것도 모르는 센히메를 미워하겠지…… 아니, 어떻게든 도련님의 총애를 계속 받으려고 악귀도 되고 야차(夜叉)도 되는 게 여자요."

마타시로는 깜짝 놀라 다쓰 부인을 올려다보았다. 이것은 어쩌면 이에야스도, 이타쿠라 가쓰시게도 모두 눈치채고 걱정하는 일인지도 몰랐다.

'그렇다, 그래서 교토 여자를 딸려주려는 것인지도 모른다…….'

마타시로는 여자의 질투심이 얼마나 무서운지 알 리 없었지만, 다쓰 부인의 말 뜻은 잘 알 수 있었다.

'그렇다면 더욱 오미쓰 님에게 수고해 달라고 해야 되겠군.'

마타시로는 어느새 자기가 오미쓰와 일심동체가 된 것 같은 착각에 빠져, 그러한 감정을 조금도 이상하게 느끼지 않았다.

결국 마타시로는 히데요리가 벌써 여자를 알고 있다는 소문을 우물쭈물 부정하며 다쓰 부인을 위로하고 물러나올 수밖에 없었다. 그러나 사실은 그 반대인 줄 알고 있는 만큼, 문을 나설 무렵부터 천진난만한 센히메의 모습이 애처롭게 여겨져 견딜 수 없었다. 5월 하늘처럼 해맑으며 티 없이 고운 센히메의 모습을 어두운 곳에서 심술궂게 노려보는 악녀를 떠올리자, 젊은 마타시로는 이상한 노여움이 느껴졌다.

그렇다고는 하나 그로서는 어쩔 도리 없었다.

여자는 대체 몇 살이 되면 아내로서 잠자리에 응할 수 있게 되는 것일까? 센히메는 이제 7살이다. 앞으로 3년이나 5년으로는 어림도 없으리라. 그동안 악녀들이 그 순진한 어린 소녀를 야금야금 상처 내어 간다면, 센히메는 대체 어떤 인간으로 바뀌어갈까……? 다쓰 부인은 여자의 마음을 알고 있다고 말했지만, 센히메도 언젠가는 한 사람의 어엿한 여자로 성장할 것이다.

'그 센히메 님이 만일 마님 말씀처럼 악귀나 야차로 변한다면 그건 누구 책임일까?'

억지로 출가시키려는 이에야스는 이로써 천하의 안정을 생각하고, 히데요리의 어머니 요도 마님과 센히메의 부모는 두 집안의 평화를 생각하며 히데요시의 유언에 따를 작정이겠지만, 센히메에게는 아직 아무런 의사도 존재하지 않는다. 사람들이 멋대로 그린 공상 속에 한 인간을 멋대로 끼워맞추려 하고 있다. 더욱이 처음부터 하나의 커다란 불안을 내포하고 있는데도…….

마타시로 또한 생각하기 시작하면 외곬스러워지는 순진한 마음을 가진 젊은

이였다. 그날부터 그는 센히메의 모습과 거의 떨어질 수 없는 입장에 놓였다. 혼수를 조달하는 사이사이 그 옷을 입을 사람의 생애를 생각하게 되었다.

그달도 지나고 다음 달 4일이 되었다. 그날도 마타시로는 여러 가지 의논을 위해 후시미성을 방문했다. 얼마 전부터 조달관으로 그 앞에 새로이 모습을 나타낸 오쿠보 나가야스와 뜻하지 않은 일로 밤늦도록 이야기를 나누다가 오후 8시가 가까워 성을 나왔다.

나가야스는 센히메의 옷감이며 바느질이 모두 검소하다고 했다.

"나는 예전에 탈춤 광대 노릇을 한 사람……의상에 대해 문외한이 아니오. 그러니 내 말대로 하시구려."

나가야스가 너무 자신만만하게 말하므로 마타시로는 그러면 15일까지 해내지 못한다고 반박했다.

그러자 나가야스는 히죽히죽 웃으며 귓가로 흘려버릴 수 없는 말을 했다.

"15일까지 안 되더라도 괜찮을 듯싶은데……."

나가야스는 15일의 혼인이 연기된다고 생각하는 모양이다. 그러나 아무리 물어봐도 말을 흐리며 그 이상 밝히지 않았다.

"무슨 사고가 생긴 것일까……?"

어느덧 어두워져 있었으나 바람 한 점 없고 교토의 명물인 무더위가 기승부려 가마에 오르자 숨이 막혔다.

가마가 후시미 거리를 빠져나왔을 때였다. 떠들썩한 외침소리가 앞쪽에서 크게 솟아올랐다.

"아, 불이다! 불이야!"

"가마를 좀 세워주지 않겠나?"

마타시로가 말을 건네기 전에 가마꾼은 벌써 걸음을 멈추고 있었다. 사람들로 앞이 막혔기 때문이었다.

"대불전 쪽이야. 하늘이 새빨갛습니다."

"뭐, 대불전!"

마타시로는 황급히 가마에서 뛰어나왔다.

"앗, 이건……틀림없이 대불전이다."

지금까지 말끔히 잊고 있던 쇼안과 신자에몬의 얼굴이 반사적으로 떠올랐다.

허둥지둥 사람들을 헤치면서 마타시로는 아무에게나 말을 건넸다.

"대불전에 불이 났군. 저 치솟는 불기둥 좀 봐. 예사 불기둥이 아니야."

앞쪽의 하늘을 올려다본 채 노동자 차림의 사나이가 대답했다.

"그렇소, 대불전이오. 이것 참, 불길한 일이 생겼는걸."

"불길한 일이라니…… 뭔가 이상한 소문이라도?"

"암, 다이코님이 돌아가시기 전에도 지진으로 대불의 목이 떨어졌었지. 대불에게 무슨 일이 생길 때는 도요토미 가문에 재난이 닥칠 징조야."

"무슨 소리, 그건 당신 혼자만의 생각이지."

"나 혼자만의 생각……?"

노동자는 비로소 마타시로를 돌아보고 그가 무사가 아닌 것을 알고 안심한 듯이 말이 많아졌다.

"당신은 아무것도 모르는 모양이군. 언제쯤 불에 탈까 하고 모두들 쑥덕거리고 있었던 일이오."

"뭐, '언제쯤 불에 탈까'라고…… 그런 소문이 어째서 났지?"

"오사카의 생모님이 도무지 공양드리지 않기 때문이지. 다이코님뿐만이 아니오. 다이코님이 조선과 조선의 바다에서 잃은 몇만이나 되는 사람의 혼백도 그곳에서 헤매고 있단 말이오. 그런데도 조금도 공양드리지 않았으니 언젠가는 반드시 이렇게 되리라고 벌써부터 소문이 나돌았지."

노동자의 이야기에는 조리가 없고 감정의 비약만 있을 뿐이었으나 어찌 된 까닭인지 마타시로는 가슴이 철렁했다.

"그런 원망의 소문이 퍼지고 있었군."

"그렇고말고요. 얼마 전 시마(志摩)의 해녀 두 사람이 저 경내에서 목을 매달았소. 영감과 아들이 모두 수군으로 조선에 끌려간 뒤 소식이 없었다지. 혹시나 살아 돌아와 이곳 교토에 살고 있지 않을까 찾으러 와서 찾다가 지친 시어머니와 며느리의 마지막이었다더군. 그런 혼백이 저곳에 우글우글 모여 있단 말이오."

"과연."

"그래서 개중에는 불 질러 버리자는 따위의 말을 하는 자들도 있었소. 작년 섣달그믐에도 작은 불이 났었지요."

마타시로는 이제 더 이상 말을 건네지 않았다. 그렇긴 하지만 쇼안과 신자에몬은 어째서 그토록 이상한 환영을 보면서 세상 떠났을까? 그 두 노인의 머릿속에도 이 노동자와 똑같은 숙명적인 부처님 말씀이 배어 있었던 것일까……?

그날 밤 마타시로는 길을 돌아 집으로 돌아갔다. 다행히 바람이 없어서 화재는 대불전만으로 끝났다. 알고 보니 엉뚱한 소문은 훨씬 전부터 있었던 모양이었다.

그 이야기를 자세히 들려준 것은 얼마 뒤 용무가 있어 찾아온 오쿠보 나가야스였다.

나가야스는 자야의 가게에 나타나 대충 용무를 끝내자 차가운 갈탕을 마시면서 싹싹한 태도로 마타시로에게 말을 걸었다.

"소문 들었소? 대불전의 화재는 방화라고 합디다."

"허, 그러면 역시 혼백들의 짓인가요?"

"하하……마타시로 님은 아직 혼백과 사귈 나이가 아닐 텐데요."

"나이에 따라서는 혼백과 사귈 수 있습니까?"

"그렇소. 우리 나이쯤 되면 온갖 혼백을 만나게 되지요. 어떤 혼백은 불을 지르게 한 것이 혼다 마사노부 님이거나 아니면 교토 행정장관 이타쿠라 가쓰시게 님일 거라고 합디다."

"허, 무엇 때문에 그런……."

"오사카의 생모님이 썩고 있는 황금을 살아 있는 무사들에게 시주한다더군요. 이 시주가 눈을 감지 못한 혼백들의 노여움을 샀다고나 할까?"

"허……그러면 생모님께 곧 재건을 권한다는 말씀입니까……? 그 혼백들이?"

"하하……그것뿐만이 아니지요. 개중에는 사카이의 지혜 주머니들이 손써서 불을 지르게 했다는 등 소문을 퍼뜨리는 혼백도 있습니다."

"허, 꽤 그럴듯한 말이군요."

"그런데 전혀 반대되는 소리를 하는 자도 있다더군요. 실은 오사카성 안에 있는 어떤 대충신이 그 방화의 장본인이라고……."

"그러면 생모님 측근 중에?"

"옳습니다……머지않아 센히메 님이 시집오신다, 쇼군 가문과 도요토미 가문 사이가 벌어져선 안 된다, 그래서 생모님의 취미를 바꾸기 위해 대불전을 불태웠다, 대불전은 돌아가신 다이코 전하가 건립하신 인연 있는 것이므로 생모님도 버려두지 못하리라는 눈물겨운 고육지책이라고 말이지요.”

마타시로는 나가야스의 얼굴을 물끄러미 지켜보았다. 나가야스는 이러한 소문 가운데 어느 것이 진실에 가깝다고 생각할까?

이 나가야스는 여태까지 도쿠가와 가문에 없었던 체취가 풍기는 인물이었다. 거동이며 재주가 세련되었을 뿐 아니라 교묘한 말솜씨, 시원스러운 목소리, 풍부한 지혜와 더불어 그 계산능력이 빼어났다 해도 좋았다. 두 자리쯤의 더하기 빼기 곱하기 나누기는 거의 암산으로 해치웠고, 그 계산능력과 마찬가지로 세상의 겉모습과 이면에도 정통해 있었다. 박학다식한 게 아니다. 실생활에 적용하는 지혜를 무한히 갖고 있었다.

그는 센히메의 혼인이 끝나면 이번에는 도카이도에서 나카센도까지에 10리총_(길 양쪽에 10리마다 흙을 높이 쌓아 이정표로 삼는 곳)을 쌓는다고 했다. 10리를 36정으로 나누고 그 거리에 따라 주막거리와 파발마를 준비해 두지 않으면 평화로운 시대를 맞은 표식이 되지 않는다고 말했다.

마타시로는 이러한 유형의 인물을 좋아하지 않았다. 너무 빈틈없고 매끄러운 느낌이다. 그러고 보니 이목구비에서 몸매에 이르기까지 한 점 나무랄 데 없으며, 그것이 오히려 사귀기 쉬운 인간미를 제거시키고 있는 느낌이었다.

나가야스는 말했다.

“그런데 또 다른 소문이 있지요. 그것은 센히메 님의 혼수 조달이 촉박해 혼례날을 연기시키려고 이 나가야스가 누군가를 시켜 불 지르게 했다는 소문인데…… 이렇게 되면 혼백도 여간내기가 아니잖습니까?”

마타시로는 태연히 웃으며 맞장구치려 했으나 오히려 볼이 굳어지는 걸 느꼈다.

“허……혼례의상이며 장롱준비가 촉박해 불 질렀다면 명을 받고 있는 저희들이 할 만한 짓이겠군요.”

“하하……그런 소문도 이윽고 떠돌지 모릅니다. 그런데 마타시로 님, 방화한 자가 당신이건 이 나가야스이건 어쨌든 혼례날이 얼마쯤 연기되었습니다.”

“옛? 그건…….”

어지간한 마타시로도 얼굴빛이 달라졌다. 날짜가 연기될 듯하다고 나가야스가 무심코 말한 것은 대불전에 불이 나기 전이었다.

"그러면 언제로 연기되었나요……?"

"7월 28일…… 이날이 길일이라고 오사카 쪽에서 제안했고 대감님도 승낙하셨습니다."

나가야스는 물 흐르듯 말하고 지그시 마타시로를 지켜보았다. 마타시로는 숨이 막힐 것 같았다.

"그럼, 연기한 이유는?"

"물론 대불전 화재와 그 밖의 일 때문이지요. 생모님은 4월 초파일의 공양을 정성껏 하신 다음 센히메 님을 맞이하시겠다고 말씀하셨소. 그렇게 되면 혼백의 힘도 무섭지 않다고."

마타시로는 마침내 숨을 헐떡이며 나가야스를 불렀다.

"나가야스 님!"

부르고 나서 문득 '상대의 유인에 빠졌구나!' 하고 깨달았지만, 젊음이 벌써 그를 물러서지 못하게 했다.

"얼마 전 나가야스 님은 15일의 혼인이 연기될 것 같다고 말씀하셨지요?"

"그렇소. 확실히 그런 말을 비쳤소."

"그러면 그 무렵부터 나가야스 님은 대불전의 화재를 예측하고 계셨나요?"

"이것 참, 뜻밖의 말씀…… 그렇게 되면 방화를 한 괴한은 이 나가야스나 나가야스가 아니더라도 나가야스와 관련된 사람이 됩니다. 하하…… 마타시로 님까지 망령이 되면 나가야스는 곤란한데요."

"아닙니다. 이건 결코 의심해서가 아니오. 아직 어린 마타시로, 연기되리라는 것을 나가야스 님이 어디에서 눈치채셨는지 그것을 말씀해 달라는 겁니다."

"마타시로 님."

"예."

"이 5월 15일이라고 말씀하신 건 대감님이셨지요?"

"그렇지요. 그렇게 듣고 있었습니다."

"대감님은 자신이 세이이타이쇼군……일본 무사의 우두머리……가 되시고 나서야 센히메 님을 보내시게 되셨습니다. 센히메 님을 아끼셔서 조금이라도 조건이 좋아지도록 기다리신 거지요."

"과연."

"그러니 오사카의 생모님으로서는 며느리를 하사받았다는 생각이 없지 않으실 것입니다. 그러므로 일단 응낙하셨지만 나중에 자신의 의견을 말씀하실 테지요. 다시 말해 날짜 결정에 양편의 체면이 엇갈리므로 연기되겠구나 하고 추측한 거요."

그리고 나서 나가야스는 젊은 마타시로를 시험하듯 말을 이었다.

"마타시로 님은 쇼군의 손녀따님이 내대신 마님이 되는 것을 출세로 생각하시나요, 아니면 하사하는 혼인으로 생각하시나요?"

이 물음에 마타시로는 스스로도 깜짝 놀랄 만큼 심한 반감을 느꼈다.

모든 의미에서 부자연스러운 혼인이었다. 그런데 출세로 생각하느냐, 그렇지 않느냐는 질문은 너무나 제삼자적인 게 아닐 수 없다. 아니, 만일 그렇지 않다면 내대신이라는 히데요리의 관직과 이에야스의 관직의 높고 낮음을 알고 있느냐고 질문받은, 한 단계 내려간 모욕이라고도 느껴진다.

마타시로는 그러한 질문을 무시하고 상대를 준엄하게 꾸짖어주고 싶었으나, 젊음은 그에게 그 여유를 주지 않았다.

"나가야스 님은 또 이상한 것에 구애받으시는군요. 이번 혼인을 그러한 각도에서 보아 무슨 이익이 있겠습니까?"

나가야스는 선뜻 말했다.

"이익은 없지요. 하지만 아무 이익 없는 일이 때로 큰 소동의 화근이 되기도 하니까요."

"큰 소동……?"

"그렇소. 도쿠가와 가문 사람들 눈으로 본다면 센히메 님은 세이이타이쇼군의 따님이며 우대신의 손녀따님…… 그런데 도요토미 가문 사람들이 볼 때 히데요리 님은 간파쿠 다조 대신의 아드님이며 내대신…… 어울린다고 보면 더없이 어울리는 혼인이지만, 그 사이에 조금이라도 감정이 개입되면, 쌍방에서 서로 줄다리기 해야 할 일이 됩니다. 혼례날짜 결정에도 그것이 나타났다고 한다면, 마타시로 님도 우리들도 단단히 알아두어야만 될 일이 아니겠소?"

"그렇군요……그런 의미로 말씀하셨습니까?"

"하하……오쿠보 나가야스는 신출내기지만 대감님 은혜를 입은 의리를 잊을 자가 아닙니다. 그러한 사소한 일에서부터 혼수며 의상에 이르기까지 정성을 기울여 달라고 말씀드린 것이지요."

여기서도 마타시로는 깨끗이 나가야스에게 농락당하고 말았다.

"이를테면 센히메 님의 혼수무늬는 5·7 오동나무 무늬(밑에 오동나무 잎이 7개 있고 그 위 중앙에 꽃이 5개 있는 것)를 삼가는 게 좋으리라 생각하오. 아마 생모님 것에는 5·3 오동나무 무늬(잎 5개에 꽃이 3개)가 찍혀 있으리라. 아무튼 대불전 화재만 해도 다섯 손가락으로 꼽을 만큼 소문의 혼백이 날뛰는 세상, 아무쪼록 그 철없는 센히메 님의 무거운 짐이 안 되도록 애써주시기 바라오."

"잘 알았습니다. 7월 28일이라면 힘껏……."

나가야스는 무언가 또 생각이 난 듯이 말했다.

"그리고 참, 이건 비밀을 지켜주기 바랍니다만……실은 센히메 님이 가져가실 작은북……도 이 사람 전문이므로 제가 맡았는데, 역시 생모님 것보다 훌륭하면 안 되리라 싶어 일부러 오사카로 사람을 보내 생모님이 가지신 물건을 조사케 한 다음 만들게 했지요."

"허, 작은북을……."

"그렇소. 인생은 사소한 방심으로 뜻하지 않은 불화를 겪게 되는 것…… 만일 어떤 때 시어머님 것보다 센히메 님의 북이 뛰어난 소리를 내게 되면 시샘받지요. 그래서 생모님이 나고야산자를 부르셨을 때 저와 친한 간제류(觀世流)의 탈춤 배우를 수행시켜 살펴보게 하여 생모님 것보다 아주 조금 못한 물건을 만들었습니다."

"흠."

"세상일은 싸움터의 승패처럼 단순한 게 아닙니다. 참, 그리고 7월 28일로 연기된 일은 어차피 다쓰 마님께서 정식으로 말씀하실 것이니 내게서 들은 일은 비밀로……."

어느새 마타시로는 나가야스에 대한 반감마저 깨끗이 잊고 멍하니 있었다.

나가야스가 돌아가자 마타시로는 다시 한번 센히메의 혼수 준비물을 돌아볼 생각이 들었다.

센히메의 어머니 다쓰 마님은 혼수로 비웃음당하지 않도록 정성을 다해 달라고 거듭 부탁하고 있었다. 이 경우는 돈에 구애받지 않도록 하겠다는 여자다운 경쟁심이 느껴졌다. 그러나 나가야스가 한 일처럼 그것과 전혀 다른 세심한 주의도 기울여야 했다…… 무슨 일이든 지기 싫어하는 생모님이 모든 것을 자기와 비교하는 눈길로 센히메의 혼수를 살필 것은 피할 수 없는 일일지 모른다. 그렇다면 작은북의 음색에까지 신경 쓰는 나가야스의 세심한 마음은 당연히 배울 만한 것이었다.

작업장을 돌아보며 마타시로는 의상의 금박에 다시 은박을 입혀 그 금빛을 감추게 하기도 하고 칠장이의 손에 맡긴 옷장, 문갑, 바느질그릇 등의 무늬를 좀 수수하게 칠하도록 시키기도 했다. 그 대신 바탕에 두껍게 금박을 입혀 언젠가 겉칠이 벗겨질 무렵에는 찬연하게 밑에서 금박이 나타나도록 신경 썼다. 그렇지만 이러한 점까지 신경 써야 하는 혼인이니 얼마나 고통이 따르는 것일까?

'혼인이 아니라 이것은 역시 슬픈 인질인 거야…… 그 인질이 천진난만하게 부리는 애교가 엉뚱한 말로 오해되거나 버릇없는 짓으로 받아들여진다면 대체 어떻게 해야만 되는 것일까……?'

거기까지 생각하자 마타시로는 히데요리가 벌써 이성에 눈뜨기 시작했다는 일이 다시금 마음에 걸려 견딜 수 없었다.

'그 상대 여인은 대체 어떤 성질의 사람일까?'

아마도 측근에 있었던 시녀일 테지만, 히데요리가 처음 안 여자이다. 그 여자가 히데요리의 마님이 될 센히메에게 호의를 가질 리 없다……는 점에서 볼 때 이 인질은 헤아릴 수 없는 어둠 속으로 발을 내디디게 되는 것이나 아닐까.

칠장이의 작업장에서 집으로 돌아오자 마타시로는 뜰 연못가로 나가 만발한 창포꽃 옆에 서서 저도 모르게 한숨지었다.

그때였다. 형 기요타다가 툇마루로 나와 그를 불렀다.

"마타시로, 이타쿠라 님이 오셨다. 나가 보아라."

"예, 이타쿠라 님이 오셨다고요……?"

마타시로는 서둘러 툇마루 쪽으로 갔다. 그리고 댓돌에 한 발을 올려놓다가 저도 모르게 얼굴이 빨개졌다. 객실에 이타쿠라 가쓰시게뿐만 아니라 그 옆에 나야의 손녀 오미쓰가 나란히 앉아 있었기 때문이었다.

"잘 오셨습니다."

마타시로가 눈을 내리깔며 가쓰시게에게 인사하자 가쓰시게는 흰 부채를 접었다 폈다 하면서 밝게 웃었다.

"마타시로 님, 오미쓰 님은 그대의 약혼자라고 하지 않았소……?"

"예……예, 그건……."

"그러나 기요타다 님은 아직 모른다더군…… 젊다고는 하지만 자네가 좀 실수했다고 보는데 어떻소?"

가쓰시게는 웃음 띠며 눈을 가늘게 뜨고 마타시로와 오미쓰를 번갈아 보았다. 마타시로는 오미쓰를 흘끗 쳐다보고 얼굴이 더욱 빨개졌다.

오미쓰의 얼굴도 몸매도 요전번보다 몇 갑절 더 아름답고 환하게 보였으며, 그 모습이 말없이 마타시로를 비난하는 것처럼 느껴졌다.

"아닙니다, 그건……형님에게 이야기하려 했습니다만 바빠서 그만…… 게다가 형님이 곧 사카이에 가셨으므로……."

형 기요타다는 그 말을 가로막았다.

"괜찮아. 네가 정한 일이라면 형은 찬성이다. 그런데 너는 오미쓰 님을 센히메 님 시녀로 이타쿠라 님에게 추천했다면서?"

기요타다의 말을 이어 가쓰시게가 다시 끼어들었다.

"오미쓰 님은 그런 약속이 있으므로 그대 입에서 그 말을 듣지 않는 한 승낙 여부를 대답할 수 없다고 했네…… 당연한 일이지. 그래서 오늘 함께 온 거야…… 만일 승낙한다면 센히메 님과 친숙해질 겸 빠른 게 좋으리라고 생각해서일세."

마타시로는 머리가 화끈 달아올랐다. 다른 이야기라면 결코 응대에 허둥댈 마타시로가 아니었다. 그러나 자신의 혼담이고 보니 우스우리만큼 피가 설레었다. 그리고 새삼스럽게 가쓰시게며 형의 말을 듣고 보니, 일 진행이 너무 자기 독단에 치우친 느낌이 있다. 그렇기는 하나 이렇게 눈앞에 데리고 왔으니 이젠 뒤로 물러날 수도 없었다.

마타시로는 황급히 이마의 땀을 닦았다.

"예……예, 실은…… 5월 15일로 날짜가 너무 촉박해 정신을 빼앗겼네요. 아직 저는 오미쓰 님에게 아무 이야기도……."

"그래서 함께 온 거지."

"그럼, 이 자리에서 제가……이야기해 보겠습니다."

"그렇군, 그렇게 해주게. 그럼, 기요타다 님과 나는 잠시 이 자리를 피할까?"

가쓰시게는 마타시로가 당황할 것을 미리 예측하고 있었던 것처럼 눈치 빠르게 구원의 손길을 내밀어주었다.

"그……그……그렇게 해주시면 고맙겠습니다."

"그럼, 기요타다 님, 우리들은 다른 방으로."

"알았습니다."

두 사람이 나가자 마타시로는 어깨를 으쓱 추켜세우며 오미쓰 쪽으로 돌아앉았다. 그러나 맨 먼저 뭐라고 해야 할 것인지 말이 목젖에 무겁게 걸려 심술궂게도 배가 꾸르륵 울리기 시작했다.

"오미쓰 님."

"네."

"그……그……그대는 승낙하고 잠시 센히메 님 측근에서 시중을 드……들어주지 않겠소?"

그러자 오미쓰는 대답 대신 소리 죽여 웃었다. 웃음소리에 마타시로는 한층 당황하여 무언가에 쫓기는 기분이 되었다.

"웃을 일이 아니오! 센히메 님은 표면상으로는 시집가시는 것이지만 실제로는 인질, 어지간히 꿋꿋한 사람이 측근에 없다면……."

"마타시로 님, 무슨 까닭으로 오미쓰에게 그처럼 어려운 일을 권하시나요."

"그건 물론 아……아……아내로 생각해서……."

마타시로가 말하는 것과 오미쓰가 가로막은 것이 동시의 일이었다.

"무슨 말씀이세요? 저는 당신 아내가 아니에요!"

마타시로는 대뜸 말허리가 꺾여 그만 말문이 막혔다. 아내가 아니다……라고 듣고 보니 확실히 거짓말이 아니었다. 쇼안에게 중매를 부탁받은 소로리 신자에몬은 그것을 이행하지 못한 채 죽고 말았다.

마타시로가 엉거주춤하자 오미쓰는 짓궂게 말을 이었다.

"나야와 자야 집안은 친밀한 사이이긴 하지만 남이지요. 나는 아직 자야 집안 며느리가 된 기억이 없어요. 호호……그런데도 마타시로 님은 아내라고 하시는군요. 마타시로 님, 무언가 꿈을 꾸고 계시는 게 아닌가요?"

이것은 어쩌면 지난번의 앙갚음인지도 모른다.

"그……그건 확실히 그렇소."

"그, 그것이라니요?"

"틀림없이 아직은 아내가 아니오……"

"그럼, 아내로 생각하므로 어려운 일을 권할 생각이 들었다고 하신 말씀을 취소하시겠습니까?"

"그렇소. 그건 취소하리다."

마타시로는 더욱 당황하며 더듬더듬 말했다.

"아직 아내는 아니지만 머잖아 아내로 삼을 작정이오. 그러므로 무……무심코……"

그러자 오미쓰는 또 소리 죽여 웃으며 가로막았다.

"기다려주세요, 마타시로 님. 오미쓰는 마타시로 님의 말씀을 잘 알아들을 수가 없어요."

"허……"

"잘못 들으면 큰일…… 뭐라고 하셨나요? 머잖아 아내로 삼을 작정이라고 하셨나요……"

"그……그렇소. 머잖아 아내로 삼을 작정으로 있소."

"그걸 누가 승낙했지요? 저는 아직 그 일로 자세한 말씀을 들은 적이 없습니다만……"

거기까지 말을 듣게 되자 마타시로도 겨우 깨달았다.

'이 여자가 날 놀릴 생각이로구나.'

이렇게 되면 마타시로라고 해서 얌전히 부끄러워하고만 있을 사나이가 아니었다.

"흥, 그러면 그대는 내 아내가 되지 않겠다는 말이오?"

"마타시로 님은 이 오미쓰를 꼭 아내로 삼고 싶으신가요?"

"뭐……아니, 나는 그리……"

"그렇다면 오미쓰도 분명히 말씀드리겠어요. 저도 마타시로 님에게 그리 시집가고 싶지 않습니다."

"흠."

순간 마타시로의 눈썹이 곤두섰다. 상대가 말싸움을 걸어오고 있는 줄 알았지만, 젊은이다운 긍지가 후퇴를 용서치 않았다.

"그런가. 아내가 아니다, 또 아내 될 생각도 없다, 그러므로 어려운 일 따위는 맡지 못한다……는 말이로군.”

“무슨 말씀을, 누가 그런 말을 했나요?”

“지금 그대가 그렇게 말하지 않았소?”

“아닙니다, 저는 이렇게 말하고 있는 거예요. 마타시로 님이 일본에서 아내로 삼고 싶은 여자는 오미쓰 단 한 사람이라고 말씀하신다면 어려운 일이라도 맡겠다고…….”

그리고 오미쓰는 승리를 뽐내는 암탉처럼 목젖을 울리며 나직하게 웃었다.

마타시로는 화가 치미는 듯 혀를 찼다.

‘이 얼마나 사람을 우습게 여기는 여자란 말인가……?’

오미쓰는 다시 웃으며 말했다.

“가엾은 인질은 센히메 님뿐만이 아닌가 보군요…….”

“뭐라구, 그러면 그대도 인질이란 말인가?”

“아니오, 마타시로 님도 인질……호호……그렇게 생각했지요.”

“흠.”

“자, 말씀해 보세요. 일본에서 오미쓰 말고는 아내로 삼을 여자가 없다고……그러면 저도 오사카에 가겠어요.”

마타시로의 머릿속에서 격심한 계산의 불꽃이 튀었다. 입맛이 썼다. 하지만 가쓰시게에게 그토록 부탁받은 이상 여기서는 오미쓰의 말대로 할 수밖에 없을 것 같았다.

“다짐 삼아 다시 한번 묻겠소.”

“몇 번이라도.”

“내가 그렇게 말하지 않으면, 그……그……그대는 승낙할 수 없다는 거요?”

“네.”

“할 수 없군. 그럼…….”

마타시로는 와락 한무릎 나앉았다.

“일본에서 오미쓰 님 말고는 이 마타시로의 아내로 삼을 여자가 없소.”

그러자 오미쓰는 새침하게 말했다.

“그러니 어쩌라는 거예요?”

“아내……아내가 되어주오.”

"거절하겠어요."

"뭐……뭐……뭐라고?"

"아내는 되지 않겠어요."

"그대는……이 마타시로를 깔볼 작정이오!"

"아니, 아내는 되지 않겠지만 어려운 일은 하러 가겠어요."

순간 마타시로의 눈이 날카롭게 깜박였다.

'이 여자는 대체 어디까지 짓궂게 나를 놀릴 셈일까……?'

"그런가, 나는 싫지만 오사카에 가주겠다는 말이로군."

"아니요, 그건 그렇지 않아요."

"뭣이, 그렇지 않다니……?"

"네."

오미쓰는 또 요염하게 웃었다.

"마타시로 님은, 나는 싫지만 오사카에 가주겠느냐고 물으셨습니다."

"그렇지 않다고 그대는 대답했어."

"네, 그렇지는 않지요. 저는 마타시로 님이 좋아졌어요……그래서 오사카에 가
는 거예요."

"뭐라고, 내가 좋아졌다고……?"

"네."

"그럼, 아내가 되지 않겠다는 건 거짓말이오?"

"아니, 참말이에요. 아내는 되지 않겠지만 좋아졌어요. 그러니 남남인 채로 오
사카성에 가겠어요."

"음."

"자야 님 며느리라면, 성에 있는 동안 혹시 저에게 잘못이 있을 경우 이 댁에
누를 끼치게 되지요. 이 댁에 누를 끼치는 일을 저지르면 돌아가신 할아버지에게
웃음거리가 돼요."

오미쓰는 마타시로의 분별이 미숙함을 놀리는 눈초리가 되어 다시 한번 소리
죽여 웃는다.

그 순간이었다. 마타시로의 온몸의 피가 아찔하리만큼 이상하게 끓어오르기
시작한 것은……이로써 마타시로도 완전히 오미쓰를 좋아하게 되고 말았다.

'오미쓰의 말 속에는 깊은 사려가 감추어져 있다……'

아니, 그보다도 역시 마타시로가 좋아졌다는 고백이 훨씬 강하게 그의 마음과 몸을 사로잡았는지 모른다. 마타시로는 느닷없이 오미쓰에게 달려들어 부드러워 보이는 그녀의 온몸을 마음껏 흔들어보고 싶은 충동에 사로잡혔다.

오미쓰는 그것도 민감하게 느낀 모양이었다. 이번에는 별안간 지나칠 정도로 엄숙한 표정이 되어 자세를 바로하면서 무릎걸음으로 한 걸음 뒤로 물러앉았다.

"마타시로 님, 할아버지가 돌아가시자 오미쓰는 곰곰이 생각했어요."

"뭘, 뭘 생각했소?"

오미쓰는 깊은 암시를 담아 중얼거렸다.

"사람의 일생이지요……마타시로 님은 센히메 님을 불쌍한 인질이라고 말씀하셨습니다."

"과연 그렇게 말했소. 자기 자신 아무 생각도 할 의지가 없는데 주위에서 모두 결정하니까요."

"바로 그것이에요. 인간은 모두 이 세상의 인질이 아닐까요?"

"뭐, 인간은 모두 이 세상의 인질……?"

"할아버지는 남의 눈으로 볼 때는 이 세상을 마음껏 멋대로 사신 분이었어요……."

"그렇지 않다고 할 수도 없겠지……."

"다이코님도, 그리고 다이코님과 싸우고 돌아가신 소에키 님도……."

"그건 그렇지."

"그러나 마음먹은 대로 끝까지 산 사람은 아무도 없어요. 모두들 얼마쯤 약속된 일에 묶여 뒤에서 보면 슬픈 것…… 오미쓰의 눈에는 모든 사람이 세상의 가없은 인질로 비치기 시작했어요."

"흠, 그것도 일리가 있군. 그런데 그런 생각이 들어서 오사카에 간다는 거요?"

오미쓰는 조용히 고개를 저었다.

"따지고 보면 모두 인질…… 그러므로 처음부터 마음대로 하려 하지 않고 인질답게 삼가는 게 승리하는 거라고 생각한 것이지요. 마타시로 님은 동의할 수 없나요?"

마타시로는 찢어질 듯 눈을 치뜨고 오미쓰를 지켜보았다.

'이건 아무래도 나에 대한 충고인 것 같군.'

젊은 마타시로가 남의 일은 가엾이 여기면서 자기의 가엾음은 모른다. 인간의 가엾음이나 슬픔은 사실 한 걸음 깊이 밟아들어가면 남이나 자기나 마찬가지…… 거기까지 생각한 뒤의 동정이 참다운 동정이 될 수 있는 거라고 가르칠 마음인 것 같다.

잠시 숨죽이며 생각하더니 마타시로는 힘차게 고개를 끄덕였다.

"과연, 이제야 알았소! 그럼, 이렇게 되는 거로군요…… 오사카성의 생모님은 남편을 여읜 가엾은 미망인, 그곳에 출가하는 센히메 님은 아직 부부관계도 맺을 수 없는 어린 몸……아니, 그러므로 어쩌면 신랑에게 따로 측실이 있을지도 모르지. 어느 쪽이나 가엾은 분이므로, 그대도 남편을 갖지 않고 섬기겠다…… 그런 조심스러운 마음이 없으면 상대의 불행을 이해하지 못한다는 말이지요?"

오미쓰는 별안간 얼굴을 가렸다. 무엇 때문에 그렇게 했는지 자신도 잘 몰랐으나, 얼굴을 가리자 심한 오열이 당연한 일처럼 뒤를 이었다…….

오미쓰는 좀처럼 남 앞에서 우는 여자가 아니었다. 울고 싶을 때 태연히 웃고 성나면 우스갯소리로 사람을 웃기는 그런 천성의 여자였다.

쇼안까지 그것을 꿰뚫어보고 농담할 정도였다.

"우리 가문의 핏줄은 이상해. 여자 무사만 생기거든. 고노미도 오미쓰도 달고 나올 것을 잘못 달고 태어났어."

그만큼 기질이 강하고 도도한 성격이었다. 그 오미쓰가 마타시로의 추리 비슷한 감회에 맥없이 눈물을 보이고 만 것이다. 아마 인간은 모두 인질이라고 말한 그녀의 감회에 마타시로가 너무나 순진하게 동의했기 때문이 아닐까…….

"사람은 모두 슬픈 것"

그러한 감회에 젖어 있을 때 착한 이를 만나면 슬프고 악한 이를 만나면 더욱 슬픈 야릇한 감정의 동요가 일어나는 법이다.

오미쓰의 오열이 심상치 않다고 본 마타시로는 소리 죽여 물었다.

"오미쓰 님, 왜 그러시오? 내 말에 기분 상하셨소?"

"아……."

오미쓰는 황급히 고개 저으며 자신을 주체 못하는 듯 입술을 깨물었다.

"부디……부디, 지금 하신 말씀을……이타쿠라 님에게 그대로 해주세요."

"지금 한 말이라니, 생모님도 센히메 님도 불쌍하다는?"

"네, 그러므로 저희들도 정혼을 파기하고 센히메 님을 섬기겠습니다, 우리만 행복하면……두 분에게……두 분에게 죄송하므로……."

"내가 직접 그 말을 이타쿠라 님에게?"

"네, 그렇게 말씀드리는 편이 틀림없이 마타시로 님에게 좋을 거예요…… 오미쓰는 마타시로 님에게 도움 되고 싶어요."

마타시로는 흠칫 몸을 떨었다. 그리고 다시 한번 꼼꼼하게 오미쓰의 말을 마음속에서 되새겨 보았다. 처음에는 야유하는 말투였다. 그것도 진실인 듯했다. 그런데 어느 순간부터 그녀의 말이며 태도가 바뀌었다. 놀리는 것도 같고 친밀감을 더한 것도 같은…… 그리고 마침내 좋아졌다고 또렷이 고백했다.

'거짓말이 아니다. 아니, 거짓말 따위를 할 여자가 아니야…….'

더구나 그 감정을 가엾은 요도 마님이며 센히메를 위해 억누르고, 자기 자신도 일단 인생의 환희와는 인연 없는 자리로 물러나 거기서부터 출발하겠다고 한다…….

그러고 보면 오사카성에 들어간 뒤 오미쓰의 책임은 무한한 무게를 더할 것 같았다. 결코 작은 일이 아니다. 센히메와 히데요리의 관계를 통해 도요토미 가문과 도쿠가와 가문의 사이를 떼기도 하고 붙이기도 하는 열쇠가 된다.

'그것을 오미쓰는 충분히 계산한 뒤 각오하고 온 것이구나…….'

거기까지 생각하자 젊은 마타시로도 울고 싶은 심정이 되었다.

'그렇다, 나도 이 여인에게 무언가 보답해야만 한다…….'

이렇게 생각했을 때 오미쓰는 눈물을 닦고 다시 웃는 얼굴로 돌아왔다.

"너무 지체하면 이타쿠라 님이 걱정하실 거예요. 어서 이리로 오시게 하세요."

마타시로는 고개를 끄덕이고 일어났다.

가타기리 가쓰모토(片桐且元)

　혼례날을 7월 28일로 하고 싶다는 오사카 쪽의 제안은 그대로 이에야스에게 받아들여졌다. 그 이유로 대불전의 화재를 들어 그 불길함을 털어없애기 위해 도요토미 가문에서 이제부터 서둘러 노부나가와 인연 있는 아즈치의 황폐한 소켄사(總見寺)를 수리하고 싶은데, 7월 끝 무렵에 낙성되므로 그때까지 연기하자는 것이었다.

　이것은 물론 이에야스 말대로 하고 싶지 않다는 요도 마님의 자존심에서 나온 일로, 가타기리 가쓰모토와 그 아우 사다타카(貞隆)와 고이데 히데마사 세 사람이 이마를 맞대고 의논하여 자못 그럴듯한 이유를 덧붙인 제안이었다.

　"생모님은 쇼군님보다 다이나곤님의 마님에게 체면을 세우려는 거야. 아무튼 혈육인 동생이시니까."

　이곳은 오사카 본성의 행정관 대기실이었다. 예전에는 아사노 나가마사, 이시다 미쓰나리, 마시타 나가모리 등 다섯 행정관이 앉아 떠들썩하게 천하를 논하던 장소였으나, 지금은 한결 옹졸한 인물들뿐이다.

　가쓰모토 형제와 히데마사는 히데요시가 살아 있을 때 고지식한 자로서 늘 측근에 있기는 했다. 그러나 중요한 일에는 아무 참견도 허락받지 못했다. 그런데 이제 이 세 사람과 오노 하루나가, 하루후사 형제가 지난날의 다섯 행정관을 대신했다. 그 밖에 요도 마님 곁에 오다 쓰네마사와 우라쿠가 있었으나 이 두 외숙부는 어디까지나 은퇴한 사람으로 행세하고 있었다. 요도 마님으로부터 무슨 특별한 의논이 없는 한 귀찮은 일에 되도록 상관하지 않으려 하고 있다.

하루나가는 총신으로서 요도 마님 가까이에 있는 일이 많으므로 결국 중요한 일은 이 세 사람이 처리할 수밖에 없었다.

가쓰모토는 그래도 괜찮다고 여기고 있다. 그는 결코 자기가 남달리 뛰어난 지능이나 재치를 지녔다고 생각지 않았다. 시즈가타케 싸움 때는 그 역시 일곱 용사의 한 사람으로서 다른 심복 시동들과 마찬가지로 3000석을 받았는데, 그 뒤 가토며 후쿠시마와는 비교도 안 되는 그늘로만 돌았다. 물론 이시다 미쓰나리, 오타니 요시쓰구, 고니시 유키나가 등과도 비교가 안 되었다. 그들은 모두 저마다 세력을 떨치는 영주로 출세했다. 그러나 가쓰모토는 분로쿠 4년(1595) 8월에야 본디의 4200석에 5800석이 더해져 가까스로 1만 석을 받는 작은 영주가 되었다(만 석 이상이라야 영주가 됨). 어쩌면 히데요시가 가엾이 여겨 '영주'의 끝자리에 올려주었는지도 모른다.

그러나 지금에 와서는 그것이 오히려 잘되었다고 생각하고 있다. 히데요시의 생전에 천하의 주인이었던 도요토미 가문이 지금은 60여만 석의 영주로 전락했다.

"60여만 석 가문의 중신이라면 내 녹봉도 적은 게 아니야."

아우 사다타카에게 그런 자조 섞인 말을 한 일도 있었으나, 지금은 그런 말을 해도 좋을 때가 아니었다. 그들의 충성 여하에 따라 그 60여만 석마저 날려보낼지 모른다는 불안이 생생하게 느껴지기 때문이었다.

"쇼군은 괜찮다. 그러나 도쿠가와 가문의 대대로 내려오는 가신들이 트집 잡으려고 오사카에 눈을 번뜩이고 있다."

이렇게 입버릇처럼 말하는 가쓰모토가 28일의 혼례에 대해 마지막으로 타협하러 후시미로 가기에 앞서 오늘 두 사람을 불러 의논하는 것이었다.

"내 권유로 생모님은 가까스로 절과 신궁 건립에 동의하셨으나, 아직 천하 주인의 꿈을 버리시지 못하고 있소. 오늘도 혼례날에 일본의 크고 작은 영주를 모두 초대하여 다이코님 생전에 조금도 뒤지지 않도록 하라는 분부이셨소."

가쓰모토가 난처한 표정으로 말하자, 히데마사는 그 말에 한 술 더 뜨는 태도로 흰머리를 슬픈 듯 흔들어 보였다.

"황금이 너무 많으니 절이며 신궁을 수리하는 데 돈을 내놓으라고 말하면서 도련님 혼례에는 어째서 비용을 아끼는가, 그대들은 동생 앞에서 내 체면이 깎이는 것을 보고 싶은가……라고 나에게 말씀하셨소. 그래서 그것과는 다른 일입니다, 일본의 영주를 모두 초대한다면 그야말로 쇼군님에 대한 적의를 나타내는 게 된다고 말씀드렸으나, 경사스러운 일이니 그런 염려는 할 필요 없다고 하시오."

"그래서 고이데 님은 그대로 물러나오셨다는 겁니까?"

사다타카가 힐난하듯 되묻자 가쓰모토는 사다타카를 제지했다.

"잠깐 기다려. 그것은 언젠가 내가 다시 말씀드리겠소. 말씀드리면 모르실 분이 아니오. 하지만 서두르면, 알고 계시면서도 오히려 반대하시지. 그보다도 문제는 우리들의 마음가짐이오. 나는 쇼군에게 이렇게 말하려 하는데 어떻겠소. 실은 생모님께서 요즘 신앙심이 생기셔서 여러 가지로 비용이 들어 혼례식은 되도록 검소하게 치르려는데 승낙해 주실지……."

"신앙심이 생겨서입니까……?"

사다타카가 비웃자 이번에는 히데마사가 제지하며 말했다.

"그러한 말을 누군가 생모님에게 하는 자가 있으면 큰일 날 텐데."

"걱정 마십시오. 물론 다른 사람이 있을 때는 말하지 않소. 그리고 쇼군님은 이 가쓰모토라면 결코 소동을 일으키지 않는다고 믿고 계시니."

"그렇다면 그 문제는 좋다고 생각하오. 아무튼 쓸데없는 지출을 거듭하고 게다가 쇼군님의 미움을 받으면 안 될 테지."

"그러면 난 그렇게 알고 후시미로 가겠소. 아우님도 고이데 님도 오노 형제를 비롯한 측근들에게 아무쪼록 검소하게 하라는 말을 이르고 생모님을 부채질하는 일이 없도록."

"알고 있습니다."

생각해 보면 서글프기 그지없는 의논이었다. 여기서는 도쿠가와 가문 중신들의 분별과 요도 마님의 콧대 높은 긍지를 어떻게 하면 충돌시키지 않을까 하는 게 늘 가장 중요한 의논거리였다. 물론 끈질기게 설득해서 요즘은 요도 마님도 가쓰모토의 제안을 잘 듣는다.

실제로 사찰의 보수도 이해에 다섯 군데나 시주할 예정이었다. 가와치의 곤다 하치만(譽田八幡), 셋쓰의 가쓰오사(勝尾寺), 그리고 아즈치의 소켄사를 끝내면, 또 가와치의 에이후쿠사(叡福寺)와 간신사(觀心寺)에 손대기로 되어 있다.

그러나 그 목적은 가쓰모토와 명백하게 달랐다. 가쓰모토는 도쿠가와 가문의 눈을 피하면서 요도 마님이 참다운 신앙을 얻게 하려고 소원하는데, 요도 마님은 목을 움츠리며 이러한 농담을 한다.

 "호호……이에야스를 쓰러뜨릴 수 있다면 얼마든지 시주해도 아깝지 않지요."

 가쓰모토는 요도 마님이 결코 어리석은 여인이라고는 생각하지 않았다. 그러나 그 똑똑함과 꿋꿋함이 차츰 무거운 짐으로 느껴지기 시작하고 있다.

 세키가하라 패전 뒤 이에야스가 히데요리와 요도 마님의 책임은 묻지 않는다고 알려왔을 때는 그토록 겸손한 기쁨을 보였었는데, 어느덧 그 일에 대한 감사는 잊고 다이코와의 약속이니 당연히 그래야만 되었던 것처럼 생각하는 데 익숙해지고 있다.

 목구멍을 지나면 뜨거움을 잊는 게 사람 마음이라지만 여기서는 결코 그 호의에 방심해서 안 될 때라고 여겨졌다. 어쨌든 지금 세상에서 무력으로 맞설 상대가 못 된다는 약점은 결정적인 의미를 갖는다. 그러므로 도쿠가와 가문에서 하나의 호의를 받으면 둘 내지 셋으로 보답하는 조심성이 어느 때보다 중요했다. 그런데 요도 마님은 차츰 그걸 잊고 요즘은 7인조에게 도요토미 가문은 주인뻘인데 무엇 때문에 무릎 꿇을 필요가 있느냐, 여자와 어린 주군만 있다고 여겨 깔보이지 않도록……하라는 따위의 말을 하는 일조차 있었다.

 가쓰모토는 그것이 견딜 수 없도록 불안했다. 내막을 알 만한 사람이면 이에야스가 결코 히데요시의 가신이 아니고 그에게 항복한 일도 없다는 걸 잘 알고 있다. 오히려 히데요시 쪽에서 친어머니까지 인질로 내주고, 매부로서 이에야스를 오사카에 불러올렸다. 따라서 친척은 될지언정 주인뻘이 될 리 없었고, 무력에서 이미 비교할 수도 없는 차이가 나고 있었다.

 더구나 이에야스는 세이이타이쇼군으로 임명받고 이제부터 에도로 돌아가 막부를 세우려 한다. 그렇게 되면 지난날 히데요시가 이에야스를 정든 도카이도 지방에서 간토로 옮긴 것처럼, 이에야스 또한 히데요리를 어디로든 마음대로 옮길 수 있다 해도 과언이 아니다. 그 이에야스가 애지중지하는 센히메를 인질로 보내오는 것이다.

 그 사실이 가쓰모토의 불안을 더욱 돋워주고 있다. 마땅히 도요토미 가문에서도 그것에 겨룰 만한 호의를 상대에게 보여야만 할 때……라고 생각하는데, 요도 마님은 농담처럼 이런 속없는 소리를 하는 것이다.

"이에야스를 쓰러뜨릴 수 있다면 얼마든지 시주해도 아깝지 않다."

물론 진심은 아니다. 그러나 그 뿌리에 실력을 잊어버리고 이에야스와 겨룰 생각이 있는 것은 의심할 바 없는 사실이었다.

'어쨌든 내 입장은 어려워지겠지만 달리 사람이 없으니 하는 수 없다.'

문중 사람들 중에는 벌써 가타기리 님이 에도에 너무 굽실거린다는 소리를 하는 자도 있었다. 그러나 가쓰모토는 신경 쓰지 않기로 마음먹고 있었다.

'언젠가는 생모님께서도 알아주실 때가 있으리라…….'

그때까지 다만 성실하게 두 가문의 교량 역할을 할 수 있다면 그것으로 좋았다.

"그럼, 이 사람은 이제부터 후시미로 가서 모든 일을 의논하고 오겠소."

대기실에서 나오자 가쓰모토는 그 길로 육로를 택하여 교토로 향했다. 센히메의 신행가마는 배로 올 것인지 야마자키에서 육로로 올 것인지? 돌아올 때는 뱃길 쪽을 살피며 올 작정으로 수행원을 몇 데리고 말 위에 올라 성을 나섰다……

가쓰모토는 교토에서 후시미에 도착하여 아사노 요시나가의 저택에서 하루 묵었다.

이튿날 아침 등성하니 여기서도 오쿠보 다다치카, 구로다 나가마사, 호리오 요시하루 세 사람이 이에야스 앞에 불려나와 28일의 혼인에 대해 의논 중인 것 같았다.

"오, 잘 오셨소. 도련님도 생모님도 안녕하신가?"

이에야스의 기분 좋은 첫마디에 가쓰모토는 왠지 전율을 느꼈다. 이에야스 쪽에서 꾸밈없이 보호자인 척한 태도를 보일수록 요즘의 가쓰모토는 마음의 짐이 무거워진다. 무언가 갚을 길 없는 빚이 자꾸만 늘어나는 심정이 드는 것이다.

"예, 두 분 모두 안녕하십니다."

"그래. 무엇보다도 다행이로군. 그런데 오사카에서는 누가 센히메를 마중해 주기로 되어 있는가?"

"예, 아사노 님이 어떻겠습니까?"

"요시나가가 승낙할까?"

"어젯밤 아사노 님 저택에 묵으면서 그 점을 대충 의논했습니다만."

"수고했소. 이쪽에서는 오쿠보 다다치카가 배웅할 거요. 어떻소, 이로써 오사카 도 좀 활기가 돌 거라 생각되시오?"

"예, 그야 물론 상하를 막론하고……."

말하면서 가쓰모토는 또 따끔하게 마음이 아팠다.

이에야스는 역시 센히메를 보내는 일로 오사카를 둘러싼 온갖 소문과 불안을 없애려 하고 있을 것이다. 하지만 과연 그것을 순순히 받아들일 분위기가 있느냐 고 한다면 자신이 없다.

"나는 말이야, 가쓰모토, 큰 지장이 생기지 않는 한 다이코와의 약속을 꼭 이 행할 생각이야."

"고마우신 말씀입니다."

"뭐니 뭐니 해도 오사카는 아녀자들이 사는 곳, 그대의 노고도 잘 알고 있소. 그대는 다이코가 센히메를 바란 마음을 올바로 이해하고 있을 터…… 모든 일을 잘 부탁하리다."

"그 말씀 결코 잊지 않겠습니다."

"그런데……이건 소문이지만, 히데요리 님은 벌써 어른이라면서?"

가쓰모토는 다시금 움찔했다. 그 질문의 뜻을 그도 알고 있었다. 시녀들 가운 데 행실 좋지 않은 이가 있어 히데요리에게 정사에 대해 가르치고 말았다. 요도 마님은 자신의 행실을 부끄러워해서인지 그 일로 히데요리를 나무라지 못하고 있 다. 딱한 일이라고 가쓰모토에게 귀띔해준 것은 쇼에이니(正榮尼)였다.

"어른……이라고 말씀하시면?"

가쓰모토는 식은땀을 흘리면서 시치미 뗐다.

"좋아. 센히메는 성품도 용모도 뛰어난 아이지. 곧 의좋게 되리라. 그런데 요즘 오사카의 아녀자들은 다이코 전하 이야기를 할 때 전하라 부르지 않고 천하님이 라 한다면서?"

이것 또한 하찮은 복병과도 같은 질문이었다. 다이코 생전에는 결코 얌전한 아 내가 아니었던 요도 마님이 요즘은 '천하님' '천하님' 하고 말끝마다 사뭇 그리운 듯 불렀으며, 다른 여자들에게도 그렇게 부르도록 명하고 있다. 그것은 아마도 히데요리에게 긍지를 갖게 하려는 뜻인 모양이었으나, 그래도 이에야스 앞에서 안다고 하기에는 거북한 일이었다.

"글쎄요, 그런 일도 도무지……."

가쓰모토는 황급히 땀을 닦으면서 머리 숙였다. 이에야스는 구로다 나가마사를 흘끗 쳐다보았으나 그 말에 그리 얽매이지 않았다. 사실 '천하님'에 대한 소문을 전한 것은 나가마사였다. 나가마사는 그것을 이에야스와는 다른 감각으로 받아들이고 있었다.

이제 와서 다이코를 '천하님'이라 부르게 하는 것은 요도 마님에게 크나큰 오해와 기대가 있기 때문이라고 그는 해석했다. 11살이라고 하나 최근 1, 2년 동안 13살 정도의 체구로 부쩍 자란 히데요리는, 보기에 따라 주위의 여자들이 너나 할 것 없이 달려들어 사춘기를 잡아늘려놓은 듯한 느낌이었다. 그러나 어머니 요도 마님에게는 믿음직한 성장으로 보일 게 틀림없다. 그래서 요도 마님은 센히메를 맞이한 히데요리가 머잖아 천하를 되돌려 받아 맡을 것으로 착각하고 있는 게 아닐까 염려되었다.

히데요리가 천하인이 되고 이에야스가 중신이 되어 섬길 날이 다가왔다는 기대와 꿈을 만일 그리고 있다면, 그것은 상상하기도 무서운 불행이었다. 세이타이쇼군이 된 이에야스가 그렇게 할 리 없으며, 동시에 또한 히데요리의 힘으로 다스려질 천하도 아니다. 따라서 요도 마님이 그러한 착각으로 센히메를 맞이한 뒤, 그것이 터무니없는 착각임을 알았을 때 그 낙담과 분노가 어떤 형태로 나타날까……? 당연히 센히메에 대한 심술궂은 학대로 나타나고 거기에서 두 집안 불화의 둑이 터져가리라.

그러므로 가쓰모토에게 넌지시 그 사실에 대해 물어보고 만일 그런 것이 있을 듯싶으면 그동안의 사정을 잘 설명하도록……시키려 생각하고 이에야스에게 귀뜸했던 것인데, 가쓰모토가 살짝 빠져나가고 말았다. 이렇게 되자 나가마사는 잠자코 있으면 이에야스에게 면목이 없을 것 같았다.

"허, 가타기리 님께서 모르신다고요……?"

가쓰모토는 또 시치미를 떼었다.

"예……? 무슨 말씀이신지요?"

"돌아가신 전하를 천하님, 천하님 하며 여자들에게까지 부르게 하는 일 말입니다. 이 나가마사의 귀에도 들어왔소. 늘 측근에 계신 가타기리 님이 모르신다니 알 수 없는 일이오."

이에야스가 나무랐다.

"그만들 하시오. 다이코는 틀림없이 천하님. 틀린 게 아니야. 그보다도 혼례에 관하여 요도 마님에게서 무언가 특별한 제안은 없었소?"

"예······예."

가쓰모토는 일부러 나가마사를 무시하듯 이에야스 쪽으로 한무릎 나앉았다.

"실은 다름 아닌 센히메 님의 신행가마를 맞는 일이므로 성문에서 큰 현관까지의 길에 새 다다미를 깔고 그 위에 흰 명주를 덮도록 하라는 말씀이 계셨습니다."

"허, 다다미를 깔고서 말이지?"

"예, 여성이신지라 의상을 더럽혀서는 안 된다는 세심하신 분부이시지요."

무시당한 나가마사가 웃으면서 끼어들었다.

"가타기리 님, 그건 센히메 님의 의상을 위해서입니까? 천하님 자제분의 위엄을 나타내기 위해서가 아닐까요?"

좀 짓궂은 눈으로 보면 가쓰모토의 태도에는 확실히 어딘지 교활한 점도 있었다. 그것을 이에야스는 가엾이 보고 젊은 나가마사는 반발감을 느끼는 모양이다. 내버려두면 어색한 분위기가 되리라 생각하고 연상인 호리오 요시하루가 입을 열었다.

"그러한 사치는 쇼군님이 기뻐하시지 않을 겁니다."

이에야스는 그 말이 들리는지 안 들리는지, 그러나 곧 뒤이어 나가마사의 비꼼에서 화제의 초점을 조용히 바꾸었다.

"그런데 가쓰모토는 어떻게 결정하셨소?"

"예, 저도 그러한 번거로움은 오히려 기뻐하시지 않을 거라고 말씀드리고 만류했습니다만······."

"듣지 않으시는가?"

"아닙니다. '가쓰모토는 걸핏하면 쇼군님, 쇼군님 하고 에도 쪽 말만 하는데 이번에는 우리 쪽으로서도 경사스러운 혼례식이야' 하고 비꼬아 말씀하셨을 뿐, 이 사람 말대로 하시게 되었습니다."

"그런가, 그렇게 말씀하셨나······?"

이에야스는 가볍게 고개를 끄덕였다.

"그것으로 됐네. 그러나 그대 입장도 때로 미묘해지는군."

"두 집안을 위한 일, 두 가문을 위하는 건 천하를 위하는 일이므로."

"바로 그 말씀이오."

나가마사는 비로소 자기를 납득시킬 말을 발견하고 고개를 끄덕였다.

"천하의 평화가 첫째요. 평화로우면 도요토미 가문도 안전할 터, 이것은 하나이지 둘이 아니며, 쓸데없는 자존심은 어리석은 짓이오."

"그렇습니다."

가쓰모토는 이제 나가마사를 달래는 말투가 되어 있었다.

"우리들은 그 때문에 살고 있지요. 무언가 부족한 점이 있다면 충고해 주기 바라오."

"그러면 행렬 문제인데 오사카에서는 육로가 좋다고 했나, 뱃길이 좋다고 했나?"

"그것은 쇼군님 좋으실 대로 정하십시오. 그에 따라 우리도 준비할 생각입니다."

"그런가. 그럼, 배로 가기로 할까?"

이에야스는 덤덤히 말했다. 그러나 이것은 가쓰모토가 도착하기 전에 결정된 일이었다. 배라면 후시미에서 직행할 수 있고, 육로로 가면 도중의 경비가 큰일이었다. 게다가 생전의 히데요시는 여자들 행렬을 보란 듯 호화롭게 하여 몇 번이고 사람들 눈을 놀라게 한 일이 있다. 그보다 너무 뒤떨어지면 센히메가 가엾고, 그렇다 해서 그 이상의 차림을 하는 것은 전혀 쓸모없는 낭비였다.

이에야스는 결코 자기 주장을 오사카에 강요하는 형식을 취하지 않았다. 결국 어린 인질이 사랑스럽기 때문이었지만, 그 밖에 가쓰모토의 입장도 생각해서였다.

가쓰모토 역시 이미 천하의 추세를 알고 있다. 그것을 깨닫지 못하고 요도 마님이나 히데요리가 지각없는 말을 꺼낼 때, 그것을 간곡히 간할 수 있는 자는 애석하게도 지금의 오사카에서 가쓰모토밖에 없다. 이 생각을 하면 이에야스는 가쓰모토의 입장이 가엾게 여겨져 견딜 수 없었다.

가쓰모토도 그러한 이에야스의 배려를 눈치채고 늘 마음에 큰 부담을 느끼고 있다…… 가쓰모토가 좀더 시대를 꿰뚫어보지 못하는 인간이었다면, 후시미성에 오더라도 그 태도가 훨씬 도도했을지 모른다. 그러나 도도한 태도로는 이미 통하지 않게 되어 있다. 이시다 미쓰나리가 시도했다가 멋지게 실패하고 말았다. 그것은 이에야스가 미쓰나리에 비해 뛰어난 인물인 까닭 때문만은 아니라고 가쓰모토는 생각하고 있다.

'시대의 흐름을 다이코님 자신이 크게 바꿔 놓고 돌아가신 거야…….'

너나 할 것 없이 전쟁에 싫증 내고 있을 때 무리한 채찍을 휘둘러 두 번이나 조선출병을 감행했다. 그때부터 다이코님은 시대의 흐름을 조작하는 사람이 아니라 대세를 거스르는 사람으로 전락했다.

대세를 거스르는 자는 반드시 멸망한다. 하늘에 대고 침을 뱉는 일과 같기 때문이다. 미쓰나리는 결코 바보는 아니었지만 그 한 가지 점에서 과실을 저질렀다고 본다.

'모두들 전쟁에 싫증 나 있다'는 엄연한 사실을 다이코님이 지나쳐 본 것과 똑같이 묵살했다. 따라서 누구에게 어떤 격문을 띄우더라도 그런 결과가 되는 게 당연했다. 그 당연한 일을 긍정하는 한, 가쓰모토는 이에야스와 대등한 자세로 겨룰 수 있다고는 꿈에도 생각지 않았다.

이에야스는 늘 시대의 흐름에 순응하고 있다. 사람들이 싸움에 진저리 내는 것을 알고 참을 수 있는 데까지 참았다. 더 이상 도전받으면 버려둘 수 없다고 납득시킨 다음 미쓰나리와 그 일당을 소탕했다. 그리고 막대한 논공행상을 베풀고 다시 싸움이 없는 세상을 이룩하려 하고 있다.

한편은 다이코가 실수하고 미쓰나리가 실수해서 이중의 열등감에 빠져 있는데, 한편은 모두의 의사를 대행하면서 영토를 늘려주고 있다.

만일 오사카 쪽에 잘못이 있다면, 이러한 크나큰 열등감을 느끼는 가쓰모토에게 외교를 맡긴 일이다.

'우리 쪽이 나쁜 거야…….'

진심으로 그렇게 납득하고 믿어버린 인간이 요도 마님의 가슴이 후련해질 능숙한 교섭을 할 까닭이 없다. 그렇다 해서 가쓰모토보다 더 적임자가 있느냐 하면 그렇지도 않았다.

가쓰모토도 물론 그 열등감만으로 고분고분하게 이에야스의 말대로 할 생각은 없었다. 때로는 이 시대의 흐름을 타고 있는 사나이를 보기 좋게 속일 방법이 없을까……생각하지 않는 것도 아니다. 그러나 이에야스에게 전혀 빈틈이 없으므로, 그렇게 생각한 다음에는 오히려 마음속으로 움츠러들 뿐이었다.

오늘의 의논만 해도 결국 가쓰모토는 이에야스의 의사를 타진하러 온 결과가 되었다. 그러면서도 명령받은 느낌이 전혀 들지 않는다……

'꼼꼼하고 나무랄 데 없는 분이야……'

도리어 이렇듯 감탄하게 되고, 오사카의 입장을 생각하면 그 감탄이 또 견딜 수 없게 짜증스럽고 무거운 짐이 되는, 참으로 모순된 가쓰모토의 입장이었다.

"달리 의논할 건 없소…… 그럼, 가쓰모토 님은 다쓰 부인과 센히메를 만나고 돌아가시오."

이에야스의 말에 따라 가쓰모토는 내전으로 다시 안내되었다……

내전에서는 지금 자야 마타시로가 납품한 의상을 다쓰 마님과, 이에야스의 측실로 이미 수청을 면한(三즈을 관습으로 30살) 아차(阿茶) 부인이 이것저것 비평하면서 살피고 있었다.

아차 부인은 오스와(於須和) 부인이라고도 하며 고슈 무사인 이다 규자에몬(飯田久左衛門)의 딸로 이마가와 가문의 가신 가미오 마고베에(神尾孫兵衛)의 미망인이었는데, 지금은 이에야스의 측실이라기보다 그 인품과 교양으로 내전 일을 총감독하는 자리에 있으면서 누구에게나 호감 받는 여장부였다.

그 곁에서 센히메도 자못 너그러워 보이는 얼굴을 하고 있었다. 조달관인 오쿠보 나가야스와 최근 센히메의 시녀로 들어온 오미쓰도 그 자리에 있었다. 이곳에서 오미쓰는 출신지인 사카이를 살짝 바꾸어 사카에(榮)라고 불리며 그대로 오사카로 따라가게 되어 있다.

그러한 자리에 태연히 얼굴을 내미는 것은 자못 예의 없는 일인 듯했으나, 가쓰모토는 구애되지 않았다. 구애되기는커녕 이러한 장소에 안내되었다는 친근감이야말로 진정 중요한 것이라고 생각했다.

"오, 가타기리 님, 거기는 구석입니다. 자, 센히메 님 곁으로 가까이."

아차 부인이 능숙한 태도로 윗자리에 깔개를 고쳐 놓아주자, 가쓰모토는 싱글벙글 웃으면서 센히메 옆으로 와서 앉았다.

"안녕하십니까……? 드디어 혼사준비도 다 갖추어졌나 봅니다."

"네, 이제 모두."

센히메는 무릎 앞에 놓인 노리개 주머니를 집어들고 그 붉은 술을 만지작거렸다.

가쓰모토는 왠지 모르게 가슴이 뿌듯했다. 오사카성에서 히데요리며 요도 마님과 함께 있을 때보다 이곳에 있는 편이 훨씬 마음 편하게 느껴진다. 따지고 보면 부끄러운 일이었다.

오사카에서는 늘 무언가 초조했다, 요도 마님의 심경 변화에 신경 쓰여서……
그러나 이곳에는 엄격한 이에야스가 있어 아무 일도 생길 수 없다는 안도감이 감돈다.

별안간 센히메가 이상한 것을 물었다.

"할아범은 몇 살이셔요?"

"예, 44살입니다."

"잘됐네요. 이것을 주겠어요."

종이에 싼 과자인 것 같았다.

"이게 무엇입니까?"

"가가의 조세이덴(長生殿)이라는 과자예요. 마데노코지 부인이 주었어요. 맛있으니 먹어봐요."

"아, 마데노코지 님이……."

문득 가쓰모토의 눈이 흐려졌다. 마데노코지 미치후사(萬里小路充房) 부인이란 일찍이 다이코의 측실이었던 가가 부인이다. 가가 부인은 다이코가 죽자 곧 재혼했다. 그보다 그 마님에게서 선물받은 과자를 자기에게 나눠주는 센히메의 마음씨에 감격했다.

'이분은 누구에게나 사랑받을 천성을 타고 나셨다……'

이렇게 생각하니 오사카성의 분위기가 떠오르며 무언가 매우 당황스러워졌다.

"센히메 님은 누구에게나 무엇이든 주려고 하셔요…… 함부로 주시면 안 되는데……."

의상을 치우고 나서 다쓰 부인은 가쓰모토를 향해 앉았다.

"오늘은 먼 길을 오시느라 수고 많으셨어요."

가쓰모토도 깍듯이 두 손을 짚으며 답례했다.

"생모님으로부터 무언가 은밀히 부탁하실 일이 있는지 여쭙고 오라는 분부가 계셨습니다."

"참으로 고마우신 말씀, 다시 한번 감사드리겠어요. 센히메도 혈육인 이모님한테 간다며 벌써부터 손꼽아 그날을 기다리고 있지요. 보시다시피 세상일은 아직 전혀 모르는 철부지, 도련님에게 소꿉장난하자고 조르며 난처하게 만들지도 모릅니다. 아무쪼록 가타기리 님께서 여러분에게 잘 말씀드려 주시기를."

"염려하시지 마십시오. 오사카에서도 모두들 고대하고 계십니다. 게다가 센히메 님은 남달리 밝은 면을 지니고 계시군요. 오랜만에 도련님이며 생모님의 주변에도 봄바람이 불겠습니다."

"부디 그래 주기를 저도 빌고 있습니다."

다쓰 부인은 나가야스에게 눈짓하여 선물을 얹은 넓은 쟁반을 가져오게 했다. 계절에 맞는 여름옷에 희한한 황금 칼집의 큰 칼이 곁들여져 있다. 가쓰모토는 다시금 심장에 바늘이 따끔하게 찔리는 느낌이었다.

"이것저것 수고하시는 데 대한 인사로 에도의 다이나곤께서 사소한 성의를 보이시는 것입니다."

"과분합니다…… 그러나 사양하면 오히려 결례일 터이니 고맙게 받겠습니다."

인사가 끝나기를 기다려 나가야스가 다쓰 마님 쪽으로 돌아앉았다.

"혼수 호송문제에 관하여, 별실에서 약주를 대접하며 가타기리 님의 지시를 바라고 싶습니다만……."

"그것이 좋겠군요. 모든 점에 지시받아 잘못됨이 없도록."

"그럼, 가타기리 님."

조금도 빈틈없는 마음과 마음이 통하는 응대였다.

가쓰모토는 다시 한번 정중히 인사하고 일어났다. 나가야스가 앞장서 별실로 안내하고, 아차 부인이 선물을 받쳐들고 날랐다. 오사카에서는 상상도 할 수 없는 일이었다. 아차 부인은 한때 이에야스의 측실이 아니었던가. 그런 그녀가 시녀처럼 가쓰모토에게 주는 선물을 받쳐들고……

생각해 보니 잠시 전 센히메의 천진난만한 말도 하나의 의미를 품고 있었다. 오사카성의 요도 마님한테는 다이코의 측실이었던 사람들 누구 하나 찾아오는 일이 없었다. 그러나 후시미에는 오고 있는 모양이다. 지금 그의 품 안에 있는 과자도 가가 부인의 선물이라고 했지 않는가…… 무장들뿐만 아니라 여인들까지 오사카를 경원하는 것은 무슨 까닭일까……?

'모두 이에야스의 가르침이 빚어내는 화기애애한 분위기 탓인지 모른다.'

그러한 가쓰모토의 감회는 별실에서 나가야스와 단둘이 되자 크게 무너져 내렸다. 이 신출내기 조달관은 얼마나 입이 험한 사나이란 말인가……

　아차 부인이 물러가고 시녀가 술상을 날라왔다.

　"제가 따르겠습니다."

　나가야스는 술병을 들어 술을 따르면서 가쓰모토의 가장 아픈 곳을 찔렀다.

　"가타기리 님도 괴로우시겠군요. 생모님은 가타기리 님을 쇼군 가문의 첩자라고 혹시 생각하지 않으시는지……."

　거침없이 말하고는 버릇없이 가쓰모토의 눈 속까지 들여다보려고 했다. 가쓰모토는 잠자코 있었다. 무례하다기보다도 이따위 불쾌한 물음에 대답할 필요는 전혀 없다, 만일 묵살한다면 상대도 어쩔 수 없이 화제를 바꿀 테지……하고. 그런데 나가야스는 그런 사나이가 아닌 모양이다.

　"도쿠가와 가문에도 가쓰모토 님에 대한 여러 가지 소문이 있지요. 중신 중에는 가쓰모토 님이 골치 아픈 방해자라고 여기시는 분도 있는 눈치입니다."

　"뭐라고 말씀하셨소? 이 사람이 도쿠가와 가문의 방해자라고."

　"그렇지요. 가타기리 님에게만은 시대의 흐름이 보인다. 그러므로 쇼군님에 대한 교섭에 하나하나 도리를 내세우신다. 그렇게 되면 쇼군님이 더욱 신임하시므로 미워하기 곤란해진다는 정도의 의미라고나 할까요?"

　가쓰모토는 잔을 든 채 잠시 어이없는 듯 나가야스의 얼굴을 쏘아보았다. 얼굴 생김은 단정하며 눈매도 시원하고 맑았다. 가만히 앉아 있으면 50만 석의 영주라 해도 어울릴 만한 기품이었다. 그런데 입을 열면 어째서 이토록 버릇없이 하지 않아도 좋을 말을 하는가.

　"세상에는 이런 소리를 하는 자도 있습니다. 즉 도요토미 가문의 멸망이 빠르냐, 아니면 쇼군님의 별세가 빠르냐…… 백성의 입이란 막을 수 없는 것이지요. 맹자 말씀에 백성의 소리는 하늘의 소리라는 말이 있다지요. 귀 기울여 들어야 할 진리를 품고 있습니다."

　"오쿠보 님, 그대는 그러한 소리를 어디서 들으셨소."

　"예, 요전번 지진 때입니다. 그건 5월 28일……그렇지요, 쇼군님이 교토에서 도박을 엄금하는 포고령을 내리시기 직전이었습니다. 아무튼 바로 얼마 전에 대불전이 불타고 지진이 났으니, 세상 사람들은 게이초 원년(1595)의 대지진을 생각했을 게 틀림없습니다. 그때도 대불전에 이변이 있었으며, 그 2년 뒤 다이코 전하가 세상 떠나셨지요…… 참, 장소는 기타노 이즈모의 오쿠니가 공연하는 무대 앞이었습니다."

무신경한 듯 말하고 나서 덧붙였다.

"아, 공연히 불길한 소리를…… 모두 가타기리 님의 고충을 생각해서 늘어놓은 잔소리이니 널리 용서해 주십시오……"

듣고 있는 동안 가쓰모토는 차츰 암담한 심정이 되었다.

'이것은 어쩌면 무신경하게 말하고 있는 게 아닐지도 모른다.'

가쓰모토의 괴로운 입장을 정말로 알고 넌지시 어떤 주의를 일깨워주려는 것인지도 모른다.

"하기야 백성의 소문이란 우리들처럼 의리도 허식도 없으니까요."

"그렇지요, 발가숭이……발가숭이 인간의 목소리만큼 진실에 가까운 것은 없습니다. 염불하는 오쿠니의 춤에 넋 잃은 것 같지만 놀랄 만큼 세상 물결의 움직임을 잘 보고 있습니다. 이제는 막부도 움직이지 않을 거야, 3월에는 농사꾼을 함부로 베어 죽이는 일을 엄금하셨어, 그리고 이번에는 교토 안에서의 노름을 금하신다지……백성의 어려움을 잘 아는 분은 반드시 영화를 누릴 걸세, 그런데 오사카에는 귀중하고 꼭 필요한 건 모자라고 쓸모없는 것만 남아돈다나……라고 이야기하고들 있었지요."

이 말을 들으니 가쓰모토는 또 되물어보지 않을 수 없게 되었다.

"오사카에 모자라는 게 인물이라는 건 곧 알 수 있소. 그런데 남아돌아가는 쓸모없는 것이란 무엇일까요?"

상대에게 화나면서도 그 이야기에 대꾸해 가는 것은 비참한 일이었다. 가쓰모토로서는 이에야스의 측근에서 혼다 마사노부, 마사즈미 부자가 몹시 다루기 힘든 인물이었으나 그들도 이 오쿠보 나가야스만큼 거침없이 말하지는 않는다.

'아마 남아도는 쓸모없는 것이란 다이코가 남기고 간 숱한 황금일 테지.'

이렇게 알고 있으면서도 굳이 되물어 보았더니, 나가야스는 주저하지 않고 대답했다.

"예, 그것은 경쟁심이라고 합디다."

"뭐? 경쟁심……?"

"예, 백성들은 급소를 찌르는 법이라, 도쿠가와 가문에서는 늠름한 무사가 뛰어난 말을 타고 달리는데 오사카에서는 여인이 맨발로 뛰며 이와 경주하려 하고 있다, 따라서 설쳐대며 뛰면 뛸수록 빨리 쓰러진다고…… 듣고 보니 과연 그런 것 같더군요. 그런데 가타기리 님은 이걸 멈추게 하려 하고 계시다나요?"

아주 넉살 좋게 지껄여대는 바람에 가쓰모토도 마침내 참을 수 없게 되었다.

"과연 옳은 이야기요. 하지만 이 사람이 말리려 해보았으나 좀처럼 멈추려 하시지 않소. 어떠시오, 만일 귀하가 오사카를 맡은 중신이라면 어떻게 하겠소?"

"글쎄요, 제가 중신이라면……."

상대는 그 물음에 조금도 주저하는 빛을 보이지 않고 고개를 갸웃거렸다.

"저라면 멈추게 하려 들지 않고 다른 흥밋거리를 부채질하지요."

"허, 다른 흥밋거리라면?"

"즉 뛰는 데는 빨리 뛰어가 도달하고 싶은 목표 같은 게 있을 겁니다. 도쿠가와 가문의 말 탄 무사는 어디를 향해 달리고 있는가? 천하의 평화를 향해 달리고 있다. 그러니 함께 헐떡이며 뛸 생각을 하지 말고 다다른 곳에서 상을 주게 합니다…… '잘 달렸어, 다음에도 더 잘 달리도록…….' 이렇게 되면 달리게 하는 목적과 달리게 하려는 목적이 하나가 되어 경쟁심이 협력자의 마음으로 바뀝니다."

"흠, 귀하는 상당한 지혜 주머니인 모양이군. 그런데 내 머리는 굳어서 귀하의 말을 알아들을 수가 없소. 이를테면 직접 어떠한 일로 협력자의 마음이 되게 한다는 거요?"

그러자 나가야스는 기다렸다는 듯이 자기 무릎을 살짝 쳤다.

"저라면 다이코 전하가 남기신 막대한 황금을 밑천으로 도요토미와 도쿠가와 두 집안의 합동 무역선을 만듭니다."

"뭐, 무역선?"

"그렇지요. 지금까지의 배보다 두 배, 세 배나 큰 배를. 이것을 50척이나 100척, 아니 200척이나 300척쯤 만들어 사카이, 하카타, 히라도, 나가사키, 아니 마쓰마에(松前)에서 류큐(琉球)까지 여러 곳에 성 대신이 될 만한 큰 가게를 열고 7대양에 진출하여 세계의 재물을 그러모으지요……즉 도쿠가와 님의 기마무사는 국내 평화를 향해 달리게 하고, 그 대신 안전과 번영의 기초가 되는 나라의 재력을 부지런히 늘려주는 겁니다…… 이로써 목적은 하나, 그러면서도 결코 충돌할 염려는 없지요……."

거기까지 말하고 나가야스는 싱글벙글 웃으며 품속에서 남만인이 만든 한 장의 지도를 꺼내 펼쳤다. 다이코가 생전에 부채에 붙여들고 좋아하던 세계지도와 같은 것이었다…….

나가야스는 엉뚱한 이야기를 듣고 멍해 있는 가쓰모토에게 붙임성 있게 술을 따라주면서 자못 즐거운 듯 또 지껄여댔다.

"말하자면 이건 도요토미, 도쿠가와 상회 같은 것이지요. 이걸 창립하려면 지금이 다시없는 기회입니다. 저렇듯 센히메 님이 시집가시는 건 정말 일본에 새벽이 찾아왔다는 증거지요. 그렇습니다, 그렇게 되면 도쿠가와 가문과 도요토미 가문의 충돌 같은 얼빠진 걱정일랑 할 필요가 없습니다. 쇼군님은 무사 우두머리로 나라 안을 다스립니다. 이건 물론 센히메 님의 아버님을 비롯하여 도쿠가와 가문 대대로 세습되어도 좋지요. 그리고 히데요리 님과 센히메 님 사이에 태어나는 아기님은 이 도요토미, 도쿠가와 상회의 우두머리로 세계를 상대하는 무역에서 일본을 대표하는 거지요. 이로써 두 집안 모두 누가 주인이고 누가 종인가 하는 사소한 체면 문제는 말할 여지도 없게 될 겁니다……."

거기서 흘끗 쳐다보며 가쓰모토의 시선이 아직 자기에게서 떠나지 않는 걸 확인하자, 펼친 세계지도를 부채 손잡이로 톡톡 두드렸다.

"사실 이것은 저의 꿈입니다. 저는 줄곧 주군을 섬길 생각이 없었습니다. 사카이 유지들 중에는 제 이야기를 어느 정도 이해하는 분도 있었습니다만, 무장 중에는 있을 것 같지 않았지요. 있다 하더라도 지금까지는 국내 싸움으로 정신없었습니다…… 그런데 대감님의 노력으로 가까스로 틀이 잡혔지요. 그래서 대감님을 섬기게 되었습니다…… 지금입니다! 가타기리 님, 지금 다이코의 유산을 모두 내던져 이 사업을 하자고 제의한다면 대감님은 반드시 움직이십니다…….

그런데 사카이 사람들 가운데 몹시 배포 적은 사람도 있어서 어쨌든 다이코 님이 남기신 황금은 일본을 소란하게 만들 불씨, 그러므로 이것을 빨리 토해내게 하려면 대불전을 불 질러 재건시키는 게 상책이라고 한심한 말을 하는 자도 있었지요. 그러나 그렇지 않습니다! 그 황금이야말로 세계로 뻗어나갈 때 써야만 하는 것! 이렇게 말하며 대불전의 방화를 만류한 분…… 그렇지, 이미 두 분 모두 이 세상에 안 계시니 이름을 밝혀도 무방하겠지요. 한 사람은 나야 쇼안 님,

또 한 사람은 소로리 신자에몬으로 통하는 사카타 소주 님……그 두 분이 돌아가시고 대불전은 불타버렸으나 좋은 기회는 아직 남아 있습니다! 센히메 님의 출가……이 좋은 기회를 놓친다면 또다시 기마무사와 아녀자의, 승부가 뻔한 서글픈 경주가 이어져 갑니다. 정말이지 지금이야말로……."

거기까지 말하고 나가야스는 입을 다물어버렸다. 깨닫고 보니 가쓰모토는 잔을 손에 든 채 눈을 감고 있다. 처음에는 진지하게 들을 작정이었다. 그러나 도중에 시들해졌던 것이다. 이에야스는 우대신이며 세이이타이쇼군인데 히데요리에게 장사치 흉내를 내게 할 작정이로구나 하고 생각만 해도 가쓰모토는 요도 마님에게 맞아죽을 것 같았다. 그래서 듣는 척하며 눈을 감았던 것인데, 그 얼굴이 어쩐지 졸고 있는 표정이 되었던 모양이다.

"자, 한 잔 더!"

나가야스는 힘주어 술병을 들이댔다.

"아니, 이제 됐소."

"대접도 변변히 못했습니다만……."

나가야스는 이렇게 말하고 희미하게 입술을 일그러뜨리며 웃었다.

"인물이란 있을 듯하면서도 좀처럼 없는 것이더군요. 이 나라에서는 역시 대감님이 군계일학이십니다."

가쓰모토는 무언가 비꼬는 말을 들은 듯한 느낌이 없지 않았으나, 다시 고쳐 생각했다. 아무리 나가야스가 색다른 인물일지라도 오사카를 대표하여 경사로운 일의 사신으로 와 있는 자기에게 무례하게 야유할 리 없다고 여겼다. 만일 자기에게 그렇게 들렸다면 그것은 나가야스의 부적절한 언어구사 때문이리라고…….

그래서 정중하게 잔을 엎고 맞장구쳤다.

"그렇소, 쇼군님만 한 분이 세상에 그리 흔할 리 없지요."

"그렇습니다. 어중간한 일은 계획할 수 있더라도 50년, 100년 뒤의 일을 생각하는 분은 없지요. 아직 당분간은 험악한 날씨가 계속되어도 어쩔 수 없는 일이 될 것 같습니다."

"과연, 그럴 테지요."

"가타기리 님은, 소인은 한가로우면 좋지 않은 생각을 한다는 말을 알고 계실 테지요."

"내 나름으로는 알고 있다고 생각하오."

"참으로 의미심장한 말이지요…… 오늘날 대영주로 출세하신 분들은 모두 일기당천(一騎當千)의 무장입니다."

"물론이오."

"따라서 싸움이 벌어지면 소인이기는커녕 모두 저마다 명인이며 큰 인물입니다."

"흠."

"그런데 싸움 이외의 일에서는 그분들이 어떨까요?"

"싸움 이외의 일……?"

"그렇습니다. 학문을 많이 닦으신 것도 아니고 기술자처럼 물건을 만들어낼 재능이 있는 것도 아니지요……."

"허, 오쿠보 님은 재미있는 말씀을 하는구려……."

"싸움 없는 세상이 오면 모두들 할 일이 없어집니다. 그러므로 이런 명인들이 한가롭게 살면서 무슨 일을 꾸미지나 않을까 하는 거지요."

아무래도 나가야스는 일단 무언가 생각하면 그것에서 곧 벗어나지 못하는 성격의 치우침을 갖고 있는 모양이다.

"다이코님은 일본을 통일하시고 이제 국내에서는 그리 싸울 필요가 없게 되었다고 생각했을 때 여러분들을 다도로 심심치 않게 해주려 애쓰셨습니다. 물론 이것은 다이코님만의 지혜가 아니었지요. 실례지만 소에키 님 지혜였습니다. 그런데 그 다도에조차 취미를 붙이지 못한 사람들이 많습니다. 허허……그런데 이번에 또 한꺼번에 많은 사람들이 한가롭게 되어버렸으니."

"음."

"싸움에서는 어른인 사람들이 실생활에서는 어린이라면 무슨 짓을 할 것인지……? 예를 들어 히데요리 님 천하가 된다면 가타기리 님이 그 정사를 보셔야 합니다. 그때 가타기리 님은 무슨 장난감을 그들에게 주실 생각이십니까……?"

마침내 나가야스는 완전히 독설로 가쓰모토를 희롱하기 시작했다. 여기까지 캐묻게 되면 아무리 온후한 인물이라도 알아차리지 못할 리 없었다.

가쓰모토는 불쾌감을 누르고 되물었다.

"당신이라면 어떻게 하겠소?"

그러자 또 기다렸다는 듯이 나가야스는 지껄여댔다.

"역시 다이코님이 하셨던 대로 하는 수밖에 없겠지요. 성을 쌓고, 큰 부처를 만들고, 연못을 파고……그리하여 적당히 성내게 하고 너무 성이 나서 커다란 종기가 되었을 때는 그 종기부터 차례로 짜서 고름을 뽑아냅니다……설마 조선 출병은 하지 않을 테니까요. 가타기리 님도 동감이실 겁니다."

가쓰모토는 엄숙한 얼굴로 상을 밀어냈다.

가쓰모토는 암담한 심정으로 내전을 물러나왔다.

'그것은 과연 오쿠보 나가야스 자신의 생각에서 나온 빈정거림이었을까?'

아니면 혼다 마사노부나 이타쿠라 가쓰시게 같은 지혜 있는 자들이 나가야스에게 가르쳐주어 말하게 한 것이 아닐까……? 그렇기는 하나 천하의 대영주들을 가리켜 전쟁 이외에는 재간 없는 소인배들이라 하고, 머지않아 나쁜 짓을 할 거라는 농담은 귀에도 마음에도 한결같이 따가운 말이었다.

물론 그 한가로움에서 나오는 나쁜 행위는 폭발하기 전에 불평이 되어 도요토미 가문 주위에 모여들 것이다. 그 경우 도요토미 가문을 맡은 가쓰모토는 어떤 각오로 그 일에 임할 생각인가? 이상한 논리로 그것을 추궁하고 그 각오를 재촉당한 듯한 생각이 든다.

아니, 그 이상의 말까지 들었다.

'심심치 않게 해주려면 성을 쌓고, 큰 부처를 만들고, 연못을 파는 일 같은 것을…….'

그것이라면 이미 여러 영주들이 슬슬 경계하기 시작했고 또 수군거리고 있는 일이었다. 세이이타이쇼군이 된 이에야스는 센히메를 오사카에 인질로 남기고 머잖아 에도로 철수한다. 그렇게 되면 다음에 오는 것은 당연히 에도성 대개축이었다.

지금까지는 도쿠가와 가문 개인의 거성이었지만, 무장 전체의 통솔자인 쇼군의 거성이라면 당연히 사유물이 아니고 공적인 의미가 있으며 모두들 공사의 부역을 분담하지 않으면 안 된다.

전쟁은 이제 없다. 따라서 백성들에게서 사공육민(四公六民)의 세금을 거두면서, 그 영지의 안전을 보증해 주는 쇼군에게 영주는 아무 책임도 지지 않는다면 도리에 어긋난다. 아니, 나가야스가 한 말 가운데 가장 마음에 걸리는 것은 그다음의 한 마디였다.

"적당히 성내게 하고 너무 성이 나서 커다란 종기가 되었을 때 그 종기부터 차례로 짜서 고름을 뽑아냅니다……."

그것은 가쓰모토가 한 영주인 자기 입장에서 생각해 봐도, 도요토미 가문 입장에서 생각해 봐도 정말 마음에 걸리는 말이었다.

실제로 이에야스는 그런 실력을 갖고 있다. 그 실력자가 이번에는 관직상으로도 전국 무사들의 주인인 세이타이쇼군으로 군림하게 된 것이다.

'이것은 예사로운 변화가 아니다…….'

오쿠보 나가야스가 말하는 것 같은 큰 인물들은, 실력자인 이에야스를 당할수 없다고 깨닫고는 있을지라도 그들이 이미 통틀어 이에야스의 가신이 되고 만일을 과연 자각하고 있는지 어떤지……?

도요토미 가문에 대한 일은 한낱 사사로운 정이며 의리에 지나지 않는다. 그런데 도쿠가와 가문에 대한 그것은 무장이고 무사인 한 이치적으로 완전한 신하관계가 아닌가…….

가쓰모토 역시 솔직히 말해 지금까지는 좀더 안이하게 생각하고 있었다. 도요토미 가문의 대표자로서 때로 이에야스를 회유시켜 보려는 자부심이 어딘가 남아 있었다. 그런데 그는 도요토미 가문의 중신임과 동시에 무인인 영주이며 또한 도쿠가와 가문에 속한 신하였던 것이다…….

그렇게 되면 센히메와 히데요리의 혼인도 전혀 다른 의미를 갖는다. 최소한 센히메는 여느 인질로 여겨도 좋을 입장의 신부가 아니다. 도요토미 가문의 생사여탈권(生死與奪權)을 쥔 자가 믿고 맡긴 것이라 할 수 있다.

가쓰모토는 자신의 생각에 숨 막힐 듯한 긴장을 느껴 아사노 저택으로 어떻게 돌아왔는지 몰랐다…….

혼례의 꿈

　센히메를 오사카에 보내기 전날부터 이에야스는 마음이 설렜다. 자식과 손자
에 대한 애정이 특별히 다를 리 없다.

　요즘 들어 자식들이 잇따라 태어나고 있다. 게이초 5년(1600) 11월에 오카메 부
인이 고로타마루를 낳고, 게이초 7년(1602) 3월에 오만 부인이 나가후쿠마루(長福
丸)를 낳았으며 뒤이어 지금 또 임신 중이니 8월쯤 태어나리라. 이렇게 되고 보니
어지간한 이에야스도 낯간지러웠다.

　애정에는 변함없고 가문의 번영이라는 점에서는 경사스러운 일이 틀림없다. 그
러나 62살이라는 자기 나이를 생각하니 어딘지 모르게 당황스러움이 느껴지는
것도 사실이었다. 다이코는 63살에 죽었다. 죽을 때 확실히 망령기가 있었다. 그런
데 다이코가 죽기 1년 전의 나이에 자신은 또 아들을 낳는다…… 그렇게 되면 인
간으로서 어디까지 자녀부양의 책임을 질 수 있을까 하는 불안이 생기는 게 당
연했다.

　'모두 히데타다에게 부탁할 수밖에 없겠지……'

　물론 그 때문에 센히메를 귀엽게 여기고 그 출가에 주의를 기울이는 건 아니
다. 어쩌면 센히메가 여자이므로 사내아이와는 다른 애정을 느끼게 되는 것인지
도 모른다.

　그리고 보니 자신에게는 손녀가 또 있다. 노부나가에게 자결을 강요받은 적자
노부야스의 딸들이다. 그러나 그 딸들과 이에야스는 할아버지와 손녀라는 감정

에 융합될 수 없었다. 자기 손자라는 감정보다도 노부나가의 딸인 도쿠히메의 자식이라는, 노부야스의 죽음에 얽히는 추억이 더 많아 이에야스 편에서 저도 모르게 피해 온 느낌이 없지 않아 있었다.

물론 이에야스가 젊고 바쁜 까닭도 있었다. 하지만 센히메의 경우는 그들과 전혀 달랐다. 정말 귀엽다. 어떻게 하면 이 손녀를 행복하게 해줄 수 있을까……? 그러한 느낌이 늘 마음속에서 떠나지 않아, 이번 혼인에 삼중 사중의 기대와 꿈을 품고 있었다.

솔직히 말해 이에야스는 지금 히데요리의 주변이 불만스러웠다. 인간은 천성보다 훈육이 훨씬 큰 비중을 갖는다. 뛰어난 사부를 갖지 못한 현재의 히데요리는 그런 의미로 볼 때 참으로 불행하다고 할 수 있었다.

그러나 이에야스는 그것에 절망하지 않고 있었다. 명랑하고 너그러운 센히메가 그 히데요리를 행운의 길로 이끄는 사랑스러운 사자로 보였다. 센히메의 명랑한 성격이 오사카와 에도 사이를 비추면, 비록 떨어져 있더라도 이에야스와 히데요리의 마음은 통하게 된다.

"에도 할아버지, 에도 할아버지!"

어렸을 때 이렇게 부르며 자기를 따랐던 히데요리였다. 센히메와 맺어짐으로써 참다운 손자의 마음이 되어준다면, 어떤 조언도 교육도 해줄 수 있다. 아니, 그보다도 이로써 히데요시와의 약속을 지켰다는 양심의 안도감이 더욱 컸다.

이에야스는 센히메가 출발하기 전날 밤 몇 번이고 내전에 들어가 다쓰 부인을 만나고 나가야스에게 지시하고 오쿠보 다다치카를 꾸짖곤 했다. 그의 머릿속에는 센히메와 히데요리가 인형처럼 언제나 나란히 있었다.

이에야스와 히데요시는 히데요시의 정신이 어지러워지기 시작했을 때 어리석게도 서약서를 교환했다. 그 일을 주선한 것은 이시다 미쓰나리였고, 미쓰나리는 그것이 히데요시의 진심인 줄 알 만큼 천하에 대해 아직 어린애였다.

히데요리가 16살이 되면 천하를 내준다고 한 그 서약서. 그런 약속을 지킬 수 있을 만큼 달콤한 세상이 아니다. 그러한 것은 노부나가도 히데요시도 이에야스도 뼈에 저리도록 잘 알고 있다.

앞으로 어떤 인물이 될지 모르는 16살 소년이 다스릴 수 있는 세상이라면 무엇이 좋아서 노부나가가 그토록 많은 사람을 죽였단 말인가? 무엇이 좋아서 히데요시가 노부나가의 아들 노부타카에게 자결을 강요했으며, 시바타 가쓰이에와 요도 부인의 생모를 죽음으로 몰아넣었겠는가…….

바꾸어 말하면, 히데요시가 생전에 노부나가를 열심히 섬긴 것도 이에야스가 노부나가를 돕고 또 히데요시를 도와온 것도 세 사람이 한결같이 '일본의 통일'이라는 같은 목적을 갖고 있었기 때문이 아니던가. 따라서 노부나가가 쓰러진 다음에는 실력자인 히데요시가 뒤를 이었고, 다시 히데요시가 쓰러진 다음은 이에야스가 3대째가 되어 '일본 통일'의 목적을 이루어나가는 게 지극히 자연스럽고 또한 참다운 우정이기도 했다. 그러나 이 당연한 이치가 미쓰나리에게는 이해되지 않았다. 그도 이해할 수 없을 정도였으니 천하에는 아직 그러한 사람이 많이 있다고 생각해야만 한다.

'센히메는 그 일을 깨닫게 하기 위하여 시집가는 것이다.'

온전한 인간에게는 천하를 맡아 다스리는 공적인 생활과 인정을 쫓고 의리를 지켜나가는 사적인 생활의 두 가지가 있으며, 이것을 엄격히 나누어 생각해야만 되는데 실제로는 좀처럼 그렇게 되지 않는다.

'그래서 센히메를 보내 먼저 인정을 부드럽게 한 다음, 공적인 의미를 깨닫게 하려고 한다…….'

그런 만큼 이 일이 잘 안되면 불행한 채찍을 온몸에 받아야 하는 것은 센히메가 아닐까…….

이러한 갖가지 기대와 걱정이 뒤섞여 이에야스는 한결 센히메가 귀엽고 애처롭게 여겨지는 것인지 몰랐다.

28일 이른 아침에 배 준비가 다 되자 이에야스는 일부러 나루터까지 전송했다. 20명의 시녀를 거느리고 어머니와 나란히 선 센히메의 모습은 눈물이 나올 만큼 작았다. 아니, 센히메의 손을 끄는 '꼬마 시녀'는 센히메보다 나이가 아래이고 몸집이 더 작아서 센히메까지 더욱 가련하게 보였는지도 모른다.

그 바로 뒤에 사카에(오미쓰)가 문갑을 받들고 뒤따랐다. 그 문갑 속에는 배에서 신부가 심심할 때를 위한 소일거리로 과자와 장난감이 들어 있다. 이에야스가 지시해서 준비시킨 것이었다.

"할아버님, 여러 가지로 고마웠어요."

출가하는 것이므로 '다녀오겠습니다'라고 해서는 안 된다고 가르침 받은 센히메가 귀엽게 인사하자, 이에야스는 별안간 시무룩해졌다. 그리고 경호를 위해 따라가는 구로다 나가마사가 늠름하게 무장한 300명 남짓한 병력을 데려온 것을 보고 꾸짖었다.

"경사로운 일에 거추장스럽다. 분별이 없어."

꾸짖고 나서 곧 뉘우쳤다. 이 준비 또한 당연한 일이었기 때문이다.

나가마사는 무엇 때문에 꾸지람 듣는지 모르는 듯 고개를 갸웃하며 물러갔으나, 그 때문에 자기 생각을 바꿀 마음은 없었다. 최소한 세키가하라 때의 떠돌이 무사들이 얼마나 잠입해 들어왔는지 모르는 것이다. 경호가 허술하다고 판단되면, 단지 그 사실만으로 어떤 무뢰한이 나타날지 모른다.

호리오 요시하루는 창이며 총 따위의 무기 대신 괭이며 낫을 든 무사들을 작은 배에 태워 센히메가 탈 배 앞에 배치해 놓고 있었다. 어마어마한 무장을 피하여 300명의 인원을 거의 인부로 가장시켰다. 강폭을 좁히고 있는 갈대를 베어버리고 물길을 열어 안전을 도모한다는 구실이었다. 물론 배 안에는 무기가 감추어져 있고 인부로 가장한 사람도 용맹한 무사들일 것이다.

"요시하루는 과연 노련하군."

나가마사를 꾸짖는 대신 이에야스는 그리 칭찬할 것도 없는 요시하루의 분별을 칭찬했다. 칭찬한 다음 겸연쩍었는지 문 안으로 모습을 감추었다. 62살의 세이이타이쇼군이 7살 손녀를 출가시키며 매우 감상에 젖어 있는 게 스스로 우습기도 했고 남에게 눈물이라도 보이게 되면 어쩌나 당황해 들어가버린 것이다.

그러나 그대로는 아직 마음 놓이지 않아 오늘의 호송책임자인 다다치카를 불러 가는 도중의 일로부터 혼례가 끝날 때까지의 광경을 자기에게 자세히 보고하도록 이른 다음 거실로 들어갔다.

거실에 돌아와서야 비로소 더 바랄 데 없이 좋은 날씨임을 깨달았다. 뜰의 나무 사이로 엿보이는 하늘의 푸르름이 씻은 듯 선명했다.

"배 안은 강바람으로 선선할 테고 심심하지도 않을 거야."

혼잣말한 것이었는데 옆에 있는 오우메(阿梅) 부인이 대답했다.

"그야, 마님도 계실 테니까요."

이에야스는 당황해 되물었다.

"내가 뭐라고 했나?"

"네, 말씀하셨습니다. 센히메 님은 심심하지 않을 거라고······."

"그랬나. 입 밖에 내어 말했단 말이지. 분별이 없군."

"예? 센히메 님 말씀입니까?"

"아냐, 내가 말이다."

말하면서 오우메 부인이 내주는 갈탕을 받아들었다. 오우메 부인은 아오키 가즈노리(靑木一矩)의 딸로 오만 부인이 둘째 아이를 임신한 뒤부터 이에야스의 시중을 들고 있었으며, 아직 어딘지 앳된 티가 남아 있다. 뒷날 그녀는 혼다 마사즈미에게 출가하는데, 어쨌든 새삼스레 그 오우메 부인을 보고 이에야스는 몹시 당황했다. 오우메 부인과 자기 나이 차가 날카롭게 가슴에 찔려오는 느낌이었다.

"그대는······?"

몇 살인지 물으려다가 당황해 그만두었다. 지금 이에야스 머리에서는 아직 센히메의 모습이 사라지지 않았다. 여기서 20살도 안 되는 상대의 나이 따위를 듣는다면, 자신이 한결 어리둥절해질 거라고 겁난 것이다.

그런데 오우메 부인은 귀도 밝게 그 말꼬리에 매달렸다.

"그대는······어찌하라는 말씀이신가요?"

묻는 눈매와 입술이 시치미 뗄 때의 센히메를 닮았다. 이에야스는 더욱 당황하면서, 그러나 잠자코 있을 수가 없었다. 상대는 자기에게 무슨 잘못이 있는 게 아닌지 진지하게 걱정하고 있다. 상대가 남자라면 일부러 침묵을 지켜 생각하게 할 것이었으나, 나이 차가 많은 여자이고 보니 매정하게 다룰 수 없었다.

"아냐, 아무것도 아니야····· 문득 센히메가 생각나서."

"어머······센히메 님이라면 줄곧 생각하고 계셨을 텐데요?"

"그런가, 그대도 그걸 알 수 있나?"

"네, 대감님께서 '그대는······' 하고 말씀하시려다가 그만두셨습니다."

"걱정 마라, 센히메가 실질적인 며느리가 되는 것은 몇 살이나 되어서일지 그대에게 물어보려 했던 거야."

"그것이라면 앞으로 5년······하지만 그런 일은······."

거기까지 말하고 이번에는 오우메 부인의 얼굴이 발개졌다. '아마 여성이 성숙할 나이는 이에야스 쪽이 더 잘 알고 있을 텐데······' 하고 말하려다가 자신의 지난날 일이 생각났는지도 모른다.

이에야스의 측실은 대부분 남편과 자식을 가져본 여성이 많았지만, 오우메 부인은 뒷날 미토(水戶) 요리후사(賴房)의 양모가 된 오하치(於八) 부인이며 이에야스가 죽은 뒤 기쓰레가와 요리우지(喜連川賴氏)에게 재가한 오로쿠(於六) 부인 등과 더불어 처녀로 측실이 된 몇 안 되는 사람 가운데 하나였다.

"오우메는 어딘지 센히메를 닮은 데가 있어."

"아니에요……사카에 님도 그렇게 말하기는 했지만……."

"그대는 센히메가 히데요리에게 사랑받을 것이라고 생각하나?"

"그야 뭐……하지만 대감님은 어째서 그런 일까지 걱정하시나요?"

이에야스가 그리 불쾌한 기분이 아닌 것을 알자 젊은 측실은 마음 놓은 얼굴이 되었다. 그러한 얼굴을 보면 이에야스는 언제나 섬뜩하여 마음을 다잡는다. 쓰키야마 마님과의 불행했던 과거의 상처가 어딘가에서 반드시 쑤셔오기 때문이었다. 여성의 응석은 그대로 야릇한 정복욕으로 바뀌어온다. 그것은 때로 남자의 생애를 삼켜버릴 만한 불행의 원인이 되기도 쉽다.

때마침 그곳에 혼다 마사즈미가 들어왔다.

"센히메 님 배가 무사히 떠났습니다."

"그런가? 잘 되었군. 울지 않던가?"

"예, 흐뭇하신 얼굴로 배 난간을 구경하고 계셨습니다……."

"그런가? 그 난간은 아마 봉황새였지?"

"예, 저런 새가 정말 있을까? 있다면 기르고 싶다고 하시며……."

"그래, 구해 주고 싶구나! 있다면 말이야."

말하고 나서 느닷없이 이에야스는 진지한 얼굴이 되었다.

"마사즈미, 이리 와서 오우메와 나란히 앉아봐라."

마사즈미는 깜짝 놀라 이에야스를 쳐다보았다.

"예, 뭐라고 하셨습니까?"

"그대에게 오우메와 나란히 앉아보라고 했다. 그대와 오우메가 나란히 앉으면 히데요리와 센히메가 나란히 있는 모습으로 보일지도 몰라……나란히 앉아보아라!"

오늘의 이에야스는 왠지 여느 때의 그가 아니었다. 이에야스 자신도 이상한 듯 흥분되기 시작한 자기 감정을 깨닫고 있었다. 깨달으면서도 빗나가는 것은 어찌

된 까닭일까……? 자기의 젊은 측실과 젊은 총신을 나란히 앉히는 일은 적어도 여느 때의 이에야스로서는 생각지도 못할 일이었다.

"뭘 머뭇거리느냐? 나란히 앉아 보아라."

다시 한번 재촉하며 생각했다.

'무언가에 홀리고 있구나……내가 아니라 다이코가 아닌가…….'

생각한 순간 이에야스는 마음이 마비되는 듯한 아픔을 느꼈다. 다름 아니라 머지않아 세상을 하직하리라는 것을 알았을 때 히데요시가 히데요리에게 품은 미칠 듯한 애정이 바로 이러했구나 하고 깨달은 것이었다…….

그때는 벌써 그의 눈앞에 오우메 부인과 마사즈미가 단정하게 나란히 앉아 있었다. 아니, 단정하게 나란히 앉은 모습은 표면적인 것이고 두 사람의 표정에는 전혀 다른 마음의 움직임이 엿보인다.

오우메 부인에게는 대감님 명령으로 하는 일이라는 응석 비슷한 안도감이 있고, 마사즈미에게서는 귀찮은 듯싶은 경계의 빛이 엿보였다. 어쩌면 평소의 자기 행동에 이렇듯 오우메 부인과 나란히 앉아야 하게 될 실수가 있었던 게 아닐까 하는 반성과 당황함인지도 모른다.

어떻든 나란히 앉은 두 사람을 보는 순간 문득 질투가 솟아났다.

"어울린다! 그대들은 잘 어울리는 나이야."

그것 또한 이에야스로서 예기치 못한 말이었다. 20살도 못 된 여인과 62살의 노인보다 마사즈미와 나란히 있는 편이 어울리는 것은 당연한 일이다. 만일 이러한 장난 때문에 오우메 부인의 마음이 마사즈미에게 정말로 움직여가는 일이 있다면 어떻게 하겠는가…….

이 또한 늘그막의 다이코가 초조해 하던 그 마음인지도 모른다. 비록 이에야스가 아무리 오우메 부인을 사랑하고 있다 하더라도 이윽고 그녀보다 먼저 갈 늙음, 그에 따른 죽음이 사정을 봐줄 리 없는 것이다…….

"아주 잘 어울린다. 둘이 얼굴을 마주보아라."

"대감님!"

"뭐야, 그 얼굴은…… 나는 성장했을 때의 히데요리와 센히메를 상상하며 보고 있는 거야. 자, 얼굴을 마주보고……."

"그러나 그것은……."

"웃을 수 없다는 건가, 마사즈미는?"

"아닙니다, 하지만……."

"좀더 가까이 다가가. 그러면 서로 상대를 경계하고 있는 듯 보이잖나."

이에야스가 더욱 홀린 듯이 재촉하자, 오우메 부인은 자기 쪽에서 마사즈미에게 다가가며 생긋 앳되게 웃어보였다.

"그렇지, 그러면 됐어. 하지만 아직도 의좋은 부부로는 보이지 않는다. 그렇다면 센히메 쪽에서는 사모하는데 히데요리는 아직 피하고 있는 거야. 마사즈미는 여자의 정을 모르는 놈이구먼."

거기까지 말하고 왜 그런지 이에야스는 얼굴빛이 달라졌다. 이번에는 숨이 멎을 것 같은 심한 가슴의 아픔이 느껴졌다……

제아무리 인생을 달관한 줄 알고 있더라도 인간은 역시 미지의 숲속을 여행하는 데 지나지 않는다. 이에야스쯤 되는 사람이 다이코가 곧잘 기분전환 삼아 놀던 일과 비슷한 탈선으로 오우메 부인과 마사즈미를 괴롭히는 동안, 그러한 잔인스러움의 원인과 비로소 정면으로 맞닥뜨리게 된 것이다. 이에야스는 오우메 부인과 마사즈미를 괴롭히면서, 사실은 자기 자신을 짓궂게 괴롭히고 있었다. 그것을 깨달은 순간 오싹 온몸의 솜털이 곤두섰다. 이에야스를 이러한 기묘한 탈선으로 몰아넣는 건, 센히메의 행복한 생애를 보증해 줄 만한 힘이 자기에게 없다고 느끼게 된 의식 속의 자학이었다.

'내 행복을 나누어줄 수 없다……'

아니, 자신이 센히메보다 행복한 데 대한 미안함을 느끼게 된 걷잡을 수 없는 탈선…… 그러한 심리는 당연히 센히메와 히데요리의 장래에 대해 이에야스만 한 자도 역시 아직 큰 불안을 느끼고 있다는 것 외에 아무것도 아니었다.

"이제 됐어. 보고 싶은 모습을 보았다."

이에야스는 손을 저으며 마사즈미에게 웃음 지어 보였다. 웃음 지어 보였다고 생각하면서 실은 일그러진 우는 얼굴을 보였는지도 모른다.

마사즈미는 가까스로 오우메 부인 옆에서 물러났다.

"왜 그러십니까?"

"왜 그러냐니, 어쨌다는 거냐?"

"얼굴빛이 좋지 않으십니다."

이에야스는 내뱉듯 말했다.

"바보 같은 소리! 다이코는 가엾은 분이었어."

"예, 뭐라고 하셨습니까?"

"다이코는 욕심 많은 분이었어. 생명도 젊음도 마음대로 하려 했었지."

거기까지 말하고 마사즈미를 돌아보았다.

"마사즈미는 아직 몰라도 돼. 어차피 싫도록 알게 될 일이야. 그렇고말고…… 그 다이코도 오늘은 기뻐하실 테지. 어쨌든 다이코의 꿈 하나가 실현된 거야."

"그야 뭐…… 지하에서 언제나의 그 큰 목소리를 돋우시어 연극 대사라도 읊고 계신지 모르지요."

"그렇군, 고로타마루를 보고 오자. 마사즈미, 따라와."

일어나면서 이에야스는 마음속으로 전혀 다른 일을 생각하기 시작하고 있었다.

'오우메를 마사즈미에게 주자……'

마사즈미와 나란히 앉게 하여 자기와 걸맞은 젊음을 가진 이성의 존재를 알게 해주고 말았다. 그것은 이에야스로서 하나의 큰 과실…… 그 뒤에까지 집요하게 오우메 부인을 사랑하려는 마음은 남의 창에 찔려 쓰러진 자의 목을 주우려는 미련과도 통한다.

'나는 다이코처럼 자신의 과실을 깨닫지 못하는 자가 되어선 안 된다.'

생각한 다음 문득 의문에 사로잡혔다.

'이것도 실은 센히메에 대한 변명일까? 그토록 걱정되면 시집보내지 않아도 될 텐데.'

그 문제에서 이에야스는 이제 빠져나왔다. 그가 가장 싫어하는 무의미한 망상임을 깨달은 것이다.

이에야스가 서성에 거처하는 고로타마루와 오카메 부인에게 갔을 때, 고로타마루는 단정하게 앉아 어머니로부터 매 이야기를 듣고 있었다. 조류로서의 매의 성격에서 매사냥 이야기로 넘어간 듯, 토끼는 어떻게 잡으며 학은 매보다 몸집이 큰데 어째서 약한지 어머니에게 묻고 있었다.

4살이라고는 하지만, 아직 2년8개월 된 고로타마루였다. 그러나 그 눈동자에는 격한 기질이 깃들었고 벌써 충분히 자기 존재를 과시하며 주장하는 듯한 모습이었다. 입구에서 이에야스의 모습을 발견하고 고로타마루는 아버지를 노려보 듯 하며 인사했다. 그 서툰 말 속에도 먼 기억 속 노부야스의 어릴 때 모습이 숨 어 있다.

이에야스는 문득 이상한 착각에 빠졌다.

'인간은 한 번 죽고 얼마 뒤 다시 어딘가에 태어나는 것이 아닐까……?'

만일 그렇다면 노부야스는 강요된 자결을 했던 무렵의 집념으로 다시 같은 아 버지의 아들로 태어났는지도 모른다.

'나는 아직……노부야스에게 죄책감을 느끼고 있다.'

이에야스는 자신의 감회에 쓴웃음 지으면서 고로타마루 앞에 앉아 손을 내밀 었다. 고로타마루는 웃었다. 아버지에게 안긴다는 것이, 이 만만찮아 보이는 어린 애에게도 몹시 기쁜 일인 듯하다.

오카메 부인이 고개 저으며 가로막았다.

"안 됩니다. 벌써 어른이니까요."

그리고 이에야스를 향해 말했다.

"세 살 버릇……세 살 버릇이 평생을 결정한다고 합니다."

이에야스는 따라온 마사즈미를 돌아보며 희미하게 웃었다. 비록 이곳에 있는 아이가 노부야스의 환생이라 하더라도, 아이를 대하는 그 어머니의 태도는 거의 반대였다. 노부야스의 생모 쓰키야마 마님은 언제나 이에야스가 자기 자식을 안 아주지 않는다고 대들었는데, 이 어머니는 되도록 안지 못하게 하려 한다. 그 어 머니의 마음속에는 늙어서 생긴 자식이라 어차피 길게 안아줄 수 없는 아이는 응석받이가 되어선 안 된다는 항의도 포함되어 있는 것 같았다.

"마사즈미, 나는 고로타마루의 사부로 히라이와 시치노스케를 딸려주기로 결 정했다."

히라이와 시치노스케는 일찍이 노부야스의 중신이었고 사부였다. 그는 노부야 스가 그 방자한 행위 때문에 노부나가에게 강제로 자결을 강요받았을 때 자기의 훈육에 잘못이 있다며 따라 죽으려 할 만큼 한탄했었다.

"모두 제 잘못입니다."

그 시치노스케에게 노부야스를 닮은 고로타마루를 다시 한번 맡겨주면 그도 구원받고 고로타마루를 위해서도 좋으리라…… 그렇다, 그렇게 하는 것이 좋겠다고 순간적으로 생각했다.

마사즈미는 물론 그러한 이에야스의 감회를 알 리 없었다.

"고로타, 안아주는 대신 매사냥에 데려가 줄까?"

"예, 고로타는 가고 싶어요."

"좋아, 좋아. 아직 말은 못 탄다. 그 대신 힘센 자에게 무등을 태워 데리고 가마. 말에 지지 않도록 뛰게 말이야."

이에야스는 다시 센히메를 생각했다. 그 아이는 곧잘 안아주었다……안아줄 수밖에 달리 애정 표시를 할 수 없는 그것이 여자와 남자의 차이일까…… 이에야스는 자신의 감회가 센히메에게서 떠나지 않는 게 안타까웠다.

'나만 한 자가 무슨 미련인가!'

스스로 꾸짖으면서, 그러나 이 세상에는 어느 누구도 어쩔 수 없는 무언가가 있는 거라고 한편으로는 고개를 끄덕이고 있기도 했다.

'나무아미타불인가, 이것이……?'

고로타마루는 눈을 빛내며 이에야스 앞으로 조금씩 다가왔다. 그로서는 어머니로부터 들은 매 이야기가 아버지에 의해 매사냥 이야기로까지 진전되었으므로 더 이상 생각할 것도 없었으리라.

"아버님, 그 사냥은 언제 가나요?"

"글쎄, 에도로 돌아가고 나서. 아니, 돌아가는 도중 슨푸에 들른다. 거기서 데리고 갈까?"

"그게 언제지요?"

오카메 부인이 다시 나무랐다.

"고로타 님! 데리고 가신다고 하셨으면 그때까지 잠자코 기다리는 거예요."

그러자 고로타마루는 가볍게 혀를 차고 또 아버지와 어머니를 노려보는 눈빛이 되었다.

'과연 말을 알아듣는 때가 되었나보군. 하지만 이럴수록 히라이와를 붙여 주어야겠는걸……'

시치노스케라면 이러한 어머니의 엄격한 훈육을 너그러운 애정으로 납득시켜 주리라. 그러지 않는다면 이것은 언젠가 어머니에게 거세게 반발할 것 같은 눈빛이다.

"고로타."

"예."

"너에게 히라이와 할아범과 함께 고후 땅에 25만 석을 주마."

"예."

고로타마루로서는 무슨 말인지 알 리 없었으나, 오카메 부인의 어깨는 크게 물결쳤다.

"그러면 벌써 한 사람의 대장이 되는 거야."

"예."

"대장이란 슬플 때 울지 않지. 괴로울 때 참는 거야…… 그리고 맛있는 건 부하에게 먹이는 법. 어때, 고로타는 대장이 될 수 있을 것 같으냐?"

"예, 대장은 매사냥도 합니다."

"그렇지, 매사냥을 가면 갖가지 짐승들이 잡힌다. 부하들은 그것을 큰 냄비에 부글부글 끓여서 먹지. 맛있어! 하지만 대장은 먹으면 안 돼. 대장은 허리에 차고 간 말린 밥을 묵묵히 먹는 거야. 어때, 고로타는 대장이 될 수 있겠느냐?"

그러자 고로타마루는 혓바닥을 핥고 나서 어머니 쪽을 흘끗 본 다음 대답했다.

"될 수 있어요."

고로타마루는 터무니없이 큰소리로 대답하고 자신이 매라도 된 듯 좌중을 한 바퀴 둘러보았다.

이에야스는 볼을 비벼주고 싶었다. 안아서 높이 들어올려 주며 부드러운 몸을 주물러 터뜨리고 싶었다.

"요놈은 노부야스의 환생이야!"

그러나 그럴 수 없었다. 인내가 중요하다고 지금 가르친 말에 모순된다. 일본의 무사 우두머리인 이 아버지는 고로타마루의 몇백 갑절 인내해야만 하는 것이다. 내 자식에게 마음대로 볼도 비빌 수 없다……는 것이 정을 누르고 정을 주는 '대장'으로서 첫째로 지켜야 할 일이었다. 그만한 절제도 없이 어찌 사람을 다스릴 것인가.

거기까지 생각하다가 이에야스는 느닷없이 일어났다.

"돌아가자, 마사즈미."

이에야스의 가슴속에서 다시금 고로타마루와 히데요리의 행복과 불행이 쓰디쓰게 비교되기 시작하고 있었다. 고로타마루에게는 고후 땅의 25만 석을 주어 지금부터 그 자부심과 책임감을 키워줄 수 있다. 게다가 그의 옆에 엄하게 버릇을 가르치는 생모가 있고 히라이와 시치노스케라는 충분히 분별 있는 사부도 붙여줄 수 있다. 하지만 히데요리에게는 그럴 수 없다.

이에야스는 전혀 차별할 생각이 없다. 있었다면 다른 측실들의 전남편 자식들까지 저마다 가장 좋을 듯싶은 환경에 두고 뒤를 돌보아주는 일은 생각도 못 했으리라. 그런데 히데요리만은 이에야스로서 전혀 자신을 가질 수 없는 환경에 내버려두고, 귀여운 손녀를 출가시키는 일로 양심의 가책을 벗어나려 하고 있다……

'대체 이로써 다이코에게 면목이 설까……?'

면목이 서지 않는다면 지금의 자기는 무엇을 해야만 할까? 생각하기에 따라서는 요도 마님의 성품에 눌려 이에야스답지 않은 위축된 사양을 하고 있는지도 몰랐다. 만일 그 결과 히데요리가 20만 석, 30만 석의 영주도 못 될 인물로 성장해 그 때문에 센히메에게 무책임하기 이를 데 없는 할아버지가 된다면……?

이에야스는 고로타마루와 헤어져 본성의 자기 방에 돌아오고 나서도 한동안 그러한 감정과 망집 사이를 빠져나오지 못했다. 싸움터에서의 작전이라면 결단 내릴 수 있었으나, 사랑하는 이의 생애에 대한 문제가 되고 보니 그리 간단하게 결정되지 않는다.

마침내 이에야스는 잠 못 이루는 하룻밤을 밝히고 이튿날을 맞았다.

도리이 규고로가 다다치카의 보고를 갖고 파발마로 성에 돌아오자 정사를 중단하고 거실로 불러들였다.

"어떻게 되었나? 무사했을 테지?"

"예, 도중에 요시하루 님의 인부가 지참한 낫이 도움 되어 강의 물길을 트면서 무사히 오사카 성문까지 다다랐습니다."

"그런가, 역시 요시하루의 인부가 도움 되었나? 그런데 센히메는 도중에 심술 부리지 않았나?"

"예, 매우 흐뭇하신 표정으로 선창까지 마중 나오신 아사노 요시나가 님에게 말씀하셨습니다."

"뭐라고 했나? 다쓰 부인이 미리 가르쳐주었겠지?"

"아니지요, 저쪽에서 정중하게 마중 나와 '아사노입니다……' 하고 이름을 대자 '그대는 나를 몰라보나?' 하고 말씀하셨습니다."

"허, '몰라보나' 하고 말이지?"

"예, '굳이 이름을 대지 않아도 나는 잘 알고 있어. 수고해요……'라고 말씀하시며 가마에 오르셨습니다."

"그런가? 그렇게 말했나? 잘했어. 센히메가 내 마음을 안심시키는군. 그런데 성문에서 본성 현관까지는?"

"예, 다다미를 깔고 그 위를 명주로 덮으라는 생모님 말씀이 계셨지만, 대감님 뜻에 어긋나는 일이라며 깨끗한 옥자갈을 깔아놓았습니다."

"좋아, 그것도 좋아. 그러나 그처럼 말씀하신 요도 마님이라면 현관까지 마중 나와 주었을 테지?"

"예……아니, 현관에는 가타기리 님께서 정중하게……."

규고로는 왠지 말꼬리를 흐리며 무릎 꿇었다.

이에야스는 좀 실망한 듯 고개를 끄덕이면서 탄식했다.

"그런가, 요도 마님은 현관에 얼굴을 보이지 않았단 말이지?"

"예, 도련님 부인 될 분의 신행가마이긴 하나 동생 되시는 분의 따님이므로 마중은 예의에 벗어난다고 사양하신 줄 압니다."

"음, 오랫동안 대면하지 못한 동생과 조카라 나는 반가움에 못 이겨 뛰어나올 줄 알았더니, 그렇지 않나?"

"그 대신 대면할 때는 반가운 듯이……."

"손이라도 맞잡는가, 다쓰 부인과……?"

"예……아닙니다. 양쪽 모두 눈시울을 붉히면서, 그러나 정중하고 예의 바르게 인사를 나누셨습니다."

"흠, 여자끼리 말이지?"

이에야스는 규고로의 말을 들으며 기질이 강한 두 자매가 만나는 모습이 보이는 듯했다. 어느 쪽이나 경쟁심만 없다면 서로 안고 울고 싶었을 텐데, 끝내 마음을 터놓지 못하고 만 것 같다.

"두 사람 사이에 특별히 말다툼이라도 없었나?"

"예, 인사를 나눈 다음 서로 다정하게 우스갯소리를 하셨습니다."

"뭐라고 하던가, 요도 마님은?"

"예, '아무 걱정 없이 다이나곤에게 총애를 받아서인지 다쓰 님은 살이 쪘군요' 라고."

"흠, 다쓰 부인은 뭐라고 대답하던가?"

"언니는 다이코 전하가 돌아가셨는데 조금도 늙지 않으셨다고."

이에야스는 다시 실망한 얼굴이 되어 화제를 바꾸었다.

"센히메는 어떻게 하고 있었나? 그동안 옆에 있었을 테지?"

"예."

"요도 마님은 센히메에게 아무 말도 하지 않던가?"

"아닙니다, 말씀을 건넸지요. 센히메는 어머님보다 예쁘다고……."

"센히메는 뭐라고 대답했나?"

몸을 내밀며 묻자 젊은 규고로는 명랑하게 웃었다.

"예, '모두들 그렇게 말하지요……'라고 진지하게 대답하셨습니다."

이에야스는 별안간 배를 잡고 웃기 시작했다.

"그랬나, 그렇게 대답하던가? 훌륭해. 역시 여자는 인물이 첫째인지 모르니까."

"그리고 또 이렇게 말씀하셨습니다. 얼굴도 예쁘지만 마음씨도 곱다고."

"하하……거기까지 말하던가, 센히메가?"

"예, 도무지 웃지도 않으시고 그렇게 말씀하시면서 이 성은 에도보다 크다고 사방을 둘러보셨습니다."

이에야스의 얼굴이 별안간 긴장되었다. 이것은 그대로 들어넘기기에는 너무나 큰 의미를 내포한 말이었다.

에도성보다 오사카성이 훨씬 크다…… 그 때문에 센히메가 위축될지도 모른다는 따위의 걱정이 아니었다. 센히메의 눈에도 오사카성이 에도성보다 커보이니, 선입관이야 있든 없든 천하의 영주들 눈에도 그렇게 보일 것이라는 하나의 큰 경고로 받아들여질 말이 아니고 무엇이겠는가?

이에야스는 천장을 노려보듯 중얼거렸다.

"그런가, 센히메가 그런 말을 했는가……?"

아무래도 이 혼인을 요도 마님과 다쓰 부인은 이에야스가 바랐던 것처럼 서로 반가워하지 않는 모양이다. 똑같은 운명의 파도에 시달림받고 있는 자매이다. 그 자매가 서로의 사랑하는 자식을 결혼시키는 입장에 놓인다면 계산 이상의 친근감이 솟아날 줄 알았는데……

'여자의 생각이란 다른 모양이야.'

규고로의 이야기로 상상한다면 남보다도 오히려 심한 경쟁심을 서로 보였다고밖에 생각할 수 없었다.

한편은 히데요리의 생모이기는 하지만 측실이라는 생각이 다이나곤의 정실부인 다쓰 마님 쪽에 있었으리라.

이에야스는 여기서 요도 마님이 언니답게 너그럽고 큰 마음의 도량을 보여주기를 바랐다. 대립하는 대신 이미 도쿠가와도 도요토미도 없으며, 이중 삼중으로 연결된 친척으로 맺어졌다고 서로 깨달아주기를 바랐다. 그렇게 되면 이에야스도 거리낌 없이 히데요리를 내 자식과 마찬가지로 격려하고 나무라기도 하며 그 가문의 영속에 대해 진지하게 걱정할 수 있을 것을. 그렇게 하고 싶었다! 아니, 그렇게 될 인연이 충분히 있는 두 집안이다.

어쨌든 히데타다는 다이코의 누이 아사히히메의 아들이 되어 있다. 그리고 다쓰 부인은 요도 마님의 동생이고 히데타다와 아내이다. 히데타다와 히데요리는 명목상 외사촌간이고 그 자식인 센히메가 히데요리에게 시집가 다시 장인과 사위 관계가 되었다.

이토록 끊기 어려운 인척도 세상에 드물 것이리라. 그런 만큼 아무리 순순히 마음을 터놓더라도 어느 누구도 비난할 자가 없다. 아니, 그보다도 이 깊은 인연이야말로 사실은 다름 아닌 다이코가 인생의 종점에 이르러 필사적으로 생각해 낸 마지막 비책이었다.

오랜만에 자매가 만난 자리에서 그 점을 곰곰이 생각해 준다면, 하는 것이 이에야스의 기대였으나 거기까지 이른 징조는 보이지 않는다.

'그러나 기회는 이번만이 아니다.'

그 어머니들은 서로 차가운 경쟁심을 보이더라도 센히메에게는 그러한 시샘이 없다. 그 센히메가 너그러운 순정으로 살다가 이윽고 히데요리의 자식을 낳는 날이 온다면, 그 자식은 이미 히데요리 한 사람의 것도 아니고 센히메 한 사람의 것도 아니다. 아니, 요도 마님만의 손자도 아니고 다쓰 부인만의 손자도 아니다……

'그날을 기다리는 거야. 센히메는 그날을 모든 사람들에게 가져다줄 게 틀림없어……'

지금 일본은 일단 이에야스의 힘으로 통일되었지만, 인심의 밑바닥에 두 개의 흐름이 있다. 물론 두려워할 것 못 되는 감정의 흐름에 지나지 않으나, 그 흐름 또한 하나로 만들어야만 참다운 통일이 될 수 있다.

규고로가 물러가자 이에야스는 가까스로 센히메의 혼례에서 해방되었다. 인간의 꿈이 그리 쉽게 실현되지 않는다는 건 누구보다도 잘 알고 있다. 지금까지의 꿈 가운데 하나는 해어졌다. 그러나 해어지면 깁고 해지면 또 기워가는 것이 인간의 의무이다.

'그렇다, 에도성 개축은 이 역시 센히메가 가르쳐준 중요한 일이야. 서둘러야만 되리라……'

그날 밤 이에야스는 푹 잠들어 꿈도 꾸지 않았다.

히데요리(秀賴)의 성

　오쿠보 나가야스는 자기를 이에야스에게 추천해 준 은인이며 주인이기도 한 오쿠보 다다치카가 다쓰 마님과 함께 후시미로 돌아간 뒤에도 잠시 오사카성에 남아 신부의 세간을 인계하고 있었다.

　장부와 낱낱이 대조하면서 광에 넣을 것은 집어넣고 보석장부에 써넣을 것은 써넣어 히데요리의 측근 가신에게 건네주었다. 물론 그렇게 하도록 명령받았기 때문이었으나, 이렇게 남아 있다가 나가야스는 깜짝 놀랐다. 아니, 놀랐다기보다도 오사카성 안의 내막에 참을 수 없을 만큼 흥미를 느꼈다는 편이 옳으리라.

　이토록 이상한 성을 그는 아직 본 적이 없었다.

　'이 거대한 성의 주인은 대체 누구일까……?'

　전국시대 상식으로 본다면 11살이라고는 하나 이 성의 주인은 히데요리여야 한다. 따라서 히데요리 측근에 엄격한 중신들이 둘러싸고, 주군이 어린 탓으로 모든 일을 일일이 회의에 올려 형식적이라도 그 결정을 히데요리에게 알리고 기록관에게 기록시켜 남겨야 한다. 그런데 거의 모든 가신이 히데요리를 무시하고 요도 마님 거실에 모였다. 누가 무엇을 어떻게 할지 히데요리에게 물어보는 일은 없고, 모든 것을 요도 마님이 직접 결정했다.

　능률적이라면 참으로 능률적이었지만, 기록도 협의도 하지 않는 일들이 많으므로 만일 요도 마님에게서 그런 것은 들은 적 없다는 말을 듣는다면, 다만 그뿐인 위태로움을 지니고 있다.

물론 많은 돈을 지출할 때는 가타기리 가쓰모토와 그 아우 사다타카, 오노 하루나가, 하루후사, 고이데 히데마사 등이 취급하고 그곳에 대기해 있던 기록관의 손으로 기록되었으나 사카이의 중소상인들이 쓰는 주먹구구식 장부와 별다름 없이 간략했다.

　'내가 악당이라면 1년도 되지 않아 이 성의 재물을 고스란히 빼돌릴 수 있을 텐데……'

　나가야스에게 그런 생각을 일으키게 할 만큼 이 성에는 중심이 없었으며, 악의도 긴장도 없었다.

　히데요리 측근에 기무라 시게나리, 고리 슈메(郡主馬), 아오키 가즈시게(靑水一重) 등의 시동들이 있었으나 히데요리는 그들과 노는 일이 거의 없었다. 이 성을 수비하는 용맹한 7인조 무사들은 히데요리한테 얼굴을 내밀지 않는 대신 요도 마님한테도 경원당하고 있다.

　게다가 이 성에는 이따금 이상한 인물이 나타났다. 노부나가의 아우 오다 우라쿠와 노부나가의 아들 쓰네마사였다. 그들은 이따금 찾아오는 영주들과 달리 이 성의 은퇴한 노주인인 듯 점잔 뺀 표정으로 제멋대로 다이코가 애용하던 차도구를 꺼내 다도에 몰두했다.

　용맹한 7인조 무사의 대기실에서는 무용담, 중신 대기실에서는 바둑, 히데요리의 거실에서는 여자들이 왁자지껄하며 골패 놀이며 주사위 놀이, 그리고 요도 마님 거실에서는 술판이 벌어질 때가 많다.

　그 사이를 차 시중꾼이 제 세상 만난 듯 활보하며 다녔다. 제멋대로라고 해도 이처럼 제멋대로이며 주인 없는 낙원은 이곳 말고 달리 없을 것이었다.

　여기에 센히메가 들어와 내전의 집 두 채를 차지했다. 센히메에게 할당된 곳은 지난날 유키 히데야스가 다이코의 양자로 오사카에 왔던 무렵, 아직 앳된 처녀였던 요도 마님과 교고쿠 다카쓰구의 마님과 다쓰 마님 등이 함께 거처했던 곳 언저리였다. 건물은 예전의 그것이 아니었으나, 같은 내전이면서도 안뜰이 사이에 있어 완전한 다른 세계를 이루고 있다.

　한번은 히데요리가 시동과 시녀를 거느리고 그곳에 나타났다. 그때의 광경 역시 나가야스로서는 매우 흥미로웠다.

　센히메를 따라온 시녀들은 자기 일처럼 수선스럽게 히데요리를 맞아들였다.

그러나 센히메를 보는 히데요리의 눈은 야릇한 연민과 낙담이 뒤섞인 감정을 드러냈다.

사랑스러운 7살 난 센히메, 히데요리로서도 결코 불쾌한 느낌은 아닌 것 같았다. 누이동생으로 온 것이었다면 어쩌면 자기 곁에서 놓아주지 않았을지도 모른다. 그런데 히데요리는 벌써 센히메를 아내로서 바라보려는 사춘기를 맞이하고 있다. 아내로서 바라보면 센히메는 참으로 안타까운 하나의 설익은 감이었을 게 틀림없다.

"어떤가, 쓸쓸하지 않나?"

히데요리가 말을 걸자 센히메는 천천히 고개를 저었다. 측근에 섬기는 여자들은 변함없지만, 그곳에는 따르던 할아버지도 없고 부모도 없다. 쓸쓸하지 않을 리 없었다.

"히데요리 님은 새를 좋아하세요?"

"응, 여자들이 기르고 있으니까."

"무슨 새인가요?"

"멧새도 있고 곤줄박이도 있지."

"저한테는 문조가 있어요. 문조를 드릴까요?"

"아니, 새는 시시해."

이렇게 말하며 따라온 시녀 쪽을 흘끗 쳐다보았다. 어린애와 어른은 취미가 다르다고 말하고 싶은 눈길이었다. 그 눈길과 마주치자 시녀는 얼굴이 새빨개져서 고개를 숙였다. 교토에서 사카이에 이르기까지 강 길의 온갖 유곽에서 놀아본 나가야스로서는 그 시녀의 당황함이 무엇인지 잘 알 수 있었다.

'허허, 이 여자에게 벌써 손댔구나.'

그러한 짓궂은 관찰자가 말석에 있는지도 모르고, 히데요리는 이윽고 모든 일에 그 시녀와 센히메를 비교하게 되었다.

"히데요리 님은 조개껍질 맞추기 놀이(360개의 진기한 조개껍질을 떼내어 제작, 을 많이 찾아 맞추는 편이 이기는 놀이)를 하시나요?"

"응, 여자들과 했었지, 어렸을 때는."

"지금은 안 하셔요?"

"지금은……시시해."

"그럼, 히데요리 님도 검술이며 말달리기를 배우시나요?"

"그렇지. 활도 총도 배워야만 해."

"언젠가 저에게도 가르쳐주시겠어요?"

"아니, 여자는 그런 걸 하지 않는 법이야."

"글씨연습이나 가야금연습만으로는 심심해요."

"심심하다……."

히데요리는 말하다 말고 시녀를 쳐다보고 쓴웃음 지었다. 그는 심심할 때의 장난을 달리 알고 있는 모양이다.

"심심할 때는 이 히데요리에게 놀러와. 그렇지, 생각난 일이 있어. 그만 돌아가자."

그는 시녀에게 무언가 눈짓으로 신호하더니 일어났다.

'이것 참, 도련님은 땡감을 보시더니 연시 맛이 생각났군.'

그 무렵부터였다. 나가야스의 가슴에 모락모락 이상한 몽상이 피어오른 것은…… 나가야스는 본디 몽상가였다. 아니, 남달리 실행력도 지녔고 현실적으로 사무를 처리하는 탁월한 재능도 갖고 있다. 그러면서도 세상의 여느 실무자에게는 흔히 결여되기 쉬운 몽상과 이상이 샘솟는 샘물도 함께 지니고 태어났다.

아직 아내로서의 만족을 센히메에게서 풀 수 없는 것을 알고 히데요리가 허둥지둥 시녀를 재촉하여 돌아가는 것을, 그는 쓴웃음 지으면서 복도 입구까지 배웅했다.

그리고 센히메 앞으로 돌아올 때까지 자기 자신 살며시 주위를 돌아볼 만한 공상을 떠올리고 있었다.

'이 나가야스가 만일 저 히데요리의 집정이라면 어떻게 할까……?'

그 공상은 그의 가슴속에서 금방 커다란 날개를 펼쳤다. 아무리 생각해도 그의 평생에 그가 히데요리와 같은 60여만 석 영주는 될 것 같지 않다. 어느덧 무력으로 출세할 수 있는 전국시대는 끝나고 이제부터는 전국시대에 얻은 영토를 어떻게 슬기롭게 운용하여 평화의 치적을 쌓느냐가 과제다. 따라서 나가야스는 히데요리 같은 대영주는 될 수 없지만, 그 집정으로서 60만 석이든 100만 석이든 마음껏 주무를 수 있는 길이 전혀 없는 것은 아니었다.

'저러한 주군이라면 아무 방해도 안 되지…….'

유곽을 한 채 경영하는 셈 치고 좀 반반한 시녀 3, 40명만 마련해 주면 아무 불평도 하지 않으리라.

'그런데 가만 있자……'

나가야스는 또 쓴웃음 지었다. 도쿠가와 가문에 갓 임관된 처지로 이 성에 옮겨올 수 없지 않은가…… 전혀 실현성 없는 공상 따위를 할 나이도 아니다. 어쨌든 이제부터 그 인생의 가치를 서둘러 창조해야만 할 바쁘기 이를 데 없는 몸이 아닌가…….

'오쿠보 나가야스는 무엇 때문에 태어났느냐?'

문득 센히메를 쳐다보고 이번에는 나가야스의 가슴이 철렁 내려앉았다. 이 거성의 기묘한 주인은 결코 히데요리 한 사람만이 아니다. 아직도 여기저기에 있었다……손 닿을 수 없는 머나먼 하늘의 달님이 아닌 바로 손 닿는 곳에…….

다름 아닌 이에야스의 아들들. 히데타다며 유키 히데야스며 마쓰다이라 다다요시 등에게는 이미 그가 끼어들 여지가 없다. 그러나 그다음인 노부요시는 그와 인연 있는 다케다 성을 이어받았고, 다시 그 동생(여섯째 아들)인 다쓰치요 님은 어떨까……다쓰치요는 다다테루(忠輝)라는 이름을 받고 지금 13살, 숙성한 히데요리와 거의 비슷한 소년이 아니던가.

'그들이라면 대감님의 신용만 잘 얻으면 끼어들지 못할 것도 없다……'

지금은 신슈 가와나카지마(川中島) 14만 석, 딸려보낸 사람들은 충실한 보호역이긴 하나 평화로운 세상의 운용까지 알 만한 지혜는 없다. 물론 이 다다테루만 해도 평생 14만 석으로 그칠 리 없다. 이윽고 에치젠의 태수 히데야스만 한 대접을 받으리라…….

거기까지 생각하고 나가야스는 다시금 쓴웃음 지으면서 성안을 둘러보았다. 오사카성이란 참으로 이상하게도 공상을 자아내게 하는 성이로구나 하고…….

오사카성은 또한 나가야스에게 온갖 연상과 공상을 불러일으켰다. 히데요리가 병법 무술 연습에 소비하는 시간은 하루에 겨우 두 시간 남짓이었다. 그가 도쿠가와 가문을 섬기고 나서 보아온 다섯째 아들 다케다 노부요시나 여섯째 아들 다다테루에 비하면 3분의 1도 안 된다. 더구나 다다테루와 노부요시의 경우는 자못 재미있어하는 눈치였으나 히데요리는 반대였다. 본디 그러한 격렬한 운동을 체질적으로 좋아하지 않는 듯했다. 그중에서도 검술을 가장 싫어했고 궁술은 그나마 조금 마음에 들어했다.

궁술은 와쿠 무네토모(和久宗友)가 상대하고 있었다. 그는 상대하면서 히데요리의 화살이 과녁을 맞히면 몹시 칭찬했다.

"작은대감님은 천재이십니다. 아무쪼록 30개 쏘십시오."

천재는 여느 사람처럼 많은 연습을 할 필요가 없다고 히데요리는 해석하고 있다. 20개쯤 쏘고 나면 다음 일과를 뒤쫓는 데 급급해 무네토모의 선동에 넘어가지 않았다.

"다음에."

병법 단련이 끝나면 글씨연습이었다. 이것은 마음 내키면 때로 예정 시간을 넘기는 일도 있었다. 글씨연습만은 좋아하는 듯 필적도 나이에 비해 어른스러웠다.

그러한 히데요리의 모습을 볼 때마다 나가야스의 머릿속에서 이에야스의 여섯째 아들 다다테루의 모습과 겹쳐졌다. 다다테루의 생모는 자아 부인이고, 그의 사부로 뽑힌 미나가와 히로테루(皆川廣照)라는 사나이는 나가야스의 눈으로 볼 때 평범한 인물이었다. 그 밖에 자아 부인과 전남편 사이에 생긴 딸의 남편 하나이 요시나리(花井吉成)라는 사나이가 측근에 있다. 이 사나이는 무술단련에 싫증난 다다테루에게 작은북이며 시조 등을 가르치려 했으나, 다다테루는 그것에 그리 흥미를 느끼지 않았다. 어쩌면 히데요리와 정반대 성격인지도 모른다.

그러나 무엇이든 하고 싶은 일을 할 수 있다는 점에서 두 사람은 똑같았다. 히데요리가 돌아가신 아버지의 위업으로 일본 으뜸가는 이 오사카성에 있는 한 무슨 짓을 해도 절대 안전한 것처럼, 다다테루 또한 이에야스라는 아버지가 있는한 아무도 손가락 하나 건드릴 수 없을 게 틀림없다.

'그러한 절대 안전한 인물의 집정이 된다면……'

그러한 공상에서 이윽고 나가야스는 이 난공불락으로 일컬어지는 오사카성을 함락시키려면 어떻게 해야 좋을까 하는 망상으로까지 비약해 갔다. 만일 그가 이에야스의 여섯째 아들 마쓰다이라 다다테루의 집정으로 있을 때 히데요리와 다다테루가 싸우게 된다면, 그는 대체 어떻게 이 성을 함락시켜야 할까……?

'나가야스 놈은 주판은 맡길 수 있어도 성은 함락시키지 못한다……'

무장들은 입을 모아 말할 게 틀림없다. 그런데 보기 좋게 함락시켜 큰소리치려면……?

그러나 이 망상에서 나가야스는 곧 해방되었다. 그러한 때가 있을 것 같지도 않았고, 있다 하더라도 그의 재능이 미치는 일이 아니었기 때문이다.

그보다도 나가야스가 놀라서 눈을 휘둥그레 뜬 것은 다이코가 남기고 간 황금 저울추의 정체를 알았을 때였다…… 다이코는 금이 너무 생산되면 난처하다고 다다(多田) 은광의 발굴을 중지시키고 필요할 때까지 일부러 갱구를 막았으며, 황금은 저울추 모양의 금괴로 만들어 성에 쌓아두었다는 소문이었다. 그것은 광산개발에 흥미를 갖고 언젠가 사도, 이즈, 이와미를 모두 발굴해 보고 싶은 나가야스에게 참으로 흥미로운 일이었다.

 '다이코는 대체 일본 안에 유통되는 통화량이 얼마쯤 있으면 좋다고 계산한 것이었을까……?'

 그것을 알려면 그가 비장하고 죽은 이 저울추의 분량으로 추측할 수 있다. 이번에 오사카성에 왔을 때는 그 일을 깨끗이 잊고 있었다. 막대한 황금이 이 성안에 있다는 생각은 했으나 설마 문제의 저울추를 구경하게 되리라고는 상상도 하지 못했다.

 그런데 정말 우연한 일로 구경할 기회가 생겼다.

 나가야스가 도쿠가와 가문에서 명령받은 잡무를 대충 끝내고 본성 안 가타기리 가쓰모토의 사무실에 보고차 들렀을 때, 동생 가타기리 사다타카가 나타났다.

 "말씀 중이십니다만……."

 사다타카는 말하며 무언가 귓엣말을 했다.

 그러자 가쓰모토는 고개를 끄덕이고 나가야스를 돌아보았다.

 "지금 황금광에서 본성의 천수각에 있는 광으로 저울추를 옮기고 있으니 잠시 나갔다 오겠습니다. 이곳에서 기다려주십시오."

 "저, 저울추라면 다이코 전하 비장의 황금 말씀이십니까?"

 "그렇소, 그 저울추입니다."

 "가타기리 님, 이 사람도 도쿠가와 가문에서는 금광 감독관이 될 몸, 공부 삼아서입니다! 아니, 앞으로의 좋은 추억이 되겠지요. 그 저울추를 잠깐 구경할 수 없을까요?"

 너무 열심히 부탁하므로 가쓰모토는 놀라는 듯했다.

 "좋습니다. 그럼, 하나만 구경시켜 드리지요. 그 밖에는 모두 그것과 같은 모양, 같은 크기니까."

"고맙습니다. 그럼, 이 자리에서 구경할 수 있겠습니까."

나가야스의 상상으로는 한 개가 고작해야 5관이나 7관쯤일 줄 알고 가쓰모토가 하나 가져오게 하여 구경시켜 줄 줄로 알았다.

가쓰모토는 웃으면서 고개를 저었다.

"여기까지 날라올 수 없으니 잠시 발걸음을 옮겨주십시오."

"예, 그야 어렵지 않습니다만, 그래도 괜찮겠습니까?"

"다름 아닌 친척의 가신. 괜찮습니다, 구경시켜 드리리다."

가쓰모토는 나가야스를 데리고 천수각 밑의 광 앞으로 갔다. 광 앞에는 통로에 거적이 깔리고 그 위를 지금 네 사람씩 한 무리를 지어 거적으로 포장한 돌덩어리 같은 것을 낑낑대며 나르고 있었다. 길이는 1자1치 또는 2치, 두께는 그보다 좀 엷어 보이니 7, 8치쯤 될까. 너비도 대략 1자는 될 것 같았다. 그것을 두터운 느티나무 판자에 올려놓고 네 귀퉁이를 쳐들어 나르고 있었다. 아니, 이미 운반된 것도 있고 뒤이어 날라져오는 것도 있다. 그 행렬이 지금 천수각의 광을 향해 나아가고 있었다.

그 인부 한 무리를 가쓰모토는 손짓해 불렀다.

"잠깐, 하나 내려놓아 보아라."

나가야스는 목구멍이 크게 떨릴 것만 같았다. 네 사람이 메는 발걸음으로 미루어 가볍게 보더라도 40관은 넘을 듯하다.

'저울추를 몇 개씩 묶은 것일까?'

가쓰모토의 손짓에 인부는 천천히 호흡을 맞추며 그 하나를 나가야스 앞에 내려놓고 땀을 닦았다. 깨닫고 보니 이 황금을 운반하는 통로에는 사람 하나 얼씬하지 않고 있었다.

"좋아, 저쪽을 보며 쉬어라."

가쓰모토는 인부에게 이른 다음 손수 허리를 구부려 포장을 끌렀다.

나가야스는 다시 한번 마른침을 삼켰다. 사방이 번쩍 밝아졌다. 눈을 쏘는 듯 누르스름한 순금의 모습이 드러났…… 몇 개를 묶은 것이 아니다. 네 사람이 나르는 무게의 그것이 저울추 하나가 아닌가…….

나가야스는 황급히 눈을 들어 나르고 있는 행렬을 말없이 보았다. 네 무리나 열 무리 정도가 아니다. 길게 행렬 지어 나르고 있는 게 모두 눈앞에 드러난 것과 같은 황금이라고 생각했을 때, 나가야스는 무언가 뻐근할 만큼 쑤셔오는 육체의 아픔을 느꼈다.

금화 한 닢—

단지 그것만으로 인간이 인간을 죽이거나 살리는데, 이곳에는 이 얼마나 엄청난 양의 황금이 사장되어 있는 것일까. 일찍이 다이코가 후시미성의 천수각 기와를 금박으로 장식했을 때, 고작해야 광대에 지나지 않았던 나가야스는 백성들 속에서 그 교만한 사치스러움을 욕했었다.

"저런 죄받을 놈, 황금을 어떻게 아느냐."

그런데 그건 아무래도 가난뱅이의 졸렬한 생각이었던 모양이다. 이처럼 많은 황금이라면 한 돈으로 몇 평이나 칠할 수 있는 금박이 아니라 황금기와를 올릴 수도 있었으리라 여겨진다.

'다이코는 의외로 인색한 사람이었는지 모른다⋯⋯.'

"보셨습니까? 이제 싸겠습니다."

"예⋯⋯예."

말하고 나서 나가야스는 황급히 물었다.

"이것 하⋯⋯하⋯⋯하나의 무게가 얼마쯤 나갑니까?"

"41관씩이라고 들었소."

"그러면⋯⋯그러면⋯⋯이것을 금화로 주조한다면⋯⋯."

여느 때였다면 그런 암산이 그의 뛰어난 장기였으나, 이때만은 나가야스의 두뇌도 회전을 멈추고 말았다.

"이것을 금화로 주조하면 1만3600냥쯤 된다고 합니다만⋯⋯."

"그⋯⋯그⋯⋯그렇군요. 1000냥 상자로 쳐서 14상자가 조금 못 되겠군요. 모두 합하면 막대한 금액⋯⋯."

거기까지 말하다가 당황해 나가야스는 입을 다물었다. 그것까지 물으면 예의에 벗어날 뿐 아니라 의심받을 듯한 염려가 들었다.

가쓰모토는 곧 다시 황금을 거적으로 포장하고 인부를 불렀다.

"좋아, 운반해라."

그리고 광 입구에 서 있는 사다타카를 손짓해 불러 무언가 두세 마디 속삭이더니 그대로 나가야스를 데리고 앞서의 사무실로 돌아왔다. 사무실로 돌아갈 때까지 나가야스는 머리도 마음도 누르스름한 순금의 빛과 그 광채로 가득했다.

황금 그 자체는 단순한 물질에 지나지 않는다. 그러나 이것을 인간생활에 결부시킬 때 신앙 비슷한 이상한 마력이 싹튼다. 물론 그 마력의 영향 밖에 초연히 있는 사람도 적지 않다. 그러나 나가야스는 그렇지 못했다.

나가야스의 전반생은 황금을 백안시하면서도 사실 몹시 탐내어 그것을 때로 저주하고 때로는 매혹된 삶이었다. 그래서 마침내 땅속의 황금에 다가가려는, 보통 사람보다 훨씬 강한 집념을 갖게 되었다.

그는 사무실에 돌아와 다시 가쓰모토와 마주앉고 나서도 황금에 넋 잃고 한동안 멍하니 있었다. 그 숱한 황금이 평범한 히데요리라는 사춘기 소년과 그 어머니인 과부의 소유라는 사실이 어쩐지 있을 수 없는 일로 생각되기만 했다.

'그것이 이 나가야스의 것이라면 무엇을 할까……?'

지독한 현실주의자이면서도 넘칠 듯한 공상력을 지닌 나가야스가 그렇게 생각해 보는 것은 지극히 당연한 일이리라.

'나라면……그 황금을 썩혀두지 않을 거야…….'

아마 모두 합하면 몇천만 냥……아니, 억이 넘는 돈일지도 모른다. 그 돈을 국내에서 쓰는 금화로 주조한다면 물자가 부족한 때이니 금방 황금의 가치가 몇십분의 일로 떨어진다. 따라서 국내 통화로 만들면 안 된다.

'그렇다. 무역자금으로 활용해야 한다!'

그 황금의 몇 분의 일로 거대한 남만선을 사들여 그것을 연구해 국내에서 만들게 한다. 그리하여 지금 국내에 일자리가 없는 떠돌이무사들을 뱃사람으로 만들어 세계의 바다를 누비게 한다. 사카이의 대담한 대상인들이 꿈꾸고 있는 이 야망은 이만한 황금만 있으면 곧 실현되지 않을까……?

"어떻습니까? 저만한 보물을 사장시키다니 아깝습니다."

가쓰모토와는 이야기가 되지 않는다. 차라리 요도 마님에게 직접 말하며 부딪쳐 본다면……? 아니, 요도 마님도 여느 수단으로 부딪쳐 가서는 옳고 그른 판단을 내리지 못하리라.

'내가 좀더 젊다면 규방에라도 침입해 설득시켜 보는 것도 한 방법이겠으나…….'

그는 차라리 지금 교토에서 연극으로 명성 떨치고 있는 가모 가문의 떠돌이무사, 나고야 산자부로(名古屋山三郎)에게 귀띔하여 요도 마님에게 공작을 꾸며볼까 하는 공상까지 해보았다.

"오쿠보 님이 수고해 주셔서 모든 일이 예정대로 진행되어 참으로 다행입니다."

차시중꾼이 차를 날라오고 가쓰모토가 입을 열자, 나가야스는 비로소 깜짝 놀라 제정신으로 돌아왔다.

"이것은 백은 5냥, 히데요리 님께서 귀하의 노고를 치하하시며 하사한 것입니다. 아무쪼록 받아주십시오."

흰 종이에 받쳐 공손히 내밀어진 은을 보고 나가야스는 하늘에서 단번에 나락으로 떨어진 느낌이 들었다.

'이것이 지금 나가야스의 가치란 말인가……'

그 5냥의 은을 내동댕이치고 싶은 심정이 들었다.

나가야스는 일찌감치 가쓰모토 앞을 물러나왔다. 한 발자국 사무실을 나서자 다시금 누르스름한 황금 빛깔이 뜨겁게 머릿속에 되살아났다…….

'있어도 아무 쓸모없는 곳에……'

생각만 해도 참을 수 없을 만큼 감정이 끓어올랐다.

"참, 기막힌 일이야, 그 어린애와 과부에게."

그러나 이 성에서 처음 보게 된 그 황금 저울추가 뒷날 그의 생애를 크게 빗나가게 할 줄은 어지간한 그도 계산하지 못했다.

나가야스는 받은 은화를 품 안에 간직한 채 다시 센히메의 거처로 돌아가다가, 도중의 복도에서 사카에인 오미쓰와 만났다.

"무슨 생각을 하고 계시나요?"

거의 깨닫지 못하고 지나치려다가 자기를 부르는 바람에 놀라며 멈춰섰다. 보니 오미쓰는 두 손에 붉은 칠을 한 쟁반을 들고 서 있다. 위에 얹혀진 것은 종이에 싼 과자인 듯싶었다.

"어디 가시는 거요, 오미쓰 님은?"

"용무는 벌써 마치셨나요?"

"그……그렇소. 벌써 끝나서 오늘 이 성과 작별하려 하오. 자야 님에게 무언가 전할 말이라도?"

"아니, 아무것도……"

오미쓰는 웃으며 지나가려 했다.

나가야스는 생각난 듯 두세 걸음 뒤로 돌아왔다.

"오미쓰 님, 좀 일러둘 말이 있소. 그 과자는 작은대감님한테 가져가는 것이겠지요?"

"네, 작은대감님이 찾아오신 답례로."

"오미쓰 님! 이곳은 이상야릇한 성인 것을 알아야만 하오."

"이상야릇한 성이라고 말씀하시면?"

"이것저것 참 이상하기만 하오. 실은 나는 지금 황금바람을 쐬고 왔소."

"황금바람……? 그건 대체 무슨 뜻인가요?"

"바람은 병……감기이지. 아니, 그 이야기는 당신과 관계없소. 오미쓰 님에게 남겨두고 싶은 말이란, 왜 있잖소, 작은대감님이 여인의 살갗을 알고 계시다는 거요."

오미쓰는 나무라는 투로 말했다.

"그것이 어떻다는 말씀인가요? 그만한 나이라면 어쩔 수 없는 일일 텐데요."

"아니, 그렇지 않소. 내가 하고 싶은 말은……그러므로 센히메 님한테는 이제 오시지 않소. 의좋은 사이가 되지 않으리라는 거요."

"호호……그것이라면 걱정 마세요. 센히메 님도 무럭무럭 자라시니까요."

"글쎄, 그 일이오. 그렇게 점잔만 빼고 있어서 좋을 것인지…… 나는 말이오, 이건 내버려둘 일이 아니라, 이쪽에서도 센히메 님 대신 누군가를 내세워야 한다고 생각하는데……오미쓰 님은 그렇게 생각하지 않소?"

"뭐요, 센히메 님 대신?"

"그렇소, 설익은 감이 익을 때까지 잘 익은 누군가가 대신하는 거요. 그리고 이따금 도련님이 오시도록 해두는 게 좋으리라 싶은데…… 알아듣겠소? 이것만 그대에게 귀뜸하고 나는 이 성과 작별하리다. 그럼, 몸 성히 아무쪼록 센히메 님을 보살피시기를."

그리고 나가야스는 다시 허공을 보는 눈빛이 되어 성큼 스쳐지나갔다.

오미쓰는 이 성보다 나가야스가 훨씬 이상한 사나이라고 고개를 갸우뚱하지 않을 수 없었다.

'아무리 그런들 이쪽에서 센히메 님 대신 다른 여자를……'

그런 일을 할 수 있을까? 오미쓰는 얼마쯤 우스우면서도 나가야스에게 화가 났다. 무사와 달리 나가야스의 머리는 이상한 계산과 이상한 방향으로 작용하곤 했다. 옷감 무늬며 색깔에 여성보다 더 눈이 밝은가 하면 금전에 밝은 점은 놀라울 정도였다. 그러한 그의 눈으로 보면, 히데요리 또한 어떤 일이 있어도 7살인 센히메 옆에 붙들어놓지 않으면 손해라는 해답이 나오는 모양이다.

솔직히 말해 오미쓰는 히데요리와 센히메의 거실이 꽤 떨어져 한시름 놓고 있었다. 날마다 얼굴을 마주치는 곳에 있으면서 어린 센히메 앞에서 다른 여성을 총애하면 어쩌나 염려되어서였다. 이만큼 떨어져 있으면 모르는 게 약이라는 속담대로 당분간 센히메는 탈 없이 성장해 가리라.

어쩌면 요도 마님도 그 일을 고려하여 이렇게 했는지 모르며, 좀더 깊이 추측한다면 다쓰 마님 쪽에서 넌지시 희망했기 때문인지도 몰랐다. 그런데 굳이 센히메 쪽에서 다른 여자를 떠맡겨 히데요리를 붙들라고 하다니 얼마나 나가야스다운 염치없는 궁리인가.

오미쓰는 몹시 추잡한 세계를 엿본 것 같은 느낌이 들어 혀를 차면서 히데요리의 거실로 얼른 걸어갔다.

이 성은 오카야마에 있는 성 따위와는 비교도 안 되는 크기였다. 복도길이만 해도 정확히 계산하면 5리가 넘을 것 같았다. 복도와 복도가 만나는 삼나무문 정면에 특징적인 그림이 그려져 혼동되지 않도록 연구되어 있다.

히데요리가 사는 구역의 그림은 모두 동물이었다. 사자나 호랑이 같은 용맹스러운 것이 아니라 강아지며 토끼며 거북이며 물고기 또는 새 등이었다. 그만큼 동심을 존중하여 신경 쓴 곳에 살면서 그 주인은 벌써 이성에 흥미를 느낄 만큼 자라나 있다.

복도와 복도의 건널목까지 와서 오미쓰는 그곳에 걸려 있는 방울을 울렸다.

방울소리를 듣고 히데요리보다 훨씬 작으나 늠름한 느낌을 주는 시동이 나왔다.

"센히메 님께서 작은대감님께 어제의 답례로 과자를 보내셨습니다."

소년은 깍듯이 절하며 대답했다.

"잠시 그곳에 기다려주십시오."

아마 히데요리에게 알리려는 것 같았다.

"굳이 뵙지 않더라도 이것만 전해 주시면 충분합니다만."

"잠시 그곳에 기다려주십시오."

소년은 같은 말을 되풀이하고 빠르게 복도를 뛰어갔다. 어디선지 모르게 작은 북소리가 들려온다고 생각되었을 때, 안뜰을 사이에 둔 맞은편 건물에서 많은 남녀가 뒤섞인 웃음소리가 새어나왔다. 아마도 그 언저리가 생모인 요도 마님의 거실인 듯하다……

이때 시동이 다시 빠른 걸음으로 되돌아왔다.

"무언가 물어볼 말씀이 있어 면회를 허락하신다고 합니다. 들어오십시오."

그리고 이상하게도 조용한 오후의 복도를 옷자락 스치는 소리를 내며 걸어 갔다.

시동이 열어준 장지문 안을 오미쓰가 기웃거렸을 때 히데요리는 책상에서 이 쪽으로 막 몸을 돌리는 참이었다.

다다미 20장이 깔린 넓은 거실의 문이 활짝 열리고, 그 맞은편에 확 트인 정원 풍경은 연못가에 이르기까지 초록색 잔디였다. 작은북과 사람들의 소란스러움은 연못 건너편 건물에서 바람에 실려온 모양이다.

"글씨 공부에 싫증 나던 참이야. 가까이 오너라."

그 말에 공손히 과자를 내놓으니 시동이 히데요리 앞으로 나른 다음 멀리 물 러가 아래쪽을 향해 앉았다.

오미쓰는 이곳의 공기가 좀 색다른 것을 깨달았다. 이 거실에는 히데요리 외에 아무도 없었다. 아니, 옆방도 조용해 사람이 있는 것 같지 않았다.

언제나 많은 여자들에게 둘러싸여 떠받들어지고 있는 줄 알았던 만큼 오미쓰 는 어리둥절했다. 아니, 그보다도 더욱 섬뜩한 것은 히데요리의 시선이었다. 처음 에는 왠지 침착지 못하게 허공을 헤매더니 이번에는 불길 같은 시선으로 오미쓰 를 보는 게 아닌가.

"작은대감님은 혼자서 글씨 공부를 하고 계셨나요?"

히데요리는 고개를 끄덕이고 눈도 깜박이지 않으며 오미쓰를 쏘아보았다. 오미 쓰는 온몸에 벌레가 기어가는 듯한 오한을 느꼈다.

아직 남성의 눈빛은 아니었다. 그러나 소년다운 천진난만한 눈길과도 거리가 멀었다. 마음속에 무언가 감당할 수 없는 고독을 숨기고, 그것과 필사적으로 싸우려 고민하는 죄수의 눈빛 같았다. 무슨 말인가 하면 울음을 터뜨릴 것 같은, 숨기지 못하는 감정이 그대로 드러난 눈동자였다.

"그대가 심부름 와 주었군……."

잠시 뒤 불쑥 한 마디 한 히데요리의 눈에 이번에는 확실히 눈물이 맺혀 있는 게 보였다.

"어머님이 불렀지만 히데요리는 가지 않아."

"편찮으신 데라도?"

히데요리는 고개를 저었다.

"아니, 어머님의 취하신 모습을 보고 싶지 않아."

"그러면 저쪽에서는 주연을 베풀고 계신가요?"

"그래. 센히메가 시집온 것을 축하해 한턱내는 잔치라나? 히데요리는 안 갔어. 안 가기를 잘했지……."

오미쓰는 뭐라고 말하며 맞장구쳐야 좋을지 몰랐다. 이 나이 또래의 소년은 몹시 감상적인 고독감에 빠지는 일이 있다. 어쩌면 오늘의 히데요리도 그런지 몰랐다.

"그대는 천하님과 만난 일이 있었나?"

"다이코 전하 말씀인가요? 있지요. 작은대감님도 몇 번 뵈었었어요. 어릴 때부터 우키타 님 마님 측근에서 섬기고 있었으니까요."

"뭐, 이 히데요리도 알고 있었다고……."

"네, 전하께서 자주 작은대감님을 안고 얼러주실 때……."

히데요리의 볼에 비로소 장밋빛 미소가 떠올랐다.

"그 탓이었어. 그래서 첫눈에 그대를 알아보았던 거야. 히데요리는 그대가 좋아. 그래서 그대 이름을 알아오라고 누군가 보내려던 참이었지. 이건 천하님이 만나게 해준 것인지도 몰라……."

오미쓰는 선뜻 히데요리의 말을 이해하지 못해 안절부절못했다.

'그러면 조금 전의 이상한 시선은 어렸을 때의 기억을 더듬고 있던 시선이었을까?'

그러나 그녀가 후시미성에서 보았을 때 히데요리는 아직 젖먹이가 아니었던가…….

'말도 하지 못할 때의 기억이 과연······.'

그때는 자기가 7살 때가 아니었을까 하고 마음속으로 꼽아보았다.

히데요리는 몸을 내밀 듯하며 다시 물었다.

"그대 이름은 무엇인가?"

"네, 그때는 오미쓰······지금은 사카에라고 합니다."

"뭐, 사카에라고? 좋은 이름이군. 사카에는 어머님을 어떻게 생각하나?"

"어머님······저, 생모님을 어떻게 생각하다니요······?"

오미쓰는 너무나 비약이 심한 질문에 어리둥절했다. 이 성에서 일하는 자가 요도 마님을 어찌 비평할 수 있겠는가.

"어머님은 제멋대로 하시는 분······이라고 생각되지 않나?"

"아니오, 그런 말씀을······저, 고마운 분이라고 생각합니다."

"히데요리는 어머님과 다투었어."

"어머······무엇 때문에요······?"

"어머님에게 그대를 히데요리 측근에 두고 싶다고 말했거든."

"어머······."

오미쓰는 순간 온몸이 떨렸다. 오쿠보 나가야스의 뚱딴지 같은 소리가 히데요리의 이 한 마디로 대번 가슴에 되살아났다. 이상야릇한 성이라고 나가야스는 말했지만, 이런 말을 들을 줄은 정말 생각지도 못했다.

'이제 알겠어······.'

그 기묘한 시선도, 그리고 띄엄띄엄 한 말의 의미도.

"사카에, 히데요리는 그대가 첫눈에 좋아졌어. 좋아하는 사람을 측근에 두고 싶은 게 나쁜 일일까? 나는 우대신이야. 그런데 어머님은 그건 안 된다고 꾸중하셨어. 그래서 히데요리는······천하님이 살아계셨다면 그런 매정하신 말씀은 안 할 거야. 어머님은 제멋대로야."

오미쓰는 부들부들 떨기 시작했다. 아무래도 히데요리가 거실에 혼자 남아 있는 것은 그 때문이었던 모양이다. 그런데 그곳으로 하필이면 고르고 골라서 자기가 심부름 오다니, 대체 이 무슨 우연이란 말인가······.

아니, 그보다도 더욱 무서운 것은 이곳에서의 일이었다. 적어도 상대는 이 성의 주인이다. 그 주인이 만일 일어나 다가와 강제로 덤벼든다면 대체 어떻게 해야 좋단 말인가. 그야말로 이 성에서만의 소동으로 끝날 문제가 아니고 센히메의 신변에까지 누가 미치지 않을 리 없다.

오미쓰는 웃었다.

"호호……작은대감님은 말솜씨도 좋으셔…… 마치 정말인 것처럼 말씀하시네요. 참, 늦으면 꾸지람 받으므로 이만……"

오미쓰는 떨면서 일어나려고 했다.

"기다려!"

아무 거리낌 없는 히데요리의 목소리였다. 불러세운다면 그대로 일어날 수 없다.

오미쓰는 당황했다. 당황했으나 나이 많은 사람다운 침착성을 잃고 허둥대어서는 안 될 때였다. 태연히 무릎을 모으고 두 손을 짚었다.

"또 하실 말씀이 있으십니까? 사카에는 센히메 님의 시녀입니다. 볼일이 끝나면 곧 돌아가야 합니다. 아니면 꾸중 듣습니다."

"뭐, 센히메가 꾸짖는다고?"

"아니, 꾸중하신다기보다 칭얼대시지요."

"그래, 센히메는 그토록 제멋대로인가?"

"아닙니다……"

오미쓰는 다시 우물쭈물했다. 이런 곳에서 센히메의 인상을 나쁘게 만드는 것은 안 될 일이었다. 그러나 이곳에 있는 건 더욱 위태로운 느낌이 든다. 뭐니 뭐니 해도 상대는 마음먹은 대로 행동하는 철부지이다.

"제멋대로라기보다 적적하시기 때문이라고 생각합니다. 그렇지요…… 후시미에 있을 때부터 사카에는 센히메 님 곁을 떠나지 말라고……쇼군님과 마님의 분부를 받았습니다."

이렇게 말하면 히데요리도 납득하리라 여겨 굳이 이에야스의 이름을 입 밖에 내었다. 그러나 히데요리에게는 그것이 통하지 않았다.

히데요리는 대뜸 고개를 저었다.

"후시미와 이곳은 달라. 여기는 히데요리의 성이야. 여기 오면 모두 히데요리의 신하지."

"네……네, 그야 물론……"

"사카에도 마찬가지…… 그대는 히데요리와 센히메의 어느 쪽이 소중하다고 생각하느냐?"

대답하기 어려운 문제였다. 여기서 더 이상 자기는 센히메의 시녀라고 주장한다면 이 소년은 고집부려 더욱 무리한 주장을 할 듯한 예감이 든다.

"그야 물론 이 성의 주인은 작은대감님, 작은대감님이 소중하신 것은 말할 필요도 없지요. 하지만 그 소중한 작은대감님의 센히메 님이므로……"

"그런가, 히데요리가 더 소중한가?"

"네……네."

"그 말을 들으니 히데요리도 기쁘다."

"아무쪼록 다시 센히메 님한테 들르시기를 바라겠습니다."

곧이어 달아날 방향으로 말을 돌리자, 히데요리는 또다시 뜻밖의 해석을 내렸다.

"그렇구나, 그대는 어머님을 꺼리는구나."

"네……"

"히데요리가 잘못했어. 어머님과 다투었다고 했기 때문에 그대는 그 일로 난처해 하는 거야."

"아니, 그런 일은 없습니다만."

"아니, 그럴 거야. 좋은 수가 있다. 그렇다면 히데요리 쪽에서 센히메한테 자주가마, 센히메를 만나는 척하며 그대를 만나러."

오미쓰는 어이없어 이번에는 대답할 말이 가슴에 콱 막혀 나오지 않았다.

'이건 대체 어떻게 된 일인가……'

나가야스가 이상한 말을 하고 있었다……그 말이 그대로 사실이 되어 오미쓰의 몸에 야릇한 불티가 되어 쏟아져내릴 것 같았다.

"그렇지, 그게 좋아. 히데요리 쪽에서 그대한테 자주 찾아가겠다."

오미쓰는 뭐라고 대답하며 히데요리의 거실을 나왔는지 몰랐다. 교묘하게 얼러주면 당장은 아무 일 없을 듯했지만, 그것이 오히려 두려웠다.

'고독한 소년의 몽상……'

만일 그 몽상 속에 사로잡힌다면 어떤 약속을 강요당하게 될까? 아니, 그 속에 너무 깊숙이 들어가면 오미쓰는 그야말로 옴짝달싹 못할 거미줄에 걸리리라.

"히데요리가 찾아갈 테다. 알겠나……?"

다정스러운, 애원하는 듯한 목소리를 등 뒤에 들으며 오미쓰는 복도로 뛰어나왔다. 그리고 잠시 전에 지났던 구름다리 가까이까지 정신없이 걸었다. 뜰을 사이에 둔 요도 마님 거실 쪽에서 흘러나오는 북소리를 깨닫자 까닭 없이 눈물이 쏟아지며 멎지 않았다.

'사랑스러운 히데요리 님……'

어찌 된 까닭인지 기분 나쁜 사춘기 소년과 만난 느낌이 아니라, 몹시 균형 잃은 거대한 성의 내전에 감금된 죄수에게 느끼는 안쓰러움이었다.

'이 성의 주인으로 태어나지 않았다면 좀더 활발하실 텐데……'

게다가 그 죄수는 모든 인간이 자기만 섬기는 줄 알며 살고 있다. 말로는 '그대도 좋아하나?' 하고 물을 줄 알지만, 하는 말 모든 게 그대로 통한다고 착각하게 되어버린 불행은 구원할 길이 없었다. 죽은 다이코의 불행은 가난한 농사꾼의 자식으로 태어난 데 있었고, 그 아들 히데요리는 어울리지 않는 망부(亡父)의 빛 속에 있었다. 머지않아 히데요리는 사랑을 통해 그 불행을 깨닫게 되리라.

'사랑스러운 히데요리 님……'

오미쓰는 처음으로 센히메 앞에 나갔을 때와는 전혀 다른 가엾음을 히데요리에게서 느꼈다. 센히메에게는 어쨌든 뒤에 건강한 이지(理智)의 뒷받침이 있다. 그러나 히데요리에게는 그것이 없다. 돌아가신 다이코가 남긴 애정은 모두 슬픈 짐이 되어버렸다.

'어머니도, 성도, 우대신이라는 관직도, 막대한 황금도……'

그리고 히데요리는 지금 끝없는 고독 속에서 사람의 정을 찾고 있다. 다만 그 찾는 법이 사춘기의 욕망과 하나가 되어 있음을 그 자신이 깨닫지 못할 따름이다…….

오미쓰는 종종걸음으로 센히메에게 가면서, 이것이 1년 전의 히데요리였다면 하고 문득 생각했다. 만일 그렇다면 오미쓰는 주저 없이 히데요리를 끌어안고 볼을 비벼댔을 게 틀림없다.

그런데 그 히데요리는 이제 섣불리 안을 수 없는 나이가 되어 있다…… 그것이 어쩔 수 없는 커다란 인생의 야유로 여겨져 안타까웠다.

"어머, 사카에 님, 왜 그러세요? 눈이 새빨개졌군요."

센히메의 거처로 들어가 에도에서 따라온 시녀 지요(千代)의 말을 듣고서야 비로소 오미쓰는 화장이 지워진 것을 깨달았다.

"오사카 쪽 시녀에게 무슨 봉변이라도?"

"아니에요, 그런 게 아니에요, 그럼, 화장을 고치고 센히메 님 앞으로……."

황급히 자기 방에 들어가 거울을 보며 눈물 자국으로 지워진 화장을 매만졌다.

'아무리 울어도 끝이 없겠어…….'

히데요리의 파랗게 맑은 고독한 응시가 아직도 선하게 눈 속에 남아 있었다…….

에도 막부(江戶幕府) 출범

이에야스가 세이이타이쇼군으로서 후시미를 떠나 에도로 향한 것은 10월 18일이었다. 쇼군 임명이 있은 2월 12일부터 계산하면 8개월 만이었다.

그동안 그의 가슴속에서 막부의 뼈대가 세워졌다가 무너지고 무너졌다가는 다시 세워져 나갔다. 그 방침 가운데 그가 가장 고심한 것은 영주들을 어떻게 심복시키느냐가 아니라, 영주들이 저마다 영지를 다스릴 기준을 어떻게 결정하고 지키게 하느냐에 있었다.

한 군대의 선두에 설 때는 모두들 용병과 작전에 자신만만하나, 통치자로서의 솜씨는 아직 미지수인 자가 많다. 그들에게 시대의 추이를 깨닫게 하고 통치 방침의 큰 강령을 알도록 하는 것은 쉬운 일 같으면서도 매우 어려운 문제였다. 백성을 함부로 죽이는 것을 엄금하고 도박을 금하는 정도로 될 일이 아니다. 따라서 에도에 한 발자국 들어설 때는 벌써 막부정치의 방침이 확고하게 결정되어 있어야만 한다. 물론 그런 자신이 있어서 출발한 것이다. 출발 전날 그는 일부러 우대신 직위를 사임했다.

일반인에게는 새로운 주자학(朱子學)을 펴서 도덕 기준을 삼고, 상인의 발흥을 고려해 그들은 정권에 참여하지 못하도록 방침을 정했다. 즉 정치권력과 재력의 유착을 막은 것이었다. 이것은 실로 큰 의미를 지녔다. 싸움이라면 몰라도 영주는 평화시의 경제운용 능력으로 대상인과 비교가 안 된다. 따라서 이것을 명백히 해 두지 않으면, 영주는 결국 그들에게 농락되어 머지않은 장래에 유명무실한 존재가 되기 쉽다.

정치를 담당하는 자는 무사, 무사 다음에 농(農)을 두고 상(商)과 공(工)은 그 아래 둔다. 돈을 벌 수 있는 자는 마음껏 벌게 해준다. 그러나 그 돈으로 인간을 지배하지는 못하게 한다. 이것은 물론 이에야스의 영주보호정책이었으나 동시에 사람이 사람을 지배하는 근본은 '도의'여야 한다고 이에야스가 품은 이상의 편린이기도 했다.

무역의 장래를 생각해 나가사키에 감독관과 집행관을 두고, 각 지방의 특성을 생각해 이세의 야마다에는 행정관을 두었다.

못된 통치자가 있으면 제거하면 된다. 그러나 굳이 그들을 혼란케 만들고 질서를 어지럽히는 막다른 골목으로 몰아넣어서는 안 된다. 대체로 가마쿠라 막부 초창기 정신을 제도의 뼈대로 삼고, 그 단점은 자세히 원인을 살피며 연구에 연구를 거듭했다.

에도에 머물며 통치하려면 교토와 에도 사이인 도카이도의 도로 정비가 우선적이다. 이와 나란히 호쿠리쿠, 도센(東山)의 두 길도 정비하고 일단 유사시에는 실력으로 다스릴 준비도 해야만 한다.

그러한 온갖 구상을 드디어 에도로 가서 실행에 옮기는 것이다. 이는 근대일본의 개막을 위한 여행이며, 이에야스로서는 그 생애의 완성을 향해 떠나는 여행이었다.

신변의 사사로운 일들도 그동안 크게 변화하고 있었다. 센히메와 히데요리가 혼인한 뒤 8월 10일에 쓰루치요라는 사내아이가 태어났다. 뒷날의 미토 영주 요리후사(賴房)이다.

자식들이 성장한 무렵에는 과연 이에야스가 그려내는 이상의 나라가 완성되어 있을 것인지……

금력, 재력과 정치권력을 혼동시키지 않겠다는 생각은 당연히 대영주를 정권에 접근시키지 않는다는 구상으로 나타났다. 그 구상의 밑바닥에는 '재물도 목숨도, 모두 임시로 맡아 있는 것'이라는 불교사상이 뿌리 깊게 작용하고 있다.

물욕이 많은 자는 재물을 늘리며 즐기게 두고, 모든 게 임시로 맡은 것이라는 깨우침에 이르러 청빈을 맛볼 줄 아는 자에게만 '공적 재물'을 맡겨 정치에 관여시킨다. 무력을 맨 위에 두는 쇼군 정치, 봉건정치인 만큼 만일 이것이 재력과 결탁해 무력을 남용하는 일을 초래하는 일이 있다면 큰일이라는 경계심에서였다.

특히 이에야스가 고심한 것은 '소유권' 문제였다. 관습에 따르면 무력으로 정복한 것은 모두 자기 것이었다. 그 착각이 때로 한 치 땅을 두고 숱한 피를 흘리게 하는 원인을 만들었다.

인간은 저마다 살아가야 한다. 그렇다 해서 이 천지는 햇빛처럼, 공기처럼 어떤 특정된 개인을 위해 있는 게 아니다. 따라서 그것을 '내 것'이라고 생각하는 사고방식을 뚜렷이 부정하고 출발하지 않으면 무의미한 일이었다.

이를테면 '인간 혁명'이었다. 그 혁명의 필요를 이에야스는 경건하게 불교 교리 속에서 배우고 있었다.

노부나가 이래의 일본 통일 이상은 노부나가며 히데요시가 그것을 확실히 자각하고 있었든 없었든 간에, 일본 전국을 그때까지의 찬탈자로부터 빼앗아 천지 자연의 올바른 질서로 고쳐놓는 데 있었다.

따라서 이에야스의 정치사상 밑바닥에 '소유권' 관념은 거의 부정되고 있었다. 누가 얼마만 한 영토를 지배하든, 그것은 어디까지나 '맡겨져 다스리는 것'이며, 인정되고 허락된 것은 그 '사용권'뿐이다.

이에야스는 오쿠보 나가야스에게 명하여 36정(町)을 10리로 정하고 10리마다 쌓도록 한 '10리총'을 크나큰 감회로 바라보면서 도카이도를 내려갔다.

이르는 곳곳마다 생각나는 사람이 있었다. 가마가 멈출 때마다 영주의 접대뿐 아니라 숱한 백성들이 마중 나와 구경꾼들이 넘친다. 그러한 사람들에게 '토지는 내 것이 아니다'라는 자각을 명백히 갖도록 하기 위해서 못된 영주, 백성을 괴롭히는 영주는 이 이에야스가 엄격히 훈계하며 때로는 영지를 압수하겠다고 말하고 싶은 충동이 생기기도 했다.

'어쨌든 이제 평화로운 세상이 되었다……'

농부들은 고을마다 수확량을 겨루고, 영주는 맡겨진 영토와 백성들을 어떻게 행복하게 살도록 할지 경쟁하는 선정(善政)의 출발점인 것이다.

이에야스는 오늘도 가마 곁에서 따르고 있는 나가야스를 돌아보며 말했다.

"나가야스, 이제부터 드디어 그대가 솜씨를 발휘할 세상이 되었다."

행렬이 그리운 오카자키를 눈앞에 두고 지리유 신궁 안에서 휴식하고 있을 때였다.

"그대 덕분에 에도까지 840리 5정, 교토까지는 410리 15정이라고 앉아서도 알게 되었군……."

겨울바람의 쌀쌀함을 잊은 기분 좋은 표정이었다.

나가야스는 이에야스의 직접적인 칭찬을 듣고 눈부신 듯 머리를 조아렸다.

"모든 게 대감님의 지혜, 저는 다만 인부들을 감독했을 뿐입니다."

"아니, 그렇지 않아. 그대가 추진하지 않았다면 이토록 잘되지 않았을 거야. 사람에게는 저마다의 역할이 있지."

"황송합니다. 이 일이 끝나면 곧 도센 가도와 호쿠리쿠 가도를 완성시키겠습니다."

"나가야스."

"예!"

"금광도 잘 되어나가고 다다테루의 새 영토 정리도 진척되고 있겠지?"

"예, 다다테루 님 영지에서는 역시 가와나카지마의 물흐름 처리가 중요하지요. 그리고 이야마(飯山), 나가누마, 마키노시마(牧之島), 우메즈 등 중요한 곳의 성과 성채는 저마다 공사를 시작했습니다."

"그런가? 그대는 다다테루를 위해서도, 나를 위해서도 잘 일하고 있어. 나는 그대에게 잡무감독관이라는 직책을 내리겠네."

"잡무감독관입니까?"

"그래. 잡무감독관이란 전쟁 때의 보급감독관과 비슷한 거야. 평화를 위한 잡무……이것을 모두 감독하는 거지."

"감사합니다."

"그런데 그대는 오사카의 센히메한테 들렀다면서?"

"예……예, 혼례 때 수행했으므로 그 뒤 어떻게 지내시나 하고……."

그러나 이에야스는 이미 다른 생각을 하고 있는 듯 잉어와 붕어가 떼 지어 노는 연못에 눈길을 떨어뜨리고 있었다.

"나가야스."

"예."

"그대는 어떻게 생각하나. 내 방침이 이해되었다고 생각하나?"

"예……? 누가…… 어느 분이 말입니까?"

"오사카지. 히데요리 님은 아직 무리겠지만 고이데나 가타기리 말이야."

"그건……."

나가야스는 두세 번 눈을 껌벅이더니 품 안을 뒤져 한 장의 쪽지를 꺼냈다.

"그곳 예수교당 신부가 쓴 것입니다. 베껴왔는데 좀 읽어보시겠습니까?"

"뭐라고, 예수교 신부가……? 어디 보자."

"신부가 본국의 본부에 이따금 이쪽 사정을 써보내는 글의 초안이라더군요."

이에야스는 받아들고 초겨울의 바람을 피하듯 하며 읽기 시작했다.

쇼군(이에야스)은 성심성의를 다하여 참된 군주가 되려 노력하고, 또한 자신의 아들(다이코의 유언으로 히데요리를 이렇게 칭함) 히데요리를 보호하는 데 온 힘을 기울이고 있다. 그리하여 히데요리의 사부이며 동시에 오사카의 행정관인 두 영주(가타기리와 고이데)에게 쇼군 부재 중 히데요리를 독살할 자가 있을 것을 두려워하여 세심하게 이를 경계하고 주의하도록 명했다. 이에 따라 오사카의 약방 및 의사에게 결코 독약을 매매하지 못하도록 엄명했다…….

이에야스는 그 쪽지를 접어 그대로 자기 품 안에 간직했다.

"이런 일까지 어떻게 그들한테 누설되었을까?"

"예, 성안 사람들, 아니, 생모님조차 모르는 일인데 말입니다. 그들의 신도 역시 살아 있나 보지요."

나가야스는 말과 속셈이 결코 같지 않았다. 이에야스가 예수교 신부의 수기(일본서교사)에 어떤 반응을 보일 것인지 그는 매우 흥미를 느꼈다. 남만인조차 이렇게 받아들이고 있으니 결국 가타기리 가쓰모토며 고이데 히데미사도 이에야스의 모든 것을 이해하고 히데요리도 이윽고 알게 되리라는 의미로 보여주었다.

그러나 이에야스의 반응은 달랐다.

"그대는 예수교를 믿나?"

이에야스의 질문은 나가야스를 몹시 당황하게 만들었다.

"아닙니다……저는 결코 예수교인이 아닙니다."

"이런 것이 어떻게 그대 손에 들어왔나?"

"예……예, 저는 평화로운 시대가 되면 무역이 으뜸이라고 여겨……그때에 대비하려면 남만의 사정을 알아두어야 할 것 같아서 이따금 그들을 찾아갑니다만……."

솔직히 말해 나가야스는 이 이상 이 문제에 관련되고 싶지 않았다. 그는 처음에는 지식의 집념으로 접근했다. 그러나 지금에 와서는 차츰 예수교에 기울어져가고 있다. 그로서는 불교 그 자체보다도 승려의 처신에 반발하여 만일 신앙을 갖는다면 훨씬 이지적이고 깨끗한 느낌을 주는 예수교를 믿게 될 것 같았다. 그러나 이에야스의 신앙을 잘 알므로 섣불리 입에 올리지 못했다.

'어쨌든 나는 여섯째 아들 다다테루의 집정이 될 사람이다. 이것을 보인 건 서투른 짓이었구나…….'

신앙문제 따위로 모처럼의 출셋길이 막힌다면 큰일이다.

"나가야스."

"예."

"그대는 꽤 훌륭한 직감을 갖고 있어."

"예……?"

"그대의 직감으로는, 어떤가? 이에야스의 꿈이 지상에 멋지게 꽃피워지리라 생각하나?"

"물론입니다!"

이야기가 예수교에서 바뀌었으므로 나가야스의 목소리는 저도 모르게 들떴다.

"반드시! 반드시 멋진 꽃도 열매도 맺을 게 틀림없습니다."

이에야스는 획 얼굴을 돌렸다. 아마도 나가야스의 들뜬 목소리에서 아첨하는 냄새가 풍겼기 때문이리라. 이어서 뜻밖의 격렬한 말이 이에야스의 입에서 흘러나왔다.

"나는 그렇게 생각지 않는다!"

"예……뭐라고 하셨습니까?"

"이 정도로는 꽃피지 못한다! 꽃피지 않으면 열매도 맺지 않지."

"그건……그건 대체……."

"모두 마음이 해이해졌어. 노력이 모자라. 노력이 부족해. 나도 마찬가지지만 그대도 모자란다."

"예."

나가야스는 황급히 다시 땅바닥에 두 손을 짚었으나, 이에야스의 질타는 그뿐이었다.

"자, 저물기 전에 오카자키에 도착해야 한다. 가자."

나가야스는 찬바람 속에서 식은땀으로 후줄근해진 자신을 깨닫고 일어났다.

'털끝만큼도 빈틈없는 분⋯⋯.'

그렇게 생각하고 수행하는 자는 나가야스 혼자만이 아니었다.

요즘 이에야스는 세키가하라로 향했을 때보다도 훨씬 근위무사들에게 엄격한 사람으로 보였다. 단지 말 한 마디에 털끝만큼도 빈틈을 보이지 않을 뿐 아니라 때로는 유난스레 위압감을 갖고 대하려는 것처럼 느껴질 때도 있었다.

"신경질적이십니다. 어딘가 불편하신 데라도?"

혼다 마사즈미의 물음에 시의 유조(祐乘)는 고개를 갸우뚱하며 대답했다.

"더욱 건강하신 것 같은데요."

"그렇다면 역시 승전하시고도 투구끈을 졸라매라고 하신 세키가하라 때의 교훈을 실행하고 계신 거겠지요."

"그 증거로 숙소에 묵으면서 무용담을 이야기할 때 농담하시는 일이 많아졌습니다."

나루세 마사나리, 안도 나오쓰구 등의 젊은이들은 이에야스가 농담하는 횟수까지 세고 있는 모양이었으나 나오카쓰, 마사즈미, 다다치카, 규고로 등의 측근에게는 엄격하게 보였다.

오카자키에서는 옛날의 그리운 추억이 사무쳐 있는 다이주사에서 정성스레 선조의 성묘를 끝냈다. 하마마쓰에서 슨푸로 들어설 무렵이 되어서야 이에야스는 그 태도에 얼마쯤 부드러움이 보이기 시작했다.

슨푸성에 잠시 머무르게 되어, 이곳에서 성 공사를 감독하던 도도 다카토라와 몇 시간에 걸쳐 밀담을 나눴다.

다카토라가 부름 받고 들어오자 이에야스는 서원을 감시하기 위해 수행원으로 따라온 야규 무네노리 한 사람만 남기고, 새삼스레 느낀 듯이 말했다.

"도도 님, 이상한 일이야. 드디어 천하를 맡게 되었다. 오랜 세월의 염원이 이루어진 거지. 그런데 그렇게 생각한 순간 걱정이 한결 많아졌어."

"대감님만 한 분도 역시⋯⋯그러신가 보지요?"

"욕심이야, 도도 님……살아 있을 동안의 일은 모두 열심히 배워왔지. 그 옛날의 요리토모 공을 비롯해 다케다도 오다도 다이코도 모두 얻기 어려운 스승이었어. 하지만 어느 누구도 나에게 가르쳐주지 않는 것이 하나 있어……."

"그것이 대체 무엇입니까?"

"죽은 다음의 준비. 지옥이나 극락을 말하는 게 아니야. 죽은 다음에 세워질 이 세상의 법도지."

"과연, 지당하신 말씀입니다."

"요리토모 공은 3대를 잇지 못했고, 다케다 신겐은 아들 대에서 멸망했어. 오다도, 다이코도, 이 나도…… 이렇게 생각해 보니 어깨가 뻐근해지기만 해."

"걱정이란 끝없는 것이로군요."

"도도 님, 나는 나름대로 평화로운 세상을 만들기 위해 애써온 사람들에게 내가 아니면 줄 수 없는 것을 선물하고 싶어."

"대감님이 아니면 줄 수 없는 것……?"

"그렇지. 1대나 2대가 아니야. 3대나 5대로 무너지든가 물거품이 되는 일 없는 포상이지."

다카토라는 대답 대신 고개를 갸웃하며 이에야스의 다음 말을 기다렸다.

"알겠나? 나는 영지를 하나나 둘 주더라도 토지 사유는 용서치 않겠어. 이를테면 빌려주어 쓰도록 한다는 그것이 오히려 마음가짐 여하에 따라 사실은 영구히 소유할 수 있다는 증거임을 모든 사람에게 보여주고 싶다."

이 말을 듣고 다카토라는 저도 모르게 무릎을 치며 말했다.

"역시 대감님다운 생각이십니다!"

나이가 비슷한 탓도 있으리라. 다카토라는 어느덧 혼다 마사노부와 나란히 이에야스에게 가장 심복하고, 심복하기 때문에 가장 신뢰받는 몸이 되어 있었다. 바꾸어 말하면 이에야스의 독실한 신자라고나 할까. 이에야스가 무엇이든 말하면 온몸으로 이해하고 받아들이려 애쓴다.

"알겠나, 내 생각을……?"

다카토라는 고개를 크게 끄덕였다.

"모를 리 있겠습니까. 대감님은 때로 엄하고 때로는 냉혹하십니다. 누구에게도 토지 소유는 용서치 않는다고 바로 말씀하시거든요. 다이코라면 곧 뺏을 것이라도 주겠다 주겠다 하면서 기쁘게 해줄 터인데, 맡길 자이기 때문에 잘못이 있으면 빼겠다고 하시거든요. 하지만 진실은 그것이야말로 이치에 맞는 말씀이십니다."

"그렇게 알아준다면 말하기가 쉽지. 토지든 황금이든 진실로 자기 것이란 아무 것도 없어. 소유했다고 생각하는 건 일시적 착각…… 죽을 때는 모두 발가숭이지. 간단한 것 같지만 이 이치를 좀처럼 이해하지 못해. 그래서 나는 일단 맡겨둔 토지나 재물을 자손에 이르기까지 전하고 싶다면 그만큼 맡은 것에 대해 철저하게 대하라……이것만 지켜나가면 그 소원은 반드시 달성된다는 목표를 확실히 내세워 법도로 삼았어."

다카토라는 몸을 내밀고 맞장구치며 말했다.

"그것입니다. 대감님 마음에는 사사로움이 없습니다. 그러나 어떠한 마음으로 법도를 세우시더라도 이해하는 자는 반도 안 되는 것이 세상의 실정입니다. 그러므로 이 일은 심사숙고하신 다음 단호하게 실시하는 게 좋으리라 생각됩니다."

"그러면 도도 님에게도 의견이 있겠군."

"예……예, 그야 전혀 없지는 않지요."

"어떤가, 말해 보지 않겠나?"

"말씀드려도 괜찮겠습니까?"

"그걸 듣고 싶어서 이렇게 둘이서 이야기할 기회를 만든 거야."

"그럼, 말씀드리겠습니다. 우선 첫째로 무리하게 해치우십시오."

"뭐라고, 무리하게 해치우면 도리에 거역되는 일이 아닌가?"

"아닙니다. 귀여운 자식을 나무라는 무리함 말입니다. 대감님이 이제까지처럼 겸허하게 영주들을 대하시면 영주들 가운데 잘못 생각하는 자가 나타나 좀처럼 정치가 바로서지 않습니다. 첫째로 노부나가 공 같은 위엄을 보이십시오."

"노부나가가 공 같은……?"

"그런 다음 다이코처럼 가까이 오게 하여 충분히 신뢰감을 갖게 한 뒤 법도를 세우면 모두들 그것에 복종합니다…… 복종하는 자는 자손에 이르기까지 가문이 번창한다……그렇게 하셨으면 합니다."

"음, 그러면 에도에 도착해서 첫째로 시작할 일은?"

"말할 것도 없이 성과 시가지의 개축…… 대감님 개인의 호사가 아닙니다. 쇼군 가문으로 대표되는 무인 모두의 위엄을 과시하는 성과 도시이지요. 그 규모는 교토나 오사카를 능가할지언정 결코 그보다 못해서는 안 되지요. 그래서 제가……."

다카토라는 말하면서 품 안에서 자기가 설계한 도면을 꺼내 빙그레 미소 지으며 말했다.

"대감님, 다카토라가 이런 걸 직접 그리고 있다니 뜻밖이라고 생각하시겠지요."

이에야스는 신음했다.

"흠."

무장으로서 거성은 저택인 동시에 한 가문의 생명을 맡고 있는 요새지였다. 그 요새의 도면이 남의 손에 들어간다면 그것만으로도 벌써 목에 올가미가 씌워진 정도의 의미를 갖는다.

"대감님, 만일 저를 괘씸하게 여기신다면 이 도면을 거두시고 저기 있는 무네노리에게 눈짓하십시오."

"흠."

"그러면 무네노리는 곧 저를 한칼에 베어버리겠지요. 그래도 저로서는 후회가 없습니다."

"……."

"이상한 인연으로 이 다카토라는 대감님 저택을 몇 번이고 설계 감독해 왔습니다. 맨 처음은 우치노의 주라쿠 저택 안에 다이코의 명으로 대감님 거처를 지었지요. 그때 다이코께서는 대감님에게 수상한 거동이 있으면 곧바로 응징할 수 있는 비밀통로를 만들어두라고 하셨습니다…… 그렇게 말씀하셨으므로 저는 특히 꼼꼼히 대감님의 인품을 관찰했으며, 그것이 인연 되어 반해버리고 말았습니다."

"……."

"그리고 다음에는 후시미성 공사에 관여했고 지금은 이 슨푸성 내부도 환히 알고 있습니다. 그래서 마침내 에도성에까지 꿈을 펼쳐본 것이지요. 물론 괘씸한 짓인 줄은 잘 알고 있습니다. 이것을 거두시고 무네노리에게 슬쩍 눈짓하신다면……."

"도도 님."

"예……예."

"그대는 이처럼 광대한 성 공사로 영주들을 괴롭히라는 말인가?"

"아닙니다, 다이코는 조선과 싸울 때 후시미 축성을 시작했습니다…… 그에 비한다면 별것 아니지요. 그건 다이코의 일시적인 취미, 이것은 무인의 손으로 평화로운 시대가 열렸다는 주춧돌이며 표적입니다."

"그대가 생각해냈다는 걸 알면 영주들이 미워할 텐데."

"각오하고 있습니다. 심사숙고하셔서 저마다 견디어낼 수 있을 만큼 녹봉에 알맞은 부역을 분부하십시오. 이것만으로도 정치의 도(道)에 기초를 다지는 의의는 참으로 크다고 하겠습니다. 결코 싫다고 할 수 없을 겁니다."

"과연. 그러나 이건 너무 어마어마한걸."

이에야스는 눈앞에 펼쳐진 도면에 눈을 떨어뜨리면서 마음속으로 다카토라의 생각에 혀를 내둘렀다. 물론 이에야스도 성의 개축과 시가지 정비를 생각하고 있었다. 센히메까지도 에도가 작다고 말했다고 한다…… 그것이 자기 개인의 성이라면 일찍이 배 널빤지가 그대로 깔린 현관도 내버려두라고 했던 이에야스였으나, 막부의 공관(公館)이라면 그럴 수 없다…… 그러나 지금 다카토라가 펴놓은 도면은 그러한 이에야스의 규모를 훨씬 능가하는 것이었다.

"그럼, 이 규모로 공사를 부역시키고 그다음에 법도를 정해 나가라는 말인가?"

"하오나 그 전에 언젠가 말씀하신 덴카이 선사 등을 부르셔서 신중히 의논하시는 게 어떨까요?"

다카토라는 여러 가지 복안을 아직 더 갖고 있는 눈치였다.

"허, 법도를 정하기 전에 덴카이를 만나라는 건가?"

"예, 실은 대감님이 천하를 잡으시는 날 진정으로 조언해 드릴 만한 사람들이 누구일까 하고, 다카토라는 처음부터 저의 꿈처럼 그 일을 생각하고 있었습니다."

이에야스는 이렇게 말하는 다카토라의 표정에서 야릇한 환희를 찾아냈다. 물론 지금까지도 다카토라의 성의를 의심한 적은 없었다. 그러나 세키가하라 결전 이래 다카토라는 대대로 내려오는 가신 이상의 정성과 분별을 지니고 이에야스를 위해 일해오고 있다. 무엇을 바라며 저렇게까지 하는지 때로 생각하기도 했는데, 오늘의 태도로 그 의문이 깨끗이 풀렸다.

다카토라 또한 이전의 혼다 사쿠자에몬이나 지금의 혼다 마사노부 등과 마찬가지로 이에야스를 통해 자기 꿈을 키우며 만족하려 하고 있다. 그런 의미에서 언제부터인지 이에야스의 그림자나 분신 같은 심정이 되어버렸는지도 모른다. 그렇지 않다면, 거슬리거든 무네노리를 시켜 베어버리라고 하면서까지 명령도 받지 않은 에도성 개축 도면을 꺼내 보일 리가 없다.

"좋아, 그러면 그것도 그대의 의견을 받아들이지. 알겠나, 성과 도시의 개축, 그리고 덴카이를 불러들이는 일까지…… 덴카이에게는 여러 신사와 사원의 내력이며 일본의 실정 등을 물어보라는 거겠지? 그것도 알겠어. 그런데 그대가 나에게 조언하고 싶은 건 그것뿐인가?"

"또 한 가지, 중요한 게 있습니다."

"허, 그것도 들어둬야겠군. 무엇인가?"

"전국 여러 영주들의 성 개축을 엄금하는 것입니다."

"뭐라구, 나는 성을 지으면서 영주들에게는 금지하라는 건가?"

"그렇습니다…… 수리만은 허가하셔도 괜찮겠지요. 하지만 새로운 구조의 확장이나 신축은 절대 금하시는 게 어떨까 싶습니다."

이에야스는 한동안 넋 잃은 표정으로 다카토라를 응시했다. 다카토라가 무슨 생각으로 이런 말을 하는지 어렴풋이 알 수 있을 것 같다.

이미 평화로운 시대가 되었으니 어마어마한 성채는 불필요하다. 만일의 경우에는 막부가 병력 동원을 지시해 도와줄 것이니 마음대로 성을 짓지 말도록 철저히 인식시키라는 것이리라.

"대감님이 좀 지나치게 가혹하다고 여기신다면 허가 없는 신축은 금지한다고 하셔도 좋을 겁니다만, 허가 없이 성을 쌓는 자는 반역심이 있는 것으로 인정하여 가문을 없애버리겠다고 덧붙이십시오. 그것이 어떻겠습니까?"

"흠, 허가 없이 성을 쌓으면 없애버리라고?"

"대감님! 그만한 결단이 없으시면 사나운 영주들이 모처럼 평화시대가 되었다 해서 이웃을 침범하지 않는다고 장담할 수 없을 겁니다. 이 점이 중요한 마무리라고 생각합니다."

이번에는 이에야스도 선뜻 대답하지 못했다.

'세이이타이쇼군이 군비를 금한다…….'

그 모순이 마음속에 크게 뒤얽혀오는 것이다.

'다카토라 녀석, 제법 멋진 말을 하는구나.'

이에야스도 전쟁 책략에서는 이 수법을 늘 사용하고 있다. 그러나 평화시대의 정치에 이 수법이 과연 성공할 것인지?

"도도 님, 그대는 이에야스의 인심을 떨어뜨리게 하려는군. 생각해 보게, 자신은 에도에 대대적으로 성을 지으면서 다른 이들에게는 금지하란 말인가?"

"예, 이 경우에는 좋은 평판을 들으실 것인가, 아니면 일본의 평화를 취하실 것인가, 그 어느 쪽이겠지요."

"흠, 미움 받더라도 평화를 취하라는 건가?"

"아닙니다. 그러한 설교를 할 생각은 없습니다. 이쯤에서 큰 충격을 주지 않는다면 영주와 그 밖의 자들에게 새로운 세상이 열렸다는 실감이 솟지 않습니다."

"흠."

"그리고 생각에 따라서는 이것이 대감님 어깨의 짐을 더욱 무겁게 하는 일입니다."

"뭐, 내 짐을 무겁게 한다고……?"

"예, 그대들의 도움은 그리 기대하고 있지 않다, 여차할 때는 쇼군의 손으로 역적을 다스리겠다, 그러므로 집의 신축까지는 간섭하지 않겠지만 성의 구조를 바꾸는 건 안 된다고……."

"생각해 보기로 하지."

이에야스는 더 이상 여기서 이 이야기를 할 필요가 없다고 생각했다. 이것은 하나의 충격요법이다. 감기 기운이 있으면 찬 물속에 뛰어들어 헤엄치는 일을 젊을 때 이에야스도 곧잘 했었다. 그러나 그것이 통치상 과연 감기의 악화를 초래하지 않을 것인지……?

다카토라는 웃었다.

"대감님, 대감님은 장사꾼에게 마음껏 돈을 벌라고 하신다지요?"

"그렇지. 돈을 아무리 벌게 하더라도 함부로 낭비하게 하지만 않는다면 그것으로 좋은 거야. 상인은 여차여차한 규정 이상의 사치는 안 된다고 억누를 수 있다."

"하하……그처럼 장사꾼까지 억누르시려는 대감님께서 영주인 무장의 낭비는 억누르면 안 된다고 생각하셨다면 실수가 아닐까요?"

"또 아까의 이야기로 돌아가는가?"

"돌아가는 게 아니지요. 권하는 것입니다. 상인은 낭비의 길이 봉쇄되어도 부지런히 황금을 쌓아나가면 그 황금이 언젠가 새로운 사업의 자본이 되어 번영이 약속됩니다. 황금이 온갖 생산을 가져오고 만백성이 빠짐없이 혜택을 입는다면,

교토나 오사카의 대상인은 이미 영원한 번창이 약속된 거나 마찬가지입니다."

"그럴 테지. 나도 그 점은 깊이 생각했네."

"그런데 무장에게는 아직 보장이 없습니다. 무장이 성 개축을 경쟁하게 되면 반드시 가난해집니다. 가난해지면 이웃과 말썽을 일으킵니다……말썽을 일으키면 처벌해야 합니다. 무장은 자꾸 처벌되어 멸망하고 상인은 점점 번영해 간다면, 한쪽으로 좀 치우친……역시 무장도 살아갈 수 있도록 밑 빠진 구멍만은 막아주는 게 자비심이 아닌가 생각됩니다."

어떤 의미로 다카토라는 이에야스 이상 가는 정치가인 것 같았다.

이에야스는 이제 그 이야기에서 벗어나고 싶었다. 지금까지는 약육강식으로 강도와 살인이 식은 죽 먹듯 자행되고 있다. 그러한 난세에 틀 잡힌 사회질서를 확립하려는 것인 만큼, 국가를 위한 일은 예삿일이 아니다. 백성을 함부로 베어죽이는 것은 엄금한다고 포고령을 내렸지만, 그 포고령 속에는 백성도 베어선 안 되니 무사끼리의 칼싸움은 그 이상으로 엄격히 다스리겠다는 뜻이 포함되어 있다. 그러나 아직 그것을 깨닫는 자가 거의 없다.

그런 시대의 막부 공관이라고 해서 에도성의 대대적인 개축에는 막대한 부역을 명하고 자기 성은 수리도 허락하지 않는다고 한다면, 이론의 이치가 옳든 그르든 영주들이 격분할 게 뻔했다. 그들의 머리에는 아직도 무력만이 최고라는 생각이 뿌리 깊게 새겨져 있다. 그런 만큼 정책 실시에 세심한 주의가 필요하다고 생각된다.

다카토라는 웃기 시작했다.

"하하……대감님은 정말 근심도 많으신 분입니다."

이에야스는 겸연쩍음을 감추려고 일부러 시무룩한 얼굴로 대답했다.

"물론이지. 인(仁)은 정치의 기본이니까."

"대감님의, 새로운 세상에서는 사(士), 농(農), 공(工), 상(商)의 네 계급 구별을 엄격히 하시겠다는 생각, 씹으면 씹을수록 맛이 나는 궁리이더군요."

"진심으로 그렇게 생각하나?"

"예, 이건 계급과 비슷하게 사실은 일종의 직업계층이라고 생각합니다."

"흠, 그렇게 알 수 있나?"

"모르고는 비평할 수 없습니다. 무사는 나라를 지킬 뿐 아니라 사람 위에 서서 정치를 행하는 만큼 무예와 학문, 그 어느 것도 소홀히 해선 안 됩니다."

"물론이지."

"결코 황금 따위에 눈이 뒤집히거나 엄한 규율에 불편을 느껴서는 안 됩니다."

"그 말도 맞다."

"그러나 인간 모두가 그렇듯 남의 모범으로서의 충성을 원한다고만은 할 수 없지요."

다카토라가 거기까지 말하자 이에야스는 싱긋 웃으며 고개를 끄덕였다.

"사람에게는 저마다 희망하는 게 있고 능력의 차이도 있으니까."

"그러니 무사의 의무가 싫은 자는 묵묵히 논밭을 농사짓는 게 좋지요. 묵묵히 논밭 가는 자는 무사 다음가는 자로 취급한다 하더라도, 모두 농사를 좋아한다고는 할 수 없지요."

"그렇지. 손재주가 뛰어난 자도 있고 화공(畵工), 목공을 생업으로 삼는 자도 있어. 그래서 농업에 다음가는 것은 공업……."

그러자 다카토라는 또 웃었다.

"대감님은 여간 아니십니다."

"그럴까?"

"저라면 사, 공, 농, 상이라고 했을지도 모릅니다. 그런데 농을 아래에 두면 전답의 수확이 모자라게 됩니다. 그래서 농을 위에 두셨다. 즉 농을 추켜세우는 것은 전답을 황폐하게 하지 않으려는 흉년의 대비라고도 할 수 있겠군요."

그러자 이에야스는 비로소 흥분된 목소리를 터뜨렸다.

"비슷하면서도 틀린 것, 생각이 얕군, 다카토라도."

"허, 얕습니까?"

"얕아, 얕고말고. 그렇다면 그대에게는 천하를 맡길 수 없어."

"얕다고 하신다면 삼가 가르침을 받아두겠습니다."

다카토라는 엄숙한 얼굴이 되어 머리 숙였다.

"말해 주지. 그대만 한 자가 그렇게 해석한다면 농민 폭동이 꼬리를 이을 거야. 그렇지 않아. 이건 인간에게 타락이라는 게 있다는 걸 염두에 둔 대비인 거야."

이에야스도 이번에는 끌리듯 몸을 앞으로 내밀었다.

"농은 윗사람의 비위를 맞추거나 비틀린 인간세상의 번거로움에 정나미 떨어지게 된 무사가 물러나 휴식하는 곳이야. 아니, 본디 밭갈이를 천직으로 삼는 자도 상대는 자연……비 오는 날은 글을 읽고 맑은 날은 논밭을 갈면서 천지의 마음과 대하고 있다. 능력 있는 자, 이익을 쫓는 데 급급하지 않은 자는 농에 삶의 터를 잡아 자라나가리라. 그러므로 무사들의 타락이 심할 때는 그를 쫓아내고 농에서 대신할 자를 찾는다. 그러기에 사, 공, 농이어서는 안 되는 거야."

"과연, 이건 제 생각이 얕았군요."

"공에는 스스로 즐기는 솜씨의 경지가 있지만 농은 해마다 뜻대로 되지 않는 날씨를 상대로 한다. 그만큼 인간단련에 도움 되리라."

다카토라는 무릎을 치며 고개를 끄덕였다.

"황송합니다. 이익을 쫓는 자는 상업을 하게 하고, 단 이 경우는 황금을 산더미처럼 쌓더라도 사치를 법으로 금지한다…… 요컨대 세상이 평화로워졌으니 이제부터 해마다 늘어날 떠돌이무사들은 저마다 자기가 원하는 곳으로 가라는 뜻이군요."

그러나 이에야스는 곧 고개를 저으며 말했다.

"그 말은 옳지 않아."

"또 꾸중하시는 겁니까?"

"사람은 저마다 원하는 곳에 가는 게 좋다. 이 점은 저마다의 기호며 재능의 차이가 있어서 저절로 그렇게 되는 거야."

"그렇습니다!"

"그런데 기호에 따라서 정치가 좌우된다면 그야말로 백성들에게 폐가 된다. 이를테면 나는 매사냥이 취미다. 그러므로 온 일본에 사냥터를 만들라고 한다면, 대체 얼마만 한 전답이 없어지리라 생각하는가…… 이익을 뒤쫓을 자는 이익을 뒤쫓아도 좋아. 수공을 즐기고 싶은 자는 즐겨도 좋아. 그러나 즐거움을 주로 하는 자에게는 절대로 정치를 맡기지 않는다."

"아! 그런 뜻이었습니까?"

"정치를 담당하는 무사는 우선 무엇보다도 개인의 낙을 버려야만 돼. 충성이 첫째야."

"흠."

"나는 대영주에게는 정치를 맡기지 않는다."

"음, 그런 마음이시나⋯⋯."

다카토라는 실로 말귀를 잘 알아듣는 사람이었다. 아마 그는 이에야스의 이상을 잘 알면서 묻는 것이 틀림없다.

"그렇게 들으니 대감님은 더욱 짓궂으신 분 같군요."

"어째서 그런 말을 하나?"

"사, 농, 공, 상의 구별로 이 세상의 틀을 바로잡으시면서 위일수록 많이 엄하게 고생을 부과시키는 것 같으므로 드리는 말씀입니다. 즉 공연히 으스대게 만들지 않겠다고⋯⋯ 역시 짓궂으십니다."

"그것이 정치야! 그렇지 않고 어떻게 하나?"

이에야스는 농담이라고 받아들이지 않고 진지한 얼굴로 말에 힘을 주었다.

다카토라는 이에야스가 정색하는 것만은 몹시 질색이었다. 세상에 농담도 우스갯소리도 통하지 않는 인간만큼 다루기 어려운 것은 없다.

처음에 다카토라는 이에야스가 잘 이해하면서도 일부러 시치미 떼어 점잔 빼며 상대의 농담을 봉하는 것인 줄 알았었다. 그런데 그렇지 않은 것 같았다. 이에야스는 어디까지나 진지했다. 참새 새끼 한 마리, 토끼 한 마리를 잡을 때도, 호랑이며 사자를 대할 때 같은 신중함으로 임하며, 감탄할 것은 감탄하고 무시할 것은 매몰차게 무시해 간다. 때에 따라서는 그 때문에 상대가 몹시 어색해지고 어리둥절해지지만, 이에야스는 그런 일에 전혀 마음 쓰지 않는 것 같았다.

두 사람의 대담은 한밤중 가까이 이어졌다. 처음에는 이야기에 여유를 두려는 다카토라의 말수가 많았고, 차츰 이에야스에게 말려들어 마지막에 가서는 언제나 다카토라가 감탄하는 청중이 되고 만다. 다카토라는 그것이 또한 더할 수 없이 즐거웠다.

'나는 진정 천하를 위해, 오로지 일본에 평화를 가져오기 위해 노력하고 있다⋯⋯.'

그러기 위해서는 이에야스를 도울 수밖에 없으며, 그러려면 이해타산의 계산에서 벗어나도 도무지 아까울 것이 없었다. 자기뿐만 아니라 실제로 그날 두 사람의 밀담을 위해 망을 보아준 무네노리도 이제 이에야스에게 완전히 매료되어 있다.

그는 아버지며 형과 더불어 무예로 일본 으뜸이라고 자부하고 있다. 그러나 그

검도 이에야스와 함께 있어야만 '천하의 검'이 될 수 있다고 열띤 어조로 다카토라에게 말한 적 있었다.

'이상야릇한 흙냄새가 물씬 나는 분. 포상 따위는 다이코의 반도 주지 않는데……'

그날 밤도 새벽녘 가까이 되어서야 배고픔을 못 이겨 무네노리도 참석시킨 가운데 밤참을 들었다.

"이 밥알 한 톨 한 톨에는 아까 말한 농부들의 땀이 서려 있어. 그걸 생각하면……"

그러고는 '나무아미타불……' 하고 입안으로 중얼거리며 마주앉아 젓가락을 드는 것을 보니, 지난날 다이코로부터 호사로운 대접을 받았던 그때보다 더욱 가슴 울리는 감사의 마음이 솟아 이상하기만 했다.

밤참상을 물릴 무렵에는 이미 이에야스의 에도 막부 출범 구상이 다카토라의 머릿속에 완전히 들어가 있었다.

이에야스는 이제부터 명령자로서 영주들 위에 군림한다. 다카토라는 그 명령을 영주들에게 말썽 없이 이해시켜 나가야 할 설득자였다. 그리고 그 다카토라의 설득이 과연 진심으로 이해되었는지, 아니면 이에야스의 무력에 굴복한 행동인지 은밀히 탐지하는 역할은 야규 무네노리가 자청해 맡고 나섰다. 그와 그의 일족은 거의 전국의 영주들에게 병법 사범이라는 이름으로 출입하고 있다. 그러한 그가 뜻밖에 이에야스에게 조력을 자청한 것도 그날 밤의 큰 수확이었다.

이에야스는 슨푸에 닷새 머물고, 11월 첫 무렵 드디어 사가미에서 무사시로 들어섰다.

행렬이 에도 어귀 스즈가모리 하치만 신궁 앞에 이르렀을 때였다.

이에야스는 철 지난 찻집 앞에 앞치마를 두른 묘령의 미녀 15, 6명이 나란히 서서 맞이하는 모습을 보고 무릎을 쳤다. 이들은 이에야스가 게이초 5년(1600)의 가을 세키가하라에 출전할 때 배웅하며 차 접대를 해준 여자들임에 틀림없었다. 아니, 그 여자들이라는 것을 이에야스에게 상기시키려고 오늘도 같은 옷차림에 같은 찻집 구조였다.

'그렇구나, 그 기녀들이로군. 그래, 이 기녀들의 포주는 아마 쇼지 진나이(庄司甚內)라고 했었지.'

이에야스는 가마를 멈추게 했다.

"차 접대를 받고 갈까?"

가벼운 마음으로 신발을 가져오게 하여 가마에서 내렸다.

생각해 보니 우스운 일이었다. 그들이 전송해 주었을 때는 9월 1일, 이 바닷가도 아직 춥지 않았다. 하지만 지금은 동짓달이 되어 있다. 소나무숲 사이로 엿보이는 바다 빛깔이 싸늘해 보이고, 파도도 나뭇가지를 흔드는 바람도 벌써 겨울 문턱…… 그런데도 여자들을 나란히 세우고 자기의 도착을 기다리다니, 얼마나 장사에 열성인 사나이인가.

그 목적은 물론 잘 알고 있다. 어떻게든 이에야스의 눈에 띄어 성 아랫거리에 유곽을 세울 토지를 할당받으려는 속셈이다.

'그자는 야나기 거리에서 유곽을 경영한 일이 있었다고 했지……'

지난번에는 여자들이 8명이었다. 그런데 지금 다시 헤아려보니 17명이 되어 있다.

이에야스가 가마에서 내리자 당사자 진나이는 여자들 바로 아래에 무릎 꿇고 앉아 있었다.

"아니, 그런 곳에 앉아 있었군"

"예……예, 아이들은 서게 하더라도 저만은 그런 무엄한 모습으로 맞이할 수 없습니다."

"그대는 지금 야나기 거리가 성 공사 때문에 철거되리라고 짐작했구나."

"예, 그 점도 있습니다. 하지만 그보다도 약속을 지킨 모습을 보여드리려 한 것입니다."

"뭐, 약속이라고……?"

"옛, 쇼군님은 말씀하셨습니다. 에도의 야나기 거리는 쇼군님이 오시기 전부터의 유곽촌……옛날부터 있던 것이니 성에 가깝지만 내버려둔다, 여자들의 포주라면 포주답게 여자들을 훌륭히 보호해 주라고."

"그런 말을 했던가?"

"예……예, 우선 저곳 바람막이 그늘에서 쉬시며 기녀들을 보아주시면 고맙겠습니다."

진나이가 말하자 이제까지 줄지어 서 있던 여자들이 하나같이 무릎 꿇고 인사했다. 그 동작이 절도있게 착착 들어맞는 걸 보고 이에야스는 시무룩하니 눈살을 찌푸리고 붉은 깔개를 깐 걸상에 걸터앉았다.

'이자가 훈련을 톡톡히 시켰구먼…….'

줄 선 모양이며 인사법에도 훈련의 자취가 뚜렷이 엿보인다. 이에야스가 걸터앉자 재빠르게 근위무사들이 주위를 경호했다. 왕골로 엮은 발을 쳤지만 냉랭한 바닷바람이 직접 살갗에 닿지 않아 따뜻하다고 생각했는데 알고 보니 자리 밑에 후끈후끈한 숯불이 피워져 있었다. 그리고 일제히 일어난 여자들이 또 한 군데의 발 속에 마련된 솥에서 차례차례로 차를 떠서 근위무사들에게 먼저 나눠주었다.

'제법 솜씨가 있는걸.'

이에야스는 일부러 사방을 둘러보며 잠자코 있었다. 먼저 근위무사들에게 차를 맛보게 하고 나서 이에야스 앞으로 나르는 건 순서가 뒤바뀐 것 같지만 실은 야전에 임했을 때 무사의 마음가짐이었다.

"그대, 전에는 무사였군."

"아니요, 저는 아니지만 아버지가 호조 가문을 섬긴 신분 낮은 자였습니다."

"이름은 아마 쇼지 진나이…….."

"예, 그것이 좀 생각한 바가 있어 진에몬(甚右衛門)이라 바꾸었습니다."

"생각한 바라니, 무엇을 생각했나?"

"예, 에도에는 저 말고도 진나이라는 사람이 둘 있습니다. 하나는 고사키 진나이(向崎甚內), 또 하나는 도비자와 진나이(鳶澤甚內)……그리고 소인까지 합해 에도의 세 진나이라고 사람들이 말합니다. 그러므로 다른 두 사람과 혼동되면 좀 난처한 일, 그래서 진에몬이라고 바꾸었습니다."

"하하……그런가. 세 진나이라면 난처하다고 했겠다. 그 난처한 까닭은?"

"예, 다른 두 사람의 진나이는 아직 천하가 평화스러운 시대로 바뀐 것을 모르는 난폭한 자인 듯싶어서……저와는 생각이 좀 다르지요."

"흠, 그러면 그대는 시대가 바뀐 것을 확실히 알고 있다는 건가?"

"그렇습니다…… 대감님께서 유곽도 좋으나 기녀의 포주가 되려면 어디까지나 여자들의 좋은 보호자가 되라고 말씀하셨습니다. 그 뒤부터 저도 마음을 고쳤지요."

"허, 그래. 그대가 약속했다는 건 바로 그것인가?"

"예, 일본은 예로부터 여자 없이는 하루도 못 산다는 나라…… 어떤 시대에도 기녀, 매음녀는 없어지지 않는 것! 내버려두면 난폭한 자들이 너도나도 들러붙어 여자들의 피땀을 착취합니다. 그러므로 좋은 보호자가 필요하다고 말씀하신 걸로 압니다."

"내가 그런 말을 했나?"

"예, 분명히…… 저는 그 말씀을 뼈에 새겼습니다. 과연 부모의 마음으로 보호하다 보면, 때로 여자들을 대신해 좋지 않은 무리들을 혼내주거나 쫓아내야만 했습니다. 그렇게 했으므로 저는 만만치 않은 완력 센 사나이, 거친 사나이라는 말도 들었으며 난폭한 세 진나이라고도…… 예, 그래서 이름을 바꾸었습니다만, 여자들을 위해서가 아니면 한 번도 싸우거나 말다툼하지 않았지요……."

너무 열성적이라 이에야스는 웃을 수도 없었다. 마침 그곳에 같은 솥에서 끓인 차를 받쳐들고 한 여자가 나타났으므로 이에야스는 그녀에게 말을 걸었다.

"그대는 쇼지한테 언제 왔느냐?"

"네, 재작년 섣달입니다."

"부모가 팔았나?"

"고아였습니다. 도둑에게 부모가 살해되었지요."

"나이는?"

"네, 17살입니다."

이에야스는 그 여자의 발끝부터 목 언저리까지 쓰다듬듯 쳐다보았다. 17살이라면 어떤 처녀든 아름다워 보인다. 그리고 마음의 균형이 잡혀 있는지 여부가 그대로 피부빛에 나타날 나이이기도 했다.

"그런가, 지금은 만족하고 있느냐? 계약한 기한을 채우면 그대는 무엇을 하며 살아갈 생각이냐?"

짓궂은 질문이었다. 그러나 여기서 이 여자가 뭐라고 대답할 것이냐에 따라 쇼지 진에몬의 말이며 행동의 진위가 증명될 게 틀림없었다.

여자는 고개를 조금 갸웃거렸다.

"저는 훌륭한 아내가 되고 싶습니다."

"허, 아내가 되고 싶다고? 진에몬이 시집보내 주리라고 생각하나?"

"아니에요, 그건 자신이 고르는 것이지요."

"자신이 고른다고……?"

"네, 손님은 많이 찾아옵니다. 그중에서 친절하고 좋은 사람을 고르지요……그러면 다음은 주인이 알아서 해줄 것입니다. 여자가 남편을 자기 마음에 따라 고를 수 있는 곳은 그리 흔하지 않아요."

이에야스는 쓴웃음 지었다.

"그대의 포주가 그렇게 가르쳤구나. 좋아, 좋은 남편을 골라라."

손을 저어 여자를 물러가게 했다.

그러자 뒤이어 이번에는 다른 여자가 과자를 가지고 나타났다.

'진에몬은 여자들에게 미움 받거나 쌀쌀한 사나이가 아닌 모양이다……'

이렇게 생각하던 참이라 이에야스는 다음 여자도 불러세웠다.

"잠깐, 기다려라."

이번 여자는 쟁반처럼 둥그런 얼굴로 자못 억세보이는 번쩍번쩍 빛나는 눈을 갖고 있었다. 좀 전의 여자보다 한두 살 아래인 것 같았다.

"시키실 일이라도?"

"그대는 다도를 배웠나?"

"네, 차만이 아니지요. 시 짓기와 작은북도 배우고 있습니다."

아직 철부지 계집아이인 듯한 느낌인데, 말하는 것은 아까의 여자보다 또렷또렷하고 조숙했다. 이에야스는 이 처녀가 좀 미워졌다. 누군가를 닮았다고 생각했는데, 그것이 어릴 적의 요도 마님 인상임을 깨달았다.

"그대는 어떤가? 그대도 좋은 아내가 될 작정이냐?"

"아니요, 저는 높은 무사님이나 영주님을 측근에서 모시고 싶어요."

"허……그러면 손님 중에 무사며 영주도 있구나."

"네, 대감님 덕분에 그러한 손님이 더욱 많아졌습니다. 모두들 고향에 처자를 두고 올라오셨지요. 그 적적함을 위로해 드려야 합니다……"

"그대의 포주가 그렇게 말했나?"

"저도 그렇다고 생각해요."

"그대 이름은?"

"오카쓰입니다."

"하하……얼굴에 어울리는 이름이군. 오카쓰는 이 일이 괴로워서 운 적이 있을 테지?"

"그야……네, 있습니다."

"그때는 달아나고 싶은 생각이 없었나?"

"네, 없어요. 다른 곳에서는 도둑이나 망나니를 손님으로 받아야만 합니다. 그것이 무서워요."

"흠, 하지만 지금 포주한테 있다 해도 싫은 손님에게 안 나갈 수 없을 텐데?"

그러자 상대는 자랑스러운 얼굴빛으로 더욱 눈을 빛내며 고개를 저었다.

"그런 때는 퇴짜를 놓지요. 사람에게는 인연이라는 게 있어 제가 퇴짜를 놓아도 계속 좋아하는 사람이 있습니다만."

"뭐, 퇴짜를……?"

이에야스는 저도 모르게 곁에 있는 진에몬 쪽을 보았다. 따끈따끈 걸상은 일어나기 애석할 만큼 차디찬 하반신에 기분 좋았으며, 여자들의 대답 또한 이상야릇한 젊음과 활기가 있어 이에야스의 흥미를 돋우었다.

"진에몬, 퇴짜를 놓다니 무슨 뜻이냐?"

그러자 진에몬보다 오카쓰가 먼저 대답했다.

"손님으로 받는 게 싫다고 솔직히 거절하는 것입니다."

"뭐, 거절한다고……?"

"네, 그렇게 하는 편이 손님에게도 좋습니다. 이건 다른 곳에서는 없는 일, 새로운 에도식으로 한다고 포주님도 허락하셨습니다."

이에야스는 그 대답이 잘 이해되지 않아 다시 한번 흘끗 날카롭게 진에몬을 쳐다보았으나, 진에몬은 도마 위에 오른 잉어처럼 눈도 깜박이지 않았다. 물론 그도 이미 이에야스가 여자들의 입을 통해 자신의 인물됨을 시험하고 있는 줄 눈치챈 모양이다.

"그런가? 그러나 손님은 모두 오랫동안 처자 곁에서 떨어져 성미가 거칠어져 있을 테지. 그래서 소동이 벌어지지 않을까?"

"아니에요, 처음에는 모두들 그렇게 생각하지요……하지만 마음에 없는 여자의 거짓 아양보다 진정으로 마음 맞는 상대와 함께 있는 게 오히려 즐거운 법……퇴짜 놓는 건 이치에 맞다고 생각해요."

"하하……과연. 싫으면서 하는 거짓 아양으로는 정성이 모자란다는 거냐?"

"그렇습니다. 그 진실을 에도 여자만의 자랑으로 갖고 싶습니다."

이에야스는 또 무언가 이야기하고 싶은 느낌이 들었지만, 시간이 걸릴 것 같아 웃으며 일어났다.

"진에몬, 잘 가르친 것 같군."

"예."

진에몬은 이때다 싶었는지 부탁을 청했다.

"유곽 개설을 허락해 주신다면 친자식처럼 이것저것 가르쳐 여러 영주가 영지에 있을 때와 마찬가지인 기분으로 쉬실 수 있도록……."

"좋다, 다시 서면으로 청해 보아라."

"아무쪼록 부디…… 예, 아이들에게도 저마다 등급을 주어 서로 격려하고 희망이 솟도록……."

그때 벌써 이에야스는 고개를 끄덕이면서 가마 쪽으로 걸어가고 있었다. 사찰의 문앞거리든 항구든 성 아랫거리든 사람이 많이 모이는 곳에 창부가 나타나는 건 막을 수 없는 일.

이것을 한군데에 모으는 노력을 게을리하면 주택 사이로 파고들어 미풍양속을 해칠 뿐 아니라, 그 여자들의 피를 빨아먹으려고 나쁜 자들이 꿀 항아리에 다 가드는 개미처럼 모여든다.

'어차피 유곽을 만들어 한군데에 모아야만 될 일……'

이렇게 생각하고 있었으므로 일부러 진에몬의 차 접대를 받아보았던 것인데, 출발할 때 이에야스의 방침은 벌써 정해져 있었다.

'진에몬은 맡겨도 괜찮을 만한 사나이다……'

다시 행렬이 움직이기 시작하자 이에야스는 왠지 모르게 지금 헤어진 진에몬과, 벌써 성을 나서서 조조사(增上寺)며 다카나와(高輪) 언저리까지 마중 나와 있을 히데타다의 얼굴을 비교하고 있었다. 어깨에 짊어진 짐의 종류는 다르나 그것을 진지하게 수행하려는 면에서 두 사람은 흡사한 데가 있다.

'그렇다. 구상은 누구나 할 수 있다. 문제는 그걸 활용할 사람이 있느냐 없느냐에 달린 것이다.'

이에야스는 새삼스럽게 그런 일을 생각하며 눈을 감았다.

백화(百花), 싹트다

　　이에야스를 수행하고 에도로 들어온 오쿠보 나가야스는 이윽고 잡무감독관
에 임명되어 도키와 다리(常盤橋) 언저리에 작은 저택이 주어졌다. 시대 변천이 마
침내 그의 재능에 찬란한 햇빛을 비춰주기 시작한 것이다. 오늘날 직위로 말하면
서무과장에 총무과장을 겸한 직책이었다. 그리고 그는 금광 개발 일도 보고, 이
에야스의 여섯째 아들 다다테루도 보좌했다. 사도의 금광은 차츰 유망해져 산
출량이 늘기 시작했으니 어쩌면 머지않아 사도 행정관을 겸할지도 모른다.

　　이에야스의 측근은 이제까지 거의 어릴 때부터 키워낸 무장들뿐이었다. 전투
에 참가하지 않은 측근이라면 혼다 마사노부의 아들 마사즈미 정도일까. 그런 가
운데 나가야스는 참으로 드물게 눈부신 출세를 했다.

　　나가야스는 물론 교만해지거나 으스댈 철부지는 아니었다. 그는 이때야말로
이에야스뿐 아니라 히데타다의 측근들에게까지 그의 특기와 재능을 똑똑히 인
식시켜야 된다고 생각했다.

　　그는 날마다 등성하여 우선 이에야스를 배알한 다음 히데타다를 찾았다. 이
어 다쓰 부인에게까지 인사하고 에도 시내를 자세히 살피며 돌아다녔다.

　　명령받고 돌아다니는 것은 아니다. 어딘가 일거리가 떨어져 있지 않을까? 아무
도 깨닫지 못하는 일로서 나중에 불편의 씨앗이 될 일거리가 떨어져 있지 않은가
하고……

　　출세는 결코 팔짱만 끼고 있는 자를 저쪽에서 손짓해 부르거나 일부러 길을

열어주는 것은 아니다. 나가야스는 이에야스의 이상과 방침을 잘 이해하고 자기 눈을 이에야스의 눈으로 만들어 일거리를 찾아다녔다.

그는 시바(芝) 언저리에 한층 높은 언덕이 있고 그 위에 부지런히 재목을 날라 집을 짓고 있는 자가 있는 것을 보았다.

그는 지나가는 말로 물었다.

"이건 어느 분 저택이오?"

"예, 이건 나이토 다카마사(內藤高政) 님이 하사받은 저택이지요."

"그렇습니까? 그러나 지대가 좀 높아서 날마다 말을 타고 오르내리시기에 불편하겠군요."

이런 말을 남기고 사라졌다. 그리고 순시가 끝나자 다시 이에야스한테 돌아가 측근의 말벗들에 섞여 잡담에 가담했다.

"대감님, 대감님은 우대신 요리토모 공의 수호불(守護佛)을 갖고 계셨지요?"

"오, 소중히 갖고 있어. 노부나가 공이 혼노사에서 습격받았을 때 사카이에서 곧 미카와로 돌아가려고 오미의 시가라키(信榮)에 이르렀을 무렵, 다라오 미쓰토시(多羅光俊)가 진심으로 나를 접대하고 머지않아 천하를 호령하실 분이라며 비장해 두었던 요리토모 공의 수호불, 아타고 신궁의 수호신 지장보살상을 내게 주었지."

이에야스가 밤에 흉허물 없이 이야기할 때는 즐거운 자랑거리나 추억이 많아진다.

나가야스는 재빨리 말했다.

"그러한 유서 깊은 상이라면 알맞은 곳에 모셔두어야겠군요."

"그렇지. 알맞은 곳만 있다면"

"알맞은 곳이야 있지요. 실은 시바에 지금 나이토 다카마사 님이 하사받은 저택, 근위무사의 집으로서는 불편하지만 참으로 나무랄 데 없이 경치 좋은 산언덕…… 이곳을 아타고산(愛宕山)이라 이름 짓고 시민이 자랑스러워할 명소로 만든다면 어떨까요? 에도에도 교토 못지않은 명소가 많을수록 좋다고 생각합니다만."

"아, 그처럼 좋은 장소가 있었나?"

이에야스는 나가야스와 이야기할 때면 언제나 얼마쯤 수확이 있는 게 즐거웠다.

"그럼, 다카마사에게 곧 다른 곳을 주어야겠군."

이에야스가 기쁘게 받아들이지 않을 만한 이야기를 꺼낼 만큼 나가야스는 서투른 사나이가 아니다. 또 그런 마음으로 보고 다니면 얼마쯤의 이야깃거리는 반드시 길에 떨어져 있었다.

그즈음 깎다 만 간다(神田) 구역에 많은 인부들이 동원되어 덴쇼 18년(1590)에 도로 온 이래 끌어온 확장공사가 시작되고 있었다. 도쿠가와 가문의 개인적인 도시 건설 의미로 시작된 공사로서, 막부 공관으로서의 대대적인 동원까지는 아직 하지 않고 있었다.

따라서 히데타다의 형 유키 히데야스, 동생 마쓰다이라 다다요시가 주로 맡아서 하고 있었다. 거기에 가가 중장인 마에다 도시나가, 우에스기 가게카쓰, 가모 히데유키, 다테 마사무네 등이 자청해 도와주는 형식이었다. 그리고 구로다 나가마사, 가토 기요마사, 아사노 요시나가 등도 참가하고 싶다며 청하고 있는 참이었다.

이에야스는 아직 그 일에 대해 이야기가 없다. 그러나 대대적인 막부 공관 신축을 이미 계획하고 있음을 나가야스는 잘 알고 있다.

잡담 사이에 나가야스는 이러한 말도 넌지시 했다.

"차라리 앞으로는 대대로 내려오는 가신이며 다른 영주를 공평히 다루시는 게 어떻겠습니까? 아니면 마음 괴롭게 생각하는 영주들도 있는 것 같습니다만."

말하면서도 그는 이미 도도 다카토라가 넌지시 진언하고 있다는 걸 잘 알고 있었다. 무슨 일이든 신중하게 '알맞은 때'를 눈여겨보는 이에야스는 벌써 그 부역 인원수까지도 머릿속에 정하고 있는지 모른다.

"1000석에 한 사람이면 과중할까?"

혼다 마사노부에게 문득 말한 일이 있었으나, 그것은 너무 가볍다고 나가야스는 생각했다. 1000석에 한 사람이면 10만 석이라 해도 겨우 100명이 아닌가. 그래서 그는 어느 기회에 이런 말을 해보았다.

"상인들이 사는 시가지는 매립지에 세워지게 될 것입니다. 이때 알맞은 뱃길을 남겨두면 아무리 거리가 번성하더라도 물건수송에 편리합니다. 그리고 성 축대에 돌이 무진장 들겠지요. 다이코의 오사카성을 쌓았을 때처럼 이즈 언저리에서 채석장을 찾아 영주들에게 그것을 나르게 하면 어떨까요? 10만 석에 100명이라 해도 큰 돌 1200개는 나르게 할 수 있지요……그러면 크게 도움 될 거라고 여깁니다만…….”

나가야스는 결코 같은 말을 두 번 다시 하지 않았다. 상대가 반드시 귀 기울일 말만 슬쩍 한 다음 그것에 전혀 구애받지 않았다. 구애받으면 참견이 되고 귀찮게 여겨지든가 미움 받게 될 줄 잘 알고 있었다.

그는 거리를 돌아다니며 다루야 도에몬(樽屋藤右門)이니 나라야 이치에몬(奈良市衛右門) 같은 사람과 친해졌다. 쇼지 진에몬이 말한 세 진나이가 어떤 인물인지 탐지해 보았고, 에도의 인구는 남자 100명에 여자가 50명도 못 된다는 걸 알아내기도 했다.

“참 놀랐습니다. 온 일본사람들이 모여들어 평화시대를 노래 부르며 걸은 다리라 하여 새로운 큰 다리를 니혼바시(日本橋)라고 부르고들 있지요.”

그러한 말도 하고, 그 큰 거리에 이세야(伊勢屋)라는 똑같은 이름의 점포가 열세 채나 되더라고 가르쳐주며 웃기도 했다.

인간 중에는 시키는 일을 꼼꼼히 해나가는 능숙한 관리형 인물과 무슨 일이든 시야를 넓혀 자기가 할 일을 곧 이 세상의 일과 관련시켜 생각하는 정치가형 인물이 있는 법이다. 따라서 관리는 정치가일 수 없고 정치가 또한 뛰어난 관리가 아닐 경우가 많다.

그런데 나가야스는 그 양면을 함께 갖고 태어났다. 아니, 갖고 태어났다기보다 광대 주베에라고 불리던 시대의 오랜 방랑생활로 이 양면의 활용이 차츰 몸에 익숙해졌다고 해도 좋을지 모른다. 그는 에도 거리며 세이이타이쇼군과 자기의 재능 및 생활을 밀착시켜 가야만 된다는 것을 잘 알고 있었다.

어쨌든 에도는 이제부터 교토나 오사카에 조금도 손색없는 시가지가 되어야 한다. 성이며 운하며 다리 등 겉모습이 문제가 아니다. 우선 그곳에 사는 백성들이 이곳에 사는 데 자랑을 느낄 만한 기풍을 심어주어야만 된다. 나가야스는 그런 것까지 자연스럽게 생각하고 어김없이 실행해 나가는 인물이었다.

“저는 요즘 백성들이 싸우는 것을 보고 곧잘 뜯어말립니다. 그리고 그때 반드시 출신지를 묻지요.”

“허, 왜 출신지를 물어보나?”

“이 고장에서 태어난 자를 에도코라고 불러줍니다……‘그래, 그대는 쇼군님 밑에서 태어난 에도코란 말이지? 그래서 그대 성미가 급하군. 그러나 에도코라면 시원시원하지. 이야기만 통하면 뒤끝이 없어, 에도코는…….' 이렇게 말해 주면 으쓱해 하며 말을 잘 듣습니다."

"음, 에도코라……."

"예, '쇼군님이 계신 성 아랫거리에 사는 에도코란 말이야. 우물쭈물하지 말고 뱃속의 말을 탁 털어놔. 절대 두고두고 생각하지 마라. 비겁한 뒤끝을 남기는 건 에도코의 수치라 비웃음 받는다……'라고요."

그 말을 들었을 때 이에야스는 배를 잡고 웃었다.

"그대도 대단한 군사(軍帥)인걸."

"아니지요, 쇼군님 밑에서 사는 에도코라면 그만한 자부심을 갖도록 해야만 합니다. 따라서 건달이나 난폭한 자들도 에도코다운 특성을 갖게 해야지요."

그리고 덧붙여 말했다.

"에도에는 많은 도둑들이 흘러들어오고 있는 것 같은데 차라리 도둑에게는 도둑을, 망나니에게는 망나니를 시켜 다스리게 하는 방법이 어떨까요? 즉 유곽 거리의 포주 중에서 가장 질 좋은 사나이를 뽑아 감독관을 시키는 것이."

"독약으로 독약을 치료하라는 건가?"

"아니지요, 독약을 약으로 바꾸게 하는 것이지요. 그리고 뭐니 뭐니 해도 지금 에도는 백 가지 꽃이 싹트는 곳. 이것에 활기를 불어넣으려면 역시 금좌(金座), 은좌(銀座)를 설치해 금화, 은화를 주조하고……."

이에야스의 얼굴을 흘끗 보며 그다음에는 벌써 이야기를 광산으로 옮겨갔다.

"그러자면 역시 금광개발이 첫째, 일본의 중앙은 니혼바시, 빨리 도로 구획을 끝내고 사도에 가보고 싶습니다."

이에야스는 이따금 나가야스에게 문득 경계심이 생기는 일이 있었다. 나가야스의 눈이 너무 사방팔방에 번뜩인다. 후시미에게 다이코가 젊었을 때의 자랑 이야기를 곧잘 듣곤 했었는데, 그 이야기 속의 다이코와 나가야스는 비슷한 데가 있었다. 단지 다른 것은 그는 이미 경박한 젊은이가 아니라 40살을 넘은 한창 분별 있고 고생한 사람이라는 점이었다. 전쟁 말고는 무슨 일을 시켜도 실수가 없다. 더구나 일한 다음에 성실성이 드러나보였다.

이에야스는 문득 경계심을 품는 자신을 꾸짖었다.

'나는 아무래도 젊었을 적의 오가 야시로에게 몹시 진절머리 났던 모양이로구나.'

나가야스는 그 야시로에 대해서도 알고 있으며 또한 재능이나 고생의 정도도 그와는 하늘과 땅만 한 차이가 있었다. 야시로는 고작 영주가 되고 싶은 야심으로 이에야스를 배신했지만, 나가야스는 그처럼 어린애가 아니다. 정성을 다하여 이에야스를 섬기면 영주쯤은 시켜준다는 계산을 냉정하게 할 수 있는 사나이다.

'부처님이 내 일을 도와주게 하려고 보낸 자인지도 모르겠는걸……'

그런 생각을 하고는 또 자신을 꾸짖었다.

'이 세상에 부처님이 보내주지 않은 사람이란 하나도 있을 턱이 없지 않은가……'

나가야스는 그러한 이에야스에게 사실 갖가지 정책을 암시해 주었다. 도둑은 도둑에게 단속케 하라는 것도 그 하나였다. 인간 중에는 누군가 따뜻한 마음으로 돌봐주지 않으면 가장 손쉬운 도둑질밖에 못하는 자가 상당히 있다. 냉정히 바라보면 이 역시 난세의 가엾은 희생자다. 그러나 그 도둑질을 나무라기만 해서는 문제가 해결되지 않는다. 도둑질을 안해도 살 수 있는 생업을 찾아 그것에 종사시켰을 때 비로소 도둑질은 '악'이라고 설득시킬 수 있다.

훨씬 뒷날 일이지만, 세 진나이 가운데 도비자와 진나이는 도둑들의 우두머리 급이었다. 그는 뒷날 후루기 진나이(古着甚內)라 이름을 바꾸고 에도의 넝마장수 두목이 되었는데, 그의 부하는 모두 도둑 출신이었다. 이 도둑들에게 관허 낙인이 찍힌 커다란 나무팻말을 단 자루를 짊어지게 하고, 두 사람씩 한 조로 만들어 몇십 조에게 에도 시내를 돌아다니게 했다.

"헌 옷 삽니다, 헌 옷을……."

거리에서 수상한 자를 만나면 그 도둑 동료들은 곧바로 고발했다. 두 사람이 한 조이므로 한 사람이 눈감으려 해도 그렇게 되지 않는다. 그리고 대개 이들에게 설득되어 진나이를 찾아와 올바른 일에 종사했다.

진나이 쪽에서는 그렇게 사모은 헌 옷을 혼조(本所)에 한 구역을 배당받아 나란히 헌 옷 상점을 두고 파는 그 권리를 잃기가 아까워 부하를 엄격히 감시하고 있었다. 도둑들에게 생업을 주어 시중의 감시를 시키면서 인구가 늘어 모자라는 의복을 활용시킨다는 일석오조(一石五鳥), 육조(六鳥)도 되는 수법이었다. 근본은 도둑이면서도 어마어마한 감찰이 붙은 자루를 둘러메고 있어 도둑질을 할 수 없게 되었다.

이런 일을 끝없이 고안해 나가는 재능의 샘을 오쿠보 나가야스는 갖고 있다. 이에야스가 차츰 그를 신용하고 높이 등용하는 것은 자연스러운 결과였다…….

일단 평화스러운 세상이 되고 보니 인간은 저마다 다른 꽃씨를 갖고 있었다. 마치 싸움터에서 창을 잘 쓰는 자, 말을 잘 달리는 자, 칼 솜씨, 총 솜씨 등 저마다 특기를 지닌 것과 마찬가지였다.

나가야스는 그러한 사람들이 저마다 갖고 있는 꽃씨를 가려내는 신기한 재능을 갖고 있다.

성안에 있는 '시간 알리는 종'이 이에야스 거처와 너무 가깝다 해서 고쿠초(石町) 언저리로 옮기고, 거기에 시내의 유일한 종각이 세워지자 전에 나라의 고후쿠사 스님이던 종치기 겐시치(源七)를 추천한 것도 나가야스였다.

"종각지기로는 이 사나이가 적격입니다."

혼마치(本町) 2정목(丁目)의 타키야마 야지헤에(瀧山彌次兵衛)에게 도로 쪽 지붕에 기와를 이게 한 것도 나가야스였다. 고쿠초의 종치기는 이리하여 대대로 겐시치의 자손이 세습하게 되었고, 처음으로 지붕의 반을 기와로 인 다카야마의 집은 금방 에도의 명물이 되었다.

에도에서는 이보다 2년 전인 게이초 6년(1601) 11월 2일, 스루가 거리(駿河町)의 유키노조(幸之丞)네 집에 불이 나 큰 화재가 된 일이 있었다. 그래서 시내의 초가지붕이 금지되고 판자지붕으로 하라는 명령이 있었으나, 아직 어느 누구도 기와지붕까지는 엄두를 못 내고 있었다. 그러던 참에 다카야마가 바깥쪽 반만 기와지붕으로 했기 때문에 구경꾼이 밀려들었다.

"참 신기하기도 해라."

그의 별명 '반기와 다카야마'라는 이름은 순식간에 온 에도에 퍼졌다. 이윽고 그 흉내를 내는 자가 꼬리를 이어 나타났다.

그즈음 늘어가는 매립지에 거리를 할당해 주어도, 모퉁이집만은 누구도 살 사람이 없었다. 첫째로는 도둑의 목표가 될 염려가 있고 둘째로는 담이며 망루의 설치에 비용이 들기 때문이었다.

이것을 알고 나가야스는 재빨리 히데타다에게 권했다.

"어떻겠습니까? 모퉁이집에 사는 사람에게는 특별히 알현을 허락한다고 말씀하시면?"

"뭐, 알현을 허락한다고……?"

"예, 그렇게 되면 동네에서 한결 우쭐댈 수 있으므로 앞다투어 길모퉁이에 집을 짓고 들어가 살게 됩니다. 길모퉁이가 빈터로 있으면 아무래도 허전한 느낌이 들지요."

"그런가? 그럼, 그대가 그렇게 이르도록 해라."

반신반의하며 대답했더니 두 달도 지나지 않아 길모퉁이마다 훌륭한 건물로 메워졌다. 다만 메워졌을 뿐만 아니라 게이초 8년(1603)에는 거의 무료이거나 겨우 1, 2냥의 권리금으로 양도하거나 양도받은 길가 집들이 이듬해에 그 100배인 100냥, 200냥으로 뛰어올랐다. 에도의 번영이 얼마나 눈부시게 이루어졌는지 이 하나만으로도 짐작되리라.

나가야스의 기묘한 창의와 시기에 알맞은 선전은 정말 멋지게 효과를 나타내며 활용되었다. 나가야스는 그러한 일이 즐거워 견딜 수 없었다.

'도시건설, 국가건설은 내 성미에 맞아.'

그러나 과연 그에게 인물양성의 재능까지 있었는지 어떤지……?

그가 히데타다에게도 상당한 신용을 얻었을 무렵, 아사쿠사 강기슭 가까이에 그의 주군이 될 이에야스의 여섯째 아들 다다테루를 위한 큰 저택을 하사받았다…….

다다테루는 그때까지 아직 어머니와 함께 슨푸성에 있었으며 영지인 가와나카지마에 가본 적이 없었다. 나가야스는 당연히 슨푸로 가서 13살 된 다다테루를 수행하여 일단 가이즈성(海津城)에 들어가야만 되었다. 이미 다다테루의 중신들은 저마다 신슈에 입주를 끝내고 있었다.

다다테루의 거성이 될 가이즈성에는 그의 배다른 누이의 남편 되는 하나이 요시나리(花井吉成)가 들어가 성주대리로 정사를 돌보고 있었다. 그리고 지성(支城)인 이야마성(飯山城)에는 미나가와 히로테루가 들어가고, 나가누마성에는 야마다 가쓰시게(山田勝重), 마키노시마성에는 마쓰다이라 노부나오(松平信直)가 들어가 있다.

겉으로는 이 네 사람에 나가야스를 포함시킨 다섯 사람의 합의로 모든 일을 처리하게 되어 있다. 그러나 솔직히 말해 나가야스가 자세한 지시를 해주지 않으면 아무 일도 진행되지 못하는 상태였다. 물론 그들로부터 계속 연락이 있었으며, 그때마다 나가야스는 그 독특한 창의로 성의 방비는 물론 새로운 전답 개척, 도로, 교량, 제방 문제에 이르기까지 마치 이에야스의 의사인 것처럼 전해 주어 진행시키고 있었다.

다다테루는 이에야스의 여섯째 아들이다. 머잖아 관직을 받으면 종4품 소장쯤은 될 것이고, 에도성 가까이에 저택을 하사받을 것도 뻔한 일이었다.

나가야스는 시시각각 면모를 바꾸어가는 에도 거리를 보는 동안 이런 생각을 했다.

'다다테루 님을 대체 어떤 분으로 키워갈까……?'

그 일로 차츰 이상한 꿈을 품기 시작하고 있었다. 오사카성에서 같은 나이 또래의 히데요리를 보고 온 탓이리라. 아니, 또 한 가지 히데요리의 얼굴을 생각할 때마다 오사카성에서 보고 온 그 황금 저울추가 머릿속에 새겨져 자꾸만 떠올라 견딜 수 없었다……

히데요리가 다이코의 아들이라면 자신의 주군은 이에야스의 아들…… 게다가 금광개발 특기라면 자기에게도 있다는 생각 때문이었는지도 모른다.

'다다테루 님을 히데요리 님보다 뛰어난 분으로 만들어 드려야지……'

그것은 꼭 해야만 할 일이라든가 고집으로라도 해보여야 할 만큼 절실한 문제는 아직 결코 아니었다. 어쩌면 막연한 경쟁심, 누구나 느끼는 자연스러운 마음 정도의 것인지도 모른다. 그러나 동시에 그 집념에서 깨끗이 벗어날 수도 없을 것 같았다.

다다테루의 약혼자는 이미 정해진 거나 다름없었다. 오슈 다테 마사무네의 장녀 고로하치히메(五郎八姬 ; ^{이로하}치히메)였다.

둘 사이의 혼인이야기가 나온 것은 히데요시가 아직 살아 있던 게이초 3년(1598) 봄이었다. 중매인은 다인 이마이 소쿤이라고 들었으며, 양쪽의 아버지가 이것저것 장래를 생각한 뒤의 거래임을 나가야스는 너무도 잘 알고 있었다.

'그렇다면, 다테 가문과 친밀히 지내야지……'

나가야스는 다다테루의 저택을 신바시(新橋) 안에서 찾지 않고 일부러 오슈 가도에 가까운 아사쿠사에서 구했다. 나가야스를 신임하기 시작한 이에야스는 당연히 이를 허락했고, 나가야스는 그곳에 성 공사에 방해되지 않도록 상민들의 협력을 얻어 거대한 저택을 지었다.

저택이 완성되자 자신이 슨푸로 다다테루를 맞으러 다녀왔다.

나가야스는 다다테루를 새로운 아사쿠사 저택에 일단 들였다가 에도성에서 부자를 대면시킨 다음 영지로 보낼 생각이었다.

그 무렵에는 벌써 영주들 저택 또한 성 언저리에 토지를 할당받아 착착 건축 중이었다. 성 정문 앞의 광대한 마에다 저택은 도시나가의 생모 호슌인을 위해 게치오 5년(1600)에 이미 세워져 있었다. 영주 저택으로서 에도에 처음 세워진 것이었다.

도도 다카토라와 다테 마사무네도 저마다 저택 대지의 하사를 청하고 있었다. 다카토라와 마사무네는 이렇게 함으로써 영주들 눈을 에도로 돌리게 하려고 이에야스를 위해 적극 선전하고 있는 셈이었다. 이어서 가토 기요마사, 구로다 나가마사, 나베시마 가쓰시게, 모리 데루모토, 시마즈 요시히사, 우에스기 가게카쓰 등의 순서로 저택 자리가 결정되었다. 이미 최고 실력자인 이에야스가 세이이타이쇼군이 되었으므로, 에도 저택을 갖지 않으면 가문의 존속이 어렵다는 어쩔 수 없는 필요성에서였다.

어떤 의미로는 영주가 에도성 개축을 할당받은 경비로 저마다의 에도 저택을 구입한 것이라고 할 수도 있었다.

게다가 이러한 저택은 지을 때부터 저도 모르게 화려함을 경쟁하게 된다. 가토 기요마사까지 소토사쿠라다(外櫻田)의 벤케이보리(辨慶堀)와 구이치가이몬(喰違門) 안의 두 군데 저택 가운데 구이치가이몬 안 집에 다다미 1000장을 까는 방을 만들었을 정도이니 그 경쟁을 상상할 수 있으리라. 그 다다미 1000장 방을 상중하 삼단으로 나누어 장지문에 금박을 입히고, 난간에는 도라지 모양 조각, 장지문 손잡이는 칠보로 아로새겨진 도라지 모양 조각을 했으며, 중방도 삼단으로 만들어 호화롭기 그지없었다.

이러한 영주 저택이 들어서기만 해도 에도는 벌써 충분히 일본 으뜸가는 면모를 갖추게 된다…… 망치소리도 드높은 거리를 빠져나와 아사쿠사문 밖의 오슈 가도에 면한 소나무밭과 흰모래밭 사이에 스미다강을 등지고 세워진 저택 안으로 13살 난 다다테루를 데리고 들어가자, 어지간한 나가야스도 흥분되었다.

슨푸에 있는 다다테루의 생모 자아 부인도 따라와 말없이 신축된 건물을 돌아보고 있었는데, 그녀 역시 마음속으로 적잖은 놀라움을 느끼는 눈치였다.

세 사람이 대충 저택 안을 둘러보고 다다테루의 거실로 돌아오자 부인이 맨 먼저 입을 열었다.

"중방에 새겨진 것은 대감님의 무늬로 보였는데, 대감님도 그걸 알고 계신가요?"

나가야스는 그 질문을 기다리고 있었던 것처럼 대답했다.

"아닙니다, 제 혼자 생각입니다."

부인은 말했다.

"그건 잘못이군요. 다다테루 님은 대감님 아드님이시지만, 지금은 마쓰다이라 가문을 이으신 마쓰다이라 다다테루…… 누구 허락으로 본가와 같은 접시꽃 문장을 썼느냐고 꾸중 들으면 어떻게 하실 작정입니까?"

그러나 나가야스는 대답하지 않았다. 그는 어머니의 옆자리에 엄숙하게 앉아 있는 다다테루의 늠름한 모습을 반한 듯 보고 있었다.

'이전에 뵈었을 때보다 한결 더 늠름해지셨는걸……'

히데요리의 어딘지 미덥지 못한 미남자 모습에 비해 얼마나 믿음직하고 단정한 아름다움인가. 이만한 도련님을 맡아 아무것도 할 수 없다면 나가야스라는 인물 따위는……그러한 생각이 꼬리를 물며 머릿속을 달리고 있었다.

"나가야스 님, 뭘 넋 잃고 보십니까? 문장에 대해 말하고 있는 겁니다."

자아 부인에게 다시 재촉받고서야 나가야스는 비로소 부인에게로 시선을 돌리고 목례했다.

"생모님, 그 일에 대하여 주군께 여쭈어볼까 합니다. 주군! 어머님이 말씀하신 것처럼 이 저택에 그린 문장은 마쓰다이라 가문의 문장이 아닙니다. 어째서일까요?"

"흠."

다다테루는 단정한 이마를 들며 생각하더니 이윽고 싱긋 미소 지었다.

"이건 다다테루가 지은 집이 아니야. 아버님이 지으셔서 다다테루를 살게 했지. 그러므로 아버님 문장으로 좋은 거야, 그렇지?"

나가야스는 찰싹 무릎을 치며 동시에 볼이 금방 복숭앗빛으로 물들었다.

"장하십니다! 생모님, 아셨습니까? 비록 마쓰다이라 가문을 잇더라도 주군은 대감님의 아드님이십니다. 그리고 이 나가야스는 주군의 집정을 명령받고 있지만, 또한 대감님의 잡무감독관…… 잡무감독관이 대감님 명을 받아 지어드리는 저택이므로, 이 문장은 추호도 불손하다는 꾸중을 받을 일이 못 됩니다. 주군!"

"뭐야, 나가야스……."

"이 문장을 볼 때마다 대감님의 은혜, 아니, 아버님이 오래오래 사시도록 기도해 주십시오."

"알았어. 효심을 잊지 말라는 거지?"

"그렇습니다. 그리고 또 하나 주군께 묻고 싶습니다."

꼿꼿한 기질의 다다테루는 이러한 문답이 좋은 모양인지 무릎걸음으로 한 걸음 몸을 내밀어왔다.

"뭐야, 말해 봐."

"대감님이, 아니, 이건 이 나가야스라 생각하셔도 좋습니다. 일부러 저택을 성에서 멀리 이렇듯 아사쿠사문 밖에 세우셨는데……이건 어째서일까요?"

"음, 경치가 좋아. 다다테루는 강을 좋아한다…… 그러나 그 의미만은 아니야."

"그렇지요."

"음, 그러면 만일 문 안의 영주 중에서 수상쩍은 자가 있을 때는 아사쿠사문을 닫아 적을 밖으로 달아나지 못하게 하려는 건가?"

이번에는 나가야스도 무릎 치거나 맞장구치지 않았지만, 그 이상의 자랑스러움을 얼굴에 역력히 띠며 자아 부인을 돌아보았다.

"생모님, 주군의 그릇을 알 만하십니까?"

"정말 현명하시군요."

"생모님이 상을 내려주시기 바랍니다."

"내가 상을……? 그대에게 말이오?"

"아닙니다, 주군께입니다."

"네, 뭘 드리면 좋을까요?"

"상으로 생모님은 주군과 함께 지내려 하시지 말고 대감님을 측근에서 평생 섬겨주시기 바랍니다."

"네?……대감님께서는 다다테루 님과 함께 살라고……."

"그게 그렇지 않습니다. 사람의 일생에는 온갖 잘못된 생각도 있고 모략과 중상도 있지요. 그때 생모님이 대감님 곁에 계시면 그러한 것들이 끼어들 여지가 없습니다. 이 점 아무쪼록 승낙……아니, 주군에 대한 상으로 내려주십시오."

자아 부인은 순간 크게 눈살을 모았다. 나가야스의 말뜻은 잘 알았으나, 이 '상'은 여인의 몸으로 그리 손쉽게 각오할 수 있는 일이 아니었다. 이미 35살이 넘어 다다테루인 다쓰치요와 함께 살라고 이에야스의 측근에서 제외되어 있었다. 그 자아 부인이 다시 측근으로 돌아가고 싶다고 말한다면 이에야스를 비롯한 다른 측실들이 뭐라고 말할까……?

33살을 넘은 사람은 자청해 '잠자리 시중을 사양'하는 것이 그즈음의 관습이었다. 만일 그 나이가 넘어서도 미련을 두고 따라붙으면 당장 '색골'이니 '염치없는 여자'니 구설을 듣게 되는 것을 잘 알고 있다.

더구나 자아 부인은 전남편이던 엔슈 가나야 마을(金谷村)의 대장장이 딸을 데리고 들어와, 이 딸을 이에야스가 소중히 키워 지금 다다테루의 거성으로 결정된 가이즈성에 성주대리로 들어간 하나이 요시나리에게 출가시켰다. 하나이는 본디 작은북을 치던 자로 시조 읊기에 능했다. 물론 이에야스가 그 인물을 인정하고 발탁해 부인의 사위로 골라주었다. 따라서 이미 다다테루의 생모로, 또한 전남편의 딸도 곁에 두고 유유히 노후생활을 누리게끔 마련되어 있었다. 그런데 나가야스는 부인에게 다시 한번 자기 아들 다다테루를 위해 이에야스의 측근으로 가달라는 것이다…….

"생모님, 제 말씀을 알아들을 수 없습니까? 주군은 보시다시피 눈초리가 거꾸로 치솟은, 늠름하고 용맹심이 넘치는 분…… 그러므로 때로 혈육에게서도 오해나 반감을 받는 일이 없으리라고 할 수 없습니다. 그럴 때 생모님이 대감님 곁에 계시며 중재해 주신다면 그야말로 다행한 일……아니, 다만 잠자코 측근에 계시기만 해도 모략 따위를 하려는 못된 인간이 나올 수 없는 게 당연한 이치입니다. 이를테면 이것은 조심에 또 조심을 하는 군진(軍陣)의 방비와 비슷한 일입니다."

"그건 잘 알고 있습니다. 하지만……."

잊고 있었던 규방의 일을 생각해낸 것이리라, 부인이 볼을 불그레 물들이며 말하자 나가야스는 이것을 또 가볍게 가로막았다.

"아무 말씀도 마십시오. 생모님 마음은 나가야스가 잘 알고 있습니다. 결코 질투나 자기 욕심으로 말씀드리라는 게 아닙니다. 대감님에 대한 감사의 마음으로 아뢰라는 것입니다."

"어머, 감사의 마음으로⋯⋯?"

"그렇지요. 주군은 물론 하나이 님 마님까지 보살펴주신 대감님의 은혜, 너무나 행복한 일이라 오히려 신불이 두려우니 측근에서 시녀들 단속을 하며 조금이나마 은혜를 갚고 싶다고 말씀하십시오."

"네, 시녀들 단속⋯⋯."

"예, 생모님에게 그 은혜를 갚을 마음만 계시다면 반드시 대감님에게 통할 것입니다."

"하긴 그렇군요. 제가 잘못 생각했는지도⋯⋯."

"이대로 늙어 죽는다면 오히려 은혜를 망각하는 것, 그 점을 살펴주시기 바랍니다."

"정말 그럴지도 모르겠군요."

마침내 자아 부인은 나가야스에게 설득되었다.

본디 다다테루의 꿋꿋한 기질은 아버지 이에야스보다 어머니 자아 부인을 많이 닮은 것 같았다. 어쨌든 전남편 대장장이 하치고로(八五郎)가 그녀의 미모를 짝사랑한 지방관에게 살해되었을 때, 이에야스에게 호소하여 그 일을 복수한 부인이었다. 지금에 와서는 얌전한 영주의 어머니가 되어 있지만 천성적인 기질은 결코 사라지지 않았다고 생각한 나가야스가 교묘히 부채질해 보았는데, 그 추측이 들어맞았다.

"그렇군요, 이건 내 각오에 달린 일이군요."

다시 그렇게 말했을 때 자아 부인의 눈이 반짝반짝 빛났다. 아마도 부인은 이미 끝났다고 여겨 체념하고 있던 자기 일생에서 다시 새로운 희망을 찾아낸 게 틀림없다.

'내가 측근에 있더라도 총애받을 일만 생각하지 않는다면 충성의 길은 얼마든지 있다⋯⋯.'

젊은 측실들은 모두 젊으므로 생각이 미처 미치지 못하는 곳이 반드시 있을 것이다.

"대감님도 이제는 쇼군님이 되셨지요. 여자의 마음 따위는 내던지고 남자가 되어 섬기려는 각오만 있다면."

나가야스는 마음속의 기쁨을 감추지 못하고 몸을 내밀었다.

"바로 그것입니다! 다른 분들 생모님들은 거기까지 깨닫지 못하겠지요. 시동들이며 측근신하가 아무리 측근에 많이 있다라도 역시 여자가 아니면 깨닫지 못할 일이 반드시 있을 것……거기까지 깨닫다니 주군의 생모는 역시 다른 여자와 다르다는 감탄이 그대로 주군에 대한 애정으로 이어지실 겁니다."

"해보겠어요…… 그 뜻을 제가 대감님께 청하기로 하지요."

"고맙습니다. 이처럼……나가야스, 충심으로 감사드립니다. 생모님께서 그렇게 해주신다면 나가야스는 곧 주군의 혼담에 대해 청하겠습니다."

"그러나 그건 너무 서두르지 말도록 하세요."

"알고 있습니다. 중신들이 제안한 중요한 일이 세 가지 있지요. 우선 이나즈미(稻積), 젠코사(善光寺), 단바섬(丹波島), 야시로(屋代)를 연결하는 각 역참마다 세주는 말의 제도를 만들어 영지 안 교통이 편리하게 도모할 것. 다음에는 스소바나강(裾花川)에 토목공사를 일으켜 백성들을 수해에서 지킬 것. 또 사이강(犀川)에는 산조(三條)의 물을 끌어들여 농부를 위해 황무지를 전답으로 바꿀 것……그러한 시책을 먼저 말씀드리고, 그 뒤 살며시 말을 꺼낼 작정입니다."

"그렇지요, 그것이 중요한 일…… 대감님은 훌륭한 치적을 보여드리지 않으면 결코 아드님이라고 해서 용서하실 분이 아닙니다."

거기서 나가야스는 자신의 가슴을 탁 쳤다.

"안심하십시오. 그 점은 이 나가야스가……사돈 되실 다테 님의 비웃음을 받을 만한 일은 결코 하지 않겠습니다. 이처럼 훌륭하신 주군을 모시고 있으면서 그런 일을 하게 한다면 저희들 면목이 없지요."

"그럼, 주군께서 문안인사 가실 때 저도 따라가 볼까요?"

부인의 말을 듣고 나가야스는 다시 한번 마음속으로 히데요리와 다다테루를 비교했다.

나가야스는 이제까지 자기의 '운명'에 대해 자주 생각해 왔다. 길흉은 언제나 꼰 새끼처럼 번갈아 인생을 찾아온다고 생각하면서도 자기만은 '특별'한 느낌이 들었다.

'어쩐지 불행의 파도 쪽이 많은 것 같다……'

그것이 요즘에 와서 완전히 뒤바뀐 느낌이었다. 어쩌면 그 사람의 생애에 찾아오는 길흉화복은 늘 반반이면서 찾아오는 시기에 차이가 있는 것인지도 몰랐다. 전반생에 한꺼번에 불행이 찾아왔기 때문에 이미 그의 생애에는 불행이 끊어진 것인지도 모른다……고 생각할 만큼 요즘 그는 하는 일마다 행운이 따라 마음먹은 대로 잘 되었다.

그가 다다테루며 자아 부인과 함께 이에야스 앞에 나갔을 때도 그랬다. 때마침 무슨 지시를 받으러 왔는지, 히데타다를 비롯한 다다테루의 형들이 모두 모여 있었다. 이런 일은 정월 초하루가 아니면 여간해서 없는 일이었다. 히데타다와 그의 배다른 형 유키 히데야스, 그리고 동생 다다요시가 이에야스와 함께 일제히 다다테루를 돌아보고 저마다 다정한 말을 건넸다.

"오, 다다테루 님인가, 많이 컸는걸."

나중에야 알았지만, 다다요시와 다다테루 사이의 다섯째 아들인 미토에 봉해져 있는 노부요시의 병세가 위독하여 그 일 때문에 모인 것이었다. 그러나 그때는 나가야스도 다다테루도 아직 그 사실을 몰랐다.

'여기서 세 분 형님을 만나게 되다니 다다테루에게 있어 얼마나 운 좋은 일인가…….'

다다테루 일행이 나타나자 세 사람은 곧 물러갔지만, 나가야스는 그때도 기분이 흐뭇했다.

나가야스가 한동안 아사쿠사 저택 이야기며 가와나카지마에서 수행해 온 일정 등을 보고하고 나자 이에야스는 나가야스를 물러가게 했다.

"좋아, 다다테루에게 이야기할 게 있다. 그대는 잠시 물러가 있어라."

나가야스는 생각했다.

'이것도 나쁜 일은 아니다…….'

부자가 정답게 무언가 훈계할 생각일 테지. 그렇게 되면 자아 부인도 자신의 용건을 꺼내기 쉬우리라…….

나가야스는 다다테루와 부인에게 살며시 눈짓하고 물러나왔다.

나가야스가 물러가자 이에야스의 얼굴이 흐려졌다. 아무래도 처음부터 기분이 좋지 않았던 모양이다.

"자아, 그대는 어떻게 생각하고 있는 건가?"

"네……? 어떻게 생각하느냐고 말씀하셨습니까?"

"다다테루가 몇 살이 되었다고 생각하느냐 말이야."

"네……네."

"더 이상 어린애가 아니다. 언제까지나 어머니가 옆에 붙어 있을 셈이냐고 묻고 있는 거야."

자아 부인은 그 말에 오히려 한숨 돌렸다.

"대감님은 제가 주군을 어린애로 아는 줄 아시고…… 호호호……저는 주군을 수행하려고 온 게 아니에요."

"뭐라고, 그러면 무슨 일로 왔나?"

"네, 주군 일 때문이 아니지요. 제 자신의 일로 말씀드릴 게 있어서 왔습니다."

그러자 이에야스는 비로소 다섯째 아들 노부요시의 병에 대해 말했다.

"다른 용건이라면 나중에 해라. 미토의 애가 병들었어. 아무래도 가볍지 않아."

자아 부인은 섬뜩했다. 미토 노부요시의 생모는 지금 야마시타(山下) 님이라 불리고 있는 오쓰마(於都摩) 부인이었다. 생모에게 다케다 가문의 피가 흐르므로 노부요시는 다케다 성을 받았으며 어렸을 적부터 소중하게 여겨져왔다. 자아 부인은 자기 자식 다다테루와 비교하며 선망을 느꼈었다.

'그 노부요시가 중병이라니……'

그렇다 해서 오늘 이대로 물러가면 좋은 기회를 놓치게 된다. 일단 다다테루와 함께 신슈로 내려간 다음 다시 틈을 보아 에도로 나온다면 시골생활을 참지 못하는 소견머리 없는 짓이라고 해석되든가 아니면 집안의 불화로 여겨질지도 몰랐다.

"어머나, 뜻하지 않은……."

일단 결심하면 부인도 결코 뒤로 물러서지 않는 꿋꿋함을 지녔다.

"그 말씀을 들으니 더욱 자아의 소원을 말씀드리지 않을 수 없습니다. 아무쪼록 들어주십시오."

"뭐, 그 말을 들으니 더욱이라고……?"

"네."

"좋아, 짤막하게 말하라. 이번의 영지이동에 불만이라도 있다는 건가?"

"어머나! 어찌 그런 마음이 있겠어요? 대감님 마음을 생각하며 낮이나 밤이나 은혜에 고마운 눈물을 흘리고 있는데요."

"흥."

이에야스는 고개를 돌렸다. 이 꿋꿋한 여자의 말에는 늘 감정의 과장이 뒤따랐다. 자기 말에 유달리 설득력을 주려 하기 때문이다.

"대감님, 자아는 미욱하여 얼마 전까지도 대감님의 깊은 고심을 몰랐지요."

"그런가? 몰랐다면 몰랐던 것으로 됐어. 여자와 남자는 다르니."

"아니에요, 깨달은 뒤에는 그럴 수가 없어요. 자아는 이제, 대감님은 이것저것 다 이룩하시고 극락 같은 세계에 계신 분이라고 단순하게 생각하고 있었습니다만, 생각해 보니 새로운 정치를 펴나가시는 지금이 몇 번째인가의 귀중한 새 출발이라는 걸 비로소 깨달았습니다."

이에야스는 다시 흘끗 부인을 쳐다보았으나 잠자코 있었다. 말을 꺼내면 온갖 이론으로 자기 주장을 고집하는 것이 이 여자의 버릇이었다.

"그런데 자아는 어떠했을까요? 도련님 옆에서 내 딸에게도 섬김 받으며 이 나이에 벌써 아무 부족 없는 평안한 은퇴생활을 하고 있습니다. 이는 부처님의 벌을 받을 일이라는 것을 아사쿠사 저택을 보았을 때 깨달았습니다. 대감님! 자아의 지금까지 불찰을 아무쪼록 용서해 주세요."

이번에는 이에야스도 멍하니 입을 벌리고 부인을 쳐다보았다.

소원이라고 말할 때는 틀림없이 무언가 조르리라, 아마 집안사람의 등용 같은 일이겠지 생각하고 있었는데, 어쩐지 그것과 다른 모양이다.

"허허, 그러면 그대는 다시 이에야스의 측근에 돌아오겠다는 건가?"

"그렇습니다. 이대로 손을 묶고 늙어 죽는다면 그야말로 신불의……."

"잠깐, 그렇게 생각했다면 머리를 깎고 오로지 신불을 섬긴다 해도 이 이에야스는 싫다고 하지 않을 거야."

이에야스는 짓궂었다. 일부러 쌀쌀하게 쏘아붙이고 그런 다음 상기된 부인에게 얼굴을 가까이 가져갔다. 듣기에 따라 여인에 대해 이처럼 잔혹한 모욕은 없었다. 측근으로 돌아오고 싶다는 측실에게 머리를 깎더라도 상관 않겠다니. 물론 그 빈정거림을 모르는 자아 부인이 아니었다. 아니, 이에야스에게서 사나이가 그리워 측근에 돌아오겠느냐고 질문받았을 때의 대답까지 가슴속에 단단히 준비해 온 부인이었다.

"대감님 말씀이오나, 그러면 자아의 마음이 평안치 않습니다."

"흠, 신불은 말도 않거니와 손을 뻗어 위로도 해주지 않으니 말이지."

"아니에요, 신불은 저 같은 것이 섬기지 않더라도 여러 부처, 여러 보살님들이 많이 계십니다."

"그러면 이에야스의 측근에 아직 보살의 손이 모자란다는 건가?"

"대감님! 저 역시 여자입니다."

"그러니 다다테루를 낳았겠지."

"대감님 측근에 있는 젊은 여자들에게 아무 느낌도 없다고는 하지 않겠습니다. 하지만 그 일만으로 이처럼 소원을 말씀드릴 만큼 앞뒤를 분간하지 못하는 나이는 아닙니다."

"흠."

"아무쪼록 대감님이 명하시어 이 머리를 내리게 해주십시오. 그리고 곧 노부요시 님을 간호하러 보내주세요! 자아는 대감님에게 심로(心勞)가 계신 한 내 몸을 한가롭게 하고 싶지 않습니다. 아닙니다, 한가롭게 있으면 부처님의 벌을 면할 수 없지요…… 그렇게 깨닫고 말씀드리러 왔습니다."

이에야스는 자기 귀를 의심했다.

'거짓말이 아닌 것 같다……'

교묘하게 둘러대어 소박맞은 규방에 접근하려는 수작이라고 생각했는데 아무래도 예상이 빗나갔나 보다. 이에야스는 부인의 머리를 마음속에서 깎아보았다. 그랬더니 그곳에 꼿꼿해 보이면서도 애잔한 몸집의 여승이 소녀 같은 싱싱한 느낌으로 자기를 올려다보고 있다.

'이 여자는 아직도 이렇듯 젊었던 것일까……?'

그런데도 규방에서 내보낸 지 벌써 몇 년이 된다. 문득 너무 잔혹했다는 느낌이 들었다.

"흠, 그러면 머리를 내리고 내 측근에 있고 싶다는 건가?"

"노부요시 님의 병간호를 하러 곧 보내달라고 청하는 거예요."

"그 일이라면 이제 괜찮아. 아무래도 노부요시는 살지 못할 듯해."

"네? 그……그게 정말인가요?"

부인은 자기를 잊은 표정으로 몸을 내밀었다. 꼿꼿한 여자의 결점도 지녔으나,

남을 걱정하는 이 여인의 마음에는 자기와 남의 차이를 초월한 점이 늘 있었다. 남을 도와주기 잘한다고 할 수도 있었고 무슨 일이든 참견하고 나서는 점도 없지 않아 있다. 그러나 그 밑바닥에는 유달리 강한 모성 본능도 있는 것 같다.

"노부요시의 일은 좋아. 그런데 그대가 삭발한 심정으로 내전 일을 돌보아 나갈 셈이라면 돌아와 일하도록 해."

"그럼……그럼, 노부요시 님은 이미 회복될 가망이……."

이에야스는 일부러 그 말에는 대답하지 않았다.

"다다테루는 형의 몫까지 일해야만 돼. 그리고 어머니는 이 성으로 다시 불러들인다. 그대는 이미 어른이야. 오늘은 다시 한번 히데타다 님에게 인사하고 물러가라."

다다테루는 자못 당당하게 가슴을 펴고 고개를 끄덕였다.

인간의 감정에는 다루기 어려운 비틀어진 것이 있다. 처음에 이에야스는 자아 부인을 꾸짖어 쫓아보낼 작정이었다.

'이 여자가 무엇을 바라고 왔을까?'

손바닥을 들여다보듯 뻔하다……고 생각한 것이 적잖이 잘못이었다고 생각하자 별안간 자아가 가엾어졌다. 아니, 단지 가엾게 여겨졌을 뿐 아니라 이대로 멀리하여 썩이기에는 아까운 꽃인 듯한 느낌이 들기 시작했다.

평소에는 남보다 갑절이나 거세면서도 규방에서의 자아는 마치 사람이 달라진 것처럼 고분고분한 복종을 보여온다. 이에야스가 가장 싫어하는 건 평소에 유순하면서 규방에서는 남자를 정복한 듯 행동하는 여자였는데, 그 점에서 자아에 대한 기억은 정반대였다. 몹시 수줍어하며 고분고분 매달려와 이상한 신선함을 느끼게 하는 여자였다.

이에야스는 다다테루에게 상으로 큰 칼 작은 칼 한 벌을 내렸다.

"알겠느냐, 작은북 따위에만 흥을 돋우지 마라. 백성들에게서 진정으로 사모받는 자가 되어라. 백성이 기꺼이 심복하느냐 어떠냐는 그대의 평소 마음가짐에 달렸다. 사모받지 못한다면 그대가 사랑해 주지 않았던 탓이 아닌지 먼저 자신을 반성해 봐라."

훈계한 다음 나가야스를 불러들여 다다테루 앞에서 이렇게 일렀다.

"다다테루는 성미도 용모도 노부야스를 닮았다. 이러한 사람은 강직하고 성급한 것이 좋은 점이면서도 결점이지. 결코 응석으로 키워선 안 된다."

그리고 두 사람을 물러가게 했다. 오랜만에 자아 부인과 마주앉아 단둘이 되고 보니, 문갑 속에 잠시 넣어두어 잊었던 사랑스러운 장난감을 발견한 듯 야릇한 심정이 되어 새삼 아래위로 훑어보았다. 그 시선 앞에서 자아는 목 언저리부터 귓바퀴까지 아련히 물들어 새빨개졌다.

"자아……."

"네……네."

"그대는 이미 젊은 여자들에게 질투심을 느낄 나이가 아니라고 했지?"

"네……네, 저는 이미 더 바랄 데 없을 만큼 총애받았던 몸이지요."

"뭐라구, 더 바랄 데 없을 만큼……?"

"네, 이제부터는 오로지 보답하는 것만으로도 충분합니다."

"거짓말쟁이 같으니!"

"네?"

"인간이 어찌 그렇듯 쉽사리 성인이 될 수 있단 말이냐. 그대가 뻔뻔스러운 거짓말을 해도 그대의 온몸은 비명을 올리며 빨개지고 굳어져 있어."

"어머……대감님……."

"무사는 그 평생이 인내 싸움이지. 무서울 때 무섭지 않다고 자신을 꾸짖고 아플 때는 눈을 크게 뜨며 웃어보인다. 넋두리를 늘어놓든가 눈물을 흘리면 그때는 벌써 누군가에게 목덜미를 물어뜯기게 되는 거야. 난세의 사나이들은 모두 그처럼 무거운 인내의 짐을 짊어지고 살아남아 있지. 그러니 여자도 무언가 하나쯤 인내할 수 있어야 돼."

"그것이라면 결코 다시는……."

"흥, 그처럼 굳어지든가 빨개지면 참는 대신 남을 원망할 심정이 될 테지. 그대는 아직 색정이 너무 많이 남아 있단 말이야."

자아는 원망스러운 듯 흘끗 이에야스를 올려다본 다음 전보다 더욱 굳어져 고개를 푹 떨구었다. 이에야스는 좀 당황했다.

'대체 무엇 때문에 이따위 무자비한 말을 꺼냈을까……'

살며시 측근에 놓아두면 성미 내키는 대로 내전의 일을 잘 단속해 나가리라……고 생각하여 남아도 좋다고 한 이상 되도록 상처를 건드리지 않는 게 당연한 위로이기도 했다.

그런데 일부러 상대의 상처에 손톱자국을 내어 어쩌려는 것인지……?

거기까지 생각하자 이에야스는 더욱 당황스러웠다. 자기가 무엇을 원하고 바라며 이따위 잔혹한 이야기를 시작했는지 비로소 깨달았기 때문이다.

'나는 일부러 자아의 마음에 불을 지르려는 것인지도 모른다……'

그리고 보니 빨개져서 고개를 푹 숙인 자아의 모습이 더욱 젊어보였고 안타까울 만큼 애처로웠다. 이에야스는 스스로도 기막혀 하면서 혀를 찼다.

"정말 골치 아픈 여자로군, 자아!"

부인은 움찔해 고개를 들었다. 무언가 꾸중 들으리라 여겼는지도 모른다.

"네……네."

"그대의 거짓말을 아직 그대로 용서할 수가 없다."

"아닙니다, 그러한……일은 반드시 삼가겠어요."

"꾸짖고 있는 게 아니야."

"네."

"눈치 없는 여자로군. 그대가 남을 원망하게 할 수는 없어."

"네."

"그러니 한 달에 한두 번은 이전처럼 함께 밤을 지내자."

"어머……."

"주제넘은 짓을 해선 안 된다. 그 점은 새삼스레 이르지 않아도 될 테지?"

"네……네."

대답하더니 자아 부인은 반쯤 멍해졌다가 이번에는 불덩어리처럼 되어 고개를 떨구었다. 고개를 수그렸을 때 그 꿋꿋한 여인의 무릎에 눈물이 뚝뚝 떨어지고 있다.

이에야스는 당황해 외면했다. 여성의 집념이나 미련을 본능적으로 싫어하는 습관은 결코 이에야스만의 버릇이 아니었다. 노부나가 같은 사람은 극단적으로 이를 싫어하여 그것이 남색(男色)으로 향하게 한 모든 원인이었다 해도 좋았다.

그러나 오늘의 이에야스는 비로소 시원시원한 여자를 본 느낌이었다.

'이 여자는 진짜로 내 곁에 접근하지 않겠다는 각오로 와 있었다……'

그러므로 지금까지처럼 규방을 함께하겠다는 말을 듣고서 믿을 수 없다는 반응을 보여준 것이다…….

이에야스는 웃었다.

"하하……좋아, 지나간 일은 잊어라. 에도에 쇼군의 막부가 생겼어. 그대도 또한 새로이 싹튼 것이라고 생각하는 게 좋아."

"네……네."

"그러나 그 마음속의 인내가 첫째……이것만은 잊어선 안 된다. 아직도 남자나 여자나 그걸 버려도 될 만한 평화로운 세상이 아니지. 인내에 인내를 거듭하여 그러한 세상을 쌓아올려야만 될 때야."

"마음에 새기고 있습니다."

"좋아, 오늘 밤 잠자리를 함께하자."

말하고 나서 이에야스는 황급히 이마의 땀을 닦았다.

봄빛 가을색

이에야스가 에도로 가고 나서 오사카성 안 공기는 또다시 다른 양상을 띠기 시작했다. 이제껏 거의 나타나지 않던 영주들이 이따금 얼굴을 내밀기 시작했다. 그 계절의 물건 등을 얼마쯤 헌상하고 요즘 눈에 띄게 성장한 히데요리를 배알하고 가는 것이다.

가타기리 가쓰모토가 그 일을 걱정한 것은 그 사람들이 뚜렷이 두 가지로 구별되었기 때문이었다.

하나는 말할 것도 없이 히데요리가 귀여워 얼굴을 보지 않고는 못 견디는, 다이코의 심복인 여러 영주들이었다. 아사노 요시나가는 물론이고 가토 기요마사도 구로다 나가마사도 후쿠시마 마사노리도 그러했다. 그들은 이에야스가 후시미에 있을 때는 왠지 사양하는 눈치를 보였으나, 이에야스가 에도로 떠나자 아직 에도로 가고 있는 도중인데도 느긋해진 표정으로 얼굴을 내밀었다.

또 하나는 가쓰모토의 눈으로도 뚜렷이 알 수 있는 반 도쿠가와 색채를 띤 사람들이었다. 이들은 히데요리 앞에서 판에 박은 듯 다이코의 덕을 칭송하고 그 생전의 세상을 그리워했다. 그중에는 아직 정치 따위 전혀 모르는 히데요리에게 가쓰모토조차 이해되지 않는 그럴듯한 이론을 늘어놓았다.

"16살이 되시면 작은대감님에게 천하를 돌려주신다는 약속이었지요……."

"막부라니 약은 수작입니다."

그러고는 돌아갔다. 그 사람들 말에 의하면, 이에야스가 세이이타이쇼군이 되어 펴는 막부정치 형태를 생각해낸 것은 모두 천하를 히데요리에게 돌려주지 않으려는 음모라는 것이었다…….

간파쿠나 섭정에 의한 천황 친정(親政)에서는 아무래도 천하를 히데요리에게 넘겨주지 않으면 안 될 의리상의 문제가 남게 된다. 그러므로 '정치체제를 바꾸면' 다이코와 약속한 것과 같은 세상이 아니게 되는 것이다. 모든 무사는 조정의 백성인 동시에 쇼군 가문의 부하며 가신이다……세상이 완전히 바뀌었으니 이제 천하를 돌려줄 필요 없다……는 핑계를 대기 위한 엉큼한 정략이라고 획책했다.

전혀 그렇지 않다고는 가쓰모토도 단언할 수 없다. 그러나 실제 문제로서는 서로가 모두 같은 조정의 백성……다시 말해 한 임금 밑의 만백성일 따름이라면 만백성끼리의 싸움을 다스릴 수 없다는 것은 백 몇십 년의 난세가 증명하고도 남음이 있다.

노부나가와 다이코가 모두 실력으로 눌러온 것을 이에야스가 명백하게 제도화시킨 데 지나지 않는다. 그렇지 않으면 천황에게 반역하겠다고 나선 반역죄가 아닌 이상, 치안을 맡은 관리가 아니면 단속할 수 없게 된다. 그러한 자들의 손에 억눌릴 만큼 지금의 군웅은 미미한 존재가 아님을 가쓰모토 역시 잘 안다.

게다가 이 두 종류의 접근자를 다른 각도에서 볼 때, 앞경우는 모두 '기타노만도코로파'가 되고 뒷경우인 불평분자는 '요도 마님파'가 되었다. 머지않아 히데요리의 지지자 중에서 또 두 파로 분열이 생길지도 모른다.

'그렇게 되면 오사카성 안에 대체 어떤 바람이 불어닥칠 것인가…….'

어쨌든 오사카의 실권자로서 그러한 일에서 생기는 잘잘못을 추궁받게 되는 것은 가쓰모토……라고 생각하자 그의 하루하루는 숨 막힐 듯했다.

대체로 세키가하라 싸움 때 이에야스 편을 들어 많은 상을 받은 사람들은 히데요시의 정실부인인 지금의 고다이인을 따르는 사람들이며, 동시에 히데요리에게 옛 주인의 유아로서 깊은 애정을 바치는 이들이었다. 이들은 이미 막부 정치가 일본 통일을 위해 불가피한 것임을 이해하고 있다. 따라서 이들이 히데요리를 찾아주는 건 가쓰모토로서도 기쁜 일이었다.

그러나 다른 한 파의 사람들이 다이코의 생전에 대하여 이상한 감상을 버리지 못하는 것은 요도 마님이나 히데요리의 마음을 동요시킬 뿐 아니라, 다른 한편인 고다이인을 따르는 사람들에게 이상한 반감을 불러일으키는 결과가 될 듯하여 걱정스러웠다.

"터놓고 말할 수는 없습니다만 가토, 후쿠시마, 구로다, 호소가와 등이 자기 가문이 소중해 에도에 추파를 던지는 모양입니다. 하긴 기타노만도코로님도 벌써 그런 생각이신지 모르겠습니다만."

이러한 말들을 곧잘 지껄이고 간다.

만일 에도와 오사카 사이에 어려운 문제가 생길 경우 가쓰모토는 모든 일을 제쳐놓고 고다이인과 그곳에 드나드는 여러 장수들에게 주선을 부탁할 작정이었다. 그런데 두 파로 갈라진다면 옴짝달싹할 수 없게 되고 만다.

더구나 최근에 이르러 요도 마님의 언동에도 그러한 기색이 역력히 나타나는 것 같은 느낌이 든다.

가쓰모토는 결코 여성 심리의 섬세한 감정의 움직임까지 알 만한 사람은 못 되었다. 하지만 그날 가즈히사 무네토모(和久宗友)가 찾아와 교토 행정장관 이다쿠라 가쓰시게가 고다이인한테 이따금 문안드리러 드나드는 것 같다고 말하고 돌아간 뒤, 요도 마님이 가쓰모토에게 뜻밖의 말을 했다.

그때도 요도 마님은 분명 술에 취해 있었으나 일부러 사람을 물리치고 가쓰모토에게 술잔을 준 다음 목소리 죽이며 속삭여왔다.

"가쓰모토 님, 그대는 어떻게 생각해요?"

가쓰모토는 몹시 당황해 허둥거렸다. 평소의 요도 마님이 아니라 그녀가 곧잘 오노 하루나가에게만 보이는 요염한 교태를 온몸에 풍기고 있었기 때문이다.

"어떻게 생각하다니요?"

"내대신……이 아니라 지금은 쇼군님이지. 그 쇼군님과 기타노만도코로는 어느 정도의 사이일까?"

가쓰모토는 그 말을 어떻게 해석해야 될지 몰라 눈을 깜박이며 요도 마님을 올려다보았다.

"단지 쇼군에게 매달리는 게 자신에게 이익 된다고 여겨 접근하는 것인지, 아니면 좀더 깊은 사이인지……."

"그렇다면 저 고다이인 님이……."

"호호…… 그렇게 놀랄 건 없어요. 기타노만도코로라고 해서 여자가 아니겠어요? 아직 시들었다고도 할 수 없을 텐데."

"그런 터무니없는 일이……그런 일이 설마 있을 수 있겠습니까?"

"그렇다고는 하나 여자란 남자로부터 유혹받으면 약한 거예요. 나도 말이지요, 한번은 쇼군에게……."

말하려다가 요도 마님은 당황해 다시 가쓰모토에게 잔을 떠맡겼다. 가쓰모토는 멍해졌다. 그런 소문도 전혀 없는 건 아니었다. 이에야스가 이 성의 서성에 있을 때 찾아간 요도 마님과 단둘이 한 방에 잠시 있었다는…….

'그러나 그런 일을 요도 마님 입에서 들을 줄이야……?'

요도 마님은 또 요염하게 웃었다. 그건 보기에 따라 꾸민 이야기로 가쓰모토를 놀리고 있는 것 같기도 했고 겸연쩍음을 숨기려는 웃음 같기도 했다.

"요즘 나는 마음에 걸리는 소문을 들었어요."

"어……어떤 소문입니까?"

"실은 쇼군님이 히데요리 님의 아버지로서 나와 함께 살 생각이었다는 거요."

"그럴 리가……."

"글쎄, 들어봐요. 들은 다음 웃으며 잊어버리는 게 좋겠지요."

"예……."

"그러나 그렇지 않았지요…… 나는 그것을 그 젊은 오카메인가 오만인가 하는 여자들 탓이라고 생각하며 쇼군을 비웃고 있었어요. 그런데 그렇지 않다는 거예요."

"……."

"자, 술잔을 비워요…… 그것이 실은 기타노만도코로의 농간이었다지 뭐예요."

"대체 그 소문을 누가 귀띔해 드렸습니까?"

"호호…… 그런 건 아무래도 좋잖아요."

"설마 얼마 전에 부르셨던 광대 나고야 산조인가 하는 자가……?"

"글쎄, 아무래도 좋다는데. 세상에는 그러한 소문도 있다고 한 귀로 듣고 한 귀로 흘려버리면 되는 거지요. 어쨌든 그 때문에 쇼군님은 마음이 바뀌셨대요. 그래서 나한테 미안한 마음도 있어 세키가하라 싸움이 끝나자 곧 하루나가를 나에게 보내주었다나……? 호호…… 그렇게 생각하면 그런 것도 같아요. 남녀 간의 일이란 이상야릇하기만 해."

"마님, 그 사나이는 그러한 꾸민 말로 술좌석을 휘어잡는 광대, 그것은 우스갯소리일 겁니다."

"그럼, 그대는 기타노만도코로가 결코 그럴 리 없다고 믿고 있나요?"

"당연한……"

말하려다가 가쓰모토는 황급히 입을 다물었다. 단순한 농담이 아니다. 요도 마님의 표정이 별안간 경련되듯 일그러졌던 것이다.

'이분은 사실이라 믿고 이야기하고 있다……'

이에야스와 기타노만도코로 사이에까지 정사가 있다고 억측할 정도라면, 요도 마님이 무심히 말한 이야기는 어쩌면 사실인지 모른다.

가쓰모토는 등골이 으스스해져 황급히 잔을 비우고 물러가려 했다.

"가쓰모토 님."

"예……예."

"교토 행정장관이 뻔질나게 기타노만도코로에게 드나들고 있다면, 나와 도련님이 의지할 데는 그대뿐이오. 우리 모자를 저버리지 말아주오."

"어찌……그런."

가쓰모토는 더욱 울화가 치밀며 오싹해졌다. 새삼 되물어볼 것도 없다. 이 말 속에는 고다이인과 요도 마님을 이간질하려는 무책임한 악의가 농담조로 섞여 있는 게 아닌가……

가쓰모토는 쫓기다시피 요도 마님 거실을 나섰다. 벌써 오후 10시 가까이 되어 긴 복도에는 겨우 초롱불빛이 조그맣게 깜박이고 있을 뿐이었다. 어둑한 그 복도에서 가쓰모토는 다시 뜻하지 않은 사람 그림자를 만나고 말았다. 히데요리의 거실에서 살며시 빠져나오는 여인의 그림자를……

다른 사람이 아니다. 지금 시간에 이 가까이 있을 리 없는 센히메의 시녀 사카에의 모습이었다.

이 시각에 있을 수 없는 자의 모습을 발견했으니 가쓰모토는 불러세우지 않을 수 없었다.

"누구냐?"

우선 센히메의 거처에서 이곳에 건너오기까지는 각 거처의 출입구가 있고 그곳에 시녀 우두머리 대기실이 마련되어 있다. 따라서 오후 7시 이후의 출입은 그들의 동의가 없으면 할 수 없었다.

부르자 사카에는 천천히 멈춰섰다.

"네, 센히메 님 시녀 사카에입니다."

뒤돌아본 젊은 시녀의 표정은 어슴푸레한 등불 아래에서 보는 탓인지, 죽은 사람처럼 창백해 보였다.

"사카에 님이로군. 그런데 이 시각에 그대는 무슨 까닭으로 이런 곳에 있소?"

"네……네, 센히메 님 심부름을 왔습니다."

"뭐라고, 센히메 님의……?"

가쓰모토는 고개를 조금 갸웃했다.

"좋아, 물어볼 말이 있소. 따라오도록."

그 길로 앞장서 출입구 쪽으로 걷기 시작했다. 주위는 한없이 고요해서 겨울밤 추위가 살갗에 날카롭게 파고든다.

"저……실은 센히메 님 심부름이 아니었어요."

아니나 다를까 사카에는 겁먹은 목소리로 낮게 앞서 한 말을 취소했다.

"작은대감님의 부르심이 있어서 갔어요."

가쓰모토는 아무 말도 하지 않았다. 말없이 긴 복도를 걸어가, 강아지 그림 문짝으로 엄격히 칸을 막아 놓은 출입구 앞에 이르렀다.

가쓰모토는 대기실에 대고 말했다.

"오늘 밤 숙직은? 나는 가타기리 가쓰모토다."

대기실 안에서는 시녀 우두머리가 당황하고 있는 게 분명했다. 이마도(今戸)라는 그 시녀는 하녀에게 무언가 빠른 말로 이르고 안에서 문을 열더니 필요 이상 웃는 얼굴을 지으며 머리 숙였다.

"사카에 님이 지나간 것을 그대는 알고 있었소?"

"네……네."

"용건은?"

"저, 센히메 님으로부터의……."

"틀림없나?"

"네……아닙니다. 저 작은대감님부터의 부르심이 있다고 해서."

"몇 시쯤인가?"

"네, 오후 6시가 지나서라고 생각됩니다만."

그 대답에 가쓰모토는 고개를 깊숙이 끄덕였다. 끄덕임과 동시에 하나의 의혹이 가슴에 크게 떠올라왔다. 아무래도 사카에는 히데요리의 부름을 받고 왔던 것 같다. 그러나 히데요리 가까이에 접근할 생각이 있다면, 몸만은 크게 자랐지만 아직 어린 히데요리이니 부르게 하는 따위의 일은 쉬운 노릇이리라.

'어쨌든 이 여자는 네 시간 남짓이나 히데요리님 곁에 있었다. 무엇 때문에……?'

"좋아, 이야기할 것이 있으니 잠시 이곳을 빌리겠소. 그대는 자리를 비키도록."

"네……네."

어쩐지 시녀도 무언가 좀더 곡절을 알고 있는 눈치였다. 그러나 가쓰모토는 일부러 그것을 무시하고 사카에를 재촉하여 안으로 들어갔다.

"단둘뿐이오. 자, 이곳에 앉으시오."

사카에는 시키는 대로 가쓰모토 앞에 앉았다.

"그대는 아마 사카이 태생이었지?"

"네, 전에는 고다이인 님 분부로 우키타 가문을 섬겼던 몸입니다."

"그대는 위태로운 짓을 했어."

"……."

"알겠소. 비록 작은대감님의 부르심이 있었다 하더라도 출입구가 닫히는 시간까지는 돌아갔어야 했소. 만일 야간 순시하는 무사들에게 발견되면 어쩌려고 그랬소?"

사카에는 고개를 푹 떨군 채 눈도 들려고 하지 않았다. 여인에 대해 둔한 가쓰모토에게도 무언가 수상쩍음을 느끼게 했다.

"그대는 이 가쓰모토에게 설마 숨기지는 않을 테지?"

"……."

"처음에 그대는 센히메 님 심부름으로 왔다고 했고, 그리고 나서 작은대감님의 부름을 받았다고 말을 바꾸었소. 어째서 도중에 말을 바꾸었나?"

"네……네, 그건 처음에 작은대감님을 두둔하려고 생각했기 때문입니다."

"흥, 그러면 도중에서 두둔할 수 없다고……생각하여 진실을 말했나?"

"네."

사카에의 목소리는 잦아들 듯 가늘었다.

가쓰모토는 또 잠시 동안 물끄러미 그녀를 응시하고 말했다.

"좋아, 그러면 다음 질문을 하겠소. 그대는 작은대감의 부르심을 받아 갔다고 했소. 따라서 갈 때까지는 무슨 일인지 몰랐단 말이지……?"

"네……네."

"그 대답에 틀림없다면, 그대의 얼굴을 보고 작은대감님은 무엇 때문에 불렀는지 용건을 말씀하셨을 거요."

"……"

"그럴 테지."

"네……네."

"좋아, 그 용건은? 말씀하신 대로 이야기해 보오."

그러자 사카에는 비로소 얼굴을 들고 원망스러운 듯 가쓰모토를 올려다보았다.

"그건 말할 수 없다는 건가."

"……"

"그대는 지금 위태로운 갈림길에 서 있소. 알겠소? 작은대감님은 아직 어린 몸……그대는 훌륭하게 성숙된 여인이오. 그대가 무언가 음모하는 게 있어서 작은대감님에게 접근했다……고 해석한다면 어떻게 하려는가?"

"……"

"그대의 눈은 핏발이 서 있소. 이런 밤중에 만일 도련님 옥체를 해치려고 배회했다……고 믿어버리면 대체 뭐라고 변명하겠소?"

"말씀드리겠습니다!"

"그게 좋아. 여기에는 아무도 없다. 듣는 사람은 나 하나…… 말하지 않고 될 문제가 아니야."

"작은대감님은 이 세상에 태어나지 않았더라면 좋았을 거라고 말씀하셨습니다."

"뭐, 뭐라고?"

"작은대감님은 볼일이 있어 저를 부르신 게 아닙니다. 적적하다고 말씀하고 싶어서……다만 그래서 부르신 것입니다."

"흠, 이 세상에 태어나지 않았더라면 좋았을 거라고……? 무슨 생각으로 그런……?"

"네……네, 이 몸이 태어났으므로 어머님이 가엾다, 무언가 커다란 불행이 닥쳐올 것 같아 마음 쓰이신다고……."

가쓰모토는 별안간 온몸의 피가 굳어버리는 듯한 느낌이 들었다. 있을 수 없는 일은 아니라고 가쓰모토는 뼈가 쑤시는 듯한 상념 속에서 중얼거렸다.

"다이코의 단 하나뿐인 아드님이 그러한……."

요즘 요도 마님의 행실은 가쓰모토에게도 이해할 수 없는 이상한 방향으로 빗나가고 있다. 히데요리에 대한 애정은 누구 눈에나 확실히 보였고 당연한 일로 생각되었다. 도리어 편애하는 형태로 나날이 활활 불타오르는 게 아닐까 싶을 만큼, 이른바 기타노만도코로파든 불평파든 가리지 않고 찾아오는 모든 사람들 앞에서 언제나 눈물이 글썽해 이런 말을 입에 올렸다.

"작은대감이 사랑스러워."

그러나 그토록 사랑스러운 히데요리 옆에서 지내는 시간은 차츰 적어지고 때로 의식적으로 피하는 것 같은 모순 역시 느껴졌다.

가쓰모토는 그것을, 어른이 된 히데요리에게 자주성을 갖게 하기 위한 어머니의 훈육……이라고 이해하고 있었지만 히데요리 쪽에서 본다면 반대 해석도 될 수 있으리라.

'나를 거추장스럽게 여겨서 멀리한다…….'

그러한 의미로 볼 때, 엄격한 사부를 갖지 못한 히데요리는 역시 여자들 속에서 자라난 응석꾸러기 버릇을 갖고 있다……고 생각하다가 가쓰모토는 또 섬뜩했다.

히데요리가 응석 부릴 상대로 사카에를 불렀다 하더라도, 대체 그러한 아이들 같은 속삭임에 시간이 얼마나 소비되느냐는 것이었다. 두 시간쯤 서로 이야기하면 논쟁이 아닌 한 아무리 이야기를 잘하는 말벗이라도 화제가 막히고 만다.

'그런데 사카에는 네 시간 남짓이나…… 무언가 또 있다, 숨기고 있는 일이.'

가쓰모토는 새삼 사카에를 아래위로 살폈다. 사카에는 다시 창백하게 얼어붙은 듯 침묵한 모습을 불빛에 내맡기고 있다.

"알겠소, 작은대감님이 그대에게 무언가 호소할 일이 있어서 불렀다는 것은…… 그러나 그것뿐만이 아니었을 거야. 시간이 맞지 않소. 그런 다음 무슨 일이 있었소."

"말씀드릴 수 없습니다."

"뭐, 뭐라고 말했소? 그 뒤 무슨 일이 있었는지 대답할 수 없다고 말하는 건가?"

"네……네."

"무슨 말이오, 그렇다면 그대 입장이……."

"법대로 처단해 주시기 바랍니다."

"사카에……그대는 이 가쓰모토를 얕보고 있는 모양인데."

"……"

"그대는 쇼군 가문에서 뽑혀온 센히메 님 시녀, 그러므로 섣불리 처단하지 못할 거라고 얕보고 있다면 큰 착각이야."

"……"

"만일 내가 그대를 베어버린다면 송장에 입은 없지. 괴한이 작은대감님 침실을 엿보고 있어 한칼에 베어버렸다…… 아니, 베어버리고 보니 그대였다고 알리면, 아무리 쇼군님이라도 잘못이라고 할 수 없을 테지…… 그렇다고 해서 내가 그대를 베겠다는 건 아니야. 이 성과 작은대감님을 맡은 자로서 사실을 알고 싶을 뿐이야. 어떻소, 그 뒤 작은대감님은 뭐라고 말씀하셨나? 결코 나무라지는 않겠소. 아니, 누설시키지 않겠다고 맹세해도 좋소……."

감정에 호소하며 추궁하자, 어느덧 고개를 푹 떨군 사카에는 눈물을 뚝뚝 떨어뜨렸다.

가쓰모토는 더욱 목소리를 낮추었다.

"그대가 작은대감님을 감싸는 것은 충심으로 작은대감님의 불리함을 염려하는 충성이라고 할 수가 있지. 가쓰모토도 나이를 헛되이 먹지는 않았소. 가슴속으로 그대에게 두 손을 모아쥐고 있어."

또 견딜 수 없다는 듯이 사카에는 흥분된 목소리로 입을 열었다.

"말씀드리겠습니다! 작은대감님은……작은대감님은……생모님의 마음속을 모두 꿰뚫어보고 계십니다."

"뭐, 생모님의 마음속을?"

"네……네."

"생모님의 마음에 무언가……작은대감님에게 불리한 어떤 불순한 것이라도 있다는 건가?"

"있습니다!"

"참으로 단호한 말이로군. 설마 이것이 그대의 생각은 아닐 테지?"

"아닙니다, 작은대감님의 말씀입니다. 마님은 나이 많으신 다이코님 측근에 불려갈 때 싫어서 혼났다고, 몇 번이나 죽으려고 했지만 그것도 할 수 없었다고 작은대감님에게 말씀하셨다고 합니다."

"뭐라고, 작은대감이 그대에게 그런 말을?"

"네, 또 여러 가지로……원숭이를 닮은 늙은이였다고도."

"흠."

"그러므로 히데요리는 저주받은 출생…… 아버지는 히데요리를 낳도록 하고 싶은 생각이 없었던 자식…… 그러니 어머니의 사랑을 못 받는 것도 당연하다고 말씀하시며 눈물을 흘리셨습니다."

가쓰모토는 너무나 엄청난 일이라 대답할 수 없었다.

요즘 요도 마님은 술이 지나치고 이따금 정도가 넘는 농담을 입에 올린다. 어쩌면 그러한 말을 했을지도 모른다. 그러나 그것이 가장 사랑스러운 히데요리의 마음에 상처를 주었다고 한다면 얼마나 큰 비극인가…….

아니, 그 이상으로 가쓰모토를 뒤흔든 것은 요도 마님의 농담이 실은 그대로이며 거짓말이 아니라고 생각되는 것이었다. 확실히 요도 마님은 싫어했으리라. 좀 더 젊고 미남이고 늠름한 상대를 꿈꾸는 게 처녀들 마음이다.

'그렇다면 히데요리가 한탄하고 있듯 정말 저주받은 태생……'

어쩌면 그렇게 해석될지도 모른다고, 지금까지 생각해 본 적도 없는 의혹이 일었다.

"저는 그것이 크게 잘못된 생각이라고 입에 침이 마르도록 말씀드렸습니다. 하지만 작은대감님은 막무가내였습니다."

가쓰모토는 다시 한번 신음했다.

"음. 그건 확실히 잘못이라고 그대도 진정 생각하는 게로군."

"네……네."

"어째서 잘못인가……? 그대가 생각한 대로 말해봐."

거기까지 말하고 가쓰모토는 당황했다. 그 또한 히데요리와 같은 어린아이가 되어 사카에에게 구원을 청하고 있다. 그렇다면 나이도 지위도 없잖은가. 사카에 역시 깜짝 놀란 듯 젖은 눈동자를 크게 뜨고 가쓰모토를 올려다보고 있다. 이윽고 그 목도 목 언저리도 귓불도, 아니 무릎에 놓인 손톱 끝까지 붉게 물들이며 고개를 떨어뜨렸다.

잦아들어 없어지고 싶은 심정. 그러나 가쓰모토는 모르고 있다……

인간으로서 가쓰모토는 결코 인정의 미묘한 움직임에까지 남김없이 눈이 미치는 인물은 못 되었다. 사나이와 사나이의 대결이나 싸움터의 작전에서는 남보다 몇 배나 경험이 많았으나 남녀 사이 일에 있어선 단지 손이 미치는 한도의 사람을 건드려왔을 정도이다.

솔직히 말해 히데요리의 한탄이라는 것이 그대로 그를 어쩔 줄 모르게 만들고 있다. 그의 아들 또한 같은 생각을 하고 있는 게 아닐까 하고…… 따라서 사카에의 표정 변화에까지 눈이 미치지 못해 그녀는 한시름 놓았는데, 그것이 과연 사카에나 가쓰모토로서 다행한 일이었을까……

어쨌든 사카에는 이날 밤 야릇하게 무엇인가에 홀린 것처럼 어린 히데요리에게 몸을 맡기고 말았다…… 결코 히데요리가 난폭하게 강요한 것은 아니었다. 시녀도 시동도 물리치고 히데요리의 비뚤어진 술회를 듣는 사이, 그녀 마음속의 히데요리에 대한 동정이 차츰 이성(理性)의 선을 넘게 했다고 해도 좋다……

"저주받은 출생이라니, 그런 일은 없어요. 실제로 기타노만도코로님은 작은대감님이 태어나셨다고 듣자 곧 이세 신궁으로 사람을 보내어 축원까지 하셨다는데……"

그렇게 말을 꺼냈다가 사카에는 몹시 허둥거렸다. 기타노만도코로가 여러 사찰과 신궁으로 사람을 보내 출생을 기다렸다는 것은 '저주받은 출생'의 위로는 될지언정 요도 마님의 실언을 취소하는 말은 될 수 없다는 것을 깨달았기 때문이었다. 그러고 나서 사카에는 우물쭈물했다.

히데요리는 소년다운 엄숙함으로 망상을 자꾸만 키워나갔다.

"아버지의 죄야, 지금 히데요리가 괴로워하는 건."

나중에 그런 말까지 듣자 사카에의 마음에는 이상한 반발심마저 솟아났다. 어릴 때부터 다이코와 기타노만도코로 곁에 있었던 탓에, 일이 이쯤 되자 사카에는 도쿠가와 편 사람이 아니게 되어버렸다.

"작은대감님은 귀중한 생명의 싹틈이 어떤 비밀에 싸여 있는지 모르십니다. 이를테면 형체는 어떤 부모 사이에서 싹트더라도 그 자식의 생명이 깃들 때는 범접할 수 없는 신불의 정을 받고 있는 것이지요."

그렇게 말을 꺼냈을 때 강한 체질의 사카에는 벌써 한 발 자기 쪽에서 커다란 함정에 다가서고 있었다.

"신불의 정이란 무얼 말하느냐!"

"그것은 생명이 깃들 때 하늘이 내리는 크나큰 사랑……."

대답하고 말고 사카에는 더욱 당황했다. 아마 사카에가 유달리 강한 기질이 아니었다면……그리고 히데요리가 훨씬 손아래였다면……사카에는 물러났을 것이었다. 그런데 그녀는 여기서도 설복시키려는 오기로 자세히 설명하려 했던 것이다. 비록 상대가 도둑이든 싸움이 벌어진 뒤의 폭도이든 그것이 남자와 여자인 한 살을 섞고 보면 순간의 자기 상실과 황홀이 찾아온다. 이것은 사람의 지혜를 벗어난 하늘의 뜻이며, 이 순간적 황홀이 인간의 애증을 모두 깨끗이 씻어준다고 말했던 것이다.

"그렇다면 태어나는 자는 모두 그 신불의 정을 받고 있나?"

히데요리는 눈을 번뜩이며 말하더니 느닷없이 손을 돌려 흥분된 표정으로 사카에를 안았다…….

히데요리는 그때까지 무언가로 자신을 억제하려 했던 게 틀림없다. 아직 상대의 틈을 발견하여 빨리 덤벼들 만큼 수단도 배짱도 있을 리 없었다.

그 히데요리에게 사카에는 그만 기회와 구실을 주고 말았다. 그 의미로는 어떠한 남녀관계에도 황홀이 찾아온다고 말한 것은 소년의 죄악감을 없애 주고 스스로 몸을 내맡겨 유혹한 일이 되리라.

아니, 그뿐만이 아니었다. 이미 마음속으로 자기 남편은 자야 마타시로라고 언제부터인지 정하고 있었는데, 사카에의 몸에는 생각해 본 일 없는 부정의 불이 불붙고 있었다.

두 손을 돌려 끌어안겨진 순간 안타까울 만큼 날카롭게 느꼈다.

'안겨선 안 된다!'

그러면서도, 그녀의 팔은 그것을 거부하지 않고 그녀의 육체는 마비된 듯 움츠러지고 있었다.

"안 됩니다! 그 손을 놓아주세요."

입으로는 되뇌면서 그녀의 두 팔도 히데요리를 안고 있었는지 모른다.

"히데요리는 그대가 좋아. 좋아하는 사람을 사랑하는 거야."

"아, 아니, 그것은······."

"그대도 히데요리를 사랑해 줘. 그렇지, 그대도 날 좋아하지?"

힘껏 거역한다면 거역하지 못할 만큼 센 힘은 아니었다. 하지만 그다음 순간 히데요리는 이미 완전한 사나이였다. 아마 사카에의 육체 속에 살고 있는 여성이 자기를 거부하지 않는다고 느꼈을 게 틀림없다. 이 같은 소년의 어디에 이만한 횡포가 숨어 있었을까 여겨질 만큼 히데요리는 폭군으로 뒤바뀌고 있었다. 마음먹은 대로 사카에를 깔아뭉개고 먹이를 즐기는 매처럼 굴었다.

'벌써 여자를 알고 있다······.'

그 히데요리가 그대로 그녀를 놓아주었다면, 사카에는 지금 가쓰모토 앞에서 이처럼 당황하고 있지 않으리라.

그러니 히데요리는 아직 사카에를 놓아주려 하지 않았다. 두 팔로 꽉 눌러댄 채 빠른 말투로 사카에를 측실로 삼겠다고 말했다. 지금까지의 여자들은 마음에 안 든다고 말했다. 그것은 사카에를 만나기 전의 본의 아닌 불장난에 불과하다. 그것을 똑똑히 알았으니 요도 마님에게 말하여 사카에를 측근에 두겠다고 말했다.

"안 됩니다. 그것은 용서될 수 없는 일이에요."

사카에가 정말 당황하기 시작한 것은 그때부터였다. 이상하게도 마타시로는 걱정되지 않았지만 센히메의 천진난만한 애처로움이 떠올랐다.

"저는 센히메 님 시녀, 어찌 그럴 수 있겠어요?"

그러자 히데요리는 다시 사납게 덤벼들면서, 센히메는 아내의 의무도 못하는 어린아이니 자기가 자청해서 사카에를 바쳐야만 한다고 말했다.

"누가 뭐라고 해도 이 일만은 관철시킬 테다. 히데요리는 이 성의 주인이야."

사카에는 그때도 히데요리를 떠밀려고 하지 않았다. 어차피 한 번 승낙하고 말았다는 체념이 그녀의 저항을 전보다 한결 약화시키고 있었다. 그 약해진 저항 속에서 사카에는 뭐라고 핑계 대어 이 사랑스러운 폭군의 품 안에서 달아날까 그것만 생각하고 있었다.

생각해 보면 사카에는 의식적으로 히데요리의 유혹을 은근히 기다리고 있었는지도 모른다. 언젠가 이러한 일이 생길 것 같은 예감은 히데요리가 사카에를 좋아한다고 열띤 목소리로 말했을 때부터 있었다.

'몸은 벌써 어른이 되어 있다……'

그건 이상하게도 낯간지러운 상상이었다. 이처럼 사양도 염치도 모르는, 그러한 일이 전혀 필요 없는 세계에서 자라나 사춘기를 맞은 소년은 대체 어떠한 짓을 저지를까? 아마도 손댈 수 없는 안하무인격인 행동으로 나오지 않을까……?

그건 공포라기보다 흥미였다고 지금에 와서 사카에도 새삼 뉘우치고 있다. 좋아한다는 말을 듣는 것은, 여인으로서 달아날 수 없는 달콤한 뜻을 갖는지도 모른다. 아직 성숙되지 않은 소년의 입에서 그 말을 듣고 사카에는 그 말에 대꾸하고 만 것이다. 더구나 이제 새삼 히데요리의 모습을 눈앞에 그려보니, 말할 수 없는 애정이 온몸에 찰랑찰랑 넘쳐오는 게 느껴졌다. 가쓰모토에 대한 대응도, 센히메를 위해서라든가 도쿠가와 가문에 대한 입장이기보다 어떻게 하면 히데요리를 감쌀 수 있느냐는 데 큰 비중이 걸려 있었다.

'과연, 나는 그 소년을 연모하기 시작한 것일까……?'

스스로 자신에게 되물을 만큼 사카에의 마음은 히데요리에게 크게 기울어졌다. 그러나 그것을 가쓰모토에게 고백해야만 할 것이냐는 문제에 이르자 전혀 판단이 되지 않았다.

가쓰모토는 다시 나직이 신음했다.

"음."

그로서는 사카에의 태도가 걷잡을 수 없는 듯한 눈치였다. 히데요리가 그녀를 불러서 어머니에 대한 불만이며 아버지에 대한 원망을 말했다고 한다……무서운 일이기는 하나 있을 수 있는 일일지도 모른다. 그리고 그 말 가운데 저주받은 출생이라고 한 말에 그렇지 않다고 하며 사카에가 열심히 그 자격지심을 버리게 하려 노력했다고는 하나 소요된 시간이 너무 길다. 더구나 그녀의 말을 히데요리가 납득했느냐는 요긴한 대목에서 사카에는 입을 다물고 돌처럼 완강해져버렸다.

'무언가 또 있다……?'

이렇게 생각하자 가쓰모토의 사고방식은 아무래도 어떤 종류의 '음모'가 잠복되어 있다는 상상으로 기울어갔다.

"어째서 잠자코 있나? 저주받은 출생이기는커녕 다이코 전하가 이 세상을 모두

주고라도 작은대감님을 바라고 계셨던 기다리고 기다리던 출생이었음을 그대는 차근차근 말씀드렸을 테지?"

"네……네."

"그런데 작은대감님이 납득하시던가……? 아니, 좀처럼 납득하시지 않으셨을 테지. 마님 입으로 그런 잔혹한 말씀을 들었으니까. 그래서 그대는 계속 설득했나……?"

"네, 그래서……그래서 지체했습니다."

가쓰모토는 일부러 아무렇지도 않은 듯 물었다.

"그러면 결국은 납득하셨다는 건가?"

그리고 날카롭게 말에 힘을 주었다.

"사카에! 저주받은 출생……이라고 말한 것은 마님이 아니라 혹시 그대가 아니었나?"

인간의 사고방식은 결국 자기 자신이 시발점이다. 만일 사카에가 히데요리의 나이에서 오는 감상을 이용하여 엉뚱한 생각을 불어넣으려 속삭였다면, 버릇을 가르쳐주리라고 가쓰모토는 결심한 것이다.

"어머……."

깜짝 놀라 사카에는 얼굴을 들었다. 사카에로서는 억울하기 이를 데 없는 말이었다.

"그대가 만일 마님으로부터 들었다고 작은대감님에게 고자질하면, 작은대감님 마음은 그것이 이윽고 마님 입에서 나온 것처럼 믿게 된다. 그대만 한 나이가 되면 그쯤은 잘 알고 있을 거야."

"그럼, 제가……작은대감님을 괴롭히려고……?"

"아니, 놀리려고 그랬는지도 모르지. 괴롭히려고 했다면 용서할 수 없는 음모야."

사카에는 다시 고개를 숙였다. 오늘 밤의 사건을 일단 모두 고백할까 하는 생각도 해보았으나, 지금의 말을 듣고 보니 안 될 말이었다.

"내가 아직 그대를 돌려보낼 수 없는 것은 그대의 말과 시간이 엇갈린 데 있다. 대체 작은대감은 그대의 말로 마님에 대한 원망을 버렸는가, 안 버렸는가."

"모릅니다. 그건 잘못된 생각이라고 말씀드렸습니다만, 그 이상 작은대감님의 마음을 움직일 힘은 저에게 없습니다."

"흠, 그대는 화가 난 모양이군."

"아니요, 의심받아도 할 수 없는 일, 순순히 처분을 기다리고 있습니다."

"그런가? 설마 그대를 이곳에서 벨 수는 없겠지. 시간 따위는 불문에 붙이고 일단 돌려보내 달라는 건가?"

"거기까지는 참견할 수 없습니다. 그러나 시간이 지체된 일에 대해서는 내일 아침 작은대감님께 물으시면 명백해지리라고 생각합니다."

"지시는 안 받는다. 큰일이라고 판단되면 이제라도 일어나시도록 청하겠다…… 그런데 말이야."

"무엇입니까?"

"확실히 작은대감님 쪽에서 그대를 부른 것인가."

"맹세하건대 틀림없습니다."

"누군가 그대에게 작은대감님에게 접근하라고 명한 자가 있다면 이 가쓰모토에게만 알려주지 않겠나? 가쓰모토는 생각이 얕은 자가 아니야. 결코 그 때문에 그대에게 누가 미치도록 하지는 않을 거야."

"믿어주십시오. 작은대감님이 적적해 하셔서…… 그래서 그만 오래 지체한 것입니다."

"그것은 가쓰모토가 새로이 작은대감님에게 묻겠다. 나중에 작은대감님이 거짓말하신다는 따위의 말을 해도 때는 늦지."

"그런 일이 있다면……."

'혀를 깨물어 죽는 한이 있더라도'라고 대답하려다가 어지간한 사카에도 참았다.

가쓰모토는 책임감 넘치는 딱딱하고 고지식한 보호역. 그 앞에서 히데요리의 어린 청춘이 저지른 잘못만은 살짝 덮어주고 싶었다. 사실 사카에가 히데요리의 거실에서 지체한 것은, 측실로 삼겠다는 따위의 말은 삼가달라고 설복시키느라고 늦은 것이었다.

가쓰모토는 다시금 물끄러미 사카에를 지켜보았다. 그리고 조그맣게 무거운 목소리로 말했다.

"좋아."

조용한 폭풍

그날 요도 마님에게 '문안'을 온 특이한 두 사람이 있었다. 하나는 마찬가지로 다이코의 측실이었던 교고쿠 부인이고, 또 하나는 사카이 사람 이마이 소쿤이었다. 히데요시가 죽은 뒤 소쿤이 특히 이에야스한테 친근하게 출입하고 있다는 것을 아는 요도 마님은 그를 별실에서 기다리게 하고 우선 교고쿠 부인과 만났다.

교고쿠 부인은 전에 보았을 때보다 눈에 띄게 늙어 보였다. 이제는 누구에게 사랑받으려는 집착도 없어 그 체념이 피부까지도 메마르게 한 느낌이었다. 그래도 마주 앉으니 오랜만에 만난 반가움은 숨길 수 없는 듯 요시노며 다이고의 꽃놀이 때 추억과 그 뒤의 이 사람 저 사람 소식으로 이야기꽃을 피웠다.

그러고 보니 올해에도 또 정원의 벚꽃이 무겁게 꽃망울을 달고 있다. 세월은 빨라서 히데요시가 죽은 지 어느덧 여섯 번째 봄이었다.

"참, 그러고 보니 마데노코지 님에게 출가하신 가가 부인은 가슴병이 시원치 않은가 봐요. 좋은 일은 좀처럼 오래가지 않는 모양이지요."

교고쿠 부인이 이 말을 꺼내자 요도 마님은 당황한 듯 시선을 돌렸다. 부인은 그것을 눈치채지 못했다.

"가가 부인은 너무 예쁘시지요. 그리고 마데노코지 님과 어쩌나 의좋은지 운명의 신이 시샘하셨는지도 모르겠어요."

"그것참, 안되었네요."

요도 마님은 말했으나, 마음속으로는 오히려 가가 부인의 나이를 냉정하게 꼽아보고 있었다. 미모와 젊음으로 자기를 앞서고 있는 가가 부인의 불행이 이상하게도 가슴을 때리지 않았다.

'만일 지금까지 전하가 살아계셨다면……'

이런 생각을 하자, 자기 앞을 가로막는 적은 가가 부인이었을 거라는 감회가 짓궂게 떠올랐다.

"세상도 바뀌었어요……작은대감님이 벌써 어른이 되셨으니까요."

그런 다음 화제는 아픈 사람들 소식으로부터 신앙으로 번졌다. 그즈음 이미 고이데 히데마사는 노쇠하여 거의 출사하지 않고 있었고, 구로다 가문에서도 간베에 노인의 여생이 머지않을 거라는 소문이었다.

"간베에 님은 예수교를 믿게 되시어 시몬이라는 세례명을 받으셨다더군요."

교고쿠 부인이 그 말을 꺼낸 게 실마리가 되어 예수교를 믿는 영주들 이야기가 잠시 꼬리를 이었다. 간베에의 아들 구로다 나가마사의 세례명은 다미안, 죽은 가모 우지사토는 레온, 마찬가지로 지금은 없는 고니시 유키나가는 어거스틴, 그리고 부인의 남동생 교고쿠 다카쓰구는 요한…… 호소카와 가라시아 부인의 아들들도 모두 세례를 받았을 것이며, 규슈 언저리 영주들도 세례받은 자가 많으리라. 그러나 그 가운데 참다운 신앙자는 몇 명이나 있는 것일까?

그런 이야기가 이어진 다음 문득 요도 마님은 기다리게 한 소쿤이 만나고 싶어졌다.

자신은 지금 히데요리를 위해 부지런히 여러 사찰과 신사의 수리 및 재건으로 여기저기에 축원을 하고 있다. 처음에는 다이코가 남긴 황금을 없애기 위한 일로서 '속을 뻔히 알면서도 넘어가는……' 심정이던 것이 언제부터인가 진지한 기원으로 바뀌고 있었다.

'아무쪼록 다시 한번 도요토미 가문의 천하가 되게 해주소서……'

그런데 그러한 축원의 변화를 도쿠가와 가문에서 눈치채기 시작했다고 한다…… 그것에 대해 소쿤에게 물어보고 싶었다…….

한번 생각이 다른 곳으로 옮아가자 태연하게 그것을 입 밖에 낼 수 있는 요도 마님이었다.

"그렇지, 깜박 잊고 있었군요. 소쿤과 만나야 하니 오늘은 이만……"

어느 틈엔가 몸에 밴 이 성의 여주인다운 방자한 태도였다. 이 말에는 교고쿠 부인도 놀란 모양이다. 얼굴빛이 좀 달라지려 했으나 곧 표정을 고치고 물러갔다.

"반가움에 그만 오래 지체했습니다. 작은대감님에게도 안부 전해 주세요."

요도 마님은 배웅하러 일어나지도 않았다. 별안간 그녀의 마음에 불안한 구름이 한 점 떠오르고 있다.

"소쿤 님을 이리로 들게 해라."

그것은 자신의 축원을 도쿠가와 편에서 어떻게 받아들이고 있느냐는 불안뿐만이 아니었다. 예수교 이야기로 말미암아 과연 그러한 축원이 효험 있을까 하는 신앙에 대한 의심도 얽히고 있었다.

소쿤은 여느 때와 다름없는 기품 있는 미소를 띠고 들어와 예의 바르게 두 손을 짚고 인사했다.

"가즈사노스케(上總介) 님 혼례에 관한 일로 얼마 동안 에도에 가 있어서 문안 드리지 못했습니다."

"가즈사노스케……가즈사노스케란 누구……?"

"예, 쇼군님의 여섯째 아드님이신 마쓰다이라 다다테루 님이지요."

"오, 그렇군요. 난 정신이 없어서 그런 분이 있는 것도 몰랐어요. 그런데 몇 살이나 되었나요."

"예, 작은대감님보다 한 살 위, 올해 13살이 되셨습니다."

"13살…… 그래요, 그 혼인 상대는?"

"예, 다테 님의 맏공주 이로하히메 님이십니다."

"그 다테 가문의 따님을 그대가 중매 섰나요?"

"예……분에 넘치는…… 실은 다다테루 님이 7살부터 말씀이 있으셨는데, 그것이 열매를 맺은 거지요."

"7살 때라면……지금으로부터……."

말하려다가 요도 마님은 손가락을 꼽는 것을 멈췄다. 히데요시가 사망한 해로, 이에야스가 히데요시의 유명(遺命)을 위반하고 여기저기로 혼인을 주선한 해가 된다.

"그래요, 경사스러운 일이군요. 그런데 혼례날은 언제로 정해졌지요?"

"내년이나 내후년…… 실은 다테 가문의 맏공주님이므로 에도 저택에서 일단 오슈로 모셔 센다이(仙台)성에서 조상의 분묘에 참배시킨 다음 가신들과 가문의 법도대로 작별행사를 하고 예의범절 및 그 밖의 일에 대해 유감없도록 하고 싶다는 청이 있어서였지요."

"쓸데없는 걸 묻는 것 같지만, 그 따님은 몇 살이신가요?"

"예, 두 살 아래인 11살입니다."

"그러면 앞으로 2년 있으면 15살과 13살……."

"예, 그러면 아주 훌륭하신 신붓감…… 혹시 알고 계신지요? 이 따님의 생모님 역시 오슈의 명문 다무라(田村) 가문 출신이지요. 따님도 그 어머님을 닮아 매우 아름다우시며 청순한 예수교 신자입니다."

"뭐, 예수교……?"

이야기가 신앙문제로 바뀌자 요도 마님은 몸을 앞으로 내밀었다.

신앙에 대한 요도 마님의 태도는 요즘 들어 크게 세 번 바뀌었다.

처음에는 신사와 사찰의 존재를 알고는 있었으나 자신과 아무 관계 없는 일로 관심도 없었다. 그런데 히데요리의 형 쓰루마루가 병들어 기원하고 기도드리게 되어 치료하는 일만큼 효과가 있을지 조금 관심이 생겼다. 그러나 쓰루마쓰는 어린 나이에 세상을 떠났다. 그 타격이 컸다. 기도드려주던 자들에게 화가 났고, 쾌유기도를 위한 시주도 사기당한 듯한 불쾌한 뒷맛이 남았다. 따라서 그 뒤 여러 신사의 수리 및 시주는 가타기리 가쓰모토며 고이데 히데마사의 권유에 따를 뿐 그 이상의 의미가 없었다.

그런데 그 수리와 시주에 관한 일로 여러 승려와 신관을 만나는 동안 어렴풋이 '신앙'이라는 눈에 보이지 않는 마음의 안식처가 있음을 알았다. 사실 지난해부터 올해에 걸쳐 에이산(叡山)의 요카와추도(横川中堂), 야마토 요시노(吉野)의 긴부산(金峯山) 고모리(子守) 신사, 같은 요시노의 자오당(藏王堂), 이세의 우지바시히메(宇治橋姫) 사당, 셋쓰의 나카야마사(中山寺) 등 이미 끝난 곳도 있고 지금 수리 중인 곳도 있다. 교토에서도 히가시사(東寺)의 남쪽 대문을 수리해 달라, 쇼고쿠사 법당을 세워달라는 등 청이 들어왔으며, 그때마다 그 절들의 내력 및 이생공덕(利生工德)에 대한 이야기를 여러 가지로 상세히 들은 탓이리라. 아무튼 요시노의 수도자들로부터 효험 있는 여러 수도법에 대한 이야기를 듣는 동안 요도 마님도 몇 번인가 그 세계에 발을 들여놓게 되었다.

'효험이 있을지, 없을지.'

그런 의문을 갖기 전에 생각하게 되었다.

'이왕 시주할 바에는 정성껏 기원하는 편이 좋지 않겠는가…….'

그리하여 그 기도는 아주 자연스럽게 히데요리에게 천하를 주십사는 기원이 되고, 이어서 이에야스를 저주하는 일로 기울어지게 되었다.

그럴 즈음 문득 예수교의 존재가 마음에 그림자를 떨어뜨렸다. 요도 마님은 아직 그 교의를 들어본 일이 없었으나, 이 수없이 많은 신사와 절이 있는데도 완전히 새로운 남만인이며 홍모인의 신을 믿는 것은 무슨 생각에서인 것일까……?

요도 마님은 소쿤을 만나 자신이 여러 신사와 사찰에 드리는 기원을 에도에서 어떻게 생각하는지 먼저 물어보려고 했었으나, 이야기 도중 이에야스의 아들로 히데요리와 나이가 비슷한 다다테루의 신부가 예수교 신자라는 말을 듣고 그 일을 먼저 화제에 올렸다.

"호, 그러면 그 다테 가문도 예수교 신자인가요?"

"예, 아침저녁 마리아 님께 기도드리는 신앙 깊은 분이라 들었습니다."

"그걸……그걸 쇼군님도 알고 계시나요?"

"물론 알고 계시지요."

"소쿤 님, 나도 그대에게 묻고 싶던 참이었어요. 예수교 신자가 된 사람들은 일본의 신불을 어떻게 생각하고 있을까요? 빌어보았자 기도한 보람이 없다고 생각하며 버린 것일까요?"

다그쳐 묻는 바람에 불교 신자인 소쿤은 놀라며 말문이 막혔다.

"이상하지 않아요? 쇼군님은 불교를 믿으시는 분…… 그런데 며느리는 예수교 신자라니……?"

세상에서 가장 대답하기 힘든 것이 신앙의 옳고 그름을 따져 묻는 일이다. 그것만큼 난처한 일은 없다. 더구나 상대는 이야기에 한번 집착하면 끝없이 캐물어 오는 여인이며, 게다가 섣불리 말할 수도 없는 이 성의 여주인이다.

"글쎄요……그 일이라면 저희들보다 명승고승을 부르시어 물어보시는 게 좋을까 합니다만."

"소쿤 님, 그대는 내가 여자라서 피하려는 것인가요?"

"아닙니다, 그런 일이……."

"내가 묻고 싶은 건 쇼군님이 자신은 불교를 믿으면서 어째서 자기 아드님에게 예수교를 믿는 신부를 맞게 하느냐는 것이에요."

"그건……쇼군님의 너그러우신 마음, 신앙은 저마다 그 마음을 깨끗이 해주는 것이므로 자유롭게 믿으라는 것인 줄 생각됩니다만."

그 말을 듣자 요도 마님은 가볍게 웃었다.

"그대는 좀처럼 속마음을 털어놓지 않는 사람이군요."

"황송하신 말씀을……."

"호호…… 쇼군님은 신앙의 차이보다는 다테와 자기 자식을 혼인시키는 게 현세에 공덕이 많다고 본 거예요."

"황송할 따름입니다."

"그대가 황송할 건 없어요. 호호……그보다도 실은 나도 예수교 신자가 되어 볼까 해서 이야기해 본 거예요."

"저, 생모님이 예수교를……?"

"그렇지요. 돌아가신 전하께서도 예수교를 전혀 싫어하신 건 아니었어요. 다만 아내를 하나만 두어야 한다는 건 곤란하다고 말씀하시고 단념하셨지요. 나중에 못된 자들을 내모신 것은 예수교인들이 서쪽 나라의 가난한 백성을 노예선에 팔아넘겼다 해서 그 노예선의 나쁜 짓을 노여워하셔서였어요."

"그 말씀이라면 잘 알고 있습니다."

"어떨까요? 내가 예수교도가 되더라도 쇼군님은 너그러우신 분이니 잠자코 용서해 주실까요?"

일단 입을 열면 말이 적은 소쿤과 요도 마님 사이에는 머리 회전보다도 혓바닥 회전에 큰 차이가 있었다.

"그야, 무리한 간섭은 결코 하시지 않을 것이므로……."

"호호…… 소쿤 님, 내가 예수교도가 되면 사찰의 수리 등은 모두 중지할 거예요."

"아, 그러시겠지요."

"예수교란 그런 것이라지요. 차라리 나도 그것을 믿는 게 좋을 거라고 생각하는 중이에요."

소쿤의 표정에 다시 곤혹스러움이 떠올랐다가 사라졌다. 이미 그도 민감하게 요도 마님의 말이 무엇을 뜻하는지 눈치챘다.

"호호……그렇게 놀란 얼굴은 하지 말아요. 세상에서는 내가 이곳저곳의 절에 시주하는 건 작은대감님을 위해 에도 멸망을 비는 것이라는 둥 떠벌이는 자가 있다지요? 예수교에 들어가면 그러한 터무니없는 소리도 듣지 않게 될 거예요. 어때요, 그대는 솔직히 내가 어떻게 하면 좋은지 의견을 말해 주오.”

요도 마님은 마침내 두 가지 질문을 교묘하게 하나로 압축시키고, 이야기 내용과는 전혀 다른 명랑한 표정으로 소쿤에게 웃음을 던졌다. 소쿤 역시 단단히 마음먹었다.

‘상대가 그럴 셈이라면……’.

그러한 반발이 노련한 그의 가슴에 불을 질렀다.

소쿤은 오늘 단순한 방문으로 어디까지나 사교적인 인사로 끝낼 셈이었으나, 요도 마님은 무언가 다른 속셈을 갖고 있다. 여기서 자기는 예수교도가 되어 이에야스의 의심을 피하기 위해 여러 사찰과 신사의 수리 및 재건을 모두 중지시켜도 좋으냐고 묻는, 갑작스런 의논인 것이다.

이 의논에 진정한 신뢰감은 느껴지지 않는다. 오히려 소쿤에게 어떤 종류의 반감을 품은 질문으로 여겨진다. 그렇게 느끼자 소쿤도 여기서 자기 입장을 뚜렷이 설명해 주어야겠다고 생각했다. 물론 다이코가 살아 있을 때라면 이런 느낌이 들지 않았으리라. 만일 오해받으면 소에키 같은 꼴을 당하게 된다. 그러나 지금 오사카성의 주인에게 그만한 힘은 없다.

“지당하신 질문입니다만, 생모님 말씀에는 오해가 좀 섞여 있는 것 같습니다.”

“호, 오해라고요?”

“생모님은 에도 멸망을 비는 것……이라는 말씀을 하셨습니다.”

“그랬어요. 그런 소문이 에도에 떠돌고 있다더군요.”

“아닙니다. 저는 잠시 에도에 머물렀습니다만, 누구에게서도 그런 소리를 들은 일이 없습니다. 대체 그런 소문이 있다고 하며 고의적으로 에도와 오사카 사이를 이간시키려는 말을 생모님에게 한 자는 누구입니까?”

부드러운 말로 역습당하자 순간 요도 마님은 당황한 빛을 감추지 못했다.

“그래요? 그럼, 그것은 근거 없는 소문이었군요.”

“글쎄요…… 근거가 있다면 생모님에게 그렇게 귀띔한 자의 마음에 있을 것이라고 생각합니다.”

“좋아요. 그렇다면 나도 안심하지요. 그렇게 말한 건 하찮은 자였어요.”

"그렇고말고요. 그런데 다음의 그 예수교 신자가 되시겠다는 말씀입니다만, 그 일은 자유롭게 선택하실 문제라고 생각합니다."

"뭐, 자유롭게라니 내 마음대로 하라는 건가요. 그래도 쇼군님이 꾸중하시지 않는다고 보증하시겠어요?"

소쿤은 기다리고 있었던 것처럼 자세를 바로했다.

"대체로 신앙이란 내가 믿는 신불은 두려워할지언정 세상일은 초월하는 것이지요."

"그렇다면……."

"쇼군님이 꾸짖고 꾸짖지 않는 게 문제 아닙니다. 그보다 무서운 것은 신불의 노여움…… 그러므로 예수교로 신앙을 바꾸시겠다면, 쇼군님 의사는 조금도 꺼리실 것 없습니다. 쇼군님이 아무리 노하시어 비록 생모님을 처형하시는 일이 있더라도, 생모님은 하느님이 구해 주실 테니까요. 그렇게 믿으시는 게 참다운 신앙이니 신앙은 아무도 간섭할 수 없는 것이라고 생각합니다."

듣고 있는 동안 요도 마님의 시선은 침착함을 잃고 허공을 헤매었다. 그런 것을 묻고 싶었던 게 아니다. 목적은 다른 데 있었다.

"그렇게 말하니 더 이야기할 수 없군요. 나는 예수교를 믿고 싶다는 게 아니에요. 하지만……예수교 신에게 부탁한다면 쇼군님과 작은대감님이 후대에 이르기까지 의좋게 지낼 수 있을까 싶어서 물어본 거예요."

요도 마님은 교묘히 이야기를 돌리며 웃었다. 그러나 소쿤은 여기서 요도 마님에게 양보할 생각은 없었다.

"너무하십니다. 신앙에 대한 말씀인지라 저는 털끝만큼도 거짓을 말씀드릴 수 없어 진땀이 흐릅니다."

"그럼, 예수교에도 그와 같은 공덕과 도움은 없다는 것입니까?"

"예, 공덕이나 도움을 생각하는 신앙 따위는 신앙이 아니지요. 믿을 수 있는 행복감……그건 믿어보지 않으면 모르는 경지로서, 어떤 사람도 간섭하지 못하고 엿볼 수도 없는 자기만의 것, 그러므로 그 경지를 법열이라고 일컬을 정도입니다."

"그래요. 그럼, 내가 갖고 싶어한 것은 신앙이 아니었던 모양이지요."

"황송하오나 소쿤도 그렇게 느끼고……."

"소쿤 님, 그대는 거짓말이나 아첨을 못하는 사람인 것 같군요. 그대는 에도에

가보고 어떻게 생각했지요? 작은대감님이 16살이 되면 쇼군님은 약속대로 천하를 물려주시리라고 보나요?"

소쿤은 다시 한번 아랫배에 힘을 주고 요도 마님을 쏘아보았다.

'역시 이걸 묻고 싶었구나…….'

너무나 무지해 눈물이 날 것만 같은 가엾음과 가슴이 메슥거리는 혐오감을 느꼈다.

세키가하라 싸움 뒤에 '히데요리와 요도 마님은 죄가 없다'는 말을 듣고 요도 마님이 얼마나 뛸 듯이 기뻐했는지 소쿤도 잘 알고 있다. 상식적으로 말한다면, 그때 성을 쫓겨나 모자가 이미 어느 들판의 이슬로 사라지는 것이 난세에 관습이라고 그녀 자신 가장 잘 알고 있었기 때문이다. 그래서 곧바로 감사의 사자를 보내기도 했었다…… 그러므로 히데요리가 16살이 되면 천하를 내준다는 약속이 사나이와 사나이의 신의를 건 약속이었다 하더라도 그 약속은 그때 깨끗이 백지로 돌아갔다. 어쨌든 그때 히데요리는 미쓰나리에게 떠받들려 서군의 명령자가 되어 있었던 것이다.

"생모님, 저로서는 그런 일을 알 수 없습니다만 며칠 동안 쇼군님의 말벗이 되어 여러 가지 잡담을 나누는 사이 쇼군님의 심정에 대하여 두 가지만은 확실히 느낀 바가 있습니다."

"그……그것은 무엇이었나요?"

"그 한 가지는 쇼군님이 어떻든 63살에 은퇴하실 생각이시라는 것이었습니다."

"63살이라면 올해가 아닌가요?"

"예, 올해만…… 즉 내년이 되면 은퇴하시는 거지요…… 이 63살만 채우신다고 말씀하신 심중을 생모님은 아시겠습니까?"

"뭐라고요? 그것을 내가 어떻게 안단 말이에요?"

"그건 다이코 전하가 돌아가신 나이입니다."

"아……그러고 보니 전하께서 63살에……."

"잊고 계셨다니 박정하십니다…… 63살은 다이코 전하가 돌아가신 나이이므로 그 나이만 채우면 은퇴하여, 그 뒤로는 죽은 사람……죽은 사람이 되어 평화스러운 천하 건설을 돕겠다 하셨습니다. 그러자 천하에는 아직도 할 일이 많다고, 너무 빠르다고 측근에서 말하는 이들이 있었지요. 그러나 빠르지 않다, 자신은 이미 죽은 자로서 뒤를 잇는 자에게 천하의 일에 익숙해지게 해두지 않으면 세상이 어떻게 다스려지겠는가? 익숙해지게 해두어야 한다……고 거듭 분명히 말씀하셨습니다."

소쿤은 이미 헛그림자 같은 아첨으로 요도 마님에게 엉뚱한 꿈을 꾸게 하지는 않겠다고 생각했다. 그 때문에 여기서 어떤 노여움을 사도 좋다. 어쨌든 그는 사카이의 다도인으로서 전국의 여러 영주들에게 일단 인사는 차려왔다.

도요토미 가문에 관련 없는 사람들은 은근히 이에야스의 너그러움에 의구심을 품고 있다.

'언젠가는 오사카가 치세에 방해될 때가 오지 않을까.'

그것은 다름 아닌 세키가하라 싸움 뒤 히데요리 모자에 대한 이에야스의 태도에 은근한 불만을 나타내고 있는 것이다. 도요토미의 은혜를 입은 서쪽 지역 영주 중에도 천하가 다시 한번 히데요리 손에 돌아가리라고 생각하는 자는 한 사람도 없다. 그들이 생각하는 것은, 히데요리의 도요토미 가문을 어떻게 무사히 존속시킬 것이냐는 데 마음 쓰며 그 때문에 애처로울 만큼 이에야스의 눈치를 보고 있다.

히고의 가토 기요마사 등은 에도에 으리으리한 저택을 짓고 늠름한 말을 타고 다니며 볼에서 턱까지 드리운 아름다운 수염으로 에도 시민에게 필요 이상의 위엄을 보였지만, 이에야스에게 극진한 태도를 다하고 있다. 그것도 '도요토미 가문의 존속'을 위한 시위와 곧은 마음의 미묘한 표현이라고 생각되었다.

그런 때인데 요도 마님 혼자 엉뚱한 꿈을 꾸고 있다니…….

소쿤은 다시 말했다.

"아시겠습니까, 생모님? 63살로 세상을 물려주겠다는 쇼군님의 마음은 아무래도 움직일 수 없는 것으로 보였습니다만……."

"그럼, 작은대감님은 아직 어리다는 건가요?"

"예, 소쿤님으로서도 아직 안심할 수 없는 세상…… 작은대감님으로는 다스려지지 않을 겁니다."

"그럼, 히데타다 님이 다음 쇼군……?"

"예."

어느덧 소쿤은 이 가엾은 여인의 생각을 바꾸게 해주지 않으면 안 된다는 동정심에 사로잡히기 시작했다.

"소인이 두 가지 일을 말씀드린 것은……아시겠지만 인간이란 몇 살까지 살 수 있는지 아무도 모르기 때문입니다."

"그건……나도 알고 있어요."

"쇼군님도 그걸 깨달으시고 다이코 전하가 돌아가신 나이에 은퇴를 하신다는 건 어쩌면 다이코 전하를 본받으신 일인지도 모릅니다. 인간의 수명은 헤아릴 수 없으니 방심하지 않고 뒤이을 수 있는 자를 키워놓으시겠다는……."

요도 마님은 차츰 파랗게 질려 입가의 근육을 희미하게 경련시키면서 소쿤을 물끄러미 쏘아보고 있었다.

"따라서 다음 세자는 만일 반년 뒤, 1년 뒤에 쇼군님이 눈을 감으시더라도 훌륭히 천하를 호령할 수 있는 분이어야만 됩니다."

"……."

"그런데 그다음의 쇼군님에게는 아직 대를 이를 아드님이 없습니다. 아시다시피 마님의 소생은 모두 따님뿐…… 그러므로 상대는 누가 될지, 이것만은 아직 쇼군님도 백지 상태입니다…… 제가 두 가지 일을 말씀드린 것은 이 때문입니다. 다음의 쇼군님은 백지라고……."

요도 마님은 설레는 목소리로 되물었다.

"그러면, 그러면 소쿤 님은 작은대감님이 3대째 천하님…… 그렇게 보고 계시다는 건가요?"

소쿤은 좀 당황했다. 요도 마님의 가엾은 몽상에 자신까지 끌려들어갈 것만 같았다. 왜냐하면 소쿤도 사실은 이에야스가 인물됨에 따라서는 히데타다의 맏사위인 히데요리를 생각하는 게 아닐까……? 에도에서 오는 도중 그러한 일을 상상하며 왔던 것이다.

그러나 그건 어디까지나 상상이었고, 소쿤이 지금 말하려는 건 그것이 아니었다. 3대는 아직 결정되지 않았다, 그러므로 충분히 자중하는 것이 도요토미 가문을 위하는 길이라고 충고할 작정이었다. 그런데 그것에 필사적으로 매달려 온다면 큰일이었다.

"생모님, 그 천하님이라는 말씀에 대해 좀 충고를……."

과연 소쿤의 이야기 솜씨는 노련했다.

"천하님……이라고 해서는 나쁜가요?"

"아니, 좋고 나쁨을 말하는 게 아니라 다이코 전하와 쇼군님 시대는 다르다는 것을 생모님은 모르시는 것 같습니다."

"뭐라고요, 전하와 쇼군의 시대는 다르다니??"

"쇼군님은 무사의 총대장으로서 천자님에게서 정권을 위탁받으신 분…… 이 시초는 겐페이(源平) 시대(미나모토(源)씨와 다이라 (平)씨가 서로 싸우던 때)의 요리토모 공 때부터입니다."

요도 마님은 의아스러운 듯 눈을 깜박였으나, 히데요리가 2대냐 3대냐 하는 이야기의 계속이므로 굳이 참견하지 않았다.

"애당초 시작은, 요리토모 공의 아버지와 할아버지 시대에 원정(院政)이라는 것이 있어서 자리를 물러나신 선대 천자님이 천하의 정치에 참견하신 일이었습니다."

"어머, 옛날이야기가 되었네요."

"예, 이 원정에 무장들은 무척이나 애먹었지요. 원정에서 갑을 편드시는가 하면 을을 편들어……을이 한시름 놓고 있으면 이번에는 병을 편들어, 그때마다 편드는 자에게 총애를 잃은 자를 치라고 명하셨습니다. 그 때문에 요리토모 공의 아버지도 할아버지도 혈육끼리 서로 싸워 목숨을 잃었지요. 아무튼 원정의 명령 하나로 오늘의 충신이 내일은 역적. 아버지가 좀 마음에 들지 않으면 그 아들을 불러 치라고 명하십니다. 그러면 아버지라도 역적이므로 아들은 쳐야만 했지요…… 이러한 일을 되풀이하다가는 나라 안의 소동이 그칠 날 없다……고 여긴 요리토모 공은 일본의 무사 총대장, 즉 쇼군이 되게 해달라고 하시어 천하를 다스렸습니다."

요도 마님은 번쩍 날카로운 눈초리로 반발해 보았으나, 생각을 고친 듯 잠자코 있었다.

"생모님은 그 요리토모 공과 동생 요시쓰네 님 사이에 어째서 불화가 생겼는지 아십니까?"

"잘은 모르지만 요리토모 공은 질투심 많은 분이셨다지요."

"아닙니다. 그렇지가 않지요. 요시쓰네 공의 무공은 본디 형의 부하를 거느리고 대리로 세운 전공, 요리토모 공이 시기할 리 없습니다. 요시쓰네 공은 형님이 반드시 지키라고 일러둔 가장 중요한 것을 지키지 않았지요."

"그 가장 중요한 것이란?"

"황실에서 포상으로 벼슬을 내리더라도 받아서는 안 된다는 것이었습니다. 일본의 무사는 모두 요리토모 공의 가신, 그러므로 공이 있으면 요리토모가 상신해 받아줄 터이니 직접 받아서는 안 된다고 거듭거듭……."

거기까지 말하자 마침내 요도 마님은 소리 높여 가로막았다.

"그러한 이야기가 우리와 무슨 상관있다는 거지요?"

소쿤도 날카롭게 맞섰다.

"있습니다! 아무 상관 없는 일을 어째서 일부러 말씀드리겠습니까? 이것은 모두 생모님의 물음에 대답하고 있는 겁니다."

요도 마님은 또 꿈틀꿈틀 볼의 근육을 경련시키고 시선을 돌린 채 작은 소리로 말했다.

"그렇다면 계속하세요."

"예, 황실의 임관을 직접 받아서는 안 된다고 단단히 다짐한 일을 요시쓰네 공은 저버리고 벼슬을 받았습니다. 이것이 불화의 시초입니다. 무사들이 다시금 황실에서 벼슬을 받게 된다면 요리토모 공의 이상도 고심도 물거품…… 황실은 받는 사람만 있으면 누군가가 세력을 얻을 때마다 반드시 그 적을 만들어 치라는 어명을 내렸지요…… 그리고 결과는 그대로 되었습니다. 형님의 이상을 이해하지 못한 요시쓰네 공은 형님에게 단단히 꾸중 듣자, 무정한 형이라고 원망하고 고민도 하다가 황실에서 요리토모 정벌의 어명을 받고 명백히 적이 되어버린 것입니다. 이 형제분의 비극……이것은 결코 생모님이며 작은대감님과 상관없는 일이 아닙니다. 생모님도, 요리토모 공을 본받은 쇼군님도, 천자님 측근에서 정사를 보시던 다이코 전하의 세상과 다르다는 것을 단단히 마음에 새겨두셔야만 합니다."

거기까지 말하자 요도 마님도 소쿤이 말하려는 뜻을 어느 정도 알아차린 모양이다.

"그러면 지금은 천하님의 세상과는 다르다는 건가요?"

"예, 이전에는 아시다시피 전하가 공경이 되셔서 천자님 곁에서 정치를 하신 간파쿠 다조 대신. 그런데 이번에는 무사 총대장으로서 천자님의 위탁을 받아 하시는 막부 정치인 것입니다."

"소쿤 님! 그러면 그 차이가 우리 가문에 불리하다는 건가요?"

"유리한지 불리한지의 문제가 아니고, 만일 히데요리 님이 무장이라면 표면상으로는 쇼군님의 아래, 즉 가신이라는 것입니다."

소쿤은 담담하게 말했으나, 이 한 마디로 요도 마님의 표정이 단번에 굳었다.

"이 화창한 봄날에 이상한 말도 다 듣는군. 소쿤 님……작은대감님은 지금 내 대신……그래도 에도의 가신이란 말이오?"

"그것과 이것은 다릅니다."

"그럼, 어떻게 하면 에도의 신하가 안 되겠소?"

"예, 그러시려면 이 성을 나가 천자님 곁으로 가서 무장과 영주 지위를 버리시면 되겠지요."

요도 마님은 혀를 세게 찰 뿐 잠자코 있었다. 아마도 머릿속에 교토에 있는 공경들의, 가문만 높았지 실속 없는 생활을 그려보고 있었으리라.

말이 너무 잔혹했다고 소쿤은 문득 생각하다가, 그렇지 않다고 자신에게 일렀다.

'어차피 알게 될 일이다……'

그는 다시 미소를 띠고 한무릎 나앉았다.

"그러나 생모님, 이것은 쇼군 정치, 막부 정치의 표면상 이치만 말씀드렸을 뿐. 아마도 내년에는 센히메 님 아버님이 쇼군님, 그러면 작은대감님은 쇼군님의 귀여운 사위님, 서로 의를 상하시지만 않는다면 가문은 만만세, 흔들림이 없을 것입니다."

요도 마님은 소쿤의 말이 먼 나뭇가지를 스치는 바람소리처럼 여겨졌다. 어느 틈에 이러한 세상이 되고 말았을까……?

지난해 2월 4일에는 후시미에서 일부러 히데요리한테 신년인사를 왔던 이에야스가 지금은 천자님에게 천하를 위탁받은 무사 총대장이므로 히데요리도 그 명령을 받아야 한다고 한다…… 히데요리까지 가신 취급이라면 가토, 후쿠시마, 아사노 따위가 아무리 굽신거린다 하더라도 화를 낼 수 없다.

아니, 이에야스는 그래도 좋았다. 그러나 내년에는 그 아들 히데타다가 쇼군이 된다고 한다…… 그렇게 되면 요도 마님과 동생 다쓰 마님의 지위는 반대가 된다. 지금까지는 동생의 자식이라 받아주었다는 눈으로 보고 있었던 센히메까지도 언니의 자식인 히데요리니 보내주었다는 말을 들을 것 같은, 생각지도 못한 반대입장이 된다.

세상이 바뀌었다고 소쿤은 말했지만, 아무도 모르는 새 그처럼 확 바뀔 수가 있을까. 그렇다 해서 소쿤의 말대로 다쓰 마님에게는 아직 아들이 없으니 섣불리 화낼 수도 없었다.

이에야스나 히데타다가 무슨 생각을 하는지 대충 짐작된다고 요도 마님은 여겼으나 실은 아무것도 모르고 있었다.

소쿤은 다시 말했다.

"아마……쇼군님은 천하를 물려주시고 과연 자신의 국가 건설이 사람들 마음 속에 어느 정도 스며들었을지, 그것을 찬찬히 살펴보실 생각임이 틀림없습니다. 이 점이 아까 말씀드린 요리토모 공과 요시쓰네 공의 불화와 관련되는 미묘한 점…… 요시쓰네 공은 형님으로부터 황실의 벼슬을 결코 받지 않도록, 받는다면 요리토모 손을 거쳐 받으라, 이것이 가마쿠라 막부의 목숨줄이라고 단단히 다짐받고도, 아마 그것은 나에게 한 말이 아니겠지, 많은 가신들에게 들려주고 있는 것이리라고 형제의 사이이므로 그렇게 생각하며 그리 마음에 두지 않았을 거라고 이 소쿤은 해석합니다."

"……."

"그런데 그것이 방심이었지요. 요시쓰네 공이 형님의 손을 거치지 않고 벼슬을 받자 많은 공신들이 가만히 있지 않았습니다. 요시쓰네 공은 명령을 어겼다, 형제라 해서 그를 버려둘 셈인가, 동생이면 내버려두느냐고 따져물었습니다. 그렇게 되면 천하의 법을 펴는 사람으로서 버려둘 수 없게 됩니다. 그래서 부득이 눈물을 머금고 요시쓰네 공을 꾸짖게 되었지요…… 그러나 꾸중 들은 편에서는 처음부터 가벼이 여기던 일이라, 왜 꾸지람 듣는 것인지 납득되지 않습니다. 그래서 마침내 참지 못하고 적과 아군으로 갈라지고 말았지요…… 알겠습니까? 도요토미 가문과 도쿠가와 가문은 혈육인 형제는 아닙니다. 하지만 돌아가신 전하와 쇼군님은 처남 매부지간, 또 히데타다 님 부인과 생모님은 끊으려야 끊을 수 없는 혈육, 게다가 작은대감님의 이종동생인 센히메 님까지 시집오신 이중 삼중의 사이이므로 요리토모 공과 요시쓰네 공 이상의 친척…… 이 점이 중요합니다."

소쿤은 요도 마님의 시선을 자기에게 돌리지 않고는 못 배길 만큼 열변을 토했다.

"생모님, 이처럼 깊은 이중 삼중의 사이이므로 세상이 바뀌었다 하더라도 내 가문은 아닐 테지 하고 가볍게 생각하는 게 사람의 마음입니다. 그러나 천하의 법을 펴나가는 입장이 되면 쉽사리 그럴 수 없습니다. 요리토모 공 형제의 비극이 그 좋은 본보기라고, 도요토미 가문에서 여러 영주에게 모범을 보이신다……면 틀림없이 작은대감님에게 그만한 행운이 있으리라고 생각합니다."

어느덧 요도 마님의 두 눈에 아롱아롱 눈물이 맺혀 있었다.

"알았소, 알았소. 세상이 바뀌었다……그러므로 솔선해 작은대감님도 쇼군님 법을 따라야 좋으리라는 거지요?"

"황송합니다. 평화를 위해, 돌아가신 전하의 명복을 빌기 위해……또 작은대감님을 위해, 백성들을 위해……."

요도 마님의 눈물을 보자 소쿤은 당황했다. 비로소 자신의 지나친 말이 가슴에 뭉클하게 울려왔던 것이다.

"용서해 주십시오. 소쿤은 요리토모 공 형제분의 옛일을 생각하면 가만히 있을 수가 없습니다."

"잘 말해 주었어요."

요도 마님도 어느덧 말 속에 비꼼을 숨기고 있지 않았다.

"세상이 바뀌어 대궐에서 이제 천하의 일은 쇼군님에게 맡기셨다고……?"

"그렇습니다."

"이것을 바꾸려면 싸움에 이겨서 다시 대궐에 부탁할 수밖에 없겠군요."

"이치는 그렇습니다."

"좋아요, 내가 그 이치를 작은대감님에게 잘 설명……아니, 작은대감님만이 아니지. 후쿠시마에게도 가토에게도……이 성에 오는 사람들에게 모두 잘 부탁하겠어요. 세상이 바뀌었으니 작은대감님에 대한 충성을 진정 원한다면 에도의 지시를 따르라고……."

이렇게 순순히 말하자 어지간한 소쿤도 몸 둘 바를 몰랐다.

'이런 분에게 어째서 지금까지 아무도 진실을 가르쳐주지 않았을까……?'

가타기리나 고이데의 태만을 나무라고 싶은 심정마저 들었다.

"그렇군요. 이것으로 내 마음도 정해졌어요…… 전하께서 돌아가신 연세에 맞춰 쇼군님이 은퇴하신다니……."

소쿤은 곰곰이 생각했다.

'요도 마님은 결코 이해를 못하시는 분이 아니다……'

문제는 역시 측근 사람들의 견식과 성의에 달려 있다. 어쨌든 이 성과 더불어 다이코의 유업이라는, 역사상 드문 커다란 짐을 한 여인에게 짊어지게 하려는 것은 무리다. 측근에 있는 자가 받들고 도와주면서 거듭 유업의 귀중함을 설득해 가지 않는다면 동요하는 게 당연했다. 그런데 소쿤이 보기에 이 성안에 그 중요한 견식과 성의가 충분하다고 볼 수 없었다.

'대체 누가 다이코의 유업을 단단히 마음속에 새기고 있는 것일까?'

소쿤은 사카이 사람들 가운데서도 비교적 냉정하게 노부나가, 히데요시, 이에야스의 3대에 걸친 이상과 업적을 평가할 수 있는 입장이었다. 그가 보기에 노부나가는 위대했다. 히데요시의 재능도 뛰어났다. 이에야스의 경륜에 이르러서는 그 또한 미약하나마 헌신하면서 이를 존중하고 있다.

그러나 이 평화는 이 세 사람에 의해 이룩되었는가? 그런 질문을 받는다면 이렇게 대답할 수밖에 없다.

"아니오"

노부나가는 인재 발굴의 명인이었다. 히데요시는 사람 부리는 재주가 뛰어났으며, 이에야스는 앞선 두 사람의 장점을 취하여 인물 식별과 사람 속에 숨겨진 장점과 미점을 찾아내어 활용하는 타고난 지도자의 그릇이다. 그러므로 저마다 훌륭한 가신을 가졌고 대국을 그르치는 일이 없었다.

그러나 단지 그것만으로는 하나의 시대를 창조해 낼 수 없다. 또 하나의 무엇인가가 보이지 않는 곳에서 크게 그들의 사업을 도와주고 있다. 많은 사람들은 그 '무언가'를 빠뜨리기 쉬웠다. 말할 나위도 없이 그것은 어리석어 보이는 뭇사람들의 소원이며 대중의 뜻이 향하는 곳이다. 이 힘은 하나하나로는 눈에 보이지 않을 만큼 작지만, 실은 역사를 지배하고 시대방향을 결정짓는 큰 강물이라고 소쿤은 생각하고 있다.

이 강은 소쿤이 보기에 싸움으로 날이 새고 저문 백몇십 년 동안 도도하게 흐르고 있었다. 그들은 이미 평화가 무엇이었는지도 잊어가고 있었다. 그러나 마음 어딘가에서는 그것을 바라고 동경하며 찾고 있었다. 따라서 이로써 천하가 다스려질 듯하다고 느꼈을 때는 누가 호소하지 않더라도 어딘가에서 도와주고 있다.

소쿤은 그 '무언가'의 힘을 요도 마님에게 이해시키고 싶었다.

"생모님, 소쿤에게 한 가지만 더⋯⋯ 버릇없는 잔소리를 허락해 주시겠습니까?"

"오, 듣겠어요. 그대의 말로 나도 가슴이 후련해졌으니"

"아닙니다, 이 말은 어쩌면 생모님 심중에 물결을 치게 할지도 모릅니다. 하지만 소쿤은 새삼 생모님의 외숙부 되시는 노부나가 공으로부터 다이코 전하, 쇼군님의 3대에 걸친 이상한 인연을 생각하고 있습니다."

"이상한 인연을⋯⋯."

"예, 이 세 분이 없었다면 아직도 밤낮없이 싸움이 이어져 백성은 죽을 고생을 하고 있겠지요."

소쿤의 말에 요도 마님도 순순히 고개를 끄덕였다.

"정말, 이상한 인연이라고 할 수도 있겠군요."

"이상한 인연이고말고요!"

소쿤은 요도 마님의 순순한 태도를 보자 지금이야말로 설명을 주저해서는 안 된다고 생각했다.

"이 세 분이 만나지 않았다면 무엇보다 이 오사카 거리도 없었겠지요. 지금까지도 여기는 이시야마 혼간사의 문앞거리이고, 사방은 갈대가 무성한 마을이었을 겁니다."

"아마도."

"그 생각을 하면 노부나가 공은 위대하신 분이었습니다."

요도 마님은 다이코의 이름이 나오지 않고 외숙부 노부나가의 이름이 먼저 나왔으므로 좀 당황한 듯 눈을 깜박였다.

"생모님도 알고 계시겠지요. 이 오사카에 성을 쌓으려고 생각하신 것은 노부나가 공, 다이코는 그 뜻을 이으신 것뿐입니다."

"호, 역시 그렇군요."

"저는 이 세 분을, 백성의 고생을 보다 못해 신불이 이 세상에 일부러 보내신 분이 아닌가 하고 이따금 생각합니다."

"호호⋯⋯그렇긴 하지만 난폭하고 피비린내를 풍기시는 분들이었어요."

"아니, 그렇지 않습니다. 그 증거로 이 세 분은 진짜 싸움은 한 번도 하시지 않았습니다. 노부나가 공을 중심으로 다이코 전하도 쇼군님도 열심히 일만 하셨지요."

"그야 그렇지요."

"예, 쇼군님은 처음부터 노부나가 공의 친동생이나 마찬가지…… 노부나가 공은 언제나 쇼군님을 미카와의 친척, 미카와의 친척이라 부르시며 힘을 합하셨고, 다이코 전하는 노부나가 공의 원한을 순식간에 풀어 드리고 그 유업을 이으셨습니다."

"정말 그렇군요."

"전하 또한 노부나가 공과 쇼군님의 사이를 알고 계셔서 고마키 싸움이 있었으나 이에 구애받지 않고 일부러 누이동생을 보내시어 인척이 되셨습니다. 이 세 분의 화목이 없었다면 평화로운 세상은 없을 것입니다. 이것은 생각할수록 만백성에게는 모두 고맙고 불가사의한 인연입니다."

"그렇게 들으니 과연 그렇군요. 세 사람이 싸우고 있었다면 아직도 분명 난세일 거야."

"그렇고말고요!"

소쿤은 어느새 자기가 몸을 내밀고 있다는 사실조차 깨닫지 못했다. 그만큼 오늘의 그는 여느 때의 다도인다운 노련한 조심성에서 벗어나고 있었다.

"그래서 말씀드리고 싶은 게 있습니다. 이 이상한 인연으로 맺어지고 백성을 위해 서로 도와오신 세 분 가운데 이미 노부나가 공도 다이코 전하도 이 세상에 계시지 않습니다. 그러나 쇼군님이 그 뒤를 모나지 않게 다스려 유업을 잇고 계십니다…… 이 인연의 실을 끊고 만일 두 집안을 싸우게 한다면 그야말로 신불의 저주와 만백성의 원망을 받겠지요. 아니, 이 점은 쇼군님도 충분히 느끼고 계신 일…… 생모님도 아무쪼록 이 사실을 잊지 않으시기 바랍니다. 이제까지 세 분 모두 부처님의 화신으로 여겨질 만큼 쌓아올리신 좋은 인연을 나쁜 인연으로 바꾼다면, 그야말로 노부나가 공도 다이코님도 낙담하셔서 귀신이 되어 나타날지도 모릅니다."

소쿤은 뚜렷이 말해 버린 다음 요도 마님의 반응이 궁금했다.

지금까지 요도 마님은 여자라는 자격지심에 강하게 둘러싸여 있었다. 그것을 건드리면 이야기는 곧 이성의 선에서 빗나간다. 소쿤은 그걸 겁내어 마른침을 삼켰던 것인데, 지금의 요도 마님은 조금도 감정이 날카로워진 기색이 없다. 앞서의 비꼬던 응대도 잊어버린 듯 소쿤의 말에 진심으로 귀 기울이고 있는 것 같았다.

소쿤은 이쯤에서 물러갈 때라고 판단했다. 그로서도 결코 입에 발린 아부나 추켜세우는 의미에서 말한 게 아니다. 만일 이에야스와 틀어지게 된다면 노부나가와 히데요시의 혼백이 귀신이 되어 나타난다고 한 말은 그 자신 정말 그렇게 믿고 있는 것이다.

"참으로 분별없이 말이 많았습니다. 그럼, 물러가게 해주십시오."

"벌써 가시겠어요? 정말, 좋은 말을 들려주었어요. 그렇지, 무언가 주고 싶은데……."

그리고 손뼉을 쳐서 우쿄(右京) 부인을 부르더니, 그 귀에 무언가 속삭였다. 옷 한 벌이 하사되었다.

"분에 넘치는 물건, 고맙게 받겠습니다."

소쿤이 물러가자 요도 마님은 잠시 꼼짝도 하지 않은 채 뜨락의 한 점을 응시하고 있었다. 기분 나쁠 때의 눈빛은 아니다. 마음에 떠오른 아름다운 환영을 망가뜨리지 않고 기억 속에 간직하려는 눈빛이었다.

"그렇지, 쇼에이니만 나를 따라와. 지금쯤 글씨 공부가 끝나셨을 거야."

말하고 일어났다가 다시 문득 마음이 바뀌었다.

"그렇지, 작은대감보다 먼저 센히메 님을 찾아가자. 아니, 미리 연락할 건 없어. 혈육인 이모와 조카딸이니."

요도 마님은 말하고 나서 입에 손을 대고 밝게 웃었다.

"호호……나 좀 봐. 센히메 님은 조카딸이 아니라 며느리지. 호호……."

쇼에이니는 한숨 돌린 표정으로 머리 숙였다.

"정말 그렇습니다. 그럼, 수행할 사람은?"

"괜찮아, 며느리한테 가는 데 무슨 거추장스런 예의를 찾느냐. 그대만 따라오면 돼."

"센히메 님이 정말 기뻐하실 거예요."

"기뻐할까?"

요도 마님은 걸으면서 마음이 들떴다.

"생각해 보니 다쓰 마님에게는 아들이 없어."

"네, 따님들뿐이라더군요."

"그러면 센히메가 맏이지. 그 맏이가 내 며느리……."

거기까지 말하고 요도 마님은 입을 다물었지만, 그녀가 무슨 생각을 하며 들떠 있는지 쇼에이니는 벌써 알고 있었다.

이에야스가 63살이라는 다이코가 죽은 나이만 채우고 은퇴한다고 들었을 때부터, 다음 장군은 히데타다지만 히데타다의 다음은 히데요리라고 공상하며 한 말임에 틀림없었다. 그리고 그 공상이 한동안 잊고 있었던 센히메의 존재를 똑똑히 상기시켜 주었다. 히데요리를 3대 장군이라고 공상하면 히데타다와 히데요리 사이를 잇는 중요한 사슬은 다름 아닌 센히메였다.

그 센히메는 지금 에도에서 데려온 어린 소녀 오초보와 둘이 주사위 놀이에 열중해 있었다. 긴 복도를 밝은 표정으로 건너가 센히메의 거처 입구에 이르자 시녀들이 몹시 당황했다. 아무 연락도 없이 요도 마님이 별안간 나타났으니 무리도 아니었다. 한 사람은 황급히 그 앞에 두 손 짚어 절하고 또 한 사람은 안으로 달려갔다.

"괜찮다. 봐라……여기서도 센히메의 얼굴이 잘 보이는구나. 정말 잘도 생겼지. 기품 있고 귀엽구나."

그러나 그 말도 이 거처의 시녀들에게는 있는 그대로 통하지 않았다. 요도 마님의 성미도 말 속의 비꼬는 버릇도 널리 알려져 있다.

"곧 마중 나오시도록 하겠습니다."

"괜찮다. 단지 센히메의 웃는 얼굴이 보고 싶어서 온 거야."

이때 노녀가 허둥지둥 달려와 그 앞에 꿇어엎드렸다. 그러고는 땀을 흘리며 인사말을 했다. 그러나 그때까지도 요도 마님은 담담한 심정이었다.

'나를 위해 모두들 애쓰는구나.'

이렇게 생각했을 뿐 안으로 들어갔다.

그런데 들어가 보니 아까의 그 자리에 센히메도 오초보도 없었다.

"아니, 센히메는 어디로 갔나."

"네, 마중하시려고……"

말을 듣고서야 요도 마님은 섬뜩했다. 장지문 밖에 센히메가 오초보와 나란히 앉아 두 손을 짚고 있다.

"오, 센히메……"

요도 마님의 미간이 흐려졌다. 이렇게까지 예의 차리지 않아도 좋을 텐데……

생각하자 울컥 화가 치밀었다. 이쪽에서 반가움을 느끼고 있는데도 이곳 시녀들은 싸늘한 경계심을 버리지 않는다.

요도 마님은 허리 굽혀 센히메의 손을 잡았다.

"알겠어요, 센히메? 센히메는 이제 내 딸이에요. 이런 곳까지 나와 마중하지 않아도 좋아요. 어째서 하던 놀이를 계속하지 않지요?"

"네, 계속해도 좋을까요?"

"좋고말고요! 자, 저쪽으로 모시고 가라."

어린 두 아이는 얼굴을 흘끔 마주보며 고개를 끄덕이더니 아까의 자리로 돌아갔다. 그러나 눈짓 속에 뜻밖이라는 어리둥절함이 역력히 나타나 있음을 알 수 있었다.

"그대들은 센히메에게 무슨 말을 들려주었느냐? 내가 무서운 사람이라고 가르쳐주었구나."

요도 마님이 마음속 생각을 그 자리에서 곧 입에 올리는 것은 다이코 생전부터 몸에 밴 버릇이었다. 그러나 그녀의 이 한 마디로 노녀는 더욱 움츠러들었다.

"아닙니다, 결코 그러한……."

"그럼, 어째서 센히메가 저토록 무서워하느냐? 바로 조금 전까지 천진난만하게 즐거이 놀고 있었는데……."

"저……그 일이라면 저기서 말씀드리겠으니 아무튼 저곳으로 발걸음을 옮겨주십시오."

이때부터 요도 마님은 완전히 불쾌해졌다. 이번에도 양지쪽 센히메의 자리와는 방향이 다른 윗자리로 요도 마님을 안내하고 그 앞에 납작 엎드리는 게 아닌가…….

"자, 변명하겠다고 했지? 말해 보아라."

"황송합니다. 실은 저도 오늘까지 설마하니 저 사카에가 임신하고 있을 줄은 꿈에도 몰랐습니다."

요도 마님은 다그치며 되물었다.

"뭐, 뭐라고 했나? 그게 대체 무슨 소리냐? 그대는 사카에가……어쨌다고 말했나?"

노녀는 원망스런 듯 요도 마님을 올려다보고 있을 뿐 바로 대답하려 하지 않았다.

'당연히 그 일 때문에 왔으면서 이런 비꼬는 말만 하는군. 대체 무슨 속셈을 갖고 계신 걸까…….'

이렇게 생각하는 조심성 많은 노녀의 눈빛이었다.

"왜 잠자코 있는 거냐? 사카에가 어쨌다는 거지?"

"네……임신했습니다."

"그렇다면 누군가와 이 거처 안에서 간통했다는 거냐?"

노녀는 얼굴을 일그러뜨리며 고개를 저었다.

"아닙니다, 이 거처 안은 아닙니다."

"그러면……상대는 본성에서 근무하는 젊은 무사?"

"아닙니다, 본성에 계시기는 합니다만 대기실에 근무하는 무사는 아닙니다."

노녀는 묘하게도 침착을 되찾았다. 그녀는 요도 마님이 어쩌면 젊은 무사와의 간통으로 몰아 일을 처리하려는 생각이 아닐까……여기고 한결 반감이 생긴 것인지도 모른다.

"대기실에서 근무하는 자가 아니라면 출입하는 상인이냐, 아니면 정원을 경비하는……?"

노녀는 엄숙한 얼굴로 다른 시녀들에게 물러가라는 신호를 했다.

모두들 물러갔다.

"처분은 벌써 마님 마음속에서 결정된 줄 압니다. 사카에를 어떻게 하면 되겠습니까? 분부내려 주십시오."

요도 마님은 답답하다는 듯 혀를 찼다.

"결정할 테니 간통한 상대의 이름을 말해라. 여주인이라고 깔보는 모양인데…… 일에 따라선 두 사람 다 나란히 사형에 처할 테다."

"두 사람 다 나란히 사형……?"

"그렇지. 그대는 벌써 그 상대의 이름을 알고 있을 테지?"

"마님! 너무 시치미 떼시는 게 아닙니까? 사카에의 성미나 기질은 잘 알고 있습니다. 터무니없는 상대를 만들어 사형에 처하신다면 사카에가 가엾습니다."

"뭐, 터무니없는 상대를 만든다고……."

"네, 그런 식의 처리는 좀 잔인한 듯싶어서…… 어쨌든 처음에 사카에는 거실로 불려가 강요당했습니다…… 그것이 틀림없습니다."

"거실로 불려가……?"

"네, 작은대감님은 그 뒤에도 자주 부르셨습니다…… 그러나 어리신지라 그 같은 용건이었는지 당사자인 사카에 말고는 아무도 몰랐지요."

요도 마님은 멍하니 입을 반쯤 벌린 채 정신 나간 듯 말문을 닫고 말았다. 노녀는 그제야 비로소 요도 마님이 아직 아무것도 모르고 있음을 알았다. 그렇다면 그렇게 말하지 않아도 되었을 것을.

"빚이 생겼어. 다쓰 마님에게……."

한참 뒤 이렇게 중얼거린 요도 마님의 눈시울이 새빨개졌다.

이리하여 이 문제를 에도에 뭐라고 알릴지 모든 사람의 입을 봉하며 고심하고 있는데, 오히려 8월 초 에도에서 기별이 왔다.

7월 17일, 마침내 다쓰 마님은 기다리던 사내아이를 낳았다. 뒷날의 이에미쓰(家光), 기쁨에 넘친 탄생 소식이었다.

아침의 접시꽃

이에야스는 게이초 9년(1604)인 그해 3월 29일, 다시 상경하여 후시미성에 들어가 있었다.

세이이타이쇼군으로서 1년2개월, 그동안 건국의 초석은 놓았다. 그러나 그로써 마음 놓고 한숨 돌릴 수 있는 이에야스가 아니었다. 에도에서 듣고 보는 세상 사람들의 평가는 반드시 그대로 공평하다고 말하기 어렵다. 이에야스의 천하에 얼마만큼의 민심이 쏠려 있는지는 에도를 떠나보아야만 알 수 있는 일이었다.

이에야스는 그해 2월, 비로소 모리 데루모토에게 축성을 허락했다. 100만 석 이상으로 이에야스와 부를 겨루던 모리 가문이 30여만 석으로 녹을 깎이고 쌓는 성이다. 데루모토는 정중하게 미타지리(三田尻), 야마구치(山口), 하기(萩)의 세 곳을 예정지로 들어 이에야스의 지시를 청해왔다. 조슈(長州)는 말할 것까지도 없이 오우치 가문 이후 조선과 중국 대륙을 왕래하는 출구를 이루고 있다. 이것은 결코 사소한 감정이나 내정적인 사정만으로 결정할 일이 아니다. 이에야스는 하기를 골라 축성을 허락했지만 이에 대한 세상의 평가며 반응도 머리에 새겨두고 싶었다.

더욱이 규슈 역시 한 나라의 국방을 고려하여 시마즈 가문과 충분히 의사를 통할 수 있게 대비해 두어야만 했다. 그래서 그는 후시미에 오자 마침 상경해 온 시마즈 다다쓰네(島津忠恒)를 그곳으로 불렀다. 이에야스는 우선 시마즈 가문을 위해 교토의 기노시타에 저택 부지를 주기로 했다.

시마즈도 모리도 세키가하라 때에는 모두 이에야스의 적으로 돌아섰던 사람들이다. 그러나 이에야스의 새로운 정치에 복종할 것을 맹세한 이상 이에야스 또한 충분히 격의 없는 태도를 나타내어 안도하게 해주어야만 한다.

이에야스가 이번에 상경한 목적 가운데 다른 한 가지는 대궐에서며 공경들이 자기 심정을 어떻게 보고 어떻게 생각하는지 알기 위해서였다. 공경들은 그때그때의 정권이며 세상의 평가에 대해 예리한 감각을 가지고 있다. 1000년 이상 대궐의 그늘에서 살아남은 그들은 이 천하의 지속 여부와 함께 세상의 어지러움과 안정 문제에 이르면 이상하리만치 날카로운 후각과 촉각을 발휘했다. 아마도 1년 동안 이에야스의 시책을 보고 그들은 이미 그들 나름대로 판단을 내린 게 틀림없었다.

이에야스는 6월 22일에 입궐하고, 23일에는 니조 저택에 들어앉아 공경과 대신들이 인사하는 태도를 조용히 지켜보았다. 그 반응은 예상한 이상이었다. 공경들뿐 아니라 황족, 승려들까지 모두 찾아와 올해에는 처음으로 이에야스를 만난다며 새해 축하인사를 정중히 하고 돌아갔다. 모두 히데요시의 시대 이상으로 마음놓고 있는 것을 잘 알 수 있었다.

이에야스는 그날 이세, 미노, 오와리 등 일곱 지방 영주들에게 미쓰나리의 거성이었던 사와산에 이이 나오카쓰를 도와 새로이 히코네성(彦根城)을 축성하도록 명령내렸다. 이이 가문은 남북조 시대부터 황실을 받들어 온 명문. 이이 가문에게 궁성의 수비를 맡겨 궁궐과 교토를 털끝만큼도 움직이지 못하게 할 것이라는 하나의 시위이며 그들에 대한 답변이었다.

그런 즈음 이에야스를 기쁘게 하는 세 가지 통지가 연달아 들어왔다. 첫째는 지금 사도에 가 있는 오쿠보 나가야스로부터 예상 외로 황금이 나오기 시작했다는 통지였고, 둘째는 히고의 히토요시 성주인 사가라 나가쓰네(相良長每)가 그의 어머니 료겐인(了玄院)을 볼모로 자진하여 에도에 보내겠다는 것이었다. 이것은 결코 이에야스가 요구한 일이 아니었으므로 그 뜻하는 바가 컸다. 무장들 역시 이에야스의 새로운 정치가 무엇인가를 이해하기 시작한 증거였다. 그러나 그 두 가지보다도 더욱 이에야스를 즐겁게 만든 것은 세 번째 소식…….

'히데타다가 아들을 낳았다!'

이에야스는 후시미성에서 '남아 출생' 통지를 받자 곧 거실 책상 위에 등불을 켜게 했다. 무엇 때문인지 근위무사들도 알 수 있었다. 하지만 어떠한 신불에게 무엇을 기원하고 무엇을 감사하는지는 알 수 없었다.

에도에 머무는 동안 가마쿠라 하치만 신궁의 조영(造營)은 명해 두고 왔었다. 오사카에서 이가 하치만 신궁을 숭상하고, 여기서 오토코산(男山) 하치만 신궁에 참배하는 것과 같은 의미가 아니라, 어쩌면 이에야스는 마음속으로 에도의 뿌리가 될 남아 출생을 기원하고 있었는지도 모른다.

"역시 태어났구나."

등불이 켜지자 이에야스의 정성껏 써보내온 히데타다의 서신을 펼치고 안경을 썼다.

"이번에야말로 다케치요라고 이름 지어야지."

지금까지 히데타다에게 전혀 사내아이가 없었던 것은 아니다. 맨 먼저 태어난 것은 센히메, 다음으로 네네히메, 가쓰히메가 태어난 뒤 실은 사내아이가 하나 태어났었다. 그 사내아이에게 히데타다는 자신의 아명을 따서 나가마루(長丸)라고 이름 지었다. 솔직히 말해 이에야스는 그 이름이 마음에 들지 않았다.

히데타다가 이에야스의 뒤를 잇는 이상 그 나가마루는 도쿠가와 가문의 주인이 되어야 할 사람이다. 그 아이에게 나가마루란 당치도 않다고 생각했다. 이에야스가 히데타다에게 다른 아명을 붙였을 때는 그를 후계자로 삼을 생각이 아직 없었기 때문이었다. 도쿠가와 가문의 정통이라면 이에야스나 이에야스의 조부처럼, 그리고 이에야스의 세자였던 노부야스처럼 '다케치요'라고 이름 짓고 싶었다. 그 나가마루는 1년도 채 못 되어 시름시름 앓다가 짧은 생을 마치고 말았다.

이에야스는 말했다.

"그것 봐라."

말해 버리고 나서야 자기가 아직 히데타다에게 그 일로 아무 불평도 입 밖에 내지 않았던 것을 깨닫고 당황했다.

히데타다도 역시 낙심한 모양으로 이에야스의 자못 조부다운 불만을 알아차리고 대답했다.

"다음에는 아버님께서 이름을 지어주십시오."

그런데 그다음에 태어난 것도 또 계집아이로 하쓰히메(初姬). 그렇게 되니 히데타다도 다쓰 마님도, 그리고 이에야스까지도 왠지 모르게 사내아이는 태어나지 않을 것 같아……아니, 태어나도 인연이 없을 것 같아 체념해 가고 있었다.

그러던 참에 이번 소식이 온 것이다.

히데타다의 편지를 지니고 말을 몰아 알려온 것은 히데타다의 전령 나이토 마사쓰구였는데 그마저도 흥분하여 어깨를 으쓱거리는 게 우스꽝스러웠다.

"조산역은 사카이 시게타다였군. 됐어, 우리 가법에 알맞아."

탯줄을 자른 자는 사카이 다다요, 아기를 받은 자는 노녀 사카베 마사시게(坂部正重), 태어난 날은 7월 19일 미시(未時 ; 오후 2시). 모자 모두 아주 건강하다고 씌어 있다.

"마사쓰구, 어떻더냐? 히데타다의 태도는?"

"예, 지금 가마쿠라 하치만 신궁을 건조 중이므로 이것은 신의 뜻이 미치는 일이라며 한없이 기뻐하셨습니다."

"흠, 3대째는 바보가 태어난다는 말도 있으니, 조심해서 키우지 않으면 안 돼."

"예……."

"어쨌든 축하해 주어야만 되겠지. 마사즈미, 곧 성안에 알리도록 해라. 모두에게 술을…… 그렇지, 이 말을 전해 듣고 영주들이 축하인사차 올지도 모르겠다. 주안상 준비도 일러둬라."

그때부터 성안은 기쁨으로 들끓었다.

이에야스는 매우 기분 좋게 잇달아 찾아와 축하인사를 하는 사람들에게 웃는 얼굴을 보였다. 그리고 상대의 축하말을 듣고 난 다음 누구에게나 똑같이 이 말을 먼저 했다.

"이번에는 다케치요라 이름 짓도록 일러야겠어."

개중에는 이 말이 무슨 뜻인지 알아차리긴 해도, 왜 찾아오는 사람에게마다 그 말을 하는지는 깨닫지 못하는 이들이 많았다.

다케치요—라고 한 이상 도쿠가와 가문의 세자이며 히데타다의 뒤를 이을 자라는 뜻임은 누구나 다 안다. 그러나 늘 과묵한 이에야스가 무엇 때문에 한 사람 한 사람에게 마치 선언하듯 알려가는 것인지.

생각하기에 따라서는 이에야스로서 있을 수 없는 일이었다. 말할 것도 없이 다케치요는 아직 잘 자라날지 어쩔지도 알 수 없으며, 그 심신의 강약도 현우(賢愚)도 모두 미지수이다. 이에야스만큼 사려 깊은 사람이 그것을 모를 리 없다. 몹시 불길한 상상이지만 만일 태어난 사내아이가 보통 사람보다 뒤떨어지는 백치라면 어떻게 하려는가……? 물론 그런 말을 입에 담을 수는 없다. 백치일지도 모른다는 상상을 할 수 있듯 기막힌 현자가 태어나지 않는다고도 할 수 없다.

어쨌든 아비는 가신들이 모두 이에야스의 후계자로 인정하여 조금도 의심치 않는 히데타다이고, 어미는 노부나가의 조카딸로 아사이 나가마사라는 준걸(俊傑)의 딸이다. 부계, 모계 모두 한 점도 나무랄 데 없었다. 그렇다 하더라도 '사람은 단련 여하에 달렸다'고 늘 말하는 이에야스가 이것을 무시하고 필요 이상으로 '다케치요'에 대해 널리 퍼뜨리는 데에는 무언가 다른 의미가 있을 것 같다고 혼다 마사즈미도 이타쿠라 가쓰시게도 서로 얼굴을 마주보며 고개를 갸웃거렸다.

이제부터 이에야스가 그 '다케치요'에게 딸려줄 유모와 사부 등에 대하여 히데타다에게 일일이 의견을 써보낼 것이 틀림없으므로 언젠가는 알게 될 일이었으나 아무튼 오늘의 이에야스는 지나치게 기뻐하며 여느 때와 좀 달라보였다.

이윽고 그 일에 의아심을 느낀 것은 그들만이 아니었던 듯 차례차례 축하인사를 하러 찾아온 측실들 중에서 노골적으로 의문을 던지는 자가 나타났다. 지난해와 올해 잇따라 여덟째 아들 나가후쿠마루(長福丸 ; 기슈紀州요 리노부賴宣)와 아홉째 아들 쓰루치요(鶴千代 ; 미토요 리후사賴房)를 낳은 마사키(正木) 부인이며 오만 부인과 사이좋으며, 같은 덴쇼 18년(1590)에 13살로 측실이 된 오카쓰 부인이었다. 오카쓰 부인은 처음에는 오하치 부인이라고도 했으나 이에야스의 측실 중에서는 드물게 처녀로 들어온 여자, 그러니만큼 거침없이 말하는 버릇을 지니고 있다. 세상에 대한 거리낌을 별로 모르는 탓이리라.

"대감님, 다케치요라는 이름은 대감님 이름이 아닙니까?"

"그렇지. 내 이름이고 또 내 조부의 이름이기도 했지. 귀중한 이름이야."

오카쓰 부인은 응석 어린 표정으로 의아스러운 듯 눈을 깜박였다.

"호……그처럼 귀중한 이름을……지어주십니까?"

"지어주어서는 나쁘다고 생각하나, 오하치는?"

이에야스는 이 오카쓰 부인의 응석만은 받아주고 있었다. 그 미모와 재치를 사랑했다기보다도 역시 13살 때부터 자기를 섬겨온 사랑스러움이 있었기 때문이리라.

"좋은지 나쁜지는 모르겠습니다. 하지만 평소의 대감님 말씀과는……좀 다른 것 같습니다."

이에야스는 27살 난 애첩에게 정색을 하고 되물었다.

"그래? 다르다고 생각하나? 대체 어떻게 다르다고 생각하나."

"네, 대감님께서는 늘 사람은 키우기에 달렸다고 말씀하셨습니다. 그러므로 슨푸에 계시는 고로타마루 님 생모님도, 나가후쿠마루 님 생모님도 유난히 엄하십니다. 그런 점을 생각해 볼 때 좀 다른 듯 생각됩니다."

이에야스는 웃는 대신 문득 눈길을 돌려 곁에 있는 이타쿠라 가쓰시게를 쳐다보았다. 가쓰시게는 눈을 내리깔았다. 그로서도 이에야스가 무엇이라고 대답할지 아직 짐작할 수 없었기 때문이었다.

"오하치는 아이를 길러보고 싶다고 말했었지?"

이에야스는 슬쩍 화제를 바꾸어 되물었다.

"네……네."

"그대가 낳은 이치히메(市姬)는 키우지 못했다. 그래서 쓸쓸하다고 말했어. 그대가 기르고 있는 나가후쿠마루의 아우 쓰루치요를 아들로 삼고 싶겠지?"

"네…… 네……그렇지만 그건……."

"알고 있다. 잘 들어라. 노부요시는 안타깝게도 지난해에 죽었지만, 다케치요는 기요스의 다다요시를 비롯하여 다다테루, 고로타마루, 나가후쿠마루, 쓰루치요 등 숙부들이 많으며 그들은 모두 엄하게 길러져 좋은 부하로서 다케치요를 도울 것이다. 그러므로 다케치요는 몸이 좀 약하더라도 충분히 해나갈 수 있을 거야. 중요한 것은 부하이니까."

말을 듣고 오카쓰 부인보다도 먼저 이타쿠라 가쓰시게와 혼다 마사즈미가 눈을 마주보며 서로 고개를 끄덕였다.

"자, 물러가도 좋다. 아직 영주들이 많이 찾아올 테니."

"네."

"이상하게 여기는 자가 있거든 그대가 말해줘라. 이제 좋은 부하가 얼마든지 있으니 다케치요 님은 처음부터 다케치요로 태어났다고."

오카쓰 부인도 아마 그 뜻을 깨달은 듯하다.

"알겠습니다."

그녀는 눈동자를 반짝이며 공손하게 인사하고 물러갔다.

혼다 마사즈미와 이타쿠라 가쓰시게도 마음을 놓았다. 이제 아무것도 물어볼 필요가 없었다. 이에야스는 요즘 잇따라 태어난 자기 자식들의 생모와 그 주위 사람들이 엉뚱한 꿈을 갖지 못하도록 단단히 올바르게 못박아두는 게 목적이었던 모양이다.

그러고 보면 이제 겨우 2살밖에 되지 않은 나가후쿠마루는 작년에 죽은 다섯째 아들 노부요시의 뒤를 이을 자로 결정되어 히타치의 미토 25만 석을 주기로 정해져 있었고, 그 형 고로타마루도 고후 25만 석으로 봉해져 있었다.

2살이나 3살 난 자식들에게 저마다 영지를 정해 주는 이에야스를 두고 이렇게 말하는 사람들도 있었다.

"자기 자식이 되고 보면 귀여운가 보지."

하지만 그것은 히데타다의 적자가 태어났을 경우에 대비한 분가였다고 지금에 와서 수긍이 된다. 또 잇따라 축하객이 찾아왔는데 그 발걸음이 잠시 뜸해졌을 때 에도에서 두 번째 소식이 왔다. 이번에는 태어난 사내아이의 유모, 사부, 시동 등의 인선을 적어 이에야스의 가부결정을 청해 온 것임에 틀림없다.

해는 벌써 저물어 큰방에 촛불이 켜져 있다. 이에야스 쪽에서는 다케치요라고 이름 짓도록 하라는 사자가 이미 에도로 보내져 있었다.

이에야스의 말을 듣고 깨달은 일이지만, 지금까지 히데타다에게 사내아이가 없었던 일로 엉뚱한 꿈을 꾸기 시작한 측실도 있었을 것이다.

여자에게 있어 자식은 그대로 자신의 모든 것이다. 내가 낳은 자식이 혹시 히데타다의 양자로 채택되어 3대째로 종가를 이을 몸이 된다면 하는 꿈을 꾸기 쉽다.

이에야스는 그것을 경계하고 있었던 게 틀림없다. 적어도 새로운 치세의 이념을 유교에서 구하여 여러 백성에게까지 사·농·공·상의 계급제를 실시하려는 통치자 자신이 장유(長幼)의 차례를 스스로 어지럽혀서는 치세의 기둥이 세워질 수 없었다.

오카쓰 부인도 나가후쿠마루와 연년생으로 태어난 아우 쓰루치요를 자기 양자로 키우고 싶다고 청해 왔을 정도라 어쩌면 그러한 꿈에 대해 어렴풋이 알고 있었는지도 모른다. 그러나 그녀는 그것이 허용될 꿈이 아님을 깨닫고 물러갔다.

"다케치요 님은 숙부인 좋은 부하들을……."

그런 말을 듣고 보면 엉뚱한 꿈을 꿀 틈 따위는 전혀 없다.

'그렇군. 그런 의미에서 저마다 어린아이의 영지까지 정하고 계셨어……'

인생은 음미하는 것……음미하면서 현실을 처리해 가는 것이 살아 있는 정치…… 요즘 곰곰이 그런 생각을 하며 부지런해진 이타쿠라 가쓰시게였다.

"이제 올 사람은 대충 다 온 것 같다. 모두들 거실에서 상을 받도록."

그는 큰방에서 물러가는 이에야스의 뒤를 따르면서 마음속까지 깨끗이 씻겨지는 듯한 상쾌한 충실감을 느꼈다.

"자, 모두들 상 앞에 앉아라. 그리고 히데타다로부터 청해 온 인선을, 나이토 마사쓰구가 낭독해라. 마음에 들지 않는 자가 있다면 사양할 것 없다. 누구든 생각을 말해도 좋아. 유모, 사부, 시동…… 이 모두는 천하 일과 이어지는 중대사이다."

이에야스는 상 앞에 앉아 말하며 손수 술잔을 들었다.

상은 일즙오채였지만 오늘은 따로 작은 도미구이가 놓여 있었다. 집안끼리의 연회치고 이에야스로서는 보기 드문 사치라 해도 과언이 아니다.

배석이 허락된 자는 혼다 마사즈미, 나가이 나오카쓰, 이타쿠라 가쓰시게, 나이토 마사쓰구, 나루세 마사나리 외에 보쿠사이와 수덴(崇傳)이 있었다.

나이토 마사쓰구는 히데타다한테서 온 두 번째 서신을, 자기가 적은 것과 비교해 보며 말했다.

"유모는 이나바 마사나리(稻葉正成)의 아내였던 후쿠코(福子)가 어떨까 합니다. 이분은……."

마사쓰구가 읽기 시작하자 이에야스는 손을 들어 그것을 가로막았다. 이타쿠라 가쓰시게가 싱긋 웃었다.

이나바 마사나리의 아내 후쿠코라면 이에야스도 가쓰시게도 잘 알고 있다. 아직 태어날 아이가 사내인지 계집애인지 모르던 때에 다쓰 마님이 이타쿠라 가쓰시게에게 긴키 지방에서 유모를 뽑아달라는 부탁을 해왔다. 서쪽에서 유모를 구하는 의미는 아마 또 딸이라 여겨 교토 여자를 구하고 싶은 생각이었던 게 틀림없다. 그 무렵 후쿠코는 양아버지 이나바 시게미치(稻葉重通)의 서신을 가지고 미노에서 교토로 떠났다. 그러나 가쓰시게가 신원을 조사해 보니, 후쿠코는 야마자키 싸움 때 오미의 오쓰에서 사로잡혀 아와타 어귀에서 책형에 처해진 아케치 미쓰히데의 가신 사이토 구라노스케(齊藤內藏介)의 막내딸이었다. 그래서 가쓰시게는 잘 기억하고 있었다.

이에야스가 손을 내저었다.

나이토 마사쓰구가 걱정스러운 듯 되물었다.

"이 사람이 대감님 마음에 들지 않으십니까……?"

이에야스는 말했다.

"아니, 경사로다. 좋다는 뜻이다. 그 사람이라면 신원을 잘 알고 있다. 다케치요 님에게 딸려놓으면 일생토록 감동하면서 책임을 다할 여자일 게다. 이렇게 말하는 것은 만약 사내아이가 출생했을 때를 생각해 가쓰시게에게 데려오도록 했으므로 나도 잘 안다. 어떤 일에나 부릴 수 있는 여자지. 안 그런가, 가쓰시게?"

"예, 대감님 분부로 대궐의 여관 민부쿄(民部卿) 부인에게 보내두었던 여자입니다."

"그러면 대감님께서는 이의가……?"

"좋은 유모야, 똑똑한 여자지."

나이토 마사쓰구는 문득 웃으려다가 당황하여 얼굴을 긴장시켰다.

에도에서 후쿠코가 인선에 올랐던 일을 생각했기 때문이었다. 어쨌든 경사로운 유모 선택이다. 개중에는 '책형 당한 자의 딸을……' 하며 고개를 갸웃거리는 자도 있었으나 민부쿄 부인과 당사자인 다쓰 마님은 후쿠코를 믿어 마지않았다. 그것은 그 밖에 두 사람 더 있었던 후보자는 모두 다쓰 마님보다 더 아름다웠기 때문이다.

'마님께서는 튼튼하고 그리 예쁘지 않은 교토 여자를 구하고 계시다.'

그런 의미에서 후쿠코는 아주 적당한 용모를 하고 있었다. 그때의 일이 마사쓰구의 웃음을 자아냈던 것이다.

"그러면 사부에 대한 것도 이 자리에서……."

"오, 읽어 보아라. 모두 집안끼리니 사양할 것 없다."

마사쓰구는 그 한 마디로 남아 출생 때의 일은 이에야스와 히데타다 사이에 이미 충분히 합의되어 있었던 것이라고 추측했다. 그렇지 않고는 이렇듯 공개적으로 말하지 않는 이에야스였다.

"그럼, 말씀드리겠습니다. 사카이 다다토시(酒井忠利), 아오야마 다다토시(靑山忠俊), 나이토 기요쓰구(內藤淸次)로 되어 있습니다."

"흠, 누구나 생각은 같은 법이야. 좋아, 이의 없다."

그렇게 말하고 이에야스는 다시 생각난 듯 마사쓰구의 손 가까이를 들여다보았다.

"첫이레에는 늦었지만 삼칠일의 축하에 대해서는 씌어 있지 않느냐?"

"아니요, 여기에는 그것이……."

"그건 안 되지. 다케치요라고 이름 지은 이상에는 하마마쓰 이래 가문의 예가 있다."

"예."

"가문의 기쁨은 바로 대대로 내려오는 가신들의 기쁨이다. 알겠느냐? 거기에 그 이름들을 적어둬라. 물론 히데타다에게 실수는 없겠지만 만일 빠지는 자가 있어서는 안 되니."

"예."

마사쓰구가 말하는 뒤에서 보쿠사이가 곧 일어나 붓과 종이를 건네주었다.

"삼칠일의 축일은 8월 8일, 날도 좋군. 마쓰다이라 다다요리(松平忠賴), 마쓰다이라 다다테루, 마쓰다이라 다다요시(松平忠良), 사이고 야스카즈(西鄕康員), 마쓰다이라 야스나가(松平康長), 마쓰다이라 다다토시, 혼다 야스노리(本多康紀), 마키노 다다나리(牧野忠成), 모가미 이에치카(最上家親), 마쓰다이라 다다자네(松平忠實), 마쓰다이라 노부카즈(松平信一), 오가사와라 히데마사(小笠原秀政), 미즈노 다다타네(水野忠胤), 마쓰다이라 야스시게(松平康重)……."

이에야스는 눈을 감듯이 하고 손가락을 꼽으며 말을 이었다.

"단 첫이레의 축연에 참여한 자로서 겹치는 자가 있으면 그것은 히데타다의 재량에 맡기도록 한다."

이에야스로서는 남아 출생 또한 평화를 굳히는 하나의 좋은 기회로밖에 생각되지 않는 모양이다. 듣고 있는 동안 가쓰시게는 가슴이 아파왔다.

'대감은 태평세월을 이룩하는 데 모든 것을 건 귀신이시다…….'

생각해 보면 무리도 아닌 일이다. 현재 살아 있는 여러 영주 가운데 이에야스만큼 가혹한 난세의 피해자는 한 사람도 없을 것이다. 조부를 칼에 잃고, 부친을 칼에 잃고, 태어난 지 1년 반 만에 어머니와 떨어져 6살 때부터 19살 초여름까지 큰소리 한 번 못 치는 볼모생활을 했다. 아니, 그 뒤로도 이에야스의 인생에는 온갖 풍파가 닥쳐왔다. 가까스로 도토우미까지 날개를 폈을 때 미카타가하라의 그 비참한 대패전을 겪었다.

그때 일이 얼마나 뼈에 사무쳤는지는 다음 말에서 알 수 있다.

"나의 싸움 스승은 다케다 신겐이었다. 신겐이 없었던들 나는 그 뒤의 싸움에서 패하여 깨끗이 죽었을 것이다."

지금껏 그렇게 말하고 있는 것이 무엇보다도 뚜렷한 증거였다.

가정 또한 처음에는 말할 수 없이 비참했다. 이마가와 요시모토의 조카딸인 쓰키야마 마님은 이에야스가 노부나가와 손잡은 뒤로 남편에게 적개심을 불태우며 아무리 설득해도 마음을 허락지 않았다. 마님의 입장이 되고 보면 무리도 아니었다. 남편 이에야스가, 친정이나 다름없는 외가 요시모토를 친 원수 노부나가와 사이좋게 손잡았을 뿐 아니라, 얼마 안 되어 맏아들 노부야스의 아내까지 오다 가문에서 맞지 않으면 안 되었다. 자기 친정은 흔적도 없어져가는 때 며느리의 친정은 왕성하게 번창해 갔다……

어쨌든 첫 아내를 베어야만 했던 이에야스는 괴로웠을 것이다. 그뿐만이 아니다. 오다 가문을 저주하고 남편을 저주하는 쓰키야마 마님의 자식이므로 언젠가 다케다 가쓰요리와 손잡고 일을 꾸밀 게 우려되어 세자 노부야스까지 할복을 강요당하여 죽어갔다. 지금껏 이에야스가 지그시 무언가 생각하고 있을 때는 노부야스의 일을 생각하는 것이라고 이타쿠라 가쓰시게는 잘 알 수 있었다.

이에야스는 조부도 아버지도 어머니도 아내도 자식도 모조리 난세에 빼앗긴 피해자였다. 그리고 온갖 의미에서 인생의 실패자이기도 했다…… 그 이에야스가 평화를 초래하는 데 모든 것을 걸지 않았다면 그 또한 비참하게 시대의 흐름에 짓밟히고 말았을 게 틀림없다.

그러나 이에야스는 같은 실패를 결코 두 번 다시 되풀이하지 않았다. 한번 참담한 고생을 맛보면 거기에서 바로 다음의 성공을 포착했다.

가쓰시게는 지난해 정월 이에야스에게 교토 행정장관으로서 백성을 다스리는 자의 마음가짐에 대해 물었다.

"인생에서 무엇이 가장 중요한지 그 마음가짐을 말씀해 주실 수 없으십니까?"

이에야스는 이렇게 대답해 주었다.

"사람의 일생은 무거운 짐을 지고 먼 길을 가는 것과 같다. 서두르지 마라……

불편함을 일상사로 생각하면 그리 부족한 게 없는 법이야. 마음에 욕망이 솟거든 곤궁했을 때를 생각하라."

그렇게 말하고 나서 희미하게 입가에 웃음을 떠올렸다.

"참고 견딤은 무사장구(無事長久)의 근원이요, 노여움은 적이라 생각하라. 이기는 것만 알고 지는 일을 모르면 해가 그 몸에 미치게 된다. 자신을 나무라고 남을 탓하지 마라. 미치지 못하는 것이 지나친 것보다 나으니."

그것은 아마 이에야스 자신에 대한 엄격한 훈계였던 듯하다. 가쓰시게는 그 말을 기록하여 지금도 아침마다 이것을 읽으며 외우고 있다. 그 이에야스가, 세이이타이쇼군을 할아버지로 갖는 행복하기 그지없는 손자의 출생을 맞았으니 몹시 기쁘면서도 해야 될 일을 잊지 못하는 것도 무리가 아니다. 이에야스는 지금의 행복을 스스로 쟁취해 왔으니……

이에야스로서는 아마 오늘 밤 모든 것을 다 잊고 좋은 할아버지 노릇을 하고 있다고 생각하는 듯했다. 그렇지 않고는 술잔을 손에 든 허물없는 자리에서 이 같은 큰일을 이야기한 적은 일찍이 없었다. 그러면서도 하나하나가 모두 얼마쯤은 '치세'의 문제와 관련되어 있었다.

삼칠일 축연에 초대할 사람들 인선이 끝나자 이에야스는 더욱 기분이 좋아져서 시동 선택에 들어갔다.

"에도의 히데타다께서 말씀해 오신 것은 나가이 님의 3남 구마노스케(熊之助) 님."

마사쓰구는 구마노스케의 아버지 나오카쓰를 흘끗 쳐다보았다.

"다음은 미즈노 요시타다(水野義忠) 님의 2남 세이키치로(靑吉郎) 님, 그리고 후쿠코 님의 아들이며 이나바 마사나리의 3남인 치쿠마(千熊) 님……."

"뭐, 후쿠코의 아들도 넣었느냐? 그것참, 다이나곤이 좋은 생각을 했군."

"허, 참으로 놀랐습니다."

이타쿠라 가쓰시게도 뜻밖이라는 듯이 입을 열었다.

"후쿠코 님은 이나바 마사나리와 뜻이 맞지 않아 이혼했다고 들었습니다만."

"그게 장한 점이야. 고지식한 히데타다로서는 용단 내리기 어려웠을 게다. 이혼한 자의 자식을 택한다는 것은…… 그러나 이것이 중요한 일이지. 부부 사이는 어떻든 여자로서 자식만큼 사랑스러운 것은 없다. 그 가운데 하나를 데려오게 한다…… 그래야 후쿠코는 진심으로 섬길 수 있는 거야. 사람은 기쁜 마음으로 일하지 않으면 결코 온 힘을 기울이지 않는 법이지."

그렇게 말한 다음 이에야스는 가쓰시게에게 물었다.

"후쿠코에게 자식이 몇이나 있다던가?"

"예, 아마 아들만 셋이라고 들은 것 같습니다."

"아들 셋……하하……그래도 남편이 마음에 안 든단 말이지, 기질 센 여자로군. 앞으로 일하는 것을 보고 남은 두 아들도 발탁해 주기로 하마……마사쓰구, 히데타다에게 그렇게 말하도록 하라."

"예."

"그래, 그 밖에는?"

"지금으로서는 이 셋뿐입니다."

"그것으로는 적다. 아무것도 모르는 아기 적부터의 시동이라면 거기서 우러나는 정이 남다른 거야. 셋으로는 안 돼. 그렇지, 아마 히데타다의 유모였던 오우바(大姥) 부인의 오빠 오카베 쇼자에몬(岡部庄左衛門)에게 알맞은 막내아들이 있을 게다. 아, 그래 시치노스케(七之助)라더군. 그 애도 넣으면 어떻겠는지 물어보아라."

"예."

"지금 나오카쓰의 셋째 아들 이름도 나왔지?"

"예, 이도 역시 구마노스케, 곰입니다."

"곰이 둘이라, 좋은 상대로군. 그래, 그 구마노스케는 몇 살이냐?"

"올해 5살입니다."

"그러면 시치노스케는 좀더 크겠군. 다케치요 님을 돌볼 부하들이니 나이도 여러 층, 인원수도 많을수록 좋다. 그렇지, 마쓰다이라 우에몬스케(松平右衛門佐)에게도 아들이 있지. 조시로(長四郎 ; 뒷날의 노부쓰나(信綱))라고 하더군. 그 아이는 양자야. 오코우치 긴베에(大河內金兵衛)의 아들로 영리하여 양자로 삼았지. 그 아이도 좋다. 그리고 또 있군. 아베 사마노스케(阿部左馬助)의 아들인데, 그 아이도 쓸 만해. 다케치요의 주위에 겸사겸사 많은 인물을 길러두는 거야. 그런 마음으로 좀더 널리 앞을 내다보도록 히데타다에게……."

역시 여기서도 인재 양성을 언급하고 있다. 이타쿠라 가쓰시게는 술잔 그늘에서 저도 모르게 웃었다.

결국 인간의 그릇은 그 사람이 집착해 가는 대상이 무엇인가에 따라 정해지는 지도 모른다.

이타쿠라 가쓰시게가 보아온 세계에서 사람은 저마다 집착하는 대상이 달랐다. 이를테면 야마토의 고야규(小柳生) 마을에 사는 야규 세키슈사이 등이 그 좋은 예였는데, 그는 무엇을 보든 병법수련에 연결 지어 생각한다. 승려를 만나든, 다석(茶席)에 앉든, 유학 강연자리에 얼굴을 내밀든, 국학신도(國學神道)의 일에 관계하든 그에게는 모두 병법의 깨달음으로 이어지는 일로서 받아들여지는 것 같았다. 그의 경우는 병법이 곧 생명이라는 집착을 보였으며, 그래서 병법의 달인이 될 수 있었다고 생각했다.

지금은 죽고 없는 요도야 조안이 나카노시마를 개간할 때는 개간귀신이었으며, 전국에서 쌀을 사들이기 시작한 뒤부터는 쌀 시세 만들기에 온 정신을 다 쏟았다.

'아무튼 철저히 집착하는 사람은 그만큼 맑은 아름다움을 보여준다……'

노부나가며 다이코가 일본 통일에 보인 격렬한 집착은 말할 나위도 없고 조지로의 도자기, 에이토쿠의 그림, 자야의 상법, 소에키의 다도…… 이렇게 생각해 나가면 그 집착은 아주 순수한 격렬함으로 일관되고 있다. 그와 똑같은 격렬함을 이타쿠라 가쓰시게는 요즘의 이에야스에게서 똑똑히 보고 있는 것이다.

이에야스 자신은 어쩌면 그것을 모르고 있는지도 모른다. 그러나 입을 열면 그것은 '치국(治國)'에 이어지고, 머리를 돌리면 그것은 '태평'을 지향하고 있다.

'이분이야말로 세상에 평화를 이루기 위해 태어나신 분……'

그렇게 생각지 않을 수 없게 만드는 무엇이 있으며, 그 분위기가 차츰 주위에 어떤 종류의 감화를 펼쳐간다.

처음에 가쓰시게는 이에야스가 어린 자식들을 미토, 가이, 또 시나노에 배치해 가는 것을 보고 문득 인간적인 약점의 일면을 들여다본 듯한 느낌이 들었었다.

'대감님도 역시 자식이 귀여운 모양이다……'

그런데 지금 여기에 다케치요라 부를 인간의 탄생을 맞고 보니 그것은 부끄러운 그의 억측에 지나지 않았다. 자식들의 정착지를 정해 두는 것으로서 이에야스는 명확히 자기 집안에 흔들리지 않는 '적서(嫡庶)의 질서'를 세우려 한 것이다.

이에야스의 지시는 어디까지나 히데타다에게 자기 의견을 말한다는 형식으로 그날 밤새도록 계속되었다. 그 의견을 나이토 마사쓰구는 내일 새벽에 후시미를 떠나 에도의 히데타다에게 알리러 갈 게 틀림없다. 그 무렵 히데타다는 종2품 다이나곤으로 우근위대장을 겸하며 우마료어감(右馬寮御監)에 보직되어 있었으나, 아버지를 더없이 존경하므로 아마 그대로 거의 실현될 것이 틀림없었다.

'그리고 내년에는 대감께서 쇼군직을 물려주실 생각……'

그 결의를 남몰래 굳히고 있는 때 다케치요가 탄생하다니, 이 얼마나 크나큰 하늘의 축복이며 경사스러운 암시인 것일까.

'이로써 2대, 3대, 막부의 기초가 정해져 간다……'

가쓰시게는 결국 그날 밤 후시미성에서 묵었다.

혼아미 고에쓰와 3대 자야 시로지로가 함께 축하인사를 하러 찾아온 것은 그 다음 날이었다.

나이토 마사쓰구는 이미 에도로 출발했고 그를 전송한 이타쿠라 가쓰시게가 할 말이 있으니 뒤에 남으라는 이에야스의 지시를 듣고 기다리고 있을 때였다. 3대 자야 시로지로는 초대 자야 시로지로의 둘째 아들인 마타시로였다. 지난해 끝 무렵에 형 기요타다가 겨우 20살에 숨지고 아직 처자가 없었으므로 아우 마타시로가 자야를 이어 3대째가 된 것이다.

3대 자야 시로지로는 이에야스에게도 사랑받았지만 교토 행정장관 이타쿠라 가쓰시게도 그 인물의 출중함을 꿰뚫어보고 형 이상으로 그를 중용했다. 따라서 지금 자야 가문을 이은 마타시로는 20살의 젊은 나이로 교토의 도시계획을 도우면서 교토, 오사카 지방 다섯 군데의 상인을 이끌고, 교토 상인 우두머리, 거리 총책임자 등 어마어마한 관명을 가졌으며, 때때로 나가사키에도 다녀오고 있다.

혼아미 고에쓰는 그 부친과의 관계도 있고 하여 이를테면 시로지로의 최고 고문격이었다.

둘이 찾아왔다는 말을 듣자 이에야스는 가쓰시게와 나누던 이야기를 중단하고 그들을 곧 거실로 불러들이도록 명했다. 가쓰시게는 그러한 이에야스의 마음을 잘 알 수 있었다. 이에야스는 아직 그 구상을 명백하게 가쓰시게에게 말하지 않았지만 쇼군직을 히데타다에게 물려준 뒤 히데타다의 자문에 응하면서 은퇴한 뒤의 일로 외국무역에 적극적으로 관계할 생각인 듯했다.

히데요시는 누구나가 알고 있듯 노부나가의 생각을 이어받아 처음에는 결코 예수교를 싫어하지 않았으나 뒤에는 몹시 탄압했다. 한때는 예수교를 일본의 국교로 하자는 다카야마 우콘의 상의에도 응할 듯 보이던 히데요시가 갑자기 예수교를 싫어하게 된 것은, 그들이 포교한 뒤의 땅이 모두 스페인과 포르투갈 땅으로 바뀌고 있다는 사실과 아마쿠사(天草) 지방에서 빈민들이 수없이 노예선에 태워져 인도 쪽으로 팔려가고 있다는 사실에 깜짝 놀라 노한 결과였다. 그런데 이에야스는 예수교를 그리 겁내지도 경계하지도 않았다.

문제는 일본의 내정이 확립되어 있기만 하면 그들 가운데 나쁜 이들의 움직임쯤은 막을 수 있다고 생각했다. 그 의미로서 히데요시는 정치와 경제를 떼어놓을 수 없는 것으로 보고 그들을 탄압했지만 이에야스는 정치는 정치, 경제는 경제로서 일본의 중심 집권이 확립되어 있기만 하면 통상은 얼마든지 해야 된다고 여기며 불안할 일은 없다고 자부하고 있었다.

이에야스의 그러한 생각을 이타쿠라 가쓰시게도 잘 알고 있었다.

'어떤 외국 사정을 자야에게 또 묻고 싶으신 것이겠지…….'

그렇게 생각하며 그도 이에야스의 곁에 남아 있었다.

두 사람이 형식대로 축하인사를 하고 나자 고에쓰는 마음에 걸리는 눈초리로 가쓰시게를 흘끔 보았다.

"실은 대감님께 은밀히 말씀드릴 일이 있어서……."

그는 의미 있게 말한 다음 곧 다시 물었다.

"오사카에서 축하사자가 왔습니까?"

생각 탓인지 자야의 얼굴은 창백했다…….

이에야스가 세이이타이쇼군이 되고 나서 거실에 들어와 직접 말을 주고받을 수 있었던 사람은 거의 없었다. 자야 시로지로며 혼아미 고에쓰도 여러 영주들이 늘어앉은 접견실이었다면 아마 그들 편에서 사양하여 일일이 측근을 통해 이야기해야 되었을 게 틀림없다. 그러나 거실로 안내되면 전혀 대우가 달랐다. 이야기꾼 같은 대우로 때로는 조마조마할 정도의 농담까지 허용되었다.

"오사카에서……?"

고에쓰의 질문을 받고 이에야스 쪽이 먼저 가쓰시게에게 따져묻는 투로 눈길을 던졌다.

그 뜻을 알아차리고 가쓰시게는 대답했다.

"오사카에서는 아직 모르는 것이 아닙니까? 알더라도 오늘, 그렇다면 사자를 보내도 도착하는 것은 내일……."

고에쓰는 가쓰시게 쪽으로 몸을 돌렸다.

"아닙니다. 알고 계십니다."

고에쓰는 역시 이에야스보다 가쓰시게 쪽이 이야기하기 쉬운 것 같았다. 그러고 보니 고에쓰는 요즘 교토 행정장관 이타쿠라 가쓰시게와 인생이며 세상 여러 가지 일의 사사로운 고문격인 절친한 사이가 되어 있다.

"허, 누가 후시미에서 알리러 갔던 것일까?"

"아닙니다. 다이나곤님 마님께서 자매지간이라 알려드린 게 아닐까요? 따라서……."

고에쓰는 잠시 말을 끊고 가쓰시게와 이에야스를 번갈아 보았다.

"이제부터 말씀드릴 소동이 일어나지 않았다면 벌써 축하사자가 도착했을 거라고 생각하여 여쭈어본 것입니다."

"뭐, 이제부터 말씀드릴 소동……? 오사카에 무슨 시끄러운 일이라도 있단 말인가?"

이에야스는 따져묻듯 팔걸이에 기댄 몸을 내밀었다.

"예, 아마 그 소동 중에 통지가 있었든가, 통지를 받으신 다음에 소동이 일어났든가, 그건 얼마 안 되는 차이였으리라 생각됩니다."

"그런 차이 같은 것은 아무래도 좋아. 그래, 그 소동이란 무슨 일이지?"

"대감님도 잘 아시는 시로지로 님의 약혼녀이며 센히메 님의 시녀로 간 사카에가 쫓겨나게 되었습니다."

"뭐, 센히메의 시녀……? 아, 자야의 그……."

이에야스도 놀란 듯 크게 눈을 뜨고 자야 시로지로를 쳐다보았다. 자야는 아까처럼 다다미의 한 점에 눈을 떨어뜨리고 창백해져 있다.

"그 이야기는 가타기리 사다타카 님으로부터 자야 님에게 별안간……정말 별안간 이야기가 있었답니다."

"그녀에게 무언가 잘못이 있었다는 것이로군. 센히메에게도 관계되는 일이냐?"

"예……그것이 잘못은 없지만 그만두게 해야겠으니 자야 쪽에서 사퇴를 청해 주지 않겠느냐는 이야기 같았습니다. 그렇지요, 자야 님?"

"예, 그……그렇습니다."

"두 사람 다 말을 돌리지 마라. 무엇 때문에 가타기리의 아우가 그런 말을 해왔느냐?"

"예, 사카에가 임신한 모양이니 자야 편에서 사퇴를 청해 올리도록…… 하라는 것입니다."

고에쓰는 말하고 나서 당황하여 이마의 땀을 닦았다.

"아무래도 평소의 고에쓰답지 않은 말투로구나. 그러면 그녀가 외출 나왔을 때 자야가 성급하게 실수했단 말이냐? 여자란 혼자서는 임신이 안 되는 법이야."

거기까지 말하고 이에야스는 흠칫한 듯 숨을 삼켰다. 아마 무언가 짐작된 모양이다.

고에쓰는 한숨 놓으며 말소리를 낮추었다.

"대감님, 그것이 자야에게는 갑작스럽고도 전혀 기억이 없는 일이랍니다. 물론 자야는 거기 대해 대답을 올렸습니다. 그러자 가타기리 님이 두 손을 짚으시고, 그것은 알고 있으니 아무 말 하지 말고 그대의 자식으로 맡아 주지 않겠느냐고……"

이에야스는 신음했다.

"음. 그래, 자야는 뭐라고 대답했나?"

"하루 이틀 생각해 보겠다고 하여 돌려보냈답니다. 그러나 일은 자야의 생각만으로 끝나는 게 아닙니다. 저쪽을 생각하고 이쪽을 염려하여 자야 님은 저에게 의논하러 왔습니다. 그런데 저 역시 마찬가지입니다. 대감님 말씀대로 자야 님이 실수한 것처럼 해서 사퇴를 청해 올리면 일단은 일이 끝날 것 같습니다만 사카에가 과연 그것을 납득할지. 아무튼 태어나실 분이 다이코 전하의 손자라면……예, 따님이시라면 또 모르지만 만일 아드님일 경우에는……"

"잠깐, 고에쓰!"

"예."

"그래, 그 일을 요도 마님도 알고 있느냐?"

"예……예, 요도 마님께서 그 일로 반미치광이처럼 되어 아드님과 말다툼을 벌이셨답니다…… 처음에는 모르셨으므로 숨겨오다가 별안간 알게 되어 가타기리 님도 끝내 사정을 털어놓으셨답니다."

"요도 마님도 비로소 알았다는 말이냐?"

"예."

"센히메는 아직 아무것도……? 그렇지, 그 애는 아직 어린애야."

이에야스 역시 크게 한숨지으며 불쾌한 듯 얼굴을 돌렸다.

이에야스는 일부러 중요한 일 한 가지를 묻지 않았다. 이것이 히데요리가 저지른 것이냐, 사카에 쪽에서 뛰어든 정사냐 하는 점이었다. 그것에 의해 처리방법도 자연히 달라질 것이지만 여기서 만일 여자 쪽에서 그런 일인 줄 알게 된다면 자야 마음의 상처가 너무 크다.

이에야스는 아버지에 못지않은 자야가 마음속으로 사카에, 곧 오미쓰를 차츰 진심으로 사랑하게 된 것을 잘 알고 있었다.

"센히메 님이 자라시어 진짜 마님이 되셔서 잉태하시게 되면 물러날 생각입니다."

언젠가 그렇게 말한 것을 기억하고 있다.

"그리 먼 일은 아니다. 여자의 성장은 빠르니까."

이에야스도 그때 생각한 대로 대답했었는데 그 두 사람의 꿈이 지금 무참히 깨어져 허물어져버린 것이다.

"그러냐? 죄는 센히메에게 있는지도 모르지. 아니, 어른들인 우리 쪽에 있다…… 하지만 그렇게 될 줄 누가 알았나?"

이타쿠라 가쓰시게는 무언가 말하지 않을 수 없게 되었다. 이에야스도 고에쓰도 또 자야도 그야말로 모두 움츠러든 모습으로 입을 다물어버렸기 때문이다……

"사카에 쪽에서 그렇게 되게 했으리라고는 생각되지 않는데요."

그것은 이에야스가 미처 묻지 못한 말과 우연히 일치된 의문이었다.

"가타기리 님도 그렇게 말씀하셨다더군요. 그녀를 나무랄 실수는 없었다, 말하자면 속된 말로 그녀는 강간당한 셈이라고……."

혼아미 고에쓰는 처음부터 자야에게는 말을 시키지 않을 각오로 온 것 같았다.

"제 생각으로는 불려가 억지로 그렇게 되었다 하더라도, 그 강한 기질을 지닌 오미쓰 님이 과연 가타기리 님 생각대로 잠자코 자야 님에게 출가해 올 것인지가 염려스럽습니다."

"그것은 확실히……."

이번에는 고에쓰와 가쓰시게의 대화가 되어 이에야스도 자야도 담담하게 듣는 쪽이 되었다.

"성에서는 잠자코 물러날지도 모르지요. 그러나 도중에 자결할 우려가 있습니다. 임신한 일을 양해하고 아내로 삼는다면 몰라도 이것은 자야 님에게 누명 씌워 출가시키려는 속셈이라 오미쓰 님 기질에 맞지 않는 처사이므로……자야 님이 염려하시는 것도 바로 그 점입니다."

"과연, 그럴 수 있는 일이야."

"예, 만일 오미쓰 님이 자결하게 된다면, 죽은 자에게는 입이 없습니다. 자야가 도요토미 가문의 작은대감님에게 적의를 품고 그 자식을 잉태한 오미쓰 님을 책망해 궁지에 몰아 죽였다는 소문을 듣게 되면 그야말로 상처 위에 더 큰 상처를 입게 되니……저도 어떻게 해야 좋을지 난처해 하고 있습니다."

"그러나 다만 난처하다고만 해서는 끝날 일이 아니다. 고에쓰에게 무슨 좋은 수가 없겠나?"

"글쎄요……바로 그것입니다. 차라리 요도 마님도 작은대감님도 이 사실을 명백히 인정하고서 맞아달라고 하시는 일이라면 저도 자야 님에게 부탁할 수 있겠습니다만, 외출도 하지 않은 오미쓰 님을 자야 님이 임신시켰다니……그러한 거짓말은 제가 믿고 따르는 니치렌 대사의 뜻에도 맞지 않는 일이므로."

"흠, 그렇다 해서 이것을 고에쓰 님 말씀처럼 요도 마님이나 작은대감님께서……."

가쓰시게가 고개를 갸웃거리자 고에쓰는 드디어 고에쓰다운 의견을 털어놓기 시작했다.

"어떻겠습니까? 어쨌든 작은대감님이 그런 일을 저지르셨습니다…… 그 일을 모르고 계셨다는 것은 오사카성 안에서 일어난 일이니만큼 요도 마님의 책임인 줄 생각합니다."

"음, 그래서……?"

"그러므로 여기서 결단 내리시어 책임을 물으시는 겁니다. 사람은, 잘못을 저질렀을 때는 순순히 비는……그런 용기가 없으면 안 됩니다. 그리하여 진심으로 미안하게 여기신다면 이쪽에서 임신한 채 자야 님 아내로 맞고 싶다는 것으로 하신다면……그렇게 하면 자야 님 면목도 얼마쯤 서리라 생각합니다만."

"허, 그러면 이쪽에서 가타기리 님을 제쳐놓고 직접 요도 마님에게 담판하러 간단 말인가?"

"그렇습니다."

"그러면 대체 누가 가지?"

고에쓰는 말했다.

"물론 가쓰시게 님이 가셔야지요."

그러자 이에야스의 입에서 심한 질타의 소리가 새어나왔다.

"주제넘게 굴지 마라, 고에쓰!"

이에야스에게 꾸지람 듣고도 고에쓰는 태연했다. 아마 이 니치렌 신자는 애초부터 그만한 일은 각오하고 왔는지도 모른다.

"꾸중을 주시어 황송합니다. 그러나 이 고에쓰는 대감님께 말씀드린 것이 아닙니다. 가쓰시게 님이 물으시므로 대답드리지 않으면 성의를 무시하는 게 된다 싶어 생각한 대로 말씀드렸습니다. 귀에 거슬리게 해드린 데 대해서는……"

이에야스는 못마땅한 표정이었다.

"음. 그대는 지금 오사카의 요도 마님이 얼마나 고통을 겪고 계신지 알고 있느냐?"

"그것은 고에쓰 나름으로 추측하고 있다고 생각합니다."

"그대 나름이라고…… 그대 나름대로 어떻게 추측하고 있느냐?"

"꾸중을 각오하고 말씀드립니다. 요도 마님은 지금 에도의 다이나곤님에게 아드님이 태어나셨다는 것을 아시고 가슴이 무너질 듯한 실망을 느끼고 계시리라 생각합니다."

"알고 계시느냐, 그분도?"

"예, 아마 요도 마님은 작은대감님과 센히메 님 사이에 아드님이 태어나셔서 상속자가 되었으면……하는 꿈을 꾸고 계셨던 게 아닐까 생각합니다. 그런데 에도에서는 아드님이 태어나시고, 오사카의 작은대감님은 알지도 못하는 새 엉뚱한 잘못을······."

"듣기 싫다. 그만!"

"예."

"그러므로 그대는 여기서 잘못부터 뚜렷이 시인케 하라는 말이지?"

"예, 잘못의 책임은 요도 마님이 지셔야 할 것······ 그 사리를 바로잡지 않으면 두 번째 세 번째 잘못이 잇따라 도요토미 가문 안에 일어날 거라고 염려하는 겁니다."

"그대는 도요토미 가문의 대단한 충신이로구나. 하지만 고에쓰, 좀 지나치지 않느냐?"

"저지른 잘못을 바로잡는 데 지나치다는 것은······."

"좋아, 이번에는 가쓰시게가 아닌 이에야스가 묻는 거다. 가쓰시게는 보내지 않겠다. 그대에게 오사카로 가서 요도 마님과 사카에의 일을 담판 짓고 오라고 한다면 어떻게 하겠느냐?"

"이것 참, 황송합니다. 그런 분부는 있을 수 없는 어려운 문제입니다."

"그렇지 않다. 어쩌면 그대에게 부탁할지도 모른다. 부탁할 때는 어떻게 하겠는가? 그 순서를 그대로 말해 보라."

고에쓰는 날카롭게 흘끗 이타쿠라 가쓰시게를 쳐다보고 나서 희미하게 고개를 끄덕였다.

"그럼, 말씀드리겠습니다. 고에쓰는 우선 축하사자를 보내시지 않는 것은 어찌된 일인가, 혹시 병환이 나셨나 하고 달려왔다고 여쭙겠습니다."

"그래서?"

"그 대답을 다 들은 다음 담판에 알맞은 조절을 하겠습니다. 어쩌면 요도 마님께서 스스로 사카에의 일을 털어놓으시거나 아니면 끝끝내 숨기시거나······."

"끝끝내 숨기려 할 때는?"

"그때에는 이 일이 대감님 귀에도 들어가 있으니 어떻게 하실 작정이냐고 분명하게 책망해야 합니다. 아니, 이 책망이야말로 참된 대자대비로 통하는 것이라는게 제 신념입니다."

이에야스는 혀를 찼다. 그러나 노하지는 않았다.

'이것이 이 사나이의 좋은 점이다······.'

어쨌든 거짓말을 싫어하는 사나이. 다른 사람 눈에는 때로 편협하게도 보이겠지만 그러나 그 이면에서 늘 성의가 모자라는 데는 없을지 엄격한 반성을 계속하고 있다. 그 점, 이에야스는 젊은 시절의 자기 모습을 이 사나이 속에서 역력히 보는 것 같은 기분이 들었다.

"그런가, 그것이 그대의 대자대비인가?"

"또 이렇듯 주제넘은 말씀을 드렸습니다."

"좋아, 그러면 그대는 상대에게 순순히 사실을 시인케 할 자신이 있느냐?"

"없습니다. 아니, 있다고 말씀드려본들 마찬가지. 고에쓰로서 할 수 있는 일은 나무묘법연화경(南無妙法蓮華經)……."

"그럼, 아무래도 그대의 성의가 통하지 않는 때는……어떻게 하겠는가?"

"글쎄요. 그렇게 되면 사카에 님을 자야 님에게 맞아들일 수는 없다고 딱 잘라 말씀드린 다음, 사카에와 배 속 아이의 처분에 대한 결정을 대감님에게 알리겠다고 다짐 두고 돌아오겠습니다."

이에야스는 가쓰시게를 흘끔 보았다.

"어떤가, 가쓰시게에게 좋은 생각이 있는가?"

가쓰시게는 다다미에 두 손을 짚고 고개 저었다.

"세상에는 뜻하지 않은 어려운 일이 있는 법이어서……."

"고에쓰."

"예."

"만일을 위해 하나 더 묻겠는데 상대가 순순히 그대 의견을 물을 때는 어떻게 하겠느냐? 알겠나, 여기서 그대는 도쿠가와 가문을 위해 생각하고 있다. 그러나 그쪽에서 그대에게 맡기겠으니 좋은 방도가 없느냐고 물어올 때는 도요토미 가문 입장에서 깊이 생각하지 않으면 안 될걸."

"말씀하실 것까지도 없습니다."

고에쓰는 아마 이 문제에 관하여 여러모로 생각을 거듭해 왔던 듯 조금도 막히는 데가 없었다.

"그때에는 우선 해산 때까지 성안에서 산모를 정양시킬 것. 이 일이 우선이라고 말씀드리겠습니다. 그리고 태어난 아기가 아드님인지, 따님인지에 따라 당연히 달라집니다. 아드님이라면 비록 다른 가문에 양자로 보낸다 하더라도 상당한 영주가 아니면 안 되고, 따님이라면 그때 자야 님에게 다시 머리 숙여 모녀를 함께 받아주도록 하시라고…… 그때까지는 이 일로 요도 마님과 작은대감님이 다투지 마시도록……."

"그렇다면 이 나에게도 사카에를 일시적이나마 측실로 인정하라는 게 되는군 그래."

"황송하오나 대감님께서도, 이것은 우리 어른들에게도 책임 있는 일이라고 말씀하셨습니다."

"그런가? 좋아. 그럼, 고에쓰, 다시 그대에게 부탁한다. 단, 알겠나! 상대에게 그대의 성의가 통하지 않더라도 결코 입씨름은 하지 마라. 알겠나? 부드럽게 도리만 세우고 돌아오너라. 그런 다음 자야한테는 내가 다시 상의하마. 이미 일어난 일이니 두말 말고 조용히 낳게 할 것……다른 것은 모두 그 뒤의 일…… 어떤가, 맡아주겠느냐, 고에쓰?"

그러자 고에쓰도 예기하고 있었던 듯이 말했다.

"그것이 조금이나마 이 세상에 쓸모 있는 일이라면……."

고에쓰는 단정히 자세를 가다듬고 두 손을 짚었다.

젊은 오동나무

오미쓰인 사카에는 성문 앞 무사 주택에 있는 가타기리 사다타카의 집에 맡겨졌다. 아마 그렇게 되기까지는 성안의 여감옥에 넣어두자는 말도 나왔던 모양이다.

여감옥에 들어가게 되면 그녀는 곧 자결할 작정이었다. 감옥에 갇힐 정도라면 그것은 당연히 어미도 태아도 어둠에서 어둠으로……운명이 결정된 것으로 판단해도 좋았기 때문이다.

그런데 그렇게 되지는 않았다. 센히메 그 측근에 있는 많은 시녀들 입에서 도쿠가와 쪽으로 반드시 새나갈 것으로 추측되었기 때문이리라. 아무튼 사다타카에게 맡겨져 단검을 압수당하고 엄한 감시를 받게 되었다.

14, 5살 난 여자아이가 불편 없도록 시중들고 밥상에도 마음 써 주었다. 그러나 안채에서 안마당으로 조금 떨어진 이 집의 중문은 밖에서 푸른 대나무 울타리로 막았으며, 그 너머에 6척이나 되는 몽둥이를 든 감시꾼이 늘 이쪽으로 등을 돌리고 서 있었다. 숙직무사 대기실도 중문 밖에 있는 것 같았다.

그녀가 여기에 갇힌 뒤 주인 사다타카는 두 번 찾아왔다. 한 번은 자기와 형 가쓰모토가 요도 마님의 노여움을 달래고 그녀를 이곳으로 데리고 왔다고 말해 주었다.

"어쨌든 나쁘게 처리하지는 않겠소. 그러니 작은대감님과의 사이를 자세히 말씀해 주시오."

사카에의 말에 따라 자기들의 태도를 정해야 한다는 생각인 듯했다.

"그 전에, 센히메 님에게 저에 대한 일을 어떻게 말씀드렸는지 알고 싶습니다."

"센히메 님에게는 그대가 별안간 병이 나서 잠시 집에 돌아가 치료를 받는다고 말씀드렸소."

사카에는 그제야 숨김없이 사다타카에게 사실을 이야기했다. 사다타카는 감정을 얼굴에 나타내지 않으려고 몇 번이나 세차게 혀를 찼다. 그것은 사카에를 나무라는 게 아니라 오히려 히데요리를 그렇게 만든 것은 요도 마님이 벌인 주연 때문이라는 노여움 같았다.

두 번째 왔을 때는 형 가쓰모토며 요도 마님과 이미 충분히 상의하고 왔다는 것을 잘 알 수 있었다.

"탈 없이 아이를 낳기 위해 그대는 우리 말을 기꺼이 따르겠지?"

그렇게 다짐했을 때 입가에 한시름 놓은 듯한 미소를 보이고 있었다.

"그럴 작정입니다만, 두 가지 경우만은 받아들이지 못하겠습니다."

"두 가지 경우…… 그래, 그 한 가지는?"

"이대로 작은대감님 곁에 있게 해주시는 것, 이 일은 아무래도 받아들이지 못하겠습니다."

"흠, 또 한 가지는?"

"배 속의 아이와 함께 자야 님에게 보내시는 것도 받아들일 수 없습니다. 하지만 그 밖의 일이라면 무엇이든 지시대로……."

그러자 사다타카의 볼에서 미소가 사라졌다. 그것으로 사카에는 비로소 모두의 생각을 알 수 있을 것 같았다.

'모든 것을 비밀로 하여 자야 님에게 나를 강제로 떠맡겨버릴 작정이구나…….'

그러나 그것은 그녀 고집으로라도 할 수 없는 일이었다. 히데요리의 자식을 잉태했다고 생각한 순간부터 자야의 모습은 멀어지고 그녀가 지금 사랑하는 이는 그 믿지 못할 히데요리로 바뀌어버렸기 때문이다……

처음에 오미쓰는 자신의 남편 될 사람은 남보다 한층 더 기질이 강하고 믿음직스러운 늠름함을 지닌 상대가 아니면 안 된다고 공상하고 있었다. 그러나 그것은 어디까지나 공상에 지나지 않았다. 실제로 이성을 알고 보니 이상하게도 나약하고 믿음직스럽지 못한 상대에게 오히려 그녀의 관심이 강하게 끌렸다.

'히데요리 님은 고독하다……'

겉으로는 자못 요도 마님 사랑을 듬뿍 받고 있는 것같이 보이지만 실은 요도 마님과 거리를 둔 자리에 내버려져 있다. 요도 마님이 말끝마다 '작은대감님'을 입에 담는 것은, 어쩌면 자기 속마음의 냉담성을 숨기기 위한 게 아닐까……? 요도 마님은 히데요리의 입장 같은 건 깊이 생각지도 않고, 마음 내키는 대로 살고 있다. 때때로 그러한 자신을 깨닫기 때문에 '작은대감님……'을 자꾸 내세우지 않으면 미안한 기분이 된다…… 물론 모자 사이이므로 그 이름을 입에 올리면 문득문득 애정이 솟구쳐 오르겠지만 어쨌든 내 몸을 희생해서라도 자식을 사랑하는 희생적인 애정이라고는 여겨지지 않았다.

'대체 히데요리 님에게 진정한 자기 편이 될 사람이 있는 것일까……?'

이를테면 그 애정을 위해서는 몸이 찢기고 뼈가 바스러지더라도 후회 없는 그런 타는 듯한 진실한 애정이…… 그렇게 생각해 보면 사카에는 조용히 머리를 흔들 수밖에 없다. 그리고 머리를 흔들 때마다 히데요리에 대한 애정이 이상한 형태로 더해져 갔다. 애인인가? 아니면 누이나 어머니인가……? 아니, 노예라 할지라도 후회 없다는 심정마저 들기 시작하고 있다. 사실 처음에 그녀는 확실히 강간당했다 해도 과언이 아니었다. 그러나 나중에는 그녀 쪽에서 더욱 적극적이지 않았다고 할 수 없다. 그녀가 지금도 괴로운 것은 그러한 히데요리에 대한 애정뿐만이 아니었다. 그들의 관계를 눈치채고 세차게 히데요리를 책망하는 어머니 요도 마님의 입장도 동정할 수 있다는 일이었다.

모자는 그녀 앞에서 한 번 심하게 말다툼을 했다.

"어머님도 기억하시겠지요……? 뭡니까? 일부러 교토에서 못된 자를 불러들여 총애하시지 않았습니까? 어머님은 하셔도 되는 일을 히데요리는 해서 안 된다는 말씀입니까……?"

그때 요도 마님의 당황과 분노는 그녀가 이 세상에서 본 여성의 모습 가운데 가장 비참하고 무서웠다. 그녀는 나중에 차분히 생각했다. 요도 마님의 몸속에는 정욕의 수레가 불붙여진 채 하나 남아 있다. 불붙인 것은 말할 나위 없이 다이코지만 그는 그것을 남김없이 태워버리지도 꺼버리지도 않고 세상을 떠나버렸다. 따라서 그 수레가 타면서 돌아가는 것은 요도 마님의 죄가 아니다. 그녀 자신도 어쩌지 못하는 가련한 숙명……

그 숙명의 불수레를 몸속에 지닌 요도 마님이 그 뒤 어떻게 해서 그녀를 여기에 맡길 마음이 들었는지⋯⋯? 거기까지는 사카에로서 생각이 미치지 않는 세계⋯⋯.

어둑어둑한 문 앞에 두 손을 짚고 소녀가 조심스럽게 말했다.

"아룁니다. 우리 주군님과 혼아미 고에쓰 님이 오셨습니다."

사카에는 고에쓰의 이름을 듣자 갑자기 옛날의 오미쓰로 돌아가 어쩔 줄 모르는 부끄러움을 느꼈다. 당황하여 옷깃을 여미고 문 앞까지 일어나 나가려다 그만두었다. 임부의 몸은 움직일수록 몸매가 흉하게 보일 것 같은 기분이 들었기 때문이다.

"자, 이리로 오십시오. 아, 그리고 촛대를 가져오너라. 곧 어두워지겠구나."

고에쓰를 안내해 온 가타기리 사다타카는 요전보다 아주 기분 좋은 듯하다. 목소리가 밝고 탄력 있으며 웃음이 섞였다.

고에쓰는 허리를 굽히며 들어왔다.

"실례하오. 오미쓰 님, 오랜만이군."

처음부터 나야 쇼안의 손녀에게 대하는 말투였다.

"아저씨도 안녕하셨어요⋯⋯?"

오미쓰는 왈칵 가슴이 메어 눈물이 쏟아질 것 같았다.

사다타카는 사람이 달라진 듯 가벼운 말투로 말했다.

"실은 고에쓰 님이 도쿠가와 님의 뜻을 받들고 오셔서 우리 형제를 비롯하여 요도 마님과 작은대감님, 그리고 센히메 님도 만나뵙고 이곳에 들르신 거요. 그럼, 고에쓰 님, 저는 이 자리에 없는 것으로 여기고 거리낌 없이 이야기하십시오."

"감사합니다."

고에쓰는 정중하게 인사한 다음 얼마쯤 진지한 얼굴이 되어 오미쓰를 향해 앉았다.

"실은 실수하지 않으려고 요도 마님을 뵙기 전에 소쿤 님을 만나 지혜를 좀 빌려왔지."

"걱정을 끼쳐드려서⋯⋯."

"뭘, 지난 일인걸. 문제는 앞으로의 일이지. 이것을 어떻게 여러모로 원만하게 납득시켜 가느냐가 문제야."

"……."

"그런데 여러 사람들의 생각을 우선 그대로 그대에게 알려주기로 하지, 내 생각은 빼고."

"네……네."

"우선 첫째는 요도 마님인데, 마님은 일단 화를 내셨어. 센히메 님에 대한 체면도 있고, 도쿠가와 님과 다이나곤과 다쓰 마님에 대한 면목과 의리가 얽혀 있으니 말이지."

"그것은 잘……."

"그런데 이 일이 벌써 도쿠가와 님 귀에 들어가버렸다면 이대로 버티시겠다는 거야. 문제는 작은대감님이 조금 빨리 어른이 되셨다는 것뿐, 그러므로 이 일은 도쿠가와 님께서도, 다이나곤께서도, 센히메 님께서도, 다쓰 마님께서도 인정해 주시는 수밖에 없다고."

"어머나……."

"그렇게 되면 그대의 태아는 천하인의 귀중한 핏줄, 그대를 다시 측실로서 작은대감님 곁에 두시겠다더군."

"……."

"그런데 가타기리 가쓰모토 님 의견은 그렇지가 않아. 비록 도쿠가와 님 귀에 들어갔다 하더라도 그래서는 너무 무례하다, 일단 그대를 멀리하고 태어난 아기는 어디에 맡기도록 하자고."

"그럼, 작은대감님 의견은……?"

묻고 나서 오미쓰는 아차 했다. 히데요리에게 의견 같은 것이 있을 리 없기 때문이었다.

"작은대감님은 어머님 좋으실 대로 하라고 양보하셨다더군."

아마 고에쓰는 오미쓰가 그렇게 물을 것을 예기하고 있었던 듯했다.

"작은대감님이 양보하셨으므로 요도 마님도 반성하신 듯하다고 나는 보는데, 세상일이란 그런 거야. 양쪽이 노하면 싸움이 커질 뿐이지만 한쪽이 물러서면 한쪽도 양보할 마음이 들거든."

오미쓰는 잠자코 고에쓰를 물끄러미 쳐다보고 있다. 언제나 사물을 분명히 둘로 나누어 옳고 그름을 정하지 않으면 안 되는 고에쓰치고는 보기 드문 말투였다.

그러므로 오미쓰는 자신을 억눌렀다.

'아직 뒷말이 있는 것 같다……'

아니나 다를까 고에쓰는 날라져온 차로 목을 축이고 한무릎 다가앉았다.

"결국 요도 마님이 양보하실 마음이 되셔서 작은대감님 마음도 변했지."

"마음이 변하다니요?"

"처음부터 사카에를 좋아했으니 곁에 두고 싶다고. 이런 말씀을 하셨다 해서 뭐 이상할 것도 없겠지."

"어머나……."

"그 뒤 나는 센히메 님을 찾아뵈었어. 잠시 뵙지 못한 동안 센히메 님은 부쩍 자라셨더군. 내가 인사드리기도 전에 '사카에 일로 왔겠지, 수고 많소' 하셨어."

오미쓰는 온몸이 굳어졌다.

'누군가가 벌써 센히메 님께 말씀드렸구나……'

그렇게 생각하니 마음이 아팠다. 아무것도 모르는 센히메의 마음을 상하게 하는 일이 오미쓰로서는 가장 괴로웠다.

"저 센히메 님은 그 뒤에도 무슨……?"

고에쓰는 천천히 고개를 저었다.

"아니, 뒷일은 에도에서 따라와 있는 시녀들과 잘 상의하도록 하라고 말씀하셨을 뿐 자신의 의견은 말씀하지 않으셨는데, 당연한 일이지. 센히메 님에게 무슨 생각이 있다면 그건 틀림없이 누군가가 가르쳐준 것일 게야. 그래, 다음은 그 시녀들 의견인데……."

고에쓰는 흘끗 사다타카를 쳐다보았다.

"이 일은 후시미에 계시는 도쿠가와 님이며 에도의 다이나곤 내외분에게 미안하게 되었다고 하셨는데, 이것도 무리한 말은 아니지…… 개중에는 이렇게 된 바에는 이 일을 책임지고 자결해야 한다고 하는 자도 없지 않아. 그러나 그것은 분별없는 일. 사람이란 목숨만 버리면 그로써 책임을 벗어나는 게 아니고 도쿠가와 님에게도 생각이 있으실 터이니 무분별한 짓은 삼가시도록 하라고 말하고 물러나왔어."

"……."

"대체적으로 이런 상황. 이제 그대도 알아차렸겠지? 모두의 의견을 전하고 가쓰모토 님 형제분과 다시 상의했어. 그대의 의견……그대가 바라는 것이 무엇인가……하는 데 달렸다는 결론이야."

거기까지 말하고 고에쓰는 무릎을 쳤다.

"그렇군! 또 하나 중요한 일을 잊고 있었군. 자야 시로지로의 생각인데."

오미쓰는 귀를 막고 싶었다. 마타시로가 아니다. 이제는 자야 가문의 주인이 된 자야 시로지로……그것은 지금 오미쓰의 양심에 이상한 아픔을 주는 가장 커다란 가시 가운데 하나였다.

고에쓰는 천연덕스럽게 말했다.

"자야는 이렇게 말했어…… 쇼안 님과 자야 집안의 일이니 조그만 풍파는 별것 아니다, 오미쓰 님이 파혼을 청한다면 또 몰라도 그렇지 않은 한 자야 쪽에서 파혼할 생각은 추호도 없다고……."

"어머……."

"의붓자식을 데려와도 좋고, 임신한 몸으로 와도 좋고, 아이를 낳고 오미쓰 님 홀로 와도 좋다, 자야는 사나이이므로 사나이의 약속은 결단코 지키겠으니 결코 염려 말라는 말이었어."

오미쓰는 갑자기 얼굴을 가리고 울음을 터뜨렸다. 이렇게 될 줄 모르고 오미쓰는 마타시로를 조롱한 기억이 있다. 사실 그녀는 자야의 둘째 아들이던 그를 대수롭지 않게 여기고 있었다.

히데요리와는 비교도 안 되었으나 마타시로의 어머니도 가잔인 참의(花山院參議)의 일족으로 그 풍모는 귀족풍을 연상케 했다. 그러나 그는 가문을 이을 때까지 그리 수완 있는 자로 여겨지지 않았었다.

그런데 그 마타시로는 이에야스라는 뒷받침 때문이긴 했지만 점점 두각을 나타내어 지금에 와서는 세상에서 불가사의한 실력자의 한 사람으로 손꼽히고 있다.

"앞으로 모든 상인의 법도는 자야 시로지로가 재판하도록."

이러한 쇼군의 뜻으로 그는 교토, 오사카 지방 전체 상인의 지배자 위치에 있었다.

"그는 무사이고, 상인이며, 공경이기도 하다. 아무튼 황실의 밀정 노릇까지 하니까."

작은 성의 영주들과는 다른 비중으로 대접받고 있다. 더구나 도쿠가와 가문은 천하를 잡기 이전인 덴쇼 19년(1591)까지 22회에 걸쳐 해마다 황실에 백조 두 마리, 황금 10닢을 은밀히 진상해 오고 있었으며, 그 심부름을 자야가 계속했다는 소문이 가주사(勸修寺) 하루토요(晴豊)의 입을 통해 새어나왔다. 황실이며 공경들과도 잘 지내고 외교, 무역 등의 일을 맡아보는 호코사며 곤치인(金地院)과도 사이 좋고, 여러 영주며 도쿠가와 가문과도 친교 있는 '상인'이니 이미 나이를 초월한 거물이라 해도 과언이 아니었다.

그 자야 시로지로가 그러한 소문을 뒷받침하기에 충분한 배짱 좋은 의견을 보내왔다…… 의붓자식을 데려와도 좋고, 임신한 채로 와도 좋고, 또 홑몸으로 와도 좋다는 것은 어디까지나 오미쓰를 사랑하기 때문이라고도 해석되고 그녀를 전혀 무시하는 일로도 여겨진다.

'어차피 여자란 그렇고 그런 것. 난처해져 의지해 오는 것이라면 거두어 준다.'

그런 의미가 아니라고도 단언할 수 없다.

"어떤가, 이것으로 이제 빠뜨린 말은 없으니 그대 의견을 들을 차례야. 가타기리 님 말씀대로 사양할 것은 없어. 무리해 봤자 결과가 나쁠 테니 생각한 대로 말해 봐."

오미쓰는 다시금 자야에서 히데요리, 히데요리에서 요도 마님, 그리고 가쓰모토에서 시녀들의 말까지 되새겨 보았다.

'나 혼자만의 일이 아니다. 내 배 속에는 또 하나의 다른 생명이 꿈틀거리고 있다……'

그러니만큼 모두의 의견은 저마다의 이유로 오미쓰의 가슴을 더욱 휘저었다.

"어떻소, 이건 특별한 일이오. 이런 온정은…… 무언가 생각한 게 있을 테니 서슴지 말고 말해 보오."

사다타카에게서 재촉받은 순간 오미쓰는 외치듯 말했다.

"기타노만도코로님……아니, 고다이인 님을 한 번만 뵙도록 해주세요!"

말하고 나서 오미쓰는 스스로도 깜짝 놀랐다. 여태까지 그녀의 머릿속에 고다이인의 모습은 없었다. 그런데 사다타카에게서 재촉받은 순간 문득 생각나 말로 되어 나온 것이다.

사다타카는 허를 찔린 듯했다.

"뭐, 고다이인 님을? 고다이인 님에게 그대의 처신을 상의하겠다는 건가?"

"네……네, 한 번 뵙고……."

혼아미 고에쓰는 엷게 웃었다. 그는 오미쓰가 비로소 고민을 호소하고 처리할 곳을 발견했다고 생각했다. 조부 쇼안이 살아 있었다면 그녀는 거기로 찾아갔을 것이다. 그러나 쇼안은 이미 이 세상 사람이 아니니 그녀가 응석하고, 호소하고, 결단 내릴 수 있는 곳은 어릴 때부터 사랑받으며 자라온 고다이인밖에 없으리라고 생각되었다.

사다타카는 신음했다.

"흠. 고에쓰 님, 이 일은 어떻겠습니까?"

"글쎄요, 가타기리 님 의견부터!"

"솔직히 말해 이런 일이 고다이인 님 귀에 들어가는 것을 요도 마님은 좋아하지 않으실 거요."

"그야 당연하지요. 그러나 뵙게 되더라도 고다이인 님은 아무 말씀 않으실는지 모르지요."

"아무 말씀 않으시다니요?"

"이러쿵저러쿵 지시는 않으시더라도 '불쌍한 오미쓰……' 하시면서 어깨를 끌어안아 주실지도 모르지요. 그래도 오미쓰 님은 뵙고 싶어하는 거요."

말끝이 오미쓰에게로 돌려졌다.

오미쓰는 힘없이 고개를 끄덕였다.

"네……네."

오미쓰도 그런 생각이 든다. 하루라도 빨리 진정한 여승의 경지로 들어가고 싶다고 늘 말하고 있는 고다이인이었다.

'그래도 좋다…… 만나면 무언가 크나큰 계시를 얻을 수 있을 것 같다.'

사다타카는 한 번 더 나직이 신음하고 요도 마님 이름을 또 입에 올렸다.

"요도 마님은 감정이 강한 분이오. 세키가하라 싸움 뒤, 어려서부터 길러낸 무장들을 도쿠가와 가문으로 쫓아보낸 것은 모두 고다이인 님이 배후에서 조종했기 때문이라는 소문을 듣고 그대로 믿고 계시오."

"그런 일도 있을 수 있겠지요."

"그러므로 실은 나도 형님도 되도록 찾아뵙는 것을 사양하고 있소. 그런데 오미쓰 님이 찾아간다면 모처럼의 이야기가 다시 본대대로 되돌아간다고 여겨지는데 어떨까요?"

"옳은 말씀."

고에쓰는 진지하게 맞장구치고 나서 말했다.

"그러니 뵙도록 주선한다 하더라도 비밀리에 해야겠지요."

"비밀리라니? 이 소중하게 맡은 사람을……."

"예, 모두들 원만하게 되기를 바라서 하는 일이니 일부러 요도 마님에게 불쾌감을 드릴 필요는 없습니다. 이 일은 가쓰모토 님에게도 비밀로 하는 것이 좋을 겁니다."

"형님에게도……?"

"예, 만일의 경우에는 나와 사다타카 님 둘이서 몰래 교토로 데려가 자야와 만나게 했다고 해야 될 것입니다. 그만한 일은 알고 있겠지, 오미쓰 님도?"

고에쓰는 이미 오미쓰의 소망을 이루어줄 작정이었다. 가타기리 사다타카는 잠시 말없이 고에쓰의 말뜻을 새기고 있었다. 그의 머리회전은 빠른 편이 못되었다.

"형님에게도 비밀로……?"

입속으로 중얼거리자, 틈을 주지 않고 고에쓰는 다시 다음 말을 이었다.

"만일의 경우 꾸중 듣게 되더라도 그편이 나으리라 생각합니다."

"꾸중 듣다니 형님한테 말인가요?"

"아니지요, 요도 마님에게 말입니다. 그때 가쓰모토 님은 몰랐던 일, 우선 우리들을 꾸짖고 나서 주선해 주실 방법도 있겠지요. 그러니 비밀로 하는 게 좋을 겁니다."

사다타카는 그제야 납득된 것 같았다.

"그렇군, 그 일이었군."

그는 고개를 끄덕인 다음 또 신중히 고개를 갸웃했다. 오미쓰를 맡고 있는 사다타카로서는 그리 쉽사리 동의할 수 있는 일이 아니다. 형에게도 비밀로 한다면 책임은 모두 그의 어깨에 걸리게 된다.

"괜찮을까?"

"가는 길은 뱃길이 아닙니까? 잘못이 일어날 것 같으면 이 고에쓰도 이런 말을 하지 않습니다."

사다타카는 이번에는 오미쓰에게 같은 말을 했다.

"괜찮겠지."

그리고 오미쓰가 뜻밖에 또렷이 수긍하는 것을 보자 비로소 작은 소리로 좋다고 대답했다. 일은 생각지도 못한 방향으로 정해졌다.

사다타카는 고에쓰를 먼저 집에서 내보내고 직접 요도야로 찾아가 배 준비를 끝내고 돌아왔다.

요도야의 배로 해 질 녘에 강을 거슬러 올라가기로 하고, 동행은 사람 눈에 띄지 않게 고에쓰 한 사람으로 정한 다음 얼굴을 가린 오미쓰는 상인 아낙네 차림을 했다. 물론 그들과 아무 관계도 없는 것처럼 보이게 하여 호위자 3명이 은밀히 같은 배에 탔다.

사다타카는 그때에도 선창가까지 찾아왔다. 고에쓰에게 목을 가리켜 보이면서 다짐했다.

"나의 이것도 걸려 있으니 잘 부탁하오."

그들이 올라타자 배는 곧 건널판자를 거두고 석양 속에 밧줄을 당겼다.

고물을 향해 앉은 채 물끄러미 강물을 바라보는 오미쓰에게 고에쓰가 슬쩍 말을 건넸다.

"고마운 세상이 되었군그래. 마음 놓고 여행할 수 있으니."

오미쓰의 시선은 움직이지 않았다. 고에쓰의 목소리가 귀에 들리지 않았던 것은 아니다. 그러나 감옥이나 다름없는 곳에서 나와 석양이 비치는 저녁 경치 속의 한구석에 앉고 보니 새삼 자기 몸이 조그맣게 보였다.

'과연 나는 살아 있는 것일까……?'

그런 서먹한 감회가 가슴을 적셔왔다.

고에쓰는 더 말을 걸지 않았다. 그는 지금 한 여성이 어머니로 바뀌는 여정 속에서 조용한 사색하고 있는 것이라 여겨 가만히 두는 것이 좋겠다고 믿었다. 다만 그가 차츰 걱정스러워지는 것은 오히려 고다이인 쪽이었다.

'과연 이 소문을 알고 계시는 것인지, 어떤지……?'

전혀 모르고 있는데 오미쓰가 불쑥 찾아가 모든 것을 털어놓는다면, 고다이인이 인간으로서 아무리 세련된 달인이라 할지라도 오미쓰가 납득할 만한 대답을 그 자리에서 줄 수 있을 것인지…….

고에쓰는 어느덧 줄곧 한숨을 내쉬고 있었다.

그들은 이튿날 아침 후시미에서 배를 내려 삼본기에 있는 고다이인의 저택까지 나란히 가마를 타고 찾아갔다. 고다이인은 규신(弓箴) 선사로부터 법문을 듣고 있는 중이므로 잠시 별실에서 기다렸다. 규신 선사는, 그녀가 어머니와 아버지를 위해 데라마치에 건립한 고토쿠사(康德寺)의 개조(開祖)로 조동종(曹洞宗)에 속한 사람이다.

2시간쯤 기다린 뒤 거실로 안내되었는데 기다리는 동안 조금이라도 마음의 준비를 해주었으면 하는 마음에서 고에쓰는, 오늘 오미쓰와 함께 찾아온 뜻을 게이준니를 통하여 귀띔해 두었다.

"오, 오미쓰구나……."

그들이 들어가자 고다이인은 시선을 바로 오미쓰에게 두었으나 결코 반가워하는 표정은 아니었다.

'노하고 있는지도 모른다!'

고에쓰가 순간 그렇게 생각했을 만큼 쌀쌀하게 힐난하는 빛이 깃든 눈길이었다.

"가까이 오너라. 잘도 죽지 않았구나."

고에쓰는 뒤의 한 마디가 너무 뜻밖이라 얼떨결에 되물었다.

"예?"

"잘도 죽지 않았다고 칭찬했지."

오미쓰에게도 고에쓰에게도 인사말을 할 틈을 주지 않는 고다이인의 말이었다.

"웬만한 사람 같으면 자기 잘못을 부끄러워하여 자결했을 것이야. 그런데 잘도 죽지를 않았어."

고에쓰는 당황하여 오미쓰를 돌아보았다. 이것은 또 어쩌면 이토록 상상을 초월한 통렬한 빈정거림이고 비난인 것일까. 오미쓰는 도리어 멍한 표정으로 고다이인을 올려다보았다.

"세상이란 서로 도우며 살아야 한다 싶어 나는 여기저기 사양하며 사는 게 옳다고 생각했었는데 그게 내 몸을 망치는 잘못이었어. 나는 다이코의 정실 종1품 기타노만도코로……지금은 칙령으로 고다이인이라는 호를 하사받을 정도의 여인이다. 그래서 내 몸을 위한 절 하나쯤 건립해 주도록 청한다 해서 불손할 것은 조금도 없겠지. 그렇게 생각했기 때문에 도쿠가와 님에게 그 취지를 청원했었다. 그랬더니 도쿠가와 님은 사카이 다다요, 도이 도시카쓰 두 사람에게 일러 히가시야마에 있는 다이도쿠사의 개조 다이토 국사(大燈國師)께서 수련하신 자리였던 운고사(雲居寺)와 호소카와 미쓰모토(細川滿元)의 가족 위패를 모신 이와스사(岩栖寺)를 다른 데로 옮기고 그 자리에 고다이사를 지어주기로 하셨다."

"참으로 경사스러운 일입니다."

"그래서 데라마치의 고토쿠사를 이리로 옮겨 고다이사의 분원(分院)으로 하고 싶다고 또 말했지. 그랬더니 그것도 좋다고 하셨다. 나는 다시, 모처럼 짓는 고다이사니 나의 거처로 오사카와 후시미에서 그리운 다이코와의 추억을 간직한 건물을 그대로 옮겨주고, 이 절이 영원히 지속되게끔 절 영지를 붙여달라고 청원했지……."

"어머나, 그처럼?"

"그대도 지나치다고 생각하겠지. 뜻대로 이루어져 우쭐거리게 되면 안 된다 싶어 사양만 해온 것이 지금까지의 나였다…… 그런데 도쿠가와 님은 지당한 말이라고 하시면서 드디어 이타쿠라 가쓰시게에게 건축감독을 명하셨다. 어떠냐, 올바른 일은 말하면 통한다…… 그렇지 않다면 도쿠가와 님의 정치는 옳지 못하다고 하는 수밖에 없겠지. 그대 역시 마찬가지다. 옳은 일이라면 마음먹은 그대로 말해라. 그렇게 하지 않고 센히메 님에 대한 의리라든가 다이나곤 마님에게 미안하다 해서 자결 따위 해선 안 된다. 잘도 죽지 않았다. 죽지 않았을 정도니 자기 몸도 배 속의 아이도 훌륭히 살릴 방안이 반드시 마음에 서 있을 게다…… 과연 내 손에 자란 오미쓰! 장하다. 칭찬해 주마."

혼아미 고에쓰는 어리둥절하여 눈을 껌벅이면서 다시 곁에 앉은 오미쓰를 돌아보았다.

오미쓰의 눈동자는 조금 전의 멍해졌던 방심상태에서 차츰 어떤 종류의 생기를 되찾고 있다. 아마 그녀가 고에쓰보다 먼저 고다이인의 말을 이해한 모양이다.

갑자기 오미쓰는 격앙된 목소리로 불렀다.

"고다이인 님! 이제 마음 놓입니다. 한결 편하게……."

"그렇겠지. 그대는 어리석은 여자가 아니다. 내 말뜻을 알겠지?"

"알겠습니다."

이번에는 딸이 자애로운 어머니에게 대하는 응석 같은 대답이었다. 말끝이 그대로 울음소리로 바뀌며 그 자리에 엎드렸다. 고에쓰는 한층 더 얼떨떨해졌다. 본디 여인의 감정은 '알 수 없는 것'이라 여겨 멀리하고 두려워하던 고에쓰였다. 그 불가해한 두 사람이 신선 같은 선문답을 해치우고 그것으로 서로 '알았다!'고 말을 주고받으니 기막히는 노릇이었다.

"호호호……"

고다이인은 웃으면서 고에쓰에게로 시선을 돌렸다.

"조금 있으면 오미쓰는 울음을 그치고 마음먹은 대로 그대에게 말하겠지. 그 때에는 충분한 힘이 되어주오."

"예, 그런데……?"

"호호……무슨 일인지 묻고 싶은 표정인데, 고에쓰 님은?"

"예, 저는 아직 도무지 이해되지 않습니다."

"내가 도쿠가와 님에게 절의 건립을 청한 이유 말인가?"

"예……예, 그것은 그러나……."

"잠깐, 나는 다이코 전하에게 한 걸음도 양보하지 않던 고집쟁이 여자였소. 그리 얌전한 여자가 아니었지요."

"예……."

"그래서 상대의 나오는 태도를 헤아리면서 도쿠가와 님에게 분에 알맞은 난제를 두세 가지 청해봤을 따름이오."

"과연, 후시미와 오사카에서 추억의 건물을 옮겨달라는 그런……."

"글쎄, 들어보오. 사람으로서 지당한 소원이 아니겠소? 그것을 들어줄 아량이 도쿠가와 님에게 있는지 없는지는, 그분에게 돌아가신 다이코 전하의 뜻을 이을 자격이 있느냐 없느냐와도 관련되는 일이오."

"아!"

"뭐, 그렇게 놀랄 것은 없어요. 다이코 전하의 정실로서, 다이코 전하의 과부로서 그만한 시험 질문쯤은 해도 무방할 거요."

"그러면 도쿠가와 님이 고다이인 님 눈에 드셨는지요……?"

고다이인은 태연한 표정으로 고개를 끄덕였다.

"들었어요. 그러니 히데요리 님이 앞으로 청원하는 말이 천하를 어지럽게 하는, 다이코 전하의 참된 뜻에 어긋나는 게 아닌 한 반드시 순순히 들어주실 것이오. 히데요리 님을 위해 내가 대신 이 일을 시험해 본 것이라고 생각해도 좋아요. 아니, 이 사실을 그대로 도쿠가와 님에게 이야기하더라도 기질 센 과부라고 웃을 뿐 그분은 나무라지 않으실 거요. 아무튼 도쿠가와 님은 내년쯤 은퇴하시오. 그렇게 되면 당연히 에도의 다이나곤이 다음 쇼군…… 이 일은 우리 가문에서도 잘 명심해 두지 않으면 안 되거든요, 고에쓰 님……"

오미쓰는 어느새 눈물을 닦고 두 사람의 이야기에 귀 기울이고 있다…….

고에쓰는 새삼스럽게 숨죽이고 고다이인을 똑바로 쳐다보았다.

'이분은 정녕 여간파쿠다……'

그러나저러나 쇼군인 도쿠가와 이에야스의 기량을 시험하다니 이 얼마나 기분 좋은 속 시원한 말인가.

'이분의 기량은 다이코 이상이다!'

이분이 만일 남자였다면 이에야스는 대체 어떻게 되었을 것인가.

고다이인은 자기 말이 상대에게 통한 것을 알자 눈을 가늘게 떴다.

"그렇잖소, 고에쓰……? 에도에서는 아드님이 태어나셨다더군."

"예……예, 참으로 경사스러운 일이라고 생각합니다."

"아니, 나는 그대만큼 경사스러운 일이라고 생각할 수 없는 입장이오."

"이것 참, 죄송합니다."

"나에게는 하나의 꿈이 있었지…… 다이나곤에게 아드님이 없으면 내가 다이나곤에게 히데요리 님을 후계자로 삼아주시지 않겠느냐고 교섭해 볼 작정이었소."

"당연하신 말씀이지요."

"내년에 쇼군께서 은퇴하시면 다이나곤은 마땅히 상경해서서 직책을 물려받으시게 되오. 물론 그때에는 온 일본의 영주들이 따라 올라올 게 틀림없으며 전대미문의 행렬이 되겠지. 그때 히데요리 님을 니조 저택으로 문안드리게 하여 그 자리에서 후계자로 결정받는다……그렇게 하면 이미 3대째 일이라 히데요리 님의 처세는 *끄떡없을* 것이라고…… 그런데 아드님이 태어났으니 꿈은 이로써 무너졌소……"

고에쓰는 대답할 수 없었다. 처음으로 듣는 일……아니, 이야기가 천하를 다스리는 후계자에 대한 일이고 보면 자기 같은 자는 참견할 처지가 못 된다 싶어 사양했다.

"이 생각은 요도 마님에게도 있었을지 모르지. 만일 있었다면 나 이상으로 낙심하고 계실 거요. 그렇지만 이것은 이쪽 멋대로의 속셈이었으니, 꿈이 깨졌다 해서 불평을 품거나 사이가 벌어져서는 안 되오. 그렇잖소, 고에쓰 님……?"

"예……예."

"이것으로 결정되었소. 다이코 전하가 노부나가 님의 유지를 이어받아 개척한 태평성대의 끝마무리를 하는 것은 우리 가문의 직계가 아니라고 말이지……."

"그……그것은 그럴지 모르겠습니다."

"이렇게 되면 히데요리 님은 한 걸음 물러나 쇼군 가문의 소중한 친척, 가까운 울타리로서 아버님의 뜻을 조용히 이을 작정을 하지 않으면 안 되오. 어디까지나 도쿠가와 가문과 하나가 되어서."

"참으로 오, 옳으신 말씀……."

고에쓰는 온몸에 땀을 흘리며 이상하게 말을 더듬었다.

"그런 때 오미쓰가 임신했으니, 도쿠가와 님에게는 내가 어떻게든 주선하겠소. 그러니 여기서 서먹한 행동은 전혀 할 필요 없소. '히데요리 님이 이제 어른이 되었어요' 하고 내가 웃으며 말한다면 쇼군께서도 스스로 경험한 바 있는 일이라, '그런가' 하고 얼굴이 벌개져 흘려들을 게 틀림없소. 그런 일은 조금도 마음 쓸 것 없으니 구애받지 말고 처리하도록 하라고 그대가 가타기리 형제에게 말해 주오. 여자 걱정 따위를 할 틈이 있으면 천하 일을 걱정하라, 그것이 오사카를 책임진 자의 역할이라고……."

고에쓰는 또다시 고다이인의 말에 얼이 빠져 당황하여 머리 숙이고 있었다. 결코 불쾌한 허풍이라고는 받아들여지지 않는다. 진심으로 은근히 상대를 다시 우러러보게 되었다.

'과연, 이러니 그 고집쟁이 다이코도 꼼짝 못했겠지.'

어쨌든 지금까지는 뛰어난 여인, 도요토미 가문의 기둥……으로 우러러보았었는데 새삼 다시 이야말로 일본의 기둥……이라고 고쳐 생각하지 않을 수 없었다.

히데요리가 만일 이 여인에게서 태어났다면 아마 역사가 달라졌을 게 틀림없다. 솔직히 말해 세키가하라 싸움 때 이에야스를 이기게 하여 천하를 대란에서 구원한 것도, 히데요리 모자에게 아무 문책이 없도록 이에야스에게 관대한 처분을 내리게 한 것도 뒤에 이 여인이 조용히 있었기 때문이라고 볼 수 있을 만한 존재였다.

이에야스도 물론 그것을 잘 알고 있다. 알고 있으므로 고다이사 건립에 대한 일도 그녀 말대로 들어줄 생각이 들었던 게 틀림없다. 사실 고다이인만은 다이코의 자랑스러운 치세를 조금도 손상케 하지 않고 세상 사람의 존경을 이어받을 만한 가치 있는 인물이었다. 단지 그녀가 여인이라는 게 아무리 생각해도 유감스럽게 여겨지는 것은, 고에쓰가 지나칠 정도로 공평한 비평가이기 때문일까.

이만한 견식을 갖춘 인물은 지금의 오사카에서 찾아볼 수 없다. 그러므로 고다이인의 이 견식과 성의가 그대로 받아들여져 이해될 수 있을지는 의심스러운 일이었다. 현재 가타기리 가쓰모토 형제조차도 고다이인을 달가워하는 감정은 있어도 그 기량까지는 모르고 있다.

고에쓰는 감회를 담아 대답했다.

"말씀드리고말고요! 정말이지 말씀대로 천하의 일도 일이지만 작은대감님의 장래는 모두 가타기리 님 형제분과 요도 마님의 생각 속에 있다고 생각합니다."

"바로 그것이오. 히데요리 님은 따져보면 내 아들이오. 다이코께서도 생전에 그 점을 명백히 하셔서 이세 신궁에서 탄생축하 기원을 드릴 때 모두 내 이름으로 하셨소. 그렇지만 지금 와서 그런 말을 하면 도리어 풍파가 일어날 것 같아 참고 있지만 중대한 때에는 나도 참견하겠어요."

"당연한 일이지요."

"호호……나 좀 보게, 오늘은 그만 본색을 드러내고 말았군. 어떠냐, 오미쓰, 이제 그대도 나한테 더 물을 말이 없겠지?"

"네……네."

"언제까지나 남에게 의지해서야 어찌 굳세게 살아갈 수 있겠느냐? 나는 언제 죽을지 모르는 몸, 자기 일은 자신이 처리하는 법이야."

"네."

오미쓰가 밝은 표정을 되찾고 대답했을 때였다. 게이준니가 들어와 일부러 큰 소리로 전했다.

"아룁니다. 지금 자야 시로지로 님께서 뵙고자……."

우연은 아닐 것이다. 가타기리 사다타카가 만일을 염려해 자야에게 오미쓰의 상경을 알린 게 틀림없다고 고에쓰는 생각했다.

"뭐, 자야가 왔다고……?"

고다이인은 고에쓰와 얼굴을 흘끔 마주보고 나서 태연스레 오미쓰에게 물었다.

"어떨까, 오미쓰? 게이준니가 저렇게 말하는데 이 자리에 자야를 오게 해도 거북하지 않겠느냐?"

고다이인도 자야의 방문을 예상하고 있었던 듯 생각될 만큼 자연스러운 물음이었다.

과연 오미쓰는 당황했다. 어깨가 꿈틀 물결친 다음 당황하여 얼굴을 숙이고 무릎 위에 포갠 손가락의 떨림을 참고 있었다.

"그대가 지금은 만나고 싶지 않다면 내가 알아서 처리하마. 사양할 것 없다. 마음먹은 대로 대답해 봐."

고에쓰는 숨을 삼켰다. 자야가 찾아온 뜻을 알 듯하다. 그러나 이러한 입장에 놓인 여인의 감정에 그것이 어떻게 반응할지는 전혀 알 수 없었다.

오미쓰는 순간 용기 내어 얼굴을 들었다.

"들어오시게……해주세요."

"훌륭하다! 그래야지."

고다이인은 오미쓰를 뚫어지게 쳐다보고 살며시 눈두덩을 눌렀다.

"불행이란 큰마음 먹고 털어버리지 않으면 이중 삼중으로 뿌리를 박는 법이야. 지금 여기서 안 만난다 하더라도 언젠가는 반드시 만나게 된다. 그럴 바에야 여기서 만나는 게 차라리 낫지."

"저도 그렇게 생각합니다."

"그러는 게 좋아! 여기는 고에쓰 님이 계시고 나도 있다. 그대 편뿐이니, 자야건 귀신이건 아무것도 무서울 것 없지. 게이준니! 자, 자야 님더러 단단히 각오하고 들어오라 해요. 여기에는 오미쓰 편이 잔뜩 기다리고 있다고."

"호호……알겠습니다. 그렇게 말씀 전하지요."

게이준니는 무심결에 웃음을 흘리다가 흠칫하며 입을 다물고 밖으로 나갔다. 한순간 모두들 입을 다물었다. 큰소리는 쳤지만 모두의 생각은 이제 나타날 자야의 감정을 추측하는 데로 일제히 돌려졌기 때문이었다.

자야 시로지로는 얼마 동안 만나지 못한 사이 근사한 남자가 되어 있었다. 이곳에 오기까지 무척 생각하고 왔으리라. 그는 모두에게 명랑하게 고개를 끄덕여 보인 다음 또렷한 말로 고다이인에게 인사했다.

"언제나 변함없으신 존안을 뵈오니 반갑기 그지없습니다."

"오, 그대도 더 훌륭해졌군. 나가사키에 갔다는 말을 들었는데 재미있는 이야기라도 들려주러 왔소?"

"예, 오늘은 아주 좋은 이야기를 들려드리려고 왔습니다. 다이코 전하께서 살아계실 때 쇼군과 전하가 상의하시어 처음으로 허가하신 9척의 무역선, 그 뒤 여러 가지 사정으로 지지부진했었는데 오늘 쇼군의 부르심을 받고 앞으로 10년 동안 20배인 180척 이상으로 늘려라, 나라의 부를 20배로 늘리라는 하명을 받고 왔습니다. 이것은 전하의 해외진출에 대한 유지를 쇼군께서 드디어 적극적으로 실행에 옮기시는 것입니다. 고다이인 님! 이 얼마나 좋은 소식입니까?"

자야 시로지로의 표정에 어두운 빛은 티끌만치도 느껴지지 않는다.

"호, 9척을 20배인 180척으로 늘리라고……?"

고다이인도 살았다는 듯이 맞장구쳤다. 마음속으로 자야 시로지로의 훌륭함에 손을 모으고 싶을 만큼 감동을 느끼면서…….

"예, 앞으로 10년 동안 20배로 늘리라고…… 그래서 저도 지지 않고 말씀 올렸습니다. 대감님이 나라 안에 싸움만 없게 해주신다면 맹세코 30배, 40배로도 만들어 보여드리겠다고."

"호호……참으로 용감한 허풍을 떨었구려. 그래, 쇼군께서는 뭐라고 하시던가요?"

"고얀 녀석 같으니, 싸움 따위는 이제 없다. 이제부터 있는 것은 기껏해야 영주들 문중의 집안 소동 정도겠지. 쓸데없는 걱정일랑 말고 세계의 바다로 진출해 가라. 영국에도 네덜란드에도 결코 져서는 안 된다고 말씀하셨습니다."

"뭐, 영국……? 그게 뭐지?"

"예, 유럽의 새로운 나라들 이름입니다. 지금까지의 남만인이란 에스파냐인과 포르투갈인을 말한 것이었는데, 대감께서는 누구한테 들으셨는지 그들은 이제 몰락되어 가는 낡은 나라다, 앞으로는 남만인보다도 홍모인, 곧 영국인이며 네덜란드인의 동태를 잘 살피지 않으면 안 된다고, 마치 저와 지혜라도 겨루시는 것 같은 말씀을 하셨습니다. 그러나 다른 일과 달라서 이 점만은 저도 대감님에게 질 수가 없습니다."

"이런, 분발심이 대단하군. 그대도 다이코 전하를 닮은 데가 있는 것 같아."

"황송합니다. 하지만 사람에게는 한 가지쯤은 아무에게도 지지 않는 데가 있어야 할 것 같습니다."

"정말이야, 한 가지쯤은 있어야겠지. 나도 남자였다면 그대에게 큰 선박을 만들게 하여 서방정토 그 앞까지 나가보고 싶지만……"

얼떨결에 이끌려 말하다가 흠칫한 듯 고다이인은 입을 다물었다. 자야 시로지로의 시원스러운 눈이 그때 벌써 오미쓰 쪽으로 옮겨져 있었기 때문이었다.

그는 같은 어조로 불렀다.

"오미쓰 님."

"네……네."

"지금 말한 대로 나는 잠시 교토를 떠나 배 만드는 사업에 몰두해야 하오."

"원하시는 일에 몰두할 수 있으니……부럽습니다."

"허락해 주는구려, 그대는 나를."

그것은 오미쓰로서도 고다이인으로서도 그리고 고에쓰로서도 전혀 생각지 못한 시로지로의 화제 전환법이었다.

"앞으로는 온 일본이 한집안이 되어 일할 보람 있는 세상이 되었소. 이것은 우리 아버님과 그대 조부님이 생애를 건 꿈이었지. 그 꿈을 노부나가 님, 다이코님, 쇼군님 세 분이 결국 우리 앞에 이루어 보여주셨소. 생명의 불안을 느끼지 않고 마음껏 일할 수 있다는 게 얼마나 행복한 일입니까?"

"옳은 말이야……"

"그 은혜에 보답하기 위해 나도 열심히 일하겠소. 그대도 새로운 오동나무를 위해, 즉 도요토미 가문의 작은대감님을 위해 조금만 더 은혜 보답을 해주오. 머지않아 내가 한 가지 일을 끝내고 그대의 사퇴를 청원하겠으니 그때까지 잘 부탁하겠소."

고다이인은 손에 들고 있던 부채를 힘없이 떨어뜨리고 고에쓰를 쳐다보았다.

고에쓰는 눈을 둥그렇게 뜨고 오미쓰의 얼굴을 바라보고 있다. 오미쓰가 살짝 웃으며 고개를 끄덕인 것 같은 생각이 분명 들었던 것이다……

기량과 기량

　인간의 기량이란 대체 무엇이 키워주는 것일까? 핏줄일까, 신불일까, 고난일까.

　혼아미 고에쓰는 웃음이 그치지 않는 심정으로 삼본기의 고다이인 저택을 나섰다. 이 저택으로 오미쓰를 데리고 들어갈 때까지는 아직 고에쓰의 마음이 파도처럼 물결치고 있었다. 오사카성 내전에 센히메의 시녀로 들여보냈던 나야 쇼안의 손녀 오미쓰가 아직 어린 히데요리에게 임신당하여 사느냐 죽느냐를 고다이인과 만나 정하고 싶다고 했다…… 오미쓰에게는 3대 자야 시로지로라는 약혼자가 있었으니 무리도 아니었다. 그래서 어쨌든 고다이인과 만나게 해주려고 교토에 데려왔는데, 그 자리로 찾아온 당사자 자야 시로지로가 오미쓰 고민을 깨끗이 씻어내주었다.

　상대에게는 아무 말도 하게 하지 않았다. 세상은 평화로워졌다. 앞으로 일본인은 손을 마주잡고 세계의 바다로 진출해야만 한다. 그러려면 관허 무역선을 앞으로 10년 안에 20배인 180척으로 늘리라고 이에야스에게 명받았으므로 자기는 이제부터 교역선 만들기에 몸을 바치겠다고 했다.

　"쇼군님이 나라 안의 싸움만 없애주신다면 20배가 아니라 30배, 40배로라도 만들어 보이겠습니다."

　그렇게 호언장담하고 왔으니 그대도 내가 사퇴를 청원할 때까지 도요토미 가문의 은혜에 보답해 달라고, 아무 거리낌 없이 확실히 말했다.

　이 말에는 오미쓰보다도 고에쓰 쪽이 더 얼떨떨했다. 자야 시로지로는 이제 20

살을 넘긴 지 얼마 되지 않았다. 그 젊은 나이로 교토, 오사카 전체 상인을 지배하도록 이에야스가 맡겼을 정도의 사나이이므로 훌륭한 사람인 줄은 알았으나 고에쓰가 애간장을 태운 이번 오미쓰의 일을 이토록 깔끔하게 결단 내릴 만큼 성장해 있으리라고는 생각지도 못했었다.

문 앞에 기다리게 한 가마에 오를 때까지 고에쓰는 같은 말을 되풀이했다.

'유쾌하군! 정말 유쾌해. 정말이지 그 말이 요점이었어.'

오미쓰도 나야 쇼안의 손녀딸이니만큼 이야기가 생명을 걸고 세계의 바다로 진출하는 교역선 문제가 되자 외곬으로 생각한 자기 마음의 옹졸함을 깨달은 모양이다. 그것이 마음을 바꾸는 계기가 되었다. 이처럼 사랑받고 있었던가, 하고 놀라기도 했으리라. 어쨌든 죽을 생각은 없어지고 자기도 배 속의 아이도 살리려고 마음먹었다.

"오미쓰 님은 제가 가타기리 님 댁까지 바래다주겠습니다. 여러 가지로 수고를 끼쳤습니다."

자야에게서 그 말을 들었을 때, 고에쓰는 마음 놓고 혼자 돌아갈 마음이 되었다. 아마 고다이인은 지금쯤 자야와 오미쓰에게 무엇을 대접해 줄까 하는 즐거운 화제로 들어가 있을 게 틀림없다.

"자, 혼자 돌아간다. 혼아미 거리로 가다오."

고에쓰는 몸을 구부려 가마에 탔다.

"역시 평화가 인간을 키워가는구나."

지금까지의 전국(戰國)에서는 살아남기 위한 일로 인간은 온 정신을 다 바쳤다. 그러나 이제 싸움이 없다면 지금까지 키우지 못했던 인간 속의 다른 기량이 싹터서 마구 자라리라는 것은 있을 수 있는 일이다. 자야 시로지로가 그 좋은 예일지도 모른다…….

지금까지는 우선 무엇보다도 완력. 칼을 휘두를 줄 모르거나 창을 쓸 줄 모르면 안 되었다. 그러나 완력은 아무리 단련해도 결국 사람이 사람을 살상하는 능력을 몸에 지니는 것에 지나지 않는다. 그런데 태평세월이 되었다. 그렇게 되니 인간의 가치에 대한 평가도 크게 바뀌었다.

'나도 칼 감정에만 몰두하고 있을 수 없겠는걸.'

소에키는 다도(茶道)를 남겼고 조지로는 찻잔을 남겼다.

'내가 앞으로의 세상을 위해 할 일이 있다면 무엇일까……?'

어쩌면 자야 시로지로는 머지않아 일본의 부를 낳게 한 위대한 선각자로 칭송받게 될지도 모른다…… 그런 공상에 잠긴 동안 가마는 혼아미 거리의 자기 집 처마 아래 와 있었다.

"어, 수고들 했다."

기분 좋게 가마에서 내려 문을 열자 어머니 묘슈(妙秀)가 남이 들을까 염려하는 듯한 낮은 목소리로 손님이 와 있음을 알렸다.

"재미있는 분이야, 이야기를 잘하는. 내 성격에는 안 맞는 분이지만 친정집 오코와 뜻이 맞기에 부탁해서 말상대를 시키고 있는 참이다."

어머니는 할 말을 하고는 지체 없이 뒷문 쪽으로 가려고 한다.

고에쓰는 당황하여 어머니를 불렀다.

"어머님, 뭘 잊고 계시지는 않습니까? 그 손님 이름을 제게 말씀해 주시지 않았는데요."

"오, 깜빡 잊었구나…… 아낙네들하고 매실 짠지를 담그느라 정신 팔려서 그만. 그래그래 오쿠보 나가야스 님이라는 분이다."

"뭐, 오쿠보 님이……?"

"그래, 친정집 오코와 잘 어울리는 분이야."

친정집 오코란 어머니의 친동생 혼아미 고사쓰(本阿彌光刹)의 결혼에 실패한 딸로 고에쓰의 처제이며 외사촌 누이동생이기도 했다.

고에쓰의 어머니는 괴짜여서 전에 도둑이 들었을 때 그 수고를 위로해 차를 끓여 대접했다는 일화의 주인공으로 지금껏 비단옷은 입지 않는다. 이미 60살이 가까웠으며 여기저기서 비단을 선물받으면 그때마다 보자기로 만들어 얼마쯤의 돈을 곁들여 집에 드나드는 사람들에게 나눠줘버린다. 열성적인 니치렌 신자로 올바르지 않은 일과 사치를 결코 용납치 않았다. 그 때문에 고에쓰의 아우 소치(宗知)는 쫓겨나 지금껏 집에 돌아오지 못하고 있었다.

"허, 여전하신 어머님이야."

남들은 고에쓰의 성품이 어머니와 똑같다고 말하지만 함께 살면 상당히 마음 쓰이는 어머니였다. 고에쓰는 쓴웃음 지으며 긴 봉당을 지나 안방으로 들어갔다.

과연 거기에 오쿠보 나가야스가 오코를 상대로 줄곧 무슨 이야기를 하여 웃기고 있다.

고에쓰는 단정히 앉아 절했다.

"아, 언제 오셨습니까?"

나가야스는 과장된 목소리를 던졌다.

"고에쓰 님, 큰 실수를 하셨소. 다이코님의 7주기까지 앞으로 며칠이나 남았다고 생각하시오? 듣자니 에도에서는 도련님이 태어나셨다는데 이런 경사스러운 때 뭘 어물어물하고 있소? 황금 따위는 사도의 모래나 마찬가지인데 당신이 얼마쯤 용도를 생각해 주어도 될 법하지 않겠소?"

고에쓰는 멍해졌다. 이러니 어머님이 좋아할 리 없다고 생각했을 때 처제인 오코가 튕기는 듯한 소리로 웃음을 터뜨렸다.

"교토, 오사카 상인의 총우두머리라지만 자야 님은 아직 어리오. 고에쓰 님이 돌보고 계시다고는 하지만 그래도 좀 마음에 걸려서 말이오."

또다시 빠른 말로 지껄여대는 나가야스의 말을 고에쓰는 시무룩하게 가로막았다.

"오쿠보 님, 대체 무슨 이야기입니까?"

"사도에서 황금이 마구 쏟아져나와 곤란하다는 이야기요."

말한 다음 나가야스는 비로소 목젖까지 보이며 웃어젖혔다.

"알겠소, 고에쓰 님, 에도에 아드님이 태어나셨소."

"그 일은 저도 듣고 진심으로 경사스럽게 알고 있습니다."

"그럴까요, 고에쓰 님?"

"그러시다면……?"

"그야 경사스럽지요! 경사임에는 틀림없지만 낙심하고 계신 분이 없다고도 할수 없소."

"과연."

"그 도련님만 태어나지 않았다면 오사카의 요도 마님은 히데요리 님을 3대째로…… 아니, 그렇게 생각하고 있지 않더라도 이 마당에 어쨌든 성대하게 7주기를 치러야 한다고 생각지 않소?"

고에쓰는 말없이 상대를 똑바로 쳐다보았다. 일도 잘하고 머리도 비길 데 없이 날카로운 사나이다. 그러나저러나 만날 때마다 방자해져 가는 것이, 어머니인 묘슈뿐 아니라 고에쓰도 왠지 마음에 들지 않는다고 생각하다가 고쳐 생각했다.

'아니, 그것이 아니다!'

옛날에는 광대였던 주베에일지라도 지금은 오쿠보 나가야스. 이에야스의 광산 감독관, 물자조달관이며 동시에 또 여섯째 아들 다다테루의 후견인으로 집정 물 망에도 올라 있는 4만 석의 고관이다. 성은 못 가졌지만 부슈 하치오지(八王子) 저택은 훌륭하다. 지난날을 생각하여 상대를 멸시한다는 것은 비굴한 질투라고 하지 않을 수 없다.

'그렇다, 이것이 태평성대가 배출한 기량인의 유형인지도 모른다.'

"하하……모든 것을 알면서 고에쓰 님은 내 지혜를 시험하실 작정인 모양이지?"

"무슨 말씀을, 그런 일은……."

"아니, 모든 걸 알고 계실 거요. 정치란 분별, 분별심을 단단히 가져야 하니 비록 도련님의 탄생이 없었더라도 여기서는 다이코의 7주기를 성대하게 치러야만 하오."

"과연 옳은 말씀입니다."

"이 제전을 성대히 함으로써 우선 민심이 다스려지오."

"……."

"둘째로 오사카 편에서 모두 감사할 거요."

"……."

"셋째로 오사카 사람들이 감사하게 되면 마땅히 천하를 굳히는 지진제(地鎭祭)가 되지."

"……."

"그리고 더욱 빠뜨릴 수 없는 이익은 이로써 도련님에 대한 저주가 풀릴 것이오. 이것은 쇼군님께 말씀드려서 꼭 성대하게 해야 된다고 여기는데 당대의 지혜자인 귀하 의견은……?"

"잠깐 기다려 주십시오."

고에쓰는 당황하여 되물었다.

"그 도련님에 대한 저주란 어느 분을 말씀하시는지……?"

"에도에서 태어난 도련님 말이오. 모르시오? 지금까지 오사카의 요도 마님은 히데요리 님을 3대 쇼군으로 삼으려고 열심히 신사와 불각에 기도를 드리고 계셨소. 그러던 참에 태어난 도련님이니 저주받지 않을 수가 없지 않겠소?"

혼아미 고에쓰는 나가야스의 말뜻을 이해하기까지 한참 걸렸다. 그리고 그것을 똑똑히 알았을 때 도리어 어안이 벙벙해지고 말았다.

'이 재주꾼은 또 어쩌면 이토록 이상한 데로 머리가 돌아갈까……?'

물론 고에쓰는 나가야스에게서 말을 듣기까지 그런 것을 상상해 본 적도 없었다.

'요도 마님이 에도에 사내아이가 태어나지 않도록 신불에게 저주 기도를 드리고 있다.'

생각해 보면 전혀 있을 수 없는 일이 아닐지도 모른다. 그러나 이 무슨 끔찍한 상상일까? 이것이 만일 다쓰 마님 귀에 들어간다면 어떻게 되는지 생각해 본 적이 있는 것일까? 같은 자매이지만 요도 마님과 다쓰 마님의 타산이며 희망은 상반되는 것인지도 모른다.

에도에 아들이 태어나지 않았다면 맏딸 센히메의 남편으로서 히데요리가 히데타다의 뒤를 이어도 조금도 이상할 것 없다. 그러나 어쨌든 다쓰 마님은 줄곧 사내아이를 원했으며 앞서 하나 낳은 아이가 죽었을 때는 자기 선조가 비참한 죽음을 당한 재앙이 아닐까 하여 일부러 아사이 히사마사, 나가마사 부자를 위한 불공을 드렸다고 한다…… 그러던 참에 이번에 다시 아들이 태어났으며 이에야스도 그것을 축복하여 '다케치요'라 이름 지었다. 이런 시기에 그 어린 생명을 다쓰 마님의 언니가 저주하고 있다니……!

저주나 적의는 있다고 보면 있고 없다고 보면 없는 증명하기 어려운 무형의 것이니만큼 한번 귀에 들어가는 날에는 평생토록 사라지지 않는 마음의 응어리가 될지도 모른다.

나가야스는 갑자기 또 웃었다. 고에쓰가 자기 말에 걸려들었다고 민감하게 알아차렸기 때문이리라.

"하하하……이거 실언했소. 저주한 증거 따위 있을 리 없지요. 그러나 비록 그런 일은 없더라도 아들이 태어났으니 오사카의 꿈은 지워진 것이지요. 그러므로 이쯤에서 성대하게 다이코의 명복을 빌어 살아 있는 사람들을 위로하는 것도 에도 도련님 탄생 축하가 되리라 여기는데 어떻소?"

나가야스가 몸을 앞으로 내밀자, 축제를 좋아하는 오코가 재빨리 참견했다.

"오쿠보 님은 교토 사람들을 깜짝 놀라게 할 만한 화려한 불공을 드리라는 거예요."

고에쓰는 엄하게 꾸짖었다.

"그대는 잠자코 있어. 과연, 이 일은 미처 깨닫지 못했습니다."

"어떻소, 명안이 아니오?"

"명안이라기보다 반드시 그렇게 해야만 될 일이겠지요."

"하하……과연 고에쓰 님답소. 다이코와 쇼군께서는 본디 서로 허심탄회한 사이였소. 세상에서는 재미로 이러쿵저러쿵 말하지만 다이코가 있으므로 쇼군님이 있고, 쇼군님이 있어 태평성대가 왔지요. 여기서 한번 과감하게 다이코 시대를 능가하는 호화로움을 세상에 보여주는 게 좋을 거요."

"오쿠보 님 말씀은 납득되었습니다. 그런데 저에게 말씀하실 용건은?"

"허, 그렇지. 이 오쿠보 나가야스가 대감께 이를 권하면 주제넘는 짓이 되오. 고에쓰 님이 자야 님과 이타쿠라 님을 통하여 대감님의 허락을 얻으십시오…… 혼아미 고에쓰는 그러기 위해 있는 분이라고 나는 생각하는데, 어떻소? 와하하……."

고에쓰는 진지한 얼굴로 고쳐앉았다.

'왠지 마음에 들지 않는다 해서 들어야 할 의견을 듣지 않는다면 니치렌 대사에게 죄송스럽다.'

고에쓰는 다시 나가야스에게 절했다.

"알겠습니다. 과연 오쿠보 님의 착안, 제가 곧 그 취지를 가쓰시게 님에게 전하겠습니다."

나가야스는 만족한 듯 그러나 조용히 소리를 낮추었다.

"아시겠소? 내가 말씀드린다면 천한 녀석이 출세하더니 또 주제넘게 나섰다고 질시당하오. 하지만 이것은 하지 않으면 안 되는 일이오."

"옳은 말씀입니다."

"세상에는 일석이조라는 말이 있소. 그러나 이것은 일석오조, 육조나 되는 정치의 요점이오."

싫어하지 말아야겠다고 고에쓰가 생각을 고치고 보니, 나가야스 또한 결코 거만하게 여겨지지만은 않았다.

"대감은 검소한 분이오. 절약하는 것이 미덕의 첫째라고 지금껏 굳게 지키고 계시오. 그러나 고에쓰 님, 세상이란 절약만 해서는 참다운 활기가 나오지 않는 법이오."

"그럴지도 모르지요."

"자나 깨나 전쟁이 계속되던 때는 낭비가 그야말로 크나큰 죄였소. 그런데 지금은 달라졌소. 온 일본 사람들이 모두 활기 있게 일하기 시작하여 계속 물자가 불어나고 있소."

"그……그것이 태평성대의 이익이지요."

"나는 지난해 오사카성에 갔을 때 다이코께서 남기신 40여 관짜리 황금 저울추를 보고 눈이 아찔했었소."

"아, 그 말씀은 들은 기억이 있습니다."

"그런데 지금은 현기증을 느끼지 않소. 나는 그것을 얼마든지 파내보이겠소. 사도에서든 이쿠노에서든 이즈에서든……아니, 생각하기에 따라서는 온 일본이 모두 황금인 때가 되었으니 조금은 생각을 바꾸어도 좋소."

고에쓰는 얼른 오코 쪽을 보면서 말했다.

"시간이 됐어, 주안상 준비를 해."

허영심 많은 오코에게는 이 이야기가 해로울 것 같은 생각이 들었기 때문이다.

"확실히 그럴지도 모르지요."

"입으로는 그렇게 말하지만 당신은 다른 의견이 있겠지요. 아직 그 황금이 골고루 퍼진 게 아니라고……."

"그렇지요, 아직 강가에는 거지도 있고 도둑도 근절되지 않았습니다."

"그러므로 여기서 한층 더 화려하게 해보지 않으면 안 된다는 거요. 열심히 일하면 부유해지는 것이 인간이라고 큰 희망을 갖게 해줄 때요."

고에쓰는 그 이상 들을 필요가 없다고 생각했다. 기량 중에도 수동적인 기량과 공격적인 기량이 있다. 오쿠보 나가야스는 예상외로 금광이 들어맞았으므로 좀 들떠 있는 것 같다.

그보다도 문제는 다이코의 7주기에 대한 일이다. 그 일은 생각할수록 나가야스의 생각과 계산이 확실했다. 이미 기일이 박두해 있다.

고에쓰는 나가야스가 담배 그릇을 끌어당겼을 때 문득 생각했다.

'이다쿠라 님 집에 잠시 다녀올까?'

여기서 둘을 만나게 하면 일은 정해질 것이다. 교토 행정장관 이타쿠라 가쓰시게는 자야 시로지로가 죽은 뒤 고에쓰와 한층 더 친밀해지고 있다.

바로 그때 이 자리를 떠났던 오코가 다시 수선스럽게 복도를 건너왔다.

"오쿠보 님……귀한 손님이 찾아오셨습니다."

고에쓰는 나가야스에게 말을 건네다가 그대로 뒤돌아보았다.

"이야기 중인데, 누가 오셨느냐?"

"네, 자야 님이에요."

"뭐, 자야 님이라면 바로 조금 전……."

거기까지 말했을 때 자야는 벌써 봉당에 들어서고 있었다.

"손님이 오쿠보 님이라고 해서 사양 않고 들어왔습니다. 아까는 실례를."

"자야 님, 오사카의 오미쓰 님은……?"

"예, 마음이 급하신지 가타기리 사다타카 님이 마중 오셨습니다. 그래서 가타기리 님에게 맡기고 저는 아저씨 뒤를 쫓아온 것입니다."

"저런, 역시 사다타카 님이…… 아니, 무리도 아니지. 자, 이리 들어오오."

고에쓰는 일어나 방석을 갖고 왔다.

"실은 지금 오쿠보 님 말씀을 듣고 교토 행정장관님 댁에 잠깐 다녀올까 하던 참이었지."

"그럼, 제가 방해되지는……."

"아니, 괜찮아. 이건 그대도 힘써주어야 할 일이니까."

고에쓰의 말이 끝나기도 전에 나가야스가 입을 열었다.

"자야 님은 젊은 분이지만 교토, 오사카 상인들의 총우두머리이니 여러 가지로 바쁘겠지만 중요한 일을 잊어서는 안 되지요."

"황송합니다. 모든 일에 부족한 이 미숙한 놈을 잘 봐주시기를."

"그런데 오늘은 뭐, 고에쓰 님에게 급한 용무라도 있나요?"

"예, 지시받을 일이 있었는데 아저씨가 오사카에 가 계셔서."

나가야스는 연장자답게 대범하게 고개를 끄덕였다.

"그럼, 일을 먼저 끝내도록 하시오. 내 일은 다 끝난 거나 마찬가지니."

"그렇습니까? 그럼…… 이것은 실은 오쿠보 님 지혜도 빌렸으면 하는 일입니다."

"오, 내 지혜도 소용된다면 얼마든지."

자야 시로지로는 상쾌한 웃는 얼굴로 허리를 굽혀 보이고 나서 고에쓰 쪽으로 돌아앉았다.

"아저씨, 8월 18일에 교토에서 성대한 제전(祭典)을 벌이고 싶습니다."

"뭐……뭐라고? 8월 18일에?"

고에쓰는 얼결에 나가야스와 얼굴을 마주보았다.

"8월 18일이라면 돌아가신 다이코 전하의 기일인데, 그러면 도요쿠니 신궁제를 하려는 것이로군."

"그렇습니다. 오늘날의 이 평화는 제가 여쭐 것까지도 없이 쇼군님의 힘입니다만 다이코님이 계시지 않았던들 찾을 수 없었던 평화, 그러므로 이 7주기 기일을 택하여 온 백성들과 함께 감사드리고 싶어서……."

고에쓰는 저도 모르게 긴장된 목소리로 말했다.

"자야 님! 그 일은 쇼군님께 말씀드려 우선 허락을 얻어야 할 텐데."

자야 시로지로는 선뜻 말했다.

"그 일이라면 벌써 끝냈습니다. 쇼군님은 이렇게 말씀하셨습니다. '실은 내가 말하려던 참이었는데 잘 생각했다. 내가 말을 꺼낸다면 재미없지. 백성들 모두가 하고 싶다는 게 되지 않고는 참다운 평화라고 하기 어렵다. 이타쿠라에게 상의해 난폭한 자가 나오지 않도록 잘 조심해 성대하게 하도록 하라.'"

고에쓰는 어쩐지 나가야스의 얼굴을 보기가 딱하게 여겨졌다. 당대에 드문 기량을 지닌 오쿠보 나가야스가 생각한 것을 자야 시로지로 또한 젊은 나이에 벌써 생각하고 있었다. 더구나 자야는 그 일로 벌써 이에야스의 허가를 얻었다. 선뜻 허락한 이에야스의 직감력도 대단하지만 고에쓰는 자야 시로지로의 기량을 다시 한번 새로이 고쳐 보지 않을 수 없었다.

앞지름 당하여 쑥스러워하지나 않을까 걱정되던 오쿠보 나가야스가 별안간 무릎을 탁 치며 몸을 앞으로 내밀었다.

"그런가? 그럼, 벌써 쇼군님 허락을 얻었군. 훌륭해! 과연 쇼군님 눈에 든 기린아요. 그래야만 되지. 그런데 자야 님이 그 도요쿠니 신궁제를 해야 한다고 생각한 이유는……? 오쿠보 나가야스는 그것이 듣고 싶소."

자야 시로지로는 놀란 듯이 나가야스와 고에쓰를 번갈아 보았다.

고에쓰는 밝게 웃었다.

"하하하……실은 지금 오쿠보 님과 이야기하던 것도 바로 그 일이었네."

"그렇습니까? 저는 욕심쟁이라, 일석오조를 거두자는 생각에서 이것을 해야 한다고 깨달은 겁니다."

그 말까지 나가야스와 같았으므로 나가야스의 눈은 더욱 크게 벌어졌다.

"허, 일석오조……그것에 대해 들어봅시다. 그 첫째는?"

"교토 사람들에게 안도감을 주어야 합니다. 사실 아직 세상에는 엉뚱한 소문이 나돌고 있습니다. 간토와 오사카가 사이좋지 않은 게 아닌가 하고."

나가야스는 빙그레 웃으며 고에쓰를 보았다.

"과연, 그 소문을 없애다니……좋은 생각이오. 그래, 둘째는?"

"제 일과 관계있습니다. 즉 이 제례를 성대하게 함으로써 스미노쿠라(角倉) 님, 가메야(龜屋) 님, 스에요시(末吉) 님, 아마가사키야(尼崎屋) 님, 기야(木屋) 님 등 교토, 오사카에서 사카이에 이르는 대상인들과 친해질 수 있습니다."

"흠, 참으로 훌륭하군! 그렇게 되면 그들 대상인들에게 배를 만들게 하기 쉽단 말이지."

"그래서 욕심내고 있다고 제가 말씀드린 것입니다."

"그래, 셋째는?"

"이로써 일본에 평화가 뿌리내렸다고……."

"천하 만민에게 보여줄 작정이로군."

"아닙니다."

기요쓰구는 태연한 표정으로 고개를 저었다.

"많은 선교사들에게 보여주는 것입니다."

"선교사들에게……?"

"예, 그렇게 하면 그 사람들이 70만 신도들에게는 물론이요, 온 세계에 이 일을 말이나 글로 전해 줄 것입니다. 그렇게 되면 우리는 안심하고 교역선을 보낼 수 있고 남만선도 올 수 있습니다."

"흠."

이번에는 나가야스가 완전히 신음했다. 지혜자인 그도 아직 거기까지는 생각하고 있지 못했다.

"온 세계에 일본의 평화를……."

그는 감격을 참을 수 없는 듯이 고에쓰를 돌아보았다.

"어떻소? 고에쓰 님, 세상은 변했군요."

반은 자랑스럽게, 반은 쑥스러운 듯 어깨를 움츠리고 한숨을 쉬었다.

"세 번째 이야기를 듣고 놀랐다 해서 넷째, 다섯째를 듣지 않을 수는 없지. 자야 님, 다음은?"

더욱 눈을 빛내며 말하는 나가야스에게 재촉받고 기요쓰구는 잠시 고개를 갸웃거렸다. 그는 그가 오기 전에 그들이 무슨 이야기를 했는지 몰랐으므로 나가야스의 놀라는 모습이 납득되지 않았다.

"넷째는 이 일로 오사카의 요도 마님을 위로해 드릴까 합니다. 마님이 기뻐하시면 도요토미 가문에 은혜 입은 여러 영주는 물론이요, 작은대감님도 센히메 님도 한숨 놓으시겠지요."

"과연, 넷째는 인정이라…… 그것도 됐어. 그러면 다섯째는 무엇일까요, 고에쓰 님?"

"글쎄요……."

고에쓰는 지그시 자야를 바라본 채 전혀 다른 생각을 하고 있었다. 아버지 자야 시로지로는 고에쓰에게 아들의 일을 간곡히 부탁하고 죽었다. 그런데 그의 아들 자야는 이미 고에쓰보다 훨씬 더 큰 기개와 도량을 지니고 세계로 눈을 돌리는 어른으로 자라 있다.

'이러면 내가 오히려 자야에게 거추장스러운 존재가 될지도 모르겠다……'

그것은 기쁨임과 동시에 이상한 회한과도 비슷한 쓸쓸함이기도 했다.

자야는 천진스럽게 말했다.

"다섯째는……이 제례를 그림으로 그리게 하여 이 시대의 치세가 어떠했는지 증거로 삼는 것입니다."

"뭐……뭐라고, 그림으로 남겨서……?"

이번에도 또 나가야스가 생각해 보지도 못한 일인 듯 당황하며 되물었다.

"예, 그림으로 그리게 해두면 새로이 찾아오는 남만인들에게도, 후세사람들에게도 보여줄 수 있습니다. 실은 그래서 아저씨께 상의……아니, 부탁드리러 온 것입니다."

고에쓰는 그제야 제정신으로 돌아왔다.

"제례의 광경을 그림으로 그려둔다는 말이지?"

"예, 그런데 이것을 그릴 만한 화가가 눈에 띄지 않습니다. 모두 고정적인 화제(畵題)를 갖는 사람들뿐이라…… 한두 사람의 인물이나 꽃이나 새를 그리는 게 아닙니다. 윗교토, 중앙교토, 아랫교토의 무리들이 서로 다투어 헌상한 물건들로부터 그것을 구경하는 몇천, 몇만의 군중들까지 여실히 그려줄 화가…… 그렇지요, 선교사도 보고 있을 것이며 검둥이 노예도 구경 오겠지요. 그것까지 고스란히 있는 그대로 그려줄 화가……그런 사람이 어딘가에 없을 것인지, 없다 하더라도 부탁하면 그리려는 사람이…….”

나가야스는 고개를 흔들면서 과자를 집어들고 있다. 어쩌면 그는 여기서 자야 시로지로의 어린 꿈에 손을 들고 말았는지도 모르겠다.

“제례를 그림으로 그려 남기고 싶다.”

역시 자야 시로지로는 아직 어리다고…….

그러나 고에쓰는 그렇게 생각하지 않았다. 이것은 아주 싱싱하고 소중한 집념인 것 같았다. 인간은 모두 늙어서 죽어가지만 다만 한 가지 나이도 먹지 않고 늙지도 않은 채 남는 게 세상에는 있다.

‘그림 역시 그 가운데 하나가 아닌가…….’

“아저씨는 발이 넓습니다. 교토 안에서 찾지 못하더라도 일본이 처음으로 태평성대가 되었으니 그 기쁨을 그려서 남기고 싶다는 제 마음을 이해할 사람이 어딘가에 한두 사람쯤 없을 것인지…… 짐작되시지 않습니까?”

고에쓰는 금방 대답할 수가 없었다. 자야가 요구하는 화가가 있느냐 없느냐보다도 자야와 자기의 세대 차이가 큰 데 놀라워 멍해지고 말았다.

오쿠보 나가야스는 다이코의 7주기에 도요쿠니 신궁제 기획이 없으면 안 된다고 고에쓰를 나무라러 왔다. 그런데 젊은 자야 시로지로는 그 계획을 벌써 세우고 이에야스의 허락을 얻었을 뿐 아니라 그 제례를 후세에까지 전할 작정을 하고 있다. 아니, 진정으로 그가 노리는 것은 후세라기보다도, 앞으로 더욱 빈번하게 찾아올 남만 상인들에게 보여주어 일본의 평화로운 모습을 온 세계에 알리려는 데 있는 것 같다.

지금까지 회화는 적어도 풍류의 벗이었다. 기요쓰구는 거기에 기록과 선전의 두 가지 의미를 더하여 활용하려 생각하고 있다.

‘많이 변했다…….’

고에쓰도 젊은 날에 어머니 묘슈를 놀라게도 하고 기쁘게도 해준 일이 한 번 있었다. 소에키가 아직 살아 있던 무렵이었는데 다도에 열중하기 시작한 고에쓰가, 고소데야 소제(小袖屋宗是)가 가진 찻주전자를 황금 30닢에 산 일이 있었다. 물론 그런 큰돈이 수중에 있을 리 없었다. 그래서 신마치 거리의 별장을 팔아서 10닢을 마련하고, 나머지 20닢을 여기저기 빌리러 다녔다. 이것을 알고 고소데야 는 딱하게 생각하여 깎아주겠다고 말했다.

"농담 마오. 30닢짜리 찻주전자를 그보다 싸게 사면 내 체면이 서지 않소."

그리하여 가까스로 30닢으로 사서 그것을 가지고 맨 먼저 아버지의 은인 마에 다 도시나가를 찾아가 차를 끓여 바쳤다. 도시나가는 매우 기뻐하며 은 300닢을 주려고 했다. 물론 고에쓰는 사양했다. 돈을 받는다면 다인의 긍지가 손상된다.

그 일로 고에쓰는 꾸중 들을 줄 알았던 두 사람한테서 매우 칭찬받고 적잖이 자랑스러웠던 일을 기억하고 있다. 한 사람은 절약가로 소문난 이에야스였고, 다 른 한 사람은 결코 비단옷을 걸치지 않는 어머니 묘슈였다.

"호호…… 아들놈도 아마 차 향기 정도는 아는 것 같습니다."

그런데 지금 자야 시로지로가 이야기하는 것은 그 정도 규모의 사고방식이 아 니다. 그 제전에 일본의 장래와 세계가 담겨 있는 것 같다.

"알았네, 그 화가는 내가 찾아보지. 그대는 열심히 제전에 대해서나 생각하도 록. 그렇지요, 오쿠보 님?"

그 말을 듣고 나가야스도 다시 웃었다.

"그렇고말고요. 아니, 다이코님의 은혜를 잊지 말고 평화의 고마움을 느끼거든 비용을 아끼지 말라고 오사카와 교토의 대상인들에게 선전해야 되오. 돈을 아끼 지 말아야 돼."

"아니지요, 돈은 되도록 소중히 해야 해요."

깨닫고 보니 이 집 노모인 묘슈가 오코와 함께 상을 받쳐들고 생글생글 웃으 며 봉당에 와 서 있었다.

"오, 어머님이시구려. 귀도 밝으시군요."

"호호……돈을 소중히 하지 않으시면 이것 보세요, 이렇게 도미 대신 전갱이 구 이가 됩니다…… 하지만 이것이 우리 집 수준에 맞는 대접이니 용서하십시오."

오코는 얼굴이 빨개져서 고모를 따라 나가야스 앞에 상을 놓았다. 오코는 아 마도 고모의 검소함이 몹시 부끄러운 듯하다.

상이 나오자 화제가 바뀌었다. 젓가락을 들면서 나가야스는 말했다.

"사람의 사고방식에는 두 가지가 있소. 늘 절약하여 물건을 소중히 하는 사고방식과, 그 소중한 것을 아낌없이 취하여 보다 일을 많이 하려는 사고방식. 어머님은 앞경우에 해당되지."

그러자 묘슈도 지고 있지 않았다.

"아니, 그 밖에 또 한 가지 있지요."

"뭐, 또 한 가지라니요?"

"예, 미식(美食)만 원하고 도무지 일하지 않는 자들이 실은 세상에 가장 많은 것 같아요. 호호……."

상이 갖추어지자 그 자리의 시중을 오코에게 맡기고 묘슈는 다시 얼른 부엌으로 돌아가버렸다. 자신의 입이 험하다는 것을 스스로 잘 알고 있는 모양이다.

오코는 질색인 고모가 나가자 갑자기 또 들뜬 모습이 되었다.

"자, 이것은 이 집에서 자랑으로 여기는 술입니다. 이것만은…… 그런데 오쿠보 님은 이와미에서 돌아오시는 길인가요?"

오코는 고개를 기울였다.

"그렇소, 금은이 너무 나와 곤란하다고 후시미에 계신 쇼군님께 말씀드리러 가는 길이오."

"어머, 금은이 너무 나와 곤란하다고요……? 그 산에 저도 가보고 싶어요."

"뭐, 산에 가보고 싶다고……?"

"네, 저 같은 것은 집에서도 골칫거리, 언젠가는 산으로 가야 할 몸이니 남보다 일찌감치 수업하러 가는 편이 모두를 위하는 길이니 한번 데려가 주세요."

이야기하는 동안 오코는 문득문득 화냈다. 고에쓰는 난처해 하면서도 애처롭게 느껴졌다. 그러나 역시 나무라지 않을 수 없었다.

"오코, 자야 님에게 잔을."

"네, 네, 실례했습니다."

흘끗 나가야스에게 교태를 보이면서 오코가 자야 쪽으로 무릎을 돌리자 나가야스는 진지한 얼굴이 되어 엄숙한 투로 말했다.

"어떻소, 자야 님? 그 아담스라는 사나이를 대감님이 여전히 후시미로 불러들이고 계시오?"

"예, 윌리엄 아담스는 이번에 소슈(相州) 미우라군(三浦郡)에 250석 땅을 하사받아 미우라 안진(三浦按針)이라는 일본 이름으로 당분간 봉사하게 된 것 같습니다."

"허, 미우라 안진이라고. 운 좋은 사나이군. 그래, 자야 님은 그 안진의 기량을 벌써 꿰뚫어보셨소?"

"예, 대감님이 신용하시는 만큼 아주 의리 깊은 인품으로 보았습니다."

"아니, 내가 말하는 것은 그게 아니라 기량이오. 쓸모 있는 사내인가 어떤가 하는 거요."

"글쎄요, 거기까지는 아직……."

"그럴 테지. 그는 남만인이지만 스페인이며 포르투갈 사람과는 서로 적으로 아는 나라에서 태어났다니까."

"예, 태생은 영국의 켄트주(州) 질링엄 마을. 네덜란드 탐험 함대의 항로안내인으로 배를 타고 대서양을 항해하여 마젤란 해협에서 태평양으로 나가 말라카 섬으로 가던 도중 난파했다고 합니다."

물 흐르듯 줄줄 대답하자 어지간한 나가야스도 나직이 신음했다. 여기서도 시대는 바뀌었다. 나가야스에게는 영국도 켄트주도 전혀 짐작되지 않았다. 나가야스는 절반쯤 젊음을 시기하는 심정으로 물었다.

"이것 참, 놀라운걸! 자야 님 머리에는 세계지도가 들어 있군. 그럼, 그 말라카 섬이라 했던가? 그 섬의 위치도 아오?"

"예, 그 섬은 아직 세계의 바다가 둥글다는 것을 알지 못한 채 동쪽에서 바다로 진출한 포르투갈 사람과 서쪽에서 진출한 스페인 사람이 바다 위에서 딱 마주친 남쪽 섬이라고 들었습니다."

"그러면 그 섬으로 가려다 분고(豊後) 바닷가에 난파했다면 미우라 안진이라는 아담스는 항해술이 미숙하다는 말인데."

"하지만 지금은 아직 모든 것이 모험시대라, 용기 있는 사람이라고 해석할 수도 있지요…… 그보다도 오쿠보 님은 어째서 남만인이 이토록 열심히 일본을 향해 오는지 그 이유를 아십니까?"

이번에는 반대로 질문받고 나가야스는 적잖이 속이 상했다. 고에쓰는 자야의 젊음과 늠름함에 감탄하고 있지만 나가야스에게는 아직 격렬한 경쟁심이 남아 있다. 그것은 그도 겨우 뜻을 얻어 왕성하게 일하기 시작한, 자야와 같은 현역이기 때문이리라.

"자야 님은 최근까지 몰랐던 모양이군. 그것은 우리가 원나라와 싸울 무렵 원나라 수도에 마르코 폴로라는 남만인이 와 있었는데, 이 사람이 뒤에 귀국하여 책을 썼지. 그 책 속에 일본은 황금의 나라다, 집에서 지붕까지 모두 황금으로 되어 있다고 썼기 때문이오. 나는 그것을 역이용했지. 즉 그 정도로 선전된 일본이라면 반드시 땅속에 많은 황금이 있을 것으로 생각하고 파들어갔는데 맞아들었소."

자야는 진심으로 얼굴에 놀라움을 나타냈다.

"참으로 놀랍습니다. 저는 안진 님한테서 그 이야기를 들은 지 얼마 안 되었습니다. 아니, 그 밖에도 또 한 가지 들었습니다. 포르투갈의 인도 총독인 아폰수 알부케르크라는 자가 쓴 말라카 점령 보고에 말레이시아에서 교역하는 일본인의 모습이 상세하게 기록되어 있다고 합니다."

낯선 지명과 인명이 물 흐르듯 자야의 입에서 나오므로 나가야스는 더욱 얼떨떨해졌다.

'약삭빠른 놈 같으니……'

그러나 되도록 그 지식을 섭취하지 않고는 못 배기는 것이 나가야스의 성격이기도 했다.

"허, 말라카라면 샴 너머로군. 거기서 일본인이 어떤 교역 활동을 했다는 거요?"

"예, 용모 수려한 사나이가 터키 사람이 사용하는 언월도 같은 가늘고 긴 큰 칼과 6, 7치 되는 단도를 차고 많은 황금으로 토산물과 바꾸는데, 그 풍부한 황금에 놀랄 따름이었다고 씌어 있답니다."

"흠, 황금을 가지고."

"그게 과연 일본에서 실어낸 것인지 아닌지 저는 모르겠습니다, 저는 타이완의 동해안 언저리에 그야말로 황금산이 있어 거기서 파내어 사용한 게 아닌가 생각합니다. 그들은 그 산출지를 말하지 않고 어느 나라 사람이냐고 질문받았을 때 고레인이라고 대답했다는데 고레는 고라(甲螺)로 명나라 사람이 일본인을 부르는 말입니다."

거기서부터 나가야스는 입을 다물어버렸다. 그렇게 되면 황금섬은 마르코 폴로가 말하는 지팡구(일본)가 아니라 대만이 된다. 그렇게 되면 나가야스 자신은 어떻게 되는 것인가…….

지은이
야마오카 소하치(山岡莊八)

그린이
기노시타 지카이(木下二介)

옮긴이
박재희(청춘사도대학교 일문학 전공) 김문운(니혼대학교 일문학 전공)
김영수(와세다대학교 일문학 전공) 문호(게이오대학교 일문학 전공)
유정(조치대학교 일문학 전공) 추영현(서울대학교 사회학 전공)
허문순(경남대학교 불교학 전공) 김인영(숙명여자대학교 미술학 전공)

도쿠가와 이에야스
대망 9
야마오카 소하치 지음/책임편집 박재희 추영현 김인영
1판 1쇄/1970. 4. 1
2판 1쇄/2005. 4. 1
2판 21쇄/2024. 1. 1
발행인 고윤주
발행처 동서문화사
창업 1956. 12. 12. 등록 16-3799
서울 중구 마른내로 144 동서빌딩 3층
☎ 546-0331~2 Fax. 545-0331
www.dongsuhbook.com
잘못된 책은 구입하신 곳에서 바꾸어드립니다.
＊
사업자등록번호 211-87-75330
ISBN 978-89-497-0312-1 04830
ISBN 978-89-497-0291-9 (세트)

葛飾北齋畫